Nicholas Eames est né à Wingham (Canada). Il a suivi des études universitaires en art dramatique, mais il a renoncé à la carrière d'acteur pour se consacrer à celle « d'écrivain de Fantasy épique », avec un succès immédiat. Nicholas aime le café noir, le bourbon sec, le mois d'octobre et les jeux vidéo. Il réside actuellement en Ontario, où il est probablement en train d'écrire en ce moment même.

Du même auteur :

Wyld :
1. *La Mort ou la gloire*
2. *Rose de Sang*

Ce livre est également disponible
au format numérique

www.bragelonne.fr

Nicholas Eames

La Mort ou la gloire

Wyld – 1

Traduit de l'anglais (Canada) par Olivier Debernard

Bragelonne

Collection dirigée par Stéphane Marsan et Alain Névant

Titre original : *Kings of the Wyld*
Copyright © 2017 by Nicholas Eames
Publié avec l'accord d'Orbit, New York, États-Unis.
Tous droits réservés

© Bragelonne 2019, pour la présente traduction

Carte :
D'après l'illustration originale de Tim Paul

ISBN : 979-10-281-1059-8

Bragelonne
60-62, rue d'Hauteville – 75010 Paris

E-mail : info@bragelonne.fr
Site Internet : www.bragelonne.fr

Pour maman, qui a toujours cru.
Pour Rose, qui a toujours su.
Pour papa, qui ne saura jamais combien.

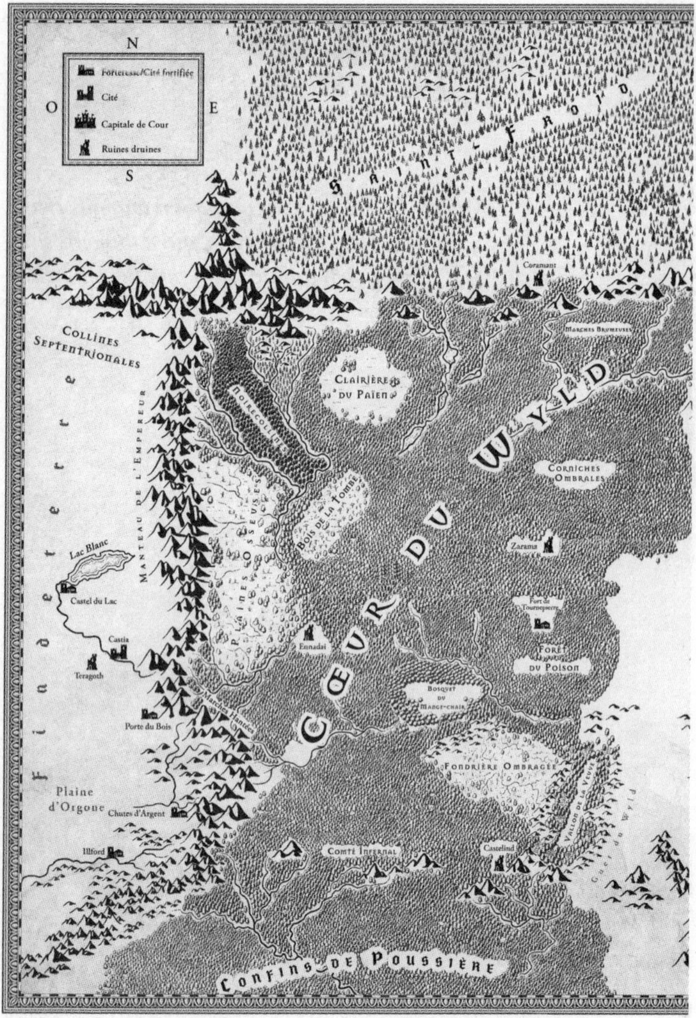

N
O
E
S
Forteresse/Cité fortifiée
Cité
Capitale de Cour
Ruines druines
Saint-Froid
Coramant
Marches Brumeuses
Collines Septentrionales
Clairière du Païen
Noirecollines
Manteau de l'Empereur
Cœur du Wyld
Corniches Ombrales
Bois de la Tombe
Plaines Osseuses
Findeterre
Lac Blanc
Castel du Lac
Castia
Teragoth
Ennadai
Zarams
Fort de Tournepierre
Forêt du Poison
Bosquet du Mange-chair
Marches Hantées
Porte du Bois
Fondrière Ombragée
Plaine d'Orgone
Chutes d'Argent
Illford
Comté Infernal
Castelind
Vallon de la Veuve
Cœur du Wyld
Confins de Poussière

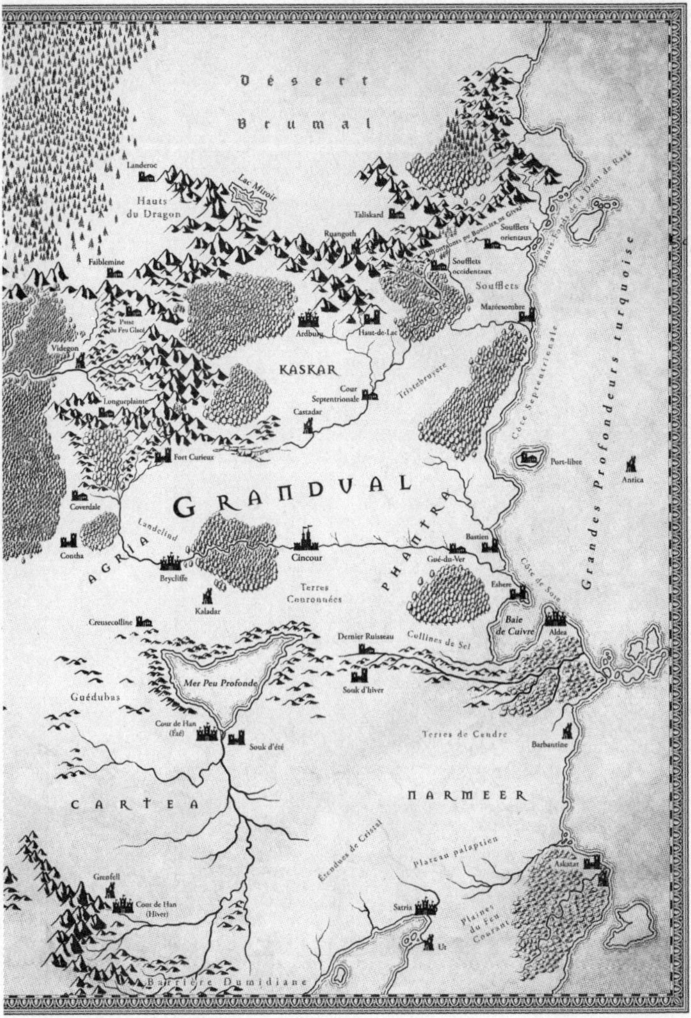

Désert
Brumal
Landeroc
Lac Miroir
Hauts
du Dragon
Faiblemine
Passe
du Feu Glacé
Videgon
Longueplainte
Fort Curieux
Coverdale
Contha
Taliskard
Ruangoth
Montagnes du Bouclier de Givre
Soufflets
orientaux
Soufflets
occidentaux
Soufflets
Marécombre
Hauts-Fonds de la Dent de Rask
Ardburg
Haut-de-Lac
KASKAR
Cour
Septentrionale
Castadar
Tristebruyère
Côte Septentrionale
Port-libre
Antica
Grandes Profondeurs turquoise
GRANDVAL
Landelind
AGRIA
Brycliffe
Kaladar
Cincour
Terres
Couronnées
PHANTRA
Bastien
Gué-du-Ver
Côte de Soie
Eshere
Baie
de Cuivre
Aldea
Creusecolline
Dernier Ruisseau
Collines de Sel
Mer Peu Profonde
Souk d'hiver
Guédubas
Cour de Han
(Été)
Souk d'été
Terres de Cendre
Barbantine
CARTEA
NARMEER
Étendues de Cristal
Plateau palaptien
Askatat
Grenfell
Cour de Han
(Hiver)
Satria
Ur
Plaines
du Feu
Courant
Barrière Dumidiane

1

Le fantôme sur la route

Il suffisait de jeter un coup d'œil à l'ombre de Clay Cooper pour deviner que l'homme était sans doute plus impressionnant encore qu'il en avait l'air. Plus grand que la plupart des gens, il avait de larges épaules et un torse évoquant un tonneau cerclé de fer. Les chopes prenaient des allures de tasses en porcelaine entre ses mains. Cachée sous une barbe brune et broussailleuse, sa mâchoire était large et tranchante comme une lame de pelle. Son ombre étirée par le soleil couchant se traînait derrière lui comme si elle cherchait obstinément à rappeler celui qu'il avait été : un géant redoutable qui n'avait eu qu'une vague notion du concept de pitié.

Sa journée de travail terminée, Cooper traversa Coverdale en empruntant le chemin de terre qui faisait office de grande avenue. Il marchait d'un pas pesant, adressant un petit sourire ou un signe de tête à ceux qui se hâtaient de rentrer chez eux avant la nuit. Il portait le tabard vert de la milice sur un justaucorps en cuir râpé. Une vieille épée rangée dans un fourreau usé se balançait à sa hanche, et un bouclier – fendu, balafré et lacéré par d'innombrables lames, flèches et griffes – était accroché dans son dos. Quant à son casque… eh bien, Clay avait égaré celui que le sergent lui avait donné la semaine d'avant. Comme le précédent, un mois plus tôt. Comme tous ceux qu'il avait reçus au cours de ses dix années de service. Ils disparaissaient mystérieusement à intervalles plus ou moins réguliers.

Un casque limitait le champ de vision, étouffait les sons et vous donnait l'air passablement idiot. Il était hors de question que Clay Cooper porte un casque.

— Clay ! Hé, Clay !

Pip marchait vers lui d'un pas alerte. Il portait l'uniforme vert de la milice et tenait son ridicule galure blindé au creux du bras.

— Je viens de terminer mon quart à la porte sud, déclara le jeune homme avec enthousiasme. Et toi ?

— À la nord.

— Génial ! (Pip sourit et hocha la tête comme si Clay venait de lui raconter une histoire fascinante.) T'as vu des trucs intéressants ?

Clay haussa les épaules.

— Des montagnes.

— Ha ! Des montagnes, qu'il dit ! Classique. Au fait, t'as entendu la nouvelle ? Y paraît que Ryk Yarsson a vu un centaure du côté de la ferme de Tassel.

— Sans doute un élan.

Le jeune homme toisa Clay d'un air sceptique. À l'évidence, il estimait peu probable que Ryk ait confondu un centaure avec un cervidé.

— Ouais, bon… Ça te dit d'aller écluser quelques chopes à *La Tête du Roi* ?

— Je ne suis pas sûr que ce soit une bonne idée, répondit Clay. Ginny m'attend à la maison et…

Il s'interrompit, incapable de trouver une autre excuse.

— Allez ! insista Pip. Juste une, alors. Une seule.

Clay laissa échapper un grognement, plissant les yeux dans le soleil et se demandant si la saveur amère d'une bière valait la peine d'affronter la colère de Ginny.

— Bon, d'accord, céda-t-il. Juste une.

La Tête du Roi était déjà noire de monde et la plupart des longues tables étaient occupées. Les clients venaient pour bavarder et échanger les derniers potins en buvant un verre. Pip se fraya un chemin en direction du comptoir pendant que Clay cherchait deux places assises à l'écart de la scène.

Comme d'habitude, les gens parlaient du temps ou de la guerre – deux sujets qui n'avaient pourtant rien d'enthousiasmant. Il y avait eu une grande bataille à Findeterre, à l'ouest, et d'après les rumeurs, elle s'était très mal terminée. Une horde du Cœur du Wyld avait massacré l'armée de la République composée de vingt mille hommes épaulés par plusieurs centaines de compagnies de mercenaires, communément appelées « roquebandes ». Les rares survivants s'étaient repliés à Castia, mais la cité était désormais assiégée et ils luttaient contre la faim et les maladies pendant que l'ennemi se repaissait des morts à l'extérieur des murailles. Et comme si cela ne suffisait pas, il y avait gelé ce matin. Du gel ! Alors que l'automne venait à peine de commencer !

Pip posa deux chopes de bière sur la table et présenta les deux hommes qui l'avaient suivi. Clay l'écouta à peine. Les jeunes gens semblaient plutôt sympathiques, mais il faisait un blocage sur les noms.

— Alors comme ça, tu faisais partie d'une roquebande ? demanda l'un des deux.

Il avait de longs cheveux roux et son visage adolescent était couvert de taches de rousseur et de boutons d'acné.

Clay but une gorgée de bière, posa sa chope et jeta un coup d'œil en direction de Pip – qui eut la bonne grâce de rougir de honte – avant de hocher la tête.

Les amis du jeune homme échangèrent un regard, puis Taches de Rousseur se pencha au-dessus de la table.

— Pip raconte que t'as tenu la passe de Coldfire pendant trois jours face à un millier de morts-vivants.

— J'en ai compté que neuf cent quatre-vingt-dix-neuf, rectifia Clay. Mais bon, on ne va pas chipoter.

— Il dit aussi que t'as terrassé Akatung l'Effroyable, ajouta l'autre gamin.

Il s'efforçait de se laisser pousser la barbe, mais la touffe de poils qui ornait son menton devait faire ricaner la plupart des grand-mères.

Clay but une nouvelle gorgée de bière et secoua la tête.

— On l'a seulement blessé. On raconte qu'il est mort un peu plus tard dans son repaire. Pendant son sommeil. Paisiblement.

Les deux garçons parurent déçus. Pip donna un coup de coude à celui qui était assis à côté de lui.

— Demande-lui de te parler du siège de Creusecolline.

— Creusecolline ? répéta Barbiche. (Il réfléchit un instant, puis ses yeux s'arrondirent comme des soucoupes.) Attends un peu, tu faisais donc partie de…

— Saga, l'interrompit Taches de Rousseur, stupéfait. Tu faisais partie de Saga.

— C'était il y a bien longtemps, dit Clay en grattant un nœud sur la surface irrégulière de la table. Mais ce nom me dit quelque chose.

— Wow ! lâcha Taches de Rousseur.

— J'y crois pas ! souffla Barbiche.

— C'est carrément… wow !

— J'y. Crois. *Pas*, insista Barbiche, bien décidé à montrer que dans le domaine de la surenchère, il ne craignait personne.

Clay resta silencieux. Il but un peu de bière et haussa les épaules.

— Mais alors, tu connais Gabe le Magnifique ? demanda Taches de Rousseur.

Nouveau haussement d'épaules.

— Je connais Gabriel, ouais.

— Gabriel ! s'extasia Pip. (Il leva les mains d'un air émerveillé et faillit renverser son verre.) *Gabriel*, qu'il a dit. Génial !

— Et Ganelon ? demanda Barbiche. Et Arcandius Moog ? Et Matrick Skulldrummer ?

— Et, euh…

Taches de Rousseur s'interrompit et réfléchit. Son visage se plissa curieusement et Clay songea que cela ne l'arrangeait pas. Bien au contraire. Le pauvre bâtard était plus laid qu'un nuage de pluie un jour de mariage.

— Qui on oublie ?

— Clay Cooper.

Barbiche caressa ses poils de menton d'un air pensif.

— Clay Cooper ? Oh ! dit-il. (Il regarda Clay avec une grimace embarrassée.) Clay Cooper, bien sûr.

Taches de Rousseur mit un certain temps à comprendre. Lorsque ce fut chose faite, il frappa son front pâle d'une main et éclata de rire.

— Dieux ! je suis vraiment le roi des cons !

Les dieux sont déjà au courant, songea Clay.

Pip sentit le malaise et se tourna vers lui.

— Raconte-nous une histoire, tu veux bien ? demanda-t-il pour faire diversion. Raconte-nous le jour où tu t'es occupé de ce nécromancien à Fort Curieux. Ou celui où tu as libéré la princesse de… cet endroit… tu te souviens ?

Il faudrait que tu sois un peu plus précis, songea Clay.

Des princesses, il en avait sauvé à la pelle, et des nécromanciens, il en avait massacré une bonne dizaine. Il n'avait pas tenu le compte. De toute manière, c'était sans importance, car il n'était pas d'humeur à raconter des histoires. Ni à déterrer les souvenirs qu'il avait enfouis au plus profond de sa mémoire avant de s'efforcer d'oublier où il avait creusé le trou.

— Excuse-moi, Pip, dit-il en vidant sa chope. On avait dit un seul verre.

Il se leva, tendit quelques pièces de cuivre au jeune homme pour payer sa consommation, puis salua Taches de Rousseur et Barbiche en espérant ne plus les revoir. Il se fraya un chemin jusqu'à la sortie et poussa un profond soupir quand l'air frais de la nuit l'enveloppa. Il était resté assis trop longtemps et son dos le lui rappelait. Il s'étira, leva la tête et observa les premières étoiles dans le ciel.

Jadis, ce spectacle lui donnait l'impression d'être petit. *Insignifiant*. Alors il avait décidé de faire de grandes choses en se disant qu'un jour, il pourrait regarder l'immense champ céleste avec indifférence. Il avait échoué. Il s'arracha à la contemplation du ciel de plus en plus obscur et se mit en route vers sa maison.

Il s'arrêta pour saluer et échanger quelques mots avec les miliciens de la porte ouest. Avait-il entendu parler de ce centaure qu'on avait vu près de la ferme de Tassel ? voulurent-ils savoir. Et de la bataille à Findeterre ? Et de ces pauvres types coincés à Castia ? Une sale affaire, pour sûr.

Clay quitta la ville et poursuivit son chemin en veillant à ne pas se tordre une cheville dans une ornière. Les grillons stridulaient dans les hautes herbes. Le vent soufflait dans les branches avec un sifflement qui rappelait le bruit des vagues. Clay s'arrêta près du temple du Seigneur de l'Été et jeta une pièce de cuivre ternie au pied de la statue. Il repartit, hésita, puis fit demi-tour et en jeta une autre. La nuit était totalement tombée, et Clay résista à l'envie de lever les yeux vers le ciel une fois de plus.

Tu ferais mieux de regarder tes pieds, se dit-il. *Tu ferais mieux de laisser le passé derrière toi. Tu as ce que tu as, Cooper. Tu as ce que tu voulais, non ? Une gamine, une femme, une petite vie tranquille.*

Une vie honnête et confortable.

Il crut entendre le ricanement moqueur de Gabriel. *« Honnête et confortable ? Rien de plus chiant »,* aurait dit son vieux camarade. Il s'était pourtant marié des années avant Clay. Il avait même eu une fille – qui devait être une femme, maintenant.

Mais son spectre était toujours aussi jeune, impétueux et rayonnant. Il esquissa un petit sourire ironique dans un sombre recoin de l'esprit de Clay.

— On était des *géants*. On croquait la vie à pleines dents. Et regarde-nous aujourd'hui...

— Aujourd'hui, on est vieux et fatigués, marmonna Clay en s'adressant à la nuit.

Qu'y avait-il de mal à cela ? Ils avaient rencontré de nombreux véritables géants au cours de leurs tournées, et la plupart s'étaient révélés être de vrais salopards.

Malgré ces arguments judicieux, le spectre de Gabriel persista à le suivre. Il glissa devant lui en lui adressant un clin d'œil moqueur, puis se jucha au sommet de la clôture du voisin et le regarda en agitant les bras. Tandis qu'il arrivait chez lui, Clay l'aperçut sous le porche de sa maison.

Sauf que ce Gabriel-là n'était plus un jeune homme. Accroupi comme un mendiant, il n'avait plus rien d'impétueux et possédait autant d'allure qu'une vieille planche. Lorsqu'il entendit son vieux camarade approcher, il se leva et sourit. Clay n'avait jamais vu de sa vie un homme à l'air si triste.

L'apparition s'adressa à lui. Sa voix était aussi réelle que les stridulations des grillons et la plainte du vent dans les arbres qui bordaient la route. Puis le sourire figé se craquela et Gabriel – le véritable Gabriel et non pas son fantôme – s'effondra dans les bras de son camarade avant de s'agripper à lui comme un enfant terrifié par la nuit.

— Clay, dit-il dans un sanglot sec. Je t'en supplie… il faut que tu m'aides.

2

Rose

Gabriel se ressaisit et les deux hommes entrèrent dans la maison. Ginny se tenait devant le fourneau. Elle se retourna et ses mâchoires se contractèrent. Griff arriva en bondissant et en agitant son petit bout de queue. Il renifla brièvement la main de Clay, puis contempla une jambe de Gabriel comme s'il s'agissait d'un tronc d'arbre contre lequel tous les cabots de la région s'étaient déjà soulagés – ce qui était peut-être bien le cas.

Gabriel était dans un triste état. Ses cheveux et les poils de sa barbe étaient emmêlés. Il était vêtu de hardes répugnantes. Ses bottes en cuir étaient trouées et on apercevait ses orteils noirs de crasse. Ses mains étaient toujours en mouvement. Elles se tordaient, se serraient ou tiraient sur les pans de sa tunique. Son visage était hagard, dur et tourmenté. Et ses yeux… Depuis les profondeurs de leurs orbites, ils contemplaient le monde avec un mélange de crainte et de révulsion.

— Griff, la paix, ordonna Clay.

Le chien se figea en entendant son nom. C'était un cabot aux yeux humides et à la tête couverte de poils noirs. Il n'était pas très beau et ne servait pas à grand-chose en dehors de nettoyer les assiettes à grands coups de langue. Il ne savait pas rassembler les moutons ou traquer les faisans, et si un cambrioleur décidait un jour de s'introduire dans la maison, il lui apporterait sans doute une paire de chaussons au lieu de le chasser en aboyant. Pourtant, Clay ne pouvait s'empêcher de sourire en le regardant, car il était adorable et le reste n'avait que peu d'importance.

— Gabriel, lâcha Ginny en retrouvant enfin l'usage de sa voix.

Elle ne bougea pas d'un pouce, ne sourit pas, ne s'avança pas pour le prendre dans ses bras. Elle ne l'avait jamais beaucoup aimé. Elle estimait sans doute qu'il était responsable des mauvaises habitudes de son mari – le jeu, les bagarres, l'alcool – qu'elle avait mis dix ans à éradiquer. Sans compter celles dont elle n'était pas encore venue à bout : mâcher la bouche ouverte, oublier de se laver les mains, saisir un emmerdeur par le col et le secouer comme un prunier sous le coup de la colère…

Et puis, il y avait les rares visites que Gabe leur avait rendues après avoir été quitté par sa femme. Chaque fois, il avait parlé de reformer leur groupe et de repartir en tournée pour se couvrir d'or et de gloire. Un terrible dragon ravageait une ville du Sud. Une meute de loups-marcheurs s'était installée dans la Forêt gémissante. Une vieille dame habitant à l'autre bout du royaume avait besoin d'un coup de main pour ramasser son linge et seul Saga était capable d'un tel exploit !

Clay n'avait pas eu besoin du regard torve de Ginny pour refuser. Il avait compris que Gabriel était en quête d'impossible. Il se comportait comme un vieillard cherchant à revivre sa jeunesse enfuie. C'*était* un vieillard cherchant à revivre sa jeunesse enfuie. Mais Clay savait que la vie ne permettait pas ce genre de fantaisies. Ce n'était pas un cercle sans fin. C'était une courbe aussi inexorable que le cheminement du soleil à travers le ciel. Elle atteignait son zénith, puis entamait une longue et interminable descente.

Clay cligna des yeux en se rendant compte qu'il s'était laissé emporter par ses pensées. Une fois de plus. C'était bien dommage qu'il ne soit pas assez éloquent pour les exprimer par des mots. Il aurait causé comme un putain de lettré.

— Tu as l'air de crever de faim, dit Ginny.

Gabriel hocha la tête tandis que ses mains s'agitaient nerveusement.

Ginny – Dieux que sa femme était belle, douce, unique, songea Clay – soupira, se força à esquisser un sourire et récupéra la cuillère dans la gamelle posée sur le fourneau.

— Assieds-toi, alors. (Elle tourna la tête et le regarda par-dessus son épaule.) Je vais te donner à manger. J'ai préparé le plat préféré de Clay : du civet de lapin aux champignons.

Gabriel cligna des yeux.

— Clay déteste les champignons.

Ginny se raidit et Clay reprit la parole avant qu'elle lui fende le crâne à coups de cuillère en bois.

— Avant, c'est vrai que je ne les aimais pas, lança-t-il gaiement. (Dieux ! que sa femme était soupe au lait, virulente et effrayante !) Mais Ginny les cuisine différemment et ça les rend… (*Un peu moins dégueulasses*, faillit-il dire.) … vraiment… très goûteux. (Il se tourna vers sa femme en sentant qu'il ne s'était pas montré très convaincant.) Tu leur fais quoi exactement, chérie ?

— Je les fais mijoter, lâcha-t-elle, glaciale.

Comment une femme pouvait-elle prononcer ces quatre mots sur un ton aussi sinistre ?

L'ombre d'un sourire se dessina sur les lèvres de Gabe.

Ça l'a toujours amusé de me voir dans le pétrin, se rappela Clay.

Il prit une chaise et s'assit. Son camarade l'imita. Griff s'installa sur son tapis, se lécha l'entrejambe et s'endormit aussitôt. Clay songea qu'il avait vraiment la belle vie.

— Tally est à la maison ? demanda-t-il.

— Elle est sortie, répondit Ginny. Je ne sais où.

Clay espéra qu'elle n'était pas trop loin. Il y avait des coyotes dans les bois des environs et des loups dans les collines. Sans compter le centaure que Ryk Yarsson avait vu près de la ferme de Tassel – à supposer que ce ne soit pas un élan. C'était sans importance : les deux étaient tout à fait capables de tuer une enfant s'ils se sentaient menacés.

— Elle aurait dû rentrer avant la tombée de la nuit, dit-il.

Ginny éclata d'un rire peu amène.

— Toi aussi, Clay Cooper. Tu as fait des heures supplémentaires sur le chemin de ronde ou c'est l'odeur de la pisse royale que je sens sur toi ?

C'est ainsi qu'elle appelait la bière qu'on servait à *La Tête du Roi*. L'expression était savoureuse et Clay avait éclaté de rire la première fois qu'il l'avait entendue. Ce soir, il la trouvait beaucoup moins drôle.

Gabe semblait de meilleure humeur. Il souriait comme un gamin qui voit son frère se faire gronder pour une bêtise qu'il n'a pas commise.

— Elle est juste en bas, au bord du marais, poursuivit Ginny en prenant deux bols en céramique dans l'armoire. Estime-toi heureux si elle ne rapporte que des grenouilles. D'ici peu, elle rentrera avec des garçons et ce sera le moment de t'inquiéter.

— C'est eux qui auront intérêt à s'inquiéter, grommela Clay.

Ginny ricana une fois de plus. Clay envisagea de lui demander pourquoi, mais elle posa un bol rempli de civet fumant devant lui. L'odeur alléchante réveilla son estomac qui grogna d'impatience. Malgré les champignons.

Ginny attrapa une cape suspendue à une patère près de la porte.

— Je vais voir ce qu'elle fait, dit-elle. Elle a peut-être besoin d'aide pour transporter les grenouilles. (Elle s'approcha et déposa un baiser au sommet du crâne de Clay avant de lisser ses cheveux en arrière.) Je vous laisse entre garçons. Amusez-vous bien.

Elle ouvrit la porte, hésita et jeta un coup d'œil par-dessus son épaule. D'abord à Gabriel qui mangeait comme s'il n'avait rien avalé depuis une semaine, puis à son mari. Lorsque Clay comprit enfin ce qu'il avait entrevu dans ce regard – de la tristesse, de l'amour et de la résignation –, il s'était écoulé plusieurs jours, il avait pris une décision lourde de conséquences et il était loin de chez lui. Dieux, comme sa femme était belle, aimante et remarquablement futée. Elle avait déjà deviné ce qui allait se passer. Elle avait deviné que c'était aussi inéluctable que l'arrivée de l'hiver ou les méandres d'un fleuve en route vers la mer.

Un vent froid s'engouffra dans la maison. Malgré sa cape, Ginny frissonna, puis sortit.

— C'est Rose.

Ils avaient fini de manger et repoussé leurs bols au bord de la table. Clay savait qu'il aurait dû les mettre à tremper dans la cuvette d'eau, mais il sentit que le moment était mal choisi pour se lever. Gabriel était arrivé tard et avait parcouru un long chemin pour lui dire quelque chose. Mieux valait le laisser parler et régler le problème au plus vite.

— Ta fille ? demanda Clay pour inciter son camarade à poursuivre.

Gabe hocha la tête avec lenteur. Il avait posé ses mains à plat sur la table et semblait contempler quelque chose d'invisible entre Clay et lui.

— Elle est… têtue comme une mule, dit-il enfin. Impétueuse. Je voudrais pouvoir dire qu'elle tient ça de sa mère, mais… (L'ombre d'un sourire réapparut sur ses lèvres.) Je t'avais raconté que je lui enseignais le maniement de l'épée, tu te souviens ?

— Je me souviens de t'avoir dit que c'était une très mauvaise idée.

Gabriel haussa les épaules.

— Je voulais juste lui en apprendre assez pour qu'elle puisse se défendre. Tu tiens l'épée par la poignée et tu frappes avec le bout pointu, tu vois le genre. Mais elle voulait davantage. Elle voulait devenir… (Il s'interrompit pour chercher ses mots.) … redoutable.

— Comme son père ?

L'expression de Gabriel se fit amère.

— Comme son père, oui. Elle avait sans doute entendu trop d'histoires et avait la tête pleine de bêtises. Les héros, les batailles, les roquebandes.

Et qui a bien pu lui raconter toutes ces histoires ? songea Clay.

Gabriel devina ses pensées.

— Je sais, dit-il. Je sais. C'est un peu ma faute, je le reconnais. Mais pas seulement. Les gamins d'aujourd'hui… ils sont obsédés par tout ce qui touche aux mercenaires, Clay. Ils les adorent. C'est malsain. Surtout que la plupart de ces types ne font même pas partie de véritables roquebandes ! Ils engagent les premiers venus pour se battre à leur place pendant qu'ils se pomponnent et paradent avec leurs épées brillantes et leurs belles armures. Il y en a même un qui va à la bataille à cheval sur une manticore ! Je te jure que c'est pas des conneries.

— Une manticore ? répéta Clay d'un ton dubitatif.

Gabe éclata d'un rire acerbe.

— Je sais, je sais. Qui peut être assez *con* pour monter sur une manticore ? Ces bestioles sont intenables. Ce n'est pas moi qui vais te l'apprendre, hein ?

En effet. Clay avait une vilaine cicatrice sur la cuisse droite pour lui rappeler qu'il était préférable de ne pas trop approcher ces créatures. Les manticores n'étaient ni des animaux familiers, ni des montures dociles. La simple idée de chevaucher un lion battant des ailes et agitant une queue se terminant par un aiguillon empoisonné relevait de la folie furieuse.

— Ils nous adoraient aussi à l'époque, remarqua Clay. Enfin, *toi* du moins. Et Ganelon. Les histoires et les chansons qui racontent vos exploits sont encore très populaires, tu sais ?

Les histoires étaient enjolivées et la plupart des chansons étaient des tissus d'âneries, mais elles avaient résisté au passage du temps alors que leurs protagonistes n'étaient plus que l'ombre de ceux qu'ils avaient été.

Nous étions des géants.

— C'est différent, lâcha Gabriel. Tu devrais voir les foules qui se rassemblent quand une roquebande arrive en ville, Clay. Les gens hurlent, les femmes pleurent dans les rues.

— Ça ne doit pas être beau à voir, remarqua Clay avec le plus grand sérieux.

Gabriel l'ignora.

— Enfin bref ! Rose voulait apprendre à manier l'épée et j'ai cédé. Je me suis dit qu'elle se lasserait tôt ou tard et que, de toute manière, il valait mieux que ce soit moi qui lui serve de professeur. Quand Val l'a appris, elle a piqué une crise de tous les diables.

Clay n'en fut pas surpris outre mesure. Valery détestait les armes et méprisait la violence sous toutes ses formes – ainsi que ceux qui y avaient recours, quelles que soient leurs intentions. C'était en partie à cause d'elle que les membres de Saga s'étaient séparés.

— Le problème, reprit Gabriel, c'est que Rose était douée. Très douée. Et je te prie de croire que ce ne sont pas des vantardises paternelles. Elle a commencé à s'entraîner avec des gamins de son âge, et quand ils en ont eu marre de se prendre des raclées, elle s'est mise à traîner dans les rues en quête d'adversaires plus coriaces. Et à participer à des affrontements sponsorisés.

— La digne fille de Gabe le Magnifique, lâcha Clay d'un ton pensif. Le spectacle devait valoir le coup d'œil.

— Je suppose, acquiesça Gabriel. Mais un jour, Val a remarqué qu'elle avait des bleus. Ça l'a rendue folle. Elle a dit que c'était ma faute, bien entendu. Que tout était ma faute ! Elle a piqué sa crise d'autorité – tu sais comment elle est – et Rose a arrêté de se battre… (Il termina sa phrase dans un murmure et Clay vit qu'il serrait les dents comme s'il ruminait une sombre pensée.) Mais quand Valery m'a quitté, Rosie et moi… ça ne s'est pas très bien passé entre nous. Elle a recommencé à traîner en ville et il lui arrivait de rester absente plusieurs jours d'affilée. Elle avait de nouveaux bleus, et quelques vilaines estafilades pour couronner le tout. Un jour, elle a débarqué avec les cheveux presque rasés. Heureusement que sa mère avait déjà fichu le camp, sinon les miens auraient subi le même sort. Et puis des cyclopes sont arrivés.

— Des cyclopes ?

Gabriel le toisa d'un air agacé.

— De grands connards avec un œil énorme au milieu de la tronche. Ça te rappelle quelque chose ?

Clay soutint son regard.

— Je sais ce qu'est un cyclope, crétin.

— Alors pourquoi tu demandes ?

— Je ne t'ai pas… (Clay renonça.) Laisse tomber. Alors, ces cyclopes ?

Gabriel soupira.

— L'un d'eux s'est installé dans le vieux fort au nord du ruisseau de la Loutre. Il a volé quelques têtes de bétail, quelques chèvres et un chien, mais ensuite, il a tué les gens qui étaient partis à leur recherche. Les représentants des cours étaient très occupés, alors ils ont décidé d'engager des types pour régler le problème à leur place. Malheureusement, il n'y avait pas le moindre mercenaire dans les parages. Enfin, aucun qui soit assez balaise pour affronter un cyclope. C'est à ce moment qu'on a commencé à parler de moi. Un type est même venu me demander si je ne voulais pas me charger du boulot. Je lui ai répondu que non. Bordel, je n'ai même plus d'épée.

Clay écarquilla les yeux et ouvrit la bouche.

— Quoi ? Qu'est-ce que tu as fait de *Vellichor* ?

Gabriel baissa les yeux.

— Je… euh… je l'ai vendue.

— *Pardon ?*

Clay plaqua ses deux mains sur la table de crainte de les voir se changer en poings ou attraper un bol pour le fracasser sur le crâne de Gabriel. Il reprit la parole d'une voix aussi calme que possible.

— Tu vas rire, mais pendant un instant, j'ai cru comprendre que tu avais *vendu Vellichor. Vellichor*, tu te rappelles ? L'épée que l'archon t'a confiée tandis qu'il agonisait. Celle avec laquelle il avait ouvert un putain de passage entre son monde et le nôtre. Tu es en train de me dire que tu as vendu *cette putain d'épée* ?

Gabriel – qui s'était recroquevillé sur sa chaise pendant la tirade de Clay – hocha la tête.

— J'avais des dettes, dit-il d'un air penaud. Et Valery a exigé que je m'en débarrasse quand elle a découvert que j'avais appris à Rose à se battre. Elle a dit qu'elle était dangereuse.

— Elle a dit que…

Clay ne termina pas sa phrase. Il se laissa aller contre le dossier de sa chaise, se massa les yeux avec les paumes et lâcha un grognement sourd. Allongé sur son tapis, Griff sentit la frustration de son maître et gronda à son tour.

— Termine ton histoire, lâcha Clay au bout d'un moment.

Gabriel ne se fit pas prier.

— Comme je te disais, j'ai refusé de m'occuper du cyclope, et il en a profité pour foutre un sacré bordel au cours des semaines suivantes. Et puis un jour, on a commencé à raconter que quelqu'un était entré dans son repaire et l'avait tué. (Il esquissa un sourire mélancolique.) Tout seul.

— Rose, dit Clay.

Il ne s'agissait pas d'une question.

Gabriel hocha la tête.

— Elle est devenue une héroïne du jour au lendemain. On l'appelait la Rose de Sang. Un chouette surnom, quand on y pense.

En effet, reconnut Clay en lui-même.

Mais il resta silencieux. Il n'avait pas encore digéré la vente de *Vellichor*. Plus vite Gabriel expliquerait pourquoi il était venu, plus vite il pourrait le mettre à la porte et lui interdire de remettre les pieds chez lui.

— Ensuite, poursuivit Gabriel, elle a formé son propre groupe et ils ont nettoyé quelques repaires de monstres dans les environs : des araignées géantes, un vieux ver à charogne qui vivait dans les égouts et que tout le monde avait oublié… (Il se mordit les lèvres.) J'espérais encore qu'elle finirait par renoncer à cette carrière. Qu'elle choisirait une autre vie, une vie meilleure. Qu'elle ne suivrait pas le même chemin que moi. (Il leva les yeux.) Et puis un message officiel est arrivé de Castia. Toute personne capable de manier une épée était invitée à se joindre à l'armée de la République pour affronter la horde du Cœur du Wyld.

Clay ne fit pas le lien tout de suite, et puis il se rappela ce qu'il avait entendu dans la taverne au cours de la soirée. Une armée de vingt mille soldats défaite par un ennemi largement supérieur en nombre. Les survivants réfugiés à Castia… Les malheureux devaient regretter de ne pas avoir péri sur le champ de bataille, car les conditions de vie étaient abominables dans une cité assiégée.

Clay comprit que la fille de Gabriel était morte, ou qu'elle mourrait lorsque la ville tomberait.

Il s'efforça de maîtriser le tremblement de sa voix.

— Gabe, je…

— Je vais aller la chercher, Clay. Et j'ai besoin de toi, affirma Gabriel en se penchant au-dessus de la table. (Un mélange de peur et de colère brûlait dans ses yeux.) On va reformer Saga !

3

Un type bien

— C'est hors de question !

Apparemment, Gabriel ne s'attendait pas à une telle réponse. Ou à un ton si catégorique. Il cligna des paupières et sa ferveur mourut aussi vite qu'elle était née. Il semblait perdu, incrédule.

— Mais, Clay…

— Non, je te dis. Je ne quitterai pas cette ville pour t'accompagner vers l'ouest. Je n'abandonnerai pas Ginny. Et Tally. Je ne me lancerai pas à la recherche de Moog, de Matrick ou de Ganelon – qui doit nous détester, soit dit en passant. Je n'irai pas me promener dans le Cœur du Wyld ! Par les tétons de Glif, Gabe ! Il y a plus de mille lieues entre Coverdale et Castia. Et la route n'est pas franchement pavée si mes souvenirs sont exacts !

— Je sais, dit Gabriel.

Clay ne lui laissa pas le temps d'ajouter un mot de plus.

— Vraiment ? *Vraiment*, Gabe ? Tu te rappelles les montagnes ? Tu te rappelles ces putains *d'oiseaux*, Gabe ? Ceux qui peuvent emporter un géant dans les airs comme si c'était un enfant ?

Ce souvenir arracha une grimace à Gabriel. L'ombre des ailes déployées dans le ciel.

— Les rocs ont disparu, lâcha-t-il, sans conviction.

— Peut-être, reconnut Clay. Mais les rasks ? Ils ont disparu eux aussi ? Et les yéthiks ? Et les clans d'ogres ? Et la forêt longue de mille lieues ? Est-ce qu'elle a disparu ? Tu te souviens du Cœur du Wyld, Gabriel ? Des arbres qui marchent, des loups qui parlent ? Au fait, tu sais si les centaures continuent à capturer des gens pour les manger ? Parce que moi, je le *sais* et je peux t'affirmer qu'ils n'ont pas changé leurs bonnes vieilles habitudes ! Je ne te parle même pas de cette saloperie de nécrose ! Et tu me demandes de retourner dans cet enfer ? De le *traverser* de nouveau ?

— On l'a déjà fait, lui rappela Gabriel. On nous surnommait « les Rois du Cœur du Wyld », tu te souviens ?

— Ouais, je me souviens. On avait vingt ans de moins. On n'avait pas mal au dos le matin et on ne se levait pas cinq fois par nuit pour aller pisser. Le temps a fait ce qu'il fait de mieux : il nous a ratatinés. Il nous a brisés. On a *vieilli*, Gabriel. On n'a plus l'âge de faire les trucs qu'on faisait avant. Même si personne ne nous arrivait à la cheville. On n'a plus l'âge de traverser le Cœur du Wyld. Et à supposer qu'on réussisse, qu'est-ce que ça changerait ?

Il n'en dit pas davantage. La réponse était évidente : même s'ils parvenaient à atteindre Castia, à franchir les lignes de la horde et à pénétrer dans la cité, Rose serait sans doute morte.

Gabriel se pencha un peu plus en avant.

— Elle est vivante, Clay. (Ses yeux avaient retrouvé la dureté de l'acier, mais il était au bord des larmes.) Je sais qu'elle est vivante. C'est moi qui lui ai appris à se battre, tu te rappelles ? Elle est aussi bonne que moi à l'époque. Et peut-être même meilleure. Elle a tué un cyclope toute seule ! (De toute évidence, c'était surtout lui qu'il cherchait à convaincre.) On raconte que quatre mille guerriers ont survécu à la bataille et se sont réfugiés à Castia. Quatre mille ! Rosie fait partie du lot. J'en suis sûr et certain.

— C'est possible, concéda Clay.

Que pouvait-il dire d'autre ?

— Il faut que j'y aille, reprit Gabriel. Il faut que j'essaie de la sauver. (Sa voix se fit sombre.) Si je le peux. Je sais que je suis vieux. Je sais que je ne suis plus celui que j'ai été. Que je ne suis même pas son ombre. Nous sommes tous dans le même cas, je suppose. Mais je suis aussi son père. Un père merdique qui n'aurait pas dû la laisser partir à l'aventure, d'accord, mais pas assez merdique pour rester le cul sur une chaise à se plaindre de ses rhumatismes pendant qu'elle crève de faim dans une cité assiégée à l'autre bout du monde ! Malheureusement, je ne peux rien faire tout seul. (Il éclata d'un rire âpre.) Et même si j'avais les moyens d'engager des mercenaires, je ne suis pas sûr que j'en trouverais qui acceptent d'aller là-bas. (*Il est au moins lucide sur ce point,* songea Clay.) Tu es mon dernier espoir. Sans toi, sans le groupe, je suis perdu. Et Rose aussi. (Un silence pesant s'installa, puis Gabriel asséna le coup de grâce.) Qu'est-ce que tu ferais si c'était Tally ?

Clay ne dit rien pendant un long moment. Il écouta les craquements de la maison, contempla les bols vides et les cuillères en bois, observa la table. Il regarda Gabriel et Gabriel le regarda. Il voyait le torse de son vieux camarade se soulever et s'abaisser au gré de sa respiration. Il imaginait son cœur marteler sa poitrine alors que le sien battait avec lenteur et régularité. Comment un organe aussi rudimentaire (ce n'était qu'un muscle gorgé de sang gros comme le poing) aurait-il pu pressentir quelque chose que l'esprit n'avait pas encore envisagé ?

— Je suis désolé, Gabe.

Son ami resta immobile sur sa chaise. Il fronça les sourcils, puis esquissa son sourire triste et flétri.

— Je suis *désolé*, répéta Clay.

Les secondes s'enchaînaient et Gabriel… Gabriel l'observait, la tête légèrement inclinée de côté.

— Je sais, lâcha-t-il après une éternité.

Il se leva. Le raclement de la chaise sur le sol résonna aussi fort que le cri perçant d'un faucon après un si long silence.

— Tu peux dormir ici, proposa Clay.

Gabriel secoua la tête.

— Je dois partir. J'ai laissé mon sac à l'entrée. Il y a une auberge en ville ?

Clay hocha la tête.

— Gabriel…

Il aurait voulu lui expliquer, mais il ne savait pas *quoi* expliquer, ni quoi dire. Qu'il était désolé – une fois encore ? Qu'il ne pouvait pas prendre le risque de perdre Ginny ? De priver Tally de son père si l'aventure tournait mal – et elle *tournerait* mal, il en était certain ? Qu'il vivait une petite vie bien *tranquille* à Coverdale ? Qu'il avait trouvé sa part de bonheur après toutes ces années mouvementées ? Qu'au plus profond de lui, l'idée de traverser le Cœur du Wyld, d'approcher de Castia et de la horde qui l'assiégeait réveillait une terreur sans nom ?

J'ai peur, aurait-il voulu dire à son ami.

Mais il en était incapable.

Gabriel eut la grâce d'interrompre ses souffrances.

— Dis à Ginny que le civet était délicieux. Et dis à ta fille que son oncle Gabe lui dit bonjour. Ou au revoir, c'est selon.

Propose-lui une paire de bottes, souffla une petite voix dans la tête de Clay. *Une cape, au moins. De l'eau, ou du vin pour la route.*

Mais il ne dit pas un mot. Il resta assis pendant que Gabriel ouvrait la porte. L'air froid. Le bruissement des branches à l'extérieur. Le chœur de centaines de milliers de grillons dans les hautes herbes.

Griff leva la tête, constata que Gabe s'en allait et se rendormit aussitôt.

Le visiteur s'arrêta sur le seuil de la maison et jeta un coup d'œil derrière lui.

Et voilà, songea Clay. *L'ultime supplication. La cinglante remarque à propos de ce qu'il ferait s'il était à ma place.* Gabriel avait manié *Vellichor* avec une redoutable efficacité, mais son arme la plus terrible, c'étaient les mots. Il avait été le meneur de Saga, la voix du groupe, mais ce soir, il se contenta de sortir en tirant la porte derrière lui.

— Tu es un type bien, Clay Cooper, dit-il avant de disparaître.

Ce n'était pas la remarque amère et tranchante à laquelle Clay s'attendait. Des mots simples. Des mots chaleureux.

Des mots douloureux.

Dès son retour, Tally se précipita vers son père pour lui montrer ses grenouilles. Elle les étala sur la table avant que sa mère ait le temps de protester. Il y en avait quatre, dont une grosse jaune avec des ailes qui n'étaient pas encore développées. La bestiole saisit sa chance et bondit sur le sol, mais se figea lorsque Griff s'approcha en aboyant. Tally la ramassa et lui assena une petite tape sur la tête avant de la reposer à côté des autres. Cette fois-ci, la grenouille resta immobile, paralysée par l'étonnement ou la peur.

— Tu me laveras la table avant d'aller te coucher, grommela Ginny.

La fillette haussa les épaules.

— Oui, oui. Papa, devine combien j'ai trouvé de grenouilles ?

— Combien ? demanda Clay.

— Non, tu dois deviner !

Clay lança un regard aux quatre batraciens posés devant lui.

— Hmmm… une ?

— Non ! Plus que ça !

— Hmmm… cinquante ?

Tally gloussa et tendit la main vers une grenouille qui se rapprochait du bord.

— Pas cinquante ! J'en ai attrapé quatre, gros bêta. Tu ne sais pas compter ?

Avec la fierté d'un marchand de chevaux présentant ses meilleurs étalons, la fillette montra les trois premiers amphibiens en soulignant les particularités de chacun, puis elle prit la grosse grenouille jaune à deux mains et la fourra sous le nez de son père.

— Celui-là, il s'appelle Bert. Il est jaune et maman dit qu'il va avoir des ailes qui vont lui pousser dans le dos. Je l'ai attrapé pour oncle Gabriel. (La fillette regarda autour d'elle et s'aperçut que celui-ci n'était pas là.) Il est où ? Il est allé se coucher ?

Clay jeta un rapide coup d'œil à Ginny.

— Il est parti. Il m'a dit de te dire bonjour.

Tally fronça les sourcils.

— Quand est-ce qu'il va revenir ?

Sans doute jamais, pensa Clay.

— Bientôt, j'espère.

Tally resta songeuse quelques instants, les yeux fixés sur la grenouille dans ses mains. Puis elle esquissa un large sourire.

— Bert aura ses ailes quand il reviendra ! déclara-t-elle soudain.

Sur le dos du batracien, les deux petites bosses frémirent comme pour confirmer la prédiction.

Ginny approcha et lissa les cheveux de la fillette comme elle l'avait fait un peu plus tôt avec ceux de Clay.

— Et maintenant, sale gamine, il est temps d'aller au lit. Tes amis t'attendront dehors pendant la nuit.

— Mais maman, je vais les *perdre* si je les laisse dehors, protesta la fillette.

— Tu n'auras aucun mal à les retrouver demain. Je suis certaine qu'ils seront ravis de te revoir.

Clay éclata de rire et Ginny sourit.

— C'est sûr, affirma Tally.

Elle ramassa les grenouilles et les porta à l'extérieur. Elle leur souhaita bonne nuit et les embrassa sur la tête avant de leur rendre leur liberté. Ginny grimaça à chaque baiser. Clay, lui, fut heureux qu'elles ne se transforment pas en princes charmants. Il avait vu assez de monde pour la soirée, et de toute manière, il ne restait plus de civet.

Tally alla se laver après avoir nettoyé la table. Griff la suivit en trottinant. Ginny s'assit, prit une des grandes mains de Clay entre les siennes et la serra.

— Raconte, dit-elle.

Et il raconta.

Tally dormait. La lanterne posée près de son lit était munie de plaques métalliques dans lesquelles on avait découpé des étoiles, et la lumière dessinait une véritable constellation sur les murs de la chambre. Les cheveux de la fillette scintillaient, les mèches blondes héritées de sa mère ressortant au milieu de la tignasse brune rappelant celle de son père. Elle avait insisté pour qu'on lui lise une histoire. Elle adorait les histoires de dragons, mais les histoires de dragons étaient interdites, car elles lui donnaient des cauchemars. Elle avait quand même demandé. C'était une enfant courageuse à sa manière. Clay choisit une histoire avec des sirènes et un aquaver – qui était une sorte de dragon, mais il se le rappela trop tard. Il espéra que sa fille ne se réveillerait pas en hurlant au milieu de la nuit.

La majeure partie de l'histoire était réelle, mais Clay l'embellit un peu. Il raconta que c'était lui qui avait porté le coup fatal – alors que c'était Ganelon – et omit certains détails qu'une enfant de neuf ans – et sa mère – n'avait pas besoin d'apprendre. Il se contenta de dire qu'après la mort du monstre, les sirènes avaient manifesté toute leur gratitude. C'était pour cette raison qu'il possédait une connaissance assez approfondie de leur mystérieuse anatomie, même s'il ignorait encore bien des choses à ce sujet.

Au souffle régulier de sa fille, il comprit qu'elle s'était endormie. Il resta assis à observer son visage : sa bouche minuscule, ses joues roses, son petit nez aussi délicat que de la porcelaine. Il avait encore du mal à croire que Clay Cooper ait pu produire un tel chef-d'œuvre, même avec le concours manifeste de Ginny. Presque malgré lui, il tendit le bras et prit la menotte de sa fille. Les doigts de l'enfant serrèrent sa main instinctivement et il sourit.

Tally ouvrit les yeux et battit des paupières.

— Papa ?

— Oui, mon ange ?

— Est-ce que Rosie va s'en sortir ?

Clay eut l'impression que son cœur se changeait en bloc de glace. Il ouvrit la bouche, puis la ferma tandis qu'il cherchait une réponse adaptée à une enfant de neuf ans.

— Tu as écouté notre conversation ? demanda-t-il.

Évidemment qu'elle l'avait écoutée. Depuis le soir où elle avait entendu ses parents se mettre d'accord pour lui offrir un poney pour son anniversaire, écouter aux portes était devenu son passe-temps favori.

La fillette hocha la tête, à moitié endormie.

— Elle a des ennuis, hein ? Est-ce qu'elle va s'en sortir ?

— Je ne sais pas, lâcha Clay.

Il aurait mieux fait de répondre par l'affirmative. On avait le droit de mentir aux enfants pour les protéger, non ?

— Oncle Gabe va la sauver, marmonna Tally.

Ses paupières se fermèrent. Clay hésita un instant, priant pour que sa fille s'endorme.

— Pas vrai ? demanda l'enfant en rouvrant les yeux.

Mais Clay avait eu le temps de préparer sa réponse.

— Bien sûr, ma chérie.

— Tant mieux. Tu ne vas pas avec lui ?

— Non, murmura Clay. Je ne vais pas avec lui.

— Mais tu irais si c'était moi, pas vrai, papa ? Si c'était moi qui étais prisonnière de méchants très loin ? Tu viendrais me sauver, hein ?

Clay sentit une vague de douleur envahir sa poitrine, un torrent de pourriture né de sa honte, de sa tristesse ou d'un remord insupportable – voire des trois en même temps. Il revit le sourire brisé de Gabriel et entendit ses dernières paroles.

« Tu es un type bien, Clay Cooper. »

— Si c'était toi, souffla-t-il d'une voix basse mais déterminée, rien ne pourrait m'arrêter.

Tally sourit et étreignit sa main un peu plus fort.

— Alors tu devrais aller sauver Rosie.

Ce fut à ce moment qu'il perdit le combat. Il serra les dents pour chasser les sanglots qui menaçaient de l'étouffer, ferma les yeux pour refouler ses larmes. Trop tard.

Clay ne se comportait pas toujours en type bien, mais il faisait de son mieux. Il avait canalisé une bonne partie de sa violence en s'engageant dans la milice et en utilisant ses talents quelque peu limités pour le bien commun. Il s'efforçait d'être digne de Ginny et de leur fille, son trésor le plus précieux, le grain de poussière d'or qui avait émergé du bourbier de son âme.

Il estimait cependant qu'il y avait des… degrés de bonté. Quand on comparait deux choses, on s'apercevait parfois que l'une d'elles était – ne serait-ce qu'un soupçon – plus importante que l'autre, n'est-ce pas ? Faire un choix, faire le *bon* choix, était un fardeau que peu de gens étaient capables de porter.

Même pour les meilleures raisons du monde, un type bien ne pouvait rester chez lui alors que son plus vieil, son plus fidèle ami risquait de perdre son propre trésor le plus précieux. Clay ne savait peut-être pas grand-chose, mais il savait cela.

Et sa fille le savait également.

— Papa, demanda-t-elle en fronçant les sourcils, pourquoi tu pleures ?

Le sourire qu'il esquissa devait ressembler à celui de Gabe quand il était parti. Un sourire las, brisé et malheureux.

— Parce que tu vas beaucoup me manquer, répondit-il.

4

Sur la route

Il dit au revoir à Ginny sur la colline qui surplombait la ferme. Il avait imaginé qu'elle le saluerait de la main depuis le porche, ou qu'elle ferait demi-tour à l'intersection du chemin et de la route. Il avait redouté ce moment comme le condamné attendant que le bourreau vêtu de noir lui fasse signe de monter sur l'échafaud. *À ton tour, mon gars !* Mais Ginny l'avait accompagné jusqu'au sommet en lui tenant la main et en parlant de choses sans importance. Clay hocha la tête et rit pour une raison qu'il fut incapable de se rappeler par la suite. Il avait presque oublié que c'était peut-être la dernière fois qu'il entendait cette voix, qu'il voyait cette chevelure dorée s'enflammer aux premiers rayons du soleil. Et elle s'embrasa lorsqu'ils arrivèrent au sommet de la colline et contemplèrent le monde nimbé d'or et de vert qui s'étendait au-delà.

Quelques heures plus tôt, alors que la nuit laissait place à la sombre grisaille précédant l'aube, Ginny avait déclaré qu'elle ne pleurerait pas, que ce n'était pas dans sa nature et que cela ne voulait pas dire qu'il ne lui manquerait pas. Mais une fois au sommet de la colline, après lui avoir redit qu'il était un type bien, elle éclata en sanglots et il fit de même.

Lorsque leurs larmes séchèrent, elle prit son visage à deux mains et le regarda dans les yeux.

— Reviens-moi, Clay Cooper.

« Reviens-moi. »

Ces paroles, au moins, il ne les oublierait pas. Il s'en souviendrait jusqu'à son dernier souffle.

Gabriel n'avait pas loué une chambre au-dessus de *La Tête du Roi*. Shep, l'aubergiste, raconta qu'il avait proposé à un vieux barde sans le sou de passer la nuit dans une écurie vide en échange de quelques histoires.

— Et elles étaient sacrément bonnes, ajouta Shep en rinçant des chopes dans une bassine remplie d'eau trouble.

Il sortait si rarement de derrière son comptoir que Clay se demandait parfois s'il avait des jambes.

— Des amis qui deviennent ennemis, des ennemis qui deviennent amis. Et il a décrit un dragon avec tant de détails qu'on aurait juré qu'il l'avait affronté en personne ! Il y avait des histoires tristes, aussi. Des trucs qui te prenaient à la gorge. Il s'est même mis à chialer deux ou trois fois.

C'était bien Gabe qui dormait dans l'écurie. Le héros dont on avait chanté les exploits, qui avait bu du vin avec des rois et couché avec des reines, était roulé en boule au sommet d'une meule de foin gorgée de pisse. Clay le secoua et il gémit comme si on l'arrachait aux griffes d'un terrible cauchemar – ce qui était probablement le cas. Clay le traîna à l'intérieur de l'auberge et commanda deux petits déjeuners. Gabriel s'agita sur sa chaise. Il ne se calma pas avant qu'une serveuse aux cheveux noirs – une des filles de Shep – pose leur repas sur la table. Il dévora la nourriture avec la même voracité que le civet de Ginny la veille.

— Je t'ai apporté des vêtements propres, dit Clay. Et des nouvelles bottes. Quand tu auras terminé de manger, je demanderai à Shep de te préparer un bain.

Gabe esquissa un sourire en coin.

— J'ai l'air si minable que ça ?

— On peut dire les choses comme ça, répondit Clay.

Gabriel grimaça.

Clay mangea avec lenteur, en se demandant s'il n'en avait pas fait assez. Gabriel avait désormais le ventre plein et des vêtements propres. Pourquoi ne pas lui faire ses adieux et rentrer à la maison ? Il raconterait à Ginny qu'il n'avait pas retrouvé son vieux camarade en ville et elle dirait : *Eh bien ! tu auras essayé.* Et il répondrait : *Ouais, j'aurais essayé.* Puis il s'allongerait près d'elle dans le lit chaud et douillet, et peut-être qu'ils…

À la manière dont son ami le regardait, Clay eut l'impression que sa tête était un bocal en verre dans lequel ses pensées nageaient à la vue de tous. Gabriel jeta un coup d'œil au gros sac que Clay avait posé sur le banc, puis au grand bouclier noir accroché dans son dos. Il baissa alors la tête et contempla son assiette vide pendant un long moment. Puis il renifla et s'essuya les yeux d'un revers de manche crasseuse.

— Merci, dit-il.

Clay soupira.

D'accord, oublions l'idée de rentrer à la maison.

— De rien.

Alors qu'ils se dirigeaient vers les portes de Coverdale, ils s'arrêtèrent à la caserne afin que Clay puisse rendre son uniforme et informer le sergent qu'il quittait la ville.

— Où tu vas ? demanda le milicien.

Son véritable nom était un secret que seule sa femme connaissait, mais sa femme était morte quelques années plus tôt et avait emporté ledit secret dans sa tombe. C'était un homme droit, sans imagination et sans âge. Son visage était plus ridé qu'un vieux morceau de cuir oublié au soleil et il arborait une moustache dont les extrémités aussi touffues qu'une queue de cheval descendaient jusqu'au milieu du ventre. À en croire les rumeurs, il n'avait jamais fait partie d'une armée ou d'une compagnie de mercenaires. Il n'avait jamais rien fait d'autre que patrouiller dans les rues de Coverdale.

Clay n'avait aucune envie de s'appesantir sur la quête suicidaire dans laquelle il se lançait.

— Castia, répondit-il simplement.

Les hommes qui se tenaient de chaque côté de la porte de la ville hoquetèrent de surprise, mais le sergent se contenta de caresser sa longue moustache en regardant Clay à travers les meurtrières de chair qui abritaient ses yeux.

— Hmmm, lâcha-t-il. Ça fait une trotte.

Ça fait une trotte? C'était comme dire que les poissons vivaient dans l'eau.

— Ouais, dit Clay.

— Je vais récupérer ton uniforme.

Le sergent tendit une main calleuse et prit le tabard vert. Clay voulut lui rendre son épée de fonction, mais le vieil homme secoua la tête.

— Garde-la.

— Des gens se sont fait dépouiller sur la route du Sud, déclara un milicien.

— Et on a repéré un centaure près de la ferme de Tassel, ajouta un autre.

Le sergent fourra quelque chose dans les mains de Clay.

— Tiens.

C'était un casque en laiton. Il avait la forme d'un bol à soupe, avec une protection nasale évasée et une calotte intérieure en cuir. Les dieux savaient combien Clay détestait les casques, mais celui-ci était particulièrement hideux.

— Merci, dit-il en le glissant sous son bras.

— Pourquoi est-ce que tu ne le mets pas ? demanda Gabriel.

Clay foudroya son soi-disant ami du regard. Gabriel avait l'air sincèrement étonné, mais l'ombre d'un sourire moqueur planait sur ses lèvres. Il savait fort bien que Clay ne supportait pas d'avoir un casque sur la tête.

— Je te demande pardon ? lâcha Clay comme s'il avait mal entendu.

— Mets-le donc, insista Gabriel.

Il essayait de conserver son sérieux, mais sa voix trop aiguë trahissait son amusement.

Clay regarda autour de lui en quête d'un peu de compassion, mais son aversion des casques n'était connue que de lui et de Gabriel. Les gardes l'observaient avec impatience et le sergent hocha la tête.

Clay se décida donc à enfiler le casque. Il frissonna en sentant la calotte moulée par la sueur d'innombrables têtes se poser au sommet de son crâne, et cligna des yeux pour s'habituer à la protection métallique qui lui écrasait le nez.

— Il te va à ravir, dit Gabriel en se grattant la joue pour dissimuler son sourire.

Le sergent resta silencieux, mais Clay crut remarquer une petite lueur amusée dans ses yeux vifs et il se demanda si, en fin de compte, le vieil homme ne se foutait pas de sa gueule.

Clay regarda Gabriel avec un petit rictus crispé.

— On y va ?

À cinquante mètres des portes de la ville, la route tournait vers le sud et se faufilait entre une ravine et un bosquet de sapins verts. Dès qu'il fut certain que ses anciens collègues ne pouvaient plus le voir, Clay arracha le casque de sa tête et le jeta aussi loin que possible. La pièce d'armure voltigea dans les airs, rebondit deux fois sur la pente de la ravine, roula en décrivant un arc de cercle et s'immobilisa sur un tapis d'herbe boueuse. De nombreux débris rouillés et couverts de mousse jonchaient le fond de la dépression. Certains servaient d'abris à diverses créatures et il ne s'écoula pas longtemps avant qu'un roitelet se pose sur le bord du casque retourné et décide qu'il avait trouvé le parfait endroit pour installer son nid.

Clay et Gabriel poursuivirent leur chemin en marchant côte à côte. Une forêt de grands bouleaux blancs et de solides aulnes verts bordait la route en terre battue. Les deux hommes restèrent silencieux pendant un long moment, perdus dans le sombre labyrinthe de leurs pensées respectives. Gabriel n'était pas armé et son sac semblait vide. Celui de Clay était plein à craquer. Il avait emporté des vêtements de rechange, une cape fourrée, des rations enveloppées dans des bandes de tissu et assez de chaussettes pour réchauffer les pieds d'une armée. L'épée de la milice se balançait à sa hanche et *Blackheart* était accroché à son épaule droite.

Le bouclier avait été baptisé du nom d'un féroce tréant qui avait ravagé le sud d'Agria à la tête d'une armée d'arbres vivants. Blackheart et ses troupes végétales avaient rasé plusieurs villages avant d'assiéger Creusecolline. Une poignée d'habitants courageux étaient restés pour protéger leurs maisons, mais il n'y avait pas d'autres guerriers que Clay et ses camarades en ville. La bataille avait duré près d'une semaine, et comme d'habitude, le barde de Saga avait été tué. Aujourd'hui encore, de nombreuses chansons louaient les exploits des vaillants défenseurs de la cité.

Clay avait abattu Blackheart et récupéré une partie de son corps pour fabriquer un bouclier. Ce bouclier lui avait sauvé la vie plus souvent que tous ses camarades réunis et il y tenait comme à la prunelle de ses yeux. Sa surface portait les traces d'innombrables batailles. Cette marque avait été laissée par les griffes effilées d'une matriarche harpie, celle-là par le souffle corrosif d'un taureau mécanique. Ses lanières étaient rêches, son bord supérieur cognait contre sa nuque, et il était si lourd que Clay avait l'impression d'être un cheval de trait tirant un chariot chargé de blocs de granit, mais sa présence était réconfortante.

— Ginny avait l'air en forme, dit Gabriel en rompant le long silence qui s'était installé entre eux.

— Mmmh, lâcha Clay dans l'espoir que son ami n'insisterait pas.

Peine perdue.

— Ça lui fait quel âge à Tally ? Sept ans ?

— Neuf.

— Neuf ! (Gabriel secoua la tête.) Comment le temps peut-il passer si vite ?

— Il doit être pressé de se trouver un petit coin au chaud, avança Clay.

Ils marchèrent sans dire un mot pendant un moment, mais Clay sentit que son ami bouillonnait intérieurement. Gabriel ne pouvait pas s'empêcher de parler. C'était d'ailleurs pour cette raison que Clay et lui étaient devenus amis.

— Tu vis toujours à Cincour, non ?

S'il fallait parler, Clay préférait autant que ce ne soit pas de sa femme et de sa fille qui lui manquaient déjà. Bien plus qu'il l'avait imaginé.

— Jusqu'à récemment, oui, répondit Gabriel. Mais tu sais comment ça se passe.

Clay ne le savait pas, et il sentit que Gabriel n'avait pas très envie de s'étendre sur le sujet.

— J'ai quitté la ville il y a deux ans. J'ai vécu à Rudepluie pendant un temps. Je faisais des petits solos pour payer le loyer et la ratatouille.

— Des petits solos ? répéta Clay en faisant un pas de côté pour éviter un nid-de-poule en embuscade.

Tout au long du printemps et de l'été, des chariots chargés de bois fraîchement coupé descendaient vers Contha, au sud, et la route était parsemée de trous et d'ornières que personne ne prenait la peine de combler.

— Des trucs que je pouvais assurer tout seul, poursuivit Gabriel. Un couple d'ogres, un barghest, une colonie de loups-garous qui devaient avoir plus de soixante-dix ans sous forme humaine… Rien de bien méchant.

Clay éprouva un mélange d'horreur, d'amusement et d'intense surprise. Cincour était pour ainsi dire au cœur de Grandual, et plus on approchait de la ville, moins les monstres étaient nombreux.

— Je ne savais pas qu'il y avait autant de monstres dans les environs de Rudepluie, dit-il.

Gabriel esquissa un petit sourire satisfait.

— Il n'y en a plus.

Clay leva les yeux au ciel.

Celle-là, tu l'as bien cherchée, songea-t-il.

D'un autre côté, ce n'était pas désagréable d'entrevoir un soupçon de la vieille assurance de Gabriel sous son apparence misérable.

Peut-être qu'il y a encore une lame affûtée sous cette couche de rouille.

— C'est là que j'ai vu Rosie pour la dernière fois, reprit Gabriel. (À ces mots, son visage se ferma et ses yeux s'assombrirent.) Elle allait vers l'ouest et en avait profité pour me rendre une petite visite. J'ai essayé de la convaincre de ne pas y aller et la discussion s'est terminée en engueulade générale. On s'est crié dessus pendant la moitié de la nuit, et au matin, quand je me suis réveillé, elle était partie. (Il secoua la tête, mordilla sa lèvre inférieure et plissa les yeux en regardant dans le vague.) J'aurais voulu… Et toi ? Qu'est-ce que tu avais prévu de faire avant que je débarque et que je foute tes projets en l'air ?

Clay haussa les épaules.

— Quand Tally sera un peu plus grande, on a l'intention de l'envoyer à l'école à Fort Curieux. Ensuite… Ginny et moi, on envisage de vendre la maison et d'ouvrir un commerce quelque part.

— Une auberge, tu veux dire ?

Clay hocha la tête.

— Une baraque avec un étage et une écurie derrière. Et peut-être une forge pour ferrer les chevaux et faire quelques réparations…

Gabriel se gratta la nuque.

— Une école à Fort Curieux et une auberge à vous… Je ne savais pas que ça payait si bien de monter la garde au sommet d'un mur. Peut-être que je demanderai à ton sergent s'il n'a pas du boulot pour moi quand on rentrera. J'ai toujours trouvé que j'avais fière allure avec un casque sur la tête.

— Ginny vend des chevaux, expliqua Clay. Elle gagne cinq fois plus que moi.

— Ah ! T'es vraiment verni, dit Gabriel en tournant la tête vers lui. Par tous les dieux ! votre propre auberge ! Je la vois d'ici. *Blackheart* accroché à un mur. Ginny derrière le comptoir et le vieux Clay Cooper assis près de la cheminée, racontant à tous ceux qui veulent bien l'écouter comment on escaladait des montagnes enneigées pour aller massacrer des dragons.

Clay gloussa et chassa une guêpe qui bourdonnait devant ses yeux. La plupart des dragons vivaient au sommet des montagnes et il n'y avait donc rien d'étonnant à gravir des pentes enneigées pour aller les tuer. Il réfléchissait à ce truisme lorsque Gabriel s'arrêta si brusquement qu'il faillit le bousculer. Clay leva la tête pour lui demander ce qui se passait et reconnut aussitôt l'endroit où ils se trouvaient.

Sur le bord de la route, les vestiges d'une masure étaient envahis par de vénérables buissons et une herbe jaune qui devait lui arriver à la taille. Un chêne tordu se dressait au milieu des ruines et ses branches semaient une pluie de feuilles orange vif. Ses racines agrippaient les pierres noires de suie comme si, saison après saison, elles cherchaient à les enfouir dans la terre.

Il y avait bien longtemps que Clay n'avait pas vu les vestiges de la maison de son enfance. Il était rare qu'il voyage si loin au sud, et lorsque cela lui arrivait, il avait tendance à passer en regardant ailleurs, ou à prendre un autre chemin. Il se répéta qu'il ne pouvait pas sentir l'odeur des cendres dans le vent et la chaleur des flammes sur son visage. Qu'il ne pouvait pas entendre les hurlements et le bruit sourd des poings s'abattant sans relâche. Il ne le pouvait pas, non, mais il pouvait se *rappeler*. Les souvenirs l'enveloppaient comme des lianes cherchant à l'étouffer.

Il sursauta presque quand Gabriel posa une main sur son épaule.

— Désolé, marmonna Clay en le regardant à peine. Je…

— Tu devrais aller lui dire bonjour, dit Gabriel.

Clay soupira en contemplant les ruines. Ses yeux suivirent les tourbillons des feuilles ambrées qui tombaient sur le sol ombragé. Une nouvelle guêpe – ou peut-être était-ce la même – tourna autour de sa tête en vrombissant.

— Je ne serai pas long, dit-il enfin.

Gabriel lui adressa un sourire rassurant et s'éloigna comme un coup de vent.

— Je t'attendrai là-bas.

Le père de Clay avait été bûcheron, mais il se vantait d'avoir été mercenaire dans sa jeunesse. *Leif et les Forestiers* n'avait jamais été une roquebande très connue... jusqu'au jour où ses membres tuèrent un banderhobb qui avait enlevé de nombreux enfants près de Guet du Saule. Malheureusement, Leif fut blessé aux jambes par un jet de bile acide. Il guérit et put marcher de nouveau, mais il conserva un boitillement marqué qui l'empêcha de poursuivre ses activités. La roquebande fut rebaptisée « *les Forestiers* » et connut la gloire sans lui.

La mère de Clay, Talia, était une artiste culinaire qui régnait sur les cuisines de *La Tête du Roi*. Son mari se plaignait souvent qu'elle nourrissait les clients de l'auberge mieux que sa propre famille, et un jour, Talia avait répliqué que Leif passait plus de temps dans les tavernes qu'en compagnie de son fils. C'était sa façon de le traiter de poivrot sans le traiter de poivrot. Leif n'était pas assez futé pour comprendre une telle subtilité, mais il n'avait pas aimé le ton sur lequel elle lui avait parlé et il l'avait dérouillée.

Agacé par la remarque de sa femme, il avait emmené Clay dans les bois le lendemain. C'était une journée claire et froide. Un vent d'hiver venu des montagnes raidissait les feuilles qui craquaient sous les bottes de l'enfant qui suivait son père.

— Qu'est-ce qu'on cherche ? avait-il demandé.

Leif, qui portait la hache qu'il avait aiguisée avant d'aller se coucher, s'était arrêté net et avait observé les arbres qui les entouraient. Un bouleau blanc, un érable rouge, un pin enveloppé de sa robe verte.

— Un petit, avait-il répondu. Un qui ne résistera pas très longtemps.

Clay avait éclaté de rire. Aujourd'hui, il se le reprochait amèrement.

Ils avaient trouvé un petit bouleau et Leif avait tendu la hache à son fils. Il lui avait montré comment positionner ses pieds et ses épaules, comment saisir le manche et comment frapper en utilisant tout le poids de son corps. Le premier coup avait manqué de force, mais l'enfant avait ressenti un choc douloureux remonter jusqu'en haut de ses bras. La lame avait à peine entamé l'écorce.

Son père avait reniflé d'un air méprisant.

— Recommence, mon garçon. Tape comme si tu le détestais plus que tout au monde.

Le bouleau avait fini par tomber et une solide claque dans le dos avait récompensé les efforts de Clay. Le père et le fils étaient rentrés. L'arbre était resté à terre.

Près de quarante hivers agriens – particulièrement redoutables – s'étaient écoulés depuis cette froide journée d'automne et le bouleau était toujours là, blanc comme un os et constellé de taches de lumière. Clay s'agenouilla à côté, puis se débarrassa de son sac et de *Blackheart*. L'odeur de la forêt emplit ses poumons. Cela le réconforta. Il tendit le bras et posa la main sur le tronc. Il fit glisser ses doigts sur l'écorce qui pelait, effleura les nœuds et les replis rugueux.

Seuls Ginny et Gabriel savaient qu'il avait enterré sa mère à cet endroit. Il avait envisagé de venir se recueillir sur sa tombe avec Tally, mais il n'avait pas encore trouvé le courage de le faire. Sa fille était d'une curiosité insatiable. Elle demanderait certainement comment sa grand-mère était morte… et il y avait des choses qu'une enfant de neuf ans ne devait pas savoir.

Rien ne marquait la sépulture. Aucune pierre tombale sur laquelle l'unique visiteur de Talia Cooper aurait pu poser une couronne de fleurs ou une chandelle. Quatre mots étaient gravés sur l'écorce cassante du bouleau. « *Il faut être gentil.* » Les lettres étaient maladroites, comme si elles avaient été tracées par une personne qui pleurait. Ou un enfant. Ou les deux.

5

Cailloux, chaussettes et casse-croûte

— Alors, on va où ? demanda Clay peu avant qu'on les dépouille sur la route de Contha.

— Commençons par le commencement, dit Gabriel. Il faut que je récupère *Vellichor*.

— Je croyais que tu l'avais vendue ?

Gabe hocha la tête.

— Plus ou moins, oui.

Clay avait du mal à y croire. *Vellichor*, la fidèle épée de Gabe, était un artefact inestimable. Il avait permis aux druines, une race d'hommes-lapins, d'ouvrir un portail et d'échapper *in extremis* au cataclysme qui avait anéanti leur univers des milliers d'années avant notre ère – c'était une approximation sur laquelle s'accordaient la plupart des bardes. Les druines s'étaient réfugiés dans notre monde et avaient rapidement soumis les monstres et les primitifs qui le peuplaient avant de fonder un nouvel empire baptisé « Dominion ».

Les druines étaient commandés par un archon, Vespian, qui disparut dans le Cœur du Wyld lorsque Dominion fut envahi par des hordes sauvages des siècles plus tard.

Les membres de Saga – qui étaient encore de fringants jeunes hommes – avaient fait sa connaissance alors qu'il traquait son fils. Quand ils avaient recroisé son chemin, il agonisait, mortellement blessé par le fils qu'il avait tant cherché, avait-il avoué. Il avait offert son épée à Gabriel à la condition qu'il s'en serve pour l'achever.

Gabriel avait accepté, et avant de pousser son dernier souffle, Vespian avait murmuré quelques mots dans un langage oublié. Personne n'avait compris ce qu'il disait, mais Clay doutait fortement que le druine ait permis à Gabriel de vendre *Vellichor* si, d'aventure, il venait à manquer d'argent.

— Plus ou moins ? (Clay sentit la colère monter en lui.) Et puis-je savoir à qui tu as *plus ou moins* vendu ton épée magique ? demanda-t-il en essayant vainement de contenir son exaspération.

Gabriel lui jeta un coup d'œil embarrassé.

— Euh… C'est Kal qui l'a maintenant.

— Kal ?

— Ouais.

— Attends un… Tu parles de Kallorek ? Le manager qui organisait nos tournées ? Le type que Valery a…

— Le type pour qui Valery m'a quitté, oui, le coupa Gabriel. Merci de me le rappeler. Et je ne lui ai pas vraiment vendu l'épée. Je devais une grosse somme d'argent à certaines personnes et Kal a proposé de régler mes dettes. À condition que j'aie quelque chose pour servir de caution. Il a dit que *Vellichor* ferait l'affaire et que si, un jour, j'en avais besoin, il me suffirait d'aller le voir et de la lui demander. Et c'est ce que j'ai l'intention de faire. D'aller le voir et la lui demander.

Clay n'avait pas croisé le chemin de Kallorek depuis près de vingt ans et il aurait menti en disant qu'il était impatient de le revoir. Kal était braillard, vulgaire et insupportable.

Un peu comme Gabe, mais en plus braillard, plus vulgaire et plus insupportable. Et sans le charme naturel et désarmant.

Clay savait que le manager avait un passé glauque. Il avait travaillé comme tueur à gages dans les rues de Contha avant de se lancer dans la gestion de roquebandes. Et il s'était révélé plutôt doué dans ce domaine. C'était lui qui avait présenté Clay et Gabriel à Matrick, puis qui avait convaincu Ganelon de rejoindre le groupe. C'était encore lui qui avait organisé la tournée au cours de laquelle ils avaient rencontré Moog. Sans lui, Saga n'aurait jamais existé.

Cela ne changeait rien au fait que le manager était aussi mauvais qu'un murlog mâchant des clous.

Clay se demanda si Valery savait que Rose était à Castia. Il espéra – pour le salut de Gabriel – que c'était le cas. La colère vengeresse d'une ex-épouse pouvait se révéler infiniment plus terrifiante que toutes les hordes du Cœur du Wyld.

— Et les autres ? demanda Clay. Tu as parlé à Moog ? Ou à Ganelon ?

Gabriel secoua la tête.

— C'est toi que je suis venu voir en premier. J'ai pensé qu'avec toi, on aurait plus de chances de convaincre les autres de rempiler. Ils te font confiance, Clay. Plus qu'à moi, en tout cas. Ce n'est pas la première fois que j'essaie de reformer Saga, tu te rappelles ?

— Ouais. À un moment, tu voulais qu'on aille se battre dans une arène, dit Clay. Contre je ne sais pas qui. Devant dix mille spectateurs.

— Vingt mille, corrigea Gabriel.

— Et pour quoi ? À quoi ça aurait servi ?

— Je ne sais pas ! s'exclama Gabriel. C'est comme ça que ça se passe maintenant. Les gens veulent du frisson. Ils veulent du sang. Ils veulent voir leurs héros en action. Ils ne veulent plus écouter les récits de leurs exploits de la bouche d'un barde qui a sans doute inventé la moitié de l'histoire.

Clay secoua la tête d'un air dubitatif. Les gens ne savaient-ils pas que les histoires – et les légendes auxquelles elles finissaient inévitablement par donner naissance – étaient cent fois plus fascinantes que la réalité ? Les bardes ne servaient guère qu'à se faire massacrer et à raconter des mensonges, mais il fallait bien reconnaître qu'ils le faisaient avec panache. Combien de fois Clay avait-il vu l'un d'eux se planter devant les clients d'une taverne et décrire une escarmouche chaotique, sanglante et terrifiante comme s'il s'agissait de la plus glorieuse bataille ayant jamais opposé des hommes et des monstres ?

Dans leurs histoires, les héros n'avaient jamais mal aux pieds, ils ne succombaient pas à une infection pendant leur sommeil. Dans leurs histoires, un géant blessé à mort s'effondrait sur le sol dans un bruit de tonnerre – alors qu'en réalité, il faisait la même chose qu'un être humain : il hurlait de douleur en se chiant dessus.

Clay était convaincu que le monde qui s'étendait au-delà de Coverdale sombrait dans le chaos, mais cela ne l'avait jamais inquiété outre mesure. Ce monde ne l'intéressait pas. Il n'avait pas la moindre intention de se mêler de ses affaires sinon pour louer des chambres et vendre de la bière aux voyageurs de passage lorsqu'il serait propriétaire d'une auberge. Mais tout avait changé. Aujourd'hui, il allait devoir l'affronter, et il avait le sombre pressentiment qu'il était encore pire qu'il l'avait imaginé.

— Tu vois, insista Gabriel, si tu racontes aux autres qu'on peut traverser le Cœur du Wyld et rentrer avec Rose, ils te croiront.

— Si tu le dis, grommela Clay.

Il aperçut un oiseau – enfin, quelque chose de brillant – filer entre les arbres à la périphérie de son champ de vision. Il tourna la tête, mais il n'y avait plus rien.

— Et les autres, qu'est-ce qu'ils deviennent ? demanda-t-il, pressé de changer de sujet. En dehors de Matrick, bien sûr, car je suppose qu'il est toujours roi d'Agria.

Gabe n'eut pas le temps de répondre. Une jeune femme apparut sur la route et approcha d'un pas nonchalant. Ses longs cheveux bruns étaient rassemblés en tresses approximatives et broussailleuses. Ses vêtements étaient usés, mais la quantité compensait la qualité : ils se superposaient en couches successives sans égard pour les couleurs et les motifs. L'inconnue portait un arc à l'épaule et tenait une flèche avec désinvolture.

— Salut, les garçons, dit-elle. C'est une journée idéale pour se balader, non ?

— Ou pour dépouiller les voyageurs, marmonna Clay en scrutant l'orée du bois de chaque côté de la route.

Il repéra cinq ou six silhouettes cachées entre les arbres. Rien que des femmes aussi étrangement vêtues que leur camarade. Et sacrément bien… équipées en armes ! Sacrément bien équipées !

— Tu crois ? demanda l'inconnue avec l'accent traînant des plaines cartéennes. Moi, je préfère soulager les voyageurs quand il bruine. Je trouve que c'est de circonstance. Si tu veux mon avis, c'est dommage de pourrir une si belle journée avec un truc aussi vulgaire que du brigandage. (Elle leva les mains d'un geste impuissant et pointa la flèche vers la poitrine de Clay.) Mais bon, c'est comme ça. Place à la rapine.

— Nous n'avons rien qui puisse t'intéresser, dit Gabriel en écartant les bras.

Un sourire éclaira le visage de la voleuse.

— Oh ! mais nous allons voir ça. Ayez donc l'obligeance de déposer vos armes sur la route et de vider vos sacs.

Clay obéit. Il jeta son épée devant lui et renversa son sac avant de le secouer.

— Oohhh ! des chaussettes et des casse-croûte ! C'est notre jour de chance, les filles ! Venez me ramasser tout ça !

Des cris et des ululements joyeux montèrent entre les arbres, et les voleuses jaillirent de la forêt comme une meute de coyotes bigarrés. Elles encerclèrent les deux hommes en agitant leurs couteaux, leurs lances et leurs arcs à moitié bandés d'un air menaçant. Gabriel, qui tressaillait chaque fois qu'on faisait mine de le frapper, renversa et secoua son sac à son tour.

Clay s'était trompé : il n'était pas vide. À la surprise générale, une poignée de cailloux tomba aux pieds de Gabriel.

Les cris de joie s'interrompirent net et la chef des voleuses, jusque-là joviale, esquissa une moue agacée.

— Par les couilles glabres du Païen ! jura-t-elle.

Elle donna un coup de pied dans une pierre qui roula jusque dans l'herbe qui bordait la route. Gabriel la suivit des yeux comme s'il mourait d'envie de courir la récupérer. Le regard furieux de la jeune femme l'en dissuada.

— C'est une plaisanterie ou quoi ? Des cailloux ? Pourquoi tu ne transportes pas des saphirs ou des rubis ? Ou quelques bons gros berlingots d'argent ?

— Lingots, par berlingots, marmonna Clay.

La jeune femme l'ignora.

— Les dieux auraient pu s'arranger pour guider un pauvre hère avec un sac rempli de diamants jusqu'à nous, mais non ! Nous, on a droit à des cailloux ! Et à des chaussettes ! Et… Y sont à quoi, tes casse-croûte ?

— Au jambon.

— Au jambon, grogna la détrousseuse comme si elle prononçait le nom de son ennemi juré.

Elle serra la flèche si fort que les jointures de ses doigts blanchirent.

— Et le bouclier ? demanda une voleuse.

Elle pointa sa lance dans sa direction.

— Ouais, il a pas l'air mal, dit une autre. On pourrait sans doute en tirer un écu ou deux.

Clay ne daigna même pas leur adresser la parole. Il toisa leur chef.

— Le bouclier reste avec moi, dit-il.

La jeune femme cligna des yeux.

— Sans blague ?

Elle avança en tenant son arc comme une canne, jeta un regard méprisant aux pierres de Gabriel et se glissa derrière Clay.

— Je n'ai pas l'impression que tu es en position de… de… Qu'on me change en gode pour kobold ! Est-ce que c'est bien ce que je crois que c'est ?

— Ça dépend de ce que tu crois, répondit Clay.

— Je *crois* que c'est le bouclier qui appartient au type qu'on appelle Main Lente, ou Clay Cooper. Je crois que ce putain de bouclier n'est autre que *Blackheart* !

— Dans ce cas, c'est bien ce que tu crois.

Il y avait une éternité que personne ne l'avait appelé « *Main Lente* ». On l'avait affublé de ce surnom parce qu'il avait la regrettable habitude de recevoir le premier coup lors d'un affrontement.

— J'avais bien dit qu'il était pas mal ! s'exclama la voleuse qui avait évalué le prix du bouclier à un ou deux écus.

Elle tendit la main vers *Blackheart* et Clay adressa une prière silencieuse au dieu grandualien chargé de pardonner les hommes qui brisaient les poignets des femmes avant de les frapper à la gorge.

— N'y touche pas ! ordonna la chef.

Les deux voleuses se toisèrent avec colère, comme des prédateurs se disputant une proie fraîchement tuée. Puis la hiérarchie finit par l'emporter et la rebelle détourna les yeux d'un air maussade.

La chef reprit la parole.

— Ce bouclier a été taillé dans le cœur d'un vieux tréant teigneux qui a tué mille hommes avant que ce type… (Elle pointa sa flèche vers Clay et manqua de l'éborgner.) … le transforme en petit bois. Ce mec, c'est Clay Cooper la Main Lente. C'est un putain de héros !

— Et on dépouille pas les héros ? demanda une voleuse.

— Bien sûr que si, on dépouille les héros ! répondit la chef.

La pointe de la flèche fendit la bourse accrochée à la ceinture de Clay et vingt pièces d'argent roulèrent dans la poussière. Les voleuses se précipitèrent pour les ramasser.

La chef haussa la voix comme un prêtre faisant un sermon.

— Un casse-croûte appartient à celui qui le mange. Une chaussette appartient à celui qui la porte. Une pièce appartient à celui qui la dépense. Mais il y a des trucs qu'on n'a pas le droit de voler. Des trucs comme ça. (Elle fit glisser ses doigts sur la surface irrégulière de *Blackheart* comme s'il s'agissait de la tombe d'un saint.) Ce bouclier, il appartient à Clay Cooper et à personne d'autre. Il me poussera une queue au cul avant que je tombe assez bas pour le lui piquer.

Elle recula, glissa son arc à son épaule et retourna se planter au milieu de la route.

— C'est la fête aux chaussettes, les filles ! lança-t-elle.

À ces mots, les voleuses ôtèrent frénétiquement leurs bottes et enfilèrent les chaussettes tricotées par Ginny sur les… guenilles qu'elles portaient aux pieds. Elles se partagèrent ensuite les casse-croûte et commencèrent à regagner la forêt.

L'une d'elles ramassa l'épée de Clay.

— Est-ce que *ça* appartient à Clay Cooper, aussi ? demanda-t-elle.

— Plus maintenant, répondit la chef.

Gabriel regarda les voleuses s'enfoncer entre les arbres avec un soulagement évident. La chef haussa le menton vers lui avant de tourner la tête vers Clay.

— C'est qui, le type qui te colle au train ?

Clay se gratta la barbe.

— Eh bien… c'est…

— Gabe, répondit son vieil ami.

Il se redressa en prononçant son nom.

La voleuse écarquilla les yeux.

— Tu veux dire *Gabe le Magnifique* ?

Gabriel acquiesça et la jeune femme secoua la tête comme si elle ne parvenait pas à y croire.

— La vache ! Je ne t'imaginais vraiment pas comme ça. Mon papa, il disait que t'étais sauvage comme un lion et glacé comme une bière kaskare. Et ma maman, elle répétait qu'elle n'avait jamais vu un type aussi beau que toi – en dehors de mon vieux, bien sûr. Alors quand on te voit aujourd'hui… T'es plus discret qu'un chaton et t'es super… (Elle fronça les sourcils comme un fermier considérant un épi de maïs gâté.) … *vieux*.

Clay haussa les épaules.

— Le temps ne fait pas de cadeau, dit-il.

La jeune femme éclata de rire.

— Ah ouais ? Ben vous deux, en tout cas, il vous a pas ratés. (Elle regarda le soleil en plissant les yeux.) Enfin bref, mes filles et moi, on a maintenant un peu d'argent à dépenser. Grâce à vous.

Clay esquissa un faible sourire. Cette femme s'était emparée de leur nourriture, de leur argent, d'une de leurs armes et des chaussettes censées tenir leurs pieds au chaud pendant la saison froide qui approchait à grands pas, mais il ne parvenait pas à la trouver antipathique. Elle était même plutôt aimable – pour une voleuse – et elle avait eu la bonté de lui laisser *Blackheart*, alors…

— Comment tu t'appelles ? demanda-t-il.

Le sourire de la jeune femme s'élargit.

— On m'appelle par bien des noms. Voleuse. Catin. Incarnation de la déesse Glif. Mais ce soir, quand tu t'assiéras près d'un âtre et que tu raconteras ce qui t'est arrivé, tu pourras dire que Dame Jain et les Silk Arrows t'ont soulagé de ton bien.

— Vous êtes une roquebande ? demanda Clay.

— Nous sommes des roqueband*its*, corrigea la jeune femme. Mais j'aime à penser qu'il nous reste un peu d'espoir.

Sur ces mots, elle s'enfonça dans la forêt et disparut entre les arbres.

Clay vida ses poumons en se demandant depuis combien de temps il retenait son souffle, puis jeta un coup d'œil inquiet à Gabriel qui s'était agenouillé pour ramasser ses pierres.

— T'es sérieux, là ? demanda-t-il. Je peux savoir pourquoi tu te trimballes avec une poignée de cailloux ? Tu crois que ça nous sera utile quand on se retrouvera nez à nez avec la horde ?

Gabriel se leva et se dirigea vers le bord de la route. Il récupéra la pierre dans laquelle Jain avait donné un coup de pied et l'examina comme s'il la voyait pour la première fois.

— Ils appartenaient à Rose, dit-il. Elle les rapportait de la plage quand on vivait à Uria. Je les ai emportés au cas où…

— Elle s'en balance complètement, le coupa Clay. Tu crois qu'elle va te tomber dans les bras parce que tu as traversé la moitié de cette foutue planète pour lui apporter quelques cailloux ? Ce n'est plus une gamine, Gabe, t'es au courant ?

— … au cas où elle serait morte, reprit Gabriel. Je me suis dit que je les déposerais sur sa tombe. Je crois que ça lui ferait plaisir.

Clay se tut abruptement. Lui et sa putain de grande gueule ! Il était vraiment le dernier des minables.

Alors qu'il récupérait son sac, il s'aperçut qu'un casse-croûte était resté coincé au fond. Il le partagea en deux et en tendit la moitié à Gabriel, qui arqua un sourcil.

— On a de la chance.

Clay ricana.

— Ben voyons ! Une chance insensée. Reste plus qu'à espérer qu'elle nous accompagne jusqu'à Castia.

— Et sur le chemin du retour, ajouta Gabriel.

Il avait tellement faim qu'il n'avait pas remarqué le ton ironique de son ami.

Clay mangea son demi-casse-croûte au jambon en songeant avec une pointe de douleur à celle qui l'avait préparé.

— Et sur le chemin du retour, répéta-t-il enfin.

Sans conviction.

6

La parade des monstres

Clay avait appris beaucoup de choses sur Dominion quand il gagnait sa vie en explorant de vieilles ruines et en massacrant les créatures tapies à l'intérieur. Il savait que l'ancien empire druine avait englobé l'intégralité du monde connu, de Grandual, à l'est, à Findeterre, à l'ouest, avec l'immense forêt du Cœur du Wyld au centre. Les druines avaient été d'excellents artisans et de puissants sorciers qui avaient régné comme des dieux sur les tribus primitives d'hommes et de monstres. Mais lorsqu'une entité croît au-delà d'une certaine mesure – comme une toile d'araignée ou des citrouilles oubliées dans un champ –, elle devient incapable d'assurer sa cohésion et finit par s'effondrer sous son propre poids.

Les exarques qui gouvernaient les cités de Dominion s'insurgèrent contre l'archon et une guerre civile éclata. Les druines pouvaient vivre pendant des siècles, mais ils étaient peu nombreux, et d'après Arcandius Moog, leurs femmes ne pouvaient donner naissance qu'à un seul enfant. Ils étoffèrent donc leurs armées avec les monstres que les exarques élevaient depuis des générations en sélectionnant les plus féroces et les plus sauvages, mais ils se révélèrent incapables de les contrôler. Les créatures se rebellèrent et formèrent les premières grandes hordes qui écumèrent Dominion en semant la mort et la destruction.

Un exarque du nom de Contha créa une armée de gigantesques golems taillés dans la pierre et asservis par des runes qui… Clay ne savait pas trop comment les runes fonctionnaient, et la plupart des golems qu'il avait rencontrés au cours de ses tournées n'avaient pas de maîtres… Enfin bref! Ceux de Contha furent taillés en pièces par les hordes sauvages et l'exarque fut contraint d'abandonner sa forteresse. Il se réfugia sous terre et plus personne n'entendit parler de lui.

Certains disent que Contha l'Immortel erre parfois sur les remparts de sa citadelle en ruine en pleurant la chute de son cher Dominion. D'autres affirment qu'il vit caché dans les ténèbres étouffantes de ses souterrains et qu'il a fini par se transformer en troglodyte bafouillant et solitaire.

Clay, lui, était convaincu qu'il était mort depuis belle lurette. La longévité des druines était impressionnante, certes, mais ils n'étaient pas immortels. L'un d'eux était mort sous ses yeux et l'on trouvait des créatures particulièrement féroces dans les tunnels obscurs.

Les ruines de la forteresse de Contha servirent de point de ralliement pendant la guerre de Reconquête et ce fut à l'ombre de ses remparts que la Compagnie des Rois repoussa les survivants de la dernière horde vers l'ouest. Au fil du temps, un village apparut. Un endroit où ceux qui étaient assez braves pour s'aventurer dans le Cœur du Wyld pouvaient se rencontrer et se ravitailler. Un endroit où ceux qui rentraient vivants pouvaient dépenser les trésors qu'ils avaient découverts et s'enivrer pour oublier les horreurs auxquelles ils avaient échappé de justesse.

Le village ne tarda pas à se transformer en ville. Puis on construisit des remparts et la ville devint cité. On construisit des remparts plus grands, et au fil du temps, la forteresse de

Contha ne fut appelée que Contha. Ou la Cité Libre, car bien qu'elle se trouve sur les terres d'Agria, le roi Matrick – un ancien membre de Saga – ne chercha jamais à affirmer son autorité sur cette région trop proche du Cœur du Wyld. À Contha, il n'y avait pas d'impôts ou de taxes sur les marchandises. C'était un fer de lance de la libre entreprise, une terre d'opportunités, un des derniers bastions de liberté dans un monde toujours plus civilisé.

C'était également un infâme trou à rats et Clay espérait que son séjour serait aussi bref que possible.

Trois jours s'étaient écoulés depuis que les deux amis avaient quitté Coverdale. Ils étaient fatigués et couverts de poussière. Il était un peu plus de midi et Clay avait si faim qu'un filet de bave coula de sa bouche lorsqu'un homme lui offrit ce qui semblait être une brochette de rat trop grillée à l'entrée de la ville.

Son dernier repas remontait à deux jours, quand un vieux fermier sadique leur avait donné une pomme après leur avoir demandé de faire des pompes au milieu de la route. Le lendemain, Clay avait trouvé une tortue sur la rive boueuse d'un ruisseau, mais tandis qu'il allumait un feu, Gabe en avait profité pour libérer l'animal. Il avait calmé son ami en lui assurant que Kallorek leur offrirait un festin de roi dès qu'ils arriveraient en ville. Clay avait transmis ces promesses à son estomac furieux, mais son estomac était moins naïf que lui.

Contha n'avait pas changé : c'était l'incarnation même du chaos et de l'anarchie. Il n'y avait pas de roi et donc pas de lois ni de gardes pour maintenir l'ordre et apaiser les tensions avant qu'elles explosent. Il n'y avait pas de taxes et donc pas d'employés municipaux pour nettoyer les caniveaux et paver les rues. Clay et Gabe franchirent les portes grandes ouvertes de la ville en pataugeant dans ce qu'ils espéraient être de la boue. Les parents de la cité avaient engagé une catin comme nourrice, puis ils avaient fichu le camp et on ne les avait pas revus depuis.

La rue principale suivait une vallée étroite flanquée de deux collines. Les bâtiments s'accrochaient aux pentes comme des taches de moisissure, sous un nuage de fumée grise dégageant une odeur écœurante. Clay aperçut plusieurs feux de camp que personne ne surveillait. Tout le monde s'en fichait et aucun pompier n'arriva au pas de course pour les éteindre. La forteresse de Contha se dressait au nord comme un poing de fer sous le soleil aveuglant. Une sorte de temple en construction et entouré d'échafaudages se trouvait sur la colline méridionale.

La Cité Libre attirait toutes sortes de gens, mais surtout des gens peu recommandables. Des aventuriers aux yeux brillants arrivaient des quatre coins de Grandual dans l'espoir d'être engagés dans une roquebande et de faire une tournée dans le Cœur du Wyld. Leurs rêves finissaient toujours par se corrompre, par se déformer comme le reflet d'un miroir de mauvaise qualité. Et ils pouvaient s'estimer heureux quand on ne leur cassait pas ledit miroir sur le crâne.

À Contha, on ne pouvait pas lancer un caillou sans toucher un aventurier, un voleur, un justicier, un chasseur de primes, un sorcier de fumée, un barde errant, un courtier en griffes, une sorcière-tempête, un mercenaire ou un représentant des innombrables métiers qui accompagnaient toujours les gens d'armes : armuriers, forgerons, catins, haruspices, joueurs professionnels… Des vendeurs de raflure rôdaient à l'entrée des ruelles tandis que les drogués qui composaient leur clientèle gisaient dans la boue, des couteaux dans les mains, des trous sanguinolents dans les bras et un sourire extatique sur leur visage hagard. À chaque coin de rue, des marchands proposaient des épées magiques et des armures impénétrables, des alchimistes vendaient des potions pour enchanter les monstres, respirer sous l'eau ou devenir invisible. Clay aperçut même une fiole avec une étiquette marquée « IMMORTALITÉ ».

— Combien ça vaut ? demanda-t-il à la vieille femme qui tenait l'étal.

— Cent un écus, répondit-elle. Et la maison ne rembourse pas.

Clay observa la fiole en fronçant les sourcils.

— On dirait de l'eau et des herbes.

La vieillarde le foudroya du regard jusqu'à ce qu'il s'éloigne.

Rue des Sanctuaires, ils passèrent devant des temples consacrés aux divinités de la Sainte Tetrea. Clay entendit des cris en provenance des fenêtres munies de barreaux de l'austère refuge de la Reine de l'Hiver, puis des gémissements de plaisir en provenance des fenêtres drapées de soie du sanctuaire de la Vierge du Printemps. De nombreuses personnes faisaient la queue devant le temple de Vail le Païen – probablement des fermiers qui venaient prier pour avoir une bonne récolte, songea Clay. La plupart d'entre eux avaient apporté des veaux surexcités ou des agneaux bêlants pour offrir leur sang au Fils de l'Automne. Un paysan hagard serrait même un chat galeux contre lui, et à en juger par les griffures qui zébraient ses bras et son visage, l'animal avait compris ce qui l'attendait.

Des prêtres portant les vêtements sacerdotaux rouge et or du Seigneur de l'Été chassèrent un mendiant qui s'était installé sur les marches de leur église. Clay hoqueta en voyant les mains charbonneuses du malheureux enveloppé dans une robe grise et sale. L'une d'elles n'était plus qu'un moignon informe.

Un nécrosé.

Il grimaça et un frisson glacé remonta le long de sa colonne vertébrale. Les audacieux qui s'aventuraient dans le Cœur du Wyld ne s'exposaient pas seulement à des menaces tangibles. Ceux qui pénétraient dans la forêt noire prenaient le risque de contracter le Toucher du Païen, mieux connu sous le nom de nécrose. Cela commençait par une petite tache sombre, mais très vite, elle durcissait et se transformait en croûte noire qui s'accrochait à la peau comme une bernacle à une coque de bateau. Il était impossible de l'ôter sans arracher la chair, et de toute manière, cela ne servait à rien : la croûte se reformait inévitablement. Elle s'étendait peu à peu, ou bien de nouvelles taches apparaissaient sur d'autres parties du corps. Les membres infectés pourrissaient et tombaient en morceaux jusqu'à ce que la maladie touche la gorge ou un organe vital. Si la victime avait de la chance, cela arrivait assez vite, mais on racontait que certains nécrosés souffraient pendant de longues années avant de succomber.

On affirmait que certaines méthodes – comme boire du thé de paupières de dryades ou visiter un oracle vivant au sommet d'une montagne du Bouclier de Givre – pouvaient ralentir la progression de la maladie, mais leur efficacité était sujette à caution. Les meilleurs médecins de Grandual travaillaient sans relâche à l'élaboration d'un remède, mais jusque-là, leurs efforts avaient été vains. La nécrose était une condamnation à mort.

— Regarde Clay, dit Gabriel en tirant sur la manche de son ami. C'est Moog.

Il pointa le doigt vers un mur couvert d'affiches dont certaines représentaient le sorcier – mal dessiné, mais tout de suite reconnaissable. Il esquissait un large sourire et adressait un clin d'œil entendu aux passants.

Clay plissa les yeux pour lire le message gribouillé en dessous.

— La Formidable Potion Phallique de Moog le Magicien. Passez de Zéro à Héros d'une Seule Gorgée. Satisfaction Garantie.

Clay jeta un coup d'œil aux autres affiches. L'une d'elles proposait une récompense en échange d'un souffle empoisonné de sylphide nécrosée. Une autre annonçait qu'on cherchait des volontaires pour former une roquebande et tuer Hectra, la reine des araignées. Clay se demandait si Hectra était une araignée ou une femme prétendant être leur monarque, quand un brouhaha le rappela à la réalité.

Douze hommes armés de gourdins et de boucliers ovales remontaient la rue en marchant à quatre de front. Ils ne menaçaient et ne frappaient personne, mais les gens s'écartaient sur un demi-pâté de maisons en apercevant leurs regards noirs et leurs mines renfrognées. Un homme avec des vêtements en cuir souillés et une peau de loup sur la tête marchait derrière eux. Marquant une pause, il leva les bras et s'adressa aux gens qui se rassemblaient.

— Aimables habitants de Contha ! Écoutez-moi !

Clay observa la foule en cherchant une personne pouvant répondre au qualificatif d'aimable habitant. Il n'en trouva pas, mais Tête de Loup continua son discours.

— Écartez-vous pour faire place aux Stormriders de retour d'une intrépide tournée dans le Cœur du Wyld ! (Il attendit que les murmures s'apaisent avant de reprendre la parole.) Ils seront précédés par les Sisters in Steel, qui ont vaincu les gobelins des cavernes de Cobalt et leur terrifiant chef de guerre, Crachepoumon !

Tête de Loup et ses sbires se remirent en marche, n'hésitant pas à bousculer ceux qui ne s'écartaient pas assez vite à leur goût.

Clay entendit un nouveau brouhaha. Il tourna la tête et vit une imposante colonne qui remontait la rue en pataugeant dans la boue. Les Stormriders. Il devait s'agir d'une roquebande, mais il n'en avait jamais entendu parler. Ils avaient dû verser une petite fortune pour obtenir le droit de défiler à travers la ville, mais lorsqu'il les vit approcher, Clay songea que cela n'avait pas dû leur poser de problème.

Un carré de joueurs de tambour ouvrait la marche. Ils portaient de longues robes cousues de bandes d'écorce et des chapeaux hérissés de branches feuillues. Des enfants déguisés en lutins couraient entre les musiciens tandis que leurs ailes en tulle voletaient derrière eux. Venait ensuite un véritable colosse dont la moitié du visage était peinte en bleu, comme les féroces de la forêt noire qui se nourrissaient uniquement de chair humaine et de sang. Enfin, c'était ce qu'on racontait. Clay avait croisé des cannibales à plusieurs reprises pendant ses tournées et il savait qu'en général, ils préféraient un poulet bien juteux à un rôti d'aventurier malchanceux. Malheureusement, les aventuriers malchanceux étaient bien plus nombreux que les poulets juteux dans le Cœur du Wyld.

Le colosse était vêtu de fourrures exotiques et une sorte de corne de chasse était suspendue à son épaule – peut-être une dent de dragon évidée. Il provoquait les gens rassemblés le long de la rue et se moquait d'eux avant de souffler dans son instrument. Clay trouvait que les notes évoquaient le gémissement du vent dans les montagnes ou les plaintes d'un blessé dans les ténèbres.

Puis venaient deux rangées de six gobelins. Ils avaient les mains liées et étaient attachés les uns aux autres par des chaînes qui ondulaient comme des serpents de fer dans la boue. Ils étaient aussi malingres que des mendiants, mais ils ne manquaient pas d'énergie. Ils faisaient claquer leurs mâchoires et lançaient des invectives incompréhensibles aux gens qui les regardaient. Cela ne semblait pas les déranger qu'on les bombarde de tomates trop mûres ou de poisson pourri.

Ils doivent crever de faim, songea Clay. *Ça ne va pas être triste quand ils sentiront l'odeur d'une brochette de rat.*

Les gobelins étaient suivis par leur chef de guerre, Crachepoumon, qui avançait en claudiquant à cause de ses fers. Son visage était tellement tuméfié et contusionné que même ses congénères – qui n'étaient pourtant pas des esthètes – devaient le trouver hideux.

Clay avait combattu aux côtés de nombreuses guerrières dans sa jeunesse, mais il fut un peu surpris en voyant arriver les trois Sisters in Steel. Leurs cheveux tressés parsemés de rubans clairs étaient relevés au sommet de leurs crânes. Leurs yeux ornés d'une épaisse couche de khôl et leurs lèvres maquillées avec un fard rouge vif. Leurs armures… leurs armures semblaient aussi fragiles que des tasses en porcelaine. Apparemment, elles avaient été conçues pour souligner les courbes de leurs propriétaires plutôt que pour arrêter les lames et les pointes de flèche. Les trois guerrières chevauchaient de superbes juments blanches portant des bardes aussi brillantes que des miroirs.

Un homme siffla au passage d'une Sœur.

Oh ! Oh !

Clay grimaça en songeant que le malotru allait se faire piétiner par le destrier, mais la guerrière sourit et lui envoya un baiser.

— Qu'est-ce que c'est que ces *conneries* ? hoqueta-t-il sans s'adresser à personne en particulier.

À côté de lui, Gabriel haussa les épaules.

— Maintenant, ça se passe comme ça, mon vieux. Je te l'ai dit. Beaucoup de spectacle et pas beaucoup de substance. (Il renifla avec mépris et montra les gobelins d'un mouvement de menton.) Ces pauvres connards ont sans doute été achetés à une vente aux enchères.

Le défilé se poursuivit et la foule put admirer le butin amassé par les Stormriders pendant leur tournée dans le Cœur du Wyld. Un groupe d'hommes avançaient en portant des reliques de Dominion : des épées émoussées et des armures rouillées découvertes sur d'anciens champs de bataille.

Un chariot tiré par un bœuf transportait les restes d'un automate runique de Contha. Les différentes pièces avaient été rassemblées et fixées afin que les spectateurs se rendent compte à quel point il était gigantesque.

— Je suis impressionné, dit Clay. Ces trucs ne sont pas faciles à vaincre.

Quatre guerriers bien armés escortaient un troll dégingandé qui pliait sous le poids de ses lourdes menottes en fer. Il avait un bras coupé à hauteur du coude et le moignon avait été recouvert de boutons d'argent pour l'empêcher de se régénérer. Deux hommes tenaient des torches avec lesquelles ils rappelaient le monstre à l'ordre chaque fois que ses yeux noirs s'attardaient sur une personne un peu trop appétissante.

Un énorme singe au pelage tigré les suivait. La femme qui le tenait en laisse souriait et saluait les gens de la main. L'animal grimaçait de plaisir chaque fois qu'elle le caressait, comme s'il était amoureux d'elle.

Puis la foule se tut et Clay tourna la tête vers la droite. Un chariot presque aussi large que la rue approchait. Il était tiré par six bœufs et monté sur dix roues en pierre. Il transportait une gigantesque cage munie d'épais barreaux. Clay distingua quelque chose à l'intérieur : un bout de fourrure rugueuse, des écailles aux reflets métalliques…

— Par l'enfer de la Mère du Froid…

Gabe posa une main sur l'épaule de son camarade.

Et Clay vit ce que les Stormriders avaient rapporté en ville. Une chimère. Une chimère *vivante*.

Il déglutit avec peine et son ventre se contracta – sous le coup de la peur, de l'excitation, ou des deux en même temps. Il n'avait rien ressenti de tel depuis bien longtemps. Quelqu'un – Gabe, sans doute – lui avait un jour raconté que la plupart des créatures naissaient pour vivre, mais qu'une poignée d'entre elles naissaient pour *tuer*. Les chimères faisaient partie de la seconde catégorie.

Il était clair que le monstre avait été drogué. Ses mouvements étaient lents et maladroits. Sa queue serpentine pendait mollement à l'extérieur de son étroite prison. Ses ailes assez grandes pour plonger une maison dans l'ombre étaient repliées dans son dos. De ses trois têtes – dragon, lion et bélier –, seule la première semblait consciente. Ses mâchoires étaient fermées par une muselière en fer et les filets de fumée qui s'échappaient de ses narines montaient devant ses yeux jaunes et fendus. Des yeux qui observaient le monde comme si c'était lui qui était enfermé dans une cage.

— Pourquoi ne l'ont-ils pas tuée ? demanda Gabriel.

Clay, qui s'était posé la même question, secoua la tête d'un air abasourdi.

— Pour le spectacle.

Les derniers Stormriders arrivèrent. Cinq d'entre eux se tenaient sur un chariot drapé de tentures et chargé de trésors. Des coffres ouverts débordaient de gemmes et de bijoux entre les piles scintillantes de pièces d'or. Au cas où la roquebande – dont tous les membres étaient armés – n'aurait pas suffi à dissuader la foule de s'emparer de ces richesses, le véhicule était escorté par une compagnie de piquiers à la mine revêche. Au bord du chariot, des femmes déguisées en nymphes – et donc à peu près nues – ramassaient des poignées d'écus de bronze et les jetaient à la volée. Clay remarqua que, comme par hasard, les pièces d'or et d'argent étaient rassemblées au centre.

Il songea que les Stormriders étaient bien jeunes, puis il se rappela que Gabriel et lui avaient à peine dix-huit ans quand ils avaient entamé leur première tournée. Leurs armures – quoiqu'un peu trop voyantes – étaient capables d'arrêter un coup, mais leur maquillage n'avait rien à envier à celui des Sisters in Steel. De nombreuses jeunes filles s'étaient frayé un chemin au premier rang de la foule et poussaient des hurlements hystériques en regardant passer leurs idoles.

Clay esquissa un petit sourire. Après leur première tournée dans le Cœur du Wyld, ses camarades et lui avaient paradé avec leur butin dans cette même rue. Il ne se rappelait pas grand-chose de plus, car ils étaient tous ivres morts. Moog avait dormi sur la plus grande partie du trajet. Matrick était tombé du chariot et n'était réapparu que trois jours plus tard.

— J'en ai assez vu, dit Gabriel. (Il semblait agacé et Clay se demanda s'il n'était pas jaloux de ces jeunes gens.) Tirons-nous avant que la foule se disperse. Il est temps de rendre visite à Kallorek.

Clay massa les muscles ankylosés de son cou – il avait gardé la tête tournée pendant une bonne trentaine de minutes.

— D'accord. Où est-ce qu'il vit ?

Gabe haussa le menton en direction du temple en construction au sommet de la colline méridionale et le regarda comme un condamné regarde la corde qui va le pendre.

— Là-haut.

7

Le bassin du requin

Il y avait un bassin au centre de la maison de Kallorek. L'eau était si claire qu'on distinguait le damier des carreaux blancs et bleus au fond, mais Clay ne voyait aucun poisson, aucune grenouille. Aucun lys, aucun acore odorant, aucune libellule frôlant la surface. Il n'y avait… que de l'eau.

— À quoi bon faire creuser un putain de bassin s'il n'y a rien dedans ? demanda le guerrier.

Gabriel ne répondit pas. Il était redevenu silencieux et réservé. Assis sur une chaise en osier au bord de la pièce d'eau, il semblait inquiet, voire tourmenté.

Ce n'est pas très étonnant, songea Clay. *Après tout, il est venu pour demander à Kallorek de lui rendre son épée.*

Et la situation était d'autant plus gênante que leur ancien manager était en ménage avec Valery, l'ex-femme de Gabriel.

Ils ne l'avaient pas encore vue, mais ils avaient entendu sa voix lorsqu'un domestique les avait conduits jusque-là et leur avait demandé de bien vouloir patienter. Gabriel s'était figé comme une souris surprise par un cri de chouette.

Au cours de sa vie, Clay avait appris à voir le bon côté des choses. Quoi qu'il arrive. Dans les moments difficiles, il se disait qu'il y avait des gens confrontés à des problèmes bien plus graves que les siens, et… en voyant son ami avachi sur sa chaise et tapotant nerveusement sur ses cuisses, il eut l'impression d'être l'homme le plus heureux du monde.

Kallorek arriva enfin. Le manager portait une magnifique robe en soie bleu sombre qui flottait sur son ventre rebondi. De lourdes chaînes en or étaient accrochées autour de son cou. Des anneaux ornés de gemmes brillaient à ses doigts et à ses oreilles. Clay avait rencontré des rois portant des parures plus discrètes.

— Les aminches ! s'exclama Kallorek.

Il prit Clay et Gabriel par les épaules avant de les serrer maladroitement contre lui. Sa barbe veinée de gris – autrefois plus rugueuse que du crin de cheval – était désormais tressée avec soin et enduite d'huile aromatique. Sa peau rougeâtre dégageait un parfum de bois de santal et de lilas frais qui ne parvenait pas à couvrir les relents âcres de transpiration. Sa mâchoire inférieure proéminente lui avait valu d'être surnommé « l'orc » – mais les gens prudents évitaient de l'appeler ainsi quand il était à portée d'oreille.

Kallorek lâcha – enfin – ses anciens camarades. Il les tint à bout de bras et les regarda avec un large sourire.

— Gabe le Magnifique et Main Lente en personne, dit-il avec une pointe de nostalgie. Des légendes vivantes ! Les Rois de ce putain de Cœur du Wyld, hein ? T'es aussi fringant qu'un jeune étalon, Cooper. Toi, Gabe, t'as l'air crevé. Et *vieux*. Par tous les dieux de Grandual ! Qu'est-ce qui t'arrive ? Tu ne t'es pas remis à picoler quand même ? Ne me dis pas que tu touches à la raflure ? Ou que t'as chopé la nécrose ?

Gabriel essaya de sourire et échoua complètement.

— Je suis juste fatigué, Kal. Et vieux. Et… (Il était blanc comme un linge, mais il réussit l'exploit de pâlir un peu plus.) Il faut que je parle à Valery. Et je… j'ai une faveur à te demander.

Une expression suspicieuse glissa sur le visage de Kallorek, mais un nouveau sourire la chassa aussitôt.

— Chaque chose en son temps, d'accord ? Vous allez commencer par vous dépoussiérer les bottes ! On va ouvrir un bon petit tonneau et manger. Vous avez faim ?

— On meurt de faim, répondit Clay.

— Bien sûr que vous mourez de faim ! (Kallorek frappa dans ses mains potelées.) Allez donc vous plonger dans la piscine. Je vais m'assurer que la bouffe sera prête quand vous aurez fini de faire trempette.

En voyant que ses deux invités ne bougeaient pas, il agita la main en direction du bassin qui était derrière eux.

Clay y jeta un coup d'œil, puis haussa les épaules.

— La piscine, répéta Kallorek sans cesser d'agiter la main. La piscine, là.

— Tu veux parler du bassin ?

— Je veux parler de la *piscine*, gronda le manager. Allez-y. Nagez.

Il fit de grands gestes explicatifs et ses bijoux tintèrent.

Clay observa le bassin.

— Tu veux qu'on nage jusqu'où ? demanda-t-il.

Le front de Kallorek se plissa.

— Comment ça, *jusqu'où* ?

— C'est une source régénérante ? demanda Gabriel. (Il plia un bras et le tendit en grimaçant.) Parce que franchement, mon coude…

— Écoute mon pote, j'en ai rien à battre de ton coude ! explosa le manager.

Clay avait oublié qu'il s'emportait si facilement. Un sourire éblouissant, mais à la première contrariété…

— C'est pas une source. Ni un bassin. Pas plus qu'une baignoire de nymphe de mer ! C'est une putain de *piscine* ! Une piscine ! On nage dedans pour se détendre !

Clay faillit lui dire qu'il ferait bien de l'utiliser un peu plus souvent, mais il eut la sagesse de résister à la tentation. Ce n'était pas le moment de le provoquer. Gabriel, en revanche... Clay le vit ouvrir la bouche et il le poussa sans ménagement dans la piscine. Le guerrier cracha, battit des bras et regagna le bord en nageant comme un chien.

La colère de Kallorek fondit comme neige au soleil et il rit si fort qu'il en eut les larmes aux yeux.

— C'est efficace, reconnut Clay. Je me sens déjà mieux.

Kallorek était plus méchant qu'un crapaud bicéphale, certes, mais c'était un fin gourmet.

Le repas plongea Clay dans une indolence proche de l'euphorie. Il était d'autant plus satisfait que Valery – un peu léthargique, elle aussi – avait décidé de se joindre à eux. Elle ne se montra cependant guère bavarde. Elle laissait échapper de longs soupirs, ou gloussait pour des raisons on ne peut plus curieuses : la vue de deux brocolis glacés au sirop d'érable collés dans son assiette, ou le bruit du couteau avec lequel elle tapotait sans relâche son morceau de longe de porc grillée au miel.

Les yeux de Clay s'égaraient parfois sur les cicatrices en partie dissimulées par les manches de sa tunique. Gabriel lui avait raconté que Valery avait jadis consommé de la raflure, une drogue qui était fabriquée à partir de venin de ver-stupeur et qui s'administrait par l'intermédiaire de petites entailles pratiquées sur l'avant-bras. À en juger par les plaies à peine cicatrisées, Valery avait replongé.

Clay avait du mal à croire que cette femme était celle dont Gabriel était tombé amoureux des années plus tôt. Celle qui, selon certains, était responsable de la dissolution de la roquebande la plus célèbre de l'histoire de Grandual. Elle ne pouvait pas être la même, bien sûr. Elle avait changé.

Et si elle avait fait des trous dans la coque, elle n'était pas vraiment responsable du naufrage de Saga.

Gabe et Val s'étaient rencontrés pendant la Route du Roque, un festival trisannuel qui se tenait dans les ruines de Kaladar, l'ancienne capitale de Dominion. À la fin de l'automne, les roquebandes, bardes et managers des cinq cours se rassemblaient pendant trois jours pour se battre, baiser et boire comme des trous. Valery, elle, était venue pour protester. Elle faisait partie d'un groupe, les Getalongs, qui prônait une coexistence pacifique entre les humains et les monstres – une philosophie altruiste, mais peu populaire. Afin de faire entendre leur voix, ils avaient décidé de mettre le feu au chariot-caravane de Saga, un immense véhicule qui servait de maison et de base d'opérations.

Les Getalongs furent chassés avant d'avoir pu causer le moindre dégât, mais Valery fut capturée par Gabriel qui insista pour qu'elle assiste à la fête qu'il donnait dans le chariot. Clay se rappela qu'elle avait l'air d'un chien dans un jeu de quilles assise au milieu des balaises chargés de l'intendance et des mercenaires endurcis. Elle était grande et mince, avec une peau couleur ivoire et des cheveux qui ressemblaient à des fils d'or. Elle portait une robe étroite et une couronne de fleurs sur la tête. « Une princesse égarée parmi les orcs », avait-il marmonné, mais personne ne l'avait entendu.

Valery et Gabriel, qui avaient des opinions divergentes sur à peu près tout, s'étaient bouffé le nez dès le début. Si certains couples étaient l'union du feu et de la glace, le leur évoquait plutôt deux épées s'entrechoquant sans répit. Des épées de feu. Au milieu d'une tempête de glace. Ce qui avait commencé par un interrogatoire amusé s'était vite transformé en discussion passionnée, puis en dispute homérique, puis en concours de rugissements – au cours duquel Valery avait jeté une lampe à la tête de Gabriel et manqué d'incendier le chariot de Saga pour la seconde fois de la soirée.

Au petit matin, ils étaient follement amoureux l'un de l'autre.

Val quitta les Getalongs – un choix qui se révéla particulièrement opportun puisqu'une semaine plus tard, les membres du groupe furent invités à dîner par une tribu de centaures sauvages. Sans savoir qu'*ils* feraient office de plat principal. La jeune fille accompagna Saga au cours de ses tournées. Elle avait souvent de violentes disputes avec Kallorek à propos des endroits où ils devaient se produire. Gabriel prit l'habitude de lui demander son avis sur des affaires qui ne concernaient que le groupe. Moog et Clay n'y voyaient pas d'inconvénients, mais ce n'était pas le cas de Matrick et Ganelon – que Val accusait d'être des barbares ivres de violence. Les deux hommes supportaient ses diatribes comme une montagne supporte la présence d'un mouflon sur ses flancs. Jusqu'au jour où Gabriel se colla une fleur dans les cheveux…

Gabe lui assena un puissant coup de coude dans les côtes et Clay comprit qu'on venait de lui poser une question.

— Oui. Non. Quoi ? dit-il dans l'espoir de parer à toutes les éventualités.

— Quel âge a ta fille ? répéta Kal. Talyn, c'est bien ça ?

— Tally. Elle a eu neuf ans cet été.

— Tally ? C'est un diminutif ?

— De Talia.

— Hmmm. (Kallorek semblait moins intéressé par les réponses de Clay que par l'impressionnante portion de bœuf en sauce étalée sur son épaisse tartine de pain beurré.) Et la tienne, Gabe ?

Gabriel était assis en face du manager, le dos droit et les mains posées sur les cuisses. Il avait à peine touché à la nourriture.

— Ma quoi ? demanda-t-il.

— Ta fille, dit Kallorek la bouche pleine. Elle nous a rendu visite il y a quoi ? Six ou sept mois ? Avec une bande de déchets qu'elle appelait une roquebande. Elle nous a dit qu'elle avait une grande tournée qui l'attendait – et qu'elle l'avait dégottée sans l'aide d'un manager. Elle avait besoin de matos et m'a demandé si je pouvais lui en fournir.

— Rose est venue ici ? demanda Gabe.

Kallorek lécha ses doigts couverts de sauce.

— Je lui ai dit que j'allais réfléchir, mais je dirige une affaire sérieuse, pas une œuvre de bienfaisance. Je suis un collectionneur. Je collectionne les choses rares et belles.

À ces mots, inconsciemment ou pas, il prit la main de Valery. Celle-ci cligna des paupières et sourit comme si un papillon venait de passer devant ses yeux, mais elle ne prononça pas un mot.

— Enfin bref, poursuivit Kallorek. La petite garce m'a volé plusieurs reliques hors de prix et a disparu dans la nuit. Je n'ai pas eu de nouvelles depuis.

Gabriel se tourna vers Clay d'un air suppliant, mais son ami était très occupé à boire une gorgée de vin et il était hors de question qu'il s'interrompe avant que Gabe ait raconté ce qui était arrivé à Rose et ce qu'il avait l'intention de faire.

Gabriel prit la parole et Clay – qui l'observait par-dessus le bord de son verre – vit les sourcils broussailleux de Kallorek remonter jusqu'à la naissance de ses cheveux. Valery écouta en silence. Son expression était indéchiffrable. Elle frottait parfois les petites plaies qui constellaient ses bras. Elle réagit cependant en entendant le nom de Castia. Ses yeux s'écarquillèrent, et pendant une fraction de seconde, il se passa *quelque chose.* Une ombre douloureuse glissa sur son visage, aussi ténue qu'un gémissement de prisonnier résonnant dans les couloirs d'un donjon. Puis son regard replongea dans le vide. Lorsque Gabriel se tut, Kallorek poussa un soupir et tira sur sa barbe tressée. Valery esquissa un sourire placide.

— Je suis bien contente de l'apprendre, souffla-t-elle sans s'adresser à personne en particulier.

Le pauvre Gabe ouvrit la bouche comme si l'on venait de lui planter un couteau dans le dos. Clay craignit que son effarement se transforme en colère noire, mais son ami se contenta de secouer la tête avant de baisser les yeux vers l'assiette qu'il n'avait pas touchée.

Kallorek appela un domestique et lui demanda de conduire Valery dans sa chambre. Les trois hommes mangèrent le dessert – une tarte au chocolat recouverte d'amandes pilées et de crème fouettée – en savourant une bière ambrée légère dans un silence embarrassé. Le repas terminé, Kallorek proposa à ses invités de leur faire visiter son domaine qui, à l'origine, avait été construit pour servir de grand temple au Fils de l'Automne.

— Ils ont investi un paquet de pognon, déclara-t-il, mais à la moitié des travaux, quelqu'un a eu la riche idée d'installer un autre temple dans le Caniveau. (Le Caniveau était le surnom que les habitants des hauteurs donnaient aux quartiers qui se trouvaient dans la vallée.) Pourquoi gravir une colline pour parler à un dieu alors qu'il vous entend aussi bien quand vous êtes en bas ?

— Pourquoi construire un temple, alors ? demanda Clay. Autant lever la tête et crier vers le ciel.

Kallorek le regarda comme s'il proposait d'éteindre un incendie en versant des tonneaux d'huile sur les flammes.

— Crier vers le… Mais qu'est-ce que tu racontes, Main Lente ?

— Rien. T'occupe.

— Enfin bref, reprit Kallorek après un court silence. Les prêtres du haut ont fait faillite, alors je me suis pointé et j'ai acheté la propriété pour une bouchée de pain.

Ils arrivèrent dans le jardin et remontèrent un chemin pavé qui serpentait entre des pommiers chargés de fruits. Des gardes patrouillaient sur le mur d'enceinte – une protection nécessaire, affirma Kallorek, car l'ancienne chapelle abritait une collection inestimable de rares reliques.

— Tu gères toujours des roquebandes ? demanda Clay.

— Bien sûr, mais ça ne se passe plus comme au bon vieux temps. Les tournées sont tellement importantes que je ne peux plus m'en occuper tout seul. Je délègue les groupes à des agents qui gèrent les petites tournées – éradiquer une horde de gobelins ou des trucs dans ce genre. Je confie les gros contrats à ceux qui s'en tirent bien. Je prends cinquante pour cent, les agents en prennent dix. Les membres du groupe se partagent ce qui reste.

Cinquante pour cent ? Clay se serait étranglé s'il avait encore été à table. Les choses avaient bien changé. À son époque, Kallorek et chaque membre de Saga touchaient quinze pour cent. Les dix restants étaient censés aller au barde, mais aucun barde n'avait survécu assez longtemps pour toucher sa part, alors cette somme était allouée à ce que Gabriel appelait « les impératifs des tournées » : l'alcool, le tabac et toutes les femmes qui croisaient leur chemin. Compte tenu des miettes qu'il versait désormais aux mercenaires, Clay n'était pas étonné que Kallorek vive comme un prince.

— Et tu montes des tournées pour qui ? demanda Gabe tandis qu'ils approchaient de la double porte en bronze de la chapelle. Des types qu'on connaît ?

Kallorek gloussa.

— Pour *tous* les types que tu connais. J'ai des agents dans tout Agria. Tous les groupes à l'ouest de Cincour me versent une part de leurs bénéfices. À l'exception de vos vieux potes de Vanguard.

— Les mecs de Vanguard tournent toujours ? demanda Clay.

— La plupart, lâcha Kallorek sans daigner s'expliquer.

Vanguard. Clay n'avait pas entendu ce nom depuis une éternité. Barret Snowjack et ses éclectiques compagnons – Ashe, Tiamax et Hog. Ils avaient été les rivaux et les amis de Saga à la grande époque. Dire qu'ils étaient encore sur la route, qu'ils se battaient toujours, après tant d'années… Clay avait mal aux lombaires rien que d'y penser.

— Si quelqu'un chasse un gang de kobolds des égouts, dit Kal, j'installe des poignées en argent sur toutes mes armoires. Si le contrat concerne une matriarche basilic, j'ajoute une aile à la maison.

— Ou tu fais installer un bassin, dit Clay.

— Une piscine ! rectifia aussitôt le manager.

— Ce n'est pas ce que j'ai dit ?

— Tu as dit *bassin*.

— Où est mon épée ? demanda soudain Gabriel.

Kallorek se renfrogna.

— De quoi tu parles ?

— De *Vellichor*. Où est-elle ?

Clay se demanda quel genre de pensées traversaient l'esprit de Kallorek. Il ressemblait à un père cherchant le meilleur moyen de punir un enfant indiscipliné. Les trois hommes s'arrêtèrent devant la double porte en bronze. Le manager ouvrit un battant et fit signe à ses deux compagnons de le suivre à l'intérieur.

— Par ici, dit-il.

8

Vellichor

Kallorek les fit entrer dans une chapelle voûtée et éclairée par des lampes-miroirs. On avait ôté les bancs des fidèles et le sol en pierre était recouvert de somptueux tapis. La salle était encombrée de présentoirs à étagères, de vitrines, de râteliers d'armes, de coffres remplis à ras bord et de mannequins en bois portant des armures incomplètes.

— Excusez le bazar, dit Kallorek en regardant autour de lui. Je suis encore en train de trier. Hé ! Admirez-moi ça ! (Il se pencha vers un mannequin et prit un casque muni de longues gardes latérales recourbées vers l'avant comme des mandibules enduites de poison.) Ce truc appartenait à Liac l'Arachnéen. Ce pauvre Liac. Il s'est fait bouffer par un gélatineux de crypte il y a quelques années. C'est tout ce qui reste de lui. (Kallorek reposa le casque sur la tête du mannequin et fit glisser une main sur la cotte de mailles pourpre qui couvrait le torse.) *Peau-de-Guerre.* (Il prononça ces mots comme s'il s'agissait d'une sainte relique.) L'impénétrable armure de Jack Reaver. On dit qu'elle est capable d'arrêter n'importe quelle lame et n'importe quel fer. Mais pas la syphilis, apparemment. Pauvre Jack. (Il fit quelques pas en nommant les artefacts qu'il montrait du doigt.) Et voici l'arc-sorcier. Les gantelets d'Earl le Manchot.

(Il se tourna vers une bibliothèque disposée le long d'un mur.) Ces livres ont été écrits avant la chute de Dominion. Ces bottes ont été portées par Budika, le Loup Marin de Salagad. D'inestimables trésors ! Mais aucun n'est aussi précieux que celui-ci…

Il fit un geste vers l'extrémité de la salle plongée dans la pénombre. Clay se tourna et vit une estrade en pierre sur laquelle se dressait une statue dont le visage avait été maladroitement retaillé afin de le faire ressembler à celui de Kallorek. C'était une représentation du Fils de l'Automne. Elle tenait une torche – le premier symbole de Vail – de la main gauche, mais dans la droite, la faucille habituelle avait été remplacée par…

Une épée !

Clay entendit Gabe souffler un nom à côté de lui.

— *Vellichor.*

L'arme était nimbée d'une lueur bleu-vert. Une brume enveloppait la lame et se transformait en mince volute à l'extrémité. Comme un tourbillon de fumée montant d'une chandelle qu'on vient de souffler.

Gabriel avait été troublé en revoyant son ex-femme, mais maintenant, il était abasourdi. Son visage exprimait un mélange de honte, de crainte et de respect. Il ressemblait à un père ruiné regardant le fils qu'il s'apprête à vendre comme esclave. Il s'écoula une bonne minute avant qu'il retrouve l'usage de la parole.

— Tu m'avais dit que je pourrais la récupérer. Si j'en avais *vraiment* besoin… (Il déglutit à grand-peine et Clay vit une brume de larmes voiler ses yeux.) J'en ai besoin, Kal. J'en ai *vraiment* besoin.

Kallorek resta silencieux et tripota un des médaillons accrochés à son cou pendant un long moment.

— J'ai dit ça ? demanda-t-il d'un ton penaud et innocent. Ça ne me ressemble pas. Si mes souvenirs sont exacts, j'ai versé une petite fortune pour acquérir cette épée. Assez pour éponger tes dettes envers la guilde des mercenaires. D'une certaine manière, elle m'appartient donc. Et pas que d'une certaine manière, d'ailleurs. Elle m'appartient complètement.

— Tu as dit que je pourrais…

Le manager leva la main d'un air dédaigneux.

— Ouais, ouais. Tu te répètes. Mais comme je viens de te le faire comprendre, j'ai fini par m'attacher à cette arme. Les épées druines ne courent pas franchement les rues, tu sais, et ta garce de fille m'en a volé deux. Deux lames que je ne reverrai jamais, c'est certain.

— Kal, j'ai juré…

Kallorek lui coupa la parole.

— Et aujourd'hui, tu voudrais m'emprunter l'arme la plus convoitée du pays pour… pour quoi ? Pour l'emporter dans ce putain de Cœur du Wyld ? Il s'écoulerait sans doute des années avant que quelqu'un découvre vos squelettes et me ramène *Vellichor*. (Il croisa ses bras velus sur sa poitrine.) Non. Je crois qu'il est préférable qu'elle reste ici.

Une lueur de colère passa dans les yeux de Gabriel.

— Écoute-moi bien, tu…

Deux silhouettes imposantes émergèrent de sombres renfoncements et approchèrent d'un pas lourd. Les golems mesuraient une fois et demie la taille de Clay, mais ils étaient beaucoup plus petits que celui qu'il avait vu pendant le défilé des Stormriders. Leurs corps avaient l'aspect noir et mat de vieilles roches basaltiques. Des runes gravées dans leurs orbites brillaient d'une intense lueur verte lorsqu'ils obéissaient à un ordre inaudible. Les parois de verre des vitrines tremblèrent tandis qu'ils se dirigeaient vers Gabriel.

Ils n'étaient plus qu'à deux pas de lui quand Kallorek leva la main.

—Arrêtez-vous, dit le manager.

Il serrait le médaillon qu'il avait tripoté un peu plus tôt et Clay s'aperçut qu'une rune identique à celles qui luisaient dans les yeux des golems était gravée sur le bijou. Les automates se figèrent.

—Je vais te proposer un marché, Gabe. Si tu peux prendre *Vellichor*, elle est à toi.

Il s'écoula un moment avant que Gabriel parvienne à s'arracher à la contemplation des deux golems.

—Vraiment ? demanda-t-il.

—Vraiment.

Kallorek fit un pas de côté et s'inclina avec emphase. Il souriait, mais il n'y avait pas la moindre trace de joie dans son sourire. Il avait été un voyou au cours de sa jeunesse, et sa nature violente l'avait aidé à faire carrière en tant que manager, une profession dans laquelle il fallait convaincre les mauvais payeurs de régler leurs dettes. Clay avait jadis tiré les bénéfices de cette brutalité, mais aujourd'hui, il lui trouvait un goût amer.

—Vas-y, insista Kallorek. Prends-la.

Gabriel avança avec prudence, heurta le coin d'un sarcophage et manqua de tomber.

Le manager ricana.

—Fais attention. C'est Kit l'Intuable qui est à l'intérieur. Il est plus mort qu'un lièvre en civet, mais il peut encore parler et se déplacer. Il parle un peu trop pour son propre bien, d'ailleurs. C'est pour ça que je l'ai enfermé là-dedans.

Gabriel gravit les marches de l'estrade une par une. Il monta la dernière et jeta un coup d'œil par-dessus son épaule. Ne sachant que dire pour l'encourager, Clay lui adressa un hochement de tête. Il savait que son ami ne parviendrait pas à arracher l'épée à la statue. Et Kallorek le savait également.

Mais Gabriel avait persuadé son ami de quitter sa femme et sa fille pour le suivre dans une folle aventure et cela montrait bien que c'était un homme plein de ressources.

Gabe tira un petit coup, mais la lame ne bougea pas. Il se redressa et se racla la gorge. Il posa une main au creux du coude de la statue, saisit la poignée de l'épée juste en dessous de la garde et réessaya. Plusieurs secondes s'écoulèrent. Gabriel lâcha prise, plia ses doigts et tira de nouveau. Kallorek et les deux golems le regardaient en silence. Le manager affichait un rictus amusé, les golems s'ennuyaient ferme. Clay s'aperçut qu'il retenait son souffle. Il prononça une prière silencieuse pour que *Vellichor* s'arrache à la poigne de la statue, pour qu'elle tombe par terre dans un claquement sonore.

Mais il n'entendit qu'un faible gémissement qui semblait venir de l'autre bout du monde. Le gémissement gagna en intensité et se transforma en cri interminable tandis que Gabriel tirait de toutes ses forces. Il lâcha l'épée, le souffle court, et contempla sa main comme si elle venait de le trahir.

Kallorek se tourna vers Clay. Il avait retrouvé sa bonhomie.

— Dis-moi, Main Lente, j'ai vu que tu avais toujours *Blackheart*. Un tel trésor ne doit pas te servir à grand-chose sur le chemin de ronde de Coverdale, pas vrai ? Qu'est-ce que tu dirais que je te l'achète ?

— Il n'est pas à vendre, répondit Clay.

Il n'aimait pas du tout la tournure que prenait la conversation.

— Allons, allons. Une relique comme ça, ça va chercher dans les… disons cinq cents écus ? Un homme comme toi a plus besoin d'argent que d'un vieux bouclier miteux, non ?

Cinq cents écus !

Clay fit un effort pour rester impassible. Kallorek n'était pas du genre à négocier quand il pouvait obtenir ce qu'il voulait par la force. Avec une telle somme, Clay pourrait s'offrir une nouvelle vie. Il pourrait envoyer sa fille dans une bonne école de Fort Curieux. Il pourrait démissionner de la milice et ouvrir l'auberge dont Ginny et lui avaient si souvent parlé. Bien sûr, il avait imaginé accrocher *Blackheart* à la place d'honneur, au-dessus de la cheminée, mais il trouverait bien quelque chose pour le remplacer. Un tableau, peut-être. Ou un trophée de chasse. Qui n'aimait pas dîner sous les yeux de verre d'une tête d'animal coupée ?

Kallorek sentit son hésitation et reprit la parole d'une voix plus mielleuse que du sirop d'érable.

— Tu t'es lancé dans une quête impossible, Main Lente, et tu auras de la chance si tu ne perds rien d'autre que ton bouclier. (Il fit un geste en direction de Gabriel qui était désormais suspendu au bras de la statue et qui essayait vainement de lui ouvrir les doigts.) Tu as vraiment envie de braver le Cœur du Wyld ? Si tu réussis à échapper aux monstres, les féroces ne te rateront pas, eux. Ou tu choperas la nécrose. (Il secoua la tête.) Franchement, tu crois que les autres vont tout abandonner pour vous suivre ? Moog est à la tête d'une affaire florissante. Matrick est roi et il ne renoncerait pas à son trône pour toutes les stalactites de l'enfer. Quant à Ganelon… je suppose qu'il vous hait tous du fond du cœur. Qui pourrait lui en vouloir ?

— Aïe !

Gabe était parvenu à se couper avec *Vellichor*. Il plaqua sa main ensanglantée contre sa poitrine et donna un coup de pied dans la lame dans l'espoir de la dégager.

Le malheureux Vespian doit se retourner dans sa tombe, songea Clay. (Il ne put retenir un sourire en imaginant la scène.) *Il ferait une crise cardiaque s'il n'était pas déjà mort.*

Kallorek éclata de rire.

— La statue est enchantée, lui souffla-t-il. Il est impossible d'enlever l'épée tant que le sortilège n'est pas rompu. Il ne faudrait pas qu'un indésirable s'introduise ici et me la vole, pas vrai ?

Gabriel ne saurait plus où se mettre quand il apprendrait cela, mais il faudrait bien finir par le lui dire. Clay laissa échapper un soupir et Kallorek crut qu'il s'était résigné à accepter son offre.

— Je savais que tu finirais par te montrer raisonnable, Main Lente. Ça a toujours été toi le plus futé du groupe. Franchement, je suis surpris que Gabe ait réussi à te traîner jusqu'ici, mais tu ne vas pas le regretter. Maintenant, on va aller chercher ton bouclier et compter ton argent, d'accord ?

Clay secoua la tête poliment.

— Je ne crois pas, Kal.

Le sourire éclatant se ratatina comme une paire de couilles dans l'eau froide.

— Tu ne crois pas, hein ? (Clay fit un pas vers l'estrade, mais Kallorek lui barra le chemin et poursuivit d'une voix grondante.) Rose, c'est comme si elle était déjà morte. Je le sais. Valery le sait. Tout le monde le sait à l'exception des deux pitres que vous êtes. Elle est *morte*, et Gabe aussi s'il est assez con pour aller la chercher. (Le manager était si près que Clay sentait son haleine répugnante.) J'ai revu le prix de ton bouclier à la baisse, au fait. Il ne vaut plus que cent écus. Cent écus ou je vous fourre dans une armure de plaques et vous balance dans la piscine, toi et ce maudit sac à puces ! Alors, qu'est-ce que t'en penses, Clay ?

— C'est quoi, une piscine ?

Alors que Kal prenait une longue inspiration pour l'agonir d'insultes, Clay saisit le médaillon qui permettait de contrôler les golems et frappa le manager au visage. Kallorek recula en titubant et trébucha contre le sarcophage de Kit l'Intuable. La chaîne du médaillon se rompit et une pluie de maillons brisés cascada sur le sol en pierre.

— À mon tour de faire une offre, Kal, dit Clay en examinant la rune gravée dans le métal. (Le bijou était étrangement chaud et il vibrait dans sa main.) Tu te tires en courant et je te laisse cinq secondes d'avance avant d'ordonner à ces deux-là... (Il hocha la tête en direction des deux colosses immobiles.) ... de te transformer en casse-croûte pour golem.

Kallorek avait le visage en sang. Il ouvrit la bouche et glissa un doigt à l'intérieur – Clay lui avait sans doute cassé une dent en le frappant.

— Espèce de fils de pute ! Par les tétons glacés de la Reine de l'Hiver, je te jure que...

— Quatre, compta l'ancien mercenaire.

— Clay, allons, dit le manager d'une voix beaucoup plus douce. Je plaisantais ! C'était pour rigoler, tu comprends ? Tu ne vas pas me dire que tu...

— Trois.

— Attends. Et si...

— Deux.

Kallorek partit comme une flèche. Clay attendit que les bruits de pas s'évanouissent, puis se dirigea vers l'estrade. Gabriel était effondré au pied de la statue. Ses bras pendaient le long du corps. Les doigts de sa main droite étaient maculés de sang et des gouttes tombaient sur les dalles en pierre.

— Gabe...

— Tu crois qu'il a raison ?

Clay cligna des paupières.

— Pardon ?

— À propos de Rose. Tu crois qu'elle est morte ?

C'est bien possible, songea Clay.

Mais il garda cette réflexion pour lui.

— Nous la trouverons, Gabe. Mais il faut commencer par foutre le camp d'ici. Tu peux être sûr que Kal est allé chercher ses gardes.

Il entendit les cris du manager à l'extérieur de la chapelle, puis un raclement tout proche. Il se tourna et vit le lourd couvercle du sarcophage glisser sur le côté. Deux doigts desséchés apparurent et longèrent la bordure en cherchant un point d'appui.

Clay ne savait pas si Kit l'Intuable était mort ou vivant, mais il n'avait aucune envie d'être dans les environs quand il sortirait de sa prison.

Il leva le médaillon sans trop savoir comment il fonctionnait.

— Porte-le, ordonna-t-il.

Le premier golem se dirigea vers Gabriel. Clay pointa le doigt vers un mur de la chapelle et regarda le second.

— Ouvre un passage, s'il te plaît.

Tu dis s'il te plaît à un golem, Cooper ? C'est Ginny qui serait fière de toi…

Une lueur verte brilla dans les yeux couverts de runes. L'automate enfonça la paroi d'un coup d'épaule, puis élargit le trou à l'aide de ses poings. Il faisait sombre dehors et une brise nocturne apportait les effluves de la ville du bas : odeurs de fumée et relents âcres des gens qui vivaient dans la boue.

— Allons-y, ordonna Clay.

Il emboîta le pas au golem, et l'autre le suivit en portant Gabe dans les bras.

9

Le Toucher du Païen

Le lendemain, aux alentours de midi, ils rencontrèrent un fermier dont le chariot s'était effondré sous le poids des énormes balles de paille qu'il transportait. L'homme leur raconta qu'un de ses fils s'était engagé dans une roquebande l'été précédent, et que l'autre était allé voir le défilé à Contha, mais qu'il n'était pas encore rentré. Clay lui donna le médaillon de Kallorek et lui expliqua le peu qu'il savait à propos de son fonctionnement.

—À votre place, dit-il, je ne m'en servirais que la nuit. (Il fit un geste en direction des deux golems.) Un type très moche, très en colère et très dangereux va remuer ciel et terre pour les trouver au cours des prochaines semaines.

Le fermier se confondit en remerciements et ordonna aux automates d'agiter la main lorsque Clay et Gabriel se remirent en route. Le spectacle était assez déconcertant.

—Là !

Gabriel montra une tour en ruine qui se dressait au sommet d'une colline boisée. Sa silhouette sombre tranchait sur le ciel blanc de l'automne. Clay trouva qu'elle ressemblait à un doigt tordu ou à un croc brisé. Puis il se rappela les affiches vantant les bienfaits de la Formidable Potion Phallique de

Moog le Magicien et trouva qu'elle ressemblait à tout autre chose.

— On dirait qu'il est chez lui, dit-il en indiquant de la tête le torrent de fumée bleu-vert qui jaillissait d'un trou dans le toit croulant.

La porte était le seul élément du bâtiment qui ne semblait pas avoir besoin de réparation. Elle était en chêne épais et munie d'un heurtoir en cuivre représentant une tête de satyre ridée avec un anneau dans la bouche. Gabe frappa et la tête s'anima.

— Vi ? demanda-t-elle.

— Hein ?

— Euillez inhiquer les otifs de aut isite, dit le satyre.

— Quoi ?

— *Qu'est-ce que vous voulez ?* articula la tête en veillant à ne pas lâcher l'anneau qu'elle tenait entre les dents.

Gabriel se tourna vers Clay, qui lui adressa un des innombrables haussements d'épaules de son répertoire.

— Euh… voir Moog ?

— Oir Oog ! répéta la tête tant bien que mal. Et uis-je ehander i ous êtes ?

— Gabriel. Et Clay Cooper.

— És bien. Ahendez ihi i ous laît. On aître era là ans un ohent…

La porte s'ouvrit à toute volée et Moog apparut. Il portait un vêtement qui ressemblait à un pyjama une pièce avec de petites lunes et étoiles éparpillées sur le tissu bleu nuit. Il était plus maigre que jamais et sa grande barbe était aussi blanche que du coton. Il s'était dégarni et il ne lui restait plus que quelques cheveux longs et fins. Ses yeux étaient toujours d'un bleu profond sous ses sourcils crayeux et broussailleux.

— Gabriel ! Clay ! s'écria le sorcier avec enthousiasme.

Il était si heureux qu'il esquissa un pas de danse, et Clay songea qu'habillé ainsi, il ressemblait à un enfant. Moog s'interrompit et passa ses bras frêles autour du cou des deux hommes.

— Tétons et tête de dieux ! Ça fait combien de temps ? (Il regarda le heurtoir d'un air réprobateur.) Steve, je t'ai dit mille fois de ne pas faire attendre mes amis dehors.

— Ésolé, euhieur. É les rehiers ahis i ous endent isite.

— Les premiers ? Je suppose que c'est vrai, mais... (Il agita un doigt mécontent vers la tête de satyre.) Mauvais départ, Steve. Mauvais départ.

Le heurtoir réussit à froncer les sourcils sans lâcher l'anneau qu'il tenait dans la bouche.

— I ous le ites, euhieur.

— Ah ! c'est sans importance. Entrez ! Entrez !

Il fit signe à ses invités de le suivre à l'intérieur. Comme Clay le craignait, il y avait une boutonnière dans le dos du vêtement du sorcier.

— Vous arrivez au bon moment !

La demeure de Moog était comme Clay l'avait imaginée. La grande salle était encombrée de plans de travail couverts de globes alchimiques et de récipients en verre dépourvus d'étiquette – ce qui n'était pas très rassurant. Le long d'un mur, des étagères étaient chargées de grimoires et de bibelots que les sorciers affectionnaient particulièrement : crânes grimaçants, liasses d'herbes variées, bocaux dans lesquels flottaient des yeux, des embryons de dragon laiteux et des ignames calcifiées.

Une dizaine de cages de différentes tailles étaient entassées contre un autre mur. Des créatures étaient enfermées à l'intérieur. Clay identifia certaines d'entre elles – un blaireau, une moufette –, mais d'autres – un éléphant pas plus grand qu'un chien, une sorte de belette à huit pattes avec une tête à chaque extrémité d'un corps fin et musclé – étaient plus inquiétantes.

Ce n'était pas la seule chose qui était inquiétante : une silhouette vaguement humanoïde recouverte d'un drap blanc était allongée sur une table en bois exposée aux rayons du soleil.

Le sorcier passa de l'autre côté de la table et fit un geste en direction d'un chaudron fumant accroché dans la cheminée.

— Vous avez faim ?

Clay songea à la fumée bleu-vert qu'il avait aperçue depuis la route. Le chaudron semblait contenir de la soupe, mais une odeur de cheveux brûlés s'en échappait.

— Nous venons juste de manger, merci. Pour quoi ?

Moog le regarda en haussant les sourcils.

— Pour quoi quoi ?

— Nous arrivons au bon moment pour quoi ?

Le sorcier pivota et esquissa un petit sourire triste.

— Pour assister à un miracle, dit-il en saisissant un coin du drap blanc.

Faites que ce ne soit pas un cadavre, marmonna Clay en s'adressant aux dieux. *S'il vous plaît, faites que ce ne soit pas un cadavre.*

Moog avait toujours été un adversaire acharné de la nécromancie, mais quand un vieux sorcier restait trop longtemps seul dans une vieille tour, il finissait tôt ou tard par s'intéresser à de sombres et mystérieux arcanes.

Moog tira sur le drap d'un geste théâtral. Ce n'était pas le cadavre d'un homme qui se trouvait dessous – que les dieux en soient remerciés ! Ce n'était même pas un être humain, d'ailleurs. C'était un tréant. Comme celui que Clay avait tué avant de tailler un bouclier dans son bois. À quelques exceptions près. Blackheart avait été un vénérable chêne dix fois plus grand qu'un homme et assez fort pour arracher la tête d'un taureau. La créature allongée sur la table était un frêne rachitique. Et elle n'était pas morte.

Elle n'était pas morte et elle était folle de rage. Dès qu'elle vit Moog, elle se mit à tirer sur les cordes qui l'immobilisaient. Ses branches étaient trop petites pour servir de bras, mais elles se tendirent vers le sorcier pour le saisir. Elle était trop frêle pour représenter un danger pour un homme adulte, mais Clay songea aux tréants qu'il avait affrontés à Creusecolline : de gigantesques et redoutables monstres capables d'avaler un guerrier d'une seule bouchée ou de le briser… comme une brindille.

Mais ce frêne était curieux. Sa chair, ou son écorce, ou quel que soit le terme pour désigner le derme d'un arbre qui n'est pas vraiment un arbre, était tachetée de moisissures sombres à hauteur du torse et du visage. Certains membres étaient également touchés. Les feuilles des branches contaminées étaient gris-brun et racornies comme un bout de parchemin oublié près d'un feu.

— Qu'est-ce que tu…, commença Gabe.

Il ne termina pas sa phrase. Le tréant tourna vers lui ce qui lui servait de tête et poussa un cri à mi-chemin entre le gargouillis et le ronflement.

Moog posa une main apaisante sur le tronc de la créature pour attirer son attention. Les petites branches tordues remontèrent faiblement le long de son bras.

— Là, là, tout va bien, Turing. Ce sont mes amis, Gabriel et Clay. Je t'ai parlé d'eux, tu te souviens ? Ils sont venus pour assister à ta guérison.

Turing ne semblait guère intéressé. Une branche noircie par les moisissures se tendit tant bien que mal pour éborgner le sorcier, mais celui-ci l'écarta d'un revers de main désinvolte.

Clay tourna la tête vers Moog.

— Tu veux le guérir de quoi ?

Il ne va quand même pas lui administrer une dose de la Formidable Potion Phallique de Moog le Magicien ? se demanda-t-il.

Le sorcier leva la tête. Il n'y avait plus la moindre trace de joie dans ses yeux bleus et brillants. Ils étaient plus durs et plus froids qu'un étang en plein hiver.

— De la nécrose, répondit-il enfin.

Les sorciers étaient obsédés par la nature, et Moog ne faisait pas exception à la règle. Clay, qui l'avait fréquenté pendant de longues années, lui avait toujours connu deux passions.

La première était les ours-hiboux, des créatures mythiques que personne n'avait jamais vues. Personne de vivant, en tout cas. Mais cela n'empêchait pas Moog – et les membres d'une insignifiante société de fanatiques – d'être convaincu de leur existence.

La seconde était la nécrose, une maladie qui avait coûté la vie à de nombreux camarades aventuriers, dont l'homme que Moog avait aimé plus que tout au monde : son mari, Fredrick. Moog avait commencé à étudier ce fléau incurable très jeune, mais la contamination de Freddie l'avait poussé à approfondir ses recherches. Lorsque les liens unissant les membres de Saga s'étaient relâchés, le sorcier avait quitté le groupe pour se consacrer à la mise au point d'un remède.

Malheureusement, la nécrose s'était révélée une adversaire redoutable et Freddie avait succombé un mois après la dissolution de Saga. Apparemment, Moog n'avait pas renoncé à vaincre l'ennemi qui lui avait tout pris à l'exception de son chagrin.

Turing était mort.

La nuit était tombée et Clay apercevait les étoiles à travers le toit croulant et le plancher troué du premier étage de la tour. Gabriel s'approcha de l'âtre, posa le chaudron sur le rebord en pierre et entreprit de faire un vrai feu. Clay farfouilla dans le garde-manger et y découvrit une miche de pain rassis, un panier de tomates trop mûres et un morceau de fromage dur. Il prépara des casse-croûte.

Moog avait passé une bonne partie de l'après-midi à contempler le corps du tréant d'un air maussade, à tourner autour de ses divers instruments de recherche d'un air maussade et à rester assis sur les marches de l'escalier menant à l'étage d'un air maussade. Au bout d'un moment, il se leva, s'installa dans un grand fauteuil, ramena les genoux contre lui et bouda. D'un air maussade.

— C'est sans espoir, marmonna-t-il.

Il répétait cette phrase à intervalles réguliers depuis deux heures. Ses doigts osseux serraient sa longue barbe blanche, et ses yeux ne tenaient pas en place. Il ressemblait à un mari qui vient d'empoisonner sa femme et qui s'attend à voir son fantôme apparaître devant lui pour le maudire.

— Tu as fait de ton mieux, dit Gabriel sans grande conviction.

Moog ne se donna même pas la peine de lui répondre.

— C'est sans espoir, répéta-t-il dans un souffle.

Clay passa de longues minutes à mâcher son casse-croûte en réfléchissant à ce qu'il pouvait dire. Il ne remonterait pas le moral de Moog avec de simples paroles de réconfort – d'autant plus qu'il n'avait jamais été très doué dans ce domaine. Il opta donc pour la tactique qu'il employait lorsque Tally se butait : le changement de sujet.

— Ces créatures dans les cages, elles ont toutes la nécrose ? demanda-t-il. (Moog acquiesça d'un hochement de tête maussade.) Tu les as capturées toi-même ?

Le sorcier se redressa, jeta un coup d'œil vers les cages et opina.

— La plupart, oui.

— Tu crois que c'est une bonne idée ? insista Clay. Le Cœur du Wyld est un coin dangereux.

Moog se frotta les yeux d'un revers de main. Il ressemblait vraiment à un gamin avec ce pyjama grotesque.

— J'en ai acheté quelques-unes. Comme Turing. À des mercenaires. Mais aujourd'hui, ce n'est pas facile de trouver des types assez courageux pour s'aventurer dans le Cœur du Wyld. Les Renégats le font. Et j'ai entendu dire que les Stormriders venaient d'achever une tournée qui a eu beaucoup de succès. D'ailleurs, ils organisent un défilé à Contha demain.

— C'était hier, dit Gabriel.

Moog cligna des yeux.

— Oh.

Clay fit tomber les miettes de pain accrochées à sa chemise.

— Tu engages des gardes du corps, au moins ?

Le sorcier laissa échapper un ricanement amer avant de montrer l'humble pièce de la tour.

— J'ai tout juste de quoi payer les spécimens dont j'ai besoin, déclara-t-il. L'alchimie est un passe-temps onéreux, vois-tu. J'arrive à peine à joindre les deux bouts en vendant mes potions phalliques. Par les Enfers Glacés ! Sans les bande-mou de Contha, je n'aurais pas un sou ! Ne t'inquiète pas pour moi, je fais attention quand je vais dans la forêt. Et puis, je suis un *sorcier*, sacrebleu ! Pas un prestidigitateur qui fait des tours de passe-passe aux coins des rues pour une poignée de pièces d'argent ! Je suis encore capable de me débarrasser de quelques monstres !

L'indéfectible bonne humeur de Moog entamait son retour, mais Clay n'était pas rassuré pour autant. Bien au contraire.

— Ce n'est pas les monstres qui m'inquiètent. Que se passerait-il si tu…

Gabriel le foudroya du regard et il se tut en se traitant de fieffé imbécile. Le sorcier avait broyé du noir tout l'après-midi. Ce n'était pas le moment de lui rappeler la mort de Turing. Ou celle de Freddie. Ce serait contre-productif et cruel. Mais Moog éclata d'un petit rire. Un petit rire où perçait une infime pointe d'amertume.

— Si je quoi, Clay ? Si j'attrapais la nécrose ?

— Eh bien… oui.

— Aucun risque. C'est déjà fait.

10

De l'autre côté du miroir

— Écoute, tu n'as pas à… (Clay ne termina pas sa phrase.) Si tu… (Pas plus que la suivante.) *Quoi ?* Non. C'est juste… Non, bafouilla-t-il comme un idiot.

Gabriel avait les yeux écarquillés et la bouche béante comme s'il avait été embroché par la lance d'un centaure.

Le sorcier leva son pied gauche et ôta son chausson. Des croûtes noires couvraient les deux orteils les plus petits.

— Ne vous inquiétez pas, dit-il. Ce n'est pas contagieux. Il n'y a qu'un seul moyen d'attraper le Toucher du Païen : être assez cinglé pour s'attarder dans la forêt.

Clay passa différentes répliques en revue, mais la plupart impliquaient de traiter Moog de putain d'imbécile, et il les écarta.

— Pourquoi ? lâcha-t-il enfin.

— Pourquoi j'ai pris de tels risques ? demanda Moog en remettant son chausson et en se redressant sur son fauteuil. Parce que j'ai besoin de spécimens infectés comme Turing. J'ai besoin de voir ce qui ne marche pas du tout et ce qui marche presque, puis de comprendre pour quelle raison.

— Pourquoi ne pas avoir demandé à des… (Il faillit dire « nécrosés », mais c'était un terme très péjoratif.) … à des malades de servir de cobayes ? On en a vu un à Contha.

Le sorcier haussa ses maigres épaules.

— Je n'ai pas les moyens de les nourrir. Et puis, avec des êtres humains… on finit par s'attacher. Des deux côtés. Tu vois bien dans quel état m'a mis la mort de Turing. Et ce n'était qu'un arbre. Un arbre qui a même essayé de m'étrangler pendant mon sommeil. (Moog esquissa un sourire triste.) Il va me manquer, ce petit saligaud.

— Et s'il n'y avait pas de remède ? demanda Clay. Et si tu perdais ton temps ? Et si tu foutais ta vie en l'air pour rien ?

Le sourire mélancolique du sorcier ne frémit même pas.

— C'est possible, en effet, mais que puis-je faire d'autre ? J'ai consacré près de la moitié de ma vie à chercher un remède pour vaincre cette maudite maladie et je n'ai pas progressé d'un iota. Je ne suis pas marié. Je n'ai pas d'enfants. Tu as une petite fille, toi, n'est-ce pas ?

— Oui, mais…

— Vous avez *tous les deux* une fille. Et Matty doit avoir… quoi ? Cinq ou six enfants maintenant. Et c'est le putain de roi d'Agria ! Et Ganelon ? Euh… Ganelon sera toujours Ganelon, hein ? Mais moi ? Qu'est-ce que je laisserai derrière moi ? Je n'ai pas de famille, pas d'amis en dehors de vous. Qu'est-ce que j'ai fait *d'important* au cours de ma vie ?

— Eh bien…

Clay regarda désespérément un tonneau rempli d'affiches sur lesquelles s'étalait le visage ridé de Moog le Magicien.

— Ah, oui ! J'ai vaincu les dysfonctions érectiles !

Il laissa échapper un petit ricanement amer et enroula ses doigts autour d'un cylindre imaginaire. Clay effaça aussitôt cette image de sa mémoire.

— Non, reprit Moog. La nécrose régit ma vie depuis des années et elle continuera jusqu'à ma mort. Sauf si je parviens à mettre un remède au point, bien entendu. Quelqu'un veut un chocolat chaud ?

Clay ouvrit la bouche, puis la referma. Même s'ils discutaient pendant des heures en exploitant les failles des arguments du sorcier, cela ne servirait à rien. Quand il avait décidé quelque chose, Moog était aussi têtu qu'un ours-hiboux le jour de son anniversaire. Il venait encore de le démontrer avec cette histoire de nécrose. Et puis, il avait toujours géré son chagrin à sa manière.

Gabriel leva une main.

— Je veux bien, dit-il.

Moog bondit de son siège et se dirigea vers le coin-cuisine. Il prit un broc, versa de l'eau dans une bouilloire en cuivre et l'accrocha au-dessus du feu. Puis il ouvrit un placard et en sortit quelque chose enveloppé dans un torchon. Une brique de chocolat noir.

— Alors, qu'est-ce qui vous amène par ici ? demanda-t-il par-dessus son épaule. Ne me dites pas que Matty vous a invités au Conseil des Cours et qu'il m'a oublié ?

— De quoi tu parles ? demanda Clay.

Le sorcier râpa un peu de chocolat avant de réduire les copeaux en poudre à l'aide d'un pilon.

— Oh ! C'est en rapport avec cette horde qui assiège Castia. On raconte que c'est un druine qui a rassemblé tous ces monstres. Il est arrivé à Cincour il y a quelques semaines et a demandé audience aux puissants seigneurs de Grandual.

— Un druine ? répéta Clay.

— Où a lieu cette rencontre ? voulut savoir Gabriel.

Le regard de Moog passa de Gabriel à Clay, puis de Clay à Gabriel.

— Un druine, oui. Il se fait appeler le duc de Findeterre.

Clay délogea une graine de tomate coincée entre ses incisives du bout de la langue.

— Depuis quand il y a des ducs dans la République ?

— Il n'y en a pas, répondit Moog. Je doute que ce druine ait le moindre lien avec la République. Je dirais même qu'il ne l'aime pas beaucoup. Ce titre est peut-être au seul usage des cours. Il est fréquent et assez élevé pour attirer leur attention, mais moins prétentieux que, euh… Suprême Empereur-Dieu de la Cité Anciennement Connue sous le Nom de Castia, par exemple.

— En effet, dit Clay avec un haussement d'épaules.

— Peut-être que c'est un simple trou du cul, remarqua Gabriel.

— C'est possible, reconnut Moog en gloussant. C'est à Agria que la rencontre doit avoir lieu.

— Tous les monarques de Grandual seront présents ? demanda Clay.

Le sorcier hocha la tête.

— Tous ceux qui pourront venir viendront. Et ceux qui ont un empêchement enverront des émissaires à leur place. Ce type attise la curiosité. On aimerait bien savoir si c'est un vrai duc et s'il a vraiment cent mille monstres sous ses ordres. Sans compter que ce n'est pas tous les jours qu'on a l'occasion de rencontrer un druine.

Effectivement, songea Clay.

Il n'en avait vu qu'une poignée au cours de sa vie, et tous se cachaient dans le Cœur du Wyld. Les druines étaient si peu nombreux qu'on ne les jugeait pas dangereux, mais ils se tenaient généralement à l'écart des populations humaines, car les gens n'aimaient pas beaucoup ces immortels qui les avaient jadis traités comme du bétail.

Et puis, il y avait les chasseurs qui les traquaient à cause d'une rumeur selon laquelle il suffisait de se frotter le crâne avec un peu de leur sang pour guérir la calvitie.

— Tu crois que les cours vont envoyer des troupes pour libérer Castia ? demanda Gabriel.

Il était plein d'espoir. Et Clay aussi, car si les rois et les reines de Grandual rassemblaient une armée de guerriers expérimentés pour affronter la horde du Cœur du Wyld, il avait peut-être une chance de revoir sa femme et sa fille.

Ne t'emballe pas, Clay. Combien de temps faudra-t-il pour rassembler une telle armée ? Combien de temps faudra-t-il pour qu'elle traverse le Cœur du Wyld et franchisse les montagnes qui se trouvent au-delà ? Des mois – dans le meilleur des cas. Pas moins de deux saisons en tout cas. Et combien de temps crois-tu que Castia résistera ?

— Va savoir, dit Moog en répondant simultanément à la question que Gabriel avait posée et à celle, silencieuse, de Clay. Agria et Cartea sont à couteaux tirés en ce moment. Les Narmériens restent dans leur coin et les Septentrionaux n'arrivent même pas à s'entendre entre eux – et encore moins avec les cours rivales. (Il versa une cuillerée de poudre de chocolat dans deux tasses.) Quant aux Phantrans… il faudrait qu'ils traversent tout Grandual pour atteindre la forêt. Et j'ai entendu dire que les hommes-poissons ont lancé une série de raids le long de leurs côtes.

— Tu parles des Saigs ? demanda Clay

Moog haussa les épaules.

— Je trouve qu'*homme-poisson*, c'est plus classe.

— Tu te goures.

La bouilloire se mit à siffler. Moog la prit, remplit les tasses et mélangea avec une cuillère.

— Vous n'avez toujours pas répondu à ma question, dit-il. Qu'est-ce qui vous amène dans mon humble demeure ?

Clay jeta un coup d'œil à Gabriel, qui était fort occupé à contempler les étoiles à travers le toit.

On dirait que c'est à moi de m'y coller.

Il poussa un long soupir.

— Nous sommes en route pour Castia.

La cuillère qui tournait dans la tasse de chocolat – « *tac, tac, tac…* » – s'immobilisa soudain.

— Quoi ? Castia ? Par les Enfers Glacés ! Mais *pourquoi* ? La ville est sur le point d'être rayée de la carte par la plus grande horde jamais rassemblée depuis la guerre de Reconquête !

— Ouais, on est au courant. La fille de Gabe est là-bas.

La consternation se peignit sur le visage du sorcier.

— Ah…

— Alors on…

Clay déglutit avec peine.

Vas-y, dis-le, Cooper !

— Alors on a décidé de reformer la roquebande. Enfin, on va essayer.

Il se tut et attendit les excuses de Moog. Il devait s'occuper de son commerce de potions. Et trouver un remède contre la nécrose. Et il fallait bien quelqu'un pour surveiller ses cobayes. Et puis, il était trop fatigué. Et trop vieux. Il préférait attendre que le temps lui règle son compte plutôt que s'enfoncer dans la forêt noire et se faire étriper par des monstres.

Il était peu probable qu'il formule cette dernière excuse, mais Clay ne lui en voudrait pas s'il le faisait.

— Génial ! s'exclama le sorcier. Euh… je ne parle pas de la situation de Rose, bien sûr. C'est terrible, Gabe. Terrible. Mais oui ! Oui ! Reformer Saga ? Retrouver les vieux potes ? La vache ! J'y crois pas !

— Tu… tu veux dire que tu es prêt à nous accompagner ? bafouilla Clay.

— Bien sûr que je vais vous accompagner ! Quel genre d'ami je ferais si je refusais ?

Clay laissa échapper un petit hoquet en se rappelant le « non » catégorique qu'il avait opposé à Gabriel dans les mêmes circonstances.

— Et tes recherches ?

— Elles attendront mon retour. C'est Rosie le plus important ! Et puis, je ne risque pas d'attraper la nécrose en traversant la forêt, pas vrai ? (Clay et Gabriel le regardèrent d'un air gêné.) Quoi ? Vous n'avez pas encore digéré la nouvelle ? Ah ! Vous ne l'avez pas encore digérée. Enfin bref ! J'en suis !

Il se dirigea vers Gabriel et lui tendit une tasse. Clay sentit le parfum du chocolat chaud et regretta de ne pas avoir levé la main quelques minutes plus tôt.

— À Saga ! lança Moog en faisant tinter sa tasse contre celle de Gabriel.

Il s'apprêtait à boire une gorgée quand on frappa sans ménagement à la porte.

— Euillez inhiquer les otifs de aut isite, dit Steve, le heurtoir avec l'anneau dans la bouche.

Plusieurs personnes marmonnèrent, puis l'une d'elles prit la parole à haute voix. Une voix que Clay ne connaissait que trop bien.

— Arcandius ! Moog, tu es là mon vieux poteau ? C'est Kal.

Clay et Gabriel échangèrent un regard affolé.

Moog se dirigea vers la porte.

— Kallorek ? Comment vas-tu ? J'arrive tout de…

Clay se glissa derrière le sorcier et posa une main sur la bouche de celui-ci, mais c'était trop tard.

— Nous sommes passés chez Kallorek pour récupérer l'épée de Gabe, souffla-t-il. Il a menacé de nous tuer.

— Tu parles de *Vellichor* ? Mais qu'est-ce qu'elle faisait chez Kallorek ? demanda Moog.

Gabriel ouvrit la bouche pour raconter ce qui s'était passé, mais Clay ne lui en laissa pas le temps.

— On t'expliquera plus tard, dit-il.

— Tu as du monde, Moog ? demanda Kallorek d'un ton qui se voulait amical. Ce ne serait pas nos vieux camarades Main Lente et Gabe, par hasard ? Et si tu ouvrais la porte ? On pourrait discuter tranquillement, hein ?

La voix de Steve retentit de nouveau.

— Euhieur, euillez inhiquer les otifs de aut…

Un coup puissant fit trembler la porte.

— Ous mahez fappé ! s'exclama Steve en oubliant sa politesse habituelle. Ehèce de isse de ute !

Un nouveau coup retentit. Plus fort. Steve se tut.

— Moog ? appela Kallorek, l'air un peu moins affable. (La patience ne faisait pas vraiment partie de ses qualités.) Ouvre cette porte !

Le sorcier échappa à la prise de Clay, posa sa tasse et se précipita vers un plan de travail sur lequel se trouvait une boule de cristal dans un écrin de velours noir. La sphère semblait remplie de duvet gris-blanc, mais dès que Moog la toucha, une image apparut au milieu d'un tourbillon de vapeurs mauves. Elle disparut aussitôt dans un nuage de parasites.

— J'ai acheté ce truc à la sorcière qui habitait ici avant moi, dit Moog à toute vitesse. (Il tapota la sphère à plusieurs reprises, en vain.) Cette saleté ne marche qu'une fois sur deux. C'est insupportable. Un jour, je finirai par la foutre à la poubelle et par *lire des livres*.

Il colla son nez contre le cristal et marmonna des incantations inaudibles. Sans succès. Il se redressa, cracha un juron et frappa la sphère du plat de la main.

— Saleté de fichue…

L'image réapparut et l'estomac de Clay se noua comme si un ours venait de lui sauter dessus. Kallorek portait une armure de plaques sous une cape bordée de fourrure noire. Il était accompagné de seize gardes armés. L'un d'entre eux – un véritable colosse avec une tête de brute épaisse – se tenait juste devant la porte, une torche dans une main et une masse dans l'autre. Le heurtoir n'était plus qu'un amas de cuivre informe.

— Oh, mon pauvre Steve, gémit Moog. Depuis quand Kallorek est-il si *méchant* ?

Clay ne se donna pas la peine de répondre. Il était prêt à parier qu'en sortant du ventre de sa mère, le manager en avait profité pour coller un coup de pied à la sage-femme, mais ce n'était pas le moment de se lancer dans de telles spéculations.

— Il faut qu'on sorte d'ici, dit-il. Est-ce qu'il y a une porte dérobée ? Un tunnel pour s'échapper ? (Il regarda autour de lui en quête de l'un ou de l'autre.) Un moyen de foutre le camp ? N'importe lequel ?

Le sorcier réfléchit, puis hocha la tête avec lenteur.

— Il y a bien un moyen, mais c'est un peu risqué.

« C'est un peu risqué. » Clay avait entendu ces mots une bonne centaine de fois, juste avant une débandade précipitée en règle générale. Mais il fallait bien reconnaître qu'en de rares occasions, Moog avait des idées de génie.

Il poussa un long soupir.

— Je t'écoute.

— Montez ! lança le sorcier en montrant ce qui restait du premier étage. Moi, il faut que je prenne deux ou trois choses.

Il enveloppa la boule de cristal dans son écrin de velours, rassembla plusieurs fioles et jeta le tout en vrac dans un grand havresac.

— Allez ! dit-il. Je vous rejoins dans un instant !

Clay monta les premières marches, Gabriel sur les talons. Il atteignit le premier étage et regarda autour de lui d'un air affolé. Le toit de la tour était plus qu'à moitié effondré et un tapis d'étoiles brillantes s'étendait au-dessus de sa tête. À la lumière des astres, il distingua une bibliothèque, un petit lit contre un mur, une table de nuit… et aucun moyen de s'échapper. Les fenêtres étaient trop hautes pour qu'on puisse les atteindre.

Gabriel contemplait les cieux, bouche bée.

— Qu'est-ce qu'il y a ? demanda Clay. (Il leva la tête et ne remarqua rien de particulier.) Qu'est-ce qu'il y a ? C'est le ciel ? Les étoiles ?

— Ce n'est pas des étoiles, souffla Gabriel.

— Qu'est-ce que tu racontes ?

Pas des étoiles ?

Clay hoqueta. Des araignées ! Des milliers et des milliers d'araignées qui luisaient dans l'obscurité. Une constellation grouillante qui s'étendait sur le firmament d'une toile invisible. Pendant un moment, les deux hommes restèrent pétrifiés, les pieds rivés au sol, paralysés par une terreur atavique.

Regardez-nous, songea Clay avec amertume. *Nous qui avons jadis affronté un dragon après lui avoir demandé comment il préférait qu'on lui botte le cul, à présent morts de trouille à la vue d'une colonie d'araignées phosphorescentes !*

Quelques arachnides se laissèrent glisser le long d'un fil pour observer les intrus de plus près. Clay fit de son mieux pour les ignorer. Il se tourna vers l'escalier.

— Moog ?

— J'arrive !

Il jeta un coup d'œil en bas et vit le sorcier qui fourrait un impressionnant bric-à-brac dans le sac qui, de toute évidence, était magique. Un bâton, une baguette, une dague sertie de gemmes, une statue de chat en onyx, cinq ou six chapeaux, des livres, une pipe, deux bouteilles d'eau-de-vie, une paire de chaussons usés…

Un craquement sourd résonna à l'extérieur, le bruit d'un tronc d'arbre qui frappe quelque chose de dur. La porte trembla et s'incurva vers l'intérieur.

Au même instant, des centaines d'araignées commencèrent à descendre du plafond pour voir ce qui se passait. Le spectacle était… déroutant, car dans un coin de sa tête, Clay pensait encore que ces points lumineux étaient des étoiles et il eut l'impression que le ciel lui tombait sur la tête. Il fut pris de nausée, mais estima que le moment était mal choisi pour vomir.

—*Moog!* cria-t-il à pleins poumons.

—J'arrive ! lança le sorcier en achevant de libérer sa ménagerie d'animaux malades.

Pendant que le petit éléphant se précipitait vers la porte d'entrée, Moog marmonna quelques mots et des flammes apparurent sous un énorme récipient en verre. Le sorcier y jeta une fiole remplie d'un liquide rouge et grimpa les marches quatre à quatre. Arrivé en haut, il remarqua l'expression horrifiée de Gabriel et leva les yeux.

—Ah, tu as rencontré mes petites chéries.

—Tes petites chéries ? bredouilla Gabriel d'un ton incrédule. Moog, ce sont des *araignées* !

—Elles sont inoffensives, affirma le sorcier avec un geste désinvolte. Enfin, presque. Un jour, l'une d'elles m'a mordu et je suis resté invisible pendant une semaine. C'est incroyable, hein ? Je ne te raconte pas le mal que j'ai eu pour faire les courses. Et puis, elles mangent les chauves-souris. (Il tendit son sac à Clay.) Prends ça.

Il s'agenouilla près du lit, glissa une main dessous et en tira un miroir presque aussi grand que Clay.

Gabriel le montra du doigt.

—Est-ce que c'est…

—Oui, c'est lui, confirma Moog. J'espère qu'il fonctionne encore.

Il plongea un doigt dans le miroir comme s'il vérifiait la température d'un bol de soupe. Des ondulations ridèrent la surface et déformèrent les reflets de Clay et de Gabriel, qui s'étaient penchés pour mieux voir.

Le miroir enchanté faisait partie d'un lot de deux. Il s'agissait en fait de portails, et il était possible de passer de l'un à l'autre quelle que soit la distance qui les séparait. Les membres de Saga les avaient utilisés pour sauver Lilith, princesse d'Agria et future femme de Matrick, lorsque, le jour de son dix-huitième anniversaire, elle avait été enlevée par un soupirant éconduit, un petit noble prêt à tout pour devenir roi. Ils avaient franchi le premier miroir dans les appartements de la bonne et étaient réapparus dans la chambre royale – juste à temps pour empêcher l'infâme individu de ravir la précieuse virginité de la jeune fille.

Un sacré coup de chance, car s'ils étaient arrivés une minute plus tard, Lilith n'aurait pas pu l'offrir à Matrick au cours de la nuit suivante.

La porte vola en éclats et la brute armée d'une masse fit irruption dans la tour. Kallorek et le reste de ses hommes étaient juste derrière lui.

Moog secoua la tête.

— Putain ! J'étais sûr et certain que…

Une vague de lumière aveuglante envahit la pièce et l'imposant récipient en verre explosa dans un nuage de fumée orange vif. Le sorcier pointa le doigt vers le miroir et l'agita avec frénésie.

— Allez ! Entrez ! Vite ! hurla-t-il.

— Qu'est-ce que c'est que ce truc ? demanda Gabe en portant une main à sa bouche pour se protéger des tourbillons orangés.

La fumée piquait les yeux et dégageait une odeur sucrée et écœurante rappelant celle d'un fruit trop mûr.

— Ma potion phallique ! Maintenant, allez ! cria Moog pour couvrir les quintes de toux et le fracas de verre brisé qui montaient du rez-de-chaussée.

Personne ne semblait décidé à bouger, alors Clay se dévoua. Il secoua la tête, se traita d'imbécile et sauta dans le miroir comme on saute d'une falaise pour se suicider.

11

Le roi cocu

Clay se demandait depuis combien de temps il hurlait comme un damné, lorsqu'il fut projeté hors du miroir.

L'homme qui se tenait devant lui se retourna d'un bond et ses yeux s'écarquillèrent au-dessus du voile qui dissimulait ses traits. Clay se contorsionna pour essayer de modifier sa trajectoire en plein vol, mais son pied frappa le malheureux en plein visage – un superbe coup de pied sauté involontaire.

Les deux hommes roulèrent par terre. Clay se redressa sur un coude et entama une longue litanie d'excuses. L'inconnu le regarda avec des yeux étincelants de colère. Un filet de sang coulait de ses lèvres. Et il tenait un méchant poignard à lame incurvée à la main.

Clay voulut reculer, mais sa jambe droite était coincée sous le corps de l'homme. Allons, tout espoir n'était pas perdu. Il était possible que le coup de couteau le rate, ou que son propriétaire comprenne soudain que tout cela n'était qu'un malheureux malentendu. C'était possible, oui, mais très improbable.

Gabriel surgit du miroir comme si on l'avait poussé dans le dos, et s'écrasa sur son vieux camarade – ce qui n'améliora pas ses chances de parer un éventuel coup de couteau. Puis Moog jaillit à son tour. Il fila au-dessus des trois hommes enchevêtrés en hurlant comme un gamin sur un toboggan, et son pied frappa la mâchoire de l'inconnu, qui s'effondra comme une masse. Moog roula par terre et se redressa à genoux.

— Par tous les dieux ! s'exclama-t-il. Mon pauvre monsieur ! Je suis vraiment déso…

— Laisse tomber, Moog. Il est dans les pommes.

Clay haussa le menton en direction du couteau que l'homme tenait toujours entre ses doigts flasques.

— Par tous les dieux ! Quel manque de savoir-vivre !

— Je suis d'accord avec toi, opina Clay.

Quoique techniquement, c'est moi qui l'ai attaqué le premier.

Gabriel roula sur le dos et écarta les mèches qui couvraient ses yeux.

— On est où ?

Ils regardèrent autour d'eux. Ils étaient dans une salle richement meublée. De magnifiques tableaux et tapisseries décoraient les murs. Au plafond, une fresque représentait un épisode de la guerre de Reconquête, quand les armées humaines avaient chassé les hordes qui se repaissaient des vestiges de l'ancien Dominion. À en juger par le gigantesque lit tendu de minces voiles blancs, il s'agissait d'une chambre.

— Nous sommes au château de Brycliffe, dit Moog. C'est dans cette pièce qu'on est arrivés la dernière fois qu'on a utilisé les miroirs. C'est la chambre du roi.

— Ce qui signifie…, commença Clay.

— … que Matrick est ici, le coupa Gabriel.

Clay fronça les sourcils.

— Quoi ? Pourquoi est-ce que tu dis ça ?

Gabe haussa les épaules.

— Parce que c'est le roi d'Agria. Et parce que je le vois.

Il pointa le doigt vers le lit.

Matrick était bien là, entortillé dans un fatras de draps en soie et ronflant comme un cochon. Clay s'aperçut qu'il avait pris beaucoup de poids depuis leur dernière rencontre.

Moog se tourna.

— Matty ? (Il se précipita vers le lit, bondit entre les voiles et sauta sur son vieux camarade comme un enfant qui fait irruption dans la chambre de ses parents à l'aube le jour de son anniversaire.) Matty, debout !

La crapule vulgaire, l'ivrogne invétéré, le coureur de catins et le voleur sans scrupules qui régnait désormais sur un des cinq grands royaumes de Grandual se réveilla en sursaut.

— Hein ? Qui ? Quoi ?

Il roula sur le côté pour échapper au sorcier, sauta hors du lit en agitant les bras dans tous les sens et tomba par terre.

— À l'assassin ! hurla-t-il.

La double porte s'ouvrit à toute volée et deux gardes se précipitèrent dans la chambre l'épée à la main. Au même moment, une silhouette enveloppée de traînées orangées jaillit du miroir. Un sbire de Kallorek. L'énorme brute qui avait défoncé Steve à coups de masse.

Tout le monde se figea et un lourd silence s'abattit dans la pièce.

Clay jeta un coup d'œil inquiet en direction des deux gardes, puis jaugea rapidement le colosse. Son regard descendit en dessous de la ceinture et…

— Euh… est-ce que tu veux que… qu'on te laisse un moment ? demanda-t-il.

L'homme grimaça d'un air mauvais, puis baissa les yeux et découvrit l'énorme bosse qui déformait son pantalon. Il se tourna aussitôt sur le côté en rougissant – ce qui ne servit pas à grand-chose du point de vue de la pudeur.

Clay ouvrit la bouche, mais Moog le devança.

— C'est à cause de ma potion, dit-il. J'ai lancé une fiole dans le récipient, tu te rappelles ? L'explosion, la fumée ? (Il gloussa et esquissa un sourire penaud et suffisant à la fois.) « De zéro à héros d'une seule gorgée ». Comme le dit la réclame.

— Voilà qui explique bien des choses, dit Gabe en montrant la bosse grandissante au niveau de son entrejambe.

— Ah ! moi aussi maintenant ! s'exclama Moog. Regardez !

Clay ne regarda pas. C'était inutile. Il était à peu près sûr d'avoir compris.

Un nouveau silence s'installa, infiniment plus embarrassé que le précédent. Puis un garde prit la parole.

— Sire, qu'est-ce que nous sommes censés… Sire ?

Le roi, plié en deux, se tenait le bas-ventre comme s'il avait reçu un coup d'épée. Clay entendit un sifflement, un grognement, puis Matrick leva la tête vers le plafond et se mit à rire comme un dément. La brute de Kallorek gronda comme un chien qui se sent menacé, et ses doigts se contractèrent sur le manche de la lourde masse.

Clay n'avait pas besoin d'avertissement supplémentaire. Il libéra *Blackheart* d'un haussement d'épaule et en saisit la poignée avant qu'il touche le sol. Il avançait déjà lorsque la brute leva son arme et se précipita vers Gabriel – qui était fort occupé à ajuster son pantalon. La masse frappa le bouclier avec un bruit sourd et rebondit. La puissance de l'impact fit trembler le bras de Clay, et une terrible douleur remonta dans son épaule. Il n'avait pas eu la moindre égratignure depuis des mois. Il ne s'était pas battu contre un adversaire susceptible de le tuer depuis des années.

Tu as intérêt à retrouver tes réflexes vite fait, Main Lente.

La masse se leva de nouveau. Cette fois-ci, Clay para le coup en contractant ses muscles, et l'arme rebondit sur le côté. Il voulut frapper du poing, mais un coup de pied à la poitrine le projeta en arrière et il s'écrasa contre une colonne du lit.

Les deux gardes n'avaient pas bougé. Ils se demandaient qui étaient leurs ennemis. Clay n'avait pas ce problème. La brute soupesait sa masse comme un bûcheron soupèse sa cognée en jaugeant l'arbre qu'il va abattre. Clay n'avait rien de lourd à portée de main. Pas de candélabre ou d'épais grimoire pouvant faire office d'arme. Et comme il ne pouvait pas s'enfuir en laissant Gabriel sans défense, il décida de charger.

La masse arriva par la gauche. Clay plaqua son épaule contre *Blackheart* et se tassa pour ne pas être projeté à terre. Puis il esquiva un coup de revers maladroit et bondit en avant en tenant le bouclier devant lui. La surface rugueuse et gondolée de *Blackheart* frappa son adversaire, qui recula d'un pas, puis d'un autre. Clay en profita. Il enchaîna avec un coup de pied et repoussa la brute dans le miroir. La surface polie ondula comme celle d'un lac et le sbire de Kallorek se volatilisa.

— Moog, qu'est-ce que je fais pour l'empêcher de revenir ?

Le sorcier écarta les mains.

— Comment tu veux que je le sache ? Passe la tête à travers le miroir et explique-lui poliment qu'il n'est pas le bienvenu.

— Moog…

Clay sentit l'énervement le gagner. Sa fille de neuf ans était plus facile à gérer que ce sorcier sénile.

Par chance, Gabriel eut une idée. Il avança, saisit le miroir et le retourna face contre terre.

— Merci, dit Clay.

Gabriel esquissa un petit sourire crispé et se dépêcha de regarder ailleurs.

Les puissants éclats de rire de Matrick se transformèrent en gloussements un peu plus discrets. Il se redressa, se glissa entre les deux gardes et tapota leurs épées pour leur enjoindre de rengainer.

— Par les dieux de Grandual ! Mais qu'est-ce que vous foutez ici, les gars ?

Il avança avec prudence, comme un chasseur qui s'approche d'une harde de daims craintifs s'abreuvant à un étang au milieu d'une forêt.

Clay essuya son front trempé de sueur. L'affrontement avait été bref, mais il était hors d'haleine.

— C'est un peu compliqué, dit-il.

Moog s'assit sur le lit, les mains sur les genoux.

— La fille de Gabe est coincée à Castia. Nous allons la sauver et nous voudrions que tu viennes avec nous.

Clay haussa les épaules.

— Voilà, dit Clay. C'est ça.

Matrick blêmit.

— À Castia ? Mais qu'est-ce que Rose est allée foutre à Castia ?

— Ça, c'est un peu plus compliqué, commença Clay.

— Elle fait partie d'une roquebande, expliqua Gabriel en se tordant les mains comme un mendiant à la porte d'une chapelle. Quand la République a réclamé de l'aide pour affronter la horde, elle y est allée.

— Ouais, dit Clay. C'est ça.

— Nous reformons le groupe ! s'exclama Moog. Tu comprends, Matty ? Ce sera comme au bon vieux temps ! Nous cinq en route pour le Cœur du Wyld !

Matrick laissa échapper un grognement et se frotta les yeux avec ses paumes. Il vivait dans le luxe depuis des années, mais le temps ne l'avait pas épargné. Ses cheveux noirs étaient veinés de gris et ne couvraient plus que la moitié de son crâne. Une barbe poivre et sel mangeait ses joues empâtées. Il avait l'air fatigué, mais cela n'avait rien de très étonnant. Après tout, il avait été réveillé en sursaut, dans sa chambre, par quatre individus qui se tapaient dessus à coups de masse et de bouclier alors que des érections incongrues déformaient leurs pantalons.

— Matty ? Qu'est-ce que t'en dis, mon grand ?

Moog semblait avoir du mal à comprendre le manque d'enthousiasme de son vieux camarade.

— Je… je ne peux pas, Moog. Je ne peux vraiment pas. Je suis désolé.

Moog le regarda avec consternation. Clay, lui, songea que Matrick était le premier membre de Saga à faire preuve d'un peu de bon sens, mais il lui fallut un moment pour identifier la nature de la boule qui lui nouait le ventre : un mélange de tristesse et d'abattement.

Il avait *espéré*. Il avait toujours pensé que le roi d'Agria serait le plus difficile à convaincre, mais que s'il acceptait de descendre de son trône et de suivre Gabriel dans sa quête insensée, les autres membres de Saga feraient de même. Il avait des doutes à propos de Ganelon, bien sûr, mais Matrick aimait Gabriel comme un frère et avait été le plus casse-cou du groupe.

Le roi se tourna vers Gabriel.

— Je suis *vraiment* désolé, Gabe, mais je ne peux pas partir d'ici. Je dois penser à Lilith et aux mômes, tu comprends ? Sans parler du royaume qu'il faut gouverner, d'une guerre frontalière qui semble inévitable et du putain de Conseil qui doit se tenir demain. Si je n'étais…

— Le Conseil des Cours doit se tenir demain ? demanda Gabriel en levant brusquement la tête.

Matrick passa une main sur son front dégarni.

— Demain, oui. À Landelind. Et ce baiseur de canassons d'Obolon Han y assistera. La dernière fois qu'on s'est vus, on a failli en venir aux mains. Depuis, les relations entre

Agria et Cartea sont plus tendues que les nerfs d'un camé en manque de raflure. Je vais te dire un truc : cet enfoiré de duc de Findeterre a vraiment choisi un sale moment pour monter sur scène et nous jouer… le putain de spectacle qu'il nous prépare.

Gabriel l'écoutait en se mordillant nerveusement les articulations des doigts, le regard perdu dans le vide.

— Est-ce que je peux venir ? demanda-t-il lorsque le roi se tut. J'aimerais bien voir à quoi ce duc ressemble. On pourrait peut-être le convaincre de laisser les mercenaires de Grandual évacuer la ville.

— Euh… bien sûr, répondit Matrick. Je ne vois pas pourquoi ça poserait un problème. Enfin, il faudra d'abord que j'en parle à Lilith, évidemment.

Comme un mauvais esprit qui apparaît à l'évocation de son nom, la reine d'Agria surgit dans une simple chemise de nuit éthérée. Clay ne l'avait pas vue depuis une éternité, mais il dut reconnaître que ni les années, ni ses cinq accouchements n'avaient altéré sa beauté éclatante… et glacée. Même son expression furieuse ne parvenait pas à l'enlaidir. Elle était suivie d'un homme puissamment bâti qui, pour une raison curieuse, était torse nu. Le colosse portait une gigantesque épée et arborait un froncement de sourcils menaçant.

— Au nom de Vail, mais qu'est-ce qui se passe ici ? demanda Lilith d'un ton péremptoire.

— Lilith !

Matrick fit un pas vers sa femme… et s'arrêta net lorsque l'homme torse nu s'interposa entre eux.

— Un assassin est entré dans ma chambre, mais mes vieux amis… Tu te souviens de mes vieux amis, n'est-ce pas ?

Lilith jeta un regard glacé aux trois hommes qui avaient risqué leur vie pour la sauver vingt-cinq ans plus tôt.

— Qu'est-ce qu'ils font ici ?

Le roi se tordit les mains comme Gabe l'avait fait en parlant de sa fille.

— Eh bien… ils sont arrivés par le miroir.

La voix de Matty oscillait entre supplication et cajolerie. Clay songea que c'était sans doute le ton que prendrait un chien s'il pouvait expliquer à son maître pourquoi il avait chié sur le tapis du salon.

— Je ne t'ai pas demandé comment ils étaient *arrivés*, lâcha Lilith d'une voix aussi douce que du miel empoisonné. Je t'ai demandé ce qu'ils *faisaient* ici.

— Bien sûr, oui. Ils sont en route pour Castia.

— Castia ? (Elle prononça ce mot comme s'il lui écorchait la bouche.) Pourquoi ?

— Euh…

Le roi jeta un coup d'œil nerveux à Clay.

— C'est un peu compliqué, commença celui-ci.

À la taverne de Coverdale, on proposait un plat appelé « le petit déjeuner du roi ». Il se composait de deux œufs pas assez cuits au-dessus et brûlés en dessous, couverts d'une épaisse couche de poivre noir et noyés dans une sauce rouge que Shep avait baptisée « sang de tomate ». Le tout était servi sur un toast trop grillé, et quand c'était votre jour de chance, le cuistot rajoutait quelques tranches de poire plus cabossées que l'*ego* d'un barde dépourvu de talent.

Comme il fallait s'y attendre, le petit déjeuner d'un *véritable* roi était très différent. Le lendemain matin, les invités s'assirent à une table surmontée de piles chancelantes de crêpes moelleuses et épaisses enduites de sirop d'érable, de miches de pain fumantes, de magnifiques coupelles en porcelaine contenant du beurre salé, de toasts grillés à la perfection et d'un vaste choix de pots de confiture : mûre, fraise, framboise, myrtille, abricot, raisin, figue et quelque chose qui s'appelait « marmelade » – un mot que Moog fut incapable de prononcer malgré de nombreux efforts. Il y avait aussi des tranches de poitrine de porc, des saucisses dodues et des œufs si légers et si frais que Clay eut l'impression d'entendre les poules pondre dans les cuisines.

En guise de boisson, on trouvait des jus pressés le matin même – orange, pomme, canneberge – et un petit vin blanc sec ; du thé infusé à partir de feuilles au parfum fleuri ; de l'eau fraîche aromatisée avec du citron aigre venant des terres du Sud. Il y avait même du puissant café phantrien que Matrick buvait comme s'il s'agissait du seul antidote capable de le sauver d'une mort certaine.

Clay songea qu'il s'agissait probablement du meilleur petit déjeuner qu'il avait mangé de sa vie. Enfin, jusqu'à ce que Lilith, qui était assise en face de son mari à l'autre extrémité de la grande table, annonce soudain qu'elle était enceinte.

Le roi écarquilla les yeux, mais ne dit rien. Il avait la bouche pleine de crêpe, et Clay se demanda si la reine n'avait pas planifié sa confession avec le plus grand soin. Autour de la table, les verres et les tasses se figèrent avant d'atteindre les lèvres. Les couverts se turent – à l'exception de ceux des cinq enfants du couple royal, qui continuèrent à manger et à bavarder entre eux, comme font tous les enfants quand les adultes ont des conversations d'adultes.

En plus de Clay et de ses compagnons, il y avait de nombreuses personnes dans la salle. Des domestiques entraient et sortaient par un passage voûté, apportant de nouveaux plats et desservant ceux que le roi et ses invités avaient terminés. Des soldats au garde-à-vous se tenaient entre les hautes fenêtres, et l'imposante silhouette du garde personnel de la reine se dressait trois pas derrière son siège. C'était lui qui l'avait accompagnée quand elle était entrée dans la chambre de son mari, la veille. Il devait être originaire du Nord et il était plus jeune que Clay l'avait cru. Il semblait redoutable, mais… sa beauté risquait fort de lui attirer des ennuis. Son nez, comme ceux de la plupart des Kaskars que Clay avait rencontrés, ressemblait à un bec de faucon, et ses yeux contemplaient Lilith avec un ravissement proche de l'extase depuis le début du repas.

Clay était prêt à parier sa main droite qu'il se faisait la reine, ce qui rendait la déclaration de celle-ci d'autant plus intéressante.

Moog applaudit sans enthousiasme excessif, et le silence s'installa de nouveau, encore plus gênant que le précédent.

Le roi réussit enfin à avaler sa crêpe *et* son orgueil.

— C'est… c'est magnifique, ma chérie.

— N'est-ce pas ? lâcha Lilith avec une pointe de méchanceté. Les augures affirment que ce sera un garçon. (Elle se tourna vers les cinq enfants assis le long de la table.) Vous allez avoir un petit frère.

Clay observa la réaction des gamins. Les jumeaux, qui étaient les plus jeunes, se regardèrent en gloussant et poursuivirent leur repas. Lillian, dont la peau brune contrastait avec ses yeux d'un bleu éclatant, resta de marbre – pourquoi aurait-elle bondi de joie à la perspective d'avoir un énième frère qui passerait le plus clair de son temps à l'embêter ? Kerrick, un adolescent potelé, fut le plus surpris. Sa mâchoire sembla se décrocher et Clay aperçut des bouts de nourriture dans sa bouche. Danigan, le plus âgé, avait des cheveux roux et un visage constellé de taches de rousseur. Il se contenta de hocher la tête en gardant les yeux baissés.

— Mais… je n'ai pas envie d'avoir un autre frère, protesta Kerrick.

— Moi non plus, ajouta Lillian.

Lilith les toisa avec froideur.

—En ce qui me concerne, sachez que je n'avais aucune envie de donner naissance à un monstre de six kilos. Pas plus qu'à une fille, d'ailleurs. La vie est injuste, n'est-ce pas ? Kerrick, donne une part de tes petits pois à ta sœur. Tu en as assez mangé, je crois, et elle est plus maigre qu'un mendiant.

Cette pique acerbe laissa Clay bouche bée. Bien entendu, Lillian et Kerrick fondirent en larmes, puis les jumeaux se mirent à brailler. Seul l'aîné resta silencieux. Il continua à manger ses œufs avec sa cuillère et un désintérêt évident.

Matrick passa une main dans ce qui lui restait de cheveux.

—Là, là, les enfants. Votre mère n'avait pas l'intention de vous faire pleurer. C'est juste que… (Il jeta un coup d'œil désespéré à l'autre bout de la table.) C'est le bébé. Il la rend un peu grognonne ; n'est-ce pas, chérie ?

—Ça doit être ça, dit Lilith. Et il me fatigue au plus haut point. Je crois que je vais aller… me reposer un peu avant notre départ pour le Conseil. Lokan, aurais-tu l'obligeance de m'escorter jusqu'à ma chambre ?

—Avec le plus grand plaisir, dit le colosse d'un ton qui confirma les soupçons de Clay.

Ils quittèrent la salle à manger en se tenant par le bras, mais cela ne sembla pas déranger Matrick outre mesure. Il était très occupé à calmer ses enfants.

—Allez, finis tes petits pois, Kerrick. Les légumes, ça fait du bien. Lil, est-ce que tu pourrais faire passer ce jus de fruits à ton petit frère avant qu'il renverse quelque chose ? Merci, ma chérie.

Il parvint à convaincre les enfants de terminer le contenu de leurs assiettes sous le regard émerveillé de Clay. Le Matrick qu'il avait connu était un homme mauvais et vulgaire qui était plus souvent ivre qu'à jeun. Il sortait avec une nouvelle femme chaque nuit – voire avec plusieurs quand il se sentait en forme. C'était un redoutable voleur et un assassin sans scrupules qui avait baptisé ses dagues « *Roxy* » et « *Grace* » en hommage aux deux catins qui l'avaient dépucelé. Quand il se battait, elles étaient ses crocs, et le reste du monde devenait sa proie.

Qui aurait pu imaginer qu'il deviendrait un père prévenant ? Ou un roi compétent ? Car de l'avis de tous, Agria était un royaume prospère, et les héritiers au trône étaient plutôt bien élevés. Ils sortirent de table en s'excusant et allèrent embrasser Matrick avant d'être conduits à leurs tuteurs respectifs.

Le roi demanda aux gardes de les laisser, et lorsque les domestiques eurent servi le café, il leur donna congé. Clay frémit de dégoût en voyant Moog vider la moitié d'un sucrier dans sa tasse.

— Ben quoi ? dit le sorcier. Je l'aime bien sucré.

Matrick sortit une flasque, en versa un trait dans son café et mélangea le tout pendant un long moment, le regard dans le vague. Moog but le sien, puis piocha dans le sucrier et entreprit de jeter les morceaux directement dans sa bouche avec des doigts maculés de salive.

— Dis donc, Matty, je voudrais bien…

— Chut ! l'interrompit le roi en levant un doigt. (Il jeta un coup d'œil en direction des cuisines, puis se pencha en avant et poursuivit dans un murmure.) Aidez-moi à foutre le camp d'ici !

Gabriel cligna des paupières.

— Pardon ?

Le roi répéta sa demande avec une lenteur emphatique.

— Aidez. Moi. À. Foutre. Le. Camp. D'ici.

Moog le regarda en fronçant les sourcils.

— Mais pourquoi ? Tu es le roi, Matty. Tu nous as dit toi-même que tu ne pouvais pas partir d'ici. À cause des gamins…

— Ils ne sont pas de moi, l'interrompit Matrick. Vous les avez bien regardés ? J'aime ces petits bâtards autant que le gâteau au chocolat, mais je suis sûr que je ne suis pas leur père !

— Est-ce…, commença Clay. Est-ce que tu veux dire…

— Je dis que j'étais en train de pêcher à Phantra quand les jumeaux ont été conçus. Je dis que Lillian a les yeux de son père et que les miens ne sont pas *bleus* ! Je dis que Kerrick est dix fois plus grand que moi à son âge. Je dis que Danigan… (Matrick montra son visage avec des gestes frénétiques.) Vous devez penser que les cheveux roux m'ont tout de suite fait tiquer, hein ? Même pas ! Il en a fallu quatre autres pour que je commence à remarquer qu'ils ressemblaient un peu à Lilith et… un peu au bibliothécaire du palais, ou à l'ambassadeur de Narmeer, ou au putain de jardinier qui s'occupe des roses et que je croyais homo – ne le prends pas mal, Moog.

Le sorcier sortit un doigt baveux de sa bouche.

— Pourquoi je le prendrais…

— Et voilà qu'elle m'annonce qu'elle est de nouveau enceinte ? (Matrick éclata d'un rire amer.) Je suis prêt à parier mon royaume que le gamin sera grand comme un arbre et qu'il sucera les nichons de sa mère avec le même entrain que cet enfoiré de fils de pute de bâtard kaskar de sire Lokan !

Matrick criait presque, maintenant. Il ne se souciait plus qu'on l'entende depuis les cuisines.

— Dans ce cas, pourquoi est-ce que tu n'as pas déjà foutu le camp ? demanda Gabriel.

— J'ai essayé ! gémit Matrick. Les gardes m'en ont empêché. Ils sont entièrement dévoués à Lilith. Je ne sais pas pourquoi.

Clay avait une petite idée sur la question.

— Pourquoi voudrait-elle te garder ici ? demanda-t-il.

— Elle craint que je donne naissance à un enfant qui deviendrait un héritier légitime au trône d'Agria. Elle a dit qu'elle me traquerait et qu'elle me tuerait si je parvenais à m'enfuir, mais j'ai l'impression qu'elle a décidé de se débarrasser de moi quoi que je fasse. Tu te rappelles le type dans ma chambre, cette nuit ? Celui à qui tu as apparemment balancé un coup de latte en sortant du miroir ? C'était un de ses assassins. Ce n'est pas le premier, et vous pouvez être sûrs que ce ne sera pas le dernier. Si je reste ici, je ne ferai pas de vieux os. Il faut que je me tire, et pour ça, j'ai besoin de votre aide. Lilith ne trouvera jamais un type assez idiot pour me pourchasser dans le Cœur du Wyld.

Un grand sourire éclaira le visage de Moog.

— Attends un peu. Est-ce que ça veut dire que tu nous accompagnes à Castia ?

— Bien sûr que je vous accompagne à Castia ! Vous êtes ma seule famille, bande de sales petites raclures !

Et voilà, songea Clay. *Cette douce chaleur, ce bien-être confus…*

— Le problème, c'est de foutre le camp. On n'a pas trop le choix. Il va falloir attendre la fin du Conseil.

— On pourrait utiliser le miroir, suggéra Gabriel.

Matrick secoua la tête.

— Lilith l'a récupéré. Elle a déclaré qu'il constituait une menace pour la sécurité du palais. Elle n'a pas franchement tort sur ce point, d'ailleurs. Par le Mort-Vivant Blasphématoire ! Je l'avais oublié, ce fichu artefact. Quand je pense que j'aurais pu l'emprunter pour disparaître.

— Si je comprends bien, il n'est pas question de sortir par la grande porte, dit Moog d'un ton songeur. Et je suppose que Lilith fait surveiller les autres ?

— Un peu qu'elle fait surveiller les autres, grogna le roi.

— Et ton sac, Moog ? demanda Clay. Tu peux y fourrer tout ce que tu veux, non ? Matrick pourrait se planquer à l'intérieur et on pourrait le faire sortir discrètement.

Le sorcier secoua la tête.

— C'est un *vacuum* là-dedans.

Gabe fronça les sourcils.

— Un quoi ?

— Un vide absolu. Sans air. On peut survivre tant qu'on retient son souffle, mais ensuite… Fais-moi confiance. J'avais un chat, jadis. Un jour… (Il s'interrompit.) Enfin bref ! Ce n'est pas possible.

— Vous pourriez m'enlever, proposa Matrick. Vous vous déguisez, vous m'assommez et vous sortez en éliminant les gardes. On pourrait laisser une demande de rançon…

— Lilith comprendrait tout de suite que c'est un coup monté, le coupa Clay. Et dans la mesure du possible, je préférerais éviter de tuer des gens.

Les tasses tremblèrent lorsque Moog abattit son poing sur la table.

— J'ai une idée ! s'écria-t-il.

Tout le monde tourna la tête vers lui. Il sourit et adressa un clin d'œil à Clay.

— J'ai une idée, mais c'est un peu risqué.

12

Le Conseil des Cours

Il s'était écoulé près de quatre siècles depuis que la Compagnie des Rois avait vaincu la dernière horde du Cœur du Wyld et mis un terme à la guerre de Reconquête, mais la tourbière de Landelind ressemblait toujours à un champ de bataille. Au printemps, les remontées d'eau la transformaient en marécage nauséabond. À la fin de l'été, il ne restait plus que quelques étangs fétides et des étendues boueuses parsemées de reliques arrachées à la terre : bras coupés, armures rouillées, os couverts de moisissure ayant appartenu à des monstres de toutes tailles… L'endroit était bordé de lointaines forêts à l'est et à l'ouest, de champs au nord et d'un fleuve paresseux au sud. Au-delà du fleuve, lorsqu'il faisait aussi beau qu'aujourd'hui, on apercevait la masse bleu sombre de Brycliffe, le château de Matrick.

Au centre de la vaste tourbière se dressait une butte baptisée « l'île des Spectres ». Tandis que Clay et ses camarades – escortés par un détachement de cavaliers royaux – suivaient le chemin sinueux qui y menait, Matrick leur raconta que c'était au sommet de cette éminence qu'Agar le Chauve avait affronté un infernal – un champion des hordes de jadis. Clay n'avait jamais vu une telle créature, sinon sur des tapisseries ou dans des tableaux. Chaque artiste l'imaginait à sa manière, mais tous la représentaient sous la forme d'un être particulièrement horrible se dressant sur une pile de cadavres.

— Agar a réussi à tuer ce démon, poursuivit Matrick, mais il a succombé à ses blessures. Son petit-fils, Agar l'Imberbe, devint alors le premier roi d'Agria, et depuis ce jour, les cinq cours se rassemblent toujours au sommet de l'île lorsqu'elles doivent régler un problème important.

Lilith, enveloppée dans une cape bordée d'hermine, chevauchait une magnifique jument blanche à côté de son mari. Elle leva une main et fit mine d'étouffer un interminable bâillement sonore.

— Pourquoi on lui a donné ce nom ? demanda Moog. C'est une colline, pas une île.

Matrick jeta un rapide coup d'œil à sa femme avant de répondre.

— D'abord parce que pendant l'été, quand l'eau est remontée, c'est le seul endroit sec à des lieues à la ronde. Ensuite, parce que Agar le Chauve est enterré dessous, et que chaque nuit, les esprits de ceux qui ont péri à Landelind viennent lui rendre hommage.

— Vraiment ? demanda Gabriel d'un ton sceptique.

— Vraiment ! affirma Matrick avec fierté.

— Vraiment… ? marmonna Moog en se caressant la barbe.

— J'en ai *vraiment* assez ! aboya la reine. Par la barbe du Seigneur de l'Été ! Mes lavandières sont moins bavardes que vous trois ! (Elle leva son gant blanc vers Clay.) Kale, au moins, sait se taire.

— Je m'appelle Clay.

Lilith esquissa une moue méprisante.

— C'était trop beau pour durer.

La colline était entourée par une foule de curieux qui espéraient voir un authentique druine de leurs yeux. Certains avaient apporté des couvertures et des paniers de pique-nique pour profiter du moment. D'autres vendaient des brochettes de châtaignes grillées. Une femme entreprenante proposait de « véritables poupées druines ». Moog en acheta une pour cinq pièces de cuivre et Clay s'aperçut qu'il s'agissait d'une simple chaussette remplie de bourre avec des boutons en guise d'yeux et une paire de longues oreilles en tissu. Le sorcier semblait cependant ravi de son acquisition.

Ils arrivèrent au pied de la colline, descendirent de cheval et gravirent la pente douce à pied. Deux délégations attendaient près du monument battu par le vent qui se dressait au sommet. Les hommes du roi montèrent une tente qui n'était fermée qu'à deux extrémités pour protéger une imposante table en cèdre qu'on avait acheminée de Brycliffe par chariot. Pendant ce temps, Matrick et une poignée de nobles agriens allèrent bavarder avec leurs invités étrangers.

La délégation phantrienne se composait uniquement de femmes. Le royaume de la Reine de Sel était un matriarcat : les hommes exerçaient les professions de marin, soldat et paysan, tandis que les femmes constituaient l'essentiel de la classe des marchands et occupaient les postes élevés du gouvernement et de l'armée. Le pays n'était pas très stable – les grandes entreprises rivales se développaient et périclitaient sur un rythme effréné –, mais ses habitants aimaient rappeler au reste de Grandual qu'ils n'avaient jamais perdu une guerre contre leurs voisins.

La délégation était conduite par une jeune femme qui s'appelait Etna Doshi. Petite et trapue, elle se déplaçait avec cette démarche phantrienne qu'on pouvait décrire ainsi : un quart d'assurance et trois quarts de fanfaronnade. Sa peau était hâlée par le soleil et son visage plus rêche que de la toile à voile. En voyant sa tenue bigarrée – écharpes criardes, ceintures de tissu multicolores et bijoux clinquants –, Clay songea aussitôt à « dame » Jain, la voleuse qui les avait détroussés sur la route de Contha. Etna avait rassemblé ses cheveux noirs dans un filet argenté orné de saphirs rutilants et de coquillages d'un bleu étincelant. Une petite cicatrice au coin des lèvres donnait l'impression qu'elle ricanait sans cesse.

— Doshi ? dit Matrick en lui serrant la main. Seriez-vous parente avec…

— Ma mère, le coupa la jeune femme.

— Ah ! Excellent ! Comment se porte cette maudite chauve-souris aveugle ?

Etna fut interloquée par le franc-parler du roi, mais elle se ressaisit vite et son ricanement figé se transforma en large sourire.

— Elle est toujours aveugle, répondit-elle avec un clin d'œil. Et c'est toujours la meilleure amirale de l'illustre flotte de la Reine de Sel.

— A-t-elle enfin trouvé cette île dont elle nous rebattait les oreilles ?

— Vous parlez d'Antica ? (Etna secoua la tête.) Elle la cherche toujours, cette vieille chèvre. Je lui ai pourtant dit qu'elle perdait son temps. Autant chercher un honnête homme à Basse Marée.

Matrick éclata de rire et posa une main sur son ventre rebondi pour contenir ses soubresauts. Le voyou devenu roi s'était toujours senti chez lui sur la côte de Phantra, une région où même les vieilles dames étaient – dans le meilleur des cas – d'implacables arnaqueuses incapables d'aligner deux mots sans proférer trois jurons. Il avait noué une solide amitié avec la mère d'Etna. À une époque, il répétait souvent qu'elle lui avait appris tout ce qu'il savait à propos des bateaux et une grande partie de ce qu'il savait à propos des femmes et des couteaux.

—Main Lente!

Clay se retourna et se retrouva nez à nez avec Maladan Pike, le Premier Bouclier de Kaskar. Pike avait été mercenaire et avait dirigé une roquebande baptisée « les Pillards ». Il avait eu deux frères aînés – des jumeaux – qui auraient dû s'affronter pour monter sur le trône de leur père. Malheureusement pour eux, ils avaient été tués par Ikko Umpa, un ogre méchant comme la peste et incroyablement hideux. Pike avait supplié son père de le laisser venger ses frères, mais le roi nordique n'avait pas voulu prendre le risque de perdre son dernier héritier et il avait donc engagé Saga pour régler le problème. La roquebande avait accompli sa mission, et depuis, le prince malgré lui traitait Clay et ses camarades avec un mélange de ressentiment et de respect rancunier.

—Pike, dit Clay en guise de salut.

—J'avais entendu dire que tu étais mort.

—Presque. Je suis marié.

Le Premier Bouclier renifla d'un air méprisant.

—Des gamins?

—Un. Et toi?

—Sept. (Pike bomba le torse.) L'aîné est déjà presque aussi grand que moi et il est assez fort pour étrangler un yéthik à mains nues. Et le tien? Je suis prêt à parier mon cheval que c'est un tueur impitoyable, comme son père.

Clay réprima un frisson glacé et esquissa un large sourire.

—C'est une fille. Elle collectionne les grenouilles.

—Oh. (L'homme du Nord cacha son trouble en lissant sa barbe poivre et sel contre la patte d'ours à six griffes incrustée dans sa cuirasse en cuir clouté.) Je plaisantais, bien sûr. À propos de mon cheval.

—Bien sûr.

La gaffe du Premier Bouclier fut éclipsée – au propre et au figuré – par l'arrivée d'un vaisseau céleste.

Clay essaya de dissimuler sa stupéfaction tandis qu'il regardait le galion descendre rapidement du ciel gris. Les membres de Saga avaient vu bon nombre de ces navires au cours de leurs tournées – dans les ruines des cités de Dominion, en règle générale –, mais ce n'étaient que des épaves aux voiles déchirées et aux coques fracassées. À Coverdale, Clay avait entendu des rumeurs affirmant que des vaisseaux plus ou moins intacts avaient été découverts, mais il n'y avait pas cru. Jusqu'au jour où l'un d'eux était passé au-dessus de la ville. Il n'aurait jamais imaginé qu'un jour, il en verrait un de si près.

— Le *Second Soleil*, dit Moog en se glissant près de lui. Le vaisseau amiral de la sultana.

Le *Second Soleil* ressemblait à n'importe quel autre navire, sauf que ses voiles étaient en forme de feuilles tendues sur de longues entretoises métalliques parcourues de décharges électriques bleutées. Et qu'il volait.

— Vaisseau amiral ? répéta Clay. Tu veux dire que Narmeer a une flotte de vaisseaux célestes ?

Le sorcier éclata de rire.

— Pas du tout. Ils n'en ont qu'un ou deux. Je ne crois pas qu'il en reste plus de trente en état de prendre les airs dans le vaste monde. Le *Second Soleil* a été découvert enfoui dans le sable près de Xanses. D'après ce que j'ai entendu dire, la Reine de Sel de Phantra en a un elle aussi. Un monarque branché *se doit* d'en posséder un.

— Tu sais que je t'entends ? grogna Matrick.

Les yeux brillants de convoitise, le roi d'Agria observait le navire qui flottait au-dessus du sol pendant que deux lourdes ancres mordaient la terre. Des soldats narmériens glissèrent avec dextérité le long des filets accrochés sur la coque, et des serviteurs descendirent une passerelle en portant un palanquin tendu de voiles.

Clay était incapable de s'arracher à la contemplation du vaisseau.

— Comment ? réussit-il à articuler.

Moog gratta le sommet de son crâne chauve.

— Comment il vole, tu veux dire ? Tu vois ces sphères en métal de chaque côté ?

Clay hocha la tête. Il y en avait deux près de la poupe. Elles étaient enveloppées dans un fin brouillard.

— Ouais.

— Ce sont des marémoteurs, expliqua le sorcier. Des assemblages de gyros en duramantium qui tournent grâce à l'électricité statique captée par les voiles.

Clay n'avait pas la moindre idée quant à ce que pouvait être un marémoteur et un gyro. Il avait entendu parler du duramantium, bien sûr, mais il avait toujours cru qu'il s'agissait d'une légende imaginée par les armuriers pour vous vendre une épée dix fois son prix.

— En gros, ça marche à la magie, marmonna-t-il.

Moog gloussa de nouveau.

— Pas tout à fait, mais presque.

Le palanquin fut acheminé au sommet de la colline par huit solides Kaskars portant des jupes faites de plaques métalliques et chaussés de sandales lacées sur le mollet. Les hommes du Nord – surtout quand ils étaient blonds aux yeux bleus – étaient engagés à prix d'or pour servir de gardes du corps aux nobles narmériens. La plupart d'entre eux étaient des criminels ou des parias, et Clay remarqua que les porteurs de la sultana évitèrent soigneusement de croiser le regard du Premier Bouclier lorsqu'ils posèrent le palanquin et se rangèrent de chaque côté. Leur maîtresse, la mystérieuse reine de la cour la plus méridionale de Grandual, resta derrière les tentures tandis que trois ministres avec des barbes tressées et des robes imprimées conversaient entre eux à voix basse.

L'après-midi touchait à sa fin quand les Cartéens traversèrent l'ancien champ de bataille sur de solides poneys des steppes. Les oriflammes jaune et bleu du Grand Han pendaient mollement à la pointe des hampes, mais le vent frais de l'automne les fit claquer avec énergie lorsque les cavaliers atteignirent le sommet de la colline.

L'homme qui chevauchait en tête – Clay supposa qu'il s'agissait d'Obolon Han – se tourna vers Lilith.

— Ma reine ! lança-t-il. Voyez comme ma bannière se raidit en votre présence !

Les hommes rassemblés derrière lui éclatèrent d'un rire guttural et Lilith esquissa un petit sourire satisfait. Clay jeta un coup d'œil en direction de Matrick et du garde du corps de la reine – celui qu'elle avait appelé Lokan au cours du petit déjeuner. Il était incapable de dire lequel des deux était le plus outré.

Le Han descendit de cheval avec aisance et avança d'un pas nonchalant. Il était flanqué de deux Gardes Corbeaux reconnaissables aux ailes tatouées sous leurs clavicules. Les trois hommes arboraient un trait noir sous les yeux et sur l'arête de leur nez. Une corne accrochée à une lanière se balançait à hauteur de leurs hanches et un sabre sans fourreau était glissé à leur ceinture.

Obolon était petit et trapu. Il avait de larges épaules et des muscles puissants, mais son embonpoint montrait qu'il aimait le bon vin et la bonne chère presque autant que l'équitation et l'escrime. Ses bras – et ceux des hommes qui l'accompagnaient – étaient couverts de cicatrices. Sa peau était hâlée par de longues journées passées au soleil. Sa tête et son visage étaient rasés de près à l'exception d'une fine barbiche qu'après mûre réflexion, Clay jugea ridicule.

Ses yeux étroits et surmontés de lourdes paupières avaient quelque chose de familier. Clay se demandait quand il avait bien pu croiser cet homme, lorsque Gabriel – qui se tenait à sa droite – inspira un grand coup.

— Putain ! souffla-t-il d'une voix incrédule. Le petit gros.

Clay fronça les sourcils.

Qu'est-ce que… Par la Miséricorde de la Douce Vierge !

Il contracta ses muscles pour empêcher ses mâchoires de béer tandis qu'une image de jeune garçon se surimposait à celle d'Obolon. Il n'y avait aucun doute possible : cet homme, ce seigneur de guerre qui régnait sur les tribus cartéennes, était le père de Kerrick, le fils de Matrick.

Pas étonnant que Matrick ne puisse pas l'encadrer, songea-t-il. *J'espère qu'ils se tiendront tranquilles jusqu'à la fin du Conseil.*

Obolon s'arrêta devant Matrick et écarta les bras comme un père qui attend une embrassade de son fils.

— Ce bon vieux roi Matrick ! s'exclama-t-il. Ça faisait un bail ! Comment va mon fils ?

Clay laissa échapper un soupir résigné.

Il va falloir un miracle…

Les sourcils broussailleux de Moog – qui était sur sa gauche – remontèrent presque jusqu'au sommet de son crâne. Plusieurs gardes royaux échangèrent des regards furtifs, mais Matrick serra les dents et se força à sourire.

— Je ne vois pas de quoi tu parles, dit-il.

Mais le Han n'avait pas l'intention de s'arrêter en si bon chemin.

— Il vaut mieux l'avoir en peinture qu'à table, ce petit saligaud, pas vrai ? C'est toujours comme ça dans la famille. Ça ne serait pas pour ça que tu n'es pas foutu d'empêcher mes hommes de piller tes villages le long de la frontière ? T'es obligé de vider tes coffres pour nourrir mon gamin ?

Matrick fit mine de l'ignorer, mais Clay vit que ses mains tremblaient, prêtes à saisir les manches des dagues qu'il ne portait pourtant pas. Pas de manière visible, en tout cas. Si le roi souhaitait qu'un individu soit transformé en écumoire, une dizaine de soldats se feraient une joie de le satisfaire.

— Et qui est cet étalon ? (Un sourire mauvais et suffisant éclaira le visage du Han lorsqu'il aperçut le fringant garde du corps de Lilith.) Eh bien ! eh bien ! j'ai l'impression qu'un petit guerrier ne va pas tarder à agrandir notre joyeuse famille !

Lokan, qui était plus fier et moins futé que Matrick, dégaina son épée.

Obolon lâcha un grognement et fit de même.

Matty sortit les deux couteaux qu'il cachait sous ses vêtements et les fit tournoyer.

Les Gardes Corbeaux encochèrent. Maladan Pike et ses guerriers couverts de fourrure brandirent leurs haches. Les pirates vêtus de soie d'Etna Doshi dégainèrent leurs cimeterres. Les brutes blondes de la sultana baissèrent leurs longues lances en jetant des regards mauvais à tout le monde – y compris à Clay, Gabe et Moog qui faisaient partie des rares personnes sans armes à la main.

Les grands seigneurs et grandes dames de Grandual en étaient à ce stade des négociations lorsque les ailes de la vouivre cachèrent le soleil.

13

Le duc de Findeterre

Un jour, Clay avait essayé d'expliquer à sa femme la différence entre une vouivre et un dragon. À première vue, les deux créatures se ressemblaient beaucoup, certes. Elles avaient une apparence reptilienne et étaient couvertes d'écailles métalliques. Elles possédaient des griffes aussi tranchantes que des rasoirs et des crocs pouvant perforer une cuirasse comme une vulgaire coquille d'œuf. Elles avaient des ailes parcheminées, un long cou et une queue capable de couper un homme en deux… Ginny l'avait alors interrompu pour lui faire remarquer qu'elle avait de plus en plus de mal à comprendre en quoi elles étaient différentes, et Clay n'avait pas eu d'autre choix que de reconnaître qu'elles étaient fondamentalement identiques.

Mais à l'instant où la vouivre se posa devant lui sur le flanc de colline, un certain nombre de détails lui traversèrent l'esprit. D'abord, les pattes antérieures de la vouivre faisaient partie intégrante des ailes. Elles étaient hérissées de griffes, et de longues épines incurvées émergeaient à hauteur des coudes. Quand elles marchaient, les vouivres prenaient appui sur leurs phalanges, comme les grands singes. L'extrémité de leur longue queue était couverte de pointes enduites d'un poison capable de tuer un cheval en une poignée de secondes.

Les dragons réfléchissaient et communiquaient, bien que personne – pas même Moog – n'ait jamais réussi à décrypter leur langage. Et dans certaines circonstances, ils étaient capables d'éprouver de la haine – Clay et ses vieux camarades ne le savaient que trop bien.

Les vouivres, elles, n'étaient pas dotées d'une véritable conscience. C'étaient des prédateurs qui chassaient et tuaient par instinct. C'étaient des bêtes sauvages, et comme toutes les bêtes sauvages, il était possible de les dompter, d'altérer leur nature et de leur faire comprendre qu'il existait des créatures encore plus dangereuses qu'elles.

C'était du moins ce que Clay pensait, car il ne voyait pas pour quelle autre raison une de ces satanées bestioles aurait toléré la présence d'un *putain de cavalier* sur *son putain de dos*.

Le cavalier en question était le druine dont Moog avait parlé la veille. Il se laissa glisser le long des écailles noires avec une grâce qui rivalisait avec celle d'Obolon quand il était descendu de son poney.

Le duc de Findeterre portait un vieux manteau déchiré en cuir couleur brique, ou pourpre sang. Trois épées rangées dans des fourreaux étaient accrochées dans son dos. Comme la plupart des membres de son peuple, il était grand et mince. Sa peau était aussi claire que la crème. Ses cheveux avaient la couleur des feuilles à la fin de l'automne, ou d'une pièce de cuivre fraîchement frappée. Ils étaient plaqués sur son crâne à l'exception des quelques mèches avec lesquelles le vent s'amusait. Ses traits étaient typiques des druines : sévères, anguleux et saillants. Il avait un fort nez sylvestre, de fines lèvres et des dents pointues. Ses longues oreilles couvertes d'une fourrure blanche et touffue ressemblaient à celles d'un lapin.

Une ancienne cicatrice partait du front et zébrait l'œil gauche. Clay, qui se trouvait derrière les gardes de Matrick, ne pouvait pas la voir, mais il savait qu'elle était là.

Il connaissait ce druine, et son nom résonna dans sa tête avant même que Matrick le prononce.

— Lastleaf?

Lastleaf, le fils de Vespian, qui avait offert *Vellichor* à Gabriel.

Lastleaf qui avait vainement essayé de récupérer l'épée de son père des années plus tôt.

Lastleaf, duc de Findeterre et maître de la horde du Cœur du Wyld.

Clay se demanda ce que prévoyait l'étiquette du Conseil des Cours lorsque quelqu'un vomissait son petit déjeuner sur ses bottes. Il éprouva le désir impérieux d'être ailleurs, n'importe où. Ou mieux encore: d'être quelqu'un d'autre, quelqu'un de différent. Un homme simple exerçant une profession simple. Un cordonnier, peut-être. Il devait être assez rare qu'un être immortel poursuive un cordonnier de sa haine vengeresse. Enfin, sans doute.

Le druine ne s'avança pas. Il ne semblait pas avoir entendu le roi Matrick. La vouivre tendit le cou et baissa la tête pour que son maître caresse les écailles brillantes le long de sa mâchoire. Clay songea que la créature était sans doute une matriarche, car elle était deux fois plus grande que celles qu'il avait croisées pendant les tournées de Saga. Elle laissa échapper un bruit qui évoquait le ronronnement d'une meute de dix mille chats, tandis que les ailerons à nervures de son cou et de sa gorge frémissaient de plaisir.

Clay se promit de se féliciter lorsqu'il en aurait le temps, car contrairement aux chevaux présents, il était parvenu à garder le contrôle de ses sphincters. Matrick prononça un mot. Le Han fit un geste. On fit descendre les montures effrayées jusqu'au pied de la colline avant de les entraîner à travers la foule en effervescence – ce n'était pas tous les jours qu'on voyait un druine *et* une vouivre en même temps. Un homme dressa un chevalet, puis versa un peu d'eau dans un bol contenant de la peinture en poudre. L'œuvre encadrée trônerait sans doute au mur d'un bordel avant le lendemain.

Le druine se tourna enfin et s'adressa au roi d'Agria d'une voix mesurée.

— Bonjour… Matrick, n'est-ce pas ?

La reine regarda son mari d'un air surpris et agacé.

— Tu connais cette créature ? demanda-t-elle.

Clay songea que ce n'était sans doute pas la meilleure façon d'entamer des négociations.

Les maîtres de Grandual étaient venus à la demande de Lastleaf, mais Matrick avait expliqué à ses vieux amis qu'ils espéraient convaincre le duc autoproclamé de mettre fin au siège de Castia et de dissoudre la horde qu'il affirmait commander. Les relations entre les royaumes de Grandual et la lointaine République de Castia étaient presque inexistantes, mais il aurait été imprudent – et discourtois – de rester les bras croisés pendant qu'une armée de monstres éradiquaient une cité humaine.

— Nous nous sommes déjà rencontrés, dit Matrick à sa femme. Il y a bien longtemps.

— Il n'y a pas si longtemps que cela, lâcha Lastleaf dont le peuple comptait les saisons comme les heures d'une interminable journée. Pas en ce qui me concerne, du moins. Je peine pourtant à te reconnaître. Tu as vieilli. Et grossi. À en juger par la couronne qui ceint ton front, il s'est trouvé quelqu'un d'assez sot pour te faire roi.

Obolon ricana et Matrick le foudroya du regard avant de répondre au druine.

— Je suis roi d'Agria, en effet. (Le vieux ruffian tenta de bomber le torse, mais dut se contenter de bomber sa bedaine.) Et toi, tu… tu es exactement comme avant. À part la cicatrice, bien sûr. (Il esquissa un clin d'œil fort peu diplomatique.) Elle est nouvelle, on dirait.

La cicatrice avait été laissée par *Vellichor* peu après que Vespian l'avait donnée à Gabriel. Lastleaf et quelques sbires sylphides – des métis druines-humains généralement rejetés par tous à l'exception de leurs mères mortelles – avaient tendu une embuscade à Saga. Les sylphides avaient été tuées ou s'étaient enfuies alors que le fils de l'archon se tordait de douleur aux pieds de Ganelon, aveuglé par un flot de sang et jurant de se venger de Gabriel et de ses camarades. Clay ne l'avait pas revu depuis.

Le visage du druine demeura impassible, ce qui ne manqua pas de surprendre Clay. Pour plusieurs raisons. Lastleaf leva la main et son pouce caressa l'extrémité de la cicatrice qui s'étendait sous l'œil gauche.

— Elle me va bien, tu ne trouves pas ?

Maladan Pike intervint avant que le roi puisse répondre.

— Excusez-moi, duc, mais je ne suis pas venu ici pour…

— *Nous* ne sommes pas venus ici, corrigea Etna Doshi en lui lançant un regard acerbe.

Le Premier Bouclier de Kaskar soupira.

— Oui, oui. Nous ne sommes pas venus ici pour vous écouter, vous et le roi Matrick, échanger de vieux souvenirs. Nous sommes venus parce que…

— Vous voulez que je mette fin au siège de Castia, le coupa Lastleaf.

— Eh bien… oui, dit Pike.

Le prince du Nord tenait toujours sa hache. La plupart des membres des cinq délégations n'avaient pas pris la peine de rengainer leurs armes depuis que la vouivre avait atterri.

Clay se demanda si ce n'était pas ce que le duc cherchait à faire depuis le début : exacerber la nervosité de ses interlocuteurs.

— Et ma horde ? dit Lastleaf d'un ton faussement naïf. Allez-vous me demander de la dissoudre ? Allez-vous me demander d'ordonner à mes monstrueux serviteurs de regagner leurs tanières sylvestres ? De rentrer dans leurs grottes ? De se retirer dans les sombres profondeurs du monde et d'attendre patiemment qu'un aventurier en quête de gloire vienne récolter la prime qu'on a placée sur leurs têtes ?

Pike n'était pas la lame la plus affûtée de l'armurerie, mais il comprit qu'on se moquait de lui.

— Ça ne me déplairait pas plus que ça, grinça-t-il.

L'ombre d'un sourire se dessina sur les lèvres du druine avant de disparaître l'instant suivant.

— Je crains qu'on ne puisse défaire ce qui a été fait. La flèche a été décochée. Castia tombera. Bientôt. Je ne peux pas plus sauver la République que ressusciter Dominion.

La déléguée de Phantra secoua la tête. Elle avait glissé son sabre dans les ceintures de tissu qui encerclaient sa taille, mais sa main était toujours posée sur le pommeau incrusté de joyaux.

— Qu'est-ce que Dominion vient faire dans cette histoire ? Et qui êtes-vous, d'abord ? D'où venez-vous ?

Le druine regarda Etna Doshi comme il aurait regardé une souris sortant la tête d'un bol de salade posé devant lui.

— Je viens de la forêt. Vous pouvez m'appeler Lastleaf, ou duc. Comme il vous sied. Quant à Dominion… (Ses longues oreilles frémirent.) Nous sommes tous le produit de notre passé. Vous feriez bien de vous rappeler les événements lointains et leurs répercussions actuelles. Le temps est un cercle, l'histoire une roue. Cela dit, je ne m'attends pas à ce que des humains le comprennent. Vos mémoires sont aussi limitées que vos esprits sont étroits. (Doshi voulut lancer une réplique acerbe, mais le druine ne lui en laissa pas le temps.) Je ne dis pas cela pour vous offenser, bien entendu. Je ne fais que souligner la brièveté de votre existence, votre manque de recul et votre propension à répéter les erreurs de vos ancêtres et des miens.

La fille de l'amirale ne semblait pas convaincue par les excuses du duc.

—Depuis quand Findeterre est un duché, au fait ? demanda-t-elle d'une voix glacée.

Lastleaf esquissa un sourire qui l'était tout autant.

—Lorsque Castia sera sous mon autorité – ce qui ne saurait tarder –, je pourrai en faire ce que bon me semble. Pourquoi pas un duché ? Avec moi comme duc. Mais peut-être préféreriez-vous que je choisisse un titre un peu plus… ronflant ? Peut-être serait-il préférable que je me fasse appeler roi, ou empereur, ou archon ?

Moog avait raison, songea Clay. *Ce titre est le fruit d'une longue réflexion. Lastleaf l'a choisi pour paraître moins dangereux aux yeux des rois et des reines de Grandual.*

Dans la mesure où le druine commandait une armée plus importante et *beaucoup plus* terrifiante que celles des royaumes des cours, ce n'était pas franchement nécessaire.

Pendant que Lastleaf parlait, une main gantée de blanc écarta une tenture en soie du palanquin de la sultana. Clay aperçut le reflet d'un masque en or tandis que sa propriétaire s'entretenait avec les trois ministres. Quelques instants plus tard, les trois hommes se tournèrent et se raclèrent la gorge avant de s'adresser au druine.

—Notre Estimée Dame, Sultana de Narmeer, Fiancée de Vizan Seigneur de l'Été, Maîtresse du Trône Brûlant, Héraut des Déserts Dévorants, Fléau des Clans du Serpent, Cauchemar des Géants de Dumidia et Éternelle Ennemie des Centaures Palpatiens, me demande de vous poser une question, déclara l'un d'eux. Par quel moyen contrôlez-vous la horde du Cœur du Wyld ?

— Je ne la contrôle pas, répondit Lastleaf. Je lui impose ma volonté.

— Il y a une différence ? demanda Obolon Han.

— La horde ne peut pas être contrôlée, expliqua le druine.

Clay remarqua qu'il avait une curieuse façon de parler. Il ouvrait à peine la bouche, comme s'il avait honte de ses dents affûtées. Ou estimait cette conversation indigne de lui.

— Mon peuple a appris cette leçon il y a bien longtemps. Trop tard. Mais la horde peut être influencée, menacée, provoquée…

— Et pourquoi vous ne la *provoqueriez* pas pour qu'elle renonce à raser Castia ? demanda Doshi.

Lilith se pencha en avant et murmura quelques mots d'une voix sèche à l'oreille de Matrick.

Le roi cligna des yeux et sursauta comme si l'on venait de l'arracher à une savoureuse sieste.

— Ah, oui. Que diriez-vous de nous ass…

— Je n'ai aucune envie de m'asseoir, le coupa Lastleaf.

Derrière lui, les ailes de la vouivre claquèrent comme des voiles par grand vent.

— Très bien, dit le roi.

À ces mots, Lilith lui lança un de ses innombrables regards noirs. Elle devait être fatiguée, mais il était hors de question qu'elle soit la seule à s'asseoir. Cela aurait été perçu comme une marque de faiblesse, et dans la mesure où elle avait la ferme intention de régner sans partage à plus ou moins brève échéance…

Alors que Lastleaf se tournait vers le Premier Bouclier, Clay vit clairement la cicatrice laissée par *Vellichor*. La pupille verticale avait été fendue et avait envahi l'iris, ce qui conférait au druine un regard étrange et dérangeant.

— Imaginez-vous à la tête d'une horde de guerriers assoiffés de sang dans le royaume d'un ennemi juré. Vous affrontez ses troupes et vous les vainquez.

— « Vous les vainquez », souffla Moog. Mais qui est-ce qui parle comme ça aujourd'hui ?

Les gens qui vainquent leurs adversaires, supposa Clay.

Le druine poursuivit.

— Les survivants battent en retraite et se réfugient dans leur cité inexpugnable. C'est sans importance, car vous savez qu'ils sont piégés et qu'ils mourront dans leur trou. Tôt ou tard. Mais vous savez également que votre armée s'impatiente. On lui a promis du sang, ou de l'or, ou de la chair. Et surtout, elle veut savourer l'incommensurable plaisir d'assister à la défaite de l'ennemi juré, de voir tout ce qu'il chérit réduit en cendres.

— Ouais, on est tous passés par là, lâcha le Han.

Seuls ses hommes ricanèrent à cette plaisanterie douteuse.

— La horde est une armée comme il n'en existe aucune autre et je lui ai promis Castia. Si elle était composée d'hommes, je pourrais peut-être les convaincre d'y renoncer. Mais elle n'est pas composée d'hommes. (Il prononça ces paroles avec application, comme s'il dégustait chaque syllabe.) Elle est composée de monstres sauvages, de créatures sylvestres. Elles sont l'incarnation de vos peurs – vous n'imaginez pas à quel point – et elles ne renonceront pas. Pas même si je le leur ordonne.

Le visage du Premier Bouclier était aussi sombre qu'un nuage de tempête. Doshi haussa les épaules et échangea un regard impuissant avec les membres de la délégation phantrienne. Le Han jeta un coup d'œil derrière lui et grommela un ordre aux Gardes Corbeaux. Matrick avait baissé la tête tandis que Lilith marmonnait à son oreille. Clay se tourna vers Gabriel. Caché derrière une frange de cheveux hirsutes, son ami observait le druine comme un érudit devant une énigme qu'il est déterminé à résoudre. Le duc n'avait pas encore remarqué les membres de Saga qui se trouvaient derrière la rangée des gardes de Matrick.

Je ne crois pas qu'il sera très heureux de revoir Gabe, songea Clay.

Il se demanda pour la énième fois s'ils avaient bien fait de venir au Conseil des Cours.

La tenture du palanquin s'écarta de nouveau et la sultana au masque d'or s'adressa à ses ministres. Les trois hommes hochèrent la tête et lissèrent leurs robes avant de se tourner vers le druine.

— Notre Estimée Dame, Sultana de Narmeer, Fiancée de Vizan Seigneur de l'Été, Maîtresse du Trône Brûlant, Héraut des…

— Abrège ! aboya Lastleaf tandis que ses oreilles frémissaient d'agacement.

Clay savait que les druines possédaient un pouvoir que Vespian appelait « prescience ». Ce don leur permettait de sentir l'avenir immédiat et il leur arrivait de deviner ce que quelqu'un allait dire avant même qu'il ouvre la bouche. Il n'était donc pas rare que le plus aimable des druines cède à l'impatience et réponde à une question que son interlocuteur n'avait pas fini de poser.

Ce pouvoir faisait d'eux de redoutables adversaires.

Décontenancé, le ministre narmérien jeta un coup d'œil interrogateur à sa maîtresse. Le masque d'or opina et l'homme laissa échapper un soupir de soulagement.

— La sultana souhaite que je vous pose la question suivante : Pourquoi avez-vous demandé à voir le Conseil des Cours si vous n'avez aucune intention de négocier ? Qu'attendez-vous de cette rencontre ? Êtes-vous juste venu pour savourer votre victoire ?

Lastleaf haussa le menton et s'humecta les lèvres. Ses oreilles frémirent. Ses doigts se plièrent et s'ouvrirent comme s'il mourait d'envie de saisir une épée. Il semblait mal à l'aise et Clay se demanda depuis combien temps il n'avait pas adressé la parole à un être humain.

— J'ai une… (Lastleaf s'interrompit comme s'il cherchait un terme adéquat au sein de son vocabulaire archaïque.) … une requête à vous présenter.

— Et quelle est-elle ? demanda Matrick d'un ton méfiant.

Le druine écarta les mains. Son sourire aurait été adorable s'il n'avait pas eu les dents aussi pointues que des dagues d'assassin.

— Ne faites rien, répondit-il.

Personne ne réagit. Le vent se leva. Clay sentit une odeur de fumée dans la brise vespérale. Au pied de la colline, des gens s'éloignaient déjà en direction du fleuve. Sur la berge, les bateliers de dizaines de barges attendaient pour faire traverser les curieux avant le coucher du soleil.

Ils sont pressés de rentrer à Brycliffe pour raconter ce qu'ils ont vu, songea Clay en regardant le duc pâle et la grande vouivre noire. *Mais le spectacle n'est peut-être pas terminé.*

Etna Doshi rompit enfin le lourd silence.

— Vous pourriez être un peu plus clair ?

— Je sais que vous avez l'intention d'envoyer des troupes à Castia, répondit Lastleaf. Je vous dis de ne pas le faire.

— Vous nous *demandez* de ne pas le faire, rectifia Obolon Han.

Le Cartéen avait négligemment posé la paume de sa main sur le pommeau de son sabre.

Clay vit Gabriel regarder le dos de Matrick d'un air inquiet. En chemin, Matty leur avait expliqué que les cours rassemblaient une armée dans le but de libérer Castia ou, du moins, d'éradiquer les monstres qui occuperaient la ville lorsqu'elle arriverait. Findeterre était un pays agréable et fertile protégé du Cœur du Wyld par une haute chaîne de montagnes. La République de Castia avait été fondée par les derniers survivants de l'éphémère empire de Grandual et avait prospéré pendant plus de trois cents ans. Plusieurs membres importants du sénat – l'instance dirigeante du pays – avaient fui avant l'arrivée de la horde et s'étaient réfugiés à Cincour. Ils avaient promis de fabuleuses récompenses aux monarques grandualiens qui les aideraient à sauver la cité des griffes des monstres.

— Pensez au coût d'une telle entreprise, poursuivit Lastleaf. Équiper une armée, la nourrir, verser des soldes assez élevées pour convaincre des guerriers d'affronter la horde. Sans compter que pour gagner le Cœur du Wyld, il faut parcourir plus de mille lieues, même en empruntant le chemin le plus court. Et n'oubliez pas que le Manteau de l'Empereur se dresse au-delà de la forêt.

Un nom bien anodin pour un rempart de pierre et de glace infesté de créatures tout aussi horribles que celles qui hantent la forêt, songea Clay.

— Il faudra des mois pour que votre armée atteigne Castia. Combien de soldats perdrez-vous en chemin ? De terribles choses sont tapies dans les bois. Des choses que même moi, je n'ose approcher. Combien de vos hommes finiront dans l'estomac des mangechairs ou des arbres affamés ? Combien succomberont à la nécrose ? Je me le demande.

Moog s'agita nerveusement et jeta un coup d'œil à Matrick. Personne n'avait révélé l'affection du sorcier au roi d'Agria.

Affection étant un euphémisme pour *mort inévitable et divinement douloureuse*, bien entendu.

— Lorsque les survivants épuisés atteindront Findeterre, la ville sera tombée depuis longtemps. Ma horde, dont vous n'imaginez pas l'ampleur, sera plus grande encore. Les charognards venus pour se repaître des vestiges de la cité se seront joints à elle. Si vous nous défiez, vous *ne remporterez pas* la victoire. J'ai vaincu l'armée de la République épaulée par une légion de vos fameux mercenaires. Je vous vaincrai également. Mais cette fois-ci, il n'y aura pas de remparts derrière lesquels se cacher. Il n'y aura pas d'endroits où se réfugier. Si vous m'affrontez sur le champ de bataille, vous prenez le risque d'être annihilés.

Le soleil avait glissé derrière le druine dont l'ombre se projetait comme une lance vers le cœur de l'assemblée. Le vent était froid et mordant. Les gardes agriens étaient de plus en plus inquiets et Clay se rappela les paroles de Matrick à propos des spectres qui se rassemblaient autour de l'île au crépuscule.

— Combien d'hommes chacun d'entre vous pourrait-il envoyer ? demanda Lastleaf. Cinq mille ? Dix mille ? Ce serait loin d'être suffisant.

C'est peut-être bien vrai, pensa Clay.

La horde du Cœur du Wyld n'avait sans doute pas la cohésion d'une armée de métier, mais on affirmait qu'elle rassemblait des centaines de milliers de créatures. Lorsque les soldats de Grandual atteindraient Findeterre, ils seraient éreintés par des mois de marche à travers la forêt et les montagnes et ils devraient affronter un adversaire plus nombreux et plus redoutable. Clay en était conscient. Les hommes de troupe, et même les solides guerriers de Kaskar, n'arrivaient pas à la cheville des mercenaires. Les mercenaires passaient leur vie à traquer et exterminer les monstres. Les soldats passaient la plus grande partie de la leur à marcher au pas, à monter la garde, à dormir et à jouer aux dés avec ceux qui n'étaient pas occupés à marcher au pas, à monter la garde ou à dormir. Les cours étaient en paix depuis des dizaines d'années et leurs instincts guerriers s'étaient émoussés.

Ils savaient par quel bout prendre une épée, certes, et il devait même y avoir quelques redoutables combattants parmi eux, mais savaient-ils que le regard d'un cockatrice vous changeait en pierre ? Ou que, pour une raison inconnue, les gobelours étaient incapables de distinguer la couleur jaune ? Ces informations étaient pourtant très utiles. Elles pouvaient vous sauver la vie. Non, pensa Clay. Si l'on envoyait de simples soldats affronter la horde du Cœur du Wyld, la bataille se solderait par un désastre. Comme cela avait été le cas avec les troupes de la République.

Les membres du Conseil le savaient. Et Lastleaf également.

— Tant de précieuses vies, dit le druine d'une voix enjouée. Envolées comme un nuage de fumée. Lequel d'entre vous peut se permettre de perdre autant de soldats ?

— Ce discours me fait l'effet de boire une tasse d'eau de mer, lâcha Etna Doshi, mais le « duc » n'a pas tort. Castia est loin d'ici et encore plus loin quand on part d'Aldea. Je doute que ma reine accepte d'envoyer des soldats vers l'ouest en sachant qu'ils ne reviendront sans doute jamais.

Gabriel tressaillit comme s'il avait reçu une gifle.

Matrick serra les poings et se tourna vers Etna.

— Nous ne pouvons pas laisser mourir tous ces gens !

— Bien sûr que si ! cracha Lilith. Sois un peu logique, Matrick.

— Je suis de l'avis du roi, déclara Maladan Pike. De nombreux mercenaires respectables sont partis se battre à Castia. Je n'ai pas l'intention de les abandonner. Et puis, le moindre de mes hommes vaut dix gobelins. Cent, peut-être. Je suis prêt à parier mon cheval là-dessus.

Compte tenu de la facilité avec laquelle le Premier Bouclier gageait ses chevaux, Clay était surpris qu'il en ait trouvé un pour venir jusqu'à Landelind.

Le Grand Han regarda Matrick en secouant la tête.

— Ça me fait mal à la bite de le dire, mais je suis d'accord avec le vieux Matrick, moi aussi. Si Agria envoie des troupes à l'ouest, celles de Cartea marcheront à leurs côtés.

Lastleaf se tourna vers Maladan Pike et le toisa avec un sourire méprisant.

— Et comment défendrez-vous le nord du pays si les yéthiks émergent en force de leurs cavernes hivernales ?

Le visage du Premier Bouclier s'empourpra sous le coup de la colère. Il ouvrit la bouche pour répliquer vertement, mais le druine se tourna vers Doshi.

— Comment vous défendrez-vous si des hordes saigs débarquent sur vos côtes ? (Il interpella les trois ministres narmériens.) Qui empêchera les peuples du serpent de piller vos oasis et de couper les routes marchandes du Nord ?

Les trois hommes portèrent leurs mains couvertes de bijoux à leurs bouches et se mirent à caqueter comme des poules.

Ce ne sont pas de vagues hypothèses, comprit Clay. *Ce sont des menaces.*

Il observa les délégués qui se tordaient les mains en marmonnant d'un air inquiet.

Lastleaf s'adressa à Matrick.

— Il me semble qu'il y a de nombreux centaures aux frontières de ton royaume. Je suppose qu'il leur arrive parfois de tuer des fermiers et d'enlever des enfants, non ? J'espère qu'ils ne s'enhardiront pas trop quand ils apprendront que tes soldats sont partis vers l'ouest. Ils pourraient attaquer des villages, et même passer des cités entières à la broche.

Enfin, le druine se tourna vers Obolon.

— Et merde ! lâcha le Cartéen. J'ai pigé, j'ai pigé. Si on t'attaque, tu nous attaqueras à ton tour. Quand je vois les nuages sombres, c'est pas la peine de me dire qu'il va pleuvoir.

— Que se passera-t-il si nous vous laissons en paix ? demanda Lilith, lassée d'utiliser Matrick comme intermédiaire. Si nous refusons d'aider la République et abandonnons Castia à son sort ?

Un nouveau sourire se dessina sur les lèvres de Lastleaf. Un sourire lumineux, mais glacé.

Il a obtenu ce qu'il était venu chercher, pensa Clay. *Le respect. La capitulation.*

— Eh bien ! la lointaine République deviendra le duché de Findeterre, répondit le druine d'un ton presque joyeux. Et peut-être, un jour, un allié des cours de Grandual.

— C'est une farce !

Tous les délégués tournèrent la tête vers Gabriel, mais pas aussi vite que Lastleaf. Le druine reconnut l'homme qui avait parlé et ses yeux étincelèrent de haine.

— *Toi !* siffla-t-il.

Ses oreilles frémirent de rage et son masque policé se craquela pendant une fraction de seconde. Il ne leva pas la main pour tirer une de ses épées – pas encore –, mais Clay n'avait pas besoin de don de prescience pour sentir ses envies de meurtre.

La suite le prit au dépourvu.

Obolon Han décida de saisir sa chance. Il bondit en avant et dégaina son sabre dont la lame flamboya à la lueur du soleil couchant. Lastleaf avait les yeux rivés sur Gabriel, et lorsqu'il vit le Cartéen, il était déjà trop tard. Il commençait à peine à pivoter quand le sabre du Han s'abattit.

Une ombre cacha le soleil et un bruit retentit. Comme si le ciel crépusculaire se déchirait.

L'arme du Han tourbillonna dans les airs et manqua Lastleaf de quelques centimètres. Les pieds d'Obolon s'agitèrent avec frénésie tandis que les mâchoires de la vouivre broyaient sa tête. L'espace d'un instant, Clay crut entendre des hurlements résonner dans la gorge du monstre. La partie supérieure du Han se sépara de la partie inférieure dans un craquement sec. La vouivre déploya ses ailes et leva la tête vers le ciel. Clay vit la gorge de la créature se dilater tandis que le corps du Han – enfin, une bonne moitié – glissait dans l'œsophage.

Les délégués poussèrent de grands cris – le vacarme habituel d'un mouvement de panique –, mais personne ne bougea. Même les Gardes Corbeaux semblaient avoir été changés en statues de pierre. Ils étaient terrifiés. Ils n'osaient pas bander leurs arcs de crainte que la vouivre les attaque.

Lastleaf était tombé sur les fesses. Il était désorienté. Il semblait avoir le plus grand mal à accepter l'idée que son plan magistral s'était, l'espace d'un instant, révélé plus fragile qu'une toile d'araignée un soir de tempête. Ses longues oreilles pendaient de chaque côté de sa tête. Il écarta les mèches mordorées qui tombaient sur son visage et se releva précipitamment. Puis il glissa une main par-dessus son épaule et dégaina l'épée accrochée en dessous de sa nuque. La lame semblait avoir été taillée dans une pierre cuite par le soleil et était zébrée de craquelures incandescentes.

Alors que les gens rassemblés au sommet de la colline commençaient à se remettre de la mort d'Obolon, Lastleaf lança un regard lourd de menaces à Gabriel, puis pivota sur ses talons. Sa cape virevolta autour de lui et il se dirigea vers la vouivre aux ailes déployées.

—*Ashatan!* cria-t-il.

La créature se baissa afin qu'il puisse saisir une épine et se hisser sur son dos.

Ses jambes puissantes la projetèrent vers le ciel et ses ailes brassèrent l'air tandis qu'elle filait hors de portée des archers. Clay sentait encore son odeur fétide, une odeur qui n'était pas sans rappeler celle d'une charogne pourrissant dans un étang.

Et le chaos se déchaîna. Les guerriers de Pike commencèrent à se bagarrer avec les pirates de Doshi. Les gardes du Han se précipitèrent vers leurs montures terrifiées. Les Kaskars soulevèrent le palanquin de la sultana et s'éloignèrent au pas de course. Les voiles du vaisseau céleste crépitèrent et les marémoteurs se mirent à ronronner. Les tourelles d'arbalétrier montées sur rails pivotèrent tandis que leurs servants scrutaient les cieux.

Clay regarda ses amis.

— On ferait peut-être mieux… Quoi ? Qu'est-ce qu'il y a, Moog ?

Gabriel avait les yeux rivés vers le ciel, mais le sorcier contemplait le pied de la colline, bouche bée. Clay suivit son regard et ne comprit pas tout de suite ce qui se passait. Landelind était couverte de chandelles blanc-bleu. Les lueurs se rassemblèrent et prirent la forme de…

D'hommes. Enfin, de fantômes d'hommes.

Ils étaient des centaines, et des centaines d'autres apparaissaient dans le lointain, à l'est.

Clay décida qu'il était temps de terminer sa phrase.

— On ferait peut-être mieux de foutre le camp, dit-il.

— Matrick ! hurla Lilith, accrochée à l'avant-bras de son garde du corps.

Dans le vain espoir de maintenir le calme, le roi s'était interposé entre un Kaskar deux fois plus grand que lui et une Phantrane avec de petites ancres tatouées sur une joue.

— Oui, ma chérie ? demanda-t-il. (Il remarqua alors les spectres qui luisaient en contrebas.) Oh !

Laissant le Kaskar et la Phantrane à leur querelle, il ordonna à ses hommes de se rassembler et de gagner les berges du fleuve le plus vite possible. Tandis qu'ils descendaient le flanc méridional de la colline, il ralentit pour que ses camarades le rattrapent.

—Je me trompe peut-être, mais j'ai l'impression que le spectre de l'échec plane sur les négociations avec Lastleaf, dit-il.

—À propos de spectres… (Clay jeta un coup d'œil inquiet aux silhouettes phosphorescentes autour d'eux, qui gravissaient le flanc de la colline d'un pas traînant.) On ferait peut-être bien de se méfier, non ?

—Nan, répondit Matrick avec un geste désinvolte. Ils ne nous feront pas le moindre mal. Je pense. Avec un peu de chance. (Il tourna la tête vers le capitaine de sa garde et siffla.) Pressons le pas, vous voulez bien ?

Lilith, épuisée, s'évanouit, et Lokan la prit galamment dans ses bras. Matrick, le souffle court, trébucha et manqua de perdre l'équilibre. Clay et Gabriel l'attrapèrent et le retinrent.

—Moog, ahana le roi. Tu veux bien me rendre un petit service ?

—Tout ce que tu veux, répondit le sorcier en s'approchant.

—Tue-moi. Ce soir.

14

L'adieu au roi

On découvrit le corps de Matrick le lendemain matin. Deux médecins vinrent l'examiner. Le premier affirma que le roi avait succombé à un excès de boisson, le second qu'il avait été empoisonné. Peu après avoir pris un petit déjeuner préparé par les cuisiniers personnels de Lilith, le second médecin tomba malade et mourut. Son collègue – un homme fort sage – déclara que le décès était dû à des causes mystérieuses et inexpliquées.

Clay et ses camarades furent autorisés à rester au palais, mais on leur fit bien comprendre que l'hospitalité de la reine ne s'étendrait pas au-delà des funérailles de son époux. Lilith ne perdit pas de temps, et le lendemain, les anciens membres de Saga se joignirent au cortège silencieux qui traversa les rues presque désertes de Brycliffe.

Une boulangère applaudit avec ses mains farineuses lorsque la procession passa devant son échoppe. Deux mimes interrompirent leur répétition. Le premier avait des cheveux teints en rouge orangé et de longues oreilles. Il était, de toute évidence, déguisé en druine. L'autre était enveloppé dans un drap noir et des ailes branlantes étaient attachées à ses bras.

— Je pensais qu'il y aurait davantage de monde, marmonna Gabriel. J'ai toujours entendu dire que c'était un bon roi.

— Lilith a veillé à ce que la nouvelle ne s'ébruite pas, expliqua Moog. Il paraît qu'elle a fait enfermer les domestiques toute la nuit et qu'elle a menacé de les faire exécuter si on apprenait que le roi était mort.

— Pourquoi ? demanda Clay.

— Elle a dit que la foule ralentirait le cortège. Que les gens jetteraient des fleurs et que c'était difficile de nettoyer une rue pavée couverte de pétales.

— Sans blague ?

Clay jeta un coup d'œil à la reine, qui se tenait très droite sur son cheval. Lokan se pencha vers elle pour lui dire quelque chose et elle éclata de rire.

— Par tous les dieux ! on peut dire que Matty savait les choisir, hein ?

Le cortège franchit une poterne, remonta un chemin tortueux à travers les pentes boisées qui s'étendaient derrière le château de Brycliffe et longea les berges rocheuses du fleuve. Il arriva sur une plage sableuse et se dirigea vers une jetée… alors que les rois agriens étaient traditionnellement inhumés dans un cimetière. Clay songea que le plan simpliste de Moog – faire croire que Matrick était mort et le déterrer après les funérailles – risquait de mal tourner.

Un petit groupe de nobles se tenaient sur la rive et Clay se faufila vers le plus proche.

— Il n'existe pas de… tombeau royal, ou quelque chose dans ce genre ? demanda-t-il.

L'homme – qui tenait un mouchoir d'une blancheur éclatante à la main, mais semblait répugner à le salir en s'essuyant le nez – hocha la tête.

—Il y en a un. Dans les catacombes du château. Mais Sa Grâce s'est récemment découvert une passion pour… (Il jeta un rapide coup d'œil en direction de Lokan.) … tout ce qui vient du Nord.

—Et comment enterre-t-on les rois dans le Nord ?

Le noble tourna la tête vers le fleuve.

—Je ne crois pas qu'on les enterre.

Une dizaine de colosses déposèrent une superbe barque sur la berge et l'on y allongea Matrick – qui avait toutes les apparences d'un homme mort, grâce à une potion que Moog avait préparée dans les cuisines du palais dès leur retour de Landelind. Sa peau était blême – une propriété naturelle d'une plante appelée « ombracine », les avait rassurés le sorcier. Ses rares cheveux avaient été huilés et peignés en arrière. Ses vêtements étaient immaculés et il portait tant de bijoux en or – des anneaux, des chaînes, un torque et une couronne clinquante ornée de joyaux – que Clay se demanda si l'embarcation n'allait pas couler lorsqu'on la mettrait à l'eau. *Roxy* et *Grace*, ses précieuses dagues, étaient disposées en croix sur sa poitrine.

Une couronne d'orties rouges destinée au Fils de l'Automne couvrait le front du défunt. Les prêtres de Vail avaient affirmé que sans cette offrande, le Païen vendrait l'âme du roi à la Mère du Froid, le condamnant ainsi à passer l'éternité dans les salles glacées des enfers.

Les cinq enfants du roi étaient vêtus de noir. Ils affichaient des expressions aussi variées que leurs pères. Les jumeaux pleuraient – Clay n'était pas sûr qu'ils soient capables de faire autre chose. Lillian se tenait droite, les bras croisés sur la poitrine. Ses yeux bleus et acerbes foudroyaient impitoyablement tous ceux qui s'approchaient pour la consoler. Le visage potelé de Kerrick était un champ de bataille que se disputaient larmes et coulées de morve.

Dès qu'il ne se croyait pas observé, il plongeait une main dans sa poche et en tirait des grains de raisin qu'il fourrait dans sa bouche. L'aîné, Danigan, était imperturbable. Il semblait même *s'ennuyer ferme* tandis que le prêtre déclamait son sermon d'une voix monotone, louant les exploits de Matrick en tant que roi, père et époux aimant.

Lilith jouait le rôle de la veuve éplorée avec tant de brio que Clay s'attendit presque à voir la foule lui lancer des bouquets de roses lorsqu'elle salua la mémoire de son cher mari. Son interprétation aurait été parfaite si elle ne s'était pas agrippée au bras de Lokan comme un naufragé au mât d'un navire avalé par les flots. Le Kaskar aux larges épaules portait une armure noire richement décorée et son expression austère semblait inappropriée sur un visage si jeune.

Est-il assez idiot pour croire qu'elle va le faire couronner roi ?

Clay le plaignait presque si tel était le cas. Lilith n'avait pas plus envie d'un nouveau mari que d'une citrouille pourrie en guise de tête. Elle avait épousé Matrick parce qu'elle pensait que l'ancien mercenaire passerait le plus clair de son temps à boire et qu'il la laisserait gouverner à sa guise. Elle s'était trompée. Matrick s'était montré à la hauteur de ses nouvelles responsabilités et, de l'avis de tous, avait été un roi compétent et compatissant. Désormais, Lilith régnerait seule et personne ne l'empêcherait d'assouvir ses désirs voraces.

Comme à son habitude, Clay se perdit dans le labyrinthe de ses pensées. Il n'en trouva la sortie qu'au moment où le prêtre invoquait la douce moitié de la Sainte Tetrea, puis confiait l'âme de Matrick à la garde éternelle du Seigneur de l'Été et aux bons soins de la Vierge du Printemps. S'il n'avait été très occupé à feindre sa propre mort, Matty aurait sans doute choisi ce moment pour lancer une plaisanterie. On poussa enfin la barque, et le courant rapide l'entraîna vers l'est.

— Tout se passe comme prévu, souffla Moog en se penchant vers Clay. Mieux que prévu, en fait. On n'aura même pas à creuser pour le déterrer. Il suffira de suivre le fleuve pour le récupérer. Tu as vu tous les bijoux qu'il y avait à bord ? On va être riches !

Gabriel n'était pas aussi optimiste que le sorcier.

— Ça n'a aucun sens, dit-il. N'importe qui a pu avoir la même idée que nous. Si ça se trouve, des brigands attendent déjà la barque en aval. Pourquoi est-ce… (Il ne termina pas sa phrase.) Oh.

Clay suivit son regard et vit que Lokan tenait un arc. Une flèche était encochée et les flammes d'un petit brasero en léchaient la pointe enduite de poix.

Apparemment, les Kaskars ne se contentaient pas de déposer leurs rois défunts dans des bateaux et de les envoyer naviguer en gré du courant. Ils les faisaient également brûler.

Tous les yeux se tournèrent vers Clay et celui-ci se rendit compte qu'il venait de crier : « NON ! » à pleins poumons.

Tu as intérêt à trouver une idée géniale, Cooper. Et vite fait ! Tout le monde te regarde.

— Non, répéta-t-il, un peu moins fort.

Il fit un pas en avant sans trop savoir ce qu'il allait dire ou faire. Presque malgré lui, il leva les mains vers l'arc de Lokan.

— Laisse-moi faire. S'il te plaît.

Le guerrier du Nord tourna la tête vers la reine et lui lança un regard interrogateur. Lilith hésita, puis acquiesça. Lokan tendit l'arc à Clay avec la mine d'un enfant obligé de partager un nouveau jouet avec son frère.

Clay prit l'arme et la dirigea vers le fleuve en s'arrangeant pour que la pointe enflammée frôle le visage du guerrier nordique. La barque n'était qu'à une centaine de mètres et il aurait fallu être un novice myope et malchanceux pour la rater.

Clay arma, décocha… et manqua la cible. D'une bonne quinzaine de mètres.

Il entendit des grognements déçus et quelques ricanements derrière lui.

— Désolé, dit-il sans conviction. J'ai été aveuglé par mon chagrin. Laissez-moi réessayer.

Le Kaskar lui tendit une nouvelle flèche. Clay l'approcha sans hâte du brasero pour en enflammer la pointe. Il banda l'arc, visa longuement et tira. Il manqua la cible, mais de quelques mètres seulement.

— Saleté de vent, grommela-t-il.

Il fit signe au Kaskar de lui donner une autre flèche et le guerrier nordique le regarda d'un air soupçonneux. Peut-être parce qu'il n'y avait pas le moindre souffle de vent.

Le troisième trait frappa la surface de l'eau tout près de l'embarcation. Celle-ci approchait maintenant d'un coude au-delà duquel il ne serait plus possible de la toucher. Elle était enveloppée dans une brume blanchâtre provenant de l'orée d'un bois.

La reine soupira.

— Lokan, pourrais-tu montrer à ce lourdaud comment mettre le feu à mon cher et défunt mari ?

Le guerrier nordique esquissa un sourire mielleux.

— Certainement, ma reine.

— Votre Altesse…, protesta Clay.

— Il suffit ! le coupa Lilith. Vous ridiculisez un rituel sacré. Heureusement que Lokan est un expert dans le maniement de l'arc… (Une expression faussement ingénue se peignit sur son visage.) Entre autres.

Clay fit un effort surhumain pour ne pas lever les yeux au ciel. Il rendit l'arc à Lokan, recula d'un pas, puis attendit que le jeune guerrier encoche une flèche et en enflamme la pointe.

Ce petit enfoiré se donne en spectacle, remarqua-t-il.

Il vit Gabriel s'agiter d'un air inquiet à la périphérie de son champ de vision.

Lokan se mit en position et se concentra sur l'embarcation royale qui avait presque disparu dans la nappe de brume. La cible était loin, mais Clay était certain que le champion de la reine la toucherait. Il attendit donc que Lokan soit prêt à tirer pour se pencher vers lui.

— Vous avez choisi un nom pour l'enfant ? lui murmura-t-il à l'oreille.

— Quoi ?

La corde se rompit. La flèche partit en arrière et tourbillonna dangereusement tandis que les gens s'écartaient précipitamment. Lokan se tourna vers Clay et son visage passa du rose au rouge brique, puis du rouge brique au pourpre foncé, sous le coup de la colère. Ou de la honte. Mais plutôt de la colère.

— En ce qui me concerne, poursuivit Clay, j'ai toujours trouvé que « Orag » avait de nobles connotations. C'est un nom qui conviendrait à merveille à un enfant ayant des racines *nordiques.*

Lokan était furieux. Il fit un pas en avant et Clay le foudroya du regard.

— *Essaie un peu, sombre connard,* lâcha-t-il d'une voix plus calme et plus froide que le sommet enneigé d'une montagne.

Le Kaskar s'arrêta net.

Un lourd silence s'abattit sur les berges du fleuve. Le guerrier cligna des yeux comme s'il se réveillait d'un long sommeil et se tourna vers Lilith.

— Ma dame, je suis désolé. Je… (Il regarda la foule, puis Clay, puis la reine, avant d'incliner la tête.) Je n'ai pas été à la hauteur de vos attentes.

— C'est sans importance, déclara Lilith d'un ton désinvolte. (Elle se redressa et remonta son châle noir sur ses fines épaules blanches.) La crémation n'est qu'une formalité, après tout. Il est heureux que l'âme de mon époux soit partie pour un monde meilleur, car son corps ne va pas tarder à se briser sur les Dents d'Adragos.

— Les Dents de qui ? demanda Moog.

Clay comprit alors que la brume qui flottait à la surface du fleuve n'était pas de la brume, mais des embruns. Et ce n'était pas du tout la même chose.

Au bout du compte, Matrick eut la vie sauve parce qu'il était mort.

Ses camarades le trouvèrent au crépuscule, assis sur un rocher au pied de la cataracte. Il était couvert d'hématomes. Une vilaine plaie zébrait la moitié gauche de son visage, et une partie du lobe de l'oreille avait été arrachée. Au-dessus de la blessure, l'œil était très enflé, et il se ferma complètement lorsque Matrick aperçut ses compagnons et essaya de sourire.

— Que Glif soit bénie ! Je suis libre ! hurla-t-il.

Sa voix couvrit à peine les grondements de l'eau.

Ses camarades levèrent la tête et contemplèrent le sommet de l'impressionnante cataracte qu'on appelait « les Dents d'Adragos », sans doute à cause des pointes rocheuses noires qui émergeaient du lac en contrebas.

— Comment…

Moog était tellement stupéfait qu'il avait du mal à parler. Gabriel posa la question à sa place.

— Comment se fait-il que tu sois vivant ?

Le roi qui avait renoncé à être roi haussa les épaules.

— Va savoir. Je me suis réveillé juste avant le grand saut, mais le truc de Moog – l'ombracine ou je ne sais quoi – faisait toujours effet et j'étais incapable de lever le petit doigt.

Jusqu'à ce que je me prenne un ou deux rochers dans la gueule pendant la descente. Ça m'a fait du bien. La barque est tombée dans le lac et j'ai réussi à nager jusqu'à la rive. Je crois que c'est parce que j'étais à moitié dans les vapes que je ne me suis pas écrasé comme une vieille merde. Enfin, pas trop. Et en plus, j'ai réussi à garder mes deux chéries.

Il tapota les deux dagues posées sur le rocher à côté de lui.

Moog s'approcha de la berge et jeta un coup d'œil à l'eau qui bouillonnait au pied de la cascade.

— Et le bateau ? Et le trésor ?

— Perdus, j'en ai peur. À l'exception de ce que j'ai sur moi.

Matrick leva les mains et écarta ses doigts couverts d'anneaux en or. Il portait encore quelques chaînes autour du cou, mais la couronne avait disparu. Les anciens membres de Saga avaient fait le plein de rations avant de quitter le château, et la vente de ces bijoux leur fournirait de quoi manger tant que les dieux daigneraient les garder en vie.

— On a de la chance, dit Gabriel.

Clay lui jeta un regard noir.

— Tu es sûr de connaître la signification du mot « chance » ?

— On ferait bien de se mettre en route, dit Moog. Je ne serais pas étonné que des gens viennent traîner par ici dans l'espoir de récupérer une partie du trésor. Et Lilith pourrait avoir des soupçons et envoyer quelqu'un voir ce qu'on traficote.

— Tu as raison, dit Clay. (Il se gratta la barbe et regarda Gabriel.) Tu es sûr qu'il est à Cincour ?

— Qui c'est qu'est à Cincour ? demanda Matrick.

Il effleura son oreille blessée et grimaça de douleur.

— *Ganelon,* répondirent Clay et Gabriel en même temps.

Matrick fronça les sourcils en regardant ses doigts poissés de sang.

— Cincour ? Ça va nous obliger à revenir sur nos pas…

— Ce n'est pas grave, dit Gabriel en jetant un coup d'œil à Clay. Nous aurons besoin de lui si nous voulons traverser le Cœur du Wyld. Et si nous voulons avoir une chance de tirer Rose de Castia. C'est…

— C'est Ganelon, le coupa Clay. Je sais. Et je sais que nous avons besoin de lui. Mais je crains qu'il ne soit pas très… heureux de nous retrouver.

— Ouais, ben, on verra.

Clay vida l'air contenu dans ses poumons.

— D'accord. On va essayer.

— On pourrait longer le fleuve, proposa Matrick. Ça prendrait quoi ? Quatre ou cinq jours en traversant ces bois. Ce serait moins rapide que par la route, mais plus discret, non ? Si quelqu'un nous voit et raconte à Lilith que je suis en vie, elle ordonnera qu'on lui apporte ma tête sur un plateau. Avec les vôtres en prime.

— Et Kallorek a probablement deviné où nous allons, dit Gabriel. Il aura sans doute posté des hommes sur la route.

Magnifique ! songea Clay. *Nous voilà avec une reine rancunière et un manager avide de vengeance sur le dos. Comme si ça ne suffisait pas de vouloir traverser une forêt infestée de monstres pour gagner une cité assiégée par une horde du Cœur du Wyld. Les types qui veulent notre peau n'ont plus qu'à s'asseoir et à attendre tranquillement. On se débrouillera très bien sans eux.*

Ils se mirent en route vers l'est. Gabriel ouvrait la marche. Moog et Matrick discutaient avec entrain derrière lui. Clay suivait, toujours perdu dans ses pensées.

Regarde le bon côté des choses, Cooper : tu as des amis, un sac rempli de nourriture et de l'or plein les poches.

Il ne le savait pas encore, mais le lendemain midi, il aurait perdu deux des trois.

15

Petit déjeuner en douteuse compagnie

Ils s'arrêtèrent pour se reposer avant le coucher du soleil et Matrick proposa de monter la garde pendant que ses camarades dormiraient une heure ou deux. Clay s'assit contre le tronc moussu d'un arbre à terre et s'assoupit aussitôt.

Il rêva que Tally remplissait la maison de grenouilles qu'elle sortait de ses poches. Des grenouilles de toutes tailles et de toutes formes. Il rêva qu'il nageait dans la fameuse piscine de Kallorek, qu'une paroi carrelée s'effondrait et qu'il était avalé par un sombre néant. Enfin, il rêva de Jain, la voleuse qui les avait dépouillés sur la route de Contha. Elle était penchée sur lui. Elle portait une de ses ridicules tenues bigarrées. Elle tenait un arc à la main et un grand sourire éclairait son visage maculé de poussière.

— Bien le bonjour, Main Lente.

Clay cligna des paupières. Clignait-on des paupières dans un rêve ?

— Debout, mon vieux !

Jain lui donna un petit coup de pied amical dans les côtes et il aperçut un bout de chaussette tricotée par sa femme à travers un trou de sa botte.

— Je ne rêve pas, constata-t-il d'une voix rauque.

La voleuse ricana.

— Bien sûr que tu ne rêves pas. Si tu rêvais, je ne porterais pas toutes ces putains de fringues, non ?

Clay se redressa et regarda autour de lui. Les camarades de Jain – les Silk Arrows – étaient éparpillées à travers le campement. Toutes étaient armées, mais aucune n'était menaçante. Apparemment, elles étaient là depuis un moment. Elles avaient soulagé Matrick de ses bijoux funéraires, glissé les anneaux à leurs doigts déjà couverts de bagues et enfilé les chaînes d'or et d'argent sur les innombrables châles enroulés autour de leurs cous. Quelques-unes étaient assises près de Moog, qui leur racontait une histoire en agitant les bras comme un oiseau cherchant à s'envoler. Elles applaudirent en riant aux éclats, et le sorcier – qui avait une âme de comédien – redoubla d'efforts. Les jeunes femmes s'esclaffèrent de plus belle.

Gabriel était assis près d'un petit feu de camp. Il mangeait des œufs dans une poêle. Quand il s'aperçut que son ami était réveillé, il avala ce qu'il avait dans la bouche et posa sa fourchette.

— On est en train de nous détrousser, dit-il avec pragmatisme.

— Je m'en doutais un peu, grogna Clay en se frottant les yeux. (Il jeta un coup d'œil à Matrick, qui était appuyé contre un arbre, l'air maussade.) Dis donc, tu n'étais pas censé monter la garde ?

— Je montais la garde. Qu'est-ce que je pouvais faire ? Elles ont surgi de nulle part avec leurs arcs.

Clay fronça les sourcils.

— Évidemment.

Jain lui donna un autre petit coup de pied.

— Lève-toi, Main Lente. Il y a des œufs et des tranches de lard cuites. Et peut-être même qu'il reste quelques saucisses si tes poteaux ne les ont pas toutes bouffées. Ce n'est pas parce qu'on dépouille les gens qu'on ne sait pas vivre. On a eu pas mal de chance depuis notre dernière rencontre. Plus que vous, en tout cas. D'après ce que j'ai entendu.

Les innombrables vêtements de la jeune femme étaient de meilleure qualité que ceux de la semaine précédente. Lorsqu'elle le vit observer ses longs gants de soie noire, Jain leva la main et remonta une manche jusqu'au coude pour lui en montrer un.

— Tu aimes ? demanda-t-elle.

Elle avait coupé l'extrémité du pouce et des deux premiers doigts de manière à ne pas être gênée quand elle tirait à l'arc. Clay admira son sens pratique – à défaut de son sens de l'esthétique.

— J'ai piqué ça à une dame de la haute qui se rendait aux funérailles du roi, dit Jain. (Elle embrassa le bout de ses doigts nus et porta la main à son cœur.) Puisse le Seigneur de l'Été guider son âme.

Elle n'a pas reconnu Matrick, comprit Clay. *Elles ne savent pas qui il est.*

Il était préférable que cela continue ainsi. Quand Lilith découvrirait qu'on l'avait trompée – et elle le découvrirait tôt ou tard –, elle les traquerait avec la fureur d'un dragon qui compte son trésor et s'aperçoit qu'il manque un écu. Elle ne lésinerait pas sur les moyens et remuerait ciel et terre pour se venger.

Clay se leva avec lenteur. Son dos était douloureux et ses genoux grincèrent quand il se redressa. Il prit soin de ne pas faire de mouvements brusques et de gestes qui puissent être mal interprétés. Une flèche en pleine poitrine n'était pas le meilleur moyen de commencer la journée, et si l'on devait le dépouiller, autant qu'il en profite pour avaler quelques tranches de lard.

Jain l'accompagna jusqu'au feu de camp et il s'installa près de Gabriel. La jeune femme lui tendit une poêle à frire pleine de nourriture et dans laquelle était posée une grosse fourchette en bois. Puis elle en attrapa une autre, s'assit et commença à manger. Les œufs étaient froids, mais la tranche de porc salé et les saucisses grasses étaient encore tièdes. L'un dans l'autre, Clay songea qu'il n'avait pas trop à se plaindre.

— Des petits oiseaux racontent que vos têtes sont mises à prix, dit Jain en haussant le menton en direction de Clay et de Gabriel.

Clay se figea, la bouche pleine. Il jeta un coup d'œil à son camarade en espérant croiser son regard, mais l'ancien meneur de Saga contemplait sa poêle vide avec obstination.

Jain gloussa et agita sa fourchette dans un geste dédaigneux.

— Pas la peine de pisser dans ton froc, Main Lente. Je ne suis pas une chasseuse de primes. Il y a une sacrée différence entre détrousser les voyageurs et vendre un homme contre une poignée d'écus. Ah ! je suis prête à parier la vertu de la Vierge qu'on propose une belle somme pour ma capture. (Elle ricana.) Je prendrais ça comme une insulte si ce n'était pas le cas.

— Tu crois que c'est Lilith ? demanda Matrick avant que Clay ait le temps de lui dire de fermer sa grande gueule.

Jain fronça les sourcils.

— Tu parles de la reine d'Agria ? Pourquoi diable elle…

Elle inclina la tête sur le côté et examina Matrick. Le visage du roi était couvert de plaies et d'hématomes après son plongeon du haut de la cataracte, et sa paupière gauche était tellement gonflée qu'il était incapable d'ouvrir l'œil. Clay retint son souffle et pria pour que la voleuse ne le reconnaisse pas, mais il fit une croix sur ses illusions en voyant la jeune femme écarquiller les yeux.

— Que la queue salée d'un Phantran me pourfende ! T'es Matty Skulldrummer !

Le roi esquissa un sourire penaud.

— Je l'étais, dit-il.

Jain éclata de rire et fit claquer ses mains sur ses cuisses.

— Mon papa disait que t'étais le joueur de couteau le plus rapide de tous les temps. Que tu pouvais découper une dinde avant même qu'elle comprenne qu'elle était morte.

— Et la manger également, ajouta Matrick en tapotant son énorme bedaine.

Jain rit de nouveau, puis engloutit une saucisse et lécha ses doigts maculés de graisse. Elle déglutit et tourna la tête vers Clay.

— Alors, qu'est-ce que c'est que cette histoire, hein ? La dernière fois, j'ai cru que toi et Gabe le très moyennement Magnifique étiez deux vieux schnocks qui se rendaient à Contha pour s'en payer une tranche, et voilà que je vous retrouve ici. Sur la route de Cincour. En compagnie de Moog le Magicien et de Matty Skulldrummer. Bon, il est clair que votre sorcier, il lui manque quelques flèches dans le carquois… (Comme pour prouver la pertinence de ce diagnostic, Moog se mit à tourner en rond en bondissant et en criant comme un canard.) Mais pourquoi diable un roi béni par l'Été renoncerait-il à sa couronne pour traîner dans les bois avec vous trois ? À moins que… (Elle s'interrompit, déglutit et esquissa un sombre sourire.) Ne me dites pas que vous reformez votre roquebande ?

— Nous reformons notre roquebande, avoua Clay.

Dieux ! Comme ces paroles semblaient ridicules quand on les prononçait à haute voix.

La question suivante ne le surprit pas.

— Pourquoi ?

Clay soupira et lança un regard interrogateur à Gabriel, qui se contenta de hocher la tête. Il expliqua donc pourquoi ils avaient décidé de reformer Saga et ce qu'ils avaient l'intention de faire.

Lorsqu'il se tut, les camarades de Jain avaient cessé de l'écouter depuis longtemps, mais leur chef le regardait en mâchant un morceau de porc salé avec la détermination d'une vache qui rumine son herbe.

— Vous êtes carrément malades, finit-elle par lâcher.

Lorsque le petit déjeuner fut terminé et les couverts lavés à l'eau du fleuve, Dame Jain et les Silk Arrows terminèrent de dépouiller leurs victimes. Matrick put garder ses dagues et Clay son bouclier, mais on lui prit l'épée qu'il avait dérobée dans l'armurerie du palais. Le havresac magique de Moog semblait vide, alors on le lui laissa. Tout le monde – à l'exception de Clay et de Gabriel – éclata de rire lorsque celui-ci retourna son sac rempli de cailloux. Jain leur laissa leurs rations, mais les bottes de Matrick tapèrent dans l'œil d'une Silk Arrow, et l'homme, qui était roi trois jours plus tôt, se retrouva en chaussettes de laine. Les voleuses ne les lui prirent pas. Elles en avaient bien assez comme cela.

— Écoute, dit Clay. (Il s'approcha de Jain aussi près que la prudence le lui permettait et poursuivit à voix basse.) Ça n'a pas été simple de faire croire que Matty était mort, et si Lilith venait à apprendre qu'il est vivant…

— T'inquiète pas, Main Lente, le rassura la jeune femme. On ne caftera pas. Les filles et moi, on n'aime pas beaucoup la reine de glace d'Agria. En ce qui nous concerne, le vieux roi Matrick n'est plus de ce monde. (Elle regarda Matty et lui lança un clin d'œil.) Le roi est mort ! Vive le roi !

Matrick s'inclina avec raideur.

Tandis que les voleuses s'enfonçaient dans la forêt, Jain se tourna vers ses quatre victimes.

— Prenez soin de vous, dit-elle en s'appuyant sur son arc désencordé. Avec un peu de chance, nos chemins se recroiseront avant que vous arriviez dans le Cœur du Wyld, sinon… (Elle regarda Gabriel en plissant les paupières et ses yeux se durcirent au-dessus de son sourire canaille.) J'espère que tu trouveras ta fille. Sincèrement. Elle a de la chance d'avoir un papa comme toi.

La jeune femme sembla sur le point d'ajouter quelque chose, mais elle se ravisa. Elle pivota, s'éloigna en agitant une main gainée de soie et disparut entre les arbres.

— Ce sont de chouettes gamines, dit Matty en la regardant partir.

— C'est vrai, reconnut Gabriel.

— Elles nous ont préparé à manger, renchérit Moog.

Les deux autres hochèrent la tête.

Clay les regarda en écarquillant les yeux.

— Vous êtes complètement tarés.

Le lendemain, aux alentours de midi, Gabriel demanda à voir la boule de cristal de Moog. Clay était surpris qu'il ne l'ait pas fait plus tôt, mais cela n'empêcha pas un profond malaise de s'installer. Moog s'efforça de détendre l'atmosphère.

— Quoi ? Oh ! ce vieux truc ? Pour quoi faire ?

— Tu le sais très bien, répondit Gabriel.

Ils s'arrêtèrent pour se reposer. Chacun d'entre eux avala une poignée de baies et de champignons que le sorcier avait ramassés en marchant. Matrick sentit que la situation n'allait pas s'arranger et il s'éloigna dans les bois pour se soulager.

— Je ne sais même pas si elle fonctionne encore, dit Moog. Cette saleté est tombée par terre une bonne dizaine de fois. Elle est aussi fiable qu'un bibliothécaire barbare ! (Le sorcier éclata de rire, puis écarquilla les yeux en voyant que ses camarades restaient de glace.) Vous n'avez pas compris ? C'est une blague. Les barbares n'ont pas de... Laissez tomber !

Gabriel eut la grâce d'esquisser un petit sourire triste.

— Je veux quand même essayer.

— D'accord. D'accord. J'y jetterai un coup d'œil lorsque nous arriverons à Cincour, ça te va ? Ou bien on pourrait trouver un devin compétent et...

— Maintenant. S'il te plaît.

Moog tira sur sa barbe avec nervosité. Il regarda Clay pour solliciter son aide, mais celui-ci contemplait un arbre comme s'il s'agissait du trésor des dieux. Le sorcier céda. Il soupira, farfouilla dans son sac sans fond et en tira la boule de cristal.

— Ne t'attends pas à un miracle. Rose est à l'autre bout du monde, dit-il en tendant l'artefact à son ami. Je ne suis pas sûr qu'on puisse voir aussi loin. Et si on y arrive, les images ne seront sans doute pas très nettes.

Gabriel s'installa en tailleur sur le sol glaiseux et posa la sphère entre ses cuisses. Moog s'assit lourdement devant lui. Clay resta où il était en se demandant s'il avait envie de voir ce que la boule magique allait leur montrer.

— Qu'est-ce que je dois faire ? dit Gabriel. Prononcer son nom ? L'appeler ?

— Tu n'es pas obligé de parler, répondit Moog. Elle ne peut pas t'entendre. Il te suffit de... de penser à elle. D'invoquer son image dans ta tête et de t'y accrocher aussi longtemps qu'il le faudra.

Gabriel se concentra. Il avait les yeux plissés et se mordillait la lèvre inférieure d'un air inquiet. Un tourbillon violet apparut à l'intérieur de la boule et les trois hommes sursautèrent.

— Continue, dit Moog. Une fois que tu auras invoqué son image, essaie de la rendre aussi vivante que possible.

Les arabesques violettes tourbillonnaient toujours, s'écartant parfois assez longtemps pour que Clay distingue un détail – le lobe d'une oreille, la courbe d'un sourcil –, mais l'image disparaissait presque aussitôt dans les volutes sombres et vaporeuses. Puis la brume commença à se dissiper et les trois hommes découvrirent un océan noir ondulant sous un ciel gris.

Non, pas un océan, songea Clay. *C'est la forêt noire. Le Cœur du Wyld.*

L'océan végétal semblait s'étendre jusqu'au bout du monde et Clay frissonna en songeant aux horribles créatures tapies sous les branches tordues. Petit à petit, les arbres laissèrent place à des contreforts rocheux, puis à une chaîne de hautes montagnes – le Manteau de l'Empereur – qui se dressait comme les remparts d'une inquiétante citadelle couverte de neige. Ces montagnes étaient protégées par des boucliers de glace et infestées de terribles monstres qui pullulaient jusque dans les sombres profondeurs du monde. Clay aperçut quelque chose filer entre les pics brumeux. Un long cou et des ailes de cuir. La créature vira et disparut derrière le versant d'une montagne.

Un claquement sec l'arracha à la contemplation de l'orbe magique. Matrick était revenu. Il se tenait derrière Gabriel, qui n'avait pas remarqué sa présence tant il était concentré.

Au-delà des montagnes, une vaste plaine couverte d'herbe jaune était parsemée de hameaux et traversée par quelques routes pavées. Findeterre. Puis apparut un fleuve bouillonnant dans lequel pataugeait une harde de chevaux sauvages. Pendant une poignée de secondes, l'image s'arrêta sur un village coupé en deux par le cours d'eau.

Quelque chose n'était pas normal. Il s'écoula un long moment avant que l'esprit de Clay comprenne et accepte ce qu'il voyait. Le fleuve charriait des cadavres. Des *milliers* de cadavres. Une armée de corps boursoufflés qui menaçait de former un barrage et de bloquer le cours d'eau. Clay voyait leurs membres livides, leurs yeux blancs, leurs visages pétrifiés et déformés par l'horreur, la douleur et la folie.

— Ils cherchent à contaminer l'eau, dit Gabriel. Ils veulent empoisonner les habitants de la cité avec leurs propres morts.

— Reste concentré ! aboya Moog alors qu'une brume violette voilait la scène. Ne te relâche pas !

L'image s'éclaircit, mais Gabriel semblait hypnotisé par la fange sanglante qui engorgeait le fleuve. Quand il trouva enfin la force de se détourner de l'horrible spectacle, le paysage se remit à défiler. Clay, qui s'était approché sans s'en rendre compte, eut alors l'impression qu'une main glacée lui broyait le cœur.

Castia était une puissante cité – c'était ce qu'on racontait, du moins. Elle était l'avant-poste le plus avancé de la civilisation humaine. Elle incarnait la volonté inébranlable des hommes et des femmes qui avaient érigé la ville de leurs rêves dans un territoire peuplé de cauchemars. Mais Clay ne la vit pas. Il ne pouvait pas la voir, car il était *incapable* de s'arracher à la contemplation des plaines qui l'entouraient à perte de vue.

Il avait vu de nombreuses armées au cours de sa vie. Il avait vu des milices citoyennes et des marées de civils furieux ou terrorisés. Il avait vu des foules de cent mille personnes lorsque les roquebandes de Grandual se rassemblaient dans les ruines de Kaladar pendant la Route du Roque. Mais il n'avait jamais vu une horde. Jusqu'à ce jour. Il fut saisi de vertige. Sa bouche devint sèche. Le vague espoir de retrouver Rose saine et sauve et de la ramener chez elle ferma les volets, souffla la chandelle et se cacha sous le lit.

Gabriel poussa un cri comme s'il venait de recevoir un coup de lance. L'image trembla et disparut. Pendant un long moment, personne ne bougea. Matrick était pétrifié. Moog porta une main à sa bouche et regarda Gabe comme s'il s'attendait à le voir exploser.

Ce fut d'ailleurs ce qui arriva.

Gabriel saisit la boule de cristal, se leva et se dirigea vers un rocher.

— Gabe, attends ! cria Moog.

Le sorcier tendit la main, mais ne chercha pas à arrêter son ami. Il n'était pas fou.

Avec un hurlement à mi-chemin entre le cri de guerre et de douleur, Gabriel se baissa, brandit l'orbe au-dessus de sa tête et l'abattit sur le rocher. La sphère laissa échapper un tintement rappelant celui d'une fourchette contre un verre. Gabriel recommença. Encore et encore. Clay entendit un craquement, puis d'autres, de plus en plus forts. Il se demanda si l'orbe n'allait pas voler en éclats et sa magie exploser dans un rugissement assourdissant, mais en fait, il ne savait pas trop à quoi s'attendre.

Gabriel se leva et se précipita vers la rivière qui coulait au pied de la colline, slalomant entre les arbres et hurlant comme un berserker kaskar. Une volute de fumée violette s'échappait de la boule fêlée et tourbillonnait dans son sillage. Il arriva sur la berge et jeta l'artefact, qui disparut dans une modeste gerbe d'eau. Puis, sa rage épuisée, il tomba à genoux et pleura.

Moog était au bord des larmes.

— Je suis désolé, dit-il sans s'adresser à personne en particulier. Je pensais qu'il se sentirait mieux s'il la voyait. Et que s'il ne se passait rien… au moins, nous saurions à quoi nous en tenir.

— Elle est donc bien à Castia ? demanda Clay. Elle est en vie ?

Le sorcier cligna des yeux.

—Elle est en vie, oui. Nous n'aurions rien vu si elle ne l'était pas. Mais…

Il ne termina pas sa phrase. Rose était en vie, mais elle était dans la position d'un insecte se débattant dans une toile tandis qu'une légion d'araignées approchait pour la dévorer.

Tu le savais depuis longtemps, pas vrai, Cooper? pensa Clay. *Et Gabriel également.*

Ce qu'il avait vu dans la boule de cristal ne changeait rien. Aller à Castia était une idée pourrie, mais pas plus que la semaine précédente.

Clay glissa son sac presque vide sur son épaule et appela son ami.

—Gabe, les copains et moi on part devant pour aller sauver ta fille. Quand tu auras compris que ça ne sert à rien de chialer au bord de la rivière, on sera ravis de te revoir.

Sur ces mots, il se tourna et s'éloigna vers l'est. Il ne prit même pas la peine de regarder derrière lui pour vérifier si ses camarades le suivaient.

Ils le suivaient. Bien sûr qu'ils le suivaient.

16

Lions et serpents

Après l'épisode de la boule de cristal, Gabriel resta à la traîne pendant plusieurs heures, et peu avant le coucher du soleil, ses camarades le perdirent de vue. Clay proposa à Moog et à Matrick de s'arrêter et de se reposer pendant qu'il rebroussait chemin. Il découvrit Gabe recroquevillé entre les racines entortillées d'un érable abattu par le vent. Il tremblait et pleurait entre ses mains.

— Elle est morte, gémit-il. Elle est morte, Clay. Elle est morte.

— Non, dit Clay avec une assurance qu'il était loin de ressentir.

Il s'accroupit et posa une main par terre pour ne pas perdre l'équilibre lorsque ses genoux grincèrent. Il avait plu quelques gouttes au cours de la matinée et les feuilles humides collèrent à ses doigts.

— Moog dit qu'elle est en vie. Si elle ne l'était pas, nous n'aurions pas vu… (Il frémit intérieurement en se rappelant les images de la boule de cristal.) Elle est en vie, Gabe, elle est en vie. Ta fille est vivante.

Gabriel leva ses yeux rougis par les larmes.

— Mais tu as *vu*, dit-il. (Il y avait une pointe de réprobation dans sa voix, comme s'il en voulait à Clay de se montrer trop optimiste.) Tu as vu. Tous les gens qui se sont réfugiés dans cette ville sont morts. C'est juste une question de temps. Même si les cours envoyaient une armée – ce qu'elles ne feront pas –, elle arriverait trop tard.

— C'est pour cette raison que nous ne devons pas traîner.

Son ami hocha la tête, mais une nouvelle vague de désespoir le submergea et son visage se décomposa.

— Que veux-tu qu'on fasse ? Moog est en train de crever de la nécrose ! Matty n'est pas capable de grimper un escalier sans cracher ses poumons et tu veux que nous lui demandions de marcher mille lieues ? De traverser le Cœur du Wyld ? De gravir une montagne ? Et même si nous atteignions Castia… avant qu'il soit trop tard… quelles seraient nos chances de sauver Rose ?

La réponse – *pas la moindre* – tourna dans la tête de Clay comme la première ligne d'un acteur qui se prépare à entrer en scène, mais il fit signe au machiniste d'attendre un peu avant d'ouvrir le rideau.

— Je ne sais pas, dit-il après un moment de silence. Je ne sais vraiment pas, Gabe. Mais pour être honnête, je ne sais pas davantage comment nous avons pu faire la moitié des choses que nous avons faites.

Gabriel s'essuya le nez d'un revers de manche maculée de terre.

— Qu'est-ce que tu veux dire ? De quoi tu parles ?

— De la passe de Coldfire. De Creusecolline. De Castadar. Combien de batailles désespérées avons-nous livrées ?

— Quelques-unes, reconnut Gabe.

— Et combien en avons-nous gagnées ?

Son ami réfléchit un instant.

— Toutes ?

— *Sans exception,* confirma Clay. Bon d'accord, on s'est fait dépouiller par une bande de gamines…

— Par deux fois, souligna Gabriel.

— Par deux fois, ouais. Bon, on est un peu rouillés. C'est normal. Mais dans le temps, on a souvent gagné alors que tout le monde misait contre nous, non ? Rappelle-toi le fort de Tournepierre. Trois roquebandes contre cinq cents cannibales assoiffés de sang. Et on a survécu. Et combien on en a tué de ces putains de murlogs ? Combien d'orcs, d'ogres et d'enfoirés de sorciers qui ne pensaient qu'à détruire le monde ? Par les Enfers Glacés ! On a même tué un dragon !

Gabe fronça les sourcils.

— Tu parles d'Akatung ? Je croyais que…

— Bon, on a *presque* tué un dragon. Mais on lui en a mis plein la gueule ! Et lui, il ne nous a pas tués, que je sache. Rose se bat, mais elle doit être au bord du désespoir. Elle a besoin de notre aide. Elle a besoin de *toi*, Gabe. Si tu ne la sauves pas des griffes de Lastleaf et de sa putain de horde, personne ne le fera. (Clay vit une lueur d'espoir s'allumer dans les yeux de son camarade et il jeta sa dernière bûche dans les flammes.) Souviens-toi, Gabe. On était des géants. On était les Rois du Cœur du Wyld.

Le fantôme de Gabe avait prononcé ces mots le soir où il était apparu devant la maison de son vieil ami, des mots qui ravivaient le souvenir de ceux qu'ils avaient été. Et de ce qu'ils osaient entreprendre aujourd'hui.

— Les Rois du Cœur du Wyld, souffla Gabriel. (Ses yeux s'embrasèrent.) On était des géants. On est toujours des géants.

Il poussa un long soupir frémissant et regarda autour de lui comme s'il se demandait ce qu'il faisait là. Il observa la terre humide, les arbres abattus, les feuilles mouillées qui jonchaient le sol. Quand il reprit la parole, il y avait un soupçon de honte dans sa voix.

— Merci, Clay. Sans toi…

— Ne t'inquiète pas pour ça, dit Clay.

Puis il haussa les épaules. Que pouvait-il faire d'autre ?

Le reste du voyage vers Cincour se passa *à peu près* sans incident. Jusqu'à l'attaque des clowns.

Clay crut d'abord qu'ils avaient affaire à une troupe de comédiens qui répétait un spectacle, mais comme ils brandissaient des armes et hurlaient comme des possédés, il arriva à la conclusion qu'il s'agissait sans doute d'une embuscade. Le visage du premier était peint en blanc avec des étoiles rouges au-dessus des yeux et un large sourire sanguinolent qui s'étendait d'une oreille à l'autre. Clay lui présenta *Blackheart* et la rencontre se solda par un bruit de nez écrasé. Le brigand s'effondra comme un pendu dont on vient de couper la corde.

Clay regarda autour de lui et compta les assaillants.

Trois, quatre, cinq. Deux épées, deux gourdins, une pique et un arc. (Il revit son estimation à la hausse.) *Six clowns au total. Non, pas des clowns. Des mercenaires. Une roquebande, peut-être. Ou quelque chose dans ce genre.*

Gabriel lui avait raconté que les peintures faciales étaient très en vogue chez les aspirants guerriers. Clay avait estimé que c'était une mode ridicule, et en voyant les bouffons peinturlurés jaillir de la forêt, il songea qu'il ne s'était pas trompé.

Gabriel – qui n'était pas armé – esquiva un puissant coup de gourdin et recula vers Clay. Moog fit un pas de côté pour éviter une lame et se réfugia derrière Matrick. L'ancien roi voulut dégainer ses deux dagues passées à la ceinture en croisant les bras devant lui, mais son imposante bedaine l'en empêcha.

— Et merde ! rugit-il. Je suis le roi d'Agria ! (C'était bien la peine de s'être donné tant de mal pour faire croire qu'il était mort, songea Clay.) Rendez-vous sur-le-champ !

Le mercenaire le plus proche ricana, révélant deux rangées de dents dont la couleur rappelait celle du bois pourri.

— Sans blague ? Eh bien moi, je suis Vail, le Fils de l'Automne ! répliqua-t-il d'un ton moqueur. (Il pointa le doigt vers une femme décharnée avec une dentition encore plus mauvaise que la sienne et des cheveux filasse et humides.) Et je te présente ma sœur, la Vierge du Printemps. Dis bonjour à Sa Majesté, Glif.

Clay songea qu'il était fort peu probable que cette femme soit Glif. Et vierge. La guerrière laissa échapper un grognement animal et se jeta sur Matrick. Elle brandit son épée rouillée et frappa à la tête. Le roi parvint à tirer une dague juste à temps pour parer l'attaque, mais son adversaire enchaîna avec un coup de pied au genou et il s'effondra avec un couinement indigne des hautes fonctions qu'il avait exercées.

Clay ne vit pas la suite, car deux guerriers s'approchèrent de lui. Le premier – celui qui était armé d'une pique – passa à l'attaque. Clay esquiva, saisit la hampe et tira d'un coup sec. Le piquier perdit l'équilibre et tomba sans avoir le temps de tendre les mains devant lui. Son visage heurta le sol avec un bruit désagréable.

— Je m'en occupe, dit Gabriel en posant une botte sur la nuque du piquier.

Le deuxième homme avait un rictus grimaçant peint sur le visage et des cheveux bleu vif hérissés comme les pointes d'une étoile du matin. Il leva son épée et frappa aux jambes, mais la lame s'enfonça dans le bois tacheté de *Blackheart*.

Il essaya alors une technique qui s'inspirait de celle que sa camarade avait employée avec succès contre Matty : il donna un coup de poing par-dessus le bouclier pour surprendre son adversaire. Mais Clay l'attendait. Il lui saisit le poignet et le plia en arrière. L'homme laissa échapper un soupir sifflant entre ses dents serrées et essaya – en vain – de se libérer. Clay lui adressa un sourire mauvais, puis opéra une violente torsion du poignet.

Le souffle se transforma en gémissement strident, puis en hurlement à glacer le sang lorsque l'articulation se déboîta avec un « *clac !* » sonore. Clay lâcha prise et le guerrier recula en titubant.

— Espèce de putain d'encu…

Il fut interrompu par une flèche qui se planta dans sa tempe.

Un juron retentit dans la forêt. Clay n'y prêta pas attention. Il s'écoulerait un certain temps avant que l'archer tire une flèche de son carquois et décoche de nouveau. Il se tourna vers un autre assaillant, un colosse armé d'un lourd gourdin hérissé de clous. Son visage était peint en rouge et une lune dorée s'étalait sur son large nez. Il était bâti comme un berserker kaskar et il chargea en hurlant comme un berserker kaskar. Il frappa à la tête et Clay estima plus prudent d'éviter le coup.

Il bondit en avant, se baissa et percuta l'homme au niveau des jambes. C'était une attaque désespérée et elle fonctionna presque. Le colosse perdit l'équilibre… et s'effondra sur Clay, le plaquant au sol et lui coupant le souffle.

Clay profita de ce bref répit pour jeter un coup d'œil autour de lui et regarder comment ses camarades s'en tiraient. La soi-disant Vierge du Printemps était à terre. Elle se tenait le ventre en pleurant et ses doigts étaient rouges de sang. Son frère, le Fils de l'Automne, reculait à grands pas face à un

Matrick qui avait trouvé son rythme. *Grace* et *Roxy* sifflaient à tour de rôle et l'une d'elles déposa un baiser sur la joue du mercenaire. Celui-ci poussa un cri de douleur et leva les deux mains pour se protéger. Matty se baissa et une de ses dagues trancha un jarret. Le Fils de l'Automne s'effondra en hurlant.

Gabe se rua vers l'archer – celui qui n'était pas resté dans les bois. Moog, à genoux, farfouillait dans son sac à la recherche d'on ne sait quoi.

Avec un peu de chance, une baguette capable de lancer des boules de feu, songea Clay. *Ou des volées d'éclairs. N'importe quoi sauf une Formidable Potion Phallique de Moog le Magicien…*

Quelqu'un – le colosse qui était sur son dos, sans doute – lui enfonça la tête dans le sol humide. La terre envahit sa bouche, puis son nez lorsqu'il respira instinctivement. Il essaya de se dégager et de rouler sur le côté, mais il était coincé comme un renard dans un piège – ou, pour employer une image plus exacte, comme un renard sous un rocher. Des étoiles constellèrent son champ de vision qui s'assombrissait, et les muscles de ses jambes tressaillirent tandis qu'il perdait connaissance.

Puis la lumière revint et – gloire soit rendue à tous les dieux ! – une bouffée d'air frais remplit ses poumons.

La pression sur sa nuque se relâcha suffisamment pour qu'il se redresse et se dégage. Il toussa une fois et vomit un mélange de bile et de terre sur la mosaïque de feuilles qui couvrait le sol. Il roula sur le dos et aperçut Matrick derrière le colosse aux traits figés par la mort. Les deux lames du roi étaient plantées de chaque côté de son cou.

Clay cracha la terre et les bouts de feuilles qui étaient encore dans sa bouche.

— C'était… plutôt intense, dit Matrick.

Il souriait, mais sa voix manquait d'assurance et ses mains tremblaient. Depuis combien de temps le roi d'Agria n'avait-il pas tué un homme ?

Clay s'apprêtait à lui poser la question quand il aperçut quelque chose derrière le roi.

Le second archer ! songea-t-il. *Il se prépare à tirer !*

— Matty, à terre ! cria-t-il.

Le roi se jeta à plat ventre et Clay se leva alors que l'archer émergeait de la forêt, l'arc bandé. L'homme décocha. Son trait se transforma en éclair indistinct et Clay sentit *Blackheart* trembler. Il tendit la main et arracha la flèche plantée dans le bois. Il la fit pivoter entre ses doigts, saisit l'extrémité empennée et la lança de toutes ses forces tandis que l'archer le regardait avec des yeux exorbités.

Ce n'était pas une bonne idée de lancer une flèche. Clay le savait. Il l'avait fait une fois, des années plus tôt, et le résultat avait été très décevant. Aussi, personne ne fut plus surpris que lui lorsque le trait s'enfonça de plusieurs centimètres dans la gorge de l'archer.

À l'exception de l'archer, peut-être.

L'homme essaya d'exprimer son incrédulité, mais seul un flot de sang jaillit de sa bouche. Puis il s'effondra, raide mort.

Matrick, qui était toujours par terre, laissa échapper un petit sifflement.

— Je rêve ou tu viens juste…

— Stop ! cria Gabriel.

Il poursuivait l'autre archer qui courait vers l'endroit où ses camarades et lui avaient jailli de la forêt. Sentant qu'il allait être rattrapé, le mercenaire jeta son arc et se tourna vers Gabe en dégainant le sabre passé à sa ceinture de tissu.

— N'approche pas ! brailla-t-il en brandissant l'arme à deux mains. N'approche pas ou je t'étripe ! (Il tourna la tête vers le Fils de l'Automne et la Vierge du Printemps.) Debout, bande de bons à rien ! Je ne vous paie pas pour vous rouler en boule et pleurnicher !

Le mercenaire au jarret tranché se leva à grand-peine et se dirigea vers son chef en clopinant. La femme resta à genoux.

— Va te faire mettre ! cracha-t-elle. Tu ne me paies pas assez pour me faire planter !

Le premier adversaire de Clay se redressa et rejoignit ses deux camarades d'un pas mal assuré. Les trois hommes se rassemblèrent épaule contre épaule, grognant et grondant comme des fauves acculés.

Gabe leva les mains devant lui.

— Écoutez, vous ne… (Il s'interrompit et plissa les paupières.) Attends un peu, je te connais, toi.

Le mercenaire au sabre détourna les yeux. C'était un homme aussi replet que Matrick, avec une mèche de cheveux pommadés rabattue sur son crâne dégarni. Son maquillage était probablement censé représenter une tête de chat, mais la sueur ou la pluie avaient transformé les rayures orange et noires en bouillie brune et grasse. Mais en dessous…

— Par le souffle putrescent de Vail ! Raff Lackey ? C'est toi ?

Clay avança d'un pas – en prenant soin de ne pas trébucher sur le corps du colosse qui gisait les bras en croix. Le mercenaire sursauta, pivota vers lui et agita son sabre comme un enfant qui essaie de tuer une mouche avec une épée en bois.

— Wow ! Hé, Raff ! C'est moi, Clay Cooper !

Le mercenaire se renfrogna.

— Bordel ! je sais très bien qui t'es, Main Lente. T'as pas changé. Sauf que t'es plus vieux.

— Et toi, t'as l'air…

Clay s'interrompit. Il n'avait pas vu Raff depuis des dizaines d'années et ces années n'avaient pas été tendres à en juger par le visage du mercenaire.

— T'as l'air plus vieux, toi aussi.

Raff laissa échapper un petit ricanement méprisant, mais ne dit rien.

— Dis donc, intervint Matrick. Si tu savais qui on était, pourquoi tu nous as attaqués ?

Raff jeta un rapide coup d'œil en direction de Gabriel.

— Eh ben… comment dire…

— La prime, devina Clay.

Moog se leva d'un bond et brandit une petite flûte en argent.

— Te voilà enfin ! Quoi ? Quelle prime ?

Raff regarda Clay d'un air penaud.

— Kallorek a mis vos têtes à prix. Dix écus chacune. Vingt-cinq pour les deux.

Dix misérables écus, songea Clay avec tristesse.

Il avait été un temps où il portait des capes qui valaient plus que cela.

— Comment tu nous as trouvés ? demanda-t-il.

Raff haussa les épaules.

— Kal a dit que vous alliez à Cincour, mais les chasseurs de primes n'ont pas le droit de capturer quelqu'un en ville, alors on a traîné dans les environs en espérant que la chance daignerait nous sourire.

— Eh bien elle vous a souri, dit Matrick. (La femme qui était à genoux poussa un gémissement pitoyable et il la regarda en fronçant les sourcils.) Enfin… si on veut.

Gabriel s'enquit.

— Alors comme ça, t'es devenu chasseur de primes, Raff ? Tu traques des gens pour gagner ta vie ? Qu'est-ce qui t'est arrivé ? Les monstres te foutent la trouille maintenant ?

T'as pas trouvé quelques gobelins pourris par la nécrose dont tu pourrais abréger les souffrances ?

Clay grimaça. Les gobelins étaient un sujet sensible pour Raff. Son ancienne roquebande, Viscera, avait connu son heure de gloire après avoir tué un firbolg à une portée de flèche des remparts de Cincour. Le groupe était devenu la muse de nombreux bardes, mais cela n'avait pas duré.

Cette célébrité soudaine avait poussé les membres de Viscera à accepter des contrats de plus en plus dangereux, et comme ils avaient vaincu le firbolg sur un coup de chance, ils ne tardèrent pas à avoir de gros ennuis. Tragan, le frère de Raff, tomba d'une falaise alors qu'il essayait d'échapper à un loup sinistre. Le sorcier du groupe fut bouilli vivant par des ogres. Viscera toucha le fond peu après, quand Raff fut capturé par le clan de gobelins qu'il avait pour mission d'exterminer. Les monstres le déshabillèrent, le fouettèrent jusqu'au sang et l'obligèrent à traverser le village de Rougeortie en parodiant les défilés victorieux des roquebandes.

— Va te faire mettre profond, Gabe. (Raff se racla la gorge avec emphase et cracha une masse glaireuse en direction de Gabriel.) Toi aussi, t'as l'air moins fringant qu'à la grande époque, le Magnifique. (Un vilain sourire se peignit sur ses lèvres.) Dis-moi, quand tu t'es arrêté chez Kallorek, tu n'aurais pas rencontré sa femme des fois ? C'est une sacrée beauté à ce qu'on raconte. Elle est un peu vieille à mon goût, mais y paraît qu'elle a une fille jolie comme un cœur. Une fille qu'a des problèmes avec son papa, en plus. C'est celles que je préfère.

Gabriel se raidit. Ses mâchoires se contractèrent et ses yeux s'écarquillèrent comme ceux d'un étalon devant une boucherie chevaline. Raff voulait le provoquer et il faisait de l'excellent travail. Clay résista à l'envie d'écraser son poing sur la figure du mercenaire et réfléchit à la meilleure manière d'éviter de nouvelles violences. Il avait accepté de se lancer dans cette aventure suicidaire pour sauver Rose, pas pour massacrer de pauvres types dans les bois qui entouraient Cincour.

Ils avaient désormais l'avantage du nombre, mais Raff et ses deux compagnons étaient armés et il y avait une leçon à tirer de la gloire éphémère de Viscera : même le plus minable des guerriers pouvait être effleuré par l'aile de la chance.

— Laisse tomber, Raff, dit-il. Tu as des blessés qu'il faut soigner et des morts qu'il faut enterrer. Laisse-nous passer et on oubliera cette regrettable rencontre.

— Excellente idée ! approuva la pseudo-Glif, toujours à genoux.

Une lueur d'espoir éclaira les yeux de l'homme au jarret tranché. Le visage du mercenaire était indéchiffrable, sans doute à cause du grand sourire écarlate qui était peint dessus.

Raff gloussa d'un air sombre.

— Clay Cooper qui fait preuve de miséricorde ? Tu m'excuseras si j'ai un peu de mal à y croire, Main Lente. Comme mon frère aimait à le dire : si ça ressemble à un mouton et que ça rugit comme un lion, c'est sûrement un lion.

— C'était un sage, ton frangin, lâcha Matrick. Il ne s'est pas cassé la gueule d'une falaise en se carapatant la queue entre les jambes ?

Raff esquissa un sourire empreint de mépris.

— Ris tant que tu veux, ton altesse. J'ai la ferme intention de toucher la prime offerte par Kal. D'autant plus que tu m'as évité de devoir la partager en six. Je te remercie. (Il changea sa prise sur la poignée du sabre et Clay sentit qu'il allait faire quelque chose de stupide.) Je dois reconnaître que vous n'êtes pas aussi ramollis que je l'espérais, mais sauf erreur de ma part, il y a trois lames de mon côté et aucune du vôtre.

Clay se tourna et découvrit que ce qu'il avait pris pour le chant d'amour d'un troll en rut était en fait le ricanement de Moog.

— Je ne crois pas, dit le sorcier avec un air mystérieux.

Il porta la flûte à ses lèvres et l'instrument émit une note sinistre qui rappelait le sifflement d'une bouilloire lointaine. L'assurance de Raff s'envola et il regarda le sorcier en se demandant quelle terrible magie il allait invoquer contre lui. Gabriel, prudent, recula d'un pas et Clay leva *Blackheart* en se préparant au pire.

Une brise légère souffla entre les arbres. Les oiseaux échangèrent de joyeux gazouillis. Un serpent glissa sur le tapis de feuilles. Une brindille se brisa lorsque Matrick se dandina d'un pied sur l'autre.

Et ce fut à peu près tout.

Moog souffla dans l'instrument une nouvelle fois, sans plus de résultat. Raff échangea un regard perplexe avec ses deux camarades. Le sorcier tourna la flûte et souffla de l'autre côté. Jusqu'à ce que son visage soit écarlate.

Rien.

— Euh… Moog ? dit Clay sur un hésitant.

— Par les dieux du peuple gobelin ! grogna le sorcier. (Raff tressaillit en entendant ces mots.) Le colporteur de Contha qui m'a vendu cette flûte m'a juré sur la barbe du Seigneur de l'Été qu'elle changeait les épées en serpent. Ou était-ce en lances ? (Il réfléchit.) Bon sang ! c'était peut-être bien en lances.

Tandis qu'il grattait son crâne chauve d'un doigt grêle, Clay aperçut un énorme python qui descendait d'une branche. Juste au-dessus de la tête du sorcier.

— Moog…

Clay sentit quelque chose glisser contre ses bottes. Il baissa la tête et découvrit que le sol de la forêt s'était changé en tapis de serpents.

Au cours des instants suivants, plusieurs événements se déroulèrent simultanément. La pseudo-Glif poussa un hurlement lorsque les mâchoires d'une vipère émeraude se refermèrent sur son mollet. Moog laissa échapper un couinement suraigu quand le python aux écailles luisantes tomba sur ses épaules et s'enroula autour de son torse. Matty se précipita à son secours, et ses deux lames fendirent la tête du monstrueux reptile.

Et tout le monde commença à s'entre-tuer.

Vail le boiteux fut le premier à tomber. Il essaya de frapper Gabriel, mais celui-ci le saisit au poignet, agrippa ses cheveux graisseux et le plia en deux avant de lui administrer un puissant coup de genou au visage.

Aiguillonné par son désir de revanche, Face de Clown se rua sur Clay en hurlant. L'artefact de Moog avait transformé toutes les brindilles et branches mortes en serpents et le sol était désormais couvert d'une masse grouillante. Le mercenaire marcha sur un cobra et glissa. Le reptile indigné déploya son capuchon et toisa l'homme allongé sur le ventre. S'il était resté immobile, Face de Clown aurait peut-être survécu, mais il poussa un hurlement et le cobra le mordit. Plusieurs fois. Le visage en sang, le mercenaire porta les mains à sa gorge en essayant vainement de respirer.

Clay le contourna en veillant à ne pas poser le pied sur un reptile. Il scruta le sol en quête d'une arme, mais le géant s'était effondré sur son gourdin hérissé de clous et Face de Clown tenait toujours son épée d'une main tremblante.

Raff décida de profiter de l'occasion. Il leva son sabre et chargea.

Clay réagit sans réfléchir – ce qui l'amènerait à se traiter d'imbécile et pire encore une fois l'affrontement terminé. Il se baissa et ramassa quelque chose pour se protéger. Quand la lame de Raff s'abattit, il l'écarta d'un coup de bouclier et tendit le bras. Le serpent qu'il tenait à la main se projeta en avant et ses crochets à venin s'enfoncèrent dans le cou du mercenaire.

Les deux hommes se regardèrent pendant un long moment. Le reptile s'était enroulé autour de l'avant-bras de Clay et celui-ci sentit son corps cylindrique se contracter tandis qu'il injectait son poison mortel dans la carotide de Raff. La gorge du mercenaire enflait déjà, passant du rose au rouge, du rouge à un violet de mauvais augure. Un horrible bruit de crécelle résonna et Clay comprit vaguement qu'il s'agissait du serpent qui agitait sa queue.

Raff hoqueta une dernière fois, puis prononça des paroles qui traversèrent l'espace infiniment long et infiniment court qui le séparait de Clay.

— Je t'attendrai, Cooper, gargouilla-t-il. Toi et les autres.

17

Cincour

La Vierge du Printemps et l'homme aux dents couleur bois pourri étaient les deux seuls survivants de la bande hétéroclite de Raff. La femme délirait, livide. Clay se demanda ce qui la tuerait en premier : le venin du serpent ou la blessure qui ne manquerait pas de s'infecter. Les chances étaient à peu près égales, mais si Jain lui avait laissé un peu d'argent, il aurait misé sur le venin. L'homme était dans un état moins préoccupant, mais il avait perdu la moitié de ses dents et boiterait sans doute jusqu'à la fin de ses jours. Les deux mercenaires partirent en direction de Cincour pendant que Clay et ses camarades s'occupaient des corps de leurs compagnons.

Ils chassèrent les serpents – une tâche laborieuse compte tenu du nombre de bouts de bois qui jonchaient le sol avant que Moog souffle dans sa flûte – et creusèrent des tombes. Raff avait essayé de les tuer, mais il avait été un homme respectable et il méritait une sépulture décente. Moog administra les derniers sacrements à Glif, aspergea les tombes d'eau et invoqua la miséricorde de la Vierge du Printemps. Matrick prononça quelques mots pour prier le Seigneur de l'Été de veiller sur les âmes des défunts.

— Jugez-les pour ce qu'ils voulaient être, demanda-t-il au Père des Dieux, pas pour ce que le monde a fait d'eux.

Le soleil de l'après-midi avait fait disparaître les derniers nuages et ses rayons perçaient la canopée de la forêt comme des lances étincelantes, mais l'oraison funèbre de l'ancien roi assombrit l'humeur de Clay.

Il se rappela l'homme qu'il était lorsqu'il était arrivé à Coverdale, après la dissolution de Saga. Il n'était pas très différent du garçon qui était parti à l'aventure avec Gabriel dix ans plus tôt. Il était juste plus riche et beaucoup plus célèbre.

L'argent n'avait pas fait long feu.

La gloire avait duré un peu plus longtemps, mais elle lui avait surtout apporté des ennuis. De nombreux mercenaires ambitieux rêvaient d'affronter le célèbre Main Lente pour tester leur habileté, et Clay mettait un point d'honneur à leur faire comprendre qu'ils n'avaient pas encore le niveau requis. Généralement en leur cassant une chaise sur le crâne, ou bien en les traînant sur le ventre jusqu'à la porte de la taverne. Après dix ans d'aventures et de combats, il ne tenait pas en place. Il était à l'affût de la moindre provocation pour passer sa rage bouillonnante sur un pauvre imbécile.

Il avait fait de bonnes choses pendant les tournées de Saga, mais il en avait aussi fait des mauvaises. Il avait vu trop de bardes mourir de trop de manières différentes pour pouvoir dormir du sommeil du juste. Ses nuits étaient hantées par les cauchemars, ses journées par son passé de violence. Il croyait voir un centaure charger à la place d'un cheval au galop. Les claquements du marteau du forgeron lui rappelaient celui des épées. Le moindre filet de fumée lui faisait craindre un incendie.

Et puis il avait fait la connaissance de Ginny. Elle était la fille de Giles Locke, le chef des palefreniers de l'écurie qui se trouvait derrière *La Tête du Roi*. Clay avait succombé à son charme comme il aurait succombé à l'ingestion d'un verre de ciguë. Pas seulement à cause de sa beauté – et les dieux savaient combien elle était belle ! – ou de son intelligence – et les dieux savaient combien elle était intelligente ! –, mais parce qu'elle était capable de voir l'homme tranquille au-delà du guerrier. En sa compagnie, Clay éprouvait quelque chose qu'il n'avait pas ressenti depuis la dissolution de la roquebande, depuis qu'il avait quitté ceux qui avaient été ses seuls amis : le désir profond et impérieux de protéger quelqu'un.

Clay Cooper avait vu un dragon furieux, il avait vaincu une légion de torves hurlants et affronté la froide colère de rois morts-vivants, mais il n'avait jamais eu si peur qu'au moment de demander la main de la jeune femme. Elle avait dit oui et ils avaient emménagé dans la maison près des marais. Tout s'était bien passé, mais quelques semaines avant le mariage, il s'était bagarré avec des braconniers de Bois Blanc. Il avait ensuite décidé d'aller prendre un verre à la taverne, et lorsqu'il y était entré en boitillant, quelqu'un avait fait la terrible erreur de remarquer qu'il ressemblait à son père.

Le malheureux avait été chargé sur un chariot et conduit à l'hôpital de Fort Curieux de toute urgence. Il était resté inconscient pendant trois mois, et quand il s'était réveillé, il n'avait pas reconnu ses enfants.

Ginny avait annulé le mariage et Clay avait sérieusement envisagé d'accepter l'offre de Kallorek qui lui proposait de se lancer dans une carrière solo. Il était rentré à la maison pour prendre ses affaires. Ginny l'avait arrêté sur le pas de la porte et lui avait posé la question qui le tourmentait depuis son retour à Coverdale.

« Qui es-tu vraiment ? L'homme ou le monstre ? »

Ce n'étaient pas les mots qui l'avaient bouleversé, mais les yeux de la jeune femme. Aussi verts que la mer sous le soleil. Elle lui offrait l'absolution, un choix décisif entre deux vies très différentes. En vérité, il avait toujours su que ce monde avait besoin de monstres tels que lui. C'était un monde violent. C'était un monde injuste. Et Clay Cooper, tel qu'il était à ce moment, était le mal nécessaire par excellence.

Mais Ginny, elle, voulait l'homme. L'homme que la mère de Clay s'était efforcée d'élever, pas le monstre que son assassin avait fabriqué.

« *L'homme* », avait-il répondu.

« *Vraiment ?* » avait-elle demandé.

« *Vraiment. Je crois qu'il y a suffisamment de monstres comme ça dans ce monde.* »

Sa réponse avait arraché un sourire à la jeune femme, et il avait compris qu'il l'avait convaincue. Mais pendant l'attaque des clowns, alors que la vie de ses trois amis était menacée, Clay avait senti la vieille colère pointer le bout de son nez, comme une tache de sang souillant une source d'eau pure. Et dans les yeux agonisants de Raff, il avait vu le monstre qui le regardait.

Ils quittèrent la forêt peu avant la tombée de la nuit. Sur la plaine qui s'étendait en contrebas, les innombrables lumières de la plus grande cité de Grandual brillaient sous le ciel obscur comme des braises attisées par le vent.

Moog leva les bras en signe de victoire.

— Cincour, enfin ! Le cœur de la civilisation ! Cela faisait bien trop longtemps, messieurs. Cela faisait bien trop longtemps.

Gabriel, dont l'humeur maussade avait repris le dessus au cours des dernières heures, contempla l'immense cité en forme de disque. Matrick passa une main dans ses rares cheveux et soupira.

— Un verre ne serait pas de refus, lâcha-t-il. Et un repas chaud. Et un bon bain. Et un lit douillet. (Il fit rouler ses épaules douloureuses et grimaça.) Dieux ! Une femme ne serait pas mal non plus. Si je leur dis que je suis le roi, vous croyez que…

Clay l'ignora. Il admirait la majesté de Cincour avec la crainte respectueuse qu'il réservait d'habitude aux champs étoilés des cieux. Même au faîte de la gloire de Saga, il s'était toujours senti insignifiant dans cette cité. Comment aurait-il pu en être autrement ? Un demi-million d'âmes habitaient dans la ville et ses environs. À Coverdale, il était un gros poisson, mais ici…

Tu es toujours un gros poisson, se dit-il. *Mais Coverdale n'est qu'un étang, alors que Cincour est un océan.*

Il se passait quelque chose aux portes de la cité. Un grand chariot-caravane à huit roues bloquait le chemin. On avait peint « *Les Screaming Eagles* » en grosses lettres bleues et maladroites sur les flancs, et une musique puissante – une cacophonie – montait du véhicule. Des nuages de fumée de tabac et des rires de femmes s'échappaient par la porte ouverte. Un jeune homme torse nu était assis sur les marches de l'escalier pliable qui permettait d'accéder à l'intérieur du chariot. Il était maigre et sa peau pâle était parsemée de tatouages grossiers, mais assez pittoresques. Ses longs cheveux étaient teints en blond platine et il écarta les mèches qui lui cachaient le visage quand Clay et ses camarades passèrent devant lui.

— Qu'est-ce que tu mates comme ça ? demanda-t-il à Clay.

— Qu'est-ce que *tu* mates comme ça ? répliqua Clay.

Et il poursuivit son chemin tandis que le jeune homme cherchait vainement quelque chose à répondre.

Un garde portant le tabard à six bandes de la milice urbaine de la cité se disputait avec le manager de la roquebande devant le chariot-caravane.

— J'en ai rien à faire de savoir qui est à l'intérieur, disait le garde. Ce truc ne rentrera pas en ville. Cette route est réservée aux piétons et aux véhicules légers, pas à ce genre de mastodonte. (Il fit un geste en direction de l'énorme chariot miteux stationné qui bloquait l'entrée de la cité.) Il va falloir que vous reculiez et que vous fassiez le tour jusqu'à la porte de l'Arène. Ou que vos petits amis descendent et marchent.

— Marcher ? *Marcher !?* s'exclama le manager en postillonnant. (Son visage écarlate était couvert de sueur et il bombait le torse comme un paon en chaleur.) Les Screaming Eagles ne *marchent* pas, mon garçon !

— Vous n'avez qu'à louer un coche, suggéra le garde.

— J'en ai appelé un il y a plus d'une demi-heure et il n'est pas encore arrivé ! Écoutez, si je ne conduis pas ces jeunes gens à *L'Émeute* avant la nuit, mon cul saute.

— Si vous ne déplacez pas ce truc dans les plus brefs délais, votre cul se posera bientôt sur le banc en pierre d'une geôle.

— J'espère pour le vôtre que *vous savez qui* n'apprendra pas que c'est *vous* qui avez empêché les vedettes de la soirée d'entrer dans la ville.

— Pour commencer, je ne connais pas ce *vous savez qui*. Ensuite, ce n'est pas la peine de vous inquiéter pour mon cul, il ira très bien.

Le garde fit signe à Clay et ses camarades de passer. Il ne les arrêta même pas pour leur poser les questions d'usage.

— Il n'ira pas bien si le mien saute, je peux vous l'assurer. Si mon cul saute, le vôtre sautera également.

Tandis que les deux hommes menaçaient leurs postérieurs respectifs, un chariot approcha et ralentit. Les deux akras à plumes blanches qui le tiraient gémirent comme des moutons craintifs lorsque le véhicule s'arrêta. Ces oiseaux à long cou n'étaient pas communs dans la nature, mais sur les rues pavées, leurs excréments secs de la taille d'une bille étaient plus faciles à ramasser que le crottin de cheval. Le cocher regarda le grand chariot-caravane stationné devant les portes de la ville et secoua la tête. Il s'apprêtait à siffler pour annoncer son arrivée quand Clay l'interpella.

— Vous en avez mis du temps.

Le cocher le regarda, puis tourna la tête vers Moog et observa son pyjama couvert de lunes et d'étoiles.

— Vous êtes les Screaming Eagles ? demanda-t-il d'un ton dubitatif.

— Évidemment, répondit Clay sans la moindre hésitation. (Il grimpa dans le chariot comme s'il lui appartenait.) Et on est pressés.

Le cocher regarda le garde et l'agent qui se querellaient.

— Ouais, eh bien il y a un combat au Maxithon demain et la cité est bondée comme un bordel le jour des soldes. Je ferai de mon mieux sans écraser quelqu'un. Vous allez où ?

Clay ouvrit la bouche et songea qu'il n'en avait pas la moindre idée.

— Il y aura deux arrêts, répondit Gabriel. Le premier à Tadepièces, le second avenue des Narmériens.

— L'avenue des Narmériens est longue, remarqua le cocher. Vous allez quelque part en particulier ?

— Hauteperle.

Le cocher jeta un coup d'œil par-dessus son épaule, visiblement surpris.

— Chez la Gorgone ?

Gabe opina du chef. Les quatre hommes montèrent et le chariot s'ébranla.

— La Gorgone ? marmonna Clay.

Gabriel détourna la tête et regarda la cité défiler par la vitre.

Cincour était appelée « la cité au centre du monde » bien que ce soit tout à fait inexact, ainsi que les cartographes avinés avaient la désagréable habitude de le faire remarquer. Elle se trouvait cependant – plus ou moins – au cœur de Grandual et était gouvernée par un conseil de représentants des cinq royaumes. Sa sécurité était assurée par une petite armée de gardes dévoués et son autorité s'exerçait sur plusieurs lieues à la ronde. La libre cité de Contha était indépendante alors que Cincour appartenait aux maîtres des cinq royaumes. D'un point de vue géographique et métaphorique, elle était le moyeu autour duquel la grande route de Grandual tournait.

Cincour avait la forme d'un bol aplati. Les demeures des nantis se trouvaient en hauteur, à la périphérie, alors que les pauvres vivaient dans la crasse et la misère au fond de la dépression. La ville était divisée en six parts, comme une tarte. Une pour chaque royaume de Grandual et une dernière qui abritait les administrations – au sommet – et la pègre – en bas. De nombreuses plaisanteries affirmaient qu'il était difficile de les différencier. Un large fleuve encombré de bateaux coupait la cité en deux et six ponts permettaient de passer d'une rive à l'autre.

Une gigantesque arène flottait sur le cours d'eau sans qu'on sache trop comment. Pour ne pas être emportée par le courant, elle était arrimée par de lourdes chaînes reliées à quatre tours se trouvant sur les berges, deux de chaque côté.

Depuis la route montant vers Tadepièces, l'arène était encore plus impressionnante. Matrick suivit le regard ébahi de Clay et se racla la gorge.

— On l'appelle le Maxithon, déclara-t-il. C'est la plus grande arène artificielle de Grandual.

— Parce qu'il y en a d'autres ? demanda Clay, les yeux écarquillés.

— Plus petites, oui. Celle de Brycliffe ne fait qu'un quart de celle-là. La Gorge, à l'extérieur d'Ardburg, est plus grande, mais c'est une dépression naturelle qu'on a aménagée. Il y en a une autre qui s'appelle le Berceau du Géant au large de Phantra.

— Le nom est bien trouvé, reconnut Clay.

Matrick grimaça un sourire.

— Je sais. C'est une arène longue et étroite comme un bateau. Elle peut même traverser la baie entre Aldea et Eshere. Elle est impressionnante, mais pas autant que le Maxithon.

— Si tu le dis, dit Clay d'un ton prudent.

Comment pouvait-on construire quelque chose d'aussi inutile et frivole qu'une arène capable de naviguer ? Ou même de flotter ?

Matrick devina ses pensées.

— Le monde change, Clay. Avant, il y avait des monstres partout dans cette région. Chaque grotte, chaque forêt, chaque marais abritait un repaire de créatures répugnantes. On ne pouvait pas retourner une pierre sans trouver un putain de murlog en dessous. Les cours n'avaient pas les moyens de payer des soldats pour les exterminer – ils en auraient été bien incapables de toute façon. Tout le monde pensait que le Cœur du Wyld, c'était le problème des autres, et la situation ne faisait qu'empirer. Jusqu'à ce que…

— Jusqu'à ce qu'on arrive.

— Exactement. Les roquebandes ont tout changé. Nous avons chassé tous les gobelins des égouts, nous avons tué tous les géants de ce côté-ci du Cœur du Wyld.

— On a retourné chaque pierre pour massacrer les murlogs qui se cachaient dessous, dit Clay.

— Un peu, mon neveu ! s'exclama Matrick en lui assenant un coup de coude amical. Alors que reste-t-il à affronter aujourd'hui ? Comment veux-tu qu'une roquebande se fasse connaître ?

— Elles pourraient faire une tournée dans le Cœur du Wyld, remarqua Clay.

— Ouais, bien sûr, mais il y a la nécrose. Il n'y a pas beaucoup de gens qui sont prêts à prendre le risque de choper cette saloperie. Alors on a construit des arènes comme celle-là. (Matrick pointa le doigt vers le Maxithon qui se dressait devant eux.) Et comme plus personne ne va dans le Cœur du Wyld, on apporte le Cœur du Wyld jusqu'à nous. Aujourd'hui, la plupart des roquebandes n'approchent même plus de la forêt. Elles vont de ville en ville et affrontent ce que les traqueurs ont attrapé.

— Et où est-ce que les traqueurs attrapent leurs monstres ? demanda Clay.

Moog, qui était assis sur le siège arrière, glissa la tête entre les deux hommes.

— Ils ne les attrapent pas. Ils les élèvent.

Clay fit un effort pour ne pas sursauter. Le sorcier lui avait fichu une frousse de tous les diables.

— Ils élèvent les monstres ? dit-il d'un air sombre. (Moog hocha la tête et Clay se renfrogna un peu plus.) Mais, c'est... complètement idiot.

Il regarda le Maxithon éclairé par des torches jusqu'à ce que le chariot atteigne le quai et tourne à droite.

Quels genres de créatures étaient enfermées dans les sombres entrailles de cette arène ? Attendant de tuer ou d'être tuées devant des milliers de spectateurs ?

Et dire qu'on appelle ça la civilisation, songea Clay avec amertume.

18

Tout ce qui brille

La plupart des habitants de Cincour affirmaient que Tadepièces était un quartier mal fréquenté, et c'était donc le premier endroit que les touristes des royaumes voisins visitaient.

Sur la rive nord du fleuve se dressaient de superbes demeures entourées de pelouses impeccables et de labyrinthes végétaux. Le long de jetées en pierre privatives, des barges de croisière et des boutres à voiles blanches se dandinaient au gré du courant paresseux. La rive sud, elle, ressemblait davantage à l'idée que Clay se faisait d'un quartier portuaire dans une grande cité.

Il aperçut des salles de jeu miteuses, des fumeries et des taudis où l'on vendait de la raflure. Un peu plus loin, c'étaient des tavernes louches, des lupanars bondés et des auberges tapageuses. Puis des boutiques de prêteurs sur gages et d'usuriers, des étals de recéleurs et des théâtres délabrés où les acteurs étaient deux fois plus soûls et deux fois moins drôles que les spectateurs.

Dans tout Grandual, on ne trouvait pas un quartier avec davantage d'arènes par pâté de maisons. Des fortunes changeaient de main tandis que des hommes désespérés affrontaient de redoutables monstres, que de redoutables monstres affrontaient de terribles molosses, que de terribles molosses affrontaient de fiers coqs. Mais le spectacle le plus populaire – et le plus imprévisible – restait les affrontements entre hommes désespérés et terribles molosses d'un côté, redoutables monstres et fiers coqs de l'autre.

— Dieux ! comme cet endroit m'a manqué, dit Matrick en sautant du chariot et en étirant ses bras.

— Le fils prodigue est de retour, plaisanta Moog.

Avec sa frange rebelle blanche et son pyjama crasseux, il se fondait à merveille dans la faune pittoresque des quais sordides.

Il faisait nuit, mais les rues étaient bondées. Alors qu'il s'éloignait du chariot, Clay se rappela sa première visite à Tadepièces. Gabriel et lui cherchaient un endroit bon marché où passer la nuit pendant que Kallorek essayait de leur dégotter un contrat. C'était le matin. Sur les quais, on apercevait un curieux mélange de débardeurs laborieux, de commerçants fébriles et d'individus tarés comme des fientes d'orc. Gabriel, croyant sans doute faire la promotion du quartier, avait assuré à son ami que le soir, l'endroit était tout aussi animé, et qu'on n'y trouvait plus que des individus tarés comme des fientes d'orc.

Au coin du carrefour le plus proche, un homme portant une robe verte et sale suppliait les passants d'aller se repentir au temple de la Vierge du Printemps. De l'autre côté de la rue, un homme portant une robe immaculée proclamait que deux pâtés de maisons plus loin, dans une petite ruelle, on trouvait un bordel dans lequel Glif en personne aurait été prête à écarter les cuisses pour une pièce d'argent.

— Attendez ici, dit Gabriel au cocher. Nous n'en avons pas pour longtemps.

L'homme plissa les yeux et sa moustache broussailleuse.

— Dans ce cas, je vais vous demander une caution.

Gabriel eut l'air désemparé, mais Matrick tendit une de ses dagues incrustées de pierreries – *Roxy* ou *Grace*, Clay n'avait jamais réussi à les différencier.

— Si tu t'avises de filer avec, avertit le roi, je te traquerai jusqu'au bord de ce putain de monde et tirerai ta langue jusqu'à ce que je puisse te la coller dans le cul. Je me fais bien comprendre ?

C'est agréable de constater que les années de pouvoir l'ont rendu plus aimable, songea Clay en étouffant un sourire.

Une bagarre éclata sur un navire marchand amarré tout près. Les deux akras s'agitèrent avec nervosité en entendant les cris et les claquements de l'acier. Les plumes de l'un d'eux virèrent au rose – ces oiseaux changeaient de couleur lorsqu'ils étaient surpris ou angoissés.

Le cocher observa la dague en connaisseur.

— Parfaitement bien, dit-il. Mais ça vous coûtera le double d'ici à Hauteperle. (Matty le regarda comme s'il avait l'intention de l'étrangler, mais il n'eut pas le temps de protester.) Sinon, vous vous débrouillerez pendant que je retourne voir si les *vrais* Screaming Eagles ont toujours besoin d'un chariot.

— C'est d'accord, dit Gabriel.

Clay se demanda pourquoi son ami était prêt à payer le double du prix normal – voire le prix normal –, mais il estima préférable de ne rien dire.

— Oh ! un petit conseil : la prochaine fois que vous voudrez vous faire passer pour une roquebande, évitez de choisir une des plus célèbres de Grandual. Les Eagles se produisent au Maxithon demain. Il reste peut-être quelques places bon marché si vous avez envie de voir de vrais mercenaires à l'œuvre.

Gabriel pivota sur ses talons et s'éloigna en direction de l'entrée d'une sombre ruelle. Moog et Matrick se dépêchèrent de le rattraper. Clay hésita entre savourer l'ironie de la remarque du cocher et leur emboîter le pas.

— Hé, attendez-moi ! lança-t-il.

Gabriel et ses camarades gravirent un escalier branlant adossé à un bâtiment miteux. Clay s'efforça d'ignorer les grincements inquiétants du bois et remarqua que l'odeur d'urine rance s'intensifiait à chaque marche. Ils avaient surpris deux lutins de poubelle en entrant dans la ruelle. Les créatures avaient poussé un gémissement pathétique avant de s'enfuir vers l'autre extrémité du passage obscur. Elles étaient revenues lorsque le petit groupe s'était éloigné et Clay remarqua qu'elles se disputaient ce qui semblait être un siège de toilettes cassé.

Gabriel arriva sur le palier et frappa à la porte gauchie. L'habitant du misérable logis ne se manifesta pas et l'ancien mercenaire martela le battant à grands coups d'avant-bras. L'enseigne accrochée au-dessus de l'entrée trembla sur ses crochets rouillés.

— « *Chez Fender, Crèmes et Gâteaux* », lut Moog.

— Sans déconner ? souffla Matrick d'un air dégoûté. On est venus dans une ruelle de Tadepièces pour acheter un dessert ?

— Fender ! cria Gabriel. (Les deux lutins sursautèrent en contrebas.) Ouvre !

— Qui c'est, ce Fender ? demanda Clay.

— Un ami, répondit Gabriel. Il collectionne des choses, il vend des choses, il entrepose des choses…

— C'est un recéleur ?

— C'est un kobold.

Clay décida de se taire, car les réponses énigmatiques de son ami ne faisaient que soulever de nouvelles questions. Cincour était une des rares cités qui accordaient un semblant de citoyenneté aux non-humains qui savaient se tenir. Un kobold était sans doute capable de vivre parmi les humains, mais Clay n'en avait jamais vu que dans des cavernes ou des égouts. En meutes de plusieurs centaines d'individus poussant des jappements furieux.

Une demi-minute s'écoula. La musique discordante de plusieurs tavernes résonnait au-dessus des toits. Deux Cartéens chancelaient à l'entrée de la ruelle, braillant les couplets d'une chanson à tour de rôle. Clay sentit quelque chose couler dans ses cheveux. Il leva la tête pour voir s'il pleuvait. Il ne pleuvait pas et une nouvelle goutte tomba dans sa bouche ouverte.

— Par le putain de merde de…

Le claquement sec d'un premier verrou résonna à l'intérieur du logement. Puis d'un deuxième. Puis d'un troisième. Clay entendit les tintements de plusieurs chaînes et le raclement d'une barre en bois qui devait servir à barricader la porte.

— C'est ouvert ! cria une voix nasillarde.

C'est sacrément bien protégé pour une pâtisserie, aurait plaisanté Clay s'il n'avait pas été fort occupé à chercher ce qu'il avait pu avaler. Il avait l'impression d'avoir sucé une pièce de cuivre trouvée au fond d'un caniveau.

— Faites attention, souffla Gabriel avant de pousser le battant.

Il entra. Aucun monstre ne surgit pour le projeter à l'extérieur, et ses camarades lui emboîtèrent le pas.

Il faisait sombre à l'intérieur. L'odeur d'urine était couverte par les relents de moisissure, de poussière et de métal rouillé. Clay entendit quelque chose filer dans l'obscurité et un souffle rauque tout proche. Le plafond était si bas qu'il se serait cogné la tête s'il ne s'était pas penché.

— Quelque chose me dit que cette histoire de gâteaux, c'est de la connerie, marmonna Matrick.

Des points lumineux flottaient dans les ténèbres, comme des feux follets. Toujours par deux.

— *Quiéla* ? demanda la voix nasillarde. Le nom à vous. Tout de suite !

— Fender…, commença Gabriel.

— Fender est je suis.

— Ouais, je sais. C'est Gabe.

— Gabe ? Je connais Gabe. Bon Gabe bon.

— Bon Gabe bon, c'est moi. Dis donc, tu ne pourrais pas nous mettre un peu de lumière ?

Quelqu'un frappa dans ses mains.

— Marmailles ! Lumière ! aboya la voix.

Plusieurs grattements résonnèrent en même temps et une odeur de soufre se mêla aux relents de moisissure et de métal rouillé. Trois lanternes à huile de poisson s'allumèrent et les quatre hommes s'aperçurent qu'ils étaient entourés d'enfants kobolds maigres comme des clous. Clay en compta cinq. Chacun portait des lunettes de protection maculées de suie qui assombrissaient l'éclat brillant de leurs yeux jaunes. Deux d'entre eux étaient armés de couteaux.

Fender – qui devait être leur père – était accroupi en face de la porte. Le sommet de son crâne n'arrivait même pas au nombril de Matrick. Il ressemblait à un rat dressé sur les pattes postérieures. Il portait lui aussi des lunettes de protection et – Clay n'en crut pas ses yeux – un pyjama *identique à celui de Moog*, avec un bonnet à glands et des chaussons pointus assortis. Il tenait une arbalète à tir multiple chargée. Le cran de sécurité était baissé et trois longs carreaux luisaient dans la pénombre.

— Par la Vierge Miséricordieuse, Fender, range ton artillerie ! s'écria Gabe en levant les mains avec lenteur.

— Belle, hein ?

Le kobold tapota l'arme avec tendresse. Les carreaux frémirent et les cordes tremblèrent. Clay se raidit. Gabriel tressaillit. Moog et Matrick entamèrent un étrange ballet, chacun essayant de se glisser derrière l'autre. Ils finirent par perdre l'équilibre et se raccrochèrent l'un à l'autre pour ne pas tomber.

— Fender ! cria Gabriel.

— Désolé moi, désolé moi, dit le kobold.

Il posa l'arbalète sur le côté sans enclencher le cran de sûreté et Clay se demanda s'il connaissait l'existence de cette sécurité. Le kobold releva ses lunettes sur son front et ses yeux jaunes étincelèrent.

— Pourquoi viens toi maintenant ? Tard est la nuit. Fender et marmailles rêvaient dormaient.

Clay plissa les yeux et regarda autour de lui. La pièce était un taudis. Pas le taudis confortable encombré de livres, de bougies et d'antiques curiosités qu'affectionnaient les poètes et les scribes. Pas le taudis misérable ne contenant qu'une vieille paillasse bourrée de foin et une couverture déchirée. Un taudis de kobold ou, en d'autres termes, un infâme trou à rats.

Clay tourna la tête vers l'extrémité de la pièce et remarqua plusieurs petits nids qui devaient servir de lits à Fender et à ses enfants – ses « marmailles », comme il les appelait. Le reste de l'espace était envahi par un bazar aussi varié qu'inutile. Parmi les trésors entassés là, il aperçut un vieux casque en bronze sur le crâne de son propriétaire ; un miroir brisé avec un cadre en argent noirci ; une ménagère de couverts assortis ; des dizaines de bocaux et de boîtes débordant de pièces en cuivre, de boutons en bronze et de tout ce qui était susceptible d'éveiller l'intérêt d'un kobold.

Gabe écarta une mèche de cheveux blonds de son visage.

— Je t'ai laissé de l'argent jadis. Un gros sac de pièces.

Le kobold inclina la tête sur le côté et plissa le nez. Ses moustaches en bataille frémirent.

— Sac rempli de brillants ?

— Un sac rempli de brillants, oui. Plein de brillants. Tu devais les garder pour moi jusqu'à ce que je revienne. Tu te rappelles ?

— Oui, oui. Fender rappelle. Fender espère Bon Gabe bon tombe dans trou et meurt. Pour garder sac de brillants pour lui.

Malgré ses mauvais sentiments, le kobold parlait sans aucune animosité. Il exprimait juste un regret.

Clay regarda Gabriel d'un air sceptique.

— Un ami, hein ?

— Je ne suis pas tombé dans un trou, Fender. Désolé.

Le kobold renifla.

— Beaucoup dommage.

— Ouais. Enfin, non, mais… (Gabriel renonça.) Écoute, j'ai besoin du sac de brillants, d'accord ? Est-ce que tu pourrais aller me le chercher, s'il te plaît ?

— Oui, oui. Attends toi.

Fender bondit par-dessus l'arbalète, grimpa le long d'un mur dont le plâtre tombait par plaques entières et disparut dans un trou au plafond.

Clay en profita pour explorer l'appartement misérable des kobolds. Il se dirigea vers le fond de la pièce en slalomant entre les piles de détritus et aperçut un brasero rouillé muni d'une grille noire de suie qui devait servir de cuisinière et de poêle. Deux seaux identiques étaient posés à côté. Le premier était rempli de petits os et de restes – un mélange presque appétissant quand on avait vu le contenu du second. Un vieux drap déchiré ondulait doucement contre un mur. Il devait dissimuler une fenêtre, ou un énorme trou.

Clay jeta un nouveau coup d'œil en direction des nids. Ils étaient faits de paille et de bouts de tissu, mais chacun était décoré différemment. L'un d'entre eux était orné de couteaux aux lames tordues et de pointes de flèche. Clay s'agenouilla pour le regarder de plus près, mais un jeune kobold poussa un couinement aigu et bondit à l'intérieur avant de montrer les dents et de cracher de colère.

— Il s'appelle Courtelame, dit Gabriel. Il est un peu… bizarre.

Clay se redressa et recula avec lenteur.

— Tu connais leurs noms ? demanda-t-il.

Gabriel hocha la tête.

— Voilà Épi, Oscurieux, Acerbe… (Il pointait le doigt vers les enfants en prononçant leurs noms.) Et Timidyeux.

— Depuis quand tu es copain avec des putains de kobolds ? demanda Matrick.

— Et pourquoi leur as-tu confié un sac rempli de bri… (Clay se reprit au dernier moment.) … rempli de pièces ?

— Tu connais leurs repaires, dit Gabriel. Les kobolds y entassent tout ce qui brille et ils ne s'en séparent jamais.

C'est vrai, pensa Clay.

Les kobolds étaient répugnants, mais la plupart possédaient de véritables fortunes. Le concept d'argent leur échappait totalement. Si quelque chose n'était pas brillant, luisant ou rutilant, il ne servait qu'à être échangé contre quelque chose qui l'était. Ainsi, un kobold était prêt à troquer un cheval en parfaite santé contre une simple pièce de cuivre. En étant convaincu de faire une bonne affaire.

— J'ai rencontré Fender il y a quelques années, raconta Gabriel. J'avais un contrat pour exterminer un clan d'oursepeaux dans les égouts, mais je me suis aperçu qu'ils étaient plus nombreux que le client l'avait laissé entendre. Beaucoup plus nombreux. Fender et Oozilk m'ont caché pendant un moment. Ils m'ont même aidé à neutraliser le poison dont ces maudites grenouilles à deux pattes enduisent leurs flèches.

— Oozilk ? répéta Moog.

— La femme de Fender, dit Gabriel.

Il regarda autour de lui en se rendant soudain compte qu'il ne l'avait pas encore vue.

Un bruit sourd retentit au-dessus de leurs têtes. Une pluie de petits bouts de plâtre et de bois pourri s'abattit. Puis on entendit le raclement d'un objet lourd qu'on traînait sur le plancher.

— Enfin bref, reprit Gabriel. J'ai réglé le problème des oursepeaux et je me suis porté garant lorsque Fender et Oozilk ont décidé de quitter les égouts pour s'installer en ville. Je crois qu'on peut dire qu'on se fait confiance. Avant d'aller à Coverdale, j'ai confié à Fender tout ce que j'ai gagné au cours des dernières années.

Tout ce que Gabriel avait gagné au cours des dernières années tomba par le trou dans le plafond. Par chance, l'argent se trouvait dans un sac fermé qui s'écrasa sur le plancher avec un bruit sourd accompagné de tintements métalliques. Fender réapparut, resta accroché par ses griffes, puis se laissa tomber et atterrit en douceur. Il se redressa, saisit le sac à deux mains et le tira sur le sol crasseux. La marmaille nommée Courtelame le regardait avec avidité, comme un enfant humain aurait regardé un magnifique gâteau à la fin d'un repas.

— Brillants dedans, marmonna Fender en abandonnant son fardeau aux pieds de Gabriel.

Un demi-sourire se dessina sur les lèvres de celui-ci.

— Merci, Fender. Hé ! Où est Oozilk ?

— Pas ici, répondit aussitôt le kobold. Partie.

— Partie ? (Le demi-sourire disparut.) Partie où ?

Fender laissa échapper un gémissement qui n'était pas sans rappeler ceux de Griff chaque fois que Clay ordonnait au petit chien de descendre du lit. La lueur qui brillait dans les yeux du kobold vacilla lorsqu'il reprit la parole.

— Oozilk a bagarre à je-donne-je-prends.

— Je-donne-je-prends ? répéta Moog.

— Le marché, expliqua Gabriel d'un ton distrait. Elle s'est battue au marché. Continue, Fender. Quand est-ce que ça s'est passé ?

— Ah ! un an derrière, un an derrière. Oozilk mordre homme-marchand avec dents. Homme-marchand envoyer sbires-bâtons et sbires-bâtons demander un choix. Prennent Oozilk ou prennent marmailles. Alors Oozilk partie.

— Où est-elle ? demanda Gabriel. Où l'ont-ils conduite ? Ils l'ont ramenée dans les égouts ?

— Pas dans égouts, répondit Fender. (Il pointa un doigt tordu vers le mur sud, le mur derrière lequel serpentait le fleuve paresseux, où flottait la gigantesque arène.) Dans grand bol plein de bruits.

Les quatre hommes émergèrent de la ruelle et Clay constata avec une certaine surprise que le chariot était toujours là. Le cocher fut soulagé de les voir, car ses akras commençaient à s'agiter. Les deux oiseaux étaient écarlates et pépiaient comme des poussins attendant un ver.

Le navire sur lequel les marins s'étaient bagarrés était en feu et les adversaires des deux camps s'étaient rassemblés sur le quai pour observer l'incendie.

Matrick grimpa tant bien que mal dans le chariot et adressa un bref hochement de tête au chauffeur lorsque celui-ci lui rendit sa dague. Le roi embrassa la lame – un spectacle quelque peu inquiétant – avant de la rengainer.

Moog monta à son tour et grimaça en prenant appui sur un pied.

Le pied gauche, remarqua Clay. *Celui qui est infecté.*

— Tu vas bien ? demanda Matrick.

Moog n'avait pas encore trouvé le courage de lui avouer qu'il était malade.

— Très bien ! s'exclama-t-il – un peu trop fort. Mais je crois que je ne suis plus aussi fringant que par le passé.

Matrick gloussa et posa une main sur son ventre rebondi.

— On en est tous là. Hé ! Gabe ! J'aimerais bien que tu m'avertisses quelques mois à l'avance la prochaine fois que tu décides de me traîner dans le Cœur du Wyld, d'accord ? Si j'avais su, j'aurais couru autour du château ou j'aurais évité d'avaler une tarte chaque jour de la semaine.

Moog le regarda d'un air soupçonneux.

— Tu mangeais une tarte tous les jours ?

Matrick haussa les épaules.

— Je veux. Il faut bien que ça serve à quelque chose d'être roi, non ?

Gabriel était toujours à l'entrée de la ruelle. Clay jeta un coup d'œil dans sa direction et crut qu'il observait l'incendie, puis il comprit qu'il regardait au-delà. Ses yeux étaient rivés sur la gigantesque structure du Maxithon.

— Gabe, appela Clay.

Il s'écoula quelques secondes avant que son ami s'arrache à la contemplation de l'arène et les rejoigne dans le véhicule. Il s'assit et posa le sac de pièces sur ses cuisses sans dire un mot. Il avait replongé dans ce silence maussade qui semblait désormais être la partie dominante de sa nature. Clay savait pourquoi. Gabriel s'était porté garant pour Fender et Oozilk lorsque le couple de kobolds avait décidé de quitter les égouts pour un endroit un peu moins nauséabond de la ville. Il se sentait responsable de l'arrestation d'Oozilk. Sa mort – Clay n'imaginait pas qu'un kobold ait pu survivre très longtemps dans une arène – était venue s'ajouter à la longue liste des regrets qui pesaient sur ses épaules. Il avait été incapable d'empêcher la roquebande de se séparer, son mariage de partir à vau-l'eau, sa fille de répéter les terribles erreurs de son père.

Le cocher fit claquer les rênes et les akras à plumes rouges s'élancèrent. Le chariot s'engagea dans les rues bruyantes de Tadepièces, slalomant entre les ivrognes, les consommateurs de raflure, les gardes de la ville qui n'étaient pas de service et les marins bagarreurs impatients de troquer quelques pièces d'argent contre un verre d'alcool fort, une jolie femme… et des douleurs urinaires le lendemain matin.

L'air vibrait au gré d'un affrontement incessant d'odeurs et de bruits : le coup de poignard des corps mal lavés, le hurlement strident d'une mandoline, la frappe sèche de la fumée de tabac, la jubilation d'une flûte, les lamentations d'un luth éploré et, de temps en temps, le redoutable coup de tête d'une vieille flaque d'urine. Et puis il y avait les voix qui chantaient, riaient, criaient, juraient et grondaient de mille manières différentes.

Clay tendit le cou tandis que le chariot passait à proximité d'une des quatre tours carrées auxquelles le Maxithon était amarré par d'énormes chaînes – il n'en avait jamais vues de si épaisses. Les murs étaient couverts de graffitis. La plupart étaient illisibles, mais quatre mots barbouillés à la peinture blanche et brillante attirèrent son attention : « Longue vie au duc ».

Le chariot tourna à droite et quitta Tadepièces pour la haute ville. Les akras se calmèrent. Le premier redevint blanc et l'autre vira au bleu nuit. Matrick demanda au cocher pour quelle raison il prenait une couleur si sombre. L'homme regarda par-dessus son épaule.

— Je vais vous donner un bon conseil, grogna-t-il. Évitez de vous pencher devant lui.

Le chariot bifurqua à gauche et se glissa dans une large avenue appelée « l'Anneau de Sintra » parce qu'elle faisait le tour de la ville en traversant les six quartiers. Il franchit une gigantesque arche menant à la concession narmérienne de Cincour, et Clay remarqua qu'une devise était gravée sur le fronton : « JE NE SOUFFRE AUCUN TYRAN ». Moog avait l'habitude d'en expliquer l'origine chaque fois que Saga passait en ville. Clay ne s'était jamais beaucoup intéressé à l'Histoire – il avait déjà le plus grand mal à mémoriser les paroles des chansons –, mais il était difficile d'oublier une leçon entendue quatre ou cinq fois par an pendant dix ans.

Après la guerre de Reconquête, lorsque les dernières hordes avaient été chassées, la Compagnie des Rois avait envisagé d'unifier Grandual en un empire unique qui aurait rivalisé avec l'ancien Dominion des druines. Ils avaient promu l'un des leurs au rang d'empereur et choisi Cincour comme capitale impériale.

Mais un an plus tard, alors que les fondations du palais impérial venaient tout juste d'être creusées, l'empereur promulgua les deux édits malheureux qui – tous les historiens s'accordaient sur ce point – allaient provoquer sa chute. Moog résumait le premier en termes assez pittoresques : faire cracher tous ses sujets au bassinet. Le second ordonnait à toutes les nobles maisons d'envoyer leur première fille à Cincour afin qu'elle serve d'otage. Et lorsque les premières arrivèrent, l'empereur leur annonça qu'elles avaient désormais la joie de faire partie de son nouveau harem.

Les nobles demoiselles réagirent avec un manque d'enthousiasme consternant et le premier empereur de

Grandual mourut des suites de ce que Moog appelait « une asphyxie testiculaire » – c'est-à-dire qu'elles lui coupèrent les bijoux de famille avant de les lui fourrer dans la gorge.

Les jeunes demoiselles furent exécutées et les nobles se rebellèrent. Le fils héritier de l'empereur s'enfuit et traversa le Cœur du Wyld et les montagnes pour gagner Findeterre.

— Hé ! Les gars ! dit Moog en se redressant brusquement. (Tout le monde sursauta.) Je vous ai déjà raconté pourquoi on a gravé « JE NE SOUFFRE AUCUN TYRAN » au-dessus des portes ?

— Oui, répondit Gabriel.

— Tu nous as raconté, insista Clay.

— Deux ou trois cents millions de fois, renchérit Matrick.

Le sorcier s'affaissa dans son siège.

Le chariot était entré dans le quartier narmérien, et sans la silhouette imposante de l'arène qui flottait en contrebas, Clay se serait cru dans le sultanat. Les rues étaient étroites et sinueuses. Des rayons de lumière pâle filtraient entre les bandes de tissu rouge et or tendues entre les toits. Le cocher eut la sagesse de contourner le marché de nuit, mais Clay entendit les échos des conversations provenant du grand bazar installé au cœur du quartier. Des parfums d'épices et de fumée de narguilés se mêlaient dans la brise curieusement chargée de grains de sable et étonnamment chaude pour la saison.

Le chariot passa devant plusieurs temples dédiés au Seigneur de l'Été, que les gens du sud appelaient Vizan et qu'ils vénéraient avec la crainte respectueuse que les autres peuples réservaient à la Reine de l'Hiver. Puis il franchit une nouvelle porte et gagna la partie supérieure de la ville. C'était là que se dressaient les demeures des notables narmériens et le petit palais dans lequel la sultana séjournait chaque fois qu'il lui prenait l'envie de se rendre à Cincour. Son vaisseau céleste d'origine druine, le *Second Soleil*, était ancré à proximité. Ses voiles déployées crépitaient sous les décharges d'électricité statique.

Clay décida qu'il avait laissé Gabriel broyer du noir assez longtemps. Il était à peu près certain que le voyage en chariot touchait à sa fin, mais ne savait toujours pas où ils allaient et ce qu'ils allaient y faire.

— Tu as récupéré cet argent pour quoi faire ? demanda-t-il.

Gabriel tourna la tête. Ses yeux bleus étaient gonflés et ses mâchoires s'agitaient comme s'il ruminait quelque chose.

— C'est pour Ganelon.

Matrick fronça les sourcils, puis se pencha en avant.

— Quand est-ce qu'il est sorti de prison ? J'avais cru comprendre que ceux qui l'ont envoyé à la Carrière comptaient bien qu'il y reste jusqu'à la fin des temps.

Clay avait cru comprendre la même chose. Il s'apprêtait à interroger Gabriel à ce sujet, lorsque Jain et les Silk Arrows les avaient dépouillés pour la première fois à la sortie de Coverdale.

Ganelon avait tué un prince narmérien qui n'était autre que le fils aîné de la sultana, et son statut d'ancien membre de Saga – ou le fait qu'il l'ait tué pour une excellente raison – n'avait pas suffi à le protéger de la colère de sa mère. Les mages narmériens l'avaient traqué sans relâche et aucun de ses vieux camarades n'avait bougé le petit doigt pour l'aider.

Le guerrier avait finalement été capturé et incarcéré à la Carrière, une prison dont on ne s'évadait pas. On ne s'en évadait pas, car ses résidents – parmi lesquels on trouvait les pires criminels de Grandual – y étaient changés en pierre. Clay avait entendu dire que les gardiens étaient aveuglés dès leur naissance et qu'ils étaient capables de reconnaître le moindre recoin de la prison au toucher. La sécurité était assurée par des basilics dont les regards changeaient la chair en pierre.

— Il n'est plus à la Carrière, dit Gabriel.

— Il travaille de nouveau comme mercenaire ? demanda Moog. En solo ? Je… je comprends qu'il ne nous porte pas dans son cœur, mais… je n'ai jamais eu l'impression qu'il accordait beaucoup d'importance à l'argent, vous voyez ce que je veux dire ? Ce qui l'intéressait, c'était de…

— Tuer, le coupa Matrick.

— Eh bien oui. Je ne vois pas bien pourquoi il demanderait de l'argent pour aller sauver Rose.

— L'argent n'est pas pour Ganelon, dit Gabriel, les yeux rivés sur le sac. Il va servir à le libérer.

19

Les invités de la Gorgone

Gabriel expliqua que l'argent était destiné à une personne du nom de Dinantra. Un domestique à moitié nu accueillit les quatre hommes et les conduisit dans une antichambre. Quand Kallorek avait le dos tourné, on l'appelait « l'Orc » à cause de ses manières brutales et de sa mâchoire inférieure proéminente. Dinantra, elle, était surnommée la Gorgone… parce que c'était une gorgone.

Ce détail n'empêcha pas Clay de la trouver ravissante lorsqu'elle entra dans la pièce. Enfin, pour une femme avec une chevelure de serpents. Les écailles de sa queue reptilienne avaient la couleur dorée et les reflets verdâtres du cuivre humide et elles viraient au blanc crémeux à hauteur de la gorge et sous les bras. Elle portait un corsage cintré qui faisait saillir ses seins comme des melons sur l'étal d'un marché, mais ce fut à la contemplation de ses yeux que Clay eut le plus grand mal à s'arracher. Des yeux écarlates comme la peau d'une pomme talée à la lueur chancelante d'une bougie. La forêt de serpents qui encadrait son visage était de la même couleur. Ils sifflaient tout bas quand elle prenait la parole, accompagnant chaque mot d'un murmure sibilant.

— Ce cher Gabriel, dit-elle. Je suis ravie de ta visite. Je dois avouer que je ne m'attendais pas à te revoir de sitôt. Voire du tout.

— J'ai apporté ton argent, dit Gabriel.

— Et tu es venu avec tes amis, poursuivit Dinantra en tournant ses yeux de braise vers ses trois camarades.

Clay eut soudain l'impression que la pièce était minuscule et il détourna la tête. Le long des murs, des piédestaux supportaient des bustes représentant sans doute les illustres ancêtres de la gorgone.

— J'adore avoir de la compagnie, ronronna Dinantra. Il se trouve d'ailleurs que vous n'êtes pas mes premiers visiteurs.

Gabriel déglutit à grand-peine. Il se dandina, mal à l'aise, et des tintements métalliques montèrent du sac qu'il tenait à la main.

— Nous pouvons revenir demain, dit-il. Mais pas plus tard. J'ai besoin…

— Ne dis donc pas de bêtise, le coupa la gorgone d'une voix qui résonna à l'intérieur des oreilles de Clay. Vous avez fait un long chemin pour venir jusqu'ici et je pense que vous trouverez mon invité aussi divertissant que moi.

Gabriel n'eut pas le temps de protester. Dinantra se tourna et s'éloigna en rampant. Il soupira et la suivit. Moog tendit la main pour effleurer la chevelure serpentine d'un buste. Matrick aperçut son reflet dans un miroir et lissa ses cheveux ébouriffés d'un air gêné.

— Je sais bien que contrairement à ce que racontent les histoires, les gorgones ne changent pas les gens en statue, marmonna-t-il, mais je peux vous assurer qu'en ce moment, je suis plus dur que la pierre.

Clay regarda l'ancien roi d'un air sévère.

— T'es vraiment trop con.

Le reflet de Matrick lui adressa un petit clin d'œil.

Clay entendit un claquement sec et se retourna. Moog affichait la mine coupable d'un enfant surpris les doigts dans un pot de confiture. Il tenait un serpent en pierre brisé dans la main.

— Ce n'est rien ! dit-il. Quoi ? Ce n'est pas moi ! (Il ouvrit son sac sans fond, jeta le fragment de buste à l'intérieur et hocha la tête en direction du couloir que la gorgone et Gabriel avaient emprunté.) On y va ?

Clay avait rencontré plusieurs gorgones au cours de ses tournées et il avait une petite idée de ce qu'il allait découvrir au-delà de l'antichambre. Ces créatures étaient d'avides collectionneuses d'art sous toutes ses formes : toiles soigneusement encadrées, meubles raffinés... Mais ce qu'elles préféraient par-dessus tout, c'étaient les statues. Plusieurs d'entre elles décoraient la pièce dans laquelle Dinantra les conduisit. À gauche et à droite, deux larges plans inclinés permettaient de monter à l'étage, et Clay prit conscience que les gorgones devaient avoir le plus grand mal à gravir un escalier.

Le mur du fond était un portique drapé de tentures vaporeuses qui frémissaient au souffle d'une brise fraîche. Dinantra glissa devant de hautes chandelles produisant une douce lumière, et Clay, émerveillé, se demanda comment une femme avec une queue de serpent à la place des jambes pouvait onduler des hanches avec une telle sensualité. La gorgone laissait un parfum de cannelle et de rose dans son sillage. Des notes de musique faisaient vibrer l'air, un air narmérien qui, aux oreilles de Clay, évoquait le désert et ses longues nuits.

L'invité de la gorgone était assis à l'autre bout de la pièce, face aux ténèbres qui s'étendaient au-delà du portique. Il portait un vieux manteau déchiré en cuir rouge et trois fourreaux étaient accrochés dans son dos...

Oh ! Dieux !

Clay se figea. Gabriel se figea. Moog et Matrick, qui entraient en bavardant, se turent.

Le duc de Findeterre se tourna et esquissa le sourire carnassier typique des druines.

— Bonjour, Gabriel, dit-il sur le ton qu'un chat aurait sans doute employé pour saluer une souris se réveillant sous son nez. Et ne serait-ce pas ce bon vieux roi Matrick que j'aperçois derrière toi ? J'ai entendu dire que tu étais mort.

Matrick voulut lancer une réplique acerbe, mais il n'en trouva aucune et resta bouche bée, comme un poisson agonisant au fond d'une barque de pêcheur.

Les yeux vairons de Lastleaf glissèrent sur Moog et s'attardèrent sur Clay.

— Je vous présente mes excuses, je ne vous avais pas reconnus à Landelind. J'étais un peu préoccupé et il faut bien avouer que vous avez beaucoup vieilli depuis notre dernière rencontre.

Clay remarqua – un peu tard – qu'une dizaine d'hommes armés étaient entrés et les avaient encerclés. Chacun portait un petit bouclier rond et brillant au bras, un casque qui dissimulait leur visage et un pagne cousu de pièces d'or. Ils étaient au garde-à-vous et tenaient leurs longues lances à deux mains devant eux. Clay se demanda si leur présence devait le rassurer ou l'inquiéter.

Gabriel s'adressa à la gorgone sans quitter Lastleaf des yeux.

— Qu'est-ce qu'il fait ici ?

Dinantra glissa vers une partie salon creusée dans le sol et entreprit d'enrouler ses anneaux sur un divan.

— J'ai l'honneur d'héberger le duc pendant son séjour en Grandual. C'est un hôte aussi estimable que vous. (Elle tendit un bras et un jeune homme ne portant qu'un pantalon corsaire blanc se précipita pour lui apporter un superbe bol.) Viens donc t'asseoir, Gabriel. Bois un peu de vin.

Gabe secoua la tête et recula d'un pas.

— Nous reviendrons demain, dit-il. Clay, allons-y.

— Si vous souhaitez partir, partez, dit Dinantra avec une pointe d'impatience. Mais inutile de revenir. Ganelon restera comme il est. D'ailleurs, je le préfère ainsi.

Gabriel s'arrêta net et Clay vit le sourire de Lastleaf se faire un peu plus prédateur avant de disparaître derrière un bol de vin.

Clay, Matrick et Moog gagnèrent la partie salon. Gabriel se hissa sur une chaise à haut dossier sans quitter le druine des yeux et posa le sac à ses pieds. Matrick et Moog se dirigèrent vers un sofa, mais celui-ci était si étroit que Matty dut soulever un coussin cylindrique en soie et le glisser entre ses jambes pour pouvoir s'asseoir. Clay jeta son dévolu sur un siège bas qui ressemblait à un repose-pied rembourré, et son dos gémit lorsqu'il se plia en deux.

— Il y a de la place ici, dit la gorgone en tapotant le canapé près de ses hanches.

Clay se força à sourire.

— Vous êtes bien aimable. Ça ira comme ça.

Des domestiques apportèrent du vin et remplirent des bols qu'ils distribuèrent aux quatre hommes. Lorsqu'ils quittèrent la pièce, Dinantra leva le sien avec emphase et but une gorgée, un geste que les Narmériens – dont elle semblait avoir adopté la culture – avaient l'habitude de faire pour montrer à leurs invités que les boissons n'étaient pas empoisonnées. Les serpents de sa chevelure se tendirent en avant.

— Il me semble que les relations sont un peu crispées entre vous.

Elle regarda Gabriel et Lastleaf avec une jubilation à peine contenue, comme un spectateur assoiffé de sang qui contemple deux ennemis jurés sur le point de s'entre-tuer dans une arène.

— En effet, dit le druine.

— Il nous a tendu une embuscade dans le Cœur du Wyld, dit Gabriel.

— Il m'a fait cela, répliqua le druine en effleurant la cicatrice sous son œil gauche.

— Il a essayé de voler mon épée.

— Il a tué mon père.

Un lourd silence s'abattit sur la pièce. Matrick en profita pour vider son bol en quelques gorgées et dans une discrétion toute relative. Lorsqu'il eut terminé, il fit claquer sa langue et étouffa un rot.

— Ça serait possible de… euh, d'en avoir un autre ? demanda-t-il.

La gorgone fit un geste et la requête du roi fut exaucée. Alors que le domestique reculait, Clay jeta un coup d'œil aux trois fourreaux accrochés dans le dos du druine. Les trois épées étaient de longueurs et de largeurs différentes. À Landelind, il avait dégainé la plus haute, une arme avec une lame courte et biseautée qui dégageait une forte chaleur et était zébrée de craquelures luisant comme de la lave sous la croûte fendue d'un volcan. Le fourreau du milieu était plus long, plus étroit et légèrement incurvé. Le troisième était encore plus long et aussi blanc qu'un os abandonné au soleil. Le pommeau de l'arme qu'il abritait était enveloppé dans une bande de tissu noir et effiloché.

Clay espéra – sans trop d'illusions – qu'il n'aurait jamais l'occasion de voir sa lame.

Gabriel ouvrit la bouche pour dire quelque chose, mais le duc le devança grâce à son don de prescience.

— Je sais que Vespian t'a demandé de le tuer. (Ses oreilles blanches étaient désormais plaquées sur son crâne.) Et je sais que tu t'es servi de *Vellichor* pour le faire. Mon père ne méritait pas tant de pitié.

Clay fut tenté de faire remarquer que sa définition de la pitié n'incluait pas d'avoir le cœur transpercé par sa propre épée, mais il se contenta de boire une gorgée de vin. Il était délicieux : capiteux, épicé et fumé. Il n'en fut pas étonné. Il n'avait jamais rencontré un méchant – ou une méchante – qui ne soit pas un amateur de vin éclairé. Apparemment, c'était une qualité indispensable quand vos objectifs consistaient à faire le mal et à devenir riche.

— Où est-elle, au fait ? demanda Lastleaf. (Le druine plissa les yeux.) Où est l'inestimable relique que mon misérable père a confiée à un *humain* ?

Clay grimaça. Le druine avait prononcé « humain » comme un humain aurait prononcé « tas de merde ».

Gabriel se raidit.

— *Vellichor* est cachée. À l'abri de tes sales pattes.

C'était un mensonge, mais il n'avait rien à gagner en avouant qu'il avait vendu l'épée légendaire de l'archon pour payer des dettes et faire plaisir à sa camée et pacifiste de femme. Gabriel se tourna vers la gorgone.

— Je suis venu pour Ganelon. Nous avions un arrangement. Six cents écus…

Moog s'étrangla et recracha son vin dans son bol avant de lever la tête.

— Des écus ? bredouilla-t-il. Tu veux dire qu'il y a de l'*or* dans ce sac ? Qu'il en est rempli ? (Il assena une grande claque dans le dos de Matrick.) Est-ce que tu as déjà vu autant d'argent au cours de ta vie ?

— J'habitais dans un château, je te signale.

Moog se claqua le front avec la main.

— Ah ! oui. Oublie ce que je viens de dire. (Il se racla la gorge et adressa un hochement de tête à Gabriel.) Excuse-moi de t'avoir interrompu.

Clay était sidéré, lui aussi. Il avait pensé que le sac contenait des pièces de cuivre, quelques couronnes d'argent et deux ou trois écus pour faire bonne mesure. Mais six cents pièces d'or… c'était une sacrée somme, surtout quand on songeait à l'état dans lequel il avait trouvé Gabriel sur le perron de sa maison : vêtu de haillons et chaussé de bottes trouées.

— Six cents couronnes, répéta Gabriel en se penchant en avant. Deux fois ce que tu as versé aux gardiens pour le faire sortir de la Carrière et cent fois plus que ce que je t'ai promis. Donne-nous Ganelon et l'argent est à toi.

Dinantra contempla le sac avec langueur.

— Comme c'est généreux de ta part, roucoula-t-elle. (Puis elle afficha une moue déçue.) Hélas ! Si tu étais venu quelques semaines plus tôt, j'aurais honoré les termes de notre petit arrangement avec le plus grand plaisir. Mais le bon duc a suggéré un amendement et m'a fait une offre bien plus tentante que ton or.

Clay jeta un coup d'œil en direction de Lastleaf. Le druine tenait son bol entre ses doigts fins et faisait tourner son vin avec un air suffisant.

— Quel genre d'offre ? demanda Gabriel d'une voix plate.

L'imposante poitrine de Dinantra se souleva et Clay fit un effort surhumain pour regarder ailleurs. Il se concentra sur la queue de la gorgone. Il y avait une cascabelle à son extrémité et chaque segment était orné de lettres narmériennes peintes avec une grande finesse. On racontait que les anneaux de la queue permettaient de savoir combien de fois un serpent avait mué. Clay entreprit de les compter avant que la voix de la gorgone l'arrache à ses pensées.

— Il m'a promis le poste d'exarque de Nouveau Dominion, dit-elle.

Moog cligna des yeux.

— *Nouveau* Dominion ? Vous voulez parler de l'*ancien* Dominion, je suppose. Il n'y a pas de… Il n'a tout de même pas l'intention de… Vous ne pouvez pas… (Le sorcier battit des paupières plusieurs fois de suite.) Attendez un peu. Je m'égare. Je suis égaré.

— C'est une plaisanterie, souffla Gabriel.

Lastleaf montra ses dents effilées.

— Absolument pas, dit-il. Et j'aurai bientôt besoin de personnes capables d'exercer de hautes responsabilités.

Il tourna son sourire de prédateur vers la gorgone et son expression s'adoucit pendant une fraction de seconde. Un rayon de soleil dans la grisaille d'un jour d'hiver.

— Dame Dinantra a toutes les qualités requises pour occuper ce poste.

Kallorek également, songea Clay.

Nul doute que le voyou devenu manager devenu notable bondirait de joie à la perspective de devenir exarque. Quel qu'en soit le prix à payer.

S'il est nommé à un tel poste, son ego aura besoin d'une piscine de la taille du Maxithon pour faire trempette, s'amusa Clay.

— Un Nouveau Dominion ? s'esclaffa Matrick. (Il fit un grand geste pour jeter le vin contenu dans son bol, mais celui-ci était vide.) Et dis-moi un peu où tu vas installer ton petit royaume magique, tu veux bien ? Il n'y a pas…

L'évidence le frappa de plein fouet et il ne termina pas sa phrase.

— Castia ! s'exclama Moog qui était enfin parvenu à s'arracher à son état de stupeur.

— Castia, confirma le druine.

Il se tourna vers Gabriel comme s'il attendait une réaction de sa part.

Une réaction qui ne tarda pas.

— Alors, pourquoi détruire la ville ? demanda Gabriel.

— Pour plusieurs raisons.

Le druine se leva et s'éloigna des tentures. Il se déplaçait sans bruit sur le sol en marbre. Les serpents de la chevelure de Dinantra sifflèrent doucement et se tournèrent pour le suivre du regard lorsqu'il passa derrière elle.

En voyant le druine approcher, Clay sentit son sang bouillir et les poils de son corps se hérisser comme pour l'avertir d'un danger. Ses narines furent envahies par une odeur de feuilles d'automne broyées et de broussailles sèches en feu, mais aussi par les relents rances et amers de vin qui a tourné au vinaigre. Le druine s'arrêta devant une fresque avec un cadre en bois de rose, et son armure produisit une série de bruissements métalliques sous son manteau déchiré.

— Ainsi que je l'ai déclaré à Landelind, dit-il en examinant la toile, la horde a faim et cette faim doit être comblée. Les monstres ont besoin d'une victoire. Et *j'ai* besoin d'une victoire. Pour gagner leur loyauté.

— Tu as déjà écrasé l'armée de la République, il me semble, remarqua Matrick.

Lastleaf le regarda et haussa un sourcil.

— C'était trop facile, dit-il sans la moindre trace de fanfaronnade. (Clay trouva cela inquiétant.) Je ne qualifierais même pas cet affrontement de bataille. Oh ! les Castiens sont venus en grande pompe, il faut le reconnaître. Ils étaient rassemblés en jolis petits carrés bien nets. Ils agitaient leurs bannières et soufflaient dans leurs cornes. Mais leur armée a volé en éclats à l'instant où la horde l'a enfoncée. Vos chers mercenaires se sont bien défendus, je dois le reconnaître, mais ils étaient trop peu nombreux pour faire la différence.

Sans eux, nous aurions nettoyé le champ de bataille en une seule journée et Castia serait déjà sous ma coupe. C'est aussi pour cela qu'il m'est impossible d'épargner ceux qui se sont réfugiés dans la cité.

Gabriel se tordit les mains et Clay crut qu'il allait vomir. Il se demanda même s'il n'avait pas ravalé un premier rejet de bile et s'il ne faisait pas des efforts désespérés pour le garder dans son estomac.

— Donc, ce « duché de Findeterre » dont tu as parlé devant le Conseil…

— Un mensonge, évidemment.

Lastleaf se replongea dans la contemplation du tableau accroché devant lui et Clay remarqua qu'il représentait la chute de Kaladar, la grande et glorieuse capitale de l'ancien Dominion. La cité – une montagne d'arches élégantes et de hautes tours blanches – était en feu, enveloppée par des nuages de fumée et assiégée de tous côtés par de sombres vagues de créatures qui escaladaient les remparts.

— Si les cours apprenaient que j'ai l'intention de ressusciter Dominion, elles n'auraient pas d'autre choix que de s'allier contre moi. Alors que pour le moment, elles croient que mon seul but est de rejoindre leur communauté.

Il porta son bol à ses lèvres et gloussa avant de boire une gorgée de vin.

Matrick soupira et frotta ses joues mal rasées.

— Et tu ne crois pas qu'en rayant Castia de la carte, tu vas éveiller leurs soupçons ? Si j'étais…

— Mais tu n'es plus, le coupa Lastleaf en se tournant vers lui. Tu n'es plus roi. Tu n'es plus *rien*.

— C'est un peu méchant, marmonna Moog en fronçant les sourcils.

— Cela dit, la remarque est pertinente, reprit le druine. Les cours finiront sans doute par comprendre que je représente une menace, mais la destruction de Castia servira quand même mes intérêts. Les survivants… (Ses lèvres s'étirèrent en un sourire sans joie.) Je veillerai à ce que deux ou trois malheureux parviennent à s'enfuir. Ces survivants regagneront Grandual en état de choc et raconteront ce qu'ils ont vécu, un cauchemar que vous pouvez à peine imaginer. Si mon offre d'amitié, ou mes menaces, ne suffit pas à apaiser les velléités d'intervention militaire du Conseil, le destin de la République servira d'exemple à tous ceux qui veulent s'opposer à moi.

Matrick avait le plus grand mal à tenir en place et une fierté légitime lui faisait bomber le torse. Il aurait presque ressemblé à un roi sans sa tunique maculée de taches de vin et son coussin phallique entre les cuisses.

— J'aimerais bien savoir comment les malheureux habitants de Castia se sont *opposés à toi*? demanda-t-il en caricaturant la manière de parler archaïque du druine. Je suppose que tu as choisi ton objectif en jouant à pile ou face. Je me trompe? Pile, je pars vers l'est. Face, je pars vers l'ouest. Ou peut-être as-tu estimé que les royaumes de Grandual étaient des adversaires trop coriaces et as-tu préféré t'en prendre à la République d'abord?

Lastleaf le regarda avec une expression stupéfaite.

— Les *malheureux habitants de Castia*? ricana-t-il avec mépris. Sais-tu comment les *malheureux habitants de Castia* ont construit leur glorieuse République?

Il fit un pas menaçant en direction de Matrick. Celui-ci serra instinctivement les jambes et l'extrémité du coussin se redressa. Le spectacle était incongru, mais le druine poursuivit sa tirade et personne n'y prêta attention.

— Il y a quatre siècles, quand votre empereur a été chassé et que les derniers membres de la cour impériale en exil sont arrivés à Findeterre, la région était peuplée par ce que vous autres, humains, appelez indistinctement des monstres. Ils ont déclaré la guerre aux cathiils pour s'emparer des terres où ils souhaitaient s'installer, et quand les cathiils ont migré vers l'ouest, les *malheureux habitants de Castia* les ont traqués et exterminés sans pitié. (Du coin de l'œil, Clay vit que Moog mourait d'envie de demander ce qu'était un cathiil, mais la rage croissante du druine tempéra sa curiosité.) Puis les *malheureux habitants de Castia* sont allés voir le peuple des montagnes et ont troqué de la nourriture et des fourrures contre les pierres avec lesquelles ils ont construit leurs fameuses murailles. Mais ils ont vite compris que cela leur reviendrait moins cher si les mines leur appartenaient. Des clans entiers furent réduits en esclavage et obligés de travailler jusqu'à la mort dans les galeries qui avaient été les leurs. Les *malheureux habitants de Castia* soudoyèrent des chefs de tribu oursepeaux avec des gemmes, puis asséchèrent les marais afin que les cours d'eau alimentent leurs moulins insatiables. Ils massacrèrent les villageois ixils qui refusèrent d'être déplacés au gré de leurs envies et de leurs besoins. Ils tuèrent la plupart des grandes hardes de l'Orgone et obligèrent les centaures à abandonner leurs terres ancestrales pour se réfugier dans les forêts. Ils empoisonnèrent les puits des gnolls, et ceux qui survécurent à l'épidémie qui s'ensuivit furent conduits à Castia pour combattre dans le Creuset.

Les longues oreilles de Lastleaf frémirent. Il était maintenant dos au tableau dont le sujet – terriblement à propos – formait une dramatique toile de fond à sa colère croissante.

— Vous pensiez que vos grandes arènes sont une nouveauté ? Le Creuset les a toutes précédées, et dans ses entrailles labyrinthiques, des générations de créatures déchues sont nées, ont été élevées dans les ténèbres et ont souffert dans le seul but, un jour, de combattre à la lumière du soleil. Sous les regards et les cris de joie des *malheureux habitants de Castia.*

Matrick se renfrogna et baissa les yeux vers son bol, sans doute dans l'espoir qu'il allait se remplir par magie et que le vin l'aiderait à supporter la tirade du druine.

Clay s'agita sur son tabouret. Si Lastleaf haïssait la République à cause de la manière dont elle avait traité les monstres, il ne devait pas avoir beaucoup d'admiration pour la période au cours de laquelle les roquebandes avaient connu fortune et célébrité en massacrant toutes les créatures qui croisaient leur chemin. Clay n'était pas un grand fan des arènes qui poussaient dans chaque cité. Il n'aimait pas l'idée qu'on garde des monstres en captivité dans le seul but de les massacrer pour le plaisir d'une foule de spectateurs. Une image traversa son esprit : le visage de Gabriel quand il avait regardé le Maxithon après avoir appris qu'on y avait conduit la femme de Fender et qu'elle y était sans doute morte. Un mélange de crainte respectueuse et de perplexité empreinte de méfiance, l'expression d'un homme des plaines qui sort de sa yourte et qui découvre une galéasse de soixante rames échouée devant lui.

Clay n'aimait pas les arènes. Quelque chose le gênait, mais il ne parvenait pas à trouver quoi. Moog ne devait pas avoir ce problème, pas plus que Matrick, à condition qu'il ait bu un ou deux verres de vin – mais pas davantage. Le code des mercenaires n'était pourtant pas un modèle d'éthique, loin de là. Il fallait parfois traquer les monstres jusqu'à l'intérieur de leurs tanières et massacrer tout ce qui s'y trouvait. Y compris les jeunes. Quand on avait de la chance, les proies dormaient, mangeaient ou étaient ivres. Un jour, Clay avait même embroché d'un coup de lance deux trolls qui forniquaient. Mais si on lui avait demandé quelle était la différence entre tuer une créature libre et tuer une créature dans une arène, il aurait répondu que le premier cas de figure lui semblait un peu plus… *honnête.*

Pas plus juste, non, car au fond, cela ne changeait rien à l'affaire, mais… plus honnête, oui.

— Pendant plus de sept siècles, j'ai erré et je me suis caché dans le Cœur du Wyld, poursuivit Lastleaf. Aux côtés des créatures que votre belle civilisation appelle des monstres. Après la mort de mon père, je me sentais libre d'aller où bon me semblait, alors je suis allé à Castia dans le but de plaider la cause de ceux qui souffraient depuis si longtemps sous le joug de la République. Et savez-vous comment les « nobles » sénateurs ont réagi ? Ils m'ont traité de *monstre.* Ils m'ont couvert de chaînes et jeté dans un cachot dans les entrailles du Creuset. Je suis resté prisonnier pendant trois ans. J'ai été obligé de me battre dans l'arène, sans autre choix que de tuer pour satisfaire mes geôliers. Jusqu'au jour où je fis la connaissance d'Ashatan.

Ashatan ?

Clay fouilla dans sa mémoire pour se rappeler dans quelles circonstances il avait entendu ce nom, mais Moog le petit génie le devança.

— La matriarche des vouivres.

Le druine lécha ses lèvres sèches et ses yeux vairons se plissèrent comme s'il revoyait le lointain moment qu'il narrait.

— Elle était enfermée dans une salle si petite qu'elle avait à peine la place d'étendre ses ailes. Son cou était enchaîné au sol. Elle était tellement droguée qu'elle était incapable de bouger. On l'accouplait avec des mâles afin que ses rejetons soient massacrés dans l'arène qui se trouvait juste au-dessus de sa prison. Je sentis sa rage. Je la sentis comme la vague de chaleur émanant d'un feu et je décidai de la libérer. De libérer *toutes les misérables créatures* enfermées là. Et ensemble, nous remplîmes le Creuset du sang de dix mille Castiens.

— Le Sable rouge, lâcha Matrick en frissonnant. J'ai entendu parler de cette histoire.

Ce n'était pas le cas de Clay, mais les tristes nouvelles avaient tendance à se perdre sur le chemin de Coverdale. Comme les messagers officiels et les équipements sanitaires modernes. D'ailleurs, maintenant qu'il y réfléchissait, il était surpris que les rumeurs à propos de Castia soient arrivées avant Gabriel.

— Le Sable rouge n'a été que le commencement, reprit Lastleaf. (Sa colère avait changé, comme une lame incandescente qu'on tire de la forge et qui refroidit en devenant plus sombre, plus tranchante et plus mortelle.) Ce sera bien pire lorsque les murailles de Castia tomberont. Ce sera un massacre d'une ampleur que ce monde n'a pas connu depuis…

Le druine tourna la tête et contempla le tableau représentant la chute de Kaladar. Pendant un instant irréel, Clay se demanda si, des siècles plus tôt, Lastleaf n'avait pas assisté à la destruction de la capitale de Dominion et à l'annihilation de son empire par la horde monstrueuse.

« Le temps est un cercle, l'histoire une roue », avait dit le druine alors que le soleil se couchait sur Landelind.

Il n'a pas tort, songea Clay. *Le monde tourne et tourne sans cesse. Et comme la meule d'un moulin, il nous réduit en poussière.*

20

L'esprit dans la pierre

— Je me fiche de Castia, mentit Gabriel. Je suis venu chercher Ganelon.

Les oreilles de Lastleaf se dressèrent comme celles d'un animal à l'affût.

Le regard de Moog passa du druine à Gabriel, de Gabriel à Dinantra.

— Il y a quelque chose qui m'échappe, dit-il. Ganelon est toujours prisonnier ?

Les cheveux de la gorgone toisèrent le sorcier en sifflant.

— Il n'est pas prisonnier, répondit Dinantra. Disons qu'il m'a été confié. Si je le libère, j'encours l'inimitié de la sultana. Je me suis préparée à cette éventualité, mais… au vu des derniers événements, il semblerait que je n'aie plus le choix. Enfin bref ! j'ai décidé de changer les termes de notre accord. À la demande de mon seigneur.

Gabe jeta un regard méfiant en direction de Lastleaf, mais ce fut Clay qui posa la question qui tournait dans toutes les têtes.

— Tu savais que nous allions venir ?

Un sourire en coin éclaira le visage du druine, mais il ne dit pas un mot.

Dinantra répondit à sa place.

— Il m'a dit qu'il avait croisé votre route à Landelind. Et il a exprimé le désir de vous revoir, face à face. Je me doutais bien que vous viendriez ici pour chercher Ganelon, alors je l'ai invité à prolonger son séjour à Cincour.

— Comme c'est aimable de votre part, lâcha Matrick d'une voix plate.

Lastleaf soupira d'un air joyeux.

— N'est-ce pas ? Dinantra sera une exarque tout à fait remarquable, j'en suis convaincu.

Gabriel ruminait, l'air sombre. La vie de Rose dépendait de la libération de Ganelon, car sans l'aide de celui-ci, ils ne survivraient jamais aux dangers du Cœur du Wyld. Avec un peu de chance, la présence des anciens membres du groupe dissuaderait le redoutable guerrier de lui sauter à la gorge quand il lui proposerait de les accompagner à Castia.

Quelles que soient les conditions que leur imposaient Dinantra et Lastleaf, Clay et ses camarades n'avaient pas d'autre choix que de les accepter.

— Qu'est-ce que vous voulez ? demanda Gabriel, les dents serrées.

Le druine savoura les paroles qu'il s'apprêtait à prononcer pendant de longues secondes.

— Je veux que vous découvriez ce qu'on ressent lorsqu'on risque sa vie pour le divertissement des autres, quand on entend la foule réclamer votre sang à grands cris. Et puis, il ne me déplairait pas d'assister à votre mort. Et par chance, il se trouve que Dinantra est en mesure de satisfaire ces deux souhaits.

— Sainte Tetrea ! souffla Matrick. (Il était devenu livide malgré les deux bols de vin qu'il avait bus.) Tu veux qu'on se batte au Maxithon ?

Le sourire du druine s'étendit comme une vilaine épidémie.

— Exactement. (Il répondait à la question de Matrick, mais ses yeux vairons étaient rivés sur Gabriel.) Tu n'as pas ménagé tes efforts pour rassembler ta petite roquebande. Je suis sûr que tu prépares quelque chose. Une tournée d'adieu dans les grandes arènes de Grandual, peut-être ? (Une expression de profonde surprise se peignit sur son visage et ses oreilles se pointèrent en avant.) Vous n'avez tout de même pas l'intention de traverser la forêt ? Ce ne serait pas raisonnable. À vos âges.

Moog décida qu'il était préférable de changer de sujet avant que le druine se lance dans de nouvelles hypothèses concernant leurs objectifs.

— Et contre quoi veux-tu que nous nous battions ? demanda-t-il. (Il pointa le doigt vers le druine.) Pas contre toi, quand même ? Toi ? Ne me dis pas que c'est toi !

Un rire doux et sifflant monta de la gorge de Dinantra. Elle échangea un regard entendu avec Lastleaf et reprit la parole.

— Nous avons pensé à quelque chose de spécial, dit-elle. Quelque chose que les habitants de cette ville n'ont jamais vu. Si vous remportez la victoire, Ganelon sera libre.

Elle ne se donne même pas la peine d'envisager l'autre hypothèse, remarqua Clay.

— Et si nous refusons ? demanda Matrick. Si nous refusons de nous battre, qu'arrivera-t-il à Ganelon ?

Une grimace agacée chiffonna le ravissant et impitoyable visage de la gorgone. Les serpents de sa chevelure sifflèrent d'un air réprobateur.

— Pensez-vous qu'il soit simple pour moi de vivre à Cincour ? La loi m'autorise à le faire et ma fortune facilite grandement les choses, bien entendu, mais les habitants tolèrent à peine ma présence. Dans chaque quartier, on trouve des murs couverts de dessins obscènes me représentant.

Les courses sont faites par les domestiques, car je ne peux pas me rendre au marché de crainte qu'on m'attaque, ou qu'on refuse de me servir. J'ai même entendu dire qu'une catin de Tadepièces se fait appeler par mon nom. Elle s'affuble d'une perruque avec des bouts de corde peinturlurés et fait croire… non, elle laisse les hommes croire que c'est avec moi qu'ils font l'amour. Comme si un vulgaire mortel pouvait survivre à un tel déferlement de plaisir.

Clay remarqua que le coussin fourré entre les cuisses de Matrick était parcouru de petits soubresauts. La gorgone reprit la parole.

—Je vis parmi ces gens depuis des années, mais je dois sans cesse me plier à leurs demandes pour ne pas me les aliéner. Ce qui implique, à ma grande honte, d'organiser des combats dans l'arène. Lastleaf m'a juré que tout cela serait interdit lorsque Nouveau Dominion sera proclamé à Castia. En attendant, j'ai promis un spectacle aux habitants de cette ville et j'entends bien le leur donner. Avec ou sans vous. Si vous refusez de vous battre, Ganelon affrontera la mort seul. Et il *mourra*, je peux vous l'assurer. Le Maxithon aura sa dose de sang, d'une manière ou d'une autre. Maintenant, faites votre choix.

Gabriel ouvrit la bouche pour protester.

—Nous allons nous battre, dit Clay.

Ses camarades tournèrent la tête vers lui. Moog esquissa un sourire crispé. Matrick haussa les épaules. Gabriel acquiesça, les yeux pleins de regrets et de soulagement.

—Parfait, siffla Dinantra. Vous combattrez demain. Il y a une autre roquebande en tête d'affiche, mais je suis sûre que le maître d'arène se fera une joie de modifier le programme quand il apprendra que Saga est en ville. Les Rois du Cœur du Wyld, de nouveau réunis sur scène.

—C'est d'accord pour demain, dit Clay avant qu'un de ses camarades ait le temps de protester.

Moog donna un coup d'épaule osseuse à Matrick.

—Plus tôt ce sera réglé, plus tôt on pourra repartir vers l'ouest, non ?

Clay vit les oreilles de Lastleaf s'incliner, mais le druine ne fit aucun commentaire sur les implications évidentes de la remarque du sorcier.

Gabriel reprit la parole avant que le silence amène de nouvelles questions.

—Est-ce que nous pouvons voir Ganelon maintenant ?

La queue de la gorgone frissonna et sa cascabelle produisit un bruit de crécelle. Un serviteur s'approcha aussitôt et elle lui tendit son bol avant de glisser du canapé et de poser ses yeux écarlates sur Gabriel.

—Laisse l'or ici, ordonna-t-elle. Et viens avec moi.

Gabriel ne fit aucune objection. Il se leva et suivit la gorgone, abandonnant le sac rempli d'or près de la chaise à haut dossier. Ses camarades lui emboîtèrent le pas.

Lastleaf se tourna vers le tableau accroché au mur.

—Je vous souhaiterais volontiers bonne chance, dit-il par-dessus son épaule, mais enfin… vous comprenez.

Dinantra écarta les tentures du portique et sortit dans un jardin privé. Ils empruntèrent un chemin éclairé par d'épaisses chandelles posées sur des pierres roses, vertes et blanches. Clay aperçut des massifs de fleurs impeccables sur sa droite. À la lumière d'une torche, un serviteur en pagne cousu de pièces d'or taillait un buisson pour lui donner la forme de deux lutteurs en train de s'affronter.

Enfin Clay *pensa* qu'ils étaient en train de s'affronter, mais il faisait sombre et les silhouettes n'étaient pas très nettes.

Le jardinier se prosterna le front contre le sol au passage de Dinantra. Sur la gauche, il y avait un bassin identique à celui de Kallorek et Clay se demanda si la gorgone s'y baignait. Il songea que c'était peu probable.

Matrick regarda Dinantra.

— Pourquoi avez-vous acheté Ganelon aux gardiens de la Carrière ?

— Parce qu'il est dangereux… (La voix de la gorgone flotta jusqu'à Clay.) … et que je collectionne les choses dangereuses.

Un petit bâtiment en pierre se dressait au fond du jardin. Dinantra glissa sur le côté de l'entrée et enroula sa queue autour d'elle.

— Ganelon est à vous pour la soirée, dit-elle. Je fais vous faire préparer des chambres. Dans un établissement convenable, je vous rassure. Je vous ferai accompagner par des gardes qui veilleront à ce que vous honoriez vos engagements. Allez-y. Il est à l'intérieur.

Gabriel se décida le premier. Il poussa la lourde porte et entra dans une pièce obscure. Moog et Matrick lui emboîtèrent le pas. Clay resta dehors quelques instants. Une sourde angoisse lui nouait le ventre. Il imagina le ressentiment de Ganelon envers les soi-disant amis qui l'avaient abandonné au moment où il avait le plus besoin d'aide, son amertume quand il avait quitté la Carrière pour devenir l'esclave d'une gorgone mercantile. Mais surtout, Clay craignait de découvrir que Ganelon n'était plus que l'ombre de celui qu'il avait été, un homme brisé par sa détention et rendu servile par dix années de soumission. Le trouverait-il à genoux ? Vêtu du pagne orné de pièces qui semblait être l'uniforme des serviteurs de Dinantra ? La gorgone l'avait-elle fait enchaîner ? Ou enfermé dans une cage comme une bête sauvage ?

Dinantra l'observait avec un petit sourire aux coins des lèvres.

Clay entra. La pièce était sombre. La pâle lueur des étoiles pénétrait par les barreaux serrés d'une fenêtre donnant vers l'ouest. Une odeur de renfermé flottait dans l'air. L'arrivée des quatre hommes avait soulevé un nuage de poussière qui tourbillonnait comme des flocons de neige autour du prisonnier pétrifié.

— C'est lui, dit Moog en tendant le bras pour effleurer le visage de pierre. (Sa voix était empreinte de respect et étouffée par la tristesse.) C'est Ganelon.

Les gens du Nord parlent parfois de l'écu qui brise les reins du dragon. Cette expression illustre l'idée qu'un dragon trop avide prend le risque d'être écrasé par le poids de son trésor. C'était du moins ainsi que Clay l'avait toujours interprétée. Dans certaines circonstances, une chose insignifiante pouvait provoquer la perte de la plus puissante des créatures.

Il existait une expression similaire dans le Sud : « la goutte d'eau qui fait déborder le vase ». Clay estimait qu'il fallait être un peu idiot pour ne pas vider un vase avant qu'il déborde, mais bon ! les Méridionaux étaient un peu bizarres.

Le meurtre du fils de la sultana n'était qu'un des événements qui avaient entraîné la dissolution de Saga, mais c'était la pièce qui avait brisé les reins du dragon.

Clay ne pouvait pas en vouloir à son camarade. Au cours d'une visite à Malaza, le prince narmérien avait violé une femme qui était l'amie de Ganelon, et en guise de représailles, le guerrier avait massacré toute la garnison narmérienne. Le prince avait alors ordonné qu'on brûle la malheureuse en place publique, ce qui lui avait valu de mourir de la même façon. Mais avant de le ficeler sur un bûcher, Ganelon l'avait torturé si longtemps que la morsure des flammes avait dû lui sembler plus douce que la caresse d'une amante.

En apprenant la mort de son fils, la sultana était entrée dans une colère noire – ce qui, somme toute, était compréhensible – et les compagnons de Ganelon n'avaient pas voulu en faire les frais.

Quelques mois plus tôt, Valery avait avoué à Gabriel qu'elle portait son enfant. Les augures lui avaient annoncé que ce serait une fille et Gabriel avait aussitôt déclaré qu'elle deviendrait une grande guerrière, comme son père. Ce qui, avec le recul, ne manquait pas de sel.

Le mari de Moog, Fredrick, avait été un mercenaire respecté, mais l'année précédente, il s'était aventuré une fois de trop sous les branches empoisonnées de la forêt noire et avait contracté la nécrose. Le sorcier était déterminé à trouver un remède et il avait déjà informé ses camarades qu'il avait l'intention de quitter Saga. Lorsqu'il avait appris l'arrestation de Ganelon, Moog était trop occupé à essayer de sauver son mari pour partir à son aide. Ses efforts n'avaient pas servi à grand-chose : Fredrick était mort quelques mois plus tard.

À la même époque, Matrick recevait une lettre de Lilith tous les jours, ou peu s'en fallait. La jeune fille – qui n'était pas encore la harpie nymphomane qu'elle était aujourd'hui – se pâmait d'amour pour le mauvais garçon du groupe. Elle écrivait que son père était malade et que si Matrick regagnait Agria et la prenait pour femme, il monterait sur le trône dès que le vieux connard – c'était ainsi que la charmante demoiselle appelait son géniteur – casserait sa pipe.

Et Clay Cooper ? Il n'avait jamais rêvé de faire partie d'une roquebande et la célébrité le dérangeait plus qu'autre chose. Il aimait ses compagnons comme des frères – y compris Ganelon – et c'était un redoutable guerrier, mais il en avait assez de la vie de mercenaire. Il n'avait aucune envie d'enchaîner les tournées dix ans de plus en étant traqué par les soldats d'une sultana ivre de colère. Il avait envie de rentrer chez lui et de faire une croix sur la violence. Il avait envie d'être digne des mots qu'il avait gravés de sanglantes années plus tôt sur le bouleau qui marquait la tombe de sa mère.

Ce fut donc seul que Ganelon affronta son destin. Il n'avait pas vraiment été trahi par ses camarades dans la mesure où il était bien coupable du meurtre du prince narmérien et de plusieurs « innocents » qui l'avaient accompagné. Clay avait pourtant eu cette impression et par la suite, il avait porté le fardeau de sa décision comme un carcan de fer. Et aujourd'hui, ils venaient libérer leur vieux camarade parce qu'ils avaient besoin de lui. Il n'était pas impossible qu'aux yeux de Ganelon, cette ultime humiliation soit la goutte d'eau qui…

Ah! songea Clay tandis qu'il visualisait la métaphore. *Je crois que je comprends.*

Le plan insensé de Gabriel était sur le point de se réaliser. Contre toute attente, il était parvenu à rassembler les membres du groupe.

Tout serait comme avant. À l'exception de Moog qui mourait à petit feu parce qu'il avait contracté une maladie incurable. À l'exception de Matrick qui était désormais obèse. À l'exception de leur fier et courageux meneur, Gabriel, qui était devenu plus doux qu'un mouton. À l'exception de Clay qui n'avait qu'une envie : rentrer chez lui pour embrasser sa femme et prendre sa fille sur les genoux pour lui raconter les exploits d'une autre vie.

Seul Ganelon serait comme avant. Il serait toujours l'homme qui avait été changé en pierre par les mages de la sultana vingt ans plus tôt.

Pendant que Moog cherchait un moyen de neutraliser le sort de pétrification, Clay imagina ce qui allait se passer lorsque leur vieux camarade reprendrait connaissance. Ganelon avait été le plus redoutable guerrier de Saga, et selon toutes probabilités, il massacrerait ses anciens compagnons sur-le-champ avec la désinvolture d'un enfant écrasant une fourmi.

Ganelon avait été conçu dans la violence. Il était né dans la violence et avait été élevé pour la violence. Il avait été orphelin à onze ans et était devenu mercenaire à quatorze. Le guerrier des terres du Sud avait sans doute vécu autant de folles aventures avant qu'après la création de Saga. Il affirmait que de nombreux bardes avaient été témoins de ses exploits, mais Clay n'avait jamais entendu la moindre chanson ou histoire à propos de sa jeunesse. Sinon de la bouche de Ganelon en personne.

Plus que tout autre – Clay compris –, Ganelon était le produit de ses origines. Sa mère avait été vendue à un bordel de Xanses alors qu'elle n'était encore qu'une enfant. Son père avait fait partie des gardes du corps kaskars de la sultana. La rencontre de ces deux êtres n'avait sans doute rien eu de romantique, de tendre, ni même de consensuel, dans la mesure où la catin avait tué le colosse qui s'était endormi après avoir abusé d'elle.

De son père, Ganelon avait hérité les yeux verts des gens du Nord, une taille imposante, un caractère explosif et un goût immodéré pour les bains de sang. Sa mère, elle, lui avait légué sa férocité, son courage et une petite voix qui, lorsqu'il daignait l'écouter, faisait office de conscience.

— Ah ! j'ai trouvé ! (Moog sortit un cactus en pot du néant de son sac.) Tu veux bien me le tenir ?

Il tendit le sac à Matrick, s'agenouilla et posa la plante par terre. Il arracha une épine avec prudence et la glissa entre ses dents. Il récupéra ensuite son sac et l'abattit sur le cactus comme s'il s'agissait d'un chat sauvage sur le point de lui sauter au visage. Puis il prit l'épine et piqua le pied de l'imposante statue en pierre.

— Ça ne devrait pas durer plus d'une minute, dit-il en se levant et en jetant l'épine.

Tandis que les secondes s'égrenaient, Clay se demanda dans quel état on émergeait d'une pétrification. Ganelon bondirait-il dans tous les sens en écumant de rage, l'esprit prisonnier de l'instant où les mages narmériens l'avaient ensorcelé ? Il recula d'un pas et inclina son poignet droit pour être prêt à se saisir de *Blackheart* si le besoin s'en faisait sentir.

Il examina la statue. Il était plus grand, plus musclé et plus large d'épaules que le guerrier des terres du Sud, mais il avait toujours pensé que Ganelon était plus impressionnant que lui. Clay était un gros ours qui se battait aussi naturellement qu'il hibernait dans une caverne douillette pendant les hivers rigoureux. Ganelon était maigre comme un loup et vif comme une panthère. Son corps était un concentré de fonctions essentielles qui n'avaient qu'un seul but : tuer.

Fasciné, Clay regarda le sortilège se défaire. La pierre brute se transforma en tresses charbonneuses maintenues en place par des perles d'ivoire ; en muscles nerveux et en peau brune zébrée de cicatrices claires ; en large front, en nez épaté, en moustaches noires… Ganelon cligna des paupières pour chasser la poussière minérale qui recouvrait ses yeux, et après un instant de flottement, il s'aperçut qu'il n'était pas seul. Il toisa les quatre hommes qui se tenaient devant lui d'un air furieux et ses narines frémirent. Clay commença le compte à rebours qui les séparait de l'inévitable bain de sang. Le bain que Ganelon prendrait dans leur sang.

Les secondes s'éternisèrent puis Ganelon se racla la gorge et se tourna vers Gabriel.

— Combien de temps ? demanda-t-il d'une voix plus sèche qu'un vieux parchemin.

— Dix-neuf ans, répondit Gabriel.

Le guerrier ferma les yeux. Ses mâchoires se mirent à claquer avec frénésie. Sa poitrine se souleva et l'air de vingt années perdues remplit ses poumons. Il poussa un long soupir, fit rouler ses épaules et inclina la tête de gauche à droite. Sa nuque *craqua* si fort que Moog sursauta comme un lapin. Ganelon regarda le sorcier et gloussa. Puis ses yeux glissèrent lentement vers Matrick, vers Gabriel et vers Clay. Un lourd silence s'installa tandis que les grains de poussière retombaient en tournoyant.

— La vache ! souffla le guerrier des terres du Sud. Vous avez vraiment une sale gueule.

21

Le Repaire de l'Émeutier

Le Repaire de l'Émeutier était la plus tristement célèbre taverne de Cincour. L'enseigne accrochée au-dessus de l'entrée représentait un homme chevauchant un mouton en dessous duquel on pouvait lire « *Le Repos de Wyatt* ». Clay ignorait qui était ce Wyatt, car lui et son mouton avaient fichu le camp depuis bien longtemps. *Le Repaire de l'Émeutier* comprenait une auberge, une taverne, un bordel et une salle de jeu. C'était un endroit où les recéleurs recélaient et où les catins se vendaient. C'était un paradis pour ivrognes, un sanctuaire pour camés, un pandémonium de six étages. Et ce fut seulement lorsqu'il en franchit la porte en compagnie de ses camarades que Clay comprit à quel point cet endroit lui avait manqué.

Tout était comme avant. Le comptoir, les niches, les tables de jeu au centre de la salle… La scène munie d'un âtre gigantesque était occupée par un groupe de quatre femmes – trois jouaient d'un instrument pendant que la quatrième beuglait comme une banshee tombant du haut d'une falaise. Le plancher gauchi était parsemé de taches de bière et de sang séché. Des tessons de bouteille et des fragments de chaise témoignaient des rixes homériques qui éclataient au moins une fois par nuit. L'air chargé de fumée vibrait au son des cris, des rires et des jurons de centaines de clients.

Clay observa les balcons intérieurs du bâtiment évidé. Alors que ses yeux longeaient la rambarde du deuxième étage, il repéra l'endroit d'où il était tombé au cours d'une bagarre contre un Kaskar furieux qu'il ait refusé de coucher avec sa sœur. Les Kaskars étaient des gens curieux.

En retournant au *Repaire de l'Émeutier* après tant d'années et en découvrant qu'il n'avait pas changé, Clay eut l'impression de rêver, de remonter vingt ans dans le passé. Il aurait été à peine étonné d'apercevoir le jeune homme qu'il avait été se déplaçant d'un pas chaloupé entre les tables. Fringant, stupide et insouciant, une chope à la main, une femme au bras, l'argent lui brûlant les poches.

Gabriel posa une main sur son épaule.

— Je vais demander où sont nos chambres.

— Je serai au bar, dit Matrick.

À ce moment, un cri couvrit le vacarme ambiant.

— Ils sont là !

Et les choses commencèrent à se gâter.

Dinantra avait tout préparé. Des gens se précipitèrent vers les membres de Saga et leur apprirent que la nouvelle s'était répandue comme une traînée de poudre, que tout le monde savait qu'ils devaient combattre le lendemain. Les mercenaires firent la queue pour leur serrer la main ou leur assener une claque dans le dos. Un barde monta sur scène pour chanter leurs exploits et les gens se pressèrent le long des balcons pour apercevoir les membres de ce qui avait jadis été la plus illustre roquebande des cinq royaumes. Pendant ce temps, des sbires de Dinantra se plantèrent près de la porte d'entrée pour s'assurer que les vedettes de la soirée ne prendraient pas la poudre d'escampette.

Clay aperçut des gens qu'il n'avait pas vus depuis la grande époque : Deckart Clearwater avec son marteau à double manche accroché dans le dos. May « l'Impitoyable » Drummond qui avait massacré plus de géants que n'importe qui et avait conçu un enfant avec un orc parce qu'elle avait perdu un pari. Le gamin était devenu mercenaire, lui aussi. Et il était plus laid que le cul de la nuit.

Il aperçut Jorma Mulekicker qui se battait contre trois hommes à la fois, et Aric Slake qui perdait une petite fortune aux dés. Les cinq frères la Maraude partageaient un pichet de bière autour d'une table. Les six membres du groupe ironiquement baptisé « les Sept Épées » étaient plongés dans une discussion enflammée. Beckett « Vertemanches » Fisher était concentré sur une partie de Fort Contha, un jeu au cours duquel il fallait prendre ou poser des blocs formant une pile jusqu'à ce que quelqu'un la fasse tomber. Les joueurs vidaient alors leurs verres, puis recommençaient.

— Clay Cooper ! Main Lente ! (Nick Sang – un membre de Sang et Gloire, un couple de mercenaires mariés – prit Clay par les épaules et le secoua avec énergie.) Par la queue du Païen ! C'est vraiment toi, mon pote !

— C'est vraiment moi, confirma Clay. Comment va Gloire ?

— Elle est morte, répondit Nick sans manifester aucune émotion. La nécrose l'a emportée il y a dix ans.

Clay avala tant bien que mal l'énorme boule qu'il avait en travers de la gorge.

— Je suis désolé.

Le vieux mercenaire haussa les épaules.

— Ce sont des choses qui arrivent. Enfin bref ! J'ai repris les tournées. J'étais censé faire la première partie des Screaming Eagles demain, au Maxithon, mais j'ai entendu dire que la gorgone avait dégotté une bien meilleure tête d'affiche. (Il donna un coup de coude à Clay et cligna de l'œil.) T'es un sacré chanceux, Cooper. Tu décides de mettre un terme à ta retraite et paf! on te propose *illico* la plus grande scène de la ville. Je suppose que ce n'est pas vraiment étonnant. Vous êtes Saga, après tout. Personne ne vous arrivait à la cheville.

Clay sourit comme s'il venait de remporter le concours de l'homme le plus malchanceux des cinq royaumes.

— Content de t'avoir vu, Nick, dit-il avant de s'éloigner et de filer droit vers le bar.

Matrick était accoudé au comptoir. Un abruti lui avait donné une bouteille et l'avait laissé se servir. La bouteille était donc presque vide.

— Clay ! s'exclama-t-il. Regarde un peu qui est là !

Il avait crié assez fort pour ameuter la moitié de la taverne et il faisait de grands gestes en direction de la personne qui se trouvait à côté de lui.

Clay cligna des yeux pour s'assurer qu'il ne rêvait pas.

— Pete ?

— Main Lente, hé ! Ça faisait un petit moment qu'on t'avait pas vu dans le coin.

Un petit moment ?

— Ouais, comme tu dis. Tu es… tu n'as pas changé, dit Clay.

Et par tous les dieux, c'était vrai ! Pete était un habitué du *Repaire de l'Émeutier*. Il occupait une chambre au rez-de-chaussée et faisait pour ainsi dire partie du décor. Le matin, il aidait à remettre la salle en état et en échange, on lui servait trois repas par jour et on lui accordait un crédit qui semblait illimité. Ses cheveux rassemblés en queue-de-cheval étaient toujours aussi noirs que son éternelle tunique à manches courtes – Clay s'était longtemps demandé s'il en possédait une autre.

— Matrick vient de me raconter qu'il avait été roi, dit Pete qui ne semblait pas particulièrement impressionné. Si tu veux mon avis, c'est le genre de boulot où tu te casses le cul pour pas grand-chose. De quoi un mec a-t-il besoin ? D'une assiette bien remplie, d'une chope de bière et d'un pot de chambre pour pisser. Cite-moi un seul truc que les rois ont et que j'ai pas.

Clay s'apprêtait à répondre « une nation tout entière », quand un serveur arriva. Une autre relique de la grande époque. Uric était un minotaure, un gladiateur qui avait gagné sa liberté avant qu'on commence à construire de gigantesques arènes comme le Maxithon. Sa barbe, autrefois lustrée, était désormais grise et miteuse. Ses cornes étaient jaunies par la fumée et sa voix était plus grinçante qu'une cotte de mailles rouillée.

— Qu'est-ce que vous prenez ? demanda-t-il.

— Une bière, répondit Pete.

— Une eau-de-vie, bafouilla Matrick.

— Rien pour moi, merci, dit Clay en levant une main.

— Trois bières, grogna Uric en s'éloignant d'un pas lourd.

— T'as pas rencontré Raff Lackey dans les parages ? demanda Pete en examinant la lie au fond de sa chope.

Clay échangea un regard hésitant avec Matrick.

— On l'a rencontré, ouais.

Pete hocha la tête.

— Dans ce cas, je dirai une prière pour lui ce soir. Je lui avais bien dit qu'y avait pas de primes assez juteuses pour chercher noise à Clay Cooper.

— Je n'avais pas l'intention de…

Clay aurait voulu s'expliquer, mais que pouvait-il dire ? *D'accord, je lui ai fourré un serpent venimeux sous la gorge, mais comment j'aurais pu savoir qu'il allait le mordre ?*

— C'est parti en couille, se contenta-t-il de dire d'un ton embarrassé.

— Comme toujours, Main Lente. Comme toujours.

Uric revint avec les bières et Clay en profita pour s'éloigner. Matrick le suivit jusqu'aux tables de jeu et remarqua qu'il manquait quelqu'un pour une partie de tuiles. Il fut chaudement accueilli lorsqu'il proposa sa candidature.

Gabe et Ganelon étaient assis à une table isolée par deux paravents. Leurs admirateurs les plus fervents les avaient déjà salués et le regard mauvais de Ganelon refroidissait l'ardeur de ceux qui n'étaient pas assez soûls pour oublier toute prudence. Clay s'installa à côté de Gabriel.

Il se rappela sa première rencontre avec Ganelon, peut-être parce que le guerrier des terres du Sud semblait toujours aussi jeune, ou parce que cela s'était passé dans une taverne. Gabe l'avait traîné à Contha sous un vague prétexte et lui avait présenté un petit voyou qui avait décidé de devenir manager, Kallorek. À une table de *L'Élan Débauché*, l'Orc – c'était déjà le surnom de Kal à l'époque – leur avait à son tour présenté un jeune voleur à la tire appelé Matty et un barde dont Clay aurait été incapable de se rappeler le nom, même sous la torture.

Par un coup du destin – Clay aimait penser que les dieux avaient autre chose à faire que de veiller au bon déroulement de la carrière d'une roquebande –, Ganelon se trouvait dans la salle ce soir-là. Ayant remarqué sa peau brune et ses yeux verts de Méridional, des ivrognes avaient fait quelques plaisanteries douteuses à propos de sa mère et de ses goûts en matière d'hommes.

Ganelon avait planté le premier d'un coup de couteau, et lorsque la moitié des clients s'étaient jetés sur lui, Gabriel avait convaincu Clay d'aller l'aider, ne serait-ce que pour équilibrer les forces. Matrick les avait suivis. Au cours de la nuit, Saga avait remporté sa première victoire et perdu le premier d'une longue série de bardes. Par accident, bien entendu.

Clay sourit en se remémorant cette soirée et Gabriel le regarda avec curiosité.

— Qu'est-ce qu'il y a ?

— Rien.

— J'expliquais la situation à Ganelon. À propos de Lastleaf, de Castia et de Rose. Il accepte de nous aider.

Clay leva les yeux. C'était curieux de voir Ganelon assis en face de lui, aussi jeune que le jour de leur dernière rencontre, vingt ans plus tôt. Le guerrier des terres du Sud gratta la cicatrice sous son œil gauche.

— Quoi ? demanda-t-il, sur la défensive. Tu croyais que j'allais refuser ?

— Non, répondit Clay, mais je pensais…

— Que je vous en voudrais ? le coupa Ganelon. Que je serais impatient de savoir ce que foutaient mes frères pendant que les sbires de la sultana me traquaient ? Que je serais furieux d'avoir été changé en pierre, envoyé à la Carrière et vendu à une gorgone qui espère que je vais me faire étriper dans l'arène ?

Clay but une gorgée de bière.

— En gros, ouais.

Ganelon grimaça et haussa les épaules.

— Je ne suis pas furieux. Et je ne vous en veux pas… trop. Tel que je vois les choses, justice a été faite. Ceux qui devaient mourir sont morts et j'ai évité vingt ans d'ennui.

— Je ne dirais pas…

— Tu sais ce que je veux dire, Main Lente, le coupa Ganelon. Les femmes, les gamins, les petites vies *tranquilles*, ce n'est pas vraiment mon style. (Il but une gorgée de bière et essuya ses lèvres mousseuses d'un revers de manche.)

Mais maintenant, je suis là. On est tous là. Il faut que quelqu'un aille sauver la môme de Gabe, alors on va le faire. Et puis, ça ne me déplairait pas trop de revoir Lastleaf. J'ai l'impression qu'il a besoin qu'on lui botte le cul de nouveau.

C'était donc ainsi qu'il le prenait. Sans amertume. Sans animosité. Ganelon était réaliste. Clay ne serait pas allé jusqu'à dire que c'était un homme simple, loin de là, mais il était sidéré par son pragmatisme, lui qui en avait pourtant fait sa religion.

Estimant qu'il avait mis les choses au clair avec Clay, Ganelon jeta un coup d'œil à une personne assise à la table voisine.

— T'as un problème ? lui demanda-t-il.

Clay tourna la tête et reconnut le jeune homme aux cheveux platine qu'il avait vu sur le chariot-caravane à l'entrée de la ville.

— Naannn, répondit le membre des Eagles en parodiant l'accent traînant des gens du Sud. J'essayais juste de comprendre ce que tous ces mecs peuvent bien vous trouver.

Gabriel se recroquevilla contre le mur. Ganelon regarda le mercenaire sans dire un mot. Clay estima qu'il valait mieux que ce soit lui qui réponde.

— On est une roquebande, c'est tout.

— C'est tout ? ricana le gamin.

Il se tourna vers ses camarades et tous éclatèrent d'un rire moqueur. Autour de la table, il y avait deux jeunes hommes à la mine sombre et une jeune femme avec un cache-œil incrusté de diamants.

— Dans ce cas, pourquoi on vous a collés en tête d'affiche du Maxithon à notre place ?

— On est censés vous connaître ? demanda Ganelon.

Le mercenaire aux cheveux platine le regarda avec des yeux écarquillés.

— Tu veux dire que tu sais pas qui on est ? (Ganelon secoua la tête.) On est les Screaming Eagles, mon pote. On est la meilleure roquebande à l'est du Cœur du Wyld !

— Et donc, du monde entier, ajouta un de ses camarades.

— Bien sûr, dit Clay.

Le mercenaire blond se pencha vers Ganelon.

— T'as passé ta vie dans une grotte ou quoi ?

Ganelon sourit presque.

— Un truc dans ce genre, ouais.

— C'est *nous* qui devions nous battre pour la gorgone demain, dit la jeune fille… qui n'en était finalement pas une. On est venus de Fort Batterie, et maintenant, on nous demande de rester la bite dans les mains pendant qu'une bande de vieillards décatis se fait étriper dans l'arène !

— Un moment, Parys, intervint un de ses camarades. C'est pas ces types qui ont tué un dragon pendant son sommeil il y a une centaine d'années ? Un peu de respect pour nos ancêtres !

Des éclats de rire moqueurs résonnèrent.

Clay jeta un coup d'œil à Ganelon en priant pour qu'il n'explose pas, mais le guerrier n'avait pas lâché sa chope. C'était plutôt bon signe.

Je commencerai à m'affoler quand il la posera, se dit Clay.

Il esquissa un sourire aimable dans l'espoir de désamorcer la situation avant qu'elle dégénère.

— Si ça peut vous consoler, sachez que Dinantra nous a préparé quelque chose de particulièrement costaud pour demain.

Blond Platine croisa ses bras couverts de tatouages et regarda Clay comme s'il s'ennuyait ferme.

— Qu'est-ce qu'elle a bien pu préparer pour un ramassis de héros lessivés ? Une poignée de kobolds paraplégiques ?

Un cyclope aveugle ? Ou peut-être va-t-elle vous demander de rester debout jusqu'à ce que vous claquiez de vieillesse.

De nouveaux éclats de rire saluèrent la pique. Clay dissimula son sourire derrière sa chope.

— Peut-être bien, dit-il.

Mais Blond Platine n'en avait pas terminé.

— Les Rois du Cœur du Wyld, c'est pas comme ça qu'on vous appelait ? Où est-ce que la gorgone a bien pu vous dénicher ? Aux dernières nouvelles, vous vous étiez séparés et chacun était parti de son côté.

— J'ai même entendu dire que l'un de vous était mort, renchérit Cache-Œil.

— Et moi, qu'il y avait une tantouze dans le groupe ! croassa un de ses camarades. C'est qui qui préfère la lame au fourreau, hein ? Le blond, je parie. C'est le plus mignon.

Clay se frotta la barbe pour dissimuler son sourire.

— Écoutez les gars, je suis désolé qu'on nous ait programmés à votre place. Vraiment. Je suis sûr que les Screaming qui gueulent…

— Eagles ! gronda Blond Platine.

— Pardon ? demanda Clay.

— On est les Screaming *Eagles*, pas les Screaming qui gueulent !

Clay fronça les sourcils.

— Ah bon ? Parce que d'après ce qu'on dit sur ta manière de chanter…

Blond Platine se leva d'un bond, l'épée à la main.

— Je vais te montrer comment je chante ! hurla-t-il.

Les gens se retournèrent pour voir ce qui se passait, et dans le relatif silence qui s'ensuivit, Clay entendit le claquement sec de la chope de Ganelon sur la table.

De nombreux bardes racontèrent comment *Le Repaire de l'Émeutier* fut rasé au cours de la nuit, mais peu d'entre eux étaient présents au moment des faits et ceux qui l'étaient ne furent pas épargnés par les critiques : on les accusa d'avoir embelli la vérité dans l'espoir d'imposer leur récit comme la version définitive des événements. Une chose est sûre : l'affrontement entre les Screaming Eagles et Saga – qui fut à l'origine de la bagarre générale – ne faisait que commencer.

Dans sa ballade, *La Maison en flammes*, Tanis Deux-doigts laisse entendre que plusieurs gardes de la cité furent envoyés pour mater une rixe et qu'ils s'acquittèrent si bien de leur tâche qu'ils furent engagés par un agent et formèrent une roquebande appelée « les Gardes de la Cité » – un nom qui manquait d'inspiration, il faut le reconnaître. Dans sa chanson *Le Feu et les Plumes*, le grand poète Jamidor fournit un compte-rendu détaillé de la bataille de polochons qui fit rage entre le quatrième et le cinquième étage de la malheureuse taverne un peu après minuit.

Matrick Skulldrummer, le roi renégat d'Agria, fut-il à l'origine de l'incendie ? La chanson *Bières et Dragon* raconte qu'après avoir bu assez d'alcool pour plonger un géant dans un coma éthylique, Matrick vomit sur une chandelle et que toute la table s'enflamma. D'autres affirment que tout fut la faute de Moog Arcandius. Le célèbre sorcier et alchimiste aurait invoqué un éfrit pour clore une dispute entre ceux qui prétendaient que les démons naissaient dans des œufs et ceux qui déclaraient qu'ils passaient par les voies naturelles. Une querelle stupide, car tout le monde sait que les démons naissent dans des œufs.

Quelle que soit l'origine de l'incendie, les flammes mirent fin à une époque, car *Le Repaire de l'Émeutier* ne fut jamais reconstruit. Aujourd'hui, on peut encore apercevoir un hommage à ces dizaines d'années de débauche et de violence parmi les cendres : une petite plaque discrète qui marque l'emplacement de la tombe de l'unique victime de la tragédie, un certain Pete.

Sur la plaque, on peut lire : « QUAND ON NE CHERCHE QU'À RÉGNER SUR SOI-MÊME, ON EST TOUS ROIS. »

22

Le Maxithon

Quand on y repense, ce n'était sans doute pas une bonne idée de se soûler comme des cochons la veille d'un combat à mort dans une arène. Le ventre de Clay gargouillait comme un chaudron de sorcière, une terrible migraine lui vrillait le crâne et les hurlements de trente mille spectateurs assis au bout du sombre couloir n'arrangeaient pas vraiment les choses. Sans compter que le Maxithon, bien qu'amarré par quatre énormes chaînes pour ne pas être entraîné par le courant, était tout de même *ballotté* par le fleuve. Le balancement était à peine perceptible, mais dérangeant. Clay avait l'impression de se trouver dans la cale d'un immense navire.

Il ajouta *ne pas gerber partout* à la longue liste de ses objectifs de la journée. Juste en dessous de *ne pas se faire tuer*.

Il entendait Dinantra s'adresser à la foule. Sa voix amplifiée par la magie promettait un spectacle comme on n'en avait jamais vu. La gorgone n'avait pas encore annoncé quel genre de créature Clay et ses camarades allaient affronter. Elle s'était contentée de dire que c'était un monstre qu'elle avait fait venir des « sombres profondeurs du Cœur du Wyld » au prix « d'immenses dangers et sans regarder à la dépense ». Il pouvait donc s'agir de n'importe quoi.

— C'est peut-être un ours-hibou ! s'exclama Moog avec excitation. (Les événements de la veille ne semblaient pas l'avoir perturbé le moins du monde.) Vous imaginez un peu si c'était le cas ? Ce serait vraiment dommage de devoir le tuer. Vraiment dommage.

Clay ne se donna pas la peine de lui rappeler que les ours-hiboux étaient des créatures légendaires. Ils avaient débattu de cette question à d'innombrables reprises. Un jour, le sorcier avait même fini par lui montrer une « preuve de leur existence » qu'il avait trouvée dans un vieux grimoire : un vague dessin qui, de l'avis de tous *sauf* de Moog, représentait un ours avec des yeux ridiculement grands.

La gorgone se tut et une fanfare joua quelques notes. Des acclamations retentirent, puis la foule se mit à scander un nom. Encore et encore. Comme le ressac incessant de l'océan. Comme un roulement de tambour résonnant le long du couloir en pierre. Un bruit si puissant qu'il faisait trembler le sol et tomber la poussière du plafond.

Saga ! Saga ! Saga !

Clay vit Moog et Matrick échanger un sourire impatient. *Ces deux idiots sont ravis d'être là*, songea-t-il en essayant de contenir sa propre… eh bien, ce n'était pas vraiment de l'excitation, parce que ce mot impliquait une certaine dose d'optimisme et qu'il n'était pas très pressé de découvrir ce qui les attendait dans l'arène, mais… force était de reconnaître que ce n'était pas désagréable d'entendre le nom du groupe scandé par des milliers de spectateurs.

Ganelon fit craquer la jointure de ses doigts et inclina sa tête de gauche à droite.

Gabriel était assis devant eux, adossé à une paroi, le visage caché entre les genoux. Quand la foule se mit à scander leur nom, il se raidit et se redressa un peu, comme un prédateur sentant une proie. Au bout d'un moment, il se leva, et sa silhouette élancée se dessina sur la gueule lumineuse du passage.

— C'est l'heure, dit-il. Est-ce que nous sommes prêts à le faire ?

— Prêt, confirma Matrick.

— Oui, chef, lança Moog d'un ton joyeux.

— Sûr, grommela Ganelon.

Clay soupira et haussa les épaules.

— Je suppose.

Gabe acquiesça et remonta le passage légèrement pentu à la tête de ses camarades. Encore bercé par les brumes de l'alcool, Clay entendit le cri des spectateurs gagner en intensité tandis que la gueule du tunnel s'élargissait.

À l'instant où Gabriel franchit la frontière entre pénombre et lumière, la foule cessa de scander le nom de Saga et un rugissement assourdissant monta des gradins.

Chaque membre du groupe avait reçu un équipement adéquat. Gabriel portait une armure laquée blanche et dorée, magnifique, mais un peu trop décorée au goût de Clay. Son épée était une piètre imitation de *Vellichor*, énorme, lourde et gris sale. Ses cheveux avaient été lavés et brossés par un esclave de la gorgone. Si l'on se donnait la peine d'oublier les épaules un peu voûtées et l'angoisse qui brillait dans ses yeux, il ressemblait comme deux gouttes d'eau au Gabriel le Magnifique que la foule attendait.

Moog le rejoignit un instant plus tard. On lui avait donné une robe convenable pour remplacer son pyjama sale. Il ne portait rien d'autre que son sac sur l'épaule. Il salua les spectateurs à deux mains en tournant sur lui-même pour n'oublier personne.

Matrick arriva à son tour. L'ancien roi portait une veste en cuir noir ornée de clous en fer. Il n'était pas parvenu à fermer tous les boutons sur son ventre rebondi. Les manches incrustés de pierreries de *Roxy* et de *Grace* brillaient à ses hanches. Il avança dans l'arène, et mus par un élan patriotique, les spectateurs agriens se levèrent pour scander son nom.

Clay grimaça.

Si Lilith ignore encore que Matrick est vivant, elle ne tardera pas à l'apprendre.

Puis ce fut au tour de Ganelon. Il portait sa hache que Dinantra avait rachetée aux gardiens de la Carrière et entreposée avec ses trésors les plus précieux pendant plus de neuf ans. Clay ne put s'empêcher de la regarder. Deux lames jumelles plus noires que la nuit s'étendaient comme des ailes de vouivre de chaque côté du manche. Lorsque c'était Ganelon qui tenait l'arme, des caractères druines blanc-bleu palpitaient le long des tranchants effilés comme des rasoirs et la hache murmurait des paroles pressantes dans un langage que même Moog ne connaissait pas. Elle était aussi mortelle que n'importe quelle lame bien aiguisée, mais dans les mains de Ganelon, elle se transformait en machine à tuer. Elle s'appelait *Syrinx*. Quant à demander au guerrier taciturne dans quelles circonstances il avait découvert cet artefact, autant s'adresser à une chèvre en espérant qu'elle indiquera le chemin de la bibliothèque la plus proche.

Clay sortit à son tour et leva une main pour se protéger de la lueur aveuglante du soleil. Il avait enfilé une armure qu'il avait trouvée dans l'armurerie de l'arène, un justaucorps en cuir bouilli qui lui allait comme un gant. *Blackheart* était attaché à son bras droit et on lui avait donné une épée qui semblait raisonnablement affûtée et solide. L'un dans l'autre, il était plutôt confiant.

Les cinq hommes se dirigèrent vers le centre de l'immense arène du Maxithon, s'arrêtèrent et attendirent tandis que les vagues d'acclamations assourdissantes déferlaient sans relâche.

Voilà pourquoi les roquebandes d'aujourd'hui ne se donnent plus la peine de faire des tournées, songea Clay. *Voilà pourquoi elles se gardent bien de mettre les pieds dans le Cœur du Wyld. Pourquoi prendre le risque de tomber dans une embuscade tendue par des monstres quand on peut choisir ceux qu'on va affronter ? Pourquoi prendre le risque de se perdre ou de contracter la nécrose quand on peut se battre dans une arène toute proche ?*

Il se tourna avec lenteur et contempla les rangées de spectateurs serrés et survoltés les unes après les autres. Il observa les visages hurlants et les mains levées. Pourquoi tuer dans l'obscurité quand on pouvait le faire ici ? En savourant la gloire que vous offraient trente mille témoins béats d'admiration ?

Dinantra se trouvait au premier rang, dans la loge des mécènes qui était isolée du reste des gradins par un mur carrelé et protégée du soleil par un auvent en soie qui ondulait au vent. Le duc de Findeterre était là, lui aussi. Il était assis, silencieux au sein du troupeau de courtisans de la gorgone, les bras croisés et les oreilles aplaties sur ses cheveux veinés de gris plaqués en arrière. Il contemplait Gabriel qui observait l'imposante porte en fer qui se trouvait en face de celle par laquelle ils venaient d'entrer dans l'arène couverte de sable.

— Elle s'ouvre, dit-il par-dessus son épaule.

La langue de Clay était plus sèche qu'un vieux morceau de bœuf boucané et le guerrier avait l'impression d'avoir une cigarette imbibée d'eau-de-vie dans la bouche. Gabriel avait raison. La lourde herse se levait avec lenteur. La créature que Dinantra et Lastleaf espéraient voir mettre fin à la carrière de Saga s'apprêtait à surgir et à se ruer sur ses proies.

Clay commença à se balancer d'une jambe sur l'autre. Il avait mal au dos depuis son réveil et il se pencha en arrière pour s'étirer. Il ne fut pas surpris d'apercevoir plusieurs vaisseaux célestes décrivant des cercles paresseux au-dessus du Maxithon. Ceux qui avaient eu la chance de découvrir ces inestimables reliques allaient pouvoir observer les combats du haut des cieux, comme des dieux assoiffés de sang.

Un claquement métallique sourd retentit lorsque la herse heurta la partie supérieure du chambranle. Les spectateurs se calmèrent aussitôt et les cris laissèrent place à des chuchotements étouffés. Puis la chose censée mettre fin à la carrière de Saga surgit et se rua sur ses proies.

Clay oublia sa liste d'objectifs et vomit à ses pieds.

C'était une chimère, probablement celle que Clay et Gabriel avaient vue pendant le défilé de roquebandes à Contha. C'était un monstre dans tous les sens du terme. Elle avait des griffes de lion, les pattes postérieures d'une chèvre, une queue reptilienne toujours en mouvement et trois têtes : une tête de lion entourée d'une crinière noire, une tête de dragon couverte d'écailles rouge sombre et une tête de bélier blanc avec des yeux d'un rose inquiétant. La dernière fois que Clay l'avait vue, elle était enfermée dans une cage et abrutie par les drogues, mais aujourd'hui, elle était libre et en pleine possession de ses moyens. Ses pattes frappaient le sable de l'arène tandis qu'elle se précipitait vers les cinq hommes comme un chien vers un maître trop longtemps absent. Mais Clay était à peu près certain qu'elle n'avait pas l'intention de leur sauter au cou pour leur lécher le visage.

Un cri mêlant plaisir et horreur fit trembler les arènes du Maxithon. Les gens étaient venus pour assister au spectacle exceptionnel d'une ancienne roquebande. Certains avaient emmené leurs enfants pour qu'ils voient un groupe *digne de ce nom*. D'autres avaient invité de vieux parents nostalgiques convaincus que les gamins d'aujourd'hui ne seraient pas fichus de reconnaître un vrai mercenaire si l'un d'eux défonçait leur porte à l'heure du dîner. Mais au lieu du spectacle attendu, ils allaient voir quatre barbons et un guerrier du sud furibard se faire tailler en pièces.

Surpris par le cri de la foule, le monstre s'arrêta au terme d'une longue glissade. Le bélier montra les crocs, le lion rugit et le dragon cracha un jet de flammes rouge orangé vers le ciel. Les spectateurs hurlèrent de joie. Il ne leur avait pas fallu longtemps pour évaluer les forces en présence et changer de champions.

Au moins, ils auront une bonne histoire à raconter, songea Clay avec une pointe d'humour amer. *Oh ! Vous êtes allé voir cette roquebande de troisième zone affronter une poignée de gobelours à moitié morts de faim ? Moi, j'ai vu Saga se faire bouffer par une putain de chimère !*

Le monstre essaya de déployer ses ailes, mais celles-ci étaient solidement attachées et les trois têtes laissèrent échapper un grondement de frustration partagée. N'ayant pas grand-chose d'autre à faire, il se tourna vers les proies que Dinantra avait eu la bonté de lui livrer.

— Qu'est-ce qu'on fait ? demanda Moog d'une voix tremblante de peur.

À côté de lui, Matrick envisageait de suivre l'exemple de Clay et de vomir par terre.

— On reste en vie, répondit Ganelon.

Le guerrier des terres du Sud serra *Syrinx* un peu plus fort et avança d'un pas comme s'il voulait protéger ses camarades du danger. Comme s'il en était capable, du moins.

Gabriel ne regardait pas la chimère. Ses yeux étaient rivés sur la loge des mécènes dans laquelle le druine et la gorgone se prélassaient sous l'auvent en soie. Son visage était grave, mais Clay sentit la colère qui bouillait en lui. S'ils mouraient aujourd'hui, Rose mourrait également – à supposer que ce ne soit pas déjà chose faite. Pire encore : elle mourrait sans savoir que son père l'aimait assez pour venir à son secours, pour se sacrifier dans l'espoir de la sauver. Gabriel avait compris que le combat contre la chimère n'était rien d'autre qu'une condamnation à mort. Pour lui, pour ses camarades et pour sa fille.

Gabe n'était plus le héros qu'il avait été. Le jeune lion s'était transformé en vieil agneau craintif, mais les lâches trouvent parfois un peu de courage lorsqu'ils sont acculés et il y a des choses que personne ne peut accepter.

Le monstre approcha et Gabriel s'élança à sa rencontre. Il brandit son épée et le métal terne étincela comme de l'acier druine au soleil de l'après-midi. Ses cheveux flottaient derrière lui comme une oriflamme d'or liquide et les cris se transformèrent en hurlements frénétiques. Voilà le combat héroïque que les gens étaient venus voir, le spectacle qu'ils raconteraient fièrement pendant des années.

La chimère chargea comme un taureau furieux. La tête du bélier se baissa, la fausse *Vellichor* ricocha contre une de ses cornes et Gabriel s'envola dans les airs. Le dragon attaqua à son tour et ses mâchoires claquèrent à l'endroit où la tête de Ganelon se trouvait un instant plus tôt. Le guerrier des terres du Sud roula sur le côté et se leva en frappant. *Syrinx* mordit les écailles couvrant la tête du dragon et celle-ci recula en sifflant de douleur.

Clay avança aussi vite que ses jambes le lui permettaient. Matrick était juste derrière lui. Moog ralentit pour aider Gabriel à se relever et à reprendre ses esprits. La Chimère se tourna vers Ganelon. La tête de dragon se fendit deux fois, mais elle se heurta à *Syrinx* et se replia couverte de sang. Elle se dressa alors comme un cobra furieux et Ganelon s'accroupit en comprenant, trop tard, qu'il aurait dû reculer en courant. Une lueur orangée apparut entre les crocs du dragon et un torrent de feu jaillit de sa gueule.

Clay se jeta devant son camarade en levant son bouclier. Les flammes s'écrasèrent sur la surface bosselée de *Blackheart* sans provoquer le moindre dégât, mais la force de l'impact projeta Clay sur Ganelon, et les deux hommes s'effondrèrent tandis que la chimère se remettait en marche.

Matrick, désormais tout près, cria en direction du monstre. La tête de bélier se tourna vers lui, entraînant les deux autres à sa suite. L'ancien roi s'élança et frappa, mais le coup était trop court et il recula en se dandinant. Les mâchoires aux crocs jaunis du bélier claquèrent en le manquant de peu. Matrick pivota brusquement et planta une dague dans un œil du monstre. Le bélier hurla – un son d'autant plus horrible qu'il semblait *humain* – et attaqua de nouveau. Matrick réagit sans réfléchir. Il présenta son bras gauche à la créature et alors que les mâchoires se refermaient dessus, il tourna le poignet à la verticale. La longue lame s'enfonça dans le palais du bélier et transperça sans doute le cerveau, car il mourut sur-le-champ.

Une tête en moins, songea Clay. *Plus que deux.*

La foule déchaînée poussait des cris assourdissants. Matrick tomba à genoux en tenant son bras gauche. Son visage exprimait un mélange de terreur et de triomphe, mais surtout de terreur. La chimère pivota vers lui, et Clay, tout à son pessimisme, ne vit pas sa queue fendre l'air et le frapper à la tête.

Lorsqu'il se redressa, quelques mètres plus loin, il aperçut Moog lancer une poignée de billes en direction du monstre. Le sorcier psalmodia un mot magique, et les projectiles se changèrent en fumée. À l'exception d'une seule bille qui se transforma en boule de feu et frappa la tête de lion qui fondait sur Matrick.

—Mais quel matos minable ! ragea Moog en fouillant dans son sac.

Clay espéra qu'il y trouverait quelque chose de plus efficace que ses billes.

Gabriel profita du flottement pour attraper Matrick par le col. Il le tira à l'écart, puis s'interposa entre son camarade et le monstre. La chimère se remit en marche et se dirigea vers eux. La tête de bélier se balançait contre son flanc. Du sang coulait de sa bouche. Ganelon voulut attaquer par-derrière, mais la queue du monstre claqua comme un fouet et il n'eut pas d'autre choix que de battre en retraite.

Le lion regarda Gabriel et poussa un rugissement. Gabriel rugit à son tour et recula sur la droite dans l'espoir d'éloigner la chimère de Matrick qui avait perdu connaissance. Le monstre chargea. Gabriel bondit sur le côté pour éviter les mâchoires du lion et frappa la tête de dragon, mais sa lame émoussée ricocha sur les écailles.

Clay remarqua que son ami commençait à fatiguer. Gabriel para une nouvelle attaque du dragon, mais un coup de griffes le projeta en arrière et il tomba face contre terre. Il roula aussitôt sur le dos, mais une lourde patte se posa sur sa poitrine avant qu'il puisse se lever. L'armure laquée résista au poids du monstre, mais les pointes acérées des griffes transpercèrent le métal. Gabriel poussa un long cri de douleur, puis ses membres se raidirent. Son épée glissa de ses doigts désormais incapables de serrer la poignée.

Il ne peut plus bouger, comprit Clay.

Le monstre, qui n'avait que l'embarras du choix quant à la manière de trucider ses adversaires, pouvait également les paralyser si l'envie lui prenait de les étriper plus tard.

—Aha !

Moog plongea la main dans son sac et en tira une baguette magique. Enfin, une brindille tordue et enveloppée de fil de bronze, mais Clay espéra du fond du cœur qu'il s'agissait d'une baguette magique. Estimant que Gabriel ne représentait plus une menace, la chimère se tourna vers le sorcier. Elle poussa un rugissement et essaya de déployer ses ailes une fois de plus. Les cordes épaisses qui l'entravaient grincèrent, mais ne cédèrent pas. Elle bondit en avant et Moog pointa sa baguette en criant quelque chose d'incompréhensible. Un crépitement sec retentit et trente mille spectateurs se turent brusquement. Un arc électrique jaillit du fil de bronze et frappa le lion entre les yeux avant de se volatiliser. Le monstre frissonna, sonné, mais toujours vivant. Ses pattes antérieures fléchirent et Clay profita de ce moment de répit. Il se leva tant bien que mal et se dirigea vers le sorcier d'un pas chancelant.

Ganelon s'approcha pour achever la créature, mais la tête de dragon, toujours alerte, cracha un nouveau torrent de feu et le guerrier recula une fois de plus.

— Ha ! s'exclama Moog en agitant sa baguette avec emphase et en savourant les regards admiratifs de la foule.

Clay reconnut qu'il avait l'air plutôt cool. Il était resplendissant dans sa nouvelle robe, et ses fines mèches de cheveux blancs brillaient comme la soie au soleil. Il tourna la tête vers Clay et esquissa un large sourire.

— Regarde un peu !

La suite aurait été hilarante si leurs vies n'avaient pas été en jeu.

Mais leurs vies étaient en jeu et Clay n'avait aucune envie de rire.

23

Nés pour tuer

Moog leva sa baguette et la tendit comme un chevalier qui désigne son ennemi de la pointe de l'épée. Il prononça des paroles magiques et un nouvel arc électrique frappa la tête de dragon. Une mosaïque d'étincelles parcourut les écailles métalliques, puis l'arc vrombit de nouveau tandis que la décharge retournait à son point de départ. Moog tressauta, ses cheveux blancs se dressèrent comme les aigrettes d'un pissenlit et il s'effondra.

Clay ralentit et s'arrêta, sidéré par l'absurdité de la scène à laquelle il venait d'assister.

Trois en moins, plus que deux, songea-t-il avec amertume.

Il entendit Ganelon crier son nom. Il jeta un coup d'œil par-dessus son épaule et vit que la chimère se précipitait vers lui. Il frappa de la main gauche, entailla le museau du dragon avec la pointe de son épée, puis ramena *Blackheart* devant lui pour se protéger de la tête de lion. Les crocs labourèrent le bouclier et le choc l'obligea à reculer. Guidé par son instinct, il profita de son déséquilibre pour rouler sur le sable et éviter un coup de griffes. Il se redressa à genoux et para un nouveau coup de griffes, puis une attaque du lion. Le dragon frappa à son tour, mais il l'attendait. Il inclina *Blackheart* et l'introduisit dans la gueule du monstre. Celui-ci essaya de se dégager, mais il n'en eut pas le temps. Clay lui enfonça son épée dans la gorge jusqu'à la garde.

Les écailles se fendirent avec un tintement sonore et Clay sentit un flot de sang chaud sur sa main. Le dragon ouvrit grand la gueule et poussa un hurlement strident. Clay en profita pour récupérer son bouclier, mais la poignée de l'épée lui échappa lorsque la tête recula. Il se tourna, s'éloigna en titubant et arriva presque hors de portée de la chimère. Presque.

Des crocs acérés labourèrent le dos de son armure en cuir. La douleur fut aussitôt remplacée par un engourdissement glacé. Un spasme agita ses jambes et il bascula en avant. Comme Gabriel, il eut la force de rouler sur le dos, et l'ombre de la chimère le submergea. Il entraperçut une langue rose et noduleuse, des crocs longs comme le bras et le funeste néant qui l'attendait au fond de la gueule béante du lion. Une haleine putride l'enveloppa tandis que les portes de la mort s'ouvraient devant lui.

La foule devint hystérique. Les deux dernières têtes de la chimère hurlèrent de douleur et les portes de la mort claquèrent au nez de Clay.

La créature se retourna d'un bond. Clay aperçut une sorte de pédoncule sanguinolent et comprit que Ganelon avait tranché la queue du monstre. Le coup de griffes l'avait à peine égratigné, mais il avait l'impression de se déplacer au fond d'un fleuve. Il pouvait bouger les doigts, mais était incapable de plier le coude ou d'ordonner à ses jambes de le porter. Il ne récupérerait pas le contrôle de ses membres avant de longues minutes et il serait alors trop tard.

Il se contenta donc de regarder comme les spectateurs de l'arène ou des vaisseaux célestes qui tournoyaient tels des vautours dans le ciel sans nuage. Ganelon allait affronter la chimère seul.

Comme il se doit, songea Clay.

Après tout, les deux adversaires avaient un point commun : ils étaient nés pour tuer.

La tête de dragon ne semblait pas être gênée par l'épée plantée dans sa gorge. Elle fila vers le guerrier des terres du Sud qui esquiva en faisant un pas de côté. Il abattit le plat de sa hache sur le crâne du monstre par trois fois avant que le lion arrive à la rescousse. Il se baissa pour éviter la gueule hérissée de crocs, roula en avant et enfonça la pointe de *Syrinx* dans le ventre de la chimère, mais celle-ci battit en retraite avant qu'il ait le temps d'élargir la blessure. Ganelon repartit à l'attaque. Le monstre recula et le lion rugit d'un air de défi en attendant que le dragon reprenne ses esprits.

Il les reprit d'un coup et repartit à l'attaque. Il essaya de mordre au flanc gauche tandis qu'un coup de griffes filait vers le flanc droit. Ganelon inclina sa hache, enfonça le manche dans la patte de la chimère avant de faire tournoyer les doubles lames pour tenir le dragon à distance. Le lion frappa à son tour. Le guerrier lui assena un puissant coup de pied dans la truffe et se jeta sur le dragon. Il agrippa une pointe qui hérissait le cou de ce dernier et se hissa sur la nuque avant de l'enfourcher. Il était désormais à l'abri des coups de griffes, mais pas des crocs du lion.

Il va y arriver, songea Clay. *Il va la tuer. Et nous serons libres. Libres de repartir vers l'ouest et de mourir dans le Cœur du Wyld. Mais pas ici. Pas maintenant.*

La chimère sentit le danger. Le dragon poussa un hurlement et le lion rugit, ultimes manifestations de colère d'un prédateur vaincu par sa proie. Les griffes creusèrent de profonds sillons dans le sable et Ganelon brandit sa hache. Les muscles des ailes se contractèrent et…

Les cordes qui les entravaient se rompirent.

Par la miséricorde de la Vierge du Printemps !

Clay regarda la suite en s'efforçant de chasser la brume qui envahissait son esprit. Des ailes noires se déployèrent comme des voiles de galion sur le ciel azuré. Elles battirent une fois et leurs membranes se tendirent. Un silence stupéfait s'abattit dans l'arène tandis que les spectateurs essayaient d'imaginer ce qu'allait bien pouvoir faire une chimère sur le point de s'envoler. Ils l'imaginèrent et les gradins du Maxithon se transformèrent en pandémonium. Les ailes draconiques brassèrent l'air en soulevant des tourbillons de sable. Les pattes postérieures se contractèrent et projetèrent la créature vers le ciel.

La chimère prenait de l'altitude à chaque battement d'ailes et Ganelon lâcha sa hache pour s'agripper aux pointes ceignant le cou du dragon. Gênée par la tête de bélier qui se balançait sur un de ses flancs, déséquilibrée par la perte de sa queue et impatiente de se débarrasser du parasite assassin accroché sur son dos, la créature enchaîna des manœuvres aussi brusques qu'imprévisibles. Un grand vaisseau céleste – une lourde caravelle à bord de laquelle on organisait une fête – se préparait à virer de bord lorsque la chimère le percuta. Une des sphères servant à capter l'électricité statique – un marémoteur, ainsi que Moog les appelait – fut arrachée à son support et tomba dans le fleuve. Le navire gîta comme s'il avait été frappé par une grosse vague, et Clay distingua plusieurs personnes accrochées aux rambardes et suspendues dans le vide.

À quelques pas de lui, Moog se leva d'un bond, les cheveux ébouriffés et les yeux injectés de sang. Il cracha un nuage de fumée et regarda Clay d'un air hébété.

— C'est fini ? On l'a eue ?

Au prix d'un effort surhumain, Clay pointa le doigt vers le ciel. Le sorcier leva les yeux. La caravelle perdait rapidement de l'altitude et son point de chute semblait dangereusement proche d'une tour d'amarrage du Maxithon. La chimère passa au-dessus de l'arène en volant si bas que Clay sentit le déplacement d'air. Ganelon avait arraché une pointe au cou du dragon et essayait – en vain – de l'enfoncer entre les écailles.

— Oh ! souffla Moog d'un ton infiniment déprimé.

Un autre vaisseau céleste – une frégate avec des voiles élancées et des moteurs tourbillonnant à la proue et à la poupe – passa à l'offensive, et les balistes montées sur rail décochèrent trois carreaux plus grands que Clay. Le premier tomba dans le fleuve. Le deuxième empala un spectateur malchanceux dans les gradins. Le troisième s'enfonça dans le flanc de la chimère. La créature tomba en battant des ailes comme une chauve-souris qui vient de heurter une vitre, mais elle vira soudain de bord pour éviter un nouveau trait. Les servants des balistes se dépêchèrent de réarmer.

Un jet de flammes balaya le pont du navire. Le moteur de proue cracha un nuage de vapeur et la frégate s'inclina vers l'avant. Les servants abandonnèrent leurs pièces pour empêcher l'incendie de se propager. La chimère effectua un virage serré et repartit à l'attaque. Elle cracha une nouvelle gerbe de flammes et Clay comprit que le navire était perdu. À en juger par sa trajectoire, il allait s'écraser sur le Maxithon et tuer des centaines de personnes.

Le guerrier se demanda soudain si Dinantra et Lastleaf étaient encore là.

Si elle a une once d'intelligence, la gorgone est déjà en route vers les portes de la cité, songea-t-il.

Elle avait voulu organiser un spectacle dont on parlerait pendant des mois.

Il faut reconnaître que c'est réussi.

Clay ne regarda pas en direction de la loge. Il était hypnotisé par la scène qui se déroulait au-dessus de sa tête. La chimère piqua vers la frégate en détresse, et le cou du dragon se tendit alors qu'il se préparait à cracher son feu.

Ganelon se pencha sur le côté et tira sur quelque chose. Une autre pointe ? Le quelque chose céda dans une gerbe de sang.

Des flammes jaillirent de la gorge du dragon.

Mon épée, comprit Clay. *Il a réussi à arracher mon épée, et le feu…*

Les yeux écarquillés, il regarda Ganelon prendre appui sur la tête du dragon et bondir vers celle du lion. Il s'accrocha à la crinière noire d'une main et enfonça l'épée dans la gorge du monstre. Encore et encore. Derrière lui, la tête de dragon s'affaissa tandis que la blessure à son cou s'élargissait. Un instant plus tard, elle explosa dans une gerbe de sang et de flammes.

L'homme et le monstre tombèrent et s'écrasèrent sur les gradins supérieurs du Maxithon. Le mouvement de panique atteignit son paroxysme lorsque le corps de la chimère commença à rouler vers l'arène et se transforma en gigantesque boule d'écailles et de sang broyant tout sur son passage. Les spectateurs les plus proches réussirent – pour la plupart – à s'écarter de son chemin, mais ceux qui étaient plus bas ne remarquèrent pas le danger qui les menaçait. Clay anticipa la trajectoire destructrice du corps de la chimère et s'aperçut que le duc et la gorgone se trouvaient toujours dans leur loge.

Il adressa aussitôt une prière au dieu gérant les hécatombes provoquées par les corps de chimère dévalant des gradins.

— S'il vous plaît, supplia-t-il à voix basse. Accordez-moi ce petit plaisir. Rien que ce petit plaisir.

Lastleaf se tourna et croisa son regard. Ses oreilles couvertes de poils blancs se dressèrent comme s'il avait entendu la prière de Clay, puis il sembla comprendre ce qui allait se passer et s'accroupit tandis que Dinantra se levait d'un bond, la tête entourée par un halo de serpents sifflants. La chimère s'abattit sur l'auvent de soie et broya la gorgone et sa cohorte de serviteurs à moitié nus, avant de basculer dans l'arène.

Clay s'aperçut qu'il pouvait bouger ses membres. Il roula sur le ventre et s'agenouilla tant bien que mal. À côté de lui, Moog épousseta sa belle robe et se redressa.

— Tu vas bien ? demanda-t-il.

— Je crois…

Il fut interrompu par un bruit terrible, le fracas d'une montagne qui s'écroule. Le sol trembla et Clay fut projeté à terre. Il bascula sur le flanc et leva les yeux vers le ciel. La frégate s'était-elle écrasée à son tour ? Le sommet du Maxithon venait-il de s'effondrer ? Un épais nuage de poussière l'empêcha d'obtenir la réponse à ces questions, mais lorsqu'il se dissipa, il vit que la caravelle avait percuté la tour d'amarrage située au nord-ouest.

L'édifice s'écroula. Le Maxithon tira sur ses chaînes, et quelques secondes plus tard, celle de la tour sud-ouest se libéra dans une explosion de pierre et de mortier. Clay songea que c'était décidément son jour de chance.

L'arène se mit à *bouger*. Le courant l'entraîna vers les tours orientales et les deux dernières chaînes se détendirent. Un chaos indescriptible régnait à l'intérieur du Maxithon. Les rugissements de la foule avaient fait place à des cris de terreur. Les spectateurs se précipitaient vers les sorties, mais celles-ci ne menaient nulle part. Les ponts permettant de gagner les berges du fleuve s'étaient effondrés lorsque l'arène avait commencé à dériver.

Clay se releva à grand-peine. Ses genoux tremblaient et il faillit perdre l'équilibre une fois de plus. Moog aidait Gabriel à s'asseoir. Matrick était par terre, appuyé sur un coude. Il observait le chaos ambiant en clignant des paupières, comme un dormeur qui se réveille au milieu d'un champ de bataille.

Ganelon était invisible et Clay se demanda s'il n'avait pas été tué lorsque la chimère s'était abattue. Une aile du monstre frémit et il porta aussitôt la main à la hanche… avant de se rappeler qu'il avait laissé son épée dans la gorge du dragon. Il jeta un coup d'œil rapide à Moog, mais le sorcier était occupé. Il démontait l'armure de Gabriel en lui demandant s'il sentait quelque chose. Matrick, lui, avait vu la chimère bouger, mais il se contenta de lever son bras ensanglanté.

— À toi l'honneur ! cria-t-il pour couvrir les hurlements des spectateurs.

Clay déglutit tant bien que mal et glissa *Blackheart* sous son menton avant d'avancer avec prudence. Il eut à peine le temps de faire trois pas. Le corps s'agita de nouveau… et Ganelon s'extirpa de sous la créature qui l'écrasait. Il roula sur le côté, inspira un grand coup et fut secoué par une quinte de toux à cause de la poussière.

Clay poussa un soupir de soulagement, mais le répit fut de courte durée. La gigantesque arène de bois et de pierre était toujours entraînée par le courant et les deux chaînes restantes se tendirent. Celle de la tour nord céda la première. Elle se rompit et siffla dans le ciel comme un serpent furieux. La tour sud résista à la première traction, mais elle s'effondra dans le fleuve tandis que le Maxithon se rapprochait de la berge méridionale en décrivant un arc de cercle. Clay sentit le sol trembler et imagina la catastrophe imminente : emportés par le courant, la gigantesque arène et ses trente mille passagers hurlants allaient pulvériser les appontements comme des brindilles et broyer tous les navires qui se trouvaient sur son chemin.

Il s'approcha de Ganelon.

— Tu vas bien ?

Le guerrier des terres du Sud balaya ses inquiétudes d'un geste désinvolte.

— Ça va. Où est ma hache ?

— Elle est tombée par là…

Clay leva le bras et s'arrêta net en voyant une silhouette émerger des décombres de la loge des mécènes.

Lastleaf était couvert de poussière et de taches de sang. Ses cheveux étaient ébouriffés et ses oreilles pliées selon des angles qui n'avaient rien de naturel, mais cela ne le rendit pas moins effrayant lorsqu'il dévoila ses dents acérées et tira la longue et fine épée du fourreau accroché au milieu de son dos. La lame sortit en produisant un étrange tintement de cloche. Le bruit se répéta lorsque le druine la saisit à deux mains et la ramena brusquement devant lui avant de l'incliner à quarante-cinq degrés.

À cet instant, une ombre se dessina sur le sable entre l'homme et le druine.

Clay leva la tête et vit un vaisseau céleste qui filait vers le centre de l'arène. Pensant qu'il allait s'écraser, il se tourna pour crier à ses camarades de se mettre à l'abri… et aperçut Moog qui agitait les bras avec enthousiasme.

Lorsqu'il se tourna de nouveau, le druine avait disparu dans la tempête de poussière et de sable soulevée par le navire en approche rapide.

Le vaisseau ralentit et se prépara à atterrir dans l'arène qui tanguait comme un bateau par gros temps. Il était à peine plus grand qu'un boutre et n'était mû que par un seul moteur qui tourbillonnait à la poupe. Son nom, *Vieille Gloire*, était peint sur les flancs, mais Clay n'y prêta guère attention. Et puis il aperçut les visages au-dessus des rambardes.

— Vanguard, dit-il dans un souffle.

Comme s'il formulait une prière déjà exaucée.

24

Vol de nuit

— Saga ! Que je sois changé en couille de troll ! Je n'arrive pas à y croire. Tiamax, tu vois ça ?

— De mes six yeux, répondit Tiamax.

— Incroyable.

Barret se laissa aller contre le dossier de sa chaise et étendit ses longues jambes devant lui. Le meneur de Vanguard était aussi grand que Ganelon et aussi large d'épaules que Clay. Ses cheveux et sa barbe hirsutes grisonnaient, mais ses bras puissants étaient toujours fins et musclés. Il était aussi en forme que la dernière fois que Clay l'avait vu.

Vanguard avait découvert son vaisseau céleste à moitié submergé dans un marais au cours d'une récente tournée dans le Cœur du Wyld. Il était petit, mais très confortable. La coque était à fond plat et une haute voile triangulaire se dressait au-dessus du pont. De temps en temps, des arcs électriques bleutés parcouraient les vergues métalliques, mais personne n'y prêtait attention et Clay estima préférable de garder ses angoisses pour lui. On avait installé des canapés le long des rambardes et un bar très bien approvisionné à la poupe. Des chandelles disposées dans des récipients en verre fumé accrochés aux haubans baignaient le pont d'une douce lumière ondulante.

Barret secoua sa tête de porc-épic.

— Sainte Tetrea ! Jamais je n'aurais pensé vous revoir tous les cinq ensemble. J'aurais été moins surpris d'apprendre que des ours-hiboux avaient défilé dans les rues d'Ardburg.

— Il n'est pas impossible que tu finisses par en voir, des ours-hiboux, marmonna Moog.

Barret regarda Clay avec un large sourire.

— Ça fait combien de temps, Main Lente ?

— Euh…

— Dix ans ? Douze ? On allait vers l'ouest et on a bu quelques verres dans ce trou à rats qui sert de taverne à Coverdale. *La Tête du Roi*, c'est ça ?

— C'est ça, répondit Clay.

Il ne put retenir un sourire nostalgique.

— T'étais avec une fille, je me souviens. Plutôt jeune. Avec des nibards à faire pâlir la Vierge du Printemps de jalousie.

— Ginny, dit Clay. On est mariés.

Barret laissa échapper un sifflement admiratif.

— Félicitations, mon pote. Des nibards pareils, ça vaut le coup de ranger son épée et de renoncer aux tournées.

Il se tut et contempla le ciel rouge doré comme s'il venait de prononcer des paroles hautement philosophiques et qu'il avait besoin d'un moment pour en mesurer la portée.

Le barde de Vanguard, Edwick, était vautré sur le gouvernail. Il surveillait – avec une attention toute relative – deux sphères d'onyx poli qui tourbillonnaient en produisant un son qui évoquait un accord joué sur une vieille mandoline. Clay avait du mal à croire qu'il faisait partie des membres originaux de la roquebande. Les bardes de Saga n'avaient jamais fait long feu et il aurait été incapable de dire combien avaient accompagné le groupe au cours de ses dix ans de tournée.

Le reste de la roquebande n'avait guère changé non plus. Barret était toujours Barret : grand, rugueux et sympathique. Ashe était toujours dure, mince et ravissante. Elle avait les cheveux rasés sur les côtés et rassemblés en une longue tresse qui se balançait dans son dos. Elle les avait teints en violet vif – une couleur dont Clay n'aurait jamais soupçonné l'existence s'il ne l'avait pas vue de ses yeux. Tiamax, l'arachnéen, avait toujours un aspect aussi bizarre que dérangeant, mais les poils piquants qui entouraient sa bouche avaient viré au gris. Il avait perdu une moitié de mandibule, et deux de ses huit yeux à facettes étaient couverts par de petits disques en cuir.

Seul Hog manquait. Il avait été remplacé par un jeune homme que Barret avait présenté comme le fils aîné de l'ancien membre. Ledit jeune homme avait hérité de l'obésité morbide de son père, de sa nature hésitante et du surnom porcin de Porcinet. Malgré la brise fraîche qui balayait le pont, le malheureux transpirait à grosses gouttes en dévorant une assiette de beignets glacés au miel comme s'il n'avait pas mangé de la journée. Clay était prêt à parier que ce n'était pas le cas.

— C'est un honneur de vous rencontrer, les gars, dit Porcinet entre deux bouchées. Mon père parlait souvent de vous. La meilleure roquebande de tous les temps, qu'il disait. Après Vanguard, bien sûr.

— Nous ne sommes plus vraiment une roquebande, remarqua Clay.

— Ce n'est pas l'impression que j'ai eue en vous voyant dans l'arène, dit Tiamax.

Il se tenait derrière le bar, un verre, un pilon ou une bouteille dans chaque main. Il préparait des cocktails aussi vite que les autres les buvaient.

— On est tombés sur une chimère, un jour. Dans le Cœur du Wyld.

— Vous l'avez tuée ? demanda Ganelon qui était allongé sur un canapé.

L'arachnéen ricana – un staccato de cliquetis secs.

— Si on l'a tuée ? Par tous les dieux, non.

— On a filé aussi vite qu'on a pu, dit Ashe.

Elle était perchée sur un tabouret derrière Matrick. C'était une native des terres du Sud, comme Ganelon, et elle parlait avec le même accent traînant.

— Et si mes souvenirs sont exacts, poursuivit-elle, c'est le résidu de coquille ici présent qui a gagné la course.

Tiamax laissa échapper une nouvelle série de cliquetis, mais sur un ton réprobateur. Clay sentit la différence, mais il aurait été incapable d'expliquer comment.

— Allons, Ashe, dit l'arachnéen. Ne sois pas médisante. C'est pour cette raison que tu refuses encore de coucher avec moi ? Parce que tu as peur que nos enfants naissent dans des œufs ? Je t'assure que c'est plus facile de pondre que d'accoucher. Enfin, c'est ce qu'on m'a dit. Pas de bras ni de jambes qui se mettent en travers. Il suffit de pousser, et hop ! un adorable petit œuf.

— Je ne couche pas avec toi parce que tu n'es qu'une sale *bestiole*, voilà pourquoi.

— Une bestiole avec six mains, ma chérie. Penses-y.

Tiamax ouvrit un mélangeur et versa un liquide rouge cerise dans le verre vide de Matrick.

Matty sourit d'un air admiratif. Il gardait son bras blessé contre lui, mais l'arachnéen lui avait donné un médicament pour apaiser la douleur.

— Vous êtes arrivés au bon moment, dit-il. La situation commençait à tourner au vinaigre là-bas.

Clay songea que c'était un doux euphémisme. Penché au-dessus du plat-bord, il avait vu le Maxithon voler en éclats en percutant l'arche de la porte fluviale orientale. Des milliers de gens étaient tombés à l'eau.

Barret se redressa, fit claquer ses pieds sur le pont et regarda Clay d'un air grave.

— Écoute, tu as bien réfléchi à cette histoire de Castia ? Il vous faudra des mois pour traverser le Cœur du Wyld, et même si vous y parvenez… (Il écarta les mains et osa jeter un coup d'œil à Gabriel qui regardait dans le vide et qui n'avait pas dit un mot depuis qu'il était à bord.) En supposant que vous y parveniez, d'accord ? Il ne faut pas oublier que vous n'êtes que cinq.

Clay haussa les épaules. Que pouvait-il faire d'autre ? Avec Gabe dans cet état catatonique, c'était lui qui avait expliqué pourquoi Saga s'était reformée.

— Nous allons quand même essayer, dit-il.

Ashe posa son verre sur le bar avec un bruit sec.

— On a failli y aller, vous savez. À Castia. Quand la République a fait appel aux roquebandes. Barret était enthousiaste, évidemment. Porcinet aussi. Il est trop jeune et trop con pour imaginer à quoi ce genre de tournée peut ressembler. (Elle renifla avec mépris.) Même Edwick était pour. Je suis sûre que ce vieil enfoiré a déjà composé nos éloges funèbres.

— Ce sera magnifique, lança le barde par-dessus son épaule.

— Enfin bref ! Pour une fois, le résidu de coquille et moi, on est tombés d'accord. On a tous les deux flairé que cette histoire sentait mauvais. On avait un contrat avec un temple du Hamshire – des gargouilles qui foutaient le bordel ou je ne sais quoi. On a décidé de rester et de le remplir. Que les dieux en soient remerciés, parce que si on était partis… (Elle tourna la tête vers Gabriel.) … eh bien, on ne serait pas là.

—Aucune chance que vous nous conduisiez à Castia, alors ? demanda Matrick d'un ton moqueur.

Barret soupira.

—Je suis désolé, mais non. Même si j'étais prêt à le faire – ce qui n'est pas le cas –, je dois penser à ma famille. Mes fils sont encore des gamins. Et ça fait des années qu'Avery me bassine pour que je raccroche mon épée une fois pour toutes. Elle ne me pardonnerait pas ce coup-là. Survoler le Cœur du Wyld, c'est presque aussi dangereux que les traverser à pied. Il y a des tempêtes de lumière, des verétincels…

—Des faucons-peste, enchaîna Tiamax.

—Des manticores, poursuivit Ashe.

—Des lamias, reprit Barret.

—Des vouivres, renchérit Matrick.

Clay songea qu'il aurait mieux fait de se taire.

—Des vouivres en pagaille, approuva Barret. (Il esquissa un sourire malicieux.) Et tu sais, ces trucs qui ressemblent à des dragons et qui rugissent comme des dragons ?

—Ce ne serait pas des dragons, chef ?

—C'est ça. Merci, Ashe. (Barret poussa un long soupir et passa la main dans ses cheveux hirsutes.) Je suis désolé, les gars. Vraiment. Flirter avec la Mère du Froid, c'est une chose, lui demander de te tailler une pipe, c'en est une autre. Il faut vraiment avoir une case en moins.

Edwick, qui accordait son instrument, leva la tête.

—Belle image, dit-il. Ça ne te dérange pas si je l'utilise dans une chanson ?

—Ne te gêne pas.

—C'est quand même dommage que vous soyez si pressés, dit Tiamax en grattant un de ses cache-œil en cuir. La Route du Roque est dans un mois à peine. Toutes les roquebandes de Grandual seront présentes. Il y aura plein de jeunes mercenaires prêts à tout pour se faire un nom. De quoi recruter une véritable armée.

— Bah, grogna Ashe. La Route du Roque, ce n'est plus ce que c'était. Avant, on ne croisait que de vrais guerriers à Kaladar. Aujourd'hui, c'est plein de gamins qui ont la morve au nez et un poil en guise de barbe. Des jeunots qui croient qu'il suffit d'avoir une épée pour être mercenaire. Il n'y a que deux choses qui les intéressent : gagner du fric et baiser.

— Bien dit ! s'exclama Tiamax en levant quatre verres d'un coup.

Clay n'avait jamais beaucoup aimé la vie de mercenaire, mais il devait reconnaître que la Route du Roque était – ou avait été – un événement à ne pas manquer. Il s'y était rendu trois fois. Le festival – qui durait trois jours – se résumait à une débauche d'alcool, de drogues et de violence effrénée. Avec quelques orgies pour faire bonne mesure. Il y avait un dicton : *« Ce qui se passe à Kaladar reste à Kaladar. »*

— C'est vrai, insista Ashe. Avant, le monde était plutôt flippant, vous vous rappelez ? Et on faisait de notre mieux pour le rendre meilleur. Enfin, la plupart d'entre nous, du moins.

— Et on l'a *rendu meilleur*, dit Moog qui était resté étrangement silencieux.

Matrick vida son verre.

— Un peu qu'on l'a rendu meilleur !

Ganelon était toujours allongé sur son canapé. Il avait les yeux clos et les mains croisées sur la nuque.

— Moi, j'ai pas franchement l'impression qu'il a changé, lâcha-t-il.

Un long silence s'installa et le soleil se coucha. Il était dangereux de voler dans l'obscurité, mais Edwick insista pour qu'on attende un peu avant de se poser. Porcinet finit son assiette de beignets et se dirigea vers le bar pour prendre une bière. Ashe lui laissa sa place et alla s'asseoir à côté de Gabriel. Il tressaillit quand elle posa une main sur son épaule. Elle lui parla d'une voix douce, comme un palefrenier qui essaie de calmer un cheval nerveux.

— Porcinet, dit Moog. Excuse-moi, mais je peux te demander ce qui est arrivé à ton père ?

Le jeune homme but une gorgée de bière dans un concert de bruits gutturaux.

— Comment il est mort, tu veux dire ?

— Oui, si cela ne te dérange pas…

Porcinet haussa les épaules.

— Il a chopé la nécrose.

Le sorcier ferma les yeux et hocha la tête comme s'il avait deviné la réponse avant de l'entendre.

— Merde, dit-il.

— Il a résisté plus longtemps qu'on s'y attendait, poursuivit Porcinet. Il n'était pas maigre… enfin, tu le connaissais. Mais il était aussi costaud. Sacrément costaud, même. Jusqu'à ce que… Ça a commencé par les orteils. Puis ça a gagné les doigts. Il avait du mal à se débrouiller tout seul et il fallait qu'on l'aide, qu'on le fasse manger. Quand ses doigts sont tombés, on s'est dit qu'avec un peu de chance… (Il se tut et resta silencieux un moment, les yeux rivés sur le verre qu'il faisait tourner entre ses mains.) Mais c'est reparti sur les bras, et puis sur le visage. Son nez et ses oreilles se sont… desséchés, tu vois ? À ce stade, il était tout le temps fatigué. Il ne parlait presque plus, et quand il disait quelque chose, ça ne voulait pas dire grand-chose. Il était *terrifié*. Il…

— Je sais ! aboya Moog. (Il tressaillit, surpris par la violence de sa réaction.) Je suis désolé. (Il tendit le bras et tapota la main du jeune homme.) Je… enfin… je sais ce que c'est de perdre un proche de cette manière. De le voir s'étioler lentement. De se demander ce qu'on pourrait bien faire pour qu'il aille mieux. Pour soulager ses souffrances. Mais on ne peut *rien* faire et ils continuent de *souffrir*.

Sa voix chevrota et se brisa. Il regarda au-delà du plat-bord, se gratta la tête pour se donner une contenance et s'essuya un œil d'un revers de manche.

— Ils continuent de souffrir…

— Mais ils ne sont pas seuls, dit Clay.

Le sorcier se tourna vers lui. Clay connaissait Moog depuis des années, mais il ne l'avait jamais vu si effrayé.

— Tu n'es pas seul, ajouta-t-il.

Il attendit, ne sachant quoi dire de plus pour apaiser la terrible peur du sorcier. Moog ferma les paupières et se mordit les lèvres tandis que deux larmes perfides roulaient sur ses joues.

La nature du silence avait changé. Tiamax s'était figé alors qu'il préparait un verre pour Matrick. Barret, assis sur un canapé, échangea un regard inquiet avec Ashe. Ganelon redressa la tête pour voir ce qui se passait et ses yeux sombres scintillèrent dans la lumière dansante des chandelles.

— Je ne…, bafouilla Matrick, déconcerté. Quoi ? Qu'est-ce que ça veut dire « Tu n'es pas seul » ? Qui est-ce qui n'est pas seul ?

D'un geste très lent, Porcinet leva une main potelée et la posa sur le genou du sorcier.

— Ça a commencé où ? demanda-t-il d'une voix à peine audible.

Clay vit le visage de Matrick se transformer en masque de granit. Bien sûr. Matty et Moog avaient toujours été très proches. Aussi proches que Clay et Gabe, sans doute, même s'ils se connaissaient depuis moins longtemps. Ils partageaient un lien fraternel et une bonne humeur inaltérable qui se manifestait dans les moments les plus effroyables ou les plus inopportuns. Clay et Gabe avaient été bouleversés en apprenant que Moog était malade, mais Matty allait avoir le plus grand mal à s'en remettre. C'était pour cette raison que le sorcier ne lui avait encore rien dit.

— Ça a commencé où ? répéta Matty d'une voix aussi lente et glacée qu'un fleuve l'hiver.

Il savait, songea Clay. *Bien sûr qu'il savait, mais il ne voulait pas y croire.*

Moog poussa un long soupir et ouvrit les yeux. Il esquissa un vague sourire qui se volatilisa à l'instant où il reprit la parole.

— Au pied, dit-il à voix basse. C'est apparu au pied.

Le silence retomba, pesant, aussi tragique qu'un arbre qui succombe aux coups de hache des bûcherons.

Matrick se leva d'un bond et se précipita vers le sorcier. Il le saisit par le col de sa robe et le plaqua sans ménagement contre la rambarde du navire.

— C'est sur ton putain de pied ? Cette saloperie de toucher du Païen, hein ? Sur ton *putain de bordel de merde* de pied ?

— Argh, lâcha Moog.

— Et quand est-ce que t'avais l'intention de me le dire, hein ? Quand ?

— Gah, répondit le sorcier.

— Et pour commencer, qu'est-ce que tu fous ici ?

La voix de l'ancien roi montait dans les aigus à chaque mot. Elle menaçait de se briser sous le coup de la colère, de l'incrédulité et du chagrin.

— Tu devrais être cloîtré dans ta putain de tour de merde ! Jour et nuit ! Jour et putain de bordel de merde de nuit ! Jusqu'à ce que tu aies trouvé un putain de remède !

— Il n'y a… pas de remède, gargouilla Moog.

— IL Y A FORCÉMENT UN PUTAIN DE REMÈDE ! hurla Matty. Tu m'entends, putain de sorcier à la cervelle de merde! Il y en a un! *Il. Y. A. Forcément. Un. Putain. De. Remède!*

Et puis la colère l'abandonna d'un coup et il tomba à genoux en entraînant Moog avec lui. Le sorcier hésita, puis glissa les bras autour du cou de son ami et le serra contre lui pendant que des vagues de sanglots sans fin s'échappaient de la gorge du roi brisé.

Ils atterrirent peu après à proximité d'un hameau vaguement éclairé. Barret affirma qu'il s'agissait de Villebas, mais Matrick – qui s'était murgé avec un professionnalisme qui forçait l'admiration après avoir appris que Moog était malade – soutint que c'était Landeguenille.

— J'étais le putain de roi de ce pays, dit-il d'une voix rendue pâteuse par l'alcool. (Il était toujours assis au bar.) Je connais ce coin comme le rond de ma foche. Euh, comme le… Hé, chef! mon verre est vide!

— Sers-toi, dit Tiamax qui était allé s'allonger sur un canapé.

Matrick passa derrière le comptoir et Clay regarda l'arachnéen en secouant la tête.

— On n'est pas près d'avoir la paix, soupira-t-il.

Porcinet gloussa. Il avait réussi à mettre la main sur une pomme et la croquait avec entrain.

— Jouons à un jeu, dit-il. Chacun va dire le premier truc qu'il a tué. Je commence, d'accord? Moi, c'était un lutin de poubelle qui m'a attaqué à Cincour.

Clay s'enfonça dans son siège et but une gorgée de bière. Il n'aimait pas beaucoup ce jeu.

— Un lutin de poubelle? ricana Ashe. En général, ils détalent comme des lapins dès qu'ils aperçoivent quelque chose de plus gros qu'un rat. C'est la première fois que j'entends quelqu'un dire qu'il s'est fait attaquer par une de ces vermines.

Porcinet baissa la tête d'un air penaud.

— C'est que… quelqu'un lui avait jeté une caisse remplie d'oranges aux ordures…

Ashe riait encore quand Moog prit la parole.

— J'avais onze ans quand mon chien est mort. J'ai décidé de le ressusciter…

— Ho ! s'exclama Barret.

— Je sais. C'était idiot. Enfin bref. J'ai allumé des chandelles, j'ai griffonné des runes… J'ai fait tout ce qu'il y avait de marqué dans le grimoire. Enfin, c'est ce que je croyais. Parce que la chose qui est revenue d'entre les morts, je peux vous assurer que ce n'était pas Monsieur Fluffy.

— Je ne sais pas trop ce qui me dérange le plus, remarqua Edwick, confortablement installé dans le siège de pilote. Le fait que tu aies tâté de la nécrologie ou que tu aies appelé ton chien « Monsieur Fluffy ».

Tiamax laissa échapper une série de cliquetis joyeux.

— Moi, c'était… je ne sais même pas comment ça s'appelle. C'était une sorte de grenouille-lézard géante, avec plein d'épines et une langue de feu.

— Ça ne devait pas être beau à voir, dit Matrick. Moi, c'était un chaman gnoll.

— Les gnolls, c'est les trucs avec des têtes de cheval ? demanda Porcinet.

— Non. Ça, c'est les ixils, grogna Ashe. Les gnolls, c'est des chacals sur deux pattes.

— Ce fils de pute a lancé un sort qui m'a rendu aveugle, reprit Matrick. J'ai bien cru que j'allais y rester, mais ce connard s'est mis à rigoler quand j'ai trébuché et que je me suis cassé la figure. Avec un rire pareil, je ne pouvais pas le manquer.

—Moi, c'était une harpie, dit Barret. Elle avait enlevé ma petite sœur et l'avait emportée dans son repaire, sur le flanc d'une montagne. J'ai grimpé jusque-là et je lui ai brisé la nuque. Et j'ai pris ses œufs. On a eu de l'omelette au petit déjeuner pendant une semaine. Et toi, Ganelon ? Je parie que ton premier, c'était du coriace.

Le guerrier des terres du Sud secoua la tête.

—C'était des esclavagistes.

Il ne donna pas plus de détails.

—Moi, c'était une araignée, dit Ashe. Une grosse. (Elle tourna la tête et regarda Tiamax avec un grand sourire.) C'est des belles saloperies, les araignées.

Les mandibules de l'arachnéen cliquetèrent d'un air amusé.

—Maintenant, je sais pourquoi mon père n'est jamais revenu après être sorti pour acheter une bouteille de lait. Et dire que je croyais qu'il m'avait abandonné parce que j'étais un mauvais fils.

Ashe gloussa et se tourna vers Clay.

—Et toi, Main Lente ? Attends, laisse-moi deviner. Un pauvre crétin a renversé de la bière sur tes bottes et tu l'as obligé à regarder pendant que tu massacrais toute sa famille.

Clay inspira un grand coup. Il s'apprêtait à avouer que la première personne qu'il avait tuée était son père quand Gabriel – le seul à connaître ce secret – prit la parole pour le tirer de ce mauvais pas.

—Jusqu'où vous pouvez nous emmener ? demanda-t-il en tournant la tête vers Barret.

Le meneur de Vanguard se racla la gorge et échangea un regard avec Ashe et Tiamax.

—Jusqu'au fort de Tournepierre, dit-il enfin. Ça ne m'emballe pas d'aller si loin, mais bon ! je ne serais pas un ami si je n'étais pas prêt à me faire bouffer par un verétincel, une vouivre ou je ne sais quel putain de monstre qui nous attend sur le chemin.

C'est une sacrée preuve d'amitié, en effet, songea Clay. *D'autant que c'est déjà grâce à eux qu'on a pu quitter Cincour en vie.*

Pour gagner la forêt depuis Cincour, il fallait marcher pendant une semaine et le voyage n'était pas de tout repos. Le *Vieille Gloire* les y déposerait le lendemain. Clay avait espéré que Barret les conduirait plus loin, mais en toute honnêteté, il ne s'attendait pas à ce qu'il les conduise *si loin*.

Gabriel écarta les mèches devant ses yeux.

— Et Contha ? Ça serait possible que vous nous déposiez à Contha ?

Barret fronça les sourcils.

— Bien sûr. Je suppose que vous avez du matos à acheter pour préparer votre tournée, hein ?

— Il y a ça, ouais, répondit Gabriel. Mais d'abord, je dois rencontrer quelqu'un pour parler d'une certaine épée.

25

Des trésors plus ou moins utiles

Cinq hommes gravissent la pente orientale de la colline sur laquelle Kallorek a installé sa forteresse. Le soleil matinal projette leurs ombres devant eux. Cinq silhouettes maladroites qui évoquent les doigts d'une main prête à se transformer en poing. Cinq hérauts de mauvais augure, se rappelleront les gardes qui les regardent approcher.

Parmi eux se trouve un ancien roi qui a enfanté cinq héritiers sans déboutonner son pantalon. Un homme qui, au fil du temps, a acquis une grande sagesse et un impressionnant tour de taille. Un homme doté d'un courage indomptable et d'une soif inextinguible.

Il y a un sorcier, un orateur de dimension cosmique, ennemi juré de l'inguérissable nécrose, directeur fantôme du département des sciences de la combustion à l'université de Fort Curieux, et unique être humain de plus de huit ans croyant encore à l'existence des ours-hiboux.

Il y a un guerrier-né, incarnation de la puissance et de la pauvreté. Un homme dont les missions sont légion : briser les chaînes, massacrer les rois et prouver que les forces du bien sont parfois obligées d'engager de méchants salopards pour triompher.

Il y a un être taciturne, un doux géant qui se bat avec un grand bouclier. Solide comme un chêne dont l'âge se compte en siècles, constant comme l'étoile qui marque le nord et qui brille plus que toutes les autres au cours des nuits les plus sombres.

Et devant eux marche notre héros. C'est une chandelle dont il ne reste qu'un petit amas de cire, une lame émoussée par trop de combats, mais chacun de ses pas exprime une volonté farouche. Observez son regard d'acier. Qui oserait s'interposer entre un tel homme et ce qu'il a de plus cher au monde ? Il est prêt à tuer pour sauver son enfant. Il est prêt à mourir s'il le faut.

— Va chercher le chef, dit un garde à un camarade. Ces types me foutent la trouille.

Et il a raison. Ils foutent la trouille. Jusqu'au moment où le sorcier marche sur l'ourlet de sa robe, lâche une bordée de jurons et tombe la tête la première dans une mare de boue.

Ils traversèrent le domaine de Kallorek en brisant les meubles et les bras. Moog jetait des sortes d'avocats à mèches qui explosaient en produisant un nuage de fumée jaune et âcre dans les pièces voisines, et quelques instants après, les domestiques et les gardes qui s'y cachaient sortaient en toussant. Clay assommait ses adversaires à coups de bouclier. Ganelon frappa un homme du plat de sa hache. Le malheureux fut projeté trois mètres en arrière et traversa une baie vitrée. Gabe avançait avec une détermination inquiète. Il ressemblait à un père qui erre dans les couloirs d'un bordel à la recherche de sa fille.

Ils trouvèrent Kallorek à l'extrémité la moins profonde de son bassin. Deux filles nues s'enfuirent sans demander leur reste, et le manager eut à peine le temps d'enfiler une robe avant que le poing ganté de mailles de Gabriel s'écrase sur son nez et l'envoie rouler sur le carrelage humide.

— Emmenez-le, dit le meneur de Saga sans ralentir.

Ganelon attrapa le manager sonné par le col et le tira derrière lui comme un vulgaire sac de sable.

Ils traversèrent le jardin et entrèrent dans la chapelle où Kallorek gardait ses précieux artefacts. Gabriel se dirigea droit vers la statue du Fils de l'Automne brandissant une épée. Il s'arrêta à cinq mètres et tendit la main vers Moog. Le sorcier fouilla dans son sac sans fond et en tira quelque chose qui ressemblait à un bout de corde trempé dans du goudron.

— Est-ce que ce ne serait pas…

— De la corde à feu, oui, confirma Moog. (Il la posa dans la main de Gabriel comme s'il s'agissait d'une vipère.) Fais bien attention.

Moog qui conseille à quelqu'un de manipuler un produit alchimique avec précaution, songea Clay. *Par tous les dieux de Grandual, nous avons bien vieilli.*

Gabe s'approcha de la statue. La lumière des lampes-miroirs se reflétait sur les plaques de son armure et la nimbait d'un halo scintillant. Il gravit les marches de l'estrade, s'agenouilla devant le Fils de l'Automne et enroula le cordon corrosif autour des jambes avec des gestes prudents.

— Reculez, dit-il par-dessus son épaule.

Il relia les extrémités effilées et l'on entendit un sifflement. Le cordon vira au rouge sombre et se contracta tandis que les fibres devenaient plus dures que l'acier. La statue vacilla, puis ses jambes plièrent. Elle bascula en avant et vola en éclats en heurtant le sol. La tête – dont les traits avaient été retaillés pour ressembler à ceux de Kallorek – roula et s'arrêta aux pieds de Ganelon.

Gabriel descendit de l'estrade en sautillant et erra entre les fragments à la recherche de *Vellichor*. Il l'arracha aux doigts de pierre et sourit comme un enfant.

L'épée à double tranchant était presque aussi grande que lui. L'ancienne arme de Vespian, l'archon druine, était considérée comme la relique la plus sacrée de Dominion, et la deuxième plus dangereuse. Elle était forgée dans un métal vert argenté, et sur la lame, on apercevait des fragments de ciel étoilé et d'arbres démesurés appartenant à une forêt que nul homme n'avait jamais explorée. Comme si l'épée était une fenêtre donnant sur un monde disparu depuis une éternité.

Mais le plus étonnant était son odeur. La plupart des épées sentaient le métal, l'huile ou rien du tout. *Vellichor*, elle, dégageait un parfum de brise d'été, de lilas et d'herbe fraîche.

Gabriel était immobile, les yeux clos. Un voile de poussière tourbillonnait autour de lui. Il murmura quelque chose que ses camarades n'entendirent pas, puis ouvrit les paupières et tourna la tête vers Kallorek.

— Le fourreau, où est-il ? demanda-t-il.

Le manager toussa et cracha à ses pieds en guise de réponse.

Gabe adressa un hochement de tête à Ganelon, et une botte à pointe ferrée fit exploser le nez de Kallorek.

— Il est là ! s'écria le manager en pointant le doigt vers un coin de la chapelle. Il y a un coffre quelque part. Prenez le fourreau et foutez le camp de ma maison !

Gabriel souriait toujours comme un enfant.

— Ne t'inquiète pas, je vais prendre le fourreau et on fichera… (Il leva les yeux et regarda les mèches de cheveux gras rabattues sur le crâne du manager.) Mais je pense à une chose, Kal. Le Cœur du Wyld est un endroit dangereux et puisque nous sommes ici, je crois que nous ferions mieux de nous assurer qu'il ne nous manque rien.

Le manager sembla sur le point de cracher de nouveau, ou de hurler, ou de se ruer sur Gabriel pour lui tordre le cou, mais il tressaillit lorsque son imagination limitée lui rappela le goût des bottes de Ganelon. Il hocha la tête avec réticence.

— Bien sûr, bien sûr, grogna-t-il. Prenez tout ce que vous voulez.

Gabe s'approcha et assena une petite claque sur la joue grasse du manager, puis il se redressa, inspira et regarda ses camarades.

— Allez les gars, c'est le moment de faire son marché. Si on doit jouer les héros, autant s'équiper en conséquence.

Moog se mit à fouiller dans la bibliothèque. Matrick s'empara de superbes bottes en cuir posées sur une table. Ganelon se dirigea vers une vitrine sous laquelle brillait une paire de gantelets en fer forgé. Il brisa le verre d'un coup de poing et s'en empara.

Clay se promena dans la chapelle. Il s'attarda devant un redoutable cimeterre qu'il crut entendre murmurer son nom et un marteau dont le manche incrusté d'ivoire était étrangement froid au toucher. Il jeta un coup d'œil au casque de Liac l'Arachnéen et à *Peau-de-guerre*, la cotte de mailles pourpre qui, selon Kallorek, était capable d'arrêter n'importe quelle arme.

Une chouette armure, songea le guerrier.

Il décida de la prendre.

Elle lui allait comme un gant. Une doublure intérieure en soie empêchait les mailles d'irriter la peau, et les bandes métalliques étaient segmentées au niveau des coudes pour faciliter les mouvements. Les spalières remontaient de manière à protéger la gorge. La cotte de mailles descendait aux genoux et se fermait avec une ceinture dont les extrémités métalliques se soudaient par magie.

— Oohhh ! des aimants ! s'exclama Moog en le voyant ouvrir et fermer la ceinture d'un air émerveillé.

— Des aimants ?

Le sorcier le regarda comme un professeur ravi de combler l'ignorance crasse d'un étudiant.

— C'est tout à fait fascinant, commença-t-il.

— J'en suis convaincu, dit Clay en s'éloignant sur-le-champ.

Au passage, il prit le marteau au manche d'un froid spectral et décida de le baptiser « *Wraith* ».

Tandis qu'il se dirigeait vers Gabriel, il passa à côté du sarcophage contre lequel Gabe et Kallorek s'étaient cognés au cours de leur précédente visite. Il était vide et le guerrier se demanda quel horrible monstre ils avaient bien pu lâcher dans la nature.

Ses camarades continuaient de s'équiper. Ganelon avait trouvé une armure en écailles de dragon noires assortie à ses gantelets. Matrick avait accroché une corne tordue à sa ceinture.

— Regarde ça, dit-il lorsqu'il remarqua que Clay l'observait.

Il inspira un grand coup et souffla dans l'embouchure. Clay n'entendit aucun son, mais un nuage d'insectes ailés jaillit de l'instrument.

Il chassa une guêpe qui approchait un peu trop près de ses yeux.

— C'est… une corne qui vomit des bestioles ?

— C'est pas extra ? demanda Matrick avec un grand sourire.

Clay fronça les sourcils d'un air dégoûté.

— Pas vraiment, non.

— J'ai gagné ! J'ai gagné !

Moog surgit entre deux mannequins en armure et en renversa un. Il se tourna vers lui pour s'excuser, puis estima que c'était inutile et se remit en chemin. Il était coiffé d'un chapeau pointu à large bord, le genre de couvre-chef que les sorciers portent toujours dans les histoires et pour ainsi jamais en réalité. Sans doute parce que cela leur donne l'air ridicule.

— Sûr, t'as gagné, opina Matrick. Tu ressembles à un clone.

— À un clown, le corrigea Moog. Regardez un peu ! (Il ôta le chapeau et y plongea un bras jusqu'au coude.) Il est comme mon sac, mais différent. Il y a un enchantement à l'intérieur ! On ne peut rien y ranger. On peut juste en sortir des trucs. Mais pas n'importe quoi… Ah ! ça y est.

Clay écarquilla les yeux en voyant le sorcier extraire un poulet des mystérieux confins du galure. Un poulet plumé, rôti et glacé au miel. Sa peau était brune et craquante. Une succulente odeur de viande lui donna l'eau à la bouche.

— Comment… ?

Moog jeta le poulet sur le côté. Matrick tendit son bras valide, l'attrapa et le serra contre sa poitrine.

— Qu'est-ce que c'est que ce… ? grogna-t-il.

Moog replongea la main dans le chapeau et en tira un deuxième poulet qu'il tendit à Clay, puis un troisième qu'il lança à Ganelon. Celui-ci l'évita en faisant un pas de côté et le regarda avec méfiance tandis qu'il roulait par terre.

— Des poulets dans un chapeau, marmonna-t-il d'un ton écœuré.

— Ils sont tout à fait comestibles, le rassura Moog. Et il n'y a pas que ça.

Il fit apparaître des miches de pain, des épis de maïs, des tomates bien mûres, des gâteaux de fruits surmontés de glaçages aux parfums sucrés.

Matrick les prenait les uns après les autres et il avait désormais de quoi ravitailler une garnison.

Il tourna la tête vers Clay.

— Alors *ça*, c'est nettement mieux qu'une corne qui crache des abeilles !

Clay haussa les épaules. Il était d'accord sur ce point.

26

Le revenant dans le salon

Ils se dirigeaient vers la sortie – Ganelon poussant un Kallorek revêche et fort peu coopératif devant eux – lorsque Valery émergea d'une chambre. Elle appela Gabriel d'une voix à peine audible et Clay eut l'impression que son camarade venait d'être harponné. Il ralentit, puis se tourna vers son ex-femme. La joie et l'assurance qu'il affichait depuis qu'il avait récupéré *Vellichor* fondirent comme neige au soleil. Il redevint un lâche, un chien battu impatient de disparaître dans l'ombre de son maître.

— Valery, croassa-t-il.

Elle s'approcha d'un pas mal assuré. Elle était dans un état pitoyable, livide. D'énormes cernes noirs s'étendaient sous ses yeux et elle n'était pas peignée. Clay eut l'impression qu'elle venait de se réveiller et qu'elle avait enfilé sa longue chemise de nuit blanche à la hâte. Ses yeux s'attardèrent sur les vilaines cicatrices rouges qui constellaient ses bras nus.

— Je suis désolée, marmonna-t-elle… J'essaie de me sevrer. Je dormais. (Elle regarda autour d'elle et écarquilla les yeux en découvrant que les domestiques et les gardes avaient disparu.) Qu'est-ce qui s'est passé ? Qu'est-ce que vous faites ici ?

En guise de réponse, Gabe se contenta de poser la main sur le magnifique pommeau de *Vellichor*.

—Ah, bien sûr, dit Valery avec une pointe d'amertume. Tu sais, avant, Kal répétait tout le temps que s'il te proposait de reprendre *Vellichor* ou moi, tu choisirais *Vellichor*. Je crois bien qu'il avait raison.

Bien sûr qu'il avait raison, songea Clay.

Il estima cependant plus sage de garder cette réflexion pour lui.

Gabriel resta silencieux et Valery n'insista pas. Elle regarda les cinq hommes d'un air las, s'attarda un instant sur Ganelon avant de tourner la tête vers Clay.

—Tu es déjà venu, dit-elle. Je… me rappelle.

À cet instant, son visage se décomposa comme si un terrible souvenir venait de remonter à la surface de son esprit embrumé. Quand elle reprit la parole, sa voix tremblait de panique.

—Oh. Oh, non ! Rosie ? Est-ce qu'elle est… ?

—Elle est vivante, la rassura Gabriel. Elle est à Castia.

Il approcha d'un pas, incapable de résister à la traction du harpon planté dans son cœur.

—Castia, dit Valery d'une voix plate. (Puis elle répéta ce nom avec une expression horrifiée.) Castia !

Gabe fit un nouveau pas en avant.

—Je vais la trouver, Val, promit-il. Je *vais* la trouver et je la ramènerai à la maison.

Kallorek eut la mauvaise idée de ricaner. Ganelon lui administra une claque sur la nuque avec ses nouveaux gantelets et Valery lui lança un regard chargé de haine et de colère. Elle se tourna vers Gabriel, partagée entre l'envie de pleurer et de hurler.

— D'accord, dit-elle en se tordant les mains. D'accord. Tu vas la ramener à la maison. C'est bien, oui. Je t'en supplie, Gabriel. Je t'en supplie… Ramène notre petite fille chez nous.

Elle tendit la main, et ses doigts tremblants effleurèrent la joue de Gabriel. Celui-ci tressaillit comme si l'on venait de le brûler avec un fer porté au rouge, mais il ne recula pas.

Clay essaya d'imaginer un tel gouffre entre Ginny et lui. Gabe et Valery avaient été inséparables et aussi heureux qu'il était possible de l'être. Ils avaient été amants et amis, mais aujourd'hui, Clay avait l'impression de voir deux étrangers face à face. Deux animaux d'espèces différentes ne sachant pas comment réagir en présence de l'autre.

— Il faut qu'on parte, dit Gabriel. Nous emmenons Kal. Pour être sûr qu'il ne cherchera pas à nous mettre des bâtons dans les roues et à nous empêcher d'atteindre la forêt. Nous le laisserons à un ou deux jours de marche de la frontière du Cœur du Wyld.

Le visage de Valery se décomposa un peu plus.

— La forêt ? Vous n'allez pas traverser la forêt et marcher jusqu'à Castia ? Il y a un vaisseau céleste…

— Salope ! hurla Kallorek. Ferme ta putain de gueule !

Cette fois-ci, ce fut Matrick qui le frappa. Si fort que le manager partit en arrière et s'effondra.

— C'est *toi* qui vas fermer ta gueule, gronda l'ancien roi avant d'ajouter, sans doute pour faire bonne mesure : Salope !

Gabriel prit la main de son ex-femme.

— Valery, parle-moi de ce vaisseau céleste.

La mère de Rose gratta une de ses nombreuses cicatrices d'un air absent.

— Des ouvriers l'ont trouvé dans les souterrains quand ils creusaient pour faire des rénovations. Il y a un ruisseau au sud de la colline. Remontez-le et vous trouverez une caverne.

Le vaisseau est là. Vous pouvez le prendre. Vous pouvez voler jusqu'à Castia.

— On peut voler jusqu'à Castia.

Le visage de Gabriel s'illumina comme un parchemin sous le baiser d'une flamme.

Ils trouvèrent le ruisseau, puis la caverne. Ils rencontrèrent une poignée de gardes, mais ils n'eurent aucun mal à les convaincre de faire une sieste. Ils entrèrent et découvrirent une grotte gigantesque ainsi qu'un vaisseau céleste qui ressemblait à un lupanar.

Il était immense, presque aussi grand que le *Second Soleil* de la sultana. Trois voiles inclinées protégeaient les passagers du soleil et de la pluie. Le pont avait été restauré avec un bois sombre et verni. Les rambardes étaient incrustées de pierres de lune blanches. Une sirène en or massif s'élançait du beaupré. Ses bras écartés et sa poitrine nue luisaient à la lumière rougeâtre provenant de l'entrée de la grotte.

Le nom du vaisseau avait été gravé en lettres élégantes à la proue : « *Cour Charnelle* ».

À l'intérieur, on trouvait une cambuse aussi bien approvisionnée qu'un garde-manger royal, une somptueuse salle à manger, plusieurs salles de bains et pas moins de huit cabines si luxueuses qu'elles auraient fait pâlir de jalousie une princesse trop gâtée.

La poupe était occupée par une suite clinquante que Kallorek s'était sans doute réservée. Les parois étaient couvertes de toiles criardes dont les scènes allaient de l'érotisme de mauvais goût à la vulgarité la plus affligeante. La pire représentait Kallorek, nu, et une centauresse à crinière sauvage pratiquant une activité qui n'avait qu'un lointain rapport avec l'équitation. Le lit était entouré de rideaux en soie rouge et les couvertures étaient en désordre. Un drap avait disparu et Clay frissonna en songeant aux activités abjectes qui avaient dû se dérouler dans cette chambre.

Le fond de la suite était occupé par un espace salon dans lequel on trouvait des canapés, des tables de jeu et un bar encore mieux approvisionné que celui du *Vieille Gloire*. Il y avait également un zombie perché sur un tabouret. Il accordait un étrange instrument de musique d'une main et tenait un verre de vin de l'autre.

— Oh ! Voilà qui est fort gênant, dit le mort-vivant. (Il posa le châssis octogonal tendu de cordes disposées en toile d'araignée et se leva.) Je ne m'attendais pas à de la visite. Je vous prie de croire que dans le cas contraire, j'aurais pris la peine de faire le lit. Et de me cacher dessous en attendant que vous preniez congé.

— Qui es-tu ? demanda Gabriel en glissant la main vers le pommeau de *Vellichor*.

— Je ne suis pas un ennemi, le rassura le zombie.

Il parlait avec un étrange accent guindé qui contrastait avec son apparence effrayante. Il portait une sorte de toge…

Non, pas une toge, rectifia Clay. *C'est le drap de lit qui a disparu.*

Le mort-vivant s'inclina avec courtoisie, révélant ainsi une terrible blessure à la hauteur de la nuque.

— Je suis Kitagra l'Audacieux, se présenta-t-il. Certains m'appellent également Kitagra l'Imprudent, ou Kitagra le Suicidaire Opiniâtre. Je suis un spectre errant, un poète vagabond. J'ai été, fugitivement, musicien à la cour de l'exarque Firaga de Teragoth et je suis aujourd'hui en quête d'un emploi. Vous pouvez m'appeler…

— Kit ?

Le zombie cligna des paupières. Enfin, ses paupières parcheminées frémirent sous le coup de la surprise.

— Arcandius Moog ? C'est bien toi, espèce de maudit chenapan ?

Le sorcier se précipita vers le mort-vivant et le serra dans ses bras.

— Kit ! Ma vieille goule ! Je croyais que tu étais parti vers l'ouest. Qu'est-ce que tu fais ici ?

L'esprit de Clay rassembla les pièces du puzzle et la lumière se fit.

— Kit l'Intuable, souffla-t-il.

La créature qui était sortie du sarcophage entreposé dans la chapelle de Kallorek.

Le zombie s'arracha à l'étreinte de Moog.

— Je me cache, dit-il. Je rêvasse. Je joue aux cartes contre moi-même. Je compose de nouvelles chansons. Et je bois comme un poisson phantrien. Mais *avant*, j'ai végété dans une grande boîte sombre pendant une éternité à cause de l'individu à tête de porc qui t'accompagne. (Il toisa le manager ligoté et bâillonné avec un profond mépris.) J'ose espérer qu'il ne fait pas partie de tes amis ?

— Pas en ce moment, non, répondit Moog.

Le zombie gratta une côte en partie exposée à l'aide de ses doigts grisâtres.

— Je suis bien aise de l'apprendre. Mais, et toi ? Comment vas-tu ? Est-ce que tu as enfin mis au point ton remède miraculeux ?

Moog contempla ses pieds. Ou son pied, peut-être.

— Contre la nécrose ? Non. Et celui que j'avais préparé pour ton… euh, petit problème ?

— Ta potion phallique ? Elle a fonctionné à merveille. J'ai eu une érection pendant deux semaines. Les catins de Contha ont cru que Lucian le Vigoureux était de retour d'entre les morts. Je dois avouer que c'est sous ce nom que je me suis présenté. Et je leur ai versé une fortune pour qu'elles me croient. Ah ! ne t'inquiète pas mon ami. Le remède contre la nécrose est là, quelque part, caché dans ce labyrinthe. (Il pointa le doigt vers la tête du sorcier.) Continue de t'y promener et tu finiras par le trouver. (Il regarda le reste du groupe par-dessus l'épaule de Moog.) Dois-je comprendre que vous prenez possession du vaisseau céleste ?

— Exactement, répondit Gabriel.

— Je vois. Si ces messieurs veulent bien m'accorder le temps de terminer mon verre et de rassembler mes affaires, je vais me mettre en chemin.

Moog agita la main.

— Ridicule ! Pourquoi est-ce que tu ne resterais pas avec nous ? Un barde ne serait pas de trop !

Clay grimaça un sourire. La situation ne manquait pas de sel : d'innombrables bardes avaient été tués en accompagnant Saga, et aujourd'hui, le groupe allait en engager un qui était *déjà* mort.

Kit regarda le sorcier d'un air perplexe.

— Oh ? Et où allez-vous donc ?

— Eh bien, euh… à Castia.

— Castia ! (Le visage du zombie s'illumina – dans la mesure du possible.) Le joyau de la République ! Un bastion resplendissant de la civilisation humaine ! Jadis, j'ai fait partie d'un chœur dans un de ses théâtres. C'était, quoi ? Il y a une soixantaine d'années ? C'est une cité ravissante. Ravissante.

— C'était, corrigea Ganelon.

Les paupières de Kit tressaillirent. Moog ouvrit la bouche pour lui expliquer la situation, mais Gabriel le devança.

— Nous perdons du temps, dit-il. Si le zombie veut nous accompagner, qu'il nous accompagne. Il faut qu'on se dépêche. Je retourne à Contha pour acheter des vivres et du matériel.

— Je t'accompagne, dit Clay.

Le décor du vaisseau lui donnait la migraine.

— Moi aussi, dit Moog. J'ai besoin de plusieurs choses en ville. Kit, tu viens avec nous ?

— Je suppose que cela ne me ferait pas de mal de me dégourdir un peu les jambes, répondit Kit. (Il regarda Gabriel et esquissa un sourire inquiétant.) Je souhaiterais cependant préciser que je suis un *revenant* – ou une goule, à la rigueur. Vous êtes libre de choisir. Mais je ne suis *certainement pas* un zombie.

— Goule, zombie… quelle est la différence ? demanda Matrick.

— Il y en a un certain nombre. La plus notable étant que les zombies ont l'habitude de dévorer les gens.

— Et toi, tu manges quoi ?

Kit but une gorgée de vin d'un air pensif.

— À peu près tout, sauf des gens.

27

Chasseuse de primes

Matrick accepta de rester à bord du vaisseau céleste et de surveiller Kallorek pendant que ses camarades arpentaient les rues boueuses de Contha. Une fois en ville, Moog déclara qu'il devait se procurer du « matériel indispensable » et il partit de son côté en compagnie de Kit. Gabriel s'en alla acheter des provisions bien que le sorcier ait affirmé que la corne magique pourrait les nourrir jusqu'à Findeterre. Clay et Ganelon furent chargés de rassembler des informations à propos de la situation à Castia. Ils entrèrent dans une taverne appelée *La Porte de Derrière* dans l'espoir d'écouter les derniers ragots sans se faire remarquer.

Le plan échoua à l'instant où ils posèrent un pied à l'intérieur de l'établissement. Clay clignait encore des yeux pour s'habituer à la pénombre quand une voix familière retentit.

— Que la Mère de l'Hiver me mette bien profond ! Mais c'est ce vieux Clay Cooper !

Clay distingua une main qui s'agitait, trois doigts roses et un gant en soie noire. Jain et sa bande de hors-la-loi engoncées dans d'innombrables couches de vêtements étaient assises autour d'une longue table parsemée de pichets vides et de débris alimentaires variés.

— Pose ton cul avec nous, Main Lente ! M'est avis que je te dois bien une bière !

Tu me dois une semaine de casse-croûte, une dizaine de paires de chaussettes, une petite fortune en bijoux et deux épées, songea Clay avec amertume.

— Ouais, moi aussi, répondit-il.

Ganelon le regarda d'un air méfiant.

— Une amie ? demanda-t-il.

— On s'est rencontrés deux fois et elle en a profité pour me détrousser. Les deux fois, répondit Clay en se grattant la barbe. Alors je suppose que c'est une amie, ouais.

Le guerrier des terres du Sud ne fit aucun commentaire, mais une lueur amusée éclaira ses yeux verts.

Les clients s'écartèrent précipitamment pour les laisser passer, sans doute parce que Jain avait crié le nom de Clay et que Ganelon avait l'air d'un assassin avec sa hache accrochée dans le dos. Les Silk Arrows leur firent de la place et lorsque les deux hommes s'assirent en face de Jain, la table était couverte de chopes pleines et de plats débordant de nourriture.

Jain portait des vêtements encore plus élégants que dans la forêt à l'est de Brycliffe. De nouveaux bracelets tintaient à ses poignets, de nouveaux anneaux ornaient ses doigts et une écharpe en soie était enroulée autour de son cou.

Une écharpe que Clay avait déjà vue quelque part. La jeune femme remarqua qu'il l'observait avec attention et elle se méprit sur les raisons de son intérêt.

— Tu aimes ? demanda-t-elle. Je l'ai fauchée à une rupine phantrienne il y a une semaine. Une fille sympa, d'ailleurs.

Clay se rappela alors dans quelles circonstances il avait vu la bande de soie.

— Elle ne s'appelait pas Doshi, par hasard ?

Jain passa la main sur l'écharpe.

— Tu sais quoi ? Je crois bien que si. Elle a raconté que sa mère était amirale, mais elle jurait comme un vieux loup de mer quand je la lui ai piquée. (Elle haussa le menton en direction de Ganelon.) C'est qui, celui-là ? T'en as ras le bol de te faire dépouiller par des minettes et t'as engagé un garde du corps ?

Clay secoua la tête et prit une cuillère pour séparer les petits pois du tas de purée de patate douce dans son assiette. Il ne supportait pas ce mélange.

— C'est Ganelon, dit-il en avalant une bouchée de purée.

Jain toisa le guerrier des terres du Sud d'un air sceptique, puis se tourna vers Clay.

— Arrête de te foutre de ma gueule, Main Lente. Je suis sans doute qu'une gamine comparée à toi, mais je ne suis pas née de la dernière pluie.

— Il dit la vérité, lâcha Ganelon.

Jain n'était pas convaincue.

— Dans ce cas, comment ça se fait que tu ne sois pas… enfin, tu vois ?

— Vieux ? suggéra Clay.

— Ouais, c'est ça.

— C'est une longue histoire, dit-il en prenant une chope.

— On m'a changé en pierre, expliqua Ganelon. Mes potes ont brisé le sortilège.

— Bon, d'accord, reconnut Clay. Ce n'est pas une longue histoire.

— Moi, je vais vous dire un truc : je la trouve trop bizarre votre histoire, grogna Jain. D'un autre côté, les bardes racontent que Ganelon a la peau sombre des gens du Sud et les yeux clairs des gens du Nord et qu'il est plus mauvais qu'une manticore avec la queue dans le cul. (Elle dévisagea Ganelon.) Et faut bien reconnaître que tu cadres avec le portrait.

Ganelon sembla hésiter entre prouver son identité et faire un sort à une épaule d'agneau juteuse. Il choisit l'épaule et laissa à Clay le soin de poursuivre la conversation.

— On cherche des informations à propos de Castia. Tu as entendu quelque chose ces derniers jours ?

Jain ricana.

— Les seules informations que je m'attends à avoir de Castia, c'est que Castia n'existe plus. Je suppose que c'est là que t'as l'intention d'aller ? C'est pour ça que t'as reformé le groupe ?

— Oui. Aux deux questions.

La voleuse secoua la tête avec un sourire triste.

— Ce sera une fin épique et digne de vous. À Saga ! (Elle leva sa chope, et ses camarades l'imitèrent aussitôt.) La deuxième meilleure roquebande de tous les temps.

Des rires et des acclamations saluèrent l'éloge funèbre. Jain tapa sur la table, et les jeunes femmes vidèrent leurs verres.

Clay les imita. Par courtoisie.

— La deuxième meilleure ? demanda-t-il. Tu ne vas quand même pas me dire que tu es une fan des Screaming qui gueulent ?

— C'est les Screaming Eagles, papi. Et non, je ne suis pas une de leurs fans. Je parlais du groupe qui va devenir le plus célèbre des cinq royaumes : Jain et les Silk Arrows !

— Jamais entendu parler, lâcha Ganelon.

Jain se frappa la poitrine.

— Jain, c'est moi. Et les charmantes demoiselles installées autour de cette table sont les Silk Arrows. Il y a encore quelques jours, on n'était que de simples bandits, mais Clay Cooper, ici présent, nous a convaincues qu'on pouvait faire autre chose de nos vies !

Clay faillit recracher la purée qu'il avait dans la bouche.

— J'ai fait ça ? Moi ? demanda-t-il après avoir dégluti à grand-peine.

— Tu as planté la graine qui a germé dans ma tête en tout cas. Le premier jour qu'on s'est rencontrés. On vient de signer notre premier contrat. Apparemment, il y a une horde de centaures qui fait des siennes du côté de Coverdale et les bons habitants de la ville nous ont engagées pour qu'on s'en débarrasse.

Clay se rappela sa dernière visite à *La Tête du Roi* et eut l'impression qu'elle avait eu lieu des siècles plus tôt. Pip lui avait dit qu'on avait vu un centaure près de la ferme de Tassel. Un flot d'angoisse l'envahit. Les centaures avaient la détestable habitude d'enlever les enfants et de les faire cuire à la broche. D'un autre côté, les habitants des petites villes avaient tendance à s'affoler pour un rien.

Oublie cette histoire. Il s'agit sans doute d'une harde de daims. Ou d'un vieil éclaireur malade qu'un groupe de chasse a laissé en arrière. Tally est en sécurité. Ginny est en sécurité. Rose ne l'est pas et nous sommes les seuls à pouvoir la sauver.

— Une fois que ce sera fait, on ira à Kaladar, poursuivit Jain. Kal dit que la Route du Roque est un bon endroit pour se faire un nom et se frotter aux autres groupes. Il…

— Attends une minute ! la coupa Clay. Kal ? Ne me dis pas que t'as signé avec Kallorek ? Le manager obèse avec une gueule d'orc ? Celui qui habite au sommet de la colline ?

Jain le regarda d'un air agacé.

— Écoute, je ne l'aime pas trop non plus. Il me rappelle un peu mon papa, en fait. Sauf qu'il est vachement plus moche et qu'il n'a pas que deux pièces qui se battent en duel dans ses poches. Mais c'est le manager le plus compétent du coin et…

La voleuse – *ex-voleuse,* corrigea Clay – s'interrompit net et regarda au-dessus de l'épaule de Main Lente avec un mélange de crainte et de respect. Clay se tourna et s'aperçut que deux personnes venaient d'entrer. La première était un moine chauve portant une robe rouge sans manches. La seconde, qui se tenait derrière lui, était la plus belle femme que Clay avait vue de sa vie.

Non, ce n'est pas vrai, se morigéna-t-il. *Ginny est la plus belle femme que tu as vue de ta vie. Celle-ci est… elle est…*

Elle était grande, avec des bras fins et musclés. Elle portait une cuirasse noire et moulante qui semblait boire la lumière, d'épaisses jambières et des gantelets dont les doigts griffus faisaient songer aux serres d'un rapace. Le col de sa cape était entouré de duvet soyeux et deux épées étaient accrochées dans son dos. Ses cheveux lisses avaient le reflet bleu-noir des plumes de corbeau. Ils descendaient jusqu'à sa taille et étaient coupés droit au-dessus de ses sourcils délicats et de ses grands yeux bordés de longs cils.

D'accord, capitula Clay. *C'est la plus belle femme que j'ai vue de ma vie. À égalité avec… avec…*

Avec qui, déjà ? Ah ! oui, Ginny.

Clay faillit bondir de sa chaise quand Jain le saisit par le poignet.

— Tu devrais partir, souffla-t-elle. Tout de suite. Et par-derrière de préférence.

— Pourquoi ?

— *Pourquoi ?* (Clay crut que les yeux de la jeune femme allaient jaillir de leurs orbites.) Tu ne sais donc pas qui c'est ?

Il ne le savait pas, bien sûr. Il était à peu près certain qu'il l'aurait reconnue si elle avait essayé de prendre les remparts nord de Coverdale par la force au cours des dix dernières années, mais de toute évidence, ce n'était pas le cas.

— Une mercenaire ? demanda-t-il.

— Une chasseuse de primes, lâcha Jain.

Intrigué, Ganelon jeta un coup d'œil par-dessus son épaule.

— Elle est plutôt mignonne, marmonna-t-il.

Clay ignora la remarque.

— Et alors ? demanda-t-il à Jain.

— Alors, je te rappelle que ta tête est mise à prix.

— Je sais, mais on ne peut…

Il s'apprêtait à dire que les lois des cours interdisaient aux chasseurs de primes d'opérer dans les cités, mais…

Tu es dans la libre cité de Contha, pauvre andouille. Les lois des cours ne valent pas un pet de lapin dans ce trou à rats.

Il en eut la confirmation lorsque la femme en armure prit la parole d'une voix assez forte pour couvrir le brouhaha provoqué par son arrivée.

— Je cherche un homme, déclara-t-elle.

Plus de la moitié des clients de sexe masculin se levèrent aussitôt, et pour une raison étrange, Clay sentit ses jambes le presser de les imiter.

Ginny, songea-t-il. (Il répéta le nom de sa femme comme un mantra.) *Ginny, Ginny, Ginny…*

— Pas n'importe quel homme, corrigea la chasseuse de primes. (Les clients se rassirent, l'air penaud.) Il s'appelle Matrick Skulldrummer et c'est l'ancien roi d'Agria.

Clay regarda Jain. Quel que soit le sort qu'elle avait jeté sur les clients de la taverne – il était certain qu'elle en avait jeté un –, la voleuse était parvenue à s'en libérer. Elle prononça des paroles silencieuses avec une expression terrifiée. Clay crut comprendre « *grise facette* », ou « *gifle à couette* ».

La chasseuse de primes cherchait Matrick et elle devait donc travailler pour Lilith. La reine d'Agria croyait-elle qu'une guerrière, aussi redoutable soit-elle, était en mesure d'arracher son époux aux griffes de Saga ? Elle sous-estimait gravement… Ganelon. Elle sous-estimait gravement Ganelon.

Elle reprit la parole.

— Le roi a été enlevé par d'anciens camarades. Il y a une récompense pour toute personne capable de fournir des renseignements sur Skulldrummer et les membres de la roquebande appelée « Saga ».

— Quel genre de récompense ? demanda quelqu'un.

Elle toisa l'homme qui venait de parler, un type avec une barbe blonde et de longues volutes tatouées sur le front. Elle avança d'un pas lent et ses lourdes bottes claquèrent sur le plancher. Elle s'arrêta devant lui, glissa la pointe d'un doigt gainé de métal noir sous son menton et l'obligea à lever la tête tandis qu'elle se penchait. Leurs visages étaient si proches qu'on aurait pu croire qu'ils allaient s'embrasser et Clay éprouva un curieux sentiment de jalousie.

— Ma gratitude éternelle, ronronna la jeune femme. (L'homme gémit comme un chien.) Et, au cas où cela ne suffirait pas, la reine Lilith offre une somme de cent écus à toute personne facilitant l'arres… le sauvetage du roi. Un petit oiseau m'a raconté qu'il avait été vu à Contha avec ses camarades.

Les clients de l'auberge commencèrent à discuter tout bas et Jain se pencha sur la table.

— *Tire-toi*, espèce d'imbécile !

Clay aurait été ravi de s'éclipser, mais Ganelon et lui ne passaient pas franchement inaperçus. La femme les remarqua à l'instant où ils se levèrent.

Elle se dirigea vers le comptoir en énumérant les noms des membres de Saga.

— Gabe le Magnifique. Ganelon. Clay Cooper, également appelé « Main Lente »…

Elle tournait le dos à la salle et ne vit donc pas une dizaine d'hommes lever la main. Chacun d'entre eux avait les yeux rivés sur Clay et salivait déjà en imaginant la manière dont la jeune femme allait leur prouver sa « gratitude éternelle ».

Le banc grinça tandis que Ganelon se redressait, prêt à se battre. Ou à s'enfuir. Mais plutôt à se battre. C'était Ganelon, quand même.

La chasseuse de primes continua à égrener les noms.

— Arcandius Moog…

— Présent !

Clay se tourna vers l'entrée, comme tous les gens qui se trouvaient dans la taverne. Le sorcier se tenait dans l'encadrement de la porte, son chapeau à la main, Kit derrière lui. Il sourit et salua la jeune femme qui venait de prononcer son nom.

28

Griffalouette

Le moine en robe rouge fut le premier à réagir. Il dégaina une courte dague et se fendit vers le sorcier. Kit, qui avait plié le drap de lit pour s'en faire un capuchon, s'interposa.

La lame perfora la chair pâle de sa poitrine. Il se pencha et fronça les sourcils comme s'il venait de découvrir une tache sur sa tunique préférée.

— Dieux tout-puissants, dieux tout-puissants. Je crains que cela laisse un trou.

Clay et Ganelon firent glisser leurs jambes de l'autre côté du banc et se levèrent. Clay remonta l'allée centrale dans l'intention de se jeter sur le moine qui contemplait Kit avec des yeux écarquillés. Ganelon sauta sur la table et se dirigea vers son extrémité sans prêter attention aux bols et aux assiettes. Il se baissa pour ne pas se cogner à une poutre oblique et bondit vers la jeune femme qui se tenait au comptoir.

La chasseuse de primes sourit, pivota d'un pas sur sa droite et déploya ses ailes.

Elles étaient magnifiques, couvertes de plumes noires et assez puissantes pour projeter Ganelon en arrière et le faire tomber sur les fesses. Clay se traita de sombre crétin et se demanda comment il avait pu confondre des ailes repliées avec un col bordé de duvet. Puis il arriva à la hauteur du moine qui se tourna juste à temps pour recevoir *Blackheart* en pleine figure. Il partit en arrière, roula sur le plancher et ne bougea plus.

Kit arracha la lame de sa poitrine et l'examina.

— Empoisonnée, dit-il. Un produit paralysant, il semblerait. Cet homme n'avait pas l'intention de tuer.

— Je me fous de ce qu'il avait *l'intention* de faire ! cria Moog d'une voix hystérique. Ce truc aurait pu me crever un œil !

Ganelon se levait quand la pointe métallique d'une botte le cueillit à la tempe. Il retomba lourdement, et la chasseuse de primes le frappa de nouveau, au ventre. Il tendit instinctivement la main vers le manche de *Syrinx*, mais la jeune femme lui marcha sur le bras.

— Tu dois être Ganelon, dit-elle. Je m'attendais à quelqu'un de... plus vieux.

— T'es qui, toi ? demanda Ganelon entre ses dents ensanglantées.

Elle tira une des épées accrochées dans son dos et en posa la pointe sur la gorge du guerrier.

— Je m'appelle Griffalouette et je suis la dernière femme dont tu tomberas amoureux.

Une flèche effleura l'extrémité d'une de ses ailes et se planta dans un tonneau posé derrière le comptoir avec un bruit sourd. La chasseuse de primes et Clay se tournèrent vers Jain qui encochait déjà un nouveau trait.

Griffalouette laissa échapper un petit bruit agacé et secoua la tête.

— Tu raterais un dragon dans un couloir, ma pauvre, lâcha-t-elle.

— Tu crois ? gronda Jain. Tu veux qu'on vérifie ?

— Jain..., commença Clay.

— Tire-toi d'ici, Main Lente, le coupa-t-elle. On va s'occuper de la traqueuse.

Clay fut étonné de voir que les Silk Arrows étaient prêtes à soutenir leur chef. Elles savaient qu'elles avaient affaire à une redoutable adversaire, mais elles avaient toutes l'arme à la main.

— Traqueuse, répéta Griffalouette en savourant chaque syllabe. C'est une expression que j'ai toujours aimée. (Elle tourna la tête vers Clay et celui-ci eut l'impression que sa température montait de plusieurs degrés.) Je veux juste Matrick. Je me fiche du reste d'entre vous.

— Il n'est pas ici, dit Clay. Et de toute manière, il ne retournera pas à Agria. Dis à Lilith de se trouver un nouveau roi.

Griffalouette rit tout bas et Clay sentit son ventre se contracter.

— Oh, mais c'est déjà chose faite. Il est aussi mignon que Glif, fort comme un bœuf et à peu près aussi intelligent. Le retour de Matrick n'est qu'une formalité. Je suppose qu'elle l'accusera de trahison et qu'elle le fera exécuter.

Clay ne se donna pas la peine de souligner l'iniquité du projet de la reine. Griffalouette ne semblait pas être le genre de personne à s'encombrer de détails d'ordre moral.

— Je peux te garantir que ça n'arrivera pas, dit-il. Alors pourquoi on ne partirait pas gentiment chacun de son côté ? De toute façon, nous avons l'avantage du nombre.

— Tu crois ? Tu veux qu'on vérifie ? demanda-t-elle en reprenant les paroles et le ton menaçant de Jain.

Clay se rappela les mains qui s'étaient levées quand elle avait prononcé son nom quelques minutes auparavant. Il jeta un rapide coup d'œil autour de lui et vit que tous les clients de sexe masculin contemplaient la chasseuse de primes avec de grands sourires béats.

Tu sais ce qui te faudrait pour te sortir de ce pétrin ? demanda une petite voix dans sa tête, une voix qui ressemblait à celle de Matrick. *Une corne capable de vomir des abeilles.*

Mais Moog tira autre chose de son sac. Un globe alchimique qu'il lança par-dessus Clay. Griffalouette s'écarta sans ôter son pied du bras de Ganelon et la sphère se fracassa contre le comptoir derrière elle.

Il n'y eut ni explosion, ni nuage de fumée colorée. Le regard de Clay passa du comptoir au sorcier.

— Euh… merci ? bafouilla-t-il.

Moog lui adressa un clin d'œil malicieux.

— De rien.

Griffalouette gloussa.

— Je vais te faire une proposition, moi aussi. Ganelon et moi restons ici pendant que tu files chercher le roi.

Elle gloussa de nouveau, puis fronça les sourcils.

Ganelon éclata de rire.

— Je préférerais encore me farcir le cul d'un ours-hibou.

— Un ours-hibou ? Qu'est-ce que c'est que ce truc ? demanda Griffalouette.

Elle devait trouver le nom de la créature très amusant, car un large sourire éclairait son visage.

Clay entendit un bruit de gorge et tourna la tête. Jain faisait des efforts désespérés pour garder son arc bandé. Plusieurs de ses camarades riaient tout bas. Des clients assis à l'autre bout de la salle les imitèrent. Sans raison apparente.

Griffalouette pouffa, jeta un coup d'œil amusé à Moog et s'esclaffa. Elle leva la tête vers le plafond et rit à gorge déployée. Ganelon dégagea son bras, mais ne put s'empêcher de glousser tandis qu'il s'éloignait en rampant.

Le globe en verre, comprit Clay. *C'est un coup de Moog.*

Il sentait l'odeur maintenant. Un parfum de sucre non raffiné brûlant dans une poêle en fer. Il avait oublié le nom de la substance, mais se rappelait que le sorcier l'avait employée à deux reprises au moins. La première fois pour s'évader d'une prison phantrienne, la seconde pour égayer des funérailles qui se révélèrent les plus joyeuses de tous les temps.

— Va te mettre près de la porte, dit Kit en passant devant lui. Je m'occupe de ton ami.

Clay hocha la tête.

— Jain, fais sortir tes filles d'ici !

L'ancienne voleuse riait tant qu'elle ne l'entendit même pas, mais deux de ses camarades l'attrapèrent par les épaules et l'entraînèrent vers la sortie.

À ce stade des événements, toutes les personnes présentes dans la taverne, qu'elles soient assises ou debout, étaient en proie à un fou rire inextinguible. Kit, qui semblait immunisé contre les effets du gaz, poussa un grognement en aidant Ganelon à se lever.

— Par les serviteurs de Tamarat ! On dirait que tu es en pierre !

Ganelon, qui était resté pétrifié pendant dix-neuf ans, trouva la remarque hilarante et se mit à glousser comme un fou – une scène aussi incongrue qu'un troll récitant un poème lyrique. Il assena une grande claque dans le dos de la goule, qui faillit perdre l'équilibre.

Clay regarda vers Griffalouette avant de s'élancer vers la porte. Elle était pliée en deux, une main sur le comptoir. Elle riait tant que son corps tremblait des pieds à la tête. Ses ailes s'agitaient en projetant des tourbillons de plumes noires dans la salle en proie au chaos. Elle croisa le regard de Clay, leva un bras et pointa son épée vers lui. Malgré le grotesque de la situation, Clay frémit tant ses yeux étaient chargés de haine.

Jain était à genoux dans la rue.

— Un ours-hibou ? hurla-t-elle en riant. Mais qu'est-ce que c'est que ce truc ?

Moog la regarda d'un air gêné.

— Ça existe, grommela-t-il tandis que Kit lui tapotait les épaules pour le consoler.

Il s'écoula plusieurs secondes avant que Clay remarque que Gabriel se trouvait parmi eux. Il portait un gros sac sur chaque épaule et dévisageait Ganelon comme si des cornes lui avaient poussé sur la tête.

— Mais qu'est-ce qui lui arrive ? demanda-t-il.

— Je te raconterai en chemin, répondit Clay.

Il observa la rue et aperçut un groupe d'hommes qui portaient la même robe rouge que le moine qui servait de larbin à Griffalouette. Il s'agenouilla près de Jain et effleura son épaule. La jeune femme qui l'avait dépouillé à deux reprises et qui venait sans doute de lui sauver la vie essuya ses yeux gonflés de larmes.

— Merci, dit-il.

Elle hoqueta et lui éclata de rire au nez, mais elle parvint à hocher la tête. Les Silk Arrows le regardaient, certaines en gloussant.

— Emmenez-la, dit-il. Et bonne chance pour les centaures de Coverdale. Vous allez devenir un putain de groupe, les filles.

Plusieurs jeunes femmes s'approchèrent pour lui serrer la main et le prendre dans leurs bras, puis elles se fondirent dans les rues de Contha avec la même habileté que dans les bois – ce qui relevait de l'exploit étant donné leurs tenues bigarrées. Lorsqu'elles eurent disparu, Clay souleva un des sacs de Gabriel et entraîna son camarade vers la porte ouest.

— Il va falloir courir, dit-il.

Moog, qui trottinait devant lui, tourna la tête.

— Au diable la course ! cria-t-il. Il est temps de voler !

Kallorek n'était pas de bonne humeur. Matrick l'avait ligoté sur une chaise et s'était assis devant lui. Il dégustait un alcool fort dans un verre à vin et souriait d'un air placide en contemplant le manager qui écumait de rage.

— Je t'arracherai les yeux et les boufferai avec du fromage ! Je te ferai fouetter et couvrirai les blessures de sel ! Je te transformerai en viande séchée et te donnerai à bouffer aux chiens ! Je te donnerai à bouffer aux nécrosés et *les* donnerai à bouffer aux chiens !

Matrick leva son verre lorsque ses camarades entrèrent.

— Bienvenue. Kal et moi étions en train de discuter histoire de rattraper le temps perdu.

Ses yeux se posèrent sur Ganelon qui riait toujours en produisant de petits bruits aigus. Bouche bée, il tourna la tête vers Moog.

— Qu'est-ce qui lui arrive ?

— Il a respiré un peu de blague à chacal, expliqua le sorcier. On a eu quelques problèmes à Contha.

— Au fait, ta tête a été mise à prix, dit Clay.

L'ancien roi pâlit de deux tons.

— Lilith sait que je suis vivant ?

— Si elle ne le savait pas *avant* qu'on foute le Maxithon en l'air, elle le sait maintenant, dit Clay. Elle a engagé une chasseuse de primes. Une femme qui s'appelle...

— Griffalouette !

Clay cligna des yeux.

— Ouais, c'est ça. Elle m'a l'air... coriace.

Matrick hocha la tête.

— Oh, oui ! Elle est coriace. J'espérais que Lilith n'aurait pas recours à ses services. Il y a quelques années, on l'a engagée pour retrouver un domestique qui avait piqué des bijoux de Lilith. Il ne lui a pas fallu longtemps. Elle lui a coupé les mains et elle a gravé « *voleur* » sur son front avec une dague.

J'étais presque soulagé pour ce pauvre type quand Lilith l'a fait exécuter.

Ganelon gloussa comme s'il venait d'entendre une plaisanterie grivoise.

Gabriel désigna la porte d'un mouvement du menton.

— Moog, tu ne voudrais pas… ?

— Oh, bien sûr ! dit le sorcier. (Il prit Ganelon par l'épaule et l'entraîna dans le couloir.) Allez viens, mon grand. On va monter pour respirer un peu d'air frais.

Lorsqu'ils furent sortis, Clay se tourna vers Matrick.

— Qui est-elle, exactement ?

L'ancien roi soupira.

— Une dive, répondit-il.

— C'est-à-dire ? demanda Gabriel.

Le revenant haussa les épaules et un craquement monta de sa cage thoracique – une côte, probablement.

— Une dive est une dive, dit-il. Je ne sais pas d'où elles viennent. En plus de leurs ailes…

— Quoi ? le coupa Gabriel. Elle a des ailes ? (Il leva une main pour s'excuser.) Laisse tomber. Tu disais ?

— En plus de leurs ailes, elles possèdent un certain… charisme, expliqua Kit. Un charme *hypnotique*, devrais-je dire.

— Tu sous-entends qu'elles sont capables de contrôler les gens ? demanda Clay.

Il était soulagé d'apprendre que la mystérieuse attirance qu'il avait éprouvée pour cette créature n'avait rien de naturel.

— En gros, oui. D'après ce qu'on raconte, leur simple présence suscite une forme de fascination. Et si l'une d'elles se donne la peine de te charmer… Un esprit fort pourrait résister, bien entendu, mais un esprit faible… (Il leva la main et gratta la plaie desséchée qui lui zébrait la gorge.) J'ai entendu parler de dives commandant de petites armées d'amoureux transis, de gens prêts à tuer et à mourir pour satisfaire leurs maîtresses.

— Et celle qui nous concerne ? demanda Gabriel. Griffalouette, c'est ça ?

Kallorek laissa échapper un ricanement guttural. Matrick le foudroya du regard et il se tut aussitôt.

— Griffalouette, oui, dit Kit. Mais avant cela, elle se faisait appeler Sabbatha. On a écrit plusieurs chansons sur elle. La plupart ne sont pas très gaies, comme vous l'avez sans doute deviné. Je serais ravi d'en chanter quelques-unes si vous voulez.

— Contente-toi de nous faire un résumé, grogna Gabriel que l'impatience rendait irritable.

Kit produisit un son qui aurait sans doute été un soupir s'il y avait eu de l'air dans ses poumons.

— Elles évoquent une naissance difficile et une enfance… tumultueuse. Et parfois sanglante.

Ça n'a rien de très étonnant, songea Clay.

Les enfants peuvent se montrer cruels. Ils n'hésitent pas à se moquer des autres pour des motifs aussi frivoles qu'une coupe de cheveux inhabituelle ou un léger bégaiement. Avec sa paire d'ailes dans le dos, la dive avait dû être une cible de choix pour ses petits camarades.

— Enfin bref, poursuivit Kit. On a fini par l'envoyer à Taliskard, une ancienne forteresse transformée en monastère qui avait la triste réputation de briser les jeunes filles les plus récalcitrantes. Un endroit perdu au milieu de nulle part.

— On peut pas dire que les moines aient fait du très bon travail, ricana Matrick.

Kit arrangea les plis du drap qu'il portait en guise de robe.

— On ne peut pas le dire, en effet. Griffalouette, ou Sabbatha comme elle s'appelait à l'époque, refusa de céder et de rentrer dans le rang. Un jour, le principal se châtra lui-même dans son bain. Peu de temps après, la jeune fille organisa une révolte. Elle prit le contrôle du monastère fortifié, puis s'en servit pour faire sa promotion quand elle devint mercenaire.

— Elle a été mercenaire ? demanda Clay.

— Pendant quelque temps, oui. C'est à cette époque qu'elle changea de nom et se fit appeler Griffalouette. Mais elle en eut vite assez de tuer des monstres, et comme elle n'avait aucune envie de combattre dans des arènes, elle décida de s'intéresser à des proies plus imprévisibles.

— Des êtres humains, devina Gabriel.

— Exactement.

— Et maintenant, c'est nous qu'elle pourchasse, marmonna Clay.

Kit grimaça.

— J'en ai peur.

— Tu crois qu'elle nous suivra jusque dans le Cœur du Wyld ?

Kallorek éclata d'un rire mauvais.

— Oh, que oui ! Je suis prêt à parier mes dents là-dessus. (Il ricana d'un air méprisant.) Vous êtes tous morts. Vous pouvez retourner les sabliers et commencer à compter les grains. Il y a vingt ans, vous étiez peut-être de taille à affronter Griffalouette, mais aujourd'hui ? Elle va vous tailler en pièces. Peut-être que Ganelon est capable de la vaincre. *Peut-être.* À condition qu'elle se batte à la loyale. Mais j'ai entendu quelques chansons sur elle, moi aussi, et je peux vous dire qu'elle ne se bat *jamais* à la loyale. Oh, que non ! Elle arrivera discrètement, par-derrière, et elle vous arrachera votre putain de cœur avant de le bouffer goulûment. Par les putains de bordel d'Enfers Glacés ! Qu'est-ce que je ne donnerais pas pour voir ça !

Clay haussa les épaules.

— Ah ouais ? Eh bien on ne peut pas toujours avoir ce qu'on veut.

Le manager esquissa un sourire particulièrement répugnant.

— Va savoir, dit-il. Va savoir.

29

Croisière dans les airs

En haut de la poupe, la cabine de pilotage était équipée d'un siège somptueux avec un porte-tasse au bout de chaque accoudoir et de parois de verre protégées par des lames de bois inclinées permettant de voir le pont. Matrick proposa de prendre les commandes, mais il n'avait pas arrêté de boire depuis midi et il parlait d'une voix pâteuse. Gabriel confia donc cette tâche à Moog.

Le sorcier tira trois leviers l'un après l'autre. Les trois voiles se déployèrent dans le craquement sourd des éclairs qui parcouraient les vergues métalliques, et les marémoteurs – il y en avait deux à chaque extrémité du navire – se mirent à ronronner. Clay – qui n'en avait jamais vu de si près – s'aperçut qu'ils se composaient de quatre anneaux concentriques qui tournaient de plus en plus vite tandis que le *Cour Charnelle* se réveillait.

Moog était aux anges.

— Il faut reconnaître une chose aux druines : ils nous ont laissé de sacrés jouets pour nous amuser.

Clay tressaillit lorsqu'il vit l'air tourbillonner et se transformer en fine brume.

— Il y a de l'eau là-dedans ? cria-t-il pour couvrir le bruit.

Moog fit glisser ses doigts sur les sphères de direction et hocha la tête avec enthousiasme.

— Bien sûr !

Il se lança dans de savantes explications à propos d'hydrogyres et de tangage cyclique, mais Clay ne l'écoutait déjà plus. Le vaisseau franchit l'entrée de la caverne et prit de l'altitude. Après de longues minutes d'hésitation, l'estomac de Clay se décida enfin à le rejoindre dans les airs.

Le guerrier tourna la tête vers Gabriel qui se tenait près d'une rambarde et regardait en direction de l'ouest.

Accroche-toi, Rose, pensa Clay. *Je ne sais pas si ça servira à grand-chose, mais on arrive.*

— En supposant que vous trouviez la gamine de Gabe, dit Kallorek, vautré sur les marches menant au gaillard d'avant. En supposant que vous parveniez à traverser le Cœur du Wyld – ce qui n'arrivera pas –, à vous faufiler entre les monstres qui assiègent Castia – ce qui est peu probable –, et que Rose soit toujours en vie – ce qui l'est encore moins. Et ensuite ? C'est quoi ton plan, Main Lente ?

Le manager pestait depuis le début de l'après-midi. Moog et Kit bavardaient à voix basse près de la poupe. Gabriel avait pris son quart dans le poste de pilotage – un travail qui consistait surtout à ne toucher à rien. Ganelon avait tant ri qu'il avait fini par s'endormir dans la suite royale. Matrick devait se soûler dans le salon. Clay, qui contemplait le soleil couchant, était donc la seule personne à qui Kallorek pouvait s'adresser.

Le guerrier taciturne envisagea plusieurs réponses aux questions du manager, puis opta pour un des innombrables haussements d'épaules de son répertoire.

Kallorek ricana.

— Tu n'en as pas la queue d'un, pas vrai ? Alors laisse-moi te faire gagner du temps. Rose est foutue, tu entends ? Et quand tu la trouveras, tu seras aussi foutu qu'elle !

Clay resta silencieux. Le vaisseau traversa un fin nuage et les voiles crépitèrent dans la lumière argentée.

— Il n'est pas trop tard, Main Lente. Il n'est pas trop tard pour réfléchir et faire demi-tour. Il te suffit de faire une petite bosse sur le crâne de Gabriel et de convaincre Moog que c'est mieux ainsi. Ce pauvre con boit tes paroles comme du petit-lait, tu le sais bien. Et puis tu fous le zombie à sa place : dans une boîte. Les deux autres n'émergeront pas avant demain matin. On serait de retour à Contha avant l'aube et tu deviendrais riche.

Kallorek est un serpent, se rappela Clay. *Il siffle sans relâche à ton oreille et au bout d'un moment, les pires conneries te semblent être d'excellentes idées.*

— Je ne suis pas du genre rancunier, poursuivit le manager. Et puis, je vous aime bien. C'est un peu grâce à vous que je suis arrivé où j'en suis. Je n'étais qu'un petit arnaqueur avant Saga. Ramène-moi chez moi, Clay, et on fera une croix sur ce qui est arrivé. On oubliera. Qu'est-ce que t'en dis ?

— Tu seras bientôt chez toi, répondit Clay. On te laissera à l'orée de la forêt. Tu n'auras que deux ou trois jours de marche pour rentrer à Contha. Sain et sauf.

— Les abords de la forêt sont presque aussi dangereux que le Cœur du Wyld, gémit Kallorek. Les centaures sont chauffés à blanc et on ne peut pas faire un pas sans en croiser un. J'aurai une sacrée veine si je ne finis pas avec une broche dans le cul et une pomme dans la bouche. Et puis, tu sais combien ça m'a coûté de remettre cet engin en état de voler ? (Il écarta les bras pour montrer le navire.) Bien trop cher pour qu'une bande de crétins dans votre genre le prenne pour aller faire une croisière au milieu des vouivres. Tu as vu une baliste à bord ? Un lobeur ? Une arme quelconque ? Ce vaisseau n'est pas fait pour traverser le Cœur du Wyld. En cas d'attaque, on sera comme des canards dans un bassin rempli de requins !

— Un bassin ou une piscine ?

Les joues de Kallorek prirent la couleur d'une prune pourrie.

— Ah, ah, ah ! lâcha-t-il d'une voix grinçante. On verra qui rigolera quand toi et tes putains de potes, vous serez transformés en tas de cendre !

Clay gratifia le manager d'un autre haussement d'épaules. Légèrement différent du précédent.

Kallorek secoua la tête et essaya de bouger malgré ses membres attachés. Puis il leva les yeux et changea de tactique.

— Je ne rigolais pas à propos de Griffalouette, tu sais. Je l'ai rencontrée deux ou trois fois. J'ai même essayé de la persuader de rempiler comme mercenaire. J'aurais eu plus vite fait de convaincre un loup de bouffer un pied de salade. C'est une tueuse, cette fille. Elle aime le goût du sang et plus tu cours, plus elle a faim. Je pourrais arranger le coup avec elle. Je pourrais la payer pour qu'elle laisse tomber, ou pour qu'elle raconte que Matrick est mort et enterré. Réfléchis, Main Lente. Je suis ta seule chance de survie.

Penché sur la rambarde, Clay plissa les yeux pour se protéger de l'éclat du soleil. Le *Cour Charnelle* était un grand vaisseau, et malgré ses quatre marémoteurs, il était beaucoup moins rapide que le *Vieille Gloire* de Vanguard. Il faisait route au sud en longeant la frontière du Cœur du Wyld, mais le lendemain matin, il mettrait le cap à l'ouest et se dirigerait droit vers Castia.

Kallorek ne renonça pas.

— D'accord. Imaginons que tout se passe au mieux. Vous trouvez la gamine et vous réussissez à la sauver. Dans ce cas-là, vous avez intérêt à rester à Castia et à devenir de loyaux citoyens de cette foutue République, parce que vous ne pourrez plus remettre les pieds à Grandual. Je détruirai tout ce que vous avez laissé derrière vous. (Il parla plus fort pour que Moog l'entende.) Hé, Moog ! Tu sais ce qui reste de ta petite tour de merde ? Que dalle ! Des ruines ! J'ai brûlé tes livres et j'ai tué tes connards d'animaux. J'ai même bouffé l'un d'eux. Tu sais quoi ? Le petit éléphant était délicieux ! J'te jure ! J'ai bouffé ta saloperie d'éléphant, Moog ! Tu entends ? Il ne te reste rien d'autre que les fringues que tu as sur le dos, espèce de sale rat bouffeur d'oreiller.

— Fais gaffe à ce que tu dis, l'avertit Clay.

Le manager ne l'écouta pas.

— Je vais te dire : je *doublerai* le prix sur la tête de Matty ! Je le ramènerai à Brycliffe moi-même et je lui trancherai la gorge sur les marches du palais. Et Ganelon ? Il retournera tout droit à la Carrière, mais cette fois-ci, je le ferai enterrer dans un coin si sombre que les basilics auront la trouille d'aller le chercher. Oh ! et j'ai quelques idées en tête pour Valery. Elle essaie de renoncer à la drogue, tu sais, mais je ne la laisserai pas faire. Je lui filerai de la raflure jusqu'à ce qu'elle ressemble à une colonne de lit dans un bordel ! Jusqu'à ce qu'elle ait la cervelle grillée ! Jusqu'à ce qu'elle en crève !

— Kal…, commença Clay.

— Et toi, Main Lente…

— Je te con…

— Je brûlerai ton petit monde. Tu crois que Coverdale a un problème avec les centaures ? Je te garantis que tu te goures. Le problème de ton putain de village, c'est que je vais le faire *raser par les flammes !* Je détruirai la putain de bicoque dans laquelle tu habites et je refilerai ta femme à mes soldats pour qu'ils s'amusent. (Clay s'éloigna de la rambarde et se dirigea vers le manager.) Et ta charmante petite fille… Comment tu m'as dit qu'elle s'appelait déjà ? Tally ? Je crois que je la garderai pour moi. Je lui montrerai quelques trucs que tu as sûrement oublié de lui apprendre.

Kallorek gloussa d'un air mauvais. Il avait les yeux rivés sur son ventre replet et il jappa donc comme un chiot surpris quand l'ombre de Clay glissa sur lui. Il ferma les paupières et redressa le menton en prévision du coup qu'il s'apprêtait à recevoir.

Mais Clay Cooper ne frappait pas les hommes qui menaçaient sa femme. Ou sa petite fille, d'ailleurs.

Il les attrapait par le col, les levait sans ménagement et prenait trois pas d'élan avant de les jeter par-dessus la rambarde d'un vaisseau céleste. Kallorek fut si surpris qu'il ne songea même pas à crier lorsqu'il plongea dans le vide la tête la première.

Clay resta immobile, haletant. Le battement de son cœur résonnait dans sa tête comme les coups de tambour donnant la cadence à des rameurs enchaînés dans une galère. Ses mains tremblaient et il agrippa la rambarde recouverte de pierre de lune pour les faire tenir tranquille. La plus souple des branches ne pliait pas indéfiniment, et quand Kallorek avait menacé sa famille, quelque chose s'était brisé en lui.

Le monstre, comprit-il. *Il n'a pas disparu. Il n'a jamais disparu, semblerait-il. Il... sommeillait...*

Il reprit ses esprits en entendant les applaudissements de Moog et de Kit. Le sorcier souriait d'une oreille à l'autre et la goule affichait un rictus qui devait exprimer sa joie.

Gabriel approcha et s'arrêta à côté de Clay. Il se pencha et regarda les ténèbres par-dessus la rambarde.

— Qu'est-ce qui s'est passé ? demanda-t-il.

Clay ouvrit la bouche pour le lui expliquer, puis la ferma de crainte que la rage fasse trembler sa voix. Il se contenta donc de hausser les épaules.

Chaque matin, un drap mortuaire couvrait la forêt, un manteau de brume noire et sale qui empestait la putréfaction et qui laissait un goût de cendre dans la bouche. En règle générale, il se dissipait avant midi et Clay pouvait alors contempler l'océan gris et terne des sinistres arbres qui s'étendait à perte de vue. En fin de journée, le soleil déclinait vers l'ouest en brûlant comme un bûcher funéraire, puis les étoiles se rassemblaient pour pleurer sa disparition. Elles brillaient comme des larmes, et parfois, l'une d'elles tombait.

Le deuxième jour, le vaisseau céleste traversa un nuage violet qui sentait le pourri et qui laissa les passagers transis et mouillés. Matrick tomba malade et affirma que le whisky kaskar était un remède souverain contre la fièvre. Kit, qui disait avoir été médecin pendant une campagne militaire, corrobora l'information. Les autres étaient sceptiques, mais le lendemain, Matty se réveilla en pleine forme – à l'exception de sa gueule de bois habituelle.

Au cours des jours suivants, ils aperçurent deux fois une vague silhouette qui semblait les filer et qui disparut avant de pouvoir être identifiée. Clay se demanda s'il préférait être attaqué par Lastleaf ou par Griffalouette. Il changea plusieurs fois d'avis, puis se rappela ce que la matriarche vouivre avait fait à Obolon Han.

Malgré les cabines luxueuses, les membres du groupe passaient le plus clair de leur temps sur le pont. Gabriel regardait droit devant. Clay et Ganelon, qui avaient croisé le chemin de Griffalouette à Contha, jetaient des coups d'œil inquiets derrière eux.

Ils s'interpellaient en montrant les points de repère lorsque le vaisseau passait à proximité de l'un d'eux. Là se dressaient les ruines du fort de Tournepierre où les roquebandes avaient l'habitude de se rassembler pour échanger des informations et raconter des histoires. C'était là que Saga, Vanguard et les Night Roosters avaient repoussé une armée de féroces après trois jours de siège. La seule perte avait été le barde de Saga – dont Clay ne se rappelait même pas le nom. Il avait été tué par une flèche tandis qu'il urinait entre deux merlons sur le chemin de ronde.

Ganelon hocha la tête en direction de ce qui restait de Passerivière, un arbre marcheur encore plus grand que Blackheart – dans le bois duquel Clay avait taillé son cher bouclier. Personne ne savait dans quelles circonstances il avait été tué. Sa carcasse couverte de mousse était entourée par les restes de dizaines de tréants plus petits, et certains se demandaient s'il n'avait pas été victime de ce que Moog appelait un arboricide : un assassinat perpétré par un arbre contre un autre arbre.

Ils aperçurent le cratère dans lequel ils avaient rencontré une chose que personne n'avait été capable d'identifier : une masse gélatineuse composée de sacs palpitants et de membres tentaculaires qu'ils auraient été moins surpris de découvrir sur une plage qu'au milieu d'une sinistre forêt. Ils avaient pensé que la créature était morte, et Matrick s'était approché pour la tâter avec la pointe d'un bâton. Lorsqu'ils avaient compris leur erreur, ils avaient eu le plus grand mal à extirper Matrick du corps mou et flasque.

Le troisième soir, ils montèrent des paillasses des cabines et s'installèrent sur le pont. Clay constata alors qu'il était de meilleure humeur. L'angoisse qui l'étreignait depuis… eh bien, depuis qu'il avait découvert Gabriel sur le perron de sa maison, commençait à se dissiper. Après tout, ils étaient parvenus à reformer Saga, à récupérer *Vellichor*, à échapper aux chasseurs de primes, à survivre à un combat contre une chimère et à la destruction du Maxithon. Et par-dessus le marché, ils possédaient désormais leur propre vaisseau céleste.

Il leur aurait fallu des mois pour traverser le Cœur du Wyld à pied – à supposer qu'ils y parviennent. Un voyage terrible, interminable et épuisant dans un monde peuplé de créatures ne pensant qu'à une chose : les massacrer. Des nuits sans sommeil dans des ténèbres palpitantes et sifflantes, allongés à même le sol, à l'affût d'un craquement de brindille et du souffle des feuilles fétides tourbillonnant vers le sol.

D'après ce que Clay avait entendu, le Cœur du Wyld était toujours aussi dangereux et la plupart des roquebandes n'y mettaient plus les pieds, préférant combattre dans les arènes et dormir dans des auberges. Rares étaient les mercenaires prêts à explorer des grottes humides ou des ruines hantées, et seuls les plus braves d'entre eux osaient encore s'aventurer dans cette région maudite.

Mais tout cela n'avait plus d'importance. Ils disposaient d'un vaisseau céleste et malgré les craintes légitimes de Barret et de ses camarades, le voyage se déroula dans une monotonie dont personne ne se plaignit. Clay espéra que la chance continuerait à les accompagner. Qu'ils franchiraient la forêt et les montagnes sans encombre ; qu'ils prendraient la horde par surprise ; qu'ils parviendraient à atterrir à Castia ; qu'ils sauveraient Rose et qu'à leur retour en Grandual, ils découvriraient que leurs têtes n'étaient plus mises à prix.

Après tout, songea-t-il, *j'ai réglé la moitié de nos problèmes en balançant Kal par-dessus bord.*

Pourquoi ne pas inviter Lilith à participer à une petite croisière amicale et lui faire suivre le même chemin ?

Des notes de musique l'arrachèrent à ses pensées. Kit avait sorti son étrange harpe octogonale. Ses doigts gris vert grattaient l'entrelacs de cordes argentées en produisant une mélodie douce et émouvante.

— Qu'est-ce que c'est que ce truc ? demanda Moog. (Le sorcier avait découvert une petite bibliothèque dans l'entrepont et feuilletait un ouvrage intitulé *Licornes : Méfiez-vous de la corne.*) Je n'ai jamais vu un tel instrument.

— Et tu n'en verras pas d'autres, mon ami, dit Kit avec une pointe de mélancolie dans la voix. Les batingtings sont si rares qu'en comparaison, les vaisseaux célestes font figure de brins d'herbe dans un pré.

Clay songea que même en se cassant la tête pendant des heures, il serait bien en peine d'imaginer un nom plus ridicule.

— Un batingting ? (Moog ferma son livre et se pencha pour examiner l'imposant instrument posé sur les cuisses de son ami.) Je croyais qu'ils avaient tous été détruits pendant la chute de Dominion.

— Et c'est parti pour un tour, soupira Ganelon.

Tout le monde éclata de rire, à l'exception de Moog et de Kit.

— Moi aussi, dit celui-ci. Jusqu'à ce que je découvre cette merveille parmi les artefacts de Kallorek. Je décidai aussitôt de l'en soulager.

— Fascinant ! s'exclama Moog.

— Vraiment ? demanda Clay d'une voix suintant le sarcasme.

Le sorcier l'ignora.

— Combien de cordes y a-t-il ?

— Quatre rangées de vingt-six, cent quatre en tout, répondit Kit en produisant une série de notes cristallines. Je pense que plus personne ne connaît le secret de leur fabrication. Et je me flatte d'être la seule goule capable d'en jouer.

— Alors joue-nous quelque chose, dit Matrick.

Clay sursauta, car l'ancien roi était de quart. Il tourna la tête et vit qu'il n'y avait personne dans la cabine de pilotage. Et puis il songea que ce n'était pas très important dans la mesure où le navire naviguait tout seul.

— T'es censé être notre barde maintenant, non ? ajouta Matrick.

— Qu'il en soit ainsi, dit Kit. (Son regard passa sur les visages des membres de Saga, puis il ferma les paupières et se balança comme un roseau sur la berge d'un fleuve.) Voyons un peu… Ah !

Il ouvrit les yeux. Ses doigts s'agitèrent et les os de ses poignets grincèrent tandis qu'il les pliait. Ses mains dansèrent comme des araignées sur la toile à huit côtés et des notes disparates résonnèrent. Une mélodie émergea et s'envola comme un oiseau dans l'air chaud du soir.

Puis il ouvrit la bouche et chanta d'une voix grinçante, mais musicale et étonnamment agréable.

Moog battait la mesure à coups de menton. Les doigts de Matrick pianotaient sur son ventre. Ganelon était fasciné par le ballet des mains du revenant. Gabriel avait la tête tournée vers l'ouest, vers Castia. Comme toujours. Clay regardait vers l'est, vers Coverdale. Il le faisait de plus en plus souvent ces derniers temps.

Comme les chansons les plus populaires, celle de Kit racontait une histoire familière dans un style saisissant. Elle parlait des dieux de Grandual, de la Sainte Tetrea et de la bataille qui avait opposé le Seigneur de l'Été à un esprit plus noir que le fond d'un puits. Le Seigneur de l'Été victorieux avait condamné l'esprit à demeurer dans les cieux, et depuis, celui-ci attendait la fin des temps tandis que ses millions d'yeux scintillaient dans les ténèbres insondables.

Elle parlait aussi de la femme du Seigneur de l'Été, une déesse miséricordieuse d'une beauté sans égale, et des deux enfants qu'elle avait mis au monde. Le premier était Vail, le Fils de l'Automne, un être vil et chétif que son père ignorait. Le second était Glif, la Vierge du Printemps. Sa mère n'avait pas survécu à sa naissance.

Clay s'aperçut soudain que Kit chantait dans une autre langue. Il la reconnut, car il possédait quelques rudiments de druinin, mais les mots étaient des sons indéfinissables aussi délicats et variés que les pétales d'une fleur qu'on effleure dans l'obscurité.

Il connaissait la fin de l'histoire.

Vail, que les hommes avaient baptisé « le Païen » à cause de la haine qu'il vouait à son père, se sacrifia pour que sa mère puisse renaître. Mais la mort avait transformé la déesse. Sa compassion s'était changée en sévérité austère. Elle était toujours aussi belle, mais d'une beauté inquiétante et glacée.

Et le cycle se répétait, encore et encore, jusqu'à la fin des temps. L'automne mourait pour laisser place à l'hiver, l'hiver mourait pour laisser place au printemps.

Les dernières notes de la chanson résonnèrent et frémirent dans l'air du soir. Clay remarqua que Ganelon ronflait doucement. Moog et Matrick souriaient avec mélancolie. Les yeux du sorcier brillaient de larmes qu'il n'avait pas versées.

— C'était magnifique, dit-il. Magnifique.

C'était la vérité. Et la chanson était d'autant plus belle qu'elle avait été chantée dans une langue oubliée et accompagnée par un instrument qui était sans doute le dernier de son genre. Clay avait toujours pensé que cette histoire n'était rien d'autre qu'une histoire, un mythe destiné à donner un peu de sens à un monde aberrant. Elle ne pouvait pas être vraie – pas dans son intégralité du moins. Elle était trop incroyable.

Cela dit, il suffisait parfois d'un petit grain de poésie et d'imagination pour changer une bonne histoire en légende.

Le lendemain matin, ils aperçurent quelque chose dans le ciel, droit devant eux. Clay crut d'abord que Lastleaf avait deviné leurs intentions et qu'il avait décidé de les intercepter. Il plissa les yeux en craignant de distinguer une paire d'ailes draconiques, mais la chose était trop lente pour être la terrible matriarche vouivre du druine.

— C'est un vaisseau céleste, annonça Gabriel. Il a changé de cap et vient à notre rencontre.

Ganelon récupéra *Syrinx* qui était attachée dans son dos. Les murmures de la hache firent vibrer l'air autour de lui.

— C'est peut-être des pirates, dit-il.

Clay ricana.

— Ben voyons ! Des pirates du ciel ?

Le guerrier des terres du Sud haussa les épaules.

— Pourquoi pas ?

Mille raisons traversèrent la tête de Clay, mais il saisit le manche froid du marteau qu'il portait à la ceinture. Au cas où.

La précaution était inutile. Le navire – à peine plus grand que le *Vieille Gloire* – avait changé de cap dans le seul but de satisfaire la curiosité de ses propriétaires qui semblaient faire partie d'une roquebande. « *Les Sept Chanceux* » était peint à la proue du vaisseau, mais le « *sept* » était barré d'une croix, tout comme le « *six* » qui était en dessous. Le mot « *cinq* » avait été barbouillé un peu plus bas, mais Clay ne vit que quatre personnes sur le pont. Il était bien possible que les travaux de peinture ne soient pas finis.

Le navire semblait avoir été attaqué. La voile avant était abîmée et on l'avait réparée tant bien que mal. Un des deux moteurs était hors d'usage. Les anneaux étaient en duramantium indestructible – Clay tenait ce détail de Moog –, mais quelque chose les avait percutés et désaxés.

Matrick salua les occupants du vaisseau de la main.

— Ils doivent penser qu'on est complètement givrés de se balader au-dessus du Cœur du Wyld à bord d'un navire de plaisance.

— Nous ne le sommes pas plus qu'eux, remarqua Kit. Si le dernier moteur les lâche, ils feront le grand plongeon.

Une membre des Cinq Chanceux leur rendit leur salut, puis pointa le doigt en arrière. Clay tourna la tête et aperçut une masse de nuages sombres au-dessus de l'horizon occidental. La femme fit de grands gestes dans la direction opposée.

Moog expliqua ce que tout le monde avait déjà compris.

— Elle nous conseille de rebrousser chemin.

Clay jeta un coup d'œil à Gabriel.

— On dirait qu'on va essuyer une tempête. On ferait peut-être bien de se poser, proposa-t-il. D'attendre qu'elle passe.

— Se poser ? dit Matrick d'un ton sceptique. Dans le Cœur du Wyld ? Je vote contre. Et je vous rappelle que techniquement, je suis toujours votre roi.

— Pas question de se poser, décréta Gabriel. Ou de faire demi-tour. Vous préférez affronter cette Griffalouette qui nous colle au train plutôt qu'une poignée de nuages noirs ?

Tout le monde se tourna vers Clay. Celui-ci évalua le danger que représentait la tempête, puis soupira.

— Va pour la tempête, alors.

30

L'*Étoile Noire*

Il s'avéra qu'affronter la tempête était une idée pourrie. Des bourrasques terrifiantes secouaient le *Cour Charnelle* dans tous les sens. Une pluie noire mitraillait le pont. Le courant électrique qui faisait vrombir les trois voiles suffisait à peine à maintenir le vaisseau dans les airs. Et tout cela n'était rien en comparaison des éclairs qui se mirent à zébrer le ciel.

Ce n'étaient pas des éclairs normaux, le genre d'éclairs capables de foudroyer un homme et d'enflammer une forêt. Oh, que non ! Le Cœur du Wyld avait une réputation à soutenir. C'étaient des éclairs bleutés. Ils annonçaient leur arrivée dans un craquement sinistre, puis rugissaient en dessinant des piliers de lumière qui semblaient porter les vagues roulantes de nuages.

Moog était de quart. Il faisait danser ses doigts sur les sphères de direction pour slalomer entre les colonnes aveuglantes, les yeux plissés dans l'espoir de voir au-delà de la pluie battante qui crépitait contre les vitres.

Matrick était ivre. Il s'accrochait à la sirène de proue, une main autour d'un sein doré. Il poussait des cris inarticulés à l'encontre de la tempête. Clay le vit vider une bouteille de vin et la jeter vers un pilier de lumière que le vaisseau avait évité de peu. La bouteille explosa et Matrick cria comme un enfant qui regarde un feu d'artifice un soir d'été.

Et dire que c'est mon roi, songea Clay avec un certain vague à l'âme.

Le vent, la pluie et les éclairs n'étaient pas les seuls dangers. Il fallait également se méfier des verétincels, des créatures aussi longues que le vaisseau. Elles étaient presque invisibles, mais lorsqu'elles approchaient d'un de leurs congénères, elles brillaient d'une lueur blanc-bleu et des arcs électriques se formaient entre leurs corps. Clay frissonna en imaginant ce qui arriverait si deux d'entre elles décidaient de passer de chaque côté du *Cour Charnelle* : les décharges balaieraient le pont et tueraient tout le monde en un instant.

On aurait mieux fait d'atterrir, songea-t-il. *Ou de faire demi-tour avant que la tempête nous tombe dessus.*

Le vaisseau gîta tandis que Moog virait de bord en entendant le craquement sourd annonçant l'apparition d'un nouvel éclair. Celui-ci frappa si près que Clay sentit son cœur tressauter et les poils de ses bras se hérisser. Les fenêtres de la cabine de pilotage gémirent et furent arrachées par les bourrasques. Une vague de pluie et de vent frappa le sorcier qui bascula par-dessus un accoudoir et roula derrière le siège.

Le *Cour Charnelle* poursuivit sa route au hasard, cerné par de terrifiantes tornades électriques et des vers aux écailles parées d'éclairs. Clay agrippa la rambarde pour ne pas tomber et commit une funeste erreur : il pensa que cela pourrait être pire.

Kallorek s'était trompé : Griffalouette n'arriva ni discrètement, ni par-derrière. Elle arriva par-devant, sans chercher à se cacher.

Son vaisseau céleste – parce que de toute évidence, *tout le monde* possédait un vaisseau céleste dans ce bas monde –

jaillit d'un nuage comme une lame qui transperce un corps. C'était un navire gigantesque, aussi grand qu'un cuirassé phantrien. Ses innombrables voiles superposées faisaient songer aux griffes palmées d'une sorcière de mer. Clay compta les moteurs – trois, quatre, six – et vit les tourelles des balistes glisser sur leurs rails. Chacune était manœuvrée par un moine portant une robe rouge qui claquait au vent.

Le guerrier crut que le cuirassé allait les éperonner, mais le *Cour Charnelle* plongea sans crier gare. Moog avait regagné la cabine de pilotage et ses mains dansaient avec frénésie sur les sphères de contrôle. Le vaisseau de Griffalouette passa au-dessus de leurs têtes en grondant. Les décharges statiques des voiles du *Cour Charnelle* éclairaient sa coque noire, et Clay aperçut les lettres blanches et épaisses qui s'étalaient sur plusieurs mètres.

« ÉTOILE NOIRE ».

Le navire de Griffalouette vira brusquement et les balistes pointèrent vers le *Cour Charnelle*. Les premiers carreaux s'enfoncèrent dans le pont sans faire de dégâts. Un servant en robe rouge perdit l'équilibre et tomba dans le vide. Il portait un harnais de sécurité en cuir, mais l'*Étoile Noire* plongea à son tour et sa colonne vertébrale se brisa net lorsque la corde se tendit.

— Il va nous rentrer dedans ! hurla Clay.

Gabriel pointa le doigt par-dessus son épaule.

— Je ne crois pas.

Deux verétincels entre lesquels s'étendait une toile d'arcs aveuglants passèrent au-dessus du *Cour Charnelle*. L'*Étoile Noire* changea de cap et remonta brusquement. Il s'enfonça dans les nuages et disparut.

— Nous devrions nous poser, dit Clay à Gabriel. (Celui-ci resta silencieux.) Gabe, nous…

Le rugissement océanique des marémoteurs l'interrompit. L'*Étoile Noire* venait de réapparaître au-dessus du *Cour Charnelle*, slalomant entre les colonnes électriques bleutées. Clay leva les yeux et vit une dizaine de moines enjamber la rambarde du cuirassé. Ils tombèrent comme des pierres, puis écartèrent leurs robes de manière que le vent s'y engouffre. Ils ralentirent aussitôt et leur chute se transforma en longue glissade. L'un d'entre eux lâcha les bords de son vêtement et tomba dans les ténèbres en hurlant. Un autre fut soulevé par un courant ascendant et son cri s'interrompit net lorsqu'il percuta une voile électrique. Sa robe s'enflamma et il fut réduit en cendres en un instant.

Les autres se posèrent tant bien que mal sur le *Cour Charnelle*. Ils n'étaient pas armés, mais lorsque Matrick approcha de l'un d'eux, il fut accueilli par un coup de pied au menton qui l'envoya rouler sur le pont. Un autre essaya de faire la même chose avec Ganelon, mais le guerrier des terres du Sud l'attrapa par la cheville et le projeta par-dessus bord.

Clay n'avait pas remarqué la sombre silhouette qui descendait vers le *Cour Charnelle.* Griffalouette apparut au-dessus du pont rendu glissant par la pluie et se posa derrière les moines. Elle avait la grâce et la majesté d'un faucon. Son armure noire et humide brillait comme de l'obsidienne. Le vent fouettait ses cheveux et des mèches sombres zébraient son visage pâle. Clay sentit ses émotions lui échapper. Son cœur hoqueta tandis qu'une petite voix lui criait de ne pas rester planter là comme un idiot béat.

La chasseuse de primes replia ses ailes et dégaina une des deux longues épées accrochées dans son dos. Elle frappa dans le vide pour s'échauffer et les lames fendirent les gouttes de pluie. Les moines formèrent un cercle défensif autour de leur maîtresse et adoptèrent des poses qui laissaient penser qu'armés ou pas, ils se considéraient comme de redoutables adversaires.

Ne disposant d'aucun élément attestant le contraire, Clay décida de partir du principe que c'était vrai.

— Matrick Skulldrummer ! cria Griffalouette en scrutant le pont.

Le roi se leva tant bien que mal, secoua la tête et dégaina les dagues accrochées à sa ceinture. La dive pointa son épée pour le désigner aux moines rouges.

— Capturez-le vivant ! Tuez les autres !

Apparemment, Griffalouette n'avait pas pour habitude d'échanger railleries et insultes avant une bataille.

Les moines s'élancèrent. Deux se précipitèrent vers Matrick, deux vers la cabine de pilotage et quatre vers Ganelon qui se trouvait près de la rambarde du navire avec Kit. Le guerrier des terres du Sud toisa la dive d'un air mauvais en serrant le manche de *Syrinx*. Les deux derniers moines se ruèrent vers Clay et Gabriel. Griffalouette les suivit.

— Va filer un coup de main à Moog, dit Gabriel d'un ton pressant.

— Mais…

— Il ne peut pas se battre et piloter le vaisseau en même temps !

Clay hocha la tête en direction de la dive.

— Mais elle…

Gabriel dégaina *Vellichor* avant que Clay ait le temps d'en dire plus. La lame avait la couleur bleu vif d'un ciel qui n'appartenait pas à ce monde, et quand Gabriel leva l'arme à hauteur de son épaule, Clay aperçut un mince nuage, un vol d'oiseaux et une lueur aveuglante qui l'obligea à tourner la tête. Lorsqu'il regarda de nouveau, il n'y avait rien d'autre qu'une lame bleu-vert qui dégageait un parfum de terre humide et d'averse estivale.

— Je peux me charger d'elle, dit Gabriel.

Il semblait sûr de lui et Clay décida de lui faire confiance.

Moog n'était pas armé, mais il n'était pas sans défense. Il ôta son chapeau et entreprit de bombarder ses adversaires de jambon miellé et de briques de fromage dur. Clay attaqua par surprise. Il renversa le premier moine et posa un pied sur sa poitrine pour l'immobiliser. L'homme essaya de le frapper à la tête, mais le guerrier abattit son marteau sur son bras et l'on entendit un craquement sinistre.

— Désolé, marmonna Clay inutilement.

Le moine hurla et se débattit avec tant d'énergie que le guerrier faillit perdre l'équilibre. *Wraith* s'abattit de nouveau. Sur un genou.

Le deuxième moine lui assena un coup de poing au visage et Clay entendit son nez se briser comme un œuf tandis que sa tête partait en arrière. Son adversaire enchaîna en visant la gorge exposée, mais le guerrier remonta son bouclier pour dévier le poing. Qui s'écrasa sur son nez derechef. Clay hoqueta de douleur, mais c'était tout de même mieux que de mourir la trachée broyée.

Blackheart bloqua une série d'attaques frénétiques tandis que Clay reculait. Le moine ne lui laissait aucun répit. Il brandit son marteau, mais reçut un coup de pied dans le bras et l'extrémité du manche le frappa au visage.

— Aïïeee ! couina-t-il.

Le moine esquissa un rictus satisfait.

De sombres tentacules s'insinuèrent dans la tête de Clay. Il eut l'impression que ses oreilles s'engourdissaient et que son cerveau se couvrait d'une pellicule de glace. Il reçut un nouveau coup – au visage, comme par hasard ! – et décida qu'il ferait mieux de bloquer le suivant. Il recula en titubant, perdit l'équilibre et tomba sur les fesses. Le moine en profita pour lui assener un coup de pied à la poitrine. La tête de Clay heurta le pont avec violence, mais son cerveau était engourdi par le froid et il ne sentit pas la douleur. Le moine posa un pied nu sur sa gorge et appuya.

Clay sentait le sang dans sa bouche, la pluie sur son visage, mais pas d'air dans ses poumons. Il en conçut une certaine inquiétude.

Et puis la pression contre sa gorge disparut. Il inspira par à-coups et cligna des paupières pour chasser le tourbillon d'étoiles noires qui dansaient devant ses yeux. Il aperçut Moog qui tenait son chapeau comme une arbalète chargée. Le moine hurlait. Il avait les paupières fermées et contractées. Un liquide rouge ruisselait sur son visage. Clay aurait juré que c'était du sang s'il n'avait pas dégagé cette odeur… pestilentielle.

Le guerrier se ressaisit. Il frappa, et son marteau s'écrasa entre les jambes du moine. Il entendit un craquement humide et l'homme se recroquevilla en gémissant. Clay le repoussa et marmonna de nouvelles excuses. C'était quand même la moindre des choses quand on écrasait le service trois-pièces d'un inconnu à coups de marteau magique.

Le sorcier l'aida à se relever.

— Tu aurais pu viser un autre endroit, le morigéna Moog. C'était méchant.

— Pas plus que lui balancer de la soupe brûlante au visage, répliqua Clay. Qu'est-ce que…

— Du potage de souffle infernal, oui. C'est déjà terrible dans la bouche, alors dans les yeux… (Le sorcier regarda le moine.) Mais il allait te tuer !

— Effectivement ! Alors, bien fait pour sa gueule ! (Clay pointa le doigt vers la cabine de pilotage.) Retourne à ton poste. Il faut que tu nous gardes en l'air. J'ai besoin de…

Il tourna la tête et scruta le pont. Matrick avait tué un de ses adversaires et l'autre était en difficulté. Ganelon, assez curieusement, ne s'était débarrassé que d'un seul moine.

Les trois survivants ne prenaient aucun risque. Ils se contentaient d'occuper le guerrier en attendant que leur maîtresse en ait fini avec les autres.

Griffalouette, de son côté, avait fort à faire. Les trois hommes qui l'avaient précédée gisaient face contre terre et elle reculait lentement, mais sûrement. Ses épées tourbillonnaient sans relâche pour parer les coups de *Vellichor*. Gabriel affichait un rictus qui exprimait un mélange d'amusement et de férocité. La dive également. La pluie dégoulinait le long de leurs cheveux et crépitait sur les plaques d'acier de leurs armures, l'une blanche comme un os, l'autre noire comme la nuit.

— Clay, appela le sorcier.

— Hmm ?

— Tu as besoin de *quoi* ?

— Quoi ?

— Tu as dit : « J'ai besoin de… » et tu n'as pas terminé ta phrase.

Clay pointa le doigt vers la cabine de pilotage d'un air agacé.

— OCCUPE. TOI. DE. CE. PUTAIN. DE. NAVIRE ! cria-t-il.

Le sorcier hoqueta et enfonça son chapeau sur sa tête.

— Très bien ! lança-t-il avec colère.

Et il s'éloigna à grands pas.

Des vagues douloureuses irradiaient le nez de Clay, et sa joue était gonflée près de l'œil droit, à l'endroit où le manche du marteau l'avait frappé. Il essuya le sang qui coulait de sa bouche d'un revers de manche et alla prêter main-forte à Ganelon.

Les trois moines étaient si concentrés sur le guerrier des terres du Sud qu'ils ne le virent pas arriver. Il poussa le premier vers Ganelon et celui-ci l'empala avec le manche de sa hache. Clay bondit vers un nouvel adversaire, para un coup de pied avec *Blackheart* et abattit *Wraith*. Le moine esquiva, mais Clay enchaîna et la tête du marteau s'écrasa sur sa tempe. L'homme chancela. Clay le plaqua contre la rambarde et le frappa du poing jusqu'à ce qu'il cesse de se défendre.

Ganelon poursuivit son dernier adversaire jusqu'à la proue. Le moine, qui courait en regardant Ganelon par-dessus son épaule, percuta Kit qui observait la bataille en restant bien tranquille dans son coin. Le moine se retourna en levant le poing… et poussa un hurlement à glacer le sang. Le revenant lui adressa son plus beau sourire.

— Bien le bonsoir, dit-il.

Le sourire était hideux et le moine céda à la panique. Confronté à la perspective d'être tué par Ganelon ou dévoré par ce qu'il croyait être un zombie affamé, il décida de sauter par-dessus bord. Il bondit sur la rambarde et écarta sa robe dans l'espoir – illusoire – de planer jusqu'au sol. Malheureusement pour lui, Ganelon l'attrapa par le col au moment où il se lançait dans le vide. Le vêtement lui resta dans la main et le moine nu comme un ver tomba en hurlant au milieu de la tempête.

Matrick arracha *Roxy* de la poitrine de son dernier adversaire et essuya ses deux dagues sur la robe du moine qui passait de vie à trépas. Il surprit le regard de Clay et fit virevolter ses lames.

— J'ai pas perdu la main, lança-t-il d'un air suffisant.

À cet instant, une dague tomba par terre et l'ancien roi courut derrière elle pour la récupérer.

Clay se retourna en entendant Griffalouette pousser un grondement sourd. La dive commençait à perdre patience. Elle avait cru qu'elle n'aurait aucun mal à se débarrasser de Gabriel, mais c'était elle qui était sur la défensive. Ses serviteurs étaient morts, inconscients, ou fort occupés à pleurer la perte de leurs testicules broyés à coups de marteau. Elle était désormais seule et ses adversaires se rassemblèrent autour d'elle.

— Griffalouette ! cria Matrick.

La dive l'ignora et frappa *Vellichor* d'un coup puissant. Elle ne regardait que Gabriel, comme si les autres n'étaient que des spectateurs sans importance.

— Griffalouette, c'est terminé ! Tu as perdu !

Le dive grimaça un rictus furieux, bondit en arrière et croisa ses épées devant elle pour se protéger. Gabriel ne bougea pas, mais il était prêt à frapper. Il haletait. Si le duel s'était poursuivi un peu plus longtemps, il aurait cédé à la fatigue et Griffalouette l'aurait tué.

Mais bon, c'était pour prévenir ce genre de problème qu'on formait une roquebande, non ? Un tigre était un adversaire redoutable, mais on pouvait l'encercler et l'acculer. Il combattait seul et mourait seul. Alors qu'avec un loup, il fallait toujours surveiller ses arrières pour s'assurer que le reste de la meute n'allait pas vous tomber dessus dans l'obscurité.

— Perdu ? (Griffalouette éclata d'un rire sans joie.) Sais-tu ce qui est arrivé au dernier homme qui m'a dit cela ? Je lui ai collé sa queue dans la bouche et j'ai planté sa tête sur une pique !

— Ma queue est trop grosse pour rentrer dans ma bouche, déclara Matrick comme s'il s'agissait d'une évidence.

Kit fut secoué par un rire aussi bref qu'incongru.

Griffalouette, elle, ne goûta pas la plaisanterie. Ses yeux se reconcentrèrent sur Gabriel.

— Est-ce vrai que tu te rends à Castia ?

Gabriel ne semblait pas avoir très envie de lui répondre, mais il finit par hocher la tête.

— C'est vrai.

—Pourquoi ? demanda la dive.

—Ma fille est prisonnière dans la cité.

Clay eut l'impression que l'expression de la dive changeait, que ses yeux de glace fondaient et se transformaient en lacs de montagne, mais cela ne dura qu'une fraction de seconde. Son regard redevint aussi dur que l'acier et plus froid que jamais.

—Si tel est le cas, elle est morte, dit-elle. Et tu n'es qu'un pauvre idiot pour te lancer dans une telle aventure.

—Tu n'as pas entièrement tort, reconnut Gabriel. Mais bon, comme Matty vient de le dire, tu as perdu. Retourne voir Lilith et dis-lui… dis-lui ce que tu veux, mais fous gentiment le camp de mon vaisseau.

À cet instant, l'*Étoile Noire* émergea de la tempête comme un léviathan rugissant et se rangea le long du flanc bâbord du *Cour Charnelle*.

—Avec plaisir, dit la dive.

Elle fit mine d'attaquer Gabriel, qui se mit aussitôt en garde, puis elle pivota et frappa Ganelon. Celui-ci para le coup avec le manche de sa hache. Clay leva son bouclier, mais Griffalouette se précipitait déjà vers Matrick. Elle le plaqua contre le plat-bord avant qu'il ait le temps d'esquisser un geste. Il poussa un cri de douleur et sa main blessée lâcha la dague qu'elle tenait. Ses camarades s'approchèrent, mais Griffalouette déploya ses ailes et les obligea à reculer.

Elle bondit en l'air sans lâcher l'ancien roi. Un premier battement d'ailes les emporta hors de portée, un deuxième les propulsa vers le ciel.

—Matrick ! cria Gabriel.

Il se précipita vers la rambarde, mais Clay le saisit par l'épaule tandis que des décharges d'électricité statique crépitaient autour d'eux.

—Attends…, dit-il avant qu'un coup de tonnerre transforme sa voix en murmure inaudible.

Un éclair fulgurant déchira les ténèbres et les aveugla.

Pendant une fraction de seconde, une image resta imprimée sur les paupières de Clay : la sombre silhouette d'une paire d'ailes se découpant sur une colonne de lumière éblouissante.

Accrochés l'un à l'autre, Griffalouette et Matrick tombèrent en tourbillonnant comme un oiseau frappé en plein vol par une flèche.

31

Promenade dans le Cœur du Wyld

Clay retrouva l'usage de ses yeux, et les cloches qui carillonnaient à ses oreilles se turent. Il tourna la tête. Gabriel était à genoux, une main sur la rambarde incrustée de pierre de lune. Lorsqu'il avait affronté Griffalouette sur le pont battu par la pluie, Clay avait eu l'impression d'être en présence d'un être invincible, d'une légende vivante, d'un héros tout droit sorti d'un livre de contes. Maintenant, il ne voyait plus qu'un simple mortel, un vieil homme trempé jusqu'aux os et fatigué.

Clay croisa son regard et sentit le dilemme qui le rongeait : fallait-il prendre le risque d'atterrir pour chercher Matrick – qui avait peu de chances d'avoir survécu à sa chute – ou poursuivre sa route et se demander jusqu'à la fin de ses jours s'il n'avait pas condamné un ami à une mort certaine ? Au grand étonnement de Clay, il n'hésita que quelques instants.

— Dis à Moog de poser le vaisseau, lâcha Gabriel d'une voix rauque. On descend.

On racontait que le Cœur du Wyld ne quittait jamais ceux qui s'y aventuraient. C'était particulièrement vrai pour les malheureux qui contractaient la nécrose, car c'était la forêt elle-même qui les infectait. Cet adage avait des connotations moins funestes – mais tout aussi angoissantes – pour Clay.

Il ne rêvait pas très souvent, dieux merci, mais il lui arrivait de s'égarer dans les méandres de ses souvenirs. Il était alors avalé par des marais bouillonnants, ou bien il courait, terrifié, pour échapper à une des nombreuses créatures qui hantaient la forêt. Il se réveillait le souffle court. Il lui arrivait même de hurler, ou de sangloter. Ginny embrassait alors son front couvert de sueur et murmurait des paroles rassurantes en caressant son visage jusqu'à ce que les brumes oniriques se dissipent. Elle ne posait jamais de questions à propos de ses rêves et il n'en parlait jamais. Ce n'était pas le genre de choses qu'on partageait avec la personne qu'on aimait.

Mais aujourd'hui, le cauchemar était réel. Le songe s'incarnait dans les feuilles ressemblant à des parchemins brûlés et dans les plaies suintantes qui zébraient les troncs des arbres lépreux. L'air était sombre et étouffant. Le silence de mort était parfois brisé par les hurlements des chasseurs et des proies qui tuaient et qui mouraient dans les ténèbres.

Moog posa le *Cour Charnelle* au fond d'un large ravin pour le dissimuler aux yeux d'éventuels curieux sillonnant le ciel à bord d'un vaisseau céleste. Les membres de Saga formèrent des groupes de deux et Kit accepta de rester à bord du navire pour le surveiller. Gabriel – aussi morose qu'un adolescent obligé de faire une promenade en compagnie de ses parents – fit équipe avec le sorcier. Moog plongea la main dans son sac et en tira un grand bâton orné d'un globe en cristal tenu par des doigts argentés et reptiliens.

— C'est un artefact qui permet de lire l'avenir, dit-il. Comme la vieille boule de cristal que Gabe… (Il s'interrompit.) … que Gabe a jetée pour moi. Très gentiment. Dans une rivière. (Gabriel s'agita et lui fit signe de se dépêcher.) Mais sa portée est assez limitée.

Il inclina son chapeau en arrière et se pencha jusqu'à ce que son nez effleure l'orbe. Ses sourcils broussailleux se froncèrent et Clay aperçut une volute mauve à l'intérieur de la sphère. Au bout d'un long moment, la volute se dissipa et Moog frappa le sol avec le pied du bâton d'un air agacé.

— Maudite soit cette forêt oubliée des dieux ! ragea-t-il. Je n'arrive pas à capter le moindre signal. Enfin bref, Matty est par là.

Il pointa le doigt vers l'est.

— Comment le sais-tu ? demanda Gabriel avec une expression un peu moins renfrognée.

— Parce que c'est par là que je l'ai vu tomber, répondit le sorcier.

Il s'éloigna à grands pas et Gabriel le suivit en traînant les pieds.

Clay et Ganelon allèrent plus au sud, mais restèrent assez proches pour entendre les cris de leurs camarades s'ils avaient besoin d'aide. Clay aperçut plusieurs créatures tandis qu'ils marchaient entre les arbres : des hiboux fantomatiques tapis dans des troncs évidés qui les observaient avec des yeux luisants comme la braise ; des oiseaux de taille moyenne aux longs becs crochus perchés sur des branches tordues… Rien de particulièrement horrible, que les dieux en soient remerciés. Une créature fila à ras de terre et se précipita dans un terrier. Clay déglutit avec peine en songeant qu'elle ressemblait un peu trop à un enfant couvert de crasse et pourvu d'une queue de rat.

Clay et Ganelon ralentirent pour traverser un rideau d'arbres avec des serpents blancs en guise de branches. Les créatures se tournèrent vers les deux hommes et plusieurs se détendirent en sifflant dans l'espoir de les effrayer et de les faire reculer à portée d'un arbre voisin. Clay connaissait ce genre de manœuvre. Elle avait coûté la vie à plusieurs bardes de Saga.

Il entendit une brindille craquer derrière lui. Il pivota et se retrouva nez à nez avec un worg noir. Le loup – de la taille d'un cheval de trait kaskar – était si près que le guerrier sentit son souffle chaud sur son visage. Clay se préparait à pousser son dernier cri – il envisageait quelque chose de très aigu, quelque chose entre *interminable chute du haut d'une falaise* et *je viens de faire dans mon pantalon*, avec un soupçon de *caprice de petite fille insupportable* pour pimenter le tout – lorsqu'il entendit un grognement derrière lui.

Il est venu avec un copain, lui souffla une petite voix. *Un cri ne suffira pas, Cooper.*

Ganelon le frôla en avançant d'un pas. Son visage était déformé par une terrible grimace qui dévoilait ses dents. C'était lui qui grognait. De plus en plus fort. Il avança jusqu'à ce que son nez effleure le museau large et humide du worg, puis il poussa un cri assourdissant qui se transforma en hurlement à glacer le sang. Le worg écarquilla les yeux et ses oreilles s'aplatirent sur son crâne. Il recula d'un pas, puis d'un autre avant de se retourner d'un bond et de s'enfuir la queue entre les jambes.

Bouche bée, Clay regarda son camarade se redresser et se remettre en chemin sans lui adresser un mot.

Une pensée lui traversa soudain l'esprit : pourquoi Gabriel et Moog n'étaient-ils pas arrivés en courant ? Soit ils n'avaient pas entendu les cris de Ganelon, soit ils n'étaient pas en mesure de venir voir ce qui se passait. Les deux hypothèses n'avaient rien de rassurant.

La forêt étouffante laissa place à un marais et les deux guerriers redoublèrent de prudence. Des flaques de gelée pestilentielle bouillonnaient en crachant des nuages de vapeur. Il suffisait d'un pas malheureux pour perdre sa botte, et ce qu'elle contenait si l'on ne réagissait pas assez vite. Clay ne put s'empêcher de songer aux dangers qui infestaient ce genre d'endroit : gélatineux frémissants qui dévoraient la chair et corrodaient le métal ; scarabées véloces qui explosaient lorsqu'un aventurier distrait posait le pied dessus... Le Cœur du Wyld offrait un vaste choix en matière de morts violentes. Un jour, Clay avait entendu un barde un peu plus intelligent que la moyenne affirmer qu'une vie entière ne suffirait pas à en dresser la liste.

Il observa une plante carnivore qui capturait ses proies à l'aide d'une longue langue noire et qui était capable de reproduire les cris de terreur de ses victimes.

— Parpitiéquelesdieuxmeviennentenaide ! hurla-t-elle au passage des deux guerriers. (Puis elle prit la voix effrayée d'une jeune femme.) Pitiéjaimalarrêtezparpitiéjaimal !

Au moment où Clay songeait qu'on ne pouvait pas imaginer pire, un squelette portant une robe de mariée crasseuse se redressa au milieu d'une mare de boue. Il serrait une couronne de fleurs fanées contre sa poitrine osseuse et ses orbites vides suivirent Clay avec tristesse tandis qu'il s'éloignait.

Le guerrier fit un effort pour ne pas frissonner. Il détestait cette forêt. Du fond du cœur.

— Oh ! il y a pire, dit Ganelon.

Clay comprit qu'il avait pensé à haute voix.

— Pire ? répéta-t-il en gloussant. Mais... c'est impossible. Cite-moi un seul endroit qui soit pire que cette forêt.

— La Carrière, répondit Ganelon sans l'ombre d'une hésitation.

Clay resta silencieux. Que pouvait-il dire ? Les deux hommes poursuivirent leur chemin dans une atmosphère pesante. Ils quittèrent les marais et entrèrent dans une forêt d'arbres voûtés et tordus qui se blottissaient les uns contre les autres comme une colonie de nécrosés sous des capes couleur cendre. Un liquide ressemblant à du sang s'échappait des replis de leurs troncs noueux et Clay eut l'impression que certains pleuraient dans la pénombre du crépuscule.

— Ici, dit Ganelon, on peut *voir*. Il y a des bruits. Des odeurs, même si elles ne sont pas agréables. On ressent quelque chose.

Il leva le bras vers une branche et attrapa une feuille. Elle se désagrégea entre ses doigts et il jeta la poussière dans le vent nauséabond.

— Il n'y a rien de tout ça à la Carrière. On est comme mort.

Clay se baissa en apercevant une grande toile d'araignée. Il veilla à ne pas la toucher de crainte que sa propriétaire émerge d'un recoin obscur et vienne voir ce qui se passait.

— Je suppose que tu as raison, dit-il. Mais tu étais changé en pierre, non ? Tu n'étais pas conscient.

— Tu crois ça ? demanda Ganelon.

Clay s'arrêta net. S'il n'avait pas si bien connu son camarade, il aurait juré avoir entendu une pointe de douleur dans sa voix.

— Qu'est-ce que tu veux dire par « Tu crois ça ? » Tu étais changé en pierre. Je t'ai vu.

Ganelon ralentit, s'arrêta à son tour et se massa la nuque d'un air embarrassé. Il semblait regretter d'avoir parlé de la Carrière.

— La pierre, c'est de la pierre, dit-il sans donner plus de précision. Mais quand tu es pétrifié... Je ne sais pas. Je ne sais pas comment t'expliquer. C'est de la magie, tu vois, alors je suppose que Moog est plus calé que moi sur le sujet.

Une boule d'angoisse noua le ventre de Clay.

— Qu'est-ce que tu veux dire exactement ? Tu étais changé en statue... mais pas en pierre ?

— C'est un peu ça, ouais. Je ne voyais rien. Je ne sentais rien. Je n'avais pas faim et pas soif. Mais j'étais toujours là, quelque part à l'intérieur.

À l'intérieur?

Clay secoua la tête.

— C'est… non…

Ganelon éclata d'un rire amer.

— Je ne te raconte pas de conneries, Main Lente.

Et il se remit en marche.

Lorsque Clay s'arracha à sa stupéfaction, il dut courir pour rattraper son camarade.

— Est-ce que tu essaies de me dire que tu étais *vivant* à l'intérieur ? Que tu étais *conscient* ? Pendant dix-neuf ans ?

— À peu près, répondit Ganelon en regardant droit devant lui. Je suppose qu'il m'est arrivé de dormir. Enfin, que mon esprit se ferme du moins. Mais la plupart du temps, j'étais conscient, ouais.

Clay n'en croyait pas ses oreilles. Comme tout le monde, il avait pensé qu'une personne changée en pierre n'était rien d'autre qu'une statue. Il avait même songé que les prisonniers de la Carrière n'avaient pas trop à se plaindre puisqu'ils avaient l'impression de purger leur peine – qu'elle soit de dix ans ou de dix siècles – en un clin d'œil. Et voilà que Ganelon lui racontait que ces statues, ces *personnes* pétrifiées et muettes qu'on entreposait dans le sombre dédale, étaient *conscientes*.

Qu'arrivait-il à un esprit condamné à se languir pendant mille ans ? Ou dix seulement ?

Ou dix-neuf? songea Clay, mal à l'aise.

— Ganelon, dit-il. (Le guerrier des terres du Sud ne ralentit même pas.) Ganelon, attends !

Ganelon jeta un coup d'œil par-dessus son épaule.

— Qu'est-ce que tu veux, Main Lente ?

Clay avait du mal à trouver ses mots.

— Je… je suis…

— Désolé ? (Ganelon se tourna vers lui.) Ne le sois pas. Être désolé ne changera rien à l'affaire.

— Tu as dû nous haïr plus que tout au monde, dit Clay.

Tu dois toujours *nous haïr plus que tout au monde,* songea-t-il.

Mais il garda cette réflexion pour lui.

Ganelon haussa les épaules.

— Ouais, peut-être. Pendant un moment.

— Un moment ?

Ganelon s'arrêta enfin.

— Ouais. Une dizaine d'années ou quelque chose comme ça. J'ai détesté Matrick parce qu'il voulait vivre avec sa mijaurée de princesse. J'ai détesté Moog parce qu'il passait tout son temps à essayer de mettre au point un remède contre la nécrose au lieu de passer ce temps avec la personne qu'il aimait. Au fait, tu sais quel est le remède contre la nécrose ? Ne pas s'approcher de cette foutue forêt. Jamais. J'ai détesté Gabe parce qu'il avait fini par croire les conneries de Valery à propos des monstres qui sont nos amis. Et je… Tu sais quoi ? Toi, je ne t'ai jamais détesté, Main Lente.

Clay déglutit avec difficulté.

— Ah bon ?

— Non. Mais je dois dire que je me suis demandé ce que tu foutais. Je me suis demandé pourquoi tu n'étais pas là quand les hommes de la sultana sont venus me chercher. J'ai eu moins d'amis que j'ai de doigts, mais je t'ai toujours compté parmi eux. T'es un mec honnête, courageux et un peu trop loyal pour son propre bien. Bon sang ! t'es sans doute le type le plus respectable que j'aie jamais rencontré. Alors je me suis dit : quel genre de monstre est-ce que je peux bien être si Clay Cooper a décidé de me laisser tomber ?

Clay resta bouche bée, incapable d'articuler un mot. Il baissa les yeux et contempla la terre noire, submergé par un sentiment de honte et de terrible culpabilité.

J'en avais assez, aurait-il pu dire. *Assez de me battre et assez de tuer. Assez de la cupidité de Kallorek, de l'alcoolisme de Matty, des singeries de Moog et de l'insupportable orgueil de Gabe. J'avais envie de me laver les mains et d'oublier tout ça. Et puis, je me suis dit que tu l'avais bien cherché. Tu avais tué un prince et pas mal de types innocents par la même occasion. Après avoir passé dix ans à essayer de rendre le monde meilleur, j'ai pensé qu'il serait meilleur sans toi.*

Il aurait pu dire tout cela, mais il resta silencieux.

— C'est sans importance, lâcha Ganelon.

Il se remit en chemin et Clay le suivit, le pas lourd et la mine sombre.

Quelques minutes plus tard, ils entendirent l'écho d'un rugissement dans le ciel. Ils se cachèrent sous la canopée des arbres gris, et l'*Étoile Noire* passa au-dessus de leurs têtes.

Les serviteurs de Griffalouette scrutaient la forêt dans l'espoir d'apercevoir leur maîtresse. Clay se surprit à penser qu'ils perdaient leur temps. Il avait vu la dive tomber après avoir été frappée par un éclair. Mais Matrick était tombé avec elle et il était là : se promenant dans le Cœur du Wyld à la recherche du corps de son ami.

Un souvenir lui traversa l'esprit. Il était assis chez lui, dans la cuisine. Il disait à Gabriel qu'il n'irait pas à Castia, qu'il n'avait pas la moindre intention de remettre les pieds dans cette maudite forêt. Et puis une petite fille de neuf ans et demi lui avait posé *une* question et l'avait convaincu de changer d'avis…

Ils venaient de se remettre en route lorsqu'ils entendirent des gémissements de femme provenant d'un bosquet touffu. Clay eut le temps de faire trois pas avant que Ganelon traverse les fourrés et s'enfonce dans le petit bois. Il se lança à sa poursuite, se fraya un chemin à travers les branches emmêlées et arriva dans une clairière. Ganelon était là. Un troll maigrichon portant un chapeau bosselé était accroupi près de Gabriel et Griffalouette. L'ancien roi et la dive étaient allongés par terre, mais il n'y avait aucun doute possible : ils étaient vivants. Le troll se redressa et leva la main.

Clay comprit qu'il s'agissait d'un salut amical, mais Ganelon brandit sa hache.

— Attends ! cria Matrick.

Trop tard. Ganelon trancha le bras de la créature à hauteur de l'épaule et le troll bascula en arrière. Matrick se leva et s'interposa.

— Attends ! Arrête ! C'est un ami !

Ganelon se figea.

— Un… quoi ?

Matrick ouvrit la bouche pour s'expliquer, mais Moog fit irruption dans la clairière en brandissant un globe alchimique.

— Tuons-le par le feu ! rugit-il.

— Non ! cria Matrick en s'interposant une fois de plus. Personne ne va le tuer avec quoi que ce soit ! Les gars, c'est Taino. Il nous a soignés. C'est un docteur.

— Kérisseur, précisa le troll.

La perte de son bras ne semblait pas le déranger outre mesure. La blessure saignait à peine, et grâce à ses pouvoirs de régénération, le membre repousserait sans doute en moins d'une heure. Taino se leva et brossa ses fesses maculées de terre avec la main qui lui restait. Il redressa son chapeau et assena une claque sur l'épaule de Matrick comme s'ils étaient de vieux camarades.

— Ve férifiais que fos amis font bien. Il é elle ont fait une tré maufaise fute, vous favez.

Gabriel, qui avait suivi Moog, fit signe à Ganelon de ranger sa hache.

— Nous savons, dit-il. Tu vas bien, Matty ?

En dehors de quelques éraflures sur le visage, l'ancien roi semblait en meilleure forme que le jour de ses funérailles, quand ils l'avaient retrouvé au pied des Dents d'Adragos. Il écarta les mains et gloussa.

— On dirait, ouais. (Il pointa le pouce vers la dive.) Elle a plus ou moins réussi à voler jusqu'en bas. Je vous jure que je la serrais de toutes mes forces.

Le troll esquissa un sourire qui dévoila ses dents brunâtres.

— Oé, lui fa bien. Un homme de fer, fessûr !

Il agita la main en direction de Griffalouette. La dive était assise, les jambes écartées et le menton appuyé contre sa poitrine. Elle semblait inconsciente.

— Elle a eu moins de fanfe. Elle a pris un méfant coup sur la tête. Elle a une aile cafée, vous foyez ?

Clay voyait très bien. L'aile droite de Griffalouette était repliée dans son dos, mais la gauche était curieusement penchée derrière l'épaule. Le guerrier regarda autour de lui et constata avec satisfaction que les deux épées de la chasseuse de primes n'étaient pas en vue.

Matrick se racla la gorge.

— Ah ! oui… à propos du coup sur la tête…

Griffalouette s'agita et cligna des paupières comme si elle se réveillait d'un long sommeil. Elle regarda les personnes rassemblées autour d'elle, puis ses yeux se posèrent sur Ganelon et elle esquissa un grand sourire qui, à la stupéfaction de Clay, était dépourvu de la moindre trace de méchanceté.

— Salut, dit-elle. Je m'appelle Sabbatha.

32

Djembés, drogues et délires

— Mais qui est cette *Sabbatha* ? murmura Clay pour que Griffalouette ne l'entende pas.

La dive marchait derrière lui en compagnie de Ganelon, de Moog et de Gabriel.

Le guérisseur, Taino, avait proposé de les héberger jusqu'au matin. Il avançait à grands pas et fredonnait tout bas.

Matrick jeta un coup d'œil par-dessus son épaule et se pencha vers son ami.

— Kit a dit qu'elle s'appelait comme ça avant. Tu ne te rappelles pas ? Avant qu'elle devienne une chasseuse de primes et tout ça. Quand elle a repris connaissance, après la chute, elle était… enfin, elle n'était pas… Écoute ! je ne sais pas ce qui lui est arrivé, mais à mon avis, il n'y a pas que son aile qui a pris un mauvais coup. (Il se gratta la tête.) Elle a viré cinglée.

— Ouais. Espérons qu'elle le reste.

Clay tourna la tête. Malgré ses blessures, Sabbatha souriait et bavardait amicalement avec Moog. Le sorcier lui dit quelque chose et elle éclata de rire. Clay sentit un tiraillement à hauteur du ventre et comprit que la dive n'avait rien perdu de ses pouvoirs.

Ils lui avaient raconté que le *Cour Charnelle* était son navire, qu'ils s'étaient rencontrés à Contha et qu'ils l'avaient engagée pour qu'elle les conduise à Castia, de l'autre côté du Cœur du Wyld. Par chance, elle les crut.

— Clay ?

— Quoi ?

— Tu penses…

Ça m'arrive, mais pas assez souvent apparemment.

— Je pense quoi ?

— Tu penses qu'elle va rester comme ça pour toujours ? Peut-être que le coup sur la tête a… je ne sais pas, effacé sa méchanceté.

— Je n'y crois pas trop.

Matrick se frotta les joues.

— Ouais. Je suppose que je rêve un peu sur ce coup-là. Bon, qu'est-ce qu'on fait d'elle, alors ?

On lui pète l'autre aile et on se tire en courant, fut la première idée qui traversa l'esprit de Clay.

Il poussa un long soupir.

— Je ne sais pas. On attend et on voit, je suppose. En espérant que cette chère *Sabbatha* restera avec nous le plus longtemps possible.

Le troll avait installé sa demeure sous le sinistre rideau de branches d'un immense saule. L'intérieur était sombre malgré les grappes de fruits en forme de poire qui produisaient une lueur violette. Taino emprunta un chemin en pierre sinueux entre deux rangées de hautes plantes odoriférantes. Lorsque Matrick glissa et tomba contre l'une d'elles, le troll gloussa.

— Fait fombre, hein ? Fe fais éclairer un peu, les amis.

Il leva le bras, saisit une branche basse et cueillit un fruit lumineux. Clay s'aperçut alors qu'il ne s'agissait pas d'un fruit.

C'était une chauve-souris. Taino referma ses griffes sur un de ses longs doigts et se remit en marche en brandissant l'animal comme une lanterne.

— Fascinant, dit Moog.

Clay frissonna en se rappelant les araignées luminescentes qui dessinaient une voûte étoilée dans la tour du sorcier.

Sur le tronc de l'arbre, de grands champignons plats formaient des étagères sous lesquelles se trouvaient des paillasses de mousses non vénéneuses. Le troll fit signe à ses invités de s'asseoir avant de s'éloigner. Il arracha des champignons secs sur des lianes basses hérissées d'épines et les remplaça par des frais qu'il tira du vieux sac en cuir qu'il portait à l'épaule. Lorsqu'une épine les transperçait, les champignons produisaient une douce lumière, et au bout de quelques minutes, plusieurs guirlandes colorées éclairèrent le pied de l'arbre.

Lorsqu'il eut terminé, Taino rejoignit ses invités et sourit.

— Défolé de fous afoir fait attendre. F'est plus fafile avec deux bras.

Ganelon détourna les yeux et marmonna quelque chose qui devait être des excuses.

— F'est pas grafe, le rassura le troll. F'est oublié. Bientôt je ferai comme neuf, fous foyez ?

Il montra son moignon. Le nouveau bras était déjà à moitié formé et il se développait comme une éponge plongée dans l'eau. Taino se dirigea vers un grand chaudron en fer posé sur un lit de braises et contenant un liquide bouillonnant. Il sortit des lézards frais de son sac et regarda ses invités.

— Fous afez faim ?

Moog vola au secours de ses camarades. Il ôta son chapeau et prit les commandes : agneau délicatement épicé pour Clay ; tourte à la viande pour Matrick ; filet de truite rose pour Gabriel et entrecôte pour Ganelon – qui avait décidé qu'il préférait manger quelque chose sortant d'un chapeau magique plutôt que quelque chose sortant du garde-manger d'un guérisseur troll. Griffalouette demanda un casse-croûte à la banane marinée et applaudit comme une petite fille lorsque Moog lui tendit le plat avec emphase. Enfin, le sorcier fit apparaître une assiette contenant une impressionnante pile de pâtes au beurre que Taino mangea à la main et avec enthousiasme.

Clay était soulagé d'avoir trouvé un endroit pour passer la nuit.

Même s'il n'est pas plus sûr que le reste de cette maudite forêt.

La journée avait été éprouvante et il décida qu'il avait vu assez d'horreurs pour les prochaines dix-neuf années. Il était impatient de regagner le *Cour Charnelle*, mais était heureux d'avoir retrouvé Matrick en vie et à peu près indemne.

Lorsqu'il eut fini de dîner, Taino se dirigea vers une souche creuse et y plongea des bols qu'il tendit ensuite à ses invités. Ils contenaient un liquide qui ressemblait à de la bière. Matrick fut le premier à oser y goûter.

— Délicieux ! s'exclama-t-il.

Ses camarades attendirent de voir si l'ancien roi n'allait pas mourir dans d'atroces souffrances, puis ils burent à leur tour. Taino les divertit en leur montrant les trésors qu'il avait rassemblés au cours de sa vie.

Il sortit d'abord un vieux casque druine avec une cotte de mailles destinée à protéger les longues oreilles en pointe. Puis le crâne d'un taureau cyclope – une créature que Clay aurait qualifiée de chimérique s'il n'avait pas eu la preuve de son existence sous les yeux. Taino leur montra également un plateau de tetrea en onyx et perles dont il avait mangé les pions des années plus tôt ; un buste en pierre de lune représentant un exarque druine qui clignait des paupières quand on le fixait un certain temps ; des piles de bijoux parmi lesquels un médaillon qui ressemblait à celui que Kallorek avait utilisé pour contrôler les golems.

Le troll possédait aussi deux livres illustrés d'images et reliés en cuir. Il insista pour les lire à haute voix malgré son terrible accent. Le premier était intitulé *Tran le Tréant*. C'était un conte pour enfants que Tally avait adoré quatre ou cinq ans plus tôt. Le second était un manuel d'éducation sexuelle pour les trolls. Taino leur détailla ses passages favoris pendant une bonne demi-heure, et Clay arriva à la conclusion qu'il ne s'était jamais senti aussi gêné de sa vie.

Enfin, le guérisseur leur présenta une pipe en bois en forme de mammouth des glaces avec ses deux défenses dressées. Il se leva, fouilla parmi les plantes de son jardin et glissa une fleur brune et gluante dans le fourneau. Il prit une braise et enflamma les pétales avant d'aspirer à travers une corne. Au bout de quelques instants, il cracha un nuage de fumée et son visage ridé se fendit d'un large sourire.

— Herboue magique, roucoula-t-il. Elle kérit plein de foses. Tête cafée, aile cafée, maladie qui mange les mangeurs. Répare tout, dedans et dehors.

Il donna la pipe à Griffalouette qui aspira deux longues bouffées avant de la tendre à Moog.

— Avec plaisir, merci, dit le sorcier.

Il aspira à son tour, déglutit, et toussa bruyamment avant de proposer la pipe à ses camarades.

— De l'herbeuh ? dit-il lorsque sa quinte fut passée. C'est la première fois que j'en entends parler. Est-ce qu'il s'agit d'une plante psychotrope ? Hallucinogène ? L'odeur rappelle celle du secret du berger, non ? En un peu plus terreux. Comme la feuille du rêveur. Combien de temps faut-il pour que ça fasse eff… Oohhh ! putain, ça y est.

Il s'effondra sur sa paillasse de mousse et resta silencieux.

Matrick essaya. Ganelon refusa. Gabriel également. Il tendit la pipe à Clay, qui secoua la main.

— Pas pour moi, merci.

Gabriel insista.

— Essaie. Tu n'as pas vu la tronche que tu tires. On dirait qu'on te l'a aplatie à coups de marteau.

Clay esquissa un sourire en coin et eut l'impression qu'on plantait un couteau dans son nez blessé.

— C'est ce qui s'est passé.

— Alors, vas-y.

La fleur s'était éteinte. Clay s'agenouilla pour la rallumer et porta une défense de mammouth à sa bouche. Il vit que Taino le regardait d'un air joyeux. Ses grands yeux jaunes et ses gencives brunâtres brillaient à la lueur du feu de camp.

— Fume, fume, dit le troll.

Et Clay fuma.

L'effet fut immédiat. La douleur qui irradiait son nez et l'endroit où le manche de la hache l'avait frappé s'apaisa. Les élancements au bas du dos se volatilisèrent. Ses genoux et ses pieds cessèrent de le torturer. Il s'allongea sur le lit de mousse qui était derrière lui et essaya de décrire ce qu'il ressentait avec des mots, mais les mots s'échappèrent comme des poissons dans un étang peu profond.

Taino avait gardé son plus beau trésor pour la fin : trois tambours couverts de peau et attachés ensemble avec des lanières en cuir. Il s'assit en tailleur et les posa sur ses cuisses. Clay s'aperçut alors que son bras coupé s'était régénéré. Le troll admira sa nouvelle main avec un plaisir évident. Il tapota sur le bord d'un instrument pour vérifier que tout allait bien, puis ajusta son chapeau bosselé et commença à jouer.

Et Clay entama son voyage.

Il commença par quelques pas prudents et maladroits. Son esprit remonta le temps et passa en revue les événements des dernières semaines. Il revit l'affrontement contre Griffalouette et ses sbires à bord du *Cour Charnelle*. Il revit la terreur de Kallorek alors qu'il le jetait par-dessus bord. Il revit Gabriel tirer *Vellichor* d'une pile de gravats. Il revit Tiamax l'arachnéen agiter ses mandibules en remplissant le verre de Matrick.

Il était seul dans le Maxithon. Il tournait sur place sous le regard vide d'innombrables spectateurs squelettes. Il fit un tour de trop et les trois têtes de la chimère lui rugirent au visage.

Il se rendit compte que Taino jouait plus vite et son esprit accéléra pour suivre le rythme. *Le Repaire de l'Émeutier* brûlait. Un enfant kobold avec des yeux brillants comme des lanternes grognait au fond d'un nid hérissé de lames. Raff Lackey jurait de se venger tandis que sa gorge enflait à l'endroit où le serpent l'avait mordu. Clay décochait une flèche enflammée au-dessus d'un fleuve gris. Il regardait Lastleaf descendre d'une vouivre. Il voyait Jain approcher d'un pas nonchalant sur la route. Il était en compagnie de Ginny au sommet d'une colline à l'aube. Les yeux – parfois verts, parfois dorés – de sa femme plongeaient dans les siens.

« Reviens-moi, Clay Cooper. »

Sa fille perchée sur ses épaules riait aux éclats. Le bébé pleurait dans ses bras. Ses doigts calleux caressaient le ventre gonflé de sa femme. Il sentait ses lèvres se presser contre les siennes le jour de leur mariage. Il entendit sa voix, aussi brûlante que le feu de son regard lorsqu'elle lui avait posé la question, des années plus tôt.

« Qui es-tu vraiment ? L'homme ou le monstre ? »

Taino accéléra. Le temps galopait comme un étalon. Clay était sur son dos. Les glorieuses années de Saga passèrent si vite qu'il les distingua à peine. Les souvenirs, si nombreux, n'étaient plus que des lueurs évanescentes. Il vit une horde d'arbres assiéger une cité, une forteresse de verre noir enfouie dans la terre et le temps. Il entendit les rires d'amis, les soupirs d'anciennes amantes et les hurlements de ceux qu'il avait tués, tués et tués.

Kallorek était là, mielleux et gras. Gabriel se tenait derrière lui, un petit sourire suffisant aux lèvres.

« Notre ami ici présent dit que tu sais te battre. »

Les coups de tambour ralentirent. Des éternités séparaient désormais les notes, et lorsque celles-ci retentissaient enfin, par paires, elles résonnaient au-dessus de sa tête comme les palpitations anémiques d'un cœur épuisé.

Ba-dum.

Un couteau grave l'écorce d'un arbre blanc.

Ba-dum.

« Attends, s'il te plaît. »

Sa mère supplie qu'on l'épargne pendant que Clay se recroqueville dans l'obscurité.

Ba-dum.

La pluie murmure sur le toit au-dessus de son lit. Des voix parlent fort dans la pièce voisine.

Ba-dum.

Le reflet du soleil traverse une masse de feuilles vertes.

Ba-dum.

Un enfant blond pointe le doigt vers la prairie battue par le vent derrière leur maison.

« Pourquoi je ne peux pas aller là-bas ? »

Une voix qu'il a presque oubliée lui répond.

« Parce qu'il y a des loups. »

Ba-dum.

Ba-dum.

Ba-dum.

33

Le mangeur de chair

Clay se réveilla. Il faisait nuit. La plupart des champignons avaient cessé de produire leur étrange lueur. Les chauves-souris luminescentes étaient parties chasser ce que les chauves-souris luminescentes chassaient. Des souris luminescentes, sans doute. Matrick et Taino jouaient à qui ronfle le plus fort. Ganelon et Moog dormaient à poings fermés, tout comme Gabriel qui était pourtant insomniaque.

Griffalouette – ou Sabbatha – était assise. Elle serrait ses genoux contre elle et une aile l'enveloppait comme une couverture. L'autre, celle qui était cassée, se dressait derrière elle en formant un angle curieux. Les dernières braises du feu éclairaient son visage : sa mâchoire volontaire, ses sourcils arqués, ses grands yeux sombres qui brillaient comme des champs étoilés. Elle n'avait pas remarqué qu'il était réveillé et il se racla la gorge.

Elle eut du mal à s'arracher à la contemplation des images qui semblaient défiler dans son esprit. Quand elle y parvint enfin, elle tourna la tête et sourit. Clay sentit son cœur manquer un battement.

— J'ai rêvé, dit-elle.

— Moi aussi.

— C'était agréable ?

Clay entendait encore sa mère gémir dans l'obscurité.

— Pas vraiment, non.

— Pour moi non plus. Mais je me suis rappelé une partie de ma vie.

Clay sentit son ventre se nouer et son cerveau imagina une succession de scénarios qui commençaient par Griffalouette se ruant sur lui et s'achevaient – pour la plupart – par Griffalouette lui déchiquetant la poitrine avec ses griffes de fer. Il envisagea de récupérer son marteau posé un peu plus loin, ou de plonger vers Ganelon pour le réveiller. C'était sans doute sa meilleure chance de survie, mais il inspira un grand coup et chassa sa peur.

— Ah ! et quoi exactement ? demanda-t-il d'une voix aussi calme que possible.

La dive se mordilla la lèvre inférieure.

— Sais-tu comment les gens de mon espèce naissent ?

Dans des œufs ? supposa-t-il.

Il secoua la tête.

— Par immaculée conception.

— Quoi ? C'est impossible, bafouilla-t-il.

Il se demanda alors si cette remarque n'était pas insultante. S'il n'avait pas parlé un peu vite.

Griffalouette rit tout bas.

— Mon père a réagi de la même manière d'après ce qu'on m'a raconté. Il était en voyage à Phantra quand j'ai été conçue, et quand il est rentré, il a trouvé ma mère enceinte. Il a failli la tuer. Et moi avec. Quand je suis née, il m'a laissée dans la neige toute la nuit. Une offrande à la Mère de l'Hiver.

— Mais tu as survécu, remarqua Clay.

— J'ai survécu, confirma-t-elle. Mon père m'a trouvée enveloppée dans mes ailes au petit matin. J'étais affamée, mais en pleine forme. Après, il m'a laissée tranquille. Il a dû penser que j'étais sous la protection des dieux.

Mais qu'est-ce qui se passait avec les pères ? se demanda Clay. Pourquoi la plupart d'entre eux éprouvaient-ils le besoin de soumettre leurs fils et leurs filles à de telles souffrances ? Pourquoi fallait-il que leurs enfants leur prouvent qu'ils étaient dignes d'un amour que les mères offraient spontanément ?

Sabbatha poursuivit son histoire.

— Mais quand j'ai grandi, les enfants du village ont commencé à avoir peur de moi. Ils pensaient que j'étais une bête de foire, un monstre. Ils m'appelaient la harpie. (Son sourire se fit féroce.) Je m'en fichais. Je me suis même trouvé un nid. Enfin, une caverne sur une pente escarpée. Un endroit où je pouvais être seule. Mais ils ont fini par comprendre que leurs insultes ne me blessaient pas, alors ils se sont servis de leurs poings, ou de pierres. À partir de ce moment, tous les dieux et toutes les plumes du monde ne pouvaient plus me protéger.

Clay ne savait pas si la compassion qu'il éprouvait était naturelle ou si c'était un effet des pouvoirs de la dive, mais il était détendu et ne craignait plus qu'elle l'attaque.

— C'est de ça que tu as rêvé ? demanda-t-il. Des tortures que ces gamins t'ont infligées ?

Elle secoua la tête de manière presque imperceptible.

— J'ai rêvé que je les tuais. Que je les pourchassais les uns après les autres.

Elle prononça ces paroles sans plaisir apparent, mais elle ne semblait pas horrifiée non plus par le sombre côté de sa personnalité qu'avait révélée la drogue de Taino. Elle parlait d'une voix étrangement plate, comme si elle était engluée dans le monde des rêves et qu'elle décrivait les scènes qui se jouaient dans sa tête.

— Le premier, c'était un garçon qui s'appelait Borys. C'était le fils du chef du village. Il avait un couteau et me le collait sous la gorge pendant qu'il me pelotait. Il ne se serait sans doute pas arrêté là, alors j'ai pris son couteau et je l'ai tué.

Clay s'agita. La couche de mousse était douce et l'herbeuh avait apaisé les douleurs de son dos, mais il avait du mal à trouver une position confortable tandis qu'il écoutait les confessions de la dive.

— Il l'a bien cherché, si tu veux mon avis, dit-il.

Sabbatha leva la tête et le regarda un bref moment.

— Ouais, il l'a bien cherché. Et la suivante aussi, Sakra. Elle m'avait balancée du haut d'un escalier, alors je l'ai balancée du haut d'une falaise. Et puis il y a eu Crystof, qui faisait partie des plus méchants. Il me battait plus fort que les autres, alors je l'ai attaché à un arbre et j'ai pris une pierre pour le briser. Petit à petit. Jusqu'à ce qu'il meure.

Au-dessus de leurs têtes, la lueur bleutée d'un champignon faiblit et s'éteignit. Le visage de la dive n'était plus éclairé que par les reflets écarlates des braises.

— Misha avait l'habitude de m'entailler la peau. Elle était plus jeune que moi, et plus petite, mais elle demandait aux autres de me tenir. Un jour, elle m'a piqué l'œil avec un clou et elle a menacé de le crever, alors j'ai…

Sabbatha s'interrompit. Elle n'avait pas le courage – ou l'envie – de décrire les détails de sa vengeance.

— Elle a hurlé, hurlé, et à la fin, elle m'a suppliée de l'épargner. Je ne sais pas pourquoi, mais… je l'ai laissée partir. J'aurais pu lui faire promettre de ne pas dire qui l'avait mise dans cet état, mais je ne l'ai pas fait. Je crois que je voulais qu'ils sachent… qu'ils sachent de quoi j'étais capable.

Clay n'eut aucun mal à deviner comment l'histoire se terminait. Il se demanda si la dive avait rêvé ces événements ou si, comme lui, elle avait revécu des fragments de son passé qu'elle s'efforçait maintenant de recoller.

La dive cligna des yeux, plusieurs fois et très vite. Sa langue glissa sur ses lèvres sèches et Clay cessa de respirer.

— J'ai passé la nuit suivante dans mon nid. Quand je suis retournée au village, mes parents étaient morts et notre maison avait brûlé. Ils avaient coupé la tête de mon père et laissé le corps dans la cour pour que les chiens le dévorent. Ma mère était pendue par les pieds à un arbre. On l'avait lapidée.

— Mais ils t'ont épargnée, remarqua Clay.

— Il semblerait. Je ne me rappelle pas pourquoi, ni ce qui s'est passé après. Il y a comme… un voile, une nappe de brouillard qui m'empêche de voir.

Les dernières lampes fongiques s'éteignirent et seules les braises continuèrent à produire un peu de lumière. Au-delà du rideau de branches, une créature poussa un terrible cri tandis qu'elle tuait ou était tuée. Ce n'était pas facile de décrypter ce genre de hurlement.

— C'est peut-être mieux que je ne me souvienne pas de qui j'étais avant, dit la dive.

Dans la pénombre, sa voix semblait encore plus proche, plus chaude.

— Pourquoi ? demanda Clay.

— Parce que je ne devais pas être une bonne personne. Ce qui est arrivé à mes parents et ce que j'ai fait à ces enfants… Qu'est-ce que je pouvais être sinon un monstre ?

Quoi d'autre, en effet ?

Clay savait combien il était difficile d'échapper à son passé. Il se rappela l'expression de Raff Lackey lorsque le serpent avait injecté son poison dans sa gorge.

« *Je t'attendrai, Cooper,* lui avait dit le vieux mercenaire. *Toi et les autres.* »

Clay ne savait quelle vengeance le fantôme de Raff lui réservait, mais avant de l'exercer, il lui faudrait attendre son tour, et la queue serait longue. Il imagina alors Sabbatha arrivant dans l'au-delà et rencontrant sa propre horde d'accusateurs, de spectres parmi lesquels se tenaient trois enfants cruels avec des yeux vides…

— Moi, je te trouve plutôt sympa, dit-il après un long silence.

Griffalouette agita son aile blessée et Clay songea qu'il s'agissait sans doute d'un haussement d'épaules.

— Ouais, je suppose que c'est ce qui compte maintenant. Taino a dit que je pouvais ne jamais retrouver tous mes souvenirs, ou qu'ils pouvaient revenir petit à petit, ou tout d'un coup.

C'était à cause de ces diagnostics inutiles que Clay se méfiait des médecins – et des guérisseurs en particulier. Dans le cas de Griffalouette, il espéra que la première hypothèse serait la bonne. Il n'avait aucune envie de recroiser le chemin de la femme qui l'avait regardé avec tant de haine à Contha et qui était tombée d'un vaisseau céleste au beau milieu d'une tempête, mais il ne pouvait l'avouer à la dive. Il cherchait donc une formule aussi banale que conciliante quand il entendit un bruit de pas derrière lui.

Il se retourna et eut la désagréable surprise de se retrouver nez à nez avec une pointe de lance en pierre. Il aperçut un visage blême flotter dans la pénombre, et un mot se fraya un chemin jusqu'à son esprit. Comme un ver dans une pomme pourrie.

Cannibale.

Il s'avéra que ledit cannibale s'appelait Jérémie. Sa maîtrise de la langue commune était limitée, mais lui et Moog parvinrent à communiquer à grand renfort de gestes emphatiques et de mots répétés très fort et très souvent.

— Il se trouve que c'est un brave type, expliqua le sorcier pendant que Jérémie et Taino se promenaient entre les hautes plantes du jardin. (Le troll parlait la langue gutturale du sauvage et il était clair que ce n'était pas la première fois qu'ils se rencontraient.) C'est un ramasseur du clan des Visages-d'Os, ce qui explique ses peintures faciales. Il dit que leur village est tout près d'ici.

Matrick laissa échapper un petit sifflement.

— On a eu de la veine de ne pas tomber par là-bas. Vous n'auriez pas retrouvé le moindre de mes os. Pas plus que les ailes de Gri… de Sabbatha.

— Je croyais que les cannibales n'existaient que dans les histoires, avoua la dive. Ils mangent vraiment des gens ?

— Oui, répondit Moog. Mais ils ne sont pas difficiles. Ils mangent aussi du poulet, du bœuf, du porc… Tout ce qui saigne, en fait. Il leur arrive souvent de lancer une petite attaque contre les clans voisins et ensuite, ils mangent ceux qui ont eu la malchance d'être tués.

— C'est dingue, souffla la dive.

Moog haussa les épaules.

— Peut-être, mais en Grandual, les gens s'entre-tuent sans cesse et pour toutes sortes de raisons stupides. Les féroces, ainsi qu'on les appelle, utilisent les os des morts pour fabriquer des outils, les dents et oreilles pour faire des bijoux. La peau leur sert de toile de tente et ils mangent à peu près tout le reste. Y compris les yeux. C'est un système très efficace si vous voulez mon avis.

Matrick passa un bras sur les maigres épaules du sorcier.

— Alors *ça*, c'est dingue, dit-il.

Moog continua son exposé.

— Ils ne mangent pas de légumes ni de fruits. Ils estiment que seuls les lâches ramassent de la nourriture sur un arbre. Le scorbut est donc une affliction courante dans ces tribus.

Sabbatha le regarda avec des yeux écarquillés.

— Le scorbut ? C'est contagieux ?

— Dieux ! bien sûr que non. Mais à ta place, j'éviterais d'embrasser l'un d'eux. Ce n'est pas facile de garder l'haleine fraîche quand on mange de la chair humaine, comme tu peux l'imaginer.

La dive l'imaginait fort bien et elle esquissa une grimace dégoûtée que Clay trouva positivement charmante.

— Qu'est-ce qu'il fout ici ? demanda Gabriel.

Moog lissa sa longue barbe soyeuse contre sa robe.

— Il semblerait que leur chef soit très malade et Jérémie est venu demander un remède à Taino.

— Il faut reconnaître que c'est le mec idéal, remarqua Matrick. Son herbeuh, c'est de la magie, comme il a dit. Mes hématomes ont disparu, mes plaies ont cicatrisé et j'ai retrouvé les bras de mes vingt ans.

— Mon aile va mieux, dit Sabbatha. Elle n'est pas encore guérie, mais elle va mieux. Quelqu'un pourrait-il me rappeler pourquoi je volais au milieu d'une tempête déjà ?

— Nous devrions repartir, dit Gabriel en ignorant sa question. On a perdu assez de temps comme ça. On aurait dû regagner le vaisseau pendant la nuit. On serait dans les airs à l'heure qu'il est.

Jérémie et Taino revinrent. Le cannibale avait un crâne peint sur le visage et son corps zébré de cicatrices était couvert d'une poudre verte et crayeuse qui le camouflait et rendait sa chair immangeable – il était donc assuré de ne pas servir de repas s'il était tué au cours d'une bataille. Il utilisait sa lance comme une canne et transportait des tiges d'herbeuh dans une écharpe attachée dans son dos.

Taino se tourna vers Clay et ses camarades, puis les enlaça les uns après les autres.

— Bonne route, f'est d'accord ?

— C'est d'accord, dit Matrick.

Jérémie contemplait Griffalouette avec une étrange lueur intense dans les yeux. Clay espéra que ladite lueur exprimait la luxure plutôt que la gourmandise. Le cannibale fit un bond impressionnant lorsque Moog lui hurla à l'oreille.

— NOUS PARTIR, beugla le sorcier en faisant de grands gestes. NOUS RETOURNER AU VAISSEAU. CONTENTS DE RENCONTRER TOI. BONNE CHANCE POUR GUÉRIR CHEF.

Une fois remis de sa surprise, le féroce répondit dans sa langue incompréhensible.

— KI TOBARA. IK OOKIBAN DONO GARUK.

— Il dit qu'il va nous accompagner un bout de chemin, expliqua Moog.

La traduction était inutile dans la mesure où le cannibale montra le petit groupe et agita deux doigts pour mimer un personnage en marche.

— IKKI DOOKA PUBARU. KOO PASSA PIKAPA.

— Et il nous invite à déjeuner au village des Visages-d'Os.

— Déjeuner avec des cannibales ? ricana Matrick. Je préfère encore mourir.

Clay lui assena une claque sur l'épaule alors qu'ils se mettaient en marche.

— Je pense que c'est compris dans le menu, dit-il.

34

Espoirs en cendres

Ils quittèrent Jérémie une heure plus tard. Si le cannibale craignait de poursuivre son chemin seul dans la forêt, il ne le montra pas. Il agita les bras avec bonne humeur et s'éloigna vers le sud.

Les membres de Saga et la dive prirent le chemin que Gabriel et Moog avaient emprunté la veille, et Clay eut la joie de découvrir quelques nouveaux habitants du Cœur du Wyld. Cela commença lorsqu'ils s'engagèrent dans un labyrinthe de pierre dont les passages sinueux étaient parsemés de toiles tissées par des araignées aussi grandes que des chiens.

Peu après, ils rencontrèrent un ettercap à un croisement de chemins. La créature ressemblait à un vieil homme décharné avec des yeux noirs et bulbeux, des mandibules cliquetantes, un ventre énorme et une forêt de longues épines qui frémissaient sur son dos voûté. Elle avait acculé une proie dans un tronc creux couché et essayait de l'en déloger en passant d'une extrémité à l'autre.

Elle s'accroupit et se figea en entendant le petit groupe approcher, prêt à attaquer ou à s'enfuir.

— Tu comprends ce que je dis ? demanda Gabriel.

L'ettercap hocha la tête en l'observant avec méfiance. Ses doigts et ses orteils étaient très longs – et extrêmement pointus, remarqua Clay.

— Quel chemin nous conduira vers l'ouest ?

La créature inclina la tête, leva un bras décharné avec lenteur et pointa le pouce derrière lui.

— Merci, dit Gabriel en s'éloignant dans la direction opposée.

Les ettercaps avaient la réputation d'être des menteurs invétérés… et de siffler avant d'attaquer. Celui-ci ne dérogea pas à la règle lorsqu'il se précipita vers Gabriel toutes griffes dehors.

Clay l'attendait, et les longs doigts griffus raclèrent la surface de *Blackheart*. Ganelon, qui se tenait lui aussi sur ses gardes, coupa le monstre en deux d'un coup de hache.

Lorsque l'ettercap cessa de s'agiter, sa proie émergea du tronc. Elle ressemblait à une belette avec une fourrure blanche et des yeux rouges, mais elle avait huit pattes et une tête à chaque extrémité du corps. Clay se rappela avoir vu un de ses congénères dans la tour de Moog. Les deux têtes se tournèrent vers le petit groupe et crachèrent d'un air furieux, puis la créature fila en bondissant.

Ils continuèrent leur route, sortirent du labyrinthe de pierre et pénétrèrent dans une forêt de grands arbres dépourvus de feuilles. Des langues de brume s'enroulèrent autour de leurs chevilles comme les tentacules d'une pieuvre et Clay eut l'impression qu'elles cherchaient à le retenir. Il ralentit et avança avec circonspection, comme un homme qui traverse un étang aux eaux troubles. Quelques instants plus tard, la brume s'enroula et s'éloigna.

Enfin, la forêt redevint familière. Clay reconnut un arbre couvert de moisissures et le ruisseau acide dont ils remontèrent la berge.

Le vaisseau céleste se trouve juste devant nous, pensa-t-il avec soulagement. *Nous sommes presque arrivés.*

Les membres de Saga aperçurent alors un indigène à la peau verte et au visage blanc qui marchait dans la même direction qu'eux en s'efforçant de faire le moins de bruit possible. Puis un autre armé d'un arc rudimentaire.

— Vous croyez qu'il les a envoyés à notre poursuite ? demanda Matrick d'un ton inquiet.

Moog fronça les sourcils.

— Jérémie ? Non, sûrement pas. Les féroces forment des groupes très territoriaux. Ils se contentent sans doute de nous surveiller pour s'assurer que nous restons à l'écart du village. (Il adressa un signe à un troisième indigène qui se glissa entre des arbres tout proches.) Considère cela comme une escorte. Une garde d'honneur, si tu préfères. (Une flèche à pointe de pierre fracassa l'orbe de son bâton, et le sorcier devint livide.) Bordel ! Ils nous chassent !

— On court ! cria Gabriel, comme si l'idée n'avait pas déjà effleuré ses camarades.

Il tenait *Vellichor* à la main et l'on apercevait le reflet d'une ancienne et majestueuse forêt sur la large lame. Ganelon attrapa *Syrinx* qui était accrochée dans son dos et esquissa un sourire carnassier, comme s'il avait espéré cette attaque, comme s'il était ravi que les cannibales lui fournissent l'occasion de les massacrer. La hache murmura tout bas et Clay se demanda à qui elle pouvait bien s'adresser. À Ganelon, peut-être. Ou à ceux dont elle allait boire le sang.

Le guerrier des terres du Sud hocha la tête pour demander à Clay de ne pas l'attendre.

— Suis les autres, Main Lente. Je couvre les arrières.

Les sauvages attaquèrent de tous les côtés à la fois. Ils glapirent comme des chacals et chargèrent en lançant une volée de javelots rudimentaires. Gabriel bloqua l'un d'eux du plat de son épée et en trancha un autre qui menaçait d'empaler Matrick. Une pointe en pierre frappa Clay en pleine poitrine et se brisa sur les mailles écarlates de *Peau-de-Guerre.*

Cette armure me plaît, songea-t-il.

Il haussa une épaule pour faire glisser son bouclier sur son bras tandis que des féroces se laissaient tomber des arbres.

Le premier se réceptionna près de Matrick, qui lui transperça l'œil avec une de ses dagues. Le suivant atterrit sur Moog, qui s'effondra en poussant un couinement suraigu. Le cri fit sursauter son assaillant, qui lâcha sa lance. Il tendit le bras pour la récupérer, mais Griffalouette brisa la hampe d'un coup de talon et frappa le cannibale avec le revers dentelé de son gantelet. Dans le même mouvement, elle saisit la pointe de la lance de la main gauche et la planta dans la gorge d'un autre féroce.

Un cannibale se jeta sur Clay. Un coup de bouclier le projeta en arrière et sa tête heurta un arbre avec un bruit de poterie qui s'écrase sur des dalles. Un autre frappa avec un marteau de pierre. Clay para avec *Wraith,* et l'arme rudimentaire vola en éclats. Le crâne de son propriétaire l'imita un instant plus tard.

Gabriel était loin devant. Matrick et Moog couraient vers lui. Ganelon était à la traîne. Le guerrier des terres du Sud était encerclé par une horde de cannibales hurlants. Les féroces avaient la curieuse – et regrettable – habitude d'attaquer l'adversaire le plus puissant en premier, sans doute dans l'espoir de prouver leur vaillance au combat. Contre Ganelon, cette tactique relevait du suicide. Le guerrier les massacrait par dizaines et son sillage était jonché de corps démembrés.

Clay ralentit jusqu'à ce que son camarade le rattrape et ils se frayèrent un chemin à travers la horde de cannibales. *Syrinx* ruisselait de sang. Elle tranchait les bras, fendait les poitrines, les ventres, les gorges… tous les endroits susceptibles de provoquer une hémorragie capable de vider un homme de son sang en une poignée de secondes. *Blackheart* supportait la morsure des lances et des flèches avec le courage stoïque d'une falaise face à l'océan. De temps en temps, Clay profitait d'une ouverture pour faire exploser un crâne ou briser un membre avec son marteau glacé.

Et puis les cannibales cessèrent le combat. Tout d'un coup. Ils ne se replièrent pas. Ils gardèrent leurs armes pointées vers Clay et Ganelon. Ils arrêtèrent juste de se jeter sur eux avec une témérité insensée. Puis l'un d'entre eux se mit à scander un mot.

— DOOK ! DOOK ! DOOK !

Ses camarades l'imitèrent en frappant du pied et en ondulant comme des serpents au son de la flûte d'un fakir.

— DOOK ! DOOK ! DOOK ! DOOK ! DOOK ! DOOK !

— Qu'est-ce qu'ils racontent ? demanda Ganelon par-dessus son épaule. Ils appellent le duc ?

Clay espéra que ce n'était pas le cas. Il scruta la lisière des arbres en craignant de voir Lastleaf apparaître dans son manteau rouge déchiré et approcher avec la morgue d'un prince sylvestre. C'était son jour de chance : ce ne fut pas le druine qui émergea de la forêt, mais un féroce. Le plus grand et le plus terrifiant qu'il ait jamais vu.

Dook, je suppose.

Le nouveau venu n'avait pas les larges épaules de Clay et la puissante musculature de Ganelon, mais sa taille et son allonge compensaient amplement ces faiblesses. Son pagne, coupé pour un homme moins bien membré, cachait à peine son sexe. Ses mains étaient aussi larges que de petits boucliers. Sa tête se balançait au sommet d'un long cou et semblait minuscule en comparaison du corps. Contrairement à ses camarades, il ne portait aucune peinture.

Une marque de bravoure, supposa Clay.

La teinture verte des féroces servait surtout à dissuader leurs ennemis de les manger, et le colosse faisait savoir qu'il n'avait pas l'intention de finir en casse-croûte dans un avenir proche.

En matière d'armement, Dook était un homme rustique : il portait un os gigantesque qui, selon toute probabilité, avait appartenu à un monstre gigantesque. Qu'il avait dû tuer sans trop de difficulté.

— DOOK ! DOOK ! DOOK ! DOOK !

Le colosse s'arrêta pour savourer les clameurs admiratives de ses pairs, puis rugit et frappa la terre avec sa massue écologique.

Ganelon souleva sa hache.

— Ça te dérange si je m'occupe de celui-là ?

Absolument pas, faillit répondre Clay.

Mais il était encore hanté par ce que le guerrier lui avait raconté à propos de la Carrière et du ressentiment qu'il avait éprouvé envers ses anciens camarades. À l'exception de Clay.

Quel genre de monstre est-ce que je peux bien être si Clay Cooper a décidé de me laisser tomber ?

Quel genre de monstre…

— Tu n'as rien à te reprocher.

Ganelon le regarda en haussant un sourcil.

— Hein ?

— Quand les sorciers de la sultana sont venus te chercher. Quand on t'a changé en pierre. On aurait dû être là, mais on n'a pensé qu'à nous. *Je* n'ai pensé qu'à *moi*. Je me suis dit que tu méritais ce qui t'arrivait, avoua Clay.

Il vit le visage de son camarade se déformer. Peut-être sous le coup de la douleur, sûrement sous le coup de la colère.

Il se dépêcha de poursuivre de crainte de prendre un coup de hache dans la figure.

— J'avais tort. J'avais peur. On aurait tous pu faire ce que tu as fait.

Ganelon soupira.

— Main Lente…

— Ça n'arrivera plus, le coupa Clay. Plus jamais. La prochaine fois que tu auras besoin de moi, je serai là.

Il aurait voulu en dire davantage. Il aurait voulu dire qu'il regrettait chaque instant que le guerrier des terres du Sud avait passé seul dans les ténèbres, mais Dook n'était pas d'humeur sentimentale. Le cannibale brandit sa massue et chargea.

Clay et Ganelon bondirent chacun de leur côté et l'os s'abattit entre eux. Respectueux des traditions de son peuple, Dook décida de s'occuper de Ganelon en premier. Il tendit un bras interminable, saisit le guerrier à la cheville et le projeta contre un arbre. Ganelon percuta le tronc et s'effondra, à moitié assommé. Le colosse brandit son arme au-dessus de sa tête et se prépara à frapper de toutes ses forces.

Il n'en eut pas le temps. Clay s'interposa et *Wraith* décrivit un arc de cercle en sifflant. La lame percuta la massue, et la violence du choc déséquilibra le cannibale. Il en profita pour pivoter et frapper de taille. Clay comprit au dernier moment que c'était lui, et non Ganelon, qui était visé. Puis l'air s'échappa brutalement de ses poumons et Dook rapetissa à toute allure.

Ah! comprit-il. *Je suis en train de voler en arrière.*

Il s'écrasa contre un groupe de trois féroces qui acclamaient leur héros et qui s'effondrèrent comme des quilles.

— DOOOOOOOOOK! hurlèrent les autres cannibales.

Clay savait que le coup qu'il avait reçu aurait dû le briser comme un roseau et il adressa un remerciement silencieux à l'artisan qui avait forgé l'impénétrable armure de Jack Reaver. Il voulut se lever, mais ses jambes votèrent contre. Il tourna la tête et vit que Ganelon était reparti à l'attaque. Il frappait de tous côtés tandis que Dook bondissait en arrière et cherchait une ouverture.

Les féroces que Clay avait percutés reprirent leurs esprits et décidèrent de l'empêcher d'intervenir dans le combat que livrait leur héros. Le premier se dressa au-dessus de lui et essaya de lui planter sa lance dans le bas-ventre. Clay lui rendit la politesse en lui assenant un puissant coup de marteau entre les jambes.

— Et je ne suis même pas désolé, marmonna-t-il en roulant sur le côté.

Le deuxième féroce banda son arc pour lui tirer une flèche dans le visage à bout portant. Le trait se ficha dans la terre à quelques centimètres de la tête de Clay. Le fût se brisa et un éclat de bois lui fendit la joue juste en dessous de l'œil gauche. Le féroce lâcha son arc et se jeta sur lui. Clay rassembla ses dernières forces et *Wraith* broya la gorge de son adversaire.

Le troisième cannibale saisit le bras sur lequel était accroché *Blackheart,* et alors que les deux hommes se relevaient, les lanières se détendirent et l'incroyable se produisit.

Le féroce s'empara du bouclier.

Clay oublia aussitôt Ganelon et Dook qui se battaient sur sa gauche. Il s'efforça de ne pas prêter attention à la soudaine impression de légèreté de son bras droit, puis il toisa le féroce et prit la parole d'une voix aussi calme que possible.

— *Rends-le-moi.*

Le cannibale regarda le bouclier, puis Clay. Il hésita. Clay sentit qu'il hésitait.

— *Maintenant!* cracha-t-il.

Le mot crépita entre les deux hommes comme un bout de viande dans l'huile bouillante.

Avec des gestes lents – très lents –, le féroce leva le bouclier et le tendit à son propriétaire. Les mains tremblantes, Clay prit la lourde plaque de bois marbré comme une mère prend son enfant pour la première fois. À l'instant où ses doigts se refermèrent dessus, le cannibale pivota et détala à toutes jambes.

— DOOOOOOOOOK!

Clay glissa son poignet dans les lanières de cuir et les serra aussi fort que possible avant de se tourner pour voir comment son ami s'en tirait.

Ganelon avait dû recevoir un autre coup, car il était effondré contre un arbre dangereusement incliné au-dessus de lui. Le même que la fois précédente. Dook s'approcha, mais il se déplaçait moins vite qu'au début du combat. La fatigue commençait à se faire sentir.

Clay s'élança et eut le temps de faire trois pas. Puis ses jambes se transformèrent en gelée et il tomba à genoux. Il lança son marteau en cloche dans l'espoir de distraire Dook, et par un coup de chance miraculeux, l'arme frappa le colosse à la nuque. Malheureusement, la minuscule tête de Dook était aussi dure qu'on pouvait s'y attendre et la jubilation de Clay fut de courte durée. Le cannibale se tourna, le regarda avec ses petits yeux perçants et éclata de rire.

Clay vit Ganelon se relever. Et Dook – qui n'était pourtant pas une lumière – vit que Clay voyait Ganelon se relever. Il pivota au moment où *Syrinx* s'abattait. Pas sur lui, car il était trop loin, mais sur l'arbre contre lequel Ganelon s'était écrasé par deux fois.

La hache s'enfonça dans le tronc en partie déchiqueté et l'arbre s'abattit comme un géant ivre. Dook et plusieurs de ses camarades furent réduits en bouillie.

— … Dook, Dook…, bafouilla un féroce esseulé avant de se taire.

Un silence stupéfait s'abattit et Clay entendit un lointain vrombissement. Le bruit gagna en intensité, puis se transforma en rugissement assourdissant. Les arbres tremblèrent et les feuilles mortes tombèrent des branches agonisantes.

L'*Étoile Noire* passa si bas que Clay sentit le brouillard des marémoteurs à travers la canopée. Terrifiés par le gigantesque cuirassé, les féroces s'éparpillèrent comme des lapins apercevant l'ombre d'un aigle.

Plusieurs secousses firent trembler le sol. Clay et Ganelon échangèrent un regard inquiet. Le premier récupéra son marteau et ils prirent le chemin qu'avaient emprunté leurs camarades d'un pas maladroit.

— Au fait, t'as été impressionnant, dit Clay en haletant.

Un vague sourire se dessina sur les lèvres de Ganelon.

— Je sais.

Ils arrivèrent dans le ravin caillouteux où le *Cour Charnelle* était amarré. Gabriel et les autres les attendaient. La chaleur avait roussi le sol qui était désormais jonché d'éclats de bois et parsemé de zones enflammées. Clay se demandait ce qui avait bien pu se passer, quand il aperçut une dizaine de tonneaux de poix rouler par-dessus le plat-bord de l'*Étoile Noire*.

Oh ! Oh, non !

Son estomac se noua tandis que les barils tombaient vers le *Cour Charnelle* et explosaient dans un torrent de flammes. Le feu dévora les voiles comme du vulgaire parchemin et réduisit la coque en cendres en quelques minutes.

Dans la lumière du brasier alchimique, il distingua Gabriel qui avançait d'un pas chancelant. Il s'appuyait sur *Vellichor* pour empêcher le désespoir de le terrasser. Matrick était accroupi un peu plus loin, les épaules voûtées. Moog ôta son chapeau et baissa la tête comme s'il voulait montrer le sommet chauve de son crâne. Clay et Ganelon s'approchèrent de Griffalouette qui tendait le cou pour regarder l'*Étoile Noire* disparaître en direction de l'est au-dessus de la forêt.

Clay l'observa en craignant d'entrevoir son ancienne personnalité sur ses traits, mais il n'y lut que de la confusion, et quand elle prit la parole, il y avait de la tristesse dans sa voix.

— Je suppose que c'était mon navire ? demanda-t-elle en hochant la tête en direction de la carcasse brûlante du *Cour Charnelle*.

Clay soupira.

N'y pense pas, se dit-il. *Ne pense pas que c'était le moyen de transport le plus rapide pour atteindre Castia et retourner chez toi. Il est détruit, réduit en cendres. Ne pense pas au temps qui va s'écouler avant que tu puisses revoir ta femme, entendre les éclats de rire de ta fille. N'y pense pas parce que sinon, tu vas te mettre à pleurer et personne n'a envie de voir ça.*

— En effet, dit-il.

Les yeux sombres de la dive se levèrent vers le ciel.

— Qui était-ce ?

En dehors d'une bande de gros cons, tu veux dire ?

— Des chasseurs de primes, répondit-il en prenant le risque de révéler une part de vérité.

Griffalouette fronça les sourcils.

— Pourquoi sont-ils à votre poursuite ? Est-ce que vous êtes des criminels ?

Tout dépend de la personne à qui on pose la question.

— C'est Matrick qui les intéresse. Sa femme est la reine d'Agria. Il l'a quittée et maintenant, elle veut sa peau.

— Sa peau ? Mais pourquoi ?

— Parce qu'ils ont cinq enfants et qu'aucun n'est de lui. À mon avis, elle a peur qu'il engendre un héritier légitime avec la première femme qui aura pitié de lui.

La dive laissa échapper un gloussement et Gabriel se tourna vers elle.

— Tu trouves ça drôle ? demanda-t-il.

Son visage était contracté par la rage et Clay comprit qu'il estimait la dive responsable de la destruction du *Cour Charnelle*. Et il n'avait pas tort, bien entendu. Mais la femme qui avait survécu à la terrible chute à travers la tempête n'était plus l'impitoyable chasseuse de primes d'autrefois.

— Je… Non… (La dive était désemparée.) Je suis désolée.

Le regard de Gabriel s'assombrit et il avança d'un pas. Sur la lame de l'épée qu'il tenait à la main, Clay aperçut un torrent et un poisson si réel qu'il crut qu'il allait jaillir dans ce monde qui n'était pas le sien.

Les yeux de Gabriel se perdirent dans le lointain et son expression se fit plus dure encore.

Ganelon donna un petit coup de coude à Clay et les deux hommes se tournèrent avec lenteur.

Un groupe de cannibales s'était déployé à l'orée de la forêt. Ils brandissaient des lances, bandaient des arcs, faisaient tournoyer des bolas ou portaient des sarbacanes à leurs lèvres serrées. Ils n'attaquèrent pas, et au bout d'un moment, deux d'entre eux avancèrent d'un pas hésitant.

Jérémie était l'un d'eux. D'une voix forte et lente, il présenta son père, Teresa.

— Teresa ? murmura Griffalouette d'un ton méfiant.

— Les féroces ne portent pas de nom tant qu'ils n'ont pas tué leur premier ennemi, se dépêcha d'expliquer Moog. Lorsque c'est chose faite, ils le mangent et adoptent son nom, quels que soient leurs sexes respectifs. Ainsi, une femme peut très bien s'appeler William ou Paul. Un homme avec un nom de femme est plus rare. Sans doute parce que peu de femmes sont assez idiotes pour venir se faire massacrer ici.

— MOI TERESA, déclara le père de Jérémie comme si son fils n'avait pas fait les présentations.

Clay se demanda si les féroces étaient capables de s'exprimer sans hurler. Il avait des doutes.

— MOI ANCIEN DES VISAGES-D'OS. VOULOIR PAIX.

Il écarta les bras en signe de bonne volonté et ses yeux s'attardèrent sur Ganelon. Ou, plus précisément, sur la hache sanguinolente que le guerrier tenait à la main.

— PLUS DE TUER, OUI ?

— On verra ça, lâcha Ganelon.

— ON VERRA ÇA, répéta Teresa qui n'avait visiblement aucune idée de ce que cela pouvait signifier. VOUS VENIR VILLAGE. PARLER AVEC CHEF. TROQUER.

Troquer quoi ? se demanda Clay.

Gabriel avança et s'arrêta près de lui.

— Nous n'irons pas dans votre village, dit-il. Si votre chef veut nous parler, il n'a qu'à venir ici. Mais il a intérêt à se dépêcher parce que nous n'attendrons pas longtemps.

L'ancien secoua la tête.

— CHEF PAS VENIR. CHEF MALADE. VOUS CHOISIR MAINTENANT : SUIVRE OU BATTRE. PEUT-ÊTRE NOUS MOURIR. PEUT-ÊTRE VOUS. ON VERRA ÇA.

Clay comprit alors qu'il avait saisi le sens des paroles de Ganelon.

Il est du genre futé, le vieux.

— Qu'ils aillent se faire mettre, grogna Ganelon. Quelques dizaines de ces sacs d'os contre nous six ? (Il cracha par terre.) C'est du gâteau.

— Du gâteau ? répéta Matrick en ricanant. Il y a au moins quinze archers qui te visent, mon vieux. Et au cas où tu ne l'aurais pas remarqué, je te signale que tu n'es plus en pierre.

Ganelon ouvrit la bouche pour répliquer, mais Gabriel leva une main et se tourna vers Clay.

— Qu'est-ce que tu en penses ?

Clay observa le mur de boucliers en osier, les visages blancs et les armes frémissantes. Combien de pointes de flèche et de lance étaient empoisonnées ? Les dards des sarbacanes l'étaient à coup sûr. À quoi auraient-elles servi sinon ?

Affronter les cannibales dans le ravin ou dans le village ne faisait guère de différence, car ces guerriers étaient sans doute les derniers de la tribu. C'était pour cette raison qu'ils préféraient négocier. Ils avaient perdu suffisamment d'hommes comme cela. Les guerres intertribales devaient être monnaie courante et maintenant que Dook broutait les pissenlits par la racine sous un tronc d'arbre, le printemps ne s'annonçait pas sous les meilleurs auspices pour les Visages-d'Os.

— Autant y aller, dit-il enfin. Ça ne change pas grand-chose au problème. Quoi qu'on fasse, on est baisés.

35

Cour cannibale

Ils suivirent les féroces et retraversèrent la forêt dense en direction du sud. Ils arrivèrent au pied d'une falaise crayeuse et découvrirent un modeste campement dans lequel ils passèrent la nuit. On leur proposa une grande tente en peau qui avait dû être celle de Dook, le champion malheureux de la tribu, et Teresa vint leur apporter un assortiment de mains en guise de dîner. Gabriel refusa au nom de tous ses camarades et pour la deuxième nuit consécutive, Clay fut ravi de manger la nourriture que dispensait le chapeau de Moog.

Le lendemain, ils longèrent la façade orientale de la falaise. En fin d'après-midi, la chaleur commença à rendre l'air humide et collant. Les arbres des environs étaient si grands qu'il fallait une bonne minute pour faire le tour d'un tronc au petit trot. Un groupe de singes à fourrure orange les suivit du haut de la canopée puis, répondant à un mystérieux signal, les bombarda d'excréments en poussant des hurlements stridents.

Clay pensa qu'il s'agissait d'une espièglerie sans conséquence, mais il se trompait. Un projectile frappa le crâne chauve de Jérémie et le cannibale poussa un long cri de douleur tandis que sa chair grésillait et se nécrosait. Les autres féroces s'abritèrent sous leurs boucliers en osier, mais ceux-ci s'enflammaient dès qu'ils étaient touchés. Teresa ordonna alors de tirer une volée de flèches et de dards. Un primate reçut un trait en pleine poitrine et tomba en hurlant. Ses congénères s'enfuirent sans demander leur reste.

Bien évidemment, Moog alla examiner le corps de l'animal.

— Sainte Tetrea ! Ce sont des singétincels ! (Il se tourna vers ses camarades avec des yeux brillants d'excitation, mais son enthousiasme se heurta à un mur de désintérêt.) La moitié de mes collègues de Fort Curieux étaient convaincus qu'il s'agissait d'un mythe. Cela signifie que le gène pyromanien existe bel et bien. Des singes brûleurs ! Des primates de braise ! Dieux ! imaginez un peu les conséquences d'une pareille dé…

Les féroces se remirent en chemin, pressés de s'éloigner avant que leurs assaillants se regroupent et lancent une nouvelle attaque. Gabriel et les autres leur emboîtèrent le pas. Clay fut le dernier à partir. Il fit semblant de ne pas voir le sorcier jeter un rapide regard autour de lui avant de fourrer le corps du singe dans son sac.

Le ciel commençait à virer au violet sombre lorsque l'ancien les informa qu'ils n'étaient plus très loin. Clay tendit le cou et aperçut une palissade. Des cadavres empalés et décapités étaient accrochés au sommet et leur chair putréfiée était boursoufflée par le soleil. Teresa pointa le doigt vers un petit chemin sinueux, et tandis qu'ils grimpaient, les membres de Saga et la dive eurent le plaisir d'admirer un ensemble de pieux sur lesquels étaient plantées des têtes dans divers états de décomposition. L'ancien s'arrêta près de l'une d'elles et chassa un corbeau qui plongeait son bec dans une orbite maculée de sang.

Le village des Visages-d'Os ressemblait à tous les villages tribaux que Clay avait eu l'occasion de visiter quand il était mercenaire, à la seule différence qu'il n'y avait pas d'animaux.

Les restes humains, en revanche, ne manquaient pas. Des bras et des jambes étaient empilés comme des bûches près des feux de camp. Des peaux séchaient sur des étendoirs inclinés. Enfermés dans des cages, des prisonniers nerveux attendaient leur tour de passer à la marmite. La plupart d'entre eux semblaient appartenir à des tribus rivales. Teresa demanda à ses invités de bien vouloir patienter près d'un gigantesque ettin dont les deux cous étaient enchaînés à une excroissance rocheuse.

Clay avait rencontré plusieurs de ces géants bicéphales au cours de ses aventures. Il savait que malgré leur taille impressionnante et leur apparence monstrueuse, ils n'étaient pas très enclins à la violence – à condition de ne pas aller les asticoter, bien sûr. Comme la plupart des créatures sauvages, il était préférable de les approcher avec douceur plutôt qu'une épée à la main.

Mais les gens confrontés à un géant bicéphale avaient la fâcheuse tendance à s'enfuir en hurlant ou à l'attaquer sur-le-champ.

Une tête du monstre se tourna vers Clay et sourit.

— Bien le bonjour.

Clay faillit s'étrangler.

— Ar…, lâcha-t-il d'une voix rauque. Euh, salut.

— Quelle belle journée, n'est-ce pas ? poursuivit l'ettin.

Clay leva les yeux. Des nuages cobalt chargés de pluie acide se rassemblaient dans un ciel de plus en plus sombre.

— Ça pourrait être pire, répondit-il avec un haussement d'épaules.

La créature hocha la tête, et son collier de métal cliqueta.

— Tout à fait, tout à fait. Je n'aurais pas dit mieux.

L'autre tête, qui dormait jusque-là, se redressa en dodelinant. Elle se tourna vers Clay et le guerrier ne put s'empêcher de reculer sous le coup de l'horreur. Le nez n'était qu'une masse de chair contusionnée, la bouche un trou béant hérissé de dents brisées. Les yeux avaient la couleur blanc jaune du lait rance. Quelques rares mèches de cheveux filasse pendaient sur le crâne bulbeux.

— Il y a quelqu'un, mon frère ? demanda-t-elle.

Ainsi, elle est bien aveugle, songea Clay.

— Oui, Dane, répondit l'autre tête. Nous avons des invités de marque ! Une roquebande, il semblerait. Veuillez m'excuser, mais je n'ai pas saisi votre nom…

— Clay, Clay Cooper, répondit Clay en s'efforçant de ne pas regarder l'horrible visage avec trop d'insistance.

Il présenta ses camarades en prenant soin d'appeler la dive par le nom qu'elle portait au cours de son enfance. Gabriel marmonna un vague salut, mais ses yeux étaient rivés sur les montagnes qui bordaient l'horizon occidental. Ganelon acquiesça sans prononcer un mot. Matrick inclina la tête et Moog, toujours aimable, s'approcha pour serrer la main de l'ettin.

— Arcandius Moog, se présenta-t-il. Archimage et alchimiste enthousiaste.

— C'est un plaisir de faire votre connaissance, Arcandius, dit la première tête. Je m'appelle Grégor et ce ravissant gentilhomme est Dane, mon frère. Dis bonjour, Dane.

— Bonjour, dit Dane.

Clay eut le plus grand mal à associer « ravissant » avec l'abominable visage et il éprouva un profond soulagement quand Moog prit les rênes de la conversation.

— Je suis ravi de faire votre connaissance à tous les deux, dit le sorcier.

Il s'interrompit pour regarder deux enfants sales qui passaient en courant. Le premier poursuivait le second en brandissant un bras coupé en guise de massue.

— J'aurais toutefois préféré vous rencontrer dans des circonstances plus agréables.

Grégor haussa l'épaule qui se trouvait de son côté.

— Je ne vois malheureusement pas comment elles pourraient l'être, dit-il. Mon frère et moi sommes les honorables invités de la tribu des Visages-d'Os depuis des mois. Ils nous ont offert les ravissants torques dorés que vous voyez autour de nos cous. Le soir, ils nous préparent un festin composé de faisans rôtis et de vin chaud. En retour, nous les aidons à construire d'imposants et glorieux remparts autour de leur charmant village.

D'imposants et glorieux remparts ?

Clay fronça les sourcils en observant la palissade rudimentaire qui entourait le « charmant village ». Le sommet était parsemé de cadavres empalés et les féroces avaient utilisé leur sang pour peindre des fresques sur les parois.

Moog était un peu déconcerté, lui aussi.

— Des torques ? Mais ce sont des…

— Ils sont magnifiques, n'est-ce pas ? l'interrompit Grégor en lui adressant un clin d'œil complice. Je regrette tant que Dane ne puisse pas voir comme ils sont brillants. Hélas ! mon pauvre frère est né aveugle et il me revient donc de lui décrire la splendeur qui nous entoure.

Dane esquissa un horrible sourire et porta une main à son collier d'esclave.

— Je *sens* qu'il est beau, dit-il.

— Il l'est ! s'exclama son frère. Je ne serais pas surpris d'apprendre qu'il a été forgé par les druines en personne.

Clay n'aurait pas été surpris d'apprendre que les cannibales l'avaient trouvé sur le cadavre d'un bœuf, mais il ne fit aucun commentaire. Moog non plus.

— C'est fort possible, dit le sorcier avec un sourire crispé. (Clay était prêt à jurer que des larmes brillaient dans les yeux de son vieux camarade.) Oui, oui, oui. Je pense que vous avez raison. Il a été forgé par les druines. C'est évident.

Le visage mutilé de Dane rayonna et Grégor remercia le sorcier d'un hochement de tête.

Tandis qu'ils attendaient, trois féroces passèrent en traînant des filets contenant les corps des cannibales que Ganelon et les autres – mais surtout Ganelon – avaient tués dans la forêt. Clay pensa qu'ils allaient sans doute enterrer les guerriers tombés au champ d'honneur… et puis il se rappela où il était. Plusieurs villageois contemplaient les cadavres avec des yeux affamés. L'idée de manger demain leurs amis d'hier ne semblait pas les déranger plus que cela. Bon nombre se léchèrent les babines lorsque le corps de Dook fut traîné à l'intérieur du village.

Grégor décrivit la procession morbide à son frère.

— Les braves guerriers sont de retour ! dit-il. Et… Oh ! quels trésors ils rapportent ! Dane, je voudrais tant que tu voies cela. Il y a un daim tacheté, et un cerf blanc avec des bois si grands que leurs extrémités raclent le sol. Il y a cinq… non, six couples de faisans. Et des dindes bien grasses. Oh ! encore des faisans. J'espère que tu n'en as pas assez de manger du faisan, Dane.

— Jamais ! s'écria Dane.

Grégor continua de parler longtemps après que les cannibales se furent éloignés. Ses descriptions étaient si détaillées et si exotiques que Clay faillit fermer les yeux et se laisser emporter par le flot de ses paroles. Mais il regardait Dane. Le visage brisé de l'ettin exprimait un tel ravissement que cela faisait chaud au cœur. Une sensation de bien-être l'enveloppa comme les premières notes d'une chanson et se pelotonna au creux de son ventre comme un chat ronronnant.

Grégor ne ménageait pas ses efforts pour décrire un univers merveilleux et bien différent de la triste réalité. Clay songea qu'il avait un talent de conteur extraordinaire et que les dieux avaient sûrement béni cette créature que le reste du monde traitait plus bas que terre.

Il songea que Grégor était… un putain de *prince*.

Teresa sortit de la tente du chef et s'approcha d'un pas traînant.

— CHEF VOUS VOIR MAINTENANT, déclara-t-il. (Il montra trois doigts.) JUSTE DEUX DEDANS.

Gabriel inclina la tête sur le côté.

— Faudrait savoir. Deux ou trois ?

— DEUX ! insista l'ancien en agitant ses trois doigts.

— Je… (Gabriel secoua la tête.) Ce n'est pas grave. Clay, Moog, vous venez avec moi.

L'ancien ne souleva aucune objection quand les trois hommes lui emboîtèrent le pas.

La tente du chef avait la forme d'un cône et la toile – Clay préférait ne pas savoir de quoi elle était faite – était tendue sur de grands poteaux en bois. Un filet de fumée continu sortait par le sommet et quand ils entrèrent, ils découvrirent un espace sombre dans lequel flottait une brume à l'odeur familière.

Clay baissa les yeux et s'aperçut qu'il se tenait sur un paillasson en peau sur lequel on avait gravé *Bienvenue* en langue commune.

— Je…

Il n'eut pas le temps d'en dire davantage.

— Kit ! s'écria Moog.

La goule – Clay avait oublié son existence jusqu'à cet instant – se tenait près de l'entrée, encadré par deux cannibales. Il portait toujours son drap de lit et une écharpe en soie rouge dissimulait la plaie béante qui zébrait sa gorge.

— Bien le bonjour, messieurs. Je m'excuse d'avoir laissé le vaisseau sans surveillance, mais ces charmantes personnes ont beaucoup insisté pour que je les accompagne.

— Le vaisseau est détruit, dit Gabriel. Il a brûlé.

Kit fronça les sourcils et ouvrit la bouche, mais Moog s'avança et le prit dans ses bras.

— J'ai cru que tu étais mort !

— Je suis mort, marmonna Kit.

Teresa leur présenta des bols contenant un liquide qui ressemblait fort à du vin. Clay contempla le sien avec méfiance. Kit eut le courage de goûter.

— C'est du sang, dit-il.

— Humain ? demanda Moog.

Clay le regarda avec stupéfaction.

— Parce que tu trouves que ça fait une différence ?

Le sorcier baissa les yeux vers son bol et fronça les sourcils.

— VENEZ ! cria Teresa en leur faisant signe d'avancer vers le fond de la tente.

Au centre brûlait un feu entouré par un cercle de pierre et au milieu des braises, on apercevait des crânes contenant un produit qui dégageait une odeur rappelant celle de l'herbe médicinale de Taino. Des filets de fumée s'échappaient de leurs orbites et flottaient dans l'abri de toile. Le chef des Visages-d'Os était allongé sur un lit de fourrures noires de l'autre côté du feu. Clay ne savait pas trop à quoi il s'était attendu, mais certainement pas à une femme nue et obèse.

Il frissonna en imaginant la quantité de chair qu'elle avait ingurgitée pour devenir si grosse. Tout son corps était peint en blanc et ses membres faisaient penser à d'énormes saucisses blafardes prêtes à exploser à hauteur des poignets et des chevilles. Ses seins lourds pendaient sur son torse et elle arborait une impressionnante superposition de mentons tous plus flasques les uns que les autres. Sa tête était ornée d'une sorte de tour composée d'os minuscules et ses cheveux noirs s'enroulaient autour de la structure comme du lierre sur un treillis de jardin. Un de ses énormes bras entourait un crâne peint en rouge et laqué avec soin. L'autre était posé sur les genoux d'une servante qui lui massait la paume de la main.

— Dieux de Grandual ! s'exclama Moog. Ses doigts !

Clay plissa les yeux et s'aperçut que les doigts de la cheftaine étaient noirs et racornis comme des morceaux de charbon. Son esprit frissonna d'horreur et il dut faire un effort considérable pour ne pas prononcer le mot qui résonnait comme une malédiction dans sa tête.

Nécrose.

Jérémie avait menti : elle n'était pas malade, elle était morte. Ce n'était qu'une question de temps. Clay tourna la tête et vit que les yeux de Moog étaient rivés sur les doigts infectés. Il les regardait comme on regarde un vieil ennemi.

L'ancien s'agenouilla et murmura quelques mots à l'oreille de la cheftaine. Celle-ci resta silencieuse, puis elle se redressa et lui tendit le crâne rouge. Teresa recula près du feu et souleva la calotte. Il le remplit de morceaux d'herbeuh bruns et collants, puis le déposa avec les autres au milieu des braises. Lorsque de la fumée commença à monter des divers orifices, il le retira et le rendit à sa propriétaire. La cheftaine le prit, leva sa main boudinée et inhala la vapeur qui s'échappait du sourire figé.

Au bout d'un moment, elle se laissa aller sur la couche de fourrures et cracha un long nuage avant de prononcer quelques mots inaudibles.

Teresa, toujours à genoux, se tourna vers les trois invités.

— CHEF CONTENT VOUS ICI. CHEF VEUT TROQUER.

— Troquer quoi ? demanda Gabriel.

— LUI, répondit l'ancien en pointant le doigt vers Kit. LUI MORT. MAUVAISE CHAIR. PAS MANGER LUI.

Le revenant tripota son écharpe en soie rouge d'un air inquiet.

— Vous avez parfaitement raison, dit-il. Je dois avoir un goût infect.

— TROQUER CONTRE AUTRE, poursuivit Teresa. CONTRE AUTRE.

Gabriel fronça les sourcils.

— Vous voulez échanger Kit contre un autre… une autre personne ?

Teresa hocha la tête.

— ÉCHANGER CONTRE FEMME AVEC AILES.

— Ils veulent Sabbatha, dit Clay.

— Griffalouette, corrigea Gabriel. Je n'ai rien contre.

Un grand sourire éclaira le visage de Teresa et il se tourna pour annoncer la nouvelle à la cheftaine.

Moog s'arracha à la contemplation des doigts de la grosse femme.

— Quoi ? On ne va tout de même pas leur *donner* Sabbatha !

— Qui est cette Sabbatha ? demanda Kit.

— Pourquoi pas ? dit Gabriel en se tournant vers le sorcier. Elle ne fait pas partie du groupe et elle a essayé de nous tuer. Tu as oublié ?

— Non, mais…

— Mais quoi ? Elle a changé ? Qu'est-ce qui te dit qu'elle ne va pas redevenir celle qu'elle était ?

— J'ai l'impression que quelque chose m'échappe, marmonna Kit.

— Rien ne prouve qu'elle changera de nouveau, protesta Moog comme si c'était lui, et non Gabriel, qu'il cherchait à convaincre. Taino a dit qu'elle pouvait rester comme ça jusqu'à la fin de ses jours.

—Ou qu'elle pouvait retrouver son ancienne personnalité du jour au lendemain, répliqua Gabe. De toute manière, je crois que nous n'avons pas vraiment le choix, Moog. C'est elle ou le zombie.

—Revenant, corrigea Kit.

Ni Gabriel ni Moog ne lui prêtèrent attention.

—Alors quoi ? explosa le sorcier. On va la leur donner ? Ils vont la *manger*, Gabriel !

—PAS MANGER, intervint Teresa. PAS MANGER FEMME AVEC AILES. (Moog se calma un peu et Clay eut l'impression que Gabriel était soulagé.) UTILISER POUR FAIRE BÉBÉS.

Moog écarta les bras avec colère.

—Des bébés ! Ils vont s'en servir comme *reproductrice*, Gabriel ! Est-ce que tu vas me dire que ça ne te dérange pas ?

—Elle est dangereuse, murmura Gabriel d'une voix qui manquait de conviction.

Moog posa un doigt sur sa cuirasse.

—*Tu* es dangereux ! Par les couilles du Païen ! *Je* suis dangereux ! Ganelon est un putain de cataclysme ambulant ! (Il se tourna vers la cheftaine.) Je vous prie de bien vouloir pardonner mon langage. (Si la grosse femme comprit ce qu'il disait, elle ne le montra pas.) Sabbatha a un passé sordide ? Et nous ? Nous avons tous fait des choses dont nous ne sommes pas fiers !

Clay pensa à Ganelon dans les profondeurs de la Carrière, prisonnier de son propre corps.

—On ne peut pas leur donner Griffalouette, dit-il. Ou Sabbatha. Qui qu'elle soit. On ne… on ne peut pas.

Gabriel poussa un soupir résigné.

— D'accord, d'accord. Alors quoi ? On abandonne Kit ici ?

— Je préférais qu'on oublie cette option, objecta l'intéressé. D'autant que je ne suis pas très bien équipé pour faire des bébés.

— On n'abandonne personne, lâcha Clay.

Les mâchoires de Gabriel se contractèrent.

— Dans ce cas, on va régler ça à la castagne.

Il regarda autour de lui et essaya d'évaluer le nombre de cannibales dans la tente embrumée.

Ils étaient six. Clay les avait déjà comptés. Et l'un d'eux était un vieillard qui tenait sa lance à l'envers.

— On peut s'occuper de ceux-là à nous deux, dit-il à Gabriel. Moog, tu sors et tu résumes la situation aux autres. Allume quelques incendies. Et ouvre quelques cages si possible. Gabe et moi, on ne sera pas long. Compris ?

Moog ferma les yeux.

— Non.

— Parfait. Et maintenant… Comment ça, *non* ?

— Il y a une autre solution, dit le sorcier. Une meilleure solution. Personne ne mourra et personne ne sera abandonné.

Clay regarda par-dessus l'épaule de Gabriel. La cheftaine les observait avec la mine satisfaite de celle qui n'attend que votre trépas pour passer à table.

— Moog, si ton plan consiste à faire semblant d'être mort, je ne suis pas sûr que…

— Non, non. Je sais que ça ne marcherait pas. (Il leva la main et ôta son chapeau.) Mais ça, en revanche…

36

Une histoire en chemin

Moog ne s'était pas trompé. L'affaire se régla sans effusion de sang, mais le sorcier était au bord des larmes lorsque les négociations s'achevèrent et qu'il tendit son chapeau magique à Teresa. Celui-ci se dépêcha de le donner à la cheftaine qui plongea la main à l'intérieur et en tira une énorme tranche de bœuf crue.

— Elle n'est même pas fichue de l'utiliser comme il faut, gémit le sorcier.

La grosse femme engloutit la viande en la mâchant à peine, puis laissa échapper un rot retentissant que Teresa prit la liberté de traduire.

— CHEF HEUREUX! déclara-t-il.

— Elle peut l'être, marmonna Moog. Cette… cette baleine pourra savourer de la viande fraîche jusqu'à la fin de sa vie alors que nous… alors que nous…

Il se tut et lissa sa barbe sur le devant de sa robe d'un air absent.

Clay posa une main consolatrice sur son épaule.

— Moog, tu as…

— Ses doigts, souffla le sorcier.

— J'ai vu.

— Non, tu n'as rien vu du tout. Tu n'as rien vu du tout, Clay.

La voix de Moog montait dans les aigus à chaque mot qu'il prononçait. Il serra le bras de son ami. Ses mains tremblaient comme ceux d'un enfant qu'on vient de tirer d'un lac glacé.

— Clay, ils sont *guéris* !

Clay secoua la tête. Les paroles du sorcier n'avaient aucun sens. La nécrose ne se *guérissait* pas. La nécrose se *propageait*. La nécrose flétrissait votre chair et transformait vos organes en coquilles sèches. La nécrose vous tuait. Il n'y avait pas d'exception.

Moog se mit à sautiller sur la pointe des pieds et Clay se demanda si son sourire n'allait pas fendre son visage en deux.

— Ils sont guéris, répéta Moog. Regarde ! Elle les *lèche* !

Il avait raison. Quand Clay était entré dans la tente, les doigts de la cheftaine n'étaient que des moignons gangrenés par la maladie.

Ils ne l'étaient plus.

Moog contourna son ami et bondit au bord de la couche de fourrures. Un garde voulut l'en empêcher, mais Teresa l'arrêta d'un geste. Le sorcier écarta la servante, s'agenouilla à côté de la femme gargantuesque et se tordit les doigts comme un voleur se préparant à crocheter une serrure particulièrement revêche.

— Puis-je ? demanda-t-il.

La cheftaine fit rouler ses énormes épaules. Elle présenta sa main droite au sorcier et plongea la gauche dans le chapeau magique pour en tirer une cuisse de poulet cru.

Moog s'extasia en contemplant les doigts roses et boudinés.

— Je n'arrive pas à y croire, souffla-t-il. Ils sont encore un peu raides, mais en dehors de cela… Je n'arrive pas à y croire.

Teresa se racla la gorge et montra les pieds de la cheftaine.

— PAREIL LÀ. PEAU DE PIERRE. MIEUX MAINTENANT.

En effet, le pied droit de la femme était couvert par une croûte noire qui s'effritait lorsqu'elle agitait ses orteils. Moog éclata de rire et battit des mains.

— Merveilleux ! Fantastique ! (Il se tourna vers ses amis.) C'est l'herbeuh. Ça ne peut être que l'herbeuh. Rappelez-vous : elle a guéri le bras de Matrick en l'espace d'une nuit. Elle a ressoudé les os de l'aile de Sabbatha. Et de ton nez, Clay. Il était cassé, n'est-ce pas ? Est-ce qu'il te fait encore mal ?

Clay cligna des yeux.

— Eh bien non, en fait.

Il n'y avait pas prêté attention depuis qu'il s'était levé. Il le toucha avec prudence et s'aperçut qu'il n'était plus douloureux. L'arête n'était pas droite, mais il avait eu autant de nez cassés que d'anniversaires, alors il ne fallait pas s'attendre à un miracle.

— Mais tu…

Il n'alla pas plus loin. Que se passerait-il s'il s'avérait que ce n'était pas l'herbeuh qui avait guéri la nécrose de la cheftaine ? Moog n'avait-il retrouvé une lueur d'espoir que pour sombrer plus profond dans les ténèbres du découragement ?

— Oui. J'en ai fumé, moi aussi, dit le sorcier, les yeux rivés sur le pied gauche de la cheftaine. Mais avec tout ce qui s'est passé, je n'ai pas eu l'occasion de… Je ne sens pas de différence, mais…

Il se figea et Clay comprit qu'il se préparait à la possibilité d'une cruelle déception. Avec la frénésie d'un enfant qui s'agenouille pour vérifier qu'il n'y a pas de monstre sous son lit, il se redressa et ôta la botte en cuir souple qui couvrait son pied gauche. Il la posa à côté de lui et enleva sa chaussette avec des gestes précautionneux.

Son visage se décomposa pendant une fraction de seconde, puis reprit son aspect normal, comme un masque qui se briserait et se reformerait aussitôt. Il essaya d'ouvrir la bouche, mais n'y parvint pas.

Clay parla à sa place.

— Il n'y a plus rien.

— Il n'y a plus rien, répéta Moog en hoquetant comme s'il avait retenu sa respiration.

Il ferma les yeux et poussa un long soupir frémissant.

Il resta assis à côté de sa botte. Son visage, éclairé par les reflets orangés des braises, exprimait un mélange de soulagement, d'incrédulité et de profonde tristesse.

— Tant d'années, marmonna-t-il enfin. Tant d'efforts gaspillés. Tant d'échecs. Mais je *savais*. Je savais qu'il y avait un moyen. Et il est là. *Un remède contre la nécrose!* (Un gloussement déconcerté s'échappa de sa gorge.) Fini d'attendre la mort. Fini d'être cantonné au rôle de spectateur impuissant. Nous allons pouvoir les sauver.

Il éclata de rire, un rire qui exprimait une certaine amertume. Il sourit, un sourire brisé et encore douloureux. Puis ses mâchoires se contractèrent et ses yeux se remplirent de larmes.

— J'aurais pu le sauver, gémit-il.

Il porta ses mains fines à son visage et éclata en sanglots.

Clay savait de qui il parlait. Fredrick était mort depuis dix-neuf ans. La plaie avait cessé de saigner, mais Moog ne l'avait jamais laissée cicatriser.

Un lourd silence s'abattit dans la tente, à peine troublé par les sanglots du sorcier qui se libérait des dix-neuf années de chagrin qu'il avait gardées au fond de lui. Seule la cheftaine semblait indifférente à sa tristesse. Elle rongeait sa cuisse de poulet avec des bruits de succion.

C'est la vie, songea Clay.

La vie était étrange, inconstante et souvent cruelle. Il arrivait que des êtres infâmes survivent et que des personnes vertueuses disparaissent.

Non, rectifia Clay. Elles ne disparaissaient pas. Elles restaient présentes dans le cœur de ceux qui les avaient aimées, qui les aimaient encore. Leur souvenir s'épanouissait comme une fleur dans le terreau d'une âme désolée. Ce qui, après tout, était une forme d'immortalité.

Le soir venu, les Visages-d'Os organisèrent une grande fête en l'honneur de Saga – un geste que Clay trouva fort sympathique dans la mesure où Ganelon avait tué leur champion et quelques dizaines de leurs guerriers la veille.

La cheftaine resta dans sa tente, mais Teresa présenta le chapeau magique de Moog à tout le village. Les habitants ne virent aucun inconvénient à manger la nourriture qui en sortait. Les cannibales étaient des gens notoirement téméraires en matière de gastronomie.

Moog avait surmonté son moment de déprime et Clay se demanda où il avait enfoui le chagrin qui le torturait encore. Dans sa tête plutôt que dans son cœur, sans doute. Le sorcier montrait l'étendue des possibilités du chapeau devant une foule de féroces en extase.

Il en tirait des pièces de gibier rôties, des tranches de viande salée, des poulets épicés avec des herbes subtiles, des filets de porc fourrés aux champignons et bardés de lard fumé. Il émerveilla les enfants en faisant apparaître des bananes, des fraises sucrées, de grosses grappes de raisin violettes et une énorme pastèque qu'ils fendirent avec le même entrain que s'il s'était agi du crâne d'un ennemi. En guise de dessert, ils mangèrent des crèmes, des gâteaux, des tartes et de la glace – un mets très apprécié des Narmériens. Ganelon en avala trois bols.

Les *bols* étant des crânes humains évidés.

Matrick était d'excellente humeur depuis qu'il avait appris la guérison de Moog. Et il le fut davantage lorsque Kit lui annonça qu'il était parvenu à glisser deux objets inestimables dans les replis de sa robe avant que les féroces l'obligent à les suivre. Le premier était une bouteille de rhum tarindien de soixante ans d'âge ; le second, *Grace*, la dague que l'ancien roi d'Agria avait laissée tomber sur le pont du *Cour Charnelle* pendant la tempête. Matrick embrassa Kit sur la bouche pour le remercier de ses efforts.

De nombreux prétendants formaient une longue file devant Griffalouette. Ils lui apportaient des cadeaux dans l'espoir de la persuader d'abandonner ses compagnons et de rester au village pour engendrer une ribambelle de petits cannibales. Parmi les présents les plus originaux, on trouvait un collier de crânes de rat qui tintaient les uns contre les autres et une écharpe tissée avec des cheveux rugueux. Un homme s'approcha et lui tendit une bourse. La dive l'ouvrit et en sortit un petit bout de cuir.

— Qu'est-ce que c'est ? demanda-t-elle avec un sourire poli.

— Son prépuce, répondit Moog, la bouche pleine de gâteau.

— Son prépuce…

Le sourire de Sabbatha fondit comme une boule de neige dans la gueule d'un volcan. Visiblement furieuse, elle remit le bout de chair dans le sac et jeta le tout dans le feu le plus proche. Le propriétaire du prépuce regarda son bien partir en fumée d'un air renfrogné. Il regrettait sûrement d'avoir offert un cadeau aussi précieux à une béotienne.

Gabriel resta à l'écart et mangea à peine. Il pensait à Rose en contemplant le soleil couchant au-dessus des lointaines montagnes qui se dressaient à l'ouest.

Le lendemain matin, à l'aube, tous les cannibales se rassemblèrent pour saluer leur départ. Le chapeau magique passait encore de main en main. Dans tout le village, des féroces dévoraient joyeusement des ailes de poulet, mordaient dans des miches de pain chaud ou avalaient du sucre et du sel par poignées. Une vieille femme berçait un poisson et le portait parfois à sa bouche pour lécher ses écailles.

Clay faillit faire une remarque, mais décida que c'était inutile.

Ils finiront bien par trouver tout seuls, songea-t-il en regardant un homme qui mangeait une banane avec la peau. *Un jour.*

Moog affichait une mine sombre. Il observait l'ettin avec lequel ils avaient bavardé la veille. Malgré son collier de fer et sa chaîne, Grégor souriait en agitant la main. Il murmura quelques mots à l'oreille de son frère qui l'imita aussitôt. Le sorcier leur rendit leur salut avant de toiser Gabriel d'un air maussade.

Gabriel s'agita, mal à l'aise.

— Quoi ? (Moog resta silencieux.) Quoi ?

Aucune réponse, mais la lèvre inférieure du sorcier s'avança légèrement.

Gabriel se tourna vers Clay, qui haussa les épaules.

— D'accord, soupira-t-il en regardant Moog. Va dire à Teresa que nous changeons les modalités du contrat. L'ettin vient avec nous.

Les féroces avaient un dernier cadeau pour les membres de Saga. Un cadeau très utile. Après avoir survécu et prospéré dans le Cœur du Wyld pendant des générations, la région n'avait aucun secret pour eux, et l'aîné de la cheftaine, Jérémie, se proposa de guider les aventuriers vers l'ouest pendant quelques jours. Le jeune cannibale – dont le crâne était encore rose là où la crotte de singétincel s'était écrasée – leur fit emprunter des chemins que les Visages-d'Os étaient les seuls à connaître. Lorsque le terrain le permettait, le groupe se déplaçait au petit trot, et grâce à Jérémie, il évita les endroits les plus dangereux.

Gabriel, qui avait quitté le village d'humeur morose, se montrait un peu plus optimiste au fil des jours. Tandis qu'ils se rapprochaient du Manteau de l'Empereur, le lointain rempart coiffé de neige se transforma en succession de pics. Clay commençait à se faire à l'idée qu'ils avaient perdu leur vaisseau céleste. La première partie du voyage aérien s'était déroulée sans incident majeur, mais la tempête lui avait rappelé qu'il suffisait de peu de chose pour qu'une situation parte en vrille.

Enfin, en ce qui nous concerne, c'est surtout Matty et Griffalouette qui sont partis en vrille.

Sur le sol, ils étaient moins vulnérables, et si on les attaquait, ils régleraient le problème à l'ancienne.

Jérémie s'arrêta au sommet d'une colline, face à une pente qui descendait vers l'ouest et au bout de laquelle s'étendait un océan d'arbres lugubres.

— TIKOO PADA PA KA! dit-il en agitant une main vers la forêt en contrebas, puis vers l'endroit d'où ils venaient.

— Il dit qu'il n'ira pas plus loin, supposa Clay à haute voix.

Moog le regarda en clignant des yeux.

— Je constate que tu as fait des progrès dans leur langage.

Clay haussa les épaules.

— J'ai retenu deux ou trois trucs, mentit-il.

Matrick porta la main à sa bouche pour cacher un sourire moqueur.

Jérémie s'en alla. Gabriel descendit la colline à la tête de ses camarades et ils pénétrèrent dans la forêt, une forêt bien différente de celle que Grégor décrivait à son frère extatique. Grâce à l'imagination de l'ettin, les mares de boue toxique se changeaient en lacs cristallins, les arbres aux branches tordues et enduites de poison en chênes majestueux. Le ciel couleur charbon était d'un bleu éclatant et l'herbe cendreuse vert émeraude. Les relents nauséabonds d'une carcasse déchiquetée se transformaient en parfum fleuri et subtil.

Même les insectes avaient droit à un mot aimable. Un soir, alors qu'ils se frayaient un chemin à travers une nuée de mouches-à-orc – ainsi baptisées parce qu'elles étaient particulièrement repoussantes quand on les examinait de près –, Dane s'extasia en imaginant un nuage étincelant de lunécioles.

— Aahhh ! s'exclama-t-il avec un large sourire. Comme je regrette de ne pas les voir !

Ils arrivèrent au bord d'un marécage et Gabriel prit la tête du groupe. L'eau putride leur montait à la poitrine et le fond était traître. Clay perdit l'équilibre à plusieurs reprises en marchant sur ce qu'il espérait être un tronc immergé, mais qui était sans doute une charogne pourrie. Sabbatha – il l'appelait désormais ainsi dans sa tête – grimaçait d'un air dégoûté et avançait en prenant bien soin de garder ses ailes au-dessus de la surface vaseuse. Kit faisait de même avec son précieux batingting.

Le pauvre Matrick trébucha et disparut dans l'eau infâme. Il émergea un instant plus tard et cracha avec insistance.

— Dieux tout-puissants ! gémit-il. J'en ai plein la bouche !

Une brume épaisse flottait au-dessus du marécage. Clay avait l'impression que chaque branche tendue était un tentacule appartenant à un monstre à l'affût et il fut presque soulagé quand l'eau se mit à bouillonner autour de Ganelon.

Le guerrier des terres du Sud régla le problème en quelques instants. *Syrinx* trancha cinq ou six pseudopodes et la créature fila avant même qu'on la voie.

Ils poursuivirent leur chemin et Clay commença à sentir le poids des ans sur ses épaules. Gabriel avançait en tête. Moog et Matrick riaient ou se disputaient – et souvent les deux en même temps. Ganelon tenait sa hache à la main, impatient d'en découdre. Clay fermait la marche en priant pour que tout se passe bien. Il fut envahi par un sentiment de nostalgie et une soudaine envie de rentrer chez lui, de revoir sa femme, sa fille et son chien. De sentir les odeurs de sa maison. Et même d'arpenter le chemin de ronde du matin au soir, les yeux tournés vers le nord, vers des montagnes qu'il n'avait aucune intention de franchir.

Ils trouvèrent une vieille route large et droite qui permettait de sortir du marécage. Elle datait de l'époque de Dominion et était couverte de boue, mais les pierres qui la pavaient étaient intactes. Après des heures passées avec de l'eau jusqu'à la poitrine, c'était une vraie bénédiction.

— Faut leur reconnaître une chose, aux lapins, lâcha Ganelon. Ils savaient faire des routes.

Sabbatha, qui le suivait, étendit son aile blessée.

— Aïe ! dit-elle en grimaçant. Attends un peu. De quels lapins tu parles ?

— C'est un terme argotique pour désigner les druines, lui dit Kit. Et pas un des plus subtils, si tu veux mon avis. Mais ce n'est rien en comparaison de ceux qu'emploient les gens du Sud… (Il se préparait à poursuivre son exposé lorsqu'il croisa le regard menaçant de Ganelon.) Je… me serais fait une joie de t'en faire la liste, mais je crains de les avoir oubliés.

La dive replia son aile blessée.

— C'est cool, dit-elle. Alors comme ça, cette route, elle a… quoi ? Des centaines d'années ?

— Dis plutôt des milliers ! s'exclama Moog. Elle a sans doute été abandonnée bien avant la chute de Dominion. Quand l'empereur en exil et ses fidèles sont passés par là, il y a quatre cents ans, ils ont découvert les ruines d'une cité qui avait été très puissante.

— Tu parles de Castia ? demanda Sabbatha.

Le sorcier gloussa.

— Je parle de Teragoth. C'est une cité plus ancienne que Castia, ma chère. La République a été fondée par le fils du premier empereur de Grandual. C'est lui et ses ancêtres qui ont construit Castia. J'ai entendu dire qu'on pouvait apercevoir les ruines de Teragoth depuis les murailles de la ville.

— On peut, confirma Kit.

— Vous êtes déjà allés là-bas ? demanda Sabbatha au sorcier.

Moog secoua la tête.

— Nous ne sommes jamais allés plus loin que les montagnes qui se dressent à l'ouest. Notre travail consistait à chasser des monstres, et à Findeterre… la République avait réglé le problème des monstres depuis longtemps.

— Ah bon ? Comment ça ?

Moog haussa les épaules.

— Par des génocides. Par l'esclavage. Par la mise en place d'une citoyenneté de seconde zone. Comme toujours.

— Cela dit, intervint Kit, Castia ne ressemble à aucune ville qu'on peut voir à l'est. Peu de forteresses grandualiennes seraient capables de résister à un siège comme celui qu'elle endure en ce moment. Ses murailles sont des merveilles d'ingénierie. Comme ses ponts. Et ses arènes. Le Creuset n'est pas aussi grandiose que le Maxithon ou le Berceau du Géant, mais c'est un superbe bâtiment malgré la vulgarité de sa fonction. Castia est une ville magnifique – enfin, elle l'était –, mais je peux t'assurer que Teragoth l'était plus encore.

— Tu as lu ça dans des livres, dit Sabbatha d'un ton méfiant.

Kit éclata d'un rire qui faisait songer à un parchemin qu'on déchire.

— Je l'ai *vu*, dit-il. Je suis né à Teragoth.

— Hein ? Mais quel *âge* as-tu ?

Kit fit semblant d'être outré.

— Pardon ? Et toi, tu as quel âge ?

Sabbatha haussa les épaules.

— J'ai arrêté de compter après seize.

— Eh bien moi, j'ai arrêté de compter après *six cent* seize.

— Vraiment ?

— Vraiment.

Ils marchèrent un petit moment avant que Sabbatha cède de nouveau à la curiosité.

— Et depuis combien de temps tu es un zom…

Elle s'interrompit juste à temps, mais Kit se renfrogna comme si elle avait prononcé le mot fatidique.

— Mort, reprit la jeune femme. Depuis combien de temps tu es mort ?

— Il n'est pas vraiment mort, intervint Moog. C'est un mort-vivant.

— Un revenant, ajouta Ganelon. (Tous ses camarades tournèrent la tête vers lui et il haussa les épaules.) Ce n'est pas si difficile à retenir.

— Exactement, dit Kit en tripotant l'écharpe enroulée autour de son cou. Merci beaucoup. Et pour répondre à ta question, jeune fille, c'est une longue histoire.

— Ça tombe bien, remarqua la dive. Nous avons une longue route à faire.

— Soit. (Kit toussota et se racla la gorge.) Quand je suis né, Teragoth était dirigée par un exarque druine qui s'appelait…

— C'est quoi, un exarque ? demanda Sabbatha.

— Euh… C'est comme un duc. Ou un gouverneur. Version druine.

— Pigé.

Kit gratta sa blessure à la nuque.

— Où en étais-je ? Ah, oui ! Il s'appelait Firaga. Exarque tout-puissant et héritier de Tamarat…

— Qui ça ?

— Tamarat, répéta Kit. (Sabbatha haussa les épaules et un soupir haché s'échappa de la gorge du revenant.) La déesse druine ? On ne t'a donc rien appris dans le misérable trou d'où tu viens ?

Les plumes de la dive frissonnèrent de colère.

— On m'en a appris suffisamment, répondit-elle d'une voix grinçante.

Clay, qui n'avait jamais entendu parler de Tamarat non plus, se dépêcha d'adresser une prière aux dieux chargés de protéger les goules érudits du courroux des dives fulminantes.

Par chance, Kit poursuivit sans faire de commentaire.

— Enfin bref, mes parents étaient des esclaves.

— Des esclaves ?

Ce fut au tour de Kit de frissonner de colère.

— Tu veux écouter mon histoire ou pas ?

— Oui, oui, répondit Sabbatha. Désolée. Je ne t'interromprai plus. Je le jure.

Kit cligna des paupières d'un air sceptique.

— Nous verrons, dit-il d'un ton méfiant. Je dois bien sûr préciser qu'à cette époque, tous les humains et tous les monstres étaient les esclaves des druines. Les humains travaillaient généralement comme domestiques. C'était le cas de mes parents. Nos frères monstres, eux, étaient affectés à des tâches plus laborieuses : creuser dans des carrières ou construire des bâtiments. Malgré notre servitude, nous avions beaucoup de liberté. Enfin, jusqu'à ce que la guerre éclate et que les exarques envoient des armées de monstres furieux les unes contre les autres. (Il leva soudain les yeux vers la dive.) Et ne t'avise pas de demander quelle guerre ! Je vois bien que la question te démange le bout de la langue ! Je t'expliquerai dans un moment.

— Tu pourrais aussi passer sur les détails et raconter directement comment tu es devenu immortel, proposa Sabbatha.

— Mais le contexte t'échapperait, grogna Kit.

— Je ne suis pas sûr que la route soit si longue que ça, remarqua Clay.

— Très bien, soupira le revenant. Puisque c'est ainsi, je vais donc abréger la glorieuse histoire de ma folle jeunesse ; éluder les circonstances dans lesquelles j'ai appris à jouer du batingting avec tant de talent ; glisser sur mes prouesses musicales pendant la guerre contre Contha et ses implacables légions de golems…

— Prouesses musicales ? marmonna Ganelon.

— Et reprendre au moment où j'ai été nommé musicien à la cour du grand Firaga en personne. Je dois cependant vous avertir : si vous imaginez déjà que j'ai obtenu l'immortalité en vendant mon âme à un nécromant ou en mangeant de la neige au sommet d'un pic, vous allez être déçus. La cause est on ne peut plus banale. Embarrassante, même. J'ai été mordu par un paon.

Gabriel inclina la tête, soudain intéressé. Dane gloussa et murmura quelque chose à l'oreille de son frère. Quelque chose qui ressemblait à : « Quel idiot ! »

— Vous voyez ? dit Kit. Je vous avais dit que c'était ridicule. Bon, ce n'était pas un vrai paon, bien entendu, mais le gardien de la ménagerie de l'exarque était persuadé du contraire. Et moi aussi, d'ailleurs. Enfin bref ! La nuit, j'avais l'habitude de me faufiler dans le palais afin de… de divertir la ravissante épouse de Firaga. Je chantais pour elle. Je lui jouais de douces mélodies avec mon batingting, ou avec un instrument un peu plus… personnel, si vous voyez ce que je veux dire.

— Ça devient enfin intéressant ! lança Matrick.

Clay trouva la réflexion curieuse de la part d'un homme qui avait été cocufié cinq fois au moins et sans doute bien davantage.

Kit poursuivit :

— Quand son époux venait, elle se dépêchait de me faire sortir par une porte dérobée menant à un jardin privé. Une nuit, alors que j'errais, maussade, entre les faux arbres de la forêt artificielle de l'exarque, je croisai le paon en question. Je dois avouer que j'avais consommé une grande quantité de vin au cours de la soirée et qu'à ce stade des événements, j'étais rond comme une queue de pelle. Ce fut alors que la première de deux très mauvaises idées me traversa l'esprit. Je tendis la main pour caresser l'animal et il me mordit.

— Et c'était quoi, la seconde ? demanda Sabbatha.

— Le tuer. Je fracassai le crâne de ce putain de piaf avec mon batingting préféré – un cadeau de l'exarque en personne. La mort du paon me combla de joie, mais celle-ci fut de courte durée dans la mesure où ledit paon n'était pas un paon. C'était un phénix.

— Quoi ? grogna Matrick.

— Un très, *très* vieux phénix. Je vous jure sur chacun des yeux de Tamarat que ces bestioles ne ressemblent pas du tout à l'image qu'on s'en fait.

— Incroyable, dit Moog.

— Le phénix, c'est pas l'oiseau qui renaît de ses cendres ? demanda Sabbatha.

— En théorie, oui. Mais le mien… il a ressuscité dans une terrible *explosion*. Il mit le feu à tout le jardin avant de s'élancer vers le ciel et de filer comme une comète. Pour échapper aux flammes, je n'eus pas d'autre choix que de me cacher dans le passage secret menant à la chambre de Firaga.

— Ouah ! dit Matrick.

— *Ça*, c'est une histoire ! s'extasia Moog.

— Et Firaga ? s'enquit Sabbatha. Il a dit quoi quand tu lui as raconté tout ça ?

— L'exarque ? demanda Kit. (Il leva ses doigts gris-vert et effleura l'écharpe qui dissimulait la terrible plaie qui lui zébrait la gorge.) Il me tua, évidemment.

37

Le courtier en griffes

L'ancienne route druine menait à un ancien fort druine, comme de bien entendu. Tous les bâtiments étaient en ruine, mais on était en droit de douter de son acuité visuelle lorsqu'on écoutait Grégor.

— Les remparts se dressent vers le ciel ! déclara-t-il en regardant des murets à peine plus hauts que le genou. (Il se tourna vers les vestiges d'une bâtisse qui disparaissait presque sous un manteau de mousse brun cendré.) Et là ! Une tour flamboyante dont le sommet se perd dans les nuages !

Un peu plus loin, ils découvrirent une statue en pierre criblée de trous au centre d'une fontaine asséchée. La tête avait disparu, les bras étaient brisés et les détails avaient été rabotés par le temps.

— Tu devrais voir cette merveille, Dane. La fontaine est remplie de bancs de petits poissons dorés. On croirait qu'il s'agit de pièces, et soudain, ils s'éparpillent dans tous les sens. Et la statue ! Un chef-d'œuvre ! Elle est en pierre de lune lisse comme la soie. Avec un visage sévère et noble. Je pense qu'il devait s'agir de l'exarque de Dominion.

— Ou d'un puissant guerrier, suggéra Dane.

Grégor éclata de rire.

— Oui ! Tu as raison. Je vois une épée accrochée à sa ceinture.

— Est-ce que je peux la toucher, Grégor ?

— Et souiller cette eau cristalline avec nos pieds sales ? Allons, mon frère, poursuivons plutôt notre visite, tu veux bien ?

Dane accepta avec enthousiasme, et l'ettin s'éloigna en direction d'une arche brisée.

Moog les regarda en secouant la tête.

— Ces deux-là…, marmonna-t-il.

Le groupe se déploya sur la place décrépite. Matrick s'assit par terre, retira ses bottes et les retourna. Un torrent d'eau croupie et de cailloux boueux se déversa sur les pavés. Ganelon s'adossa à un mur et ferma les yeux. Moog et Kit se lancèrent dans une discussion animée sur l'architecture druine. Sabbatha s'excusa, passa par un trou de la muraille et s'enfonça dans la forêt. Gabriel la regarda s'éloigner avec une expression méfiante.

Clay posa *Blackheart* par terre et massa les muscles contractés de ses épaules. Il avait très mal au dos, et la vive douleur qui irradiait sa hanche gauche s'étendait vers la jambe à chaque pas. Ses bottes étaient trempées. Dans le marais, il avait contracté ses orteils sans s'en rendre compte et maintenant, il avait l'impression qu'ils étaient criblés d'épines.

Tu te fais vieux, Cooper. Si tu n'es même pas fichu de marcher sur une mauvaise route avec des bottes mouillées, attends un peu d'être dans ces montagnes…

Gabriel le regarda d'un air inquiet.

— Mal au dos ? demanda-t-il.

Clay s'aperçut qu'il grimaçait. Il fit de son mieux pour transformer son rictus en sourire.

— Mal partout, dit-il.

Gabriel gloussa.

— Je paierais cher pour m'allonger dans un lit, souffla-t-il d'un ton rêveur.

Clay commit l'erreur tragique de s'imaginer dans son lit, avec le corps chaud de Ginny pelotonné contre lui. Il sentit presque la courbe de sa hanche sous sa main, le chatouillement d'une mèche effleurant son nez. D'habitude cela l'agaçait au plus haut point, mais aujourd'hui, il aurait tout donné pour caresser ses cheveux, pour respirer leur parfum encore et encore. Il se rappela la forme de son dos – une harpe que ses doigts effleuraient pour jouer une mélodie destinée à elle seule.

— Ma tour me manque, dit Moog en levant les yeux. Et mes araignées. Et un toit au-dessus de la tête.

Matrick soupira.

— Mes enfants me manquent, dit-il comme si cela le surprenait un peu. Je ne pensais pas que ça arriverait. Je les aime, bien sûr. Et je les ai élevés, mais ce n'est pas vraiment…

— Tes enfants ? dit Moog.

— Oui, c'est ça. (Matrick posa ses bottes pour les faire sécher, puis essora ses chaussettes gorgées d'eau brunâtre.) Mais bon, ils ne savent pas que leur mère a… a…

— Couché avec tout le monde ? avança Moog.

Matrick le regarda d'un air outré.

— A essayé de m'assassiner ! Et n'oublie pas qu'elle est toujours ma femme. Et Lilith n'a pas cou… (Il déglutit avec peine et lissa ses rares cheveux en arrière.) Elle était juste… déçue. Quand elle m'a épousé, j'étais un grand héros, pas vrai ? Beau, courageux et tout ça. Et puis, j'ai…

— Grossi ? suggéra Moog.

— Sombré dans l'alcoolisme ? avança Ganelon

Matrick foudroya le guerrier et le sorcier du regard.

— Vieilli ! s'exclama Moog. Tu as vieilli, c'est ça ?

— Que le Païen vous pourrisse les couilles, lâcha Matrick le plus poliment du monde. Eh oui ! j'ai grossi. Et j'ai vieilli ! Et je me suis bituré presque chaque jour depuis notre mariage ! Et ça vous étonne qu'elle m'en veuille ?

Gabriel ricana.

— Elle a essayé de te tuer, Matty. Elle essaie *toujours* de te tuer, tu te rappelles ?

Il jeta un coup d'œil vers le trou par lequel Sabbatha était passée.

— Oui, bon. Elle exagère un peu, reconnut Matrick. Mais quand même. J'aurais dû mieux me conduire. J'aurais dû moins boire. Moins manger. Moins baisouiller à droite à gauche. J'ai été un roi minable et un mari plus minable encore. Et aujourd'hui… (Il regarda le cercle de ses camarades, puis baissa les yeux et contempla ses pieds comme s'il était entouré de miroirs lui renvoyant ses reproches.) Qu'est-ce que mes enfants vont penser de moi ? demanda-t-il d'une voix presque inaudible.

Ses amis n'eurent pas le temps de le réconforter. Un cri retentit, puis un autre. Le premier avait été poussé par Sabbatha sous le coup de la surprise, le second par un homme qui fit irruption sur la place comme s'il avait un démon aux trousses. Apparemment, il avait surpris la dive et celle-ci en avait conçu une certaine humeur.

Il était vêtu d'une robe à capuchon dont la couleur sembla passer du vert au gris lorsqu'il pénétra dans le fort. Son torse était couvert de poches et de sacoches de toutes tailles. Un bâton en bois blanc était glissé en travers de ses épaules. Des pots en cuivre et des récipients en verre épais étaient accrochés aux extrémités et s'entrechoquaient en tintant à chacun de ses pas. Sabbatha surgit par le trou dans la muraille et s'élança dans les airs. Son aile blessée n'était pas complètement déployée, mais elle lui permettait cependant de planer comme un rapace en quête de proie. Elle était livide de rage. Elle tenait une grève de son armure à la main et Clay se demanda ce qu'elle pouvait bien faire lorsque le malheureux inconnu l'avait interrompue.

Matrick tendit le pied et fit un croche-pied au fuyard. Celui-ci trébucha, écarta les bras pour ne pas perdre l'équilibre et glissa entre Moog et Kit comme un patineur sur un lac gelé. Malheureusement pour lui, Ganelon lui fit le coup de la corde à linge et le choc le projeta en arrière. Il s'étala de tout son long et sa tête heurta une pierre couverte de mousse avec un craquement sonore.

— *Solusutholon! Ushuthosulo!* s'écria-t-il.

Clay se figea, la main sur la hampe de son marteau.

Ce langage…

Sabbatha atterrit et Gabriel s'interposa entre l'inconnu et elle. La dive poussa un grondement furieux et toisa le guerrier avec colère tandis que ses gantelets griffus s'ouvraient et se fermaient d'un air menaçant. Clay se demanda alors si sa frayeur et son brusque accès de rage n'avaient pas réveillé ses souvenirs perdus. Une plume noire flotta entre eux et la dive tourna la tête vers lui. Il n'y avait plus la moindre trace de colère sur son visage.

— Il m'a surprise, dit-elle, penaude. J'ai cru que c'était… (Elle s'interrompit et observa l'inconnu.) Attendez un peu, qu'est-ce que c'est que ce type ?

Gabriel lui tourna le dos.

— C'est un druine.

— Est-ce que c'est *notre* druine ? demanda Ganelon.

— Non, répondit Gabriel.

L'inconnu les observa avec curiosité.

Clay s'approcha et lui tendit la main. Le druine la saisit après s'être débarrassé de son bâton d'un mouvement d'épaules. Sa poigne était ferme, mais Clay savait que ses os étaient aussi fragiles que ceux d'un oiseau et il veilla à ne pas serrer trop fort.

— *Dosulon,* ami.

— *Noluso*, répondit Clay en hochant la tête.

« *Noluso* » signifiait « *moi aussi* ». Ou était-ce « *pain au fromage* » ? Le druinin était une langue difficile et Clay ne l'avait pas pratiquée depuis de longues années.

Le druine lui adressa un sourire qui dévoila ses dents pointues et tira son capuchon en arrière. De beaux et longs cheveux glissèrent sur ses fines épaules comme un tissu d'argent. Une paire d'oreilles touffues bleu-gris se dressèrent au sommet de sa tête. Elles étaient fripées et entaillées à plusieurs endroits, mais toujours très droites – Clay savait d'expérience que les oreilles des vieux druines ressemblaient à celles d'un basset. Les yeux étaient en amande avec des pupilles en croissant de lune et des iris orangés. Des yeux de prédateur. Le malheureux semblait pourtant bien inoffensif.

— Tu m'as surpris également, dit-il à Sabbatha en langue commune. (Ses yeux s'attardèrent sur les ailes qui se dressaient au-dessus de ses épaules, puis il tourna la tête vers le reste du groupe.) Je ne croise pas beaucoup d'êtres humains dans la région. Vous devez vous en douter.

— Par quel nom pouvons-nous t'appeler ? demanda Clay.

Depuis la chute de Dominion, la plupart des druines avaient adopté un comportement nomade. Leurs noms étaient des capes et ils en changeaient au gré des circonstances.

Le visage du druine s'éclaira.

— Je m'appelle Ombre.

— Qu'est-ce que tu fais dans le coin ? demanda Gabriel.

— Je suis courtier en griffes, ainsi que vous nous appelez. Je fouine et je ramasse ce que je trouve : armes anciennes, pièces d'armure, peaux, os, cornes… Puis je les vends à Contha ou à Castia. Là où je peux en tirer le meilleur prix.

Moog passa une main sur son crâne chauve.

— À ta place, j'éviterais de me rendre en République pendant quelque temps. Une horde assiège Castia. (Il jeta un coup d'œil compatissant à Gabriel.) Et il semblerait que la situation ne soit pas très reluisante.

Les oreilles du courtier en griffes s'affaissèrent comme des fleurs vaincues par la soif.

— Ah, lâcha-t-il. Il est donc passé à l'acte.

— Il ? demanda Gabriel d'un ton soupçonneux. Tu connais Lastleaf ?

Ombre acquiesça.

— Bien sûr. Lui et moi étions frères jadis, avant… (Il secoua la tête comme s'il voulait chasser un souvenir désagréable.) Il a changé et je ne le considère plus comme un ami de notre peuple. Il a passé des années à préparer une rébellion à Findeterre. Il s'est acoquiné avec de sombres forces. Il a éveillé et attisé la haine des habitants du Cœur du Wyld.

— C'est sûr qu'il ne porte pas la République dans son cœur, dit Matrick.

— Pas seulement la République, lâcha le druine. Lastleaf méprise tous ceux qui maltraitent le peuple sylvestre, et à ses yeux, Grandual ne vaut pas mieux que Castia. Je crains que Findeterre ne soit qu'un commencement. Je pense qu'il a l'intention de réactiver les Portails.

— Impossible, dit Moog en secouant la tête.

— C'est quoi, ces Portails ? demanda Sabbatha.

— Les Portails étaient des passages qui permettaient de franchir de grandes distances d'un seul pas à l'époque de Dominion, expliqua Moog. Une magie druine extrêmement astucieuse. Il y en avait trois d'après ce que j'ai lu. C'était de grandes arches assez larges pour permettre le passage d'un chariot-caravane. Il y en avait une à l'ouest, près de Teragoth, une deuxième à Grandual – à Kaladar, pour être précis – et une troisième quelque part à l'est. Je ne sais pas où exactement.

— À Antica, dit Kit.

Matrick ricana.

— À Antica ? (Il se tourna vers Moog.) Tu parles de l'île dont la vieille Doshi nous rebattait les oreilles ? Est-ce qu'elle a seulement existé ?

— Elle a existé, répondit Kit. Et son Portail est toujours intact. Le problème, c'est que la cité est désormais au fond de l'océan et que l'océan est infesté d'hommes-sirènes.

— Des hommes… sirènes ? demanda Matrick.

— Des hommes-sirènes, oui. Qu'est-ce que tu croyais ? Qu'il n'y avait que des femmes-sirènes ?

— *Bien sûr* que je croyais qu'il n'y avait que des femmes-sirènes. Tout le monde croit qu'il n'y a que des femmes-sirènes !

— Excusez-moi, intervint Ombre. (Il fit un geste en direction de l'épée accrochée dans le dos de Gabriel.) Est-ce que ce ne serait pas… *Vellichor* ?

— Si, répondit Gabriel.

Le druine contempla l'arme avec un profond respect.

— L'épée avec laquelle Vespian a ouvert un passage entre les mondes…

— À ce qu'on dit, murmura Gabriel.

— Je dois avouer que j'ai été très… déçu en apprenant que l'archon l'avait donnée à un humain, mais vous semblez être un homme respectable. Il aurait été fort dommage que ce trésor disparaisse. Ou qu'il tombe entre des mains d'une personne indigne de lui.

Un gargouillis s'échappa de la gorge de Kit lorsqu'il s'éclaircit la voix.

— Les mains d'un courtier en griffes, par exemple.

Ombre l'ignora.

— Puis-je la voir ? demanda-t-il.

Gabriel esquissa un sourire prudent.

— Plus tard, peut-être.

Sa réponse sembla satisfaire le druine.

— Vous avez l'intention de passer la nuit ici ? Je fais halte dans ce fort chaque fois que je traverse le marais des Os. C'est un endroit sûr. Selon les critères du Cœur du Wyld, bien sûr.

Gabriel leva les yeux et regarda le ciel qui s'assombrissait au-dessus des remparts en ruine.

— Je le pense aussi, dit-il.

38

Tamarat

— Alors, ces Portails ? demanda Sabbatha. Ils sont cassés, c'est ça ? Sinon, on en aurait emprunté un plutôt que d'aller à Castia à pied, non ?

Ils avaient allumé un feu dans la cour et s'étaient partagé les maigres provisions que Gabriel avait achetées à Contha. Puis ils avaient mangé en écoutant Moog se lamenter sur la perte de son chapeau magique, comme à chaque repas.

— Ils ne sont pas vraiment *cassés*, répondit le sorcier. C'est juste qu'ils ne… fonctionnent pas.

— Ils sont donc cassés, remarqua Ganelon.

Sabbatha lui sourit. Le sorcier le foudroya du regard.

Clay n'avait pas ressenti l'étrange pouvoir de séduction de la dive depuis un certain temps. Les autres non plus apparemment, mais ils ne s'en étaient pas rendu compte. Matrick avait peur d'elle. Moog ne s'intéressait pas beaucoup aux femmes. Gabriel ne pensait qu'à Rose. Et Ganelon… le guerrier des terres du Sud était insensible aux enchantements. Il aurait pu refuser les avances d'un succube complètement nu s'il l'avait voulu – et il l'avait d'ailleurs fait, Clay en avait été témoin.

— Eh bien ! dit Moog en se tournant vers Kit. Corrige-moi si je me trompe, mais il me semble qu'il faut une clé en pierre pour ouvrir chacun des trois Portails.

— Laissez-moi deviner, dit la dive. Les clés ont été perdues ?

— Tout à fait. Sinon, nous serions déjà rentrés de Castia.

— Et une horde du Cœur du Wyld serait en train de jaillir du Portail de Kaladar, remarqua Ganelon.

La tête du sorcier se balança de gauche à droite.

— Sans doute, oui. Les choses sont peut-être mieux ainsi en fin de compte.

Gabriel était assis en tailleur près du feu, *Vellichor* posée en travers des cuisses. Il regarda Ombre qui se trouvait un peu plus loin.

— Tu as dit que Lastleaf avait sans doute l'intention d'ouvrir le Portail de Teragoth, dit-il. Comment s'y prendrait-il ?

— En fait, répondit le druine, les clés ne sont pas toutes perdues.

Le courtier en griffes était agenouillé près d'un trou dans le mur d'enceinte. Il abattait un bout de silex sur un charme fait de brindilles brisées. Il en avait disposé plusieurs à proximité des passages menant à la cour en affirmant que la fumée – et la magie druine, sans doute – tiendrait les prédateurs à l'écart. Il observa les flammes et ses yeux brillèrent comme ceux d'un animal dans la pénombre.

Moog tourna la tête vers lui.

— Ah bon ?

Ombre alluma le dernier charme et retourna près du feu en faisant un large détour pour éviter Dane et Grégor. Il avait peut-être peur de l'ettin parce que c'était un monstre, ou parce que Dane avait gloussé en entendant Grégor décrire ses longues oreilles. « *Comme celles d'un petit lapin ?* » avait-il demandé. « *Exactement !* » avait répondu son frère.

Ombre s'assit entre Sabbatha et Matrick. Sa robe changeait de couleur lorsqu'il bougeait, Clay en était désormais certain. À la lueur du feu, elle avait la teinte gris pâle de la cendre avec des reflets bleutés et orange clair.

— Eh bien, dit-il en plongeant la main dans un des nombreux sacs accrochés sur sa poitrine. La clé d'Antica a disparu quand la cité a sombré au fond de l'océan. Celle de Kaladar était dans la poche de l'exarque de la ville lorsqu'il fut avalé par un dragon-scorie et on peut donc imaginer qu'elle a été détruite.

On peut l'imaginer, en effet, songea Clay avec amusement.

Il n'avait rencontré qu'un seul dragon-scorie au cours de sa vie, et si on lui avait demandé de le décrire, il aurait sans doute évoqué un croisement entre un lézard géant et un petit volcan. Sa peau ressemblait à de la pierre vitrifiée par des flammes. Sa gueule était une fournaise brûlante crachant des jets de magma capables de faire fondre l'acier. Alors oui : on pouvait imaginer que la clé du Portail d'Antica avait été détruite. Et l'exarque avec.

Moog se pencha en avant comme un enfant qui écoute une histoire autour d'un feu de camp.

— Et la dernière ? demanda-t-il.

Le druine soupira. Il sortit des choses qui ressemblaient à de petites graines noires et commença à les trier d'un doigt pâle.

— Des rumeurs affirment que la clé de Teragoth est intacte, mais qu'il serait quelque peu… difficile de la récupérer.

— Comment ça ? demanda Ganelon.

— Elle se trouverait *toujours* à Teragoth, répondit le druine en montrant ses dents effilées. Et Akatung aussi.

Matrick cligna des yeux.

— Tu as dit Akatung ? Comme Akatung le dragon ?

— Le seul et unique, dit Ombre.

Il se pencha et lança les graines dans le feu. Elles éclatèrent avec de petits bruits secs et produisirent une fumée à l'odeur sucrée.

Moog regarda les volutes en fronçant les sourcils, mais son esprit était ailleurs.

— Je croyais que nous l'avions tué, dit-il.

— On l'a seulement blessé, souffla Clay.

Il avait dit la même chose à Pip et ses camarades à *La Tête du Roi*, des siècles plus tôt.

— Je lui ai planté *Vellichor* dans la gueule, déclara Gabriel.

— Je l'ai bien amoché, ajouta Ganelon. Il se tenait les tripes pour ne pas les perdre quand il s'est barré à tire-d'aile.

Ombre eut la politesse de sembler impressionné.

— Je crains malheureusement que ses… tripes soient toujours à leur place. Il s'est réfugié à Teragoth, dans les profondeurs labyrinthiques du temple de Tamarat.

Sabbatha fronça les sourcils.

— Je croyais qu'on pouvait apercevoir Teragoth depuis les murailles de Castia. Pourquoi est-ce que les gens de la ville ne l'ont pas tué et récupéré la clé ?

— Parce que Akatung est très puissant, répondit le druine. Et qu'ils ne voulaient pas s'attirer sa colère. Les murailles de Castia sont si hautes, si épaisses et si bien défendues que ni le dragon, ni la horde n'ont pu les franchir, mais si on l'avait provoqué, Akatung aurait rasé tous les villages des environs. Une paix tendue s'est donc installée dans la région.

Les deux têtes de l'ettin bâillèrent en même temps. Clay sentit l'haleine fétide de Grégor et fit semblant de se gratter les narines.

— Bonne nuit, Grégor, souffla Dane.

— Bonne nuit, Dane, répondit son frère.

Ils s'allongèrent sur le dos et s'endormirent aussitôt. En se ronflant au visage.

Gabriel contempla les ténèbres qui les entouraient, et des ombres remplirent les creux sous ses yeux.

— Alors comme ça, la clé ferait partie du trésor d'Akatung ?

Le druine écarta les mains.

— On le dit. Rares sont ceux qui ont vu le trésor du dragon et qui sont revenus pour en parler.

En effet, songea Clay.

Il avait connu une de ces rares personnes. Un de leurs anciens bardes avait signé avec Saga sans leur dire qu'il avait volé quelque chose de précieux à Akatung. Les membres du groupe l'avaient découvert lorsque le dragon avait surgi comme une tornade d'écailles. Il les avait attaqués, mais ils étaient parvenus à le repousser et à lui infliger une blessure fatale. Enfin, c'était ce qu'ils avaient cru.

Le barde était mort, bien entendu. C'était une véritable manie chez les membres de cette profession.

Ombre reprit la parole.

— Si Lastleaf parvenait à récupérer la clé de Teragoth, il pourrait…

— Il pourrait envoyer une horde au cœur de Grandual sans que quiconque puisse l'en empêcher, termina Matrick.

Les ruines de Kaladar se trouvaient à une journée de marche forcée du château de Brycliffe. La capitale d'Agria serait sans doute la première cible des envahisseurs.

— Parle-moi de Lastleaf, demanda Gabriel au druine. Quand j'ai rencontré Vespian, il traquait son fils. Il disait qu'il lui avait volé quelque chose. Quelque chose de très dangereux.

Ombre fit la moue.

— *Tamarat.*

Gabriel tourna la tête vers lui.

— La déesse ?

— L'épée, dit le druine. Elle a été baptisée en l'honneur de notre déesse. Et oui, Lastleaf l'a volée à son père. Il l'a toujours. Elle est dans un fourreau blanc comme un os accroché dans son dos.

Clay l'avait vue à Landelind, puis chez la gorgone. C'était la seule des trois épées que le druine n'avait pas encore dégainée devant lui.

— Qu'est-ce qu'elle a de si extraordinaire, cette *Tamarat* ? demanda-t-il en échangeant un regard avec Gabriel. L'archon semblait prêt à tout pour la récupérer.

Ombre observa le feu de camp. Les reflets des flammes dansèrent dans ses yeux et firent étinceler ses dents lorsqu'il reprit la parole.

— Vespian était – entre autres – un redoutable sorcier et un artisan hors pair. Il fabriquait des armes d'une puissance incroyable. Des épées, surtout. Je suppose que vous avez rencontré Lastleaf ? Vous avez vu celles qu'il porte dans le dos ?

— Oui, répondit Clay.

Les trois armes du druine l'intriguaient depuis qu'il les avait observées à Landelind.

— La première s'appelle *Scorn*, dit le courtier en griffes. L'archon l'a forgée et l'a offerte à son fils quand celui-ci a atteint l'âge adulte. C'est une arme… capricieuse qui peut provoquer de terribles dégâts. La deuxième est *Madrigal*, l'épée chantante. C'était un cadeau de Vespian à l'exarque d'Askatar.

— Et l'exarque d'Askatar l'a… donnée à Lastleaf ? demanda Matrick, dubitatif.

— L'exarque s'appelait Nyro, mais après la chute de Dominion, elle se fit appeler « Ruisseau-amer ». C'était un des meilleurs éclaireurs de Vespian. Un jour – il y a des centaines d'années –, elle retrouva la trace de celui que l'archon lui avait demandé de traquer. Elle essaya de capturer Lastleaf, mais il réussit à la tuer et il s'empara de son arme.

Clay se rappela que *Madrigal* avait tinté comme une cloche lorsque Lastleaf l'avait dégainée au Maxithon. Il se demanda combien d'armes forgées par l'exarque avaient survécu à la chute de Dominion. Il n'était pas impossible que la hache de Ganelon soit l'une d'elles.

Ombre leva une main et se gratta le creux d'une oreille.

— *Vellichor* est la plus remarquable de ses créations, bien sûr. Comme vous le savez sans doute, il l'a utilisée pour ouvrir le passage par lequel mes ancêtres ont fui leur monde en ruine.

Clay s'était toujours demandé quel crédit il fallait accorder à cette histoire, mais il devait bien reconnaître qu'il n'avait pas trouvé de meilleure explication aux images qu'il avait si souvent aperçues sur la lame de *Vellichor*. Il décida qu'elle était sans doute vraie.

— Mais en arrivant dans votre monde, mon peuple fut frappé par une malédiction des plus paradoxales : nous ne pouvions mourir que de mort violente, mais nos femmes ne pouvaient donner naissance qu'à un seul enfant au cours de leur vie. Notre nombre commença à péricliter. Les uns après les autres, nous nous consumâmes ou fûmes soufflés comme une bougie par grand vent. Notre espèce était vouée à s'éteindre et à disparaître à jamais, comme toutes les flammes. (Un sourire triste se dessina sur les lèvres d'Ombre.) Les enfants druines étaient donc très précieux et Vespian fut fou de joie lorsque sa femme, Astra, lui annonça qu'elle était enceinte. Elle donna naissance à une fille.

— Attends un peu ! dit Sabbatha. J'avais cru comprendre que Lastleaf était le fils de Vespian. Tu as bien dit que les femmes druines ne pouvaient avoir qu'un seul enfant ? Vespian avait donc deux épouses ?

Kit leva les mains, exaspéré.

— Il n'y a pas moyen de raconter une histoire en présence de cette demoiselle ! dit-il à Ombre. Elle t'interrompt sans cesse. Elle est incapable de savourer l'intrigue d'une narration dramatique.

Les oreilles du druine s'inclinèrent d'un air songeur.

— Il faut cependant reconnaître que contrairement à nous, elle est mortelle. Sa flamme brûle bien plus vite que la nôtre.

Kit porta un doigt à ses lèvres et réfléchit.

— C'est juste, concéda-t-il.

— Alors, on peut avoir la suite ? demanda la dive avec impatience. (Kit lui lança un regard noir et elle écarta les mains.) Quoi ? Tu n'as pas entendu ce qu'il a dit ? Ma flamme brûle vite et tout ça !

Ombre reprit son récit.

— Par malheur, Astra mourut peu après l'accouchement. Ce genre de drame est rare chez notre peuple, mais cela arrive. L'archon était fou de chagrin à l'idée de passer l'éternité sans sa femme chérie à ses côtés. Il sombra dans un désespoir si profond qu'il fit quelque chose de terrible, quelque chose qui changea ce monde à jamais et qui finira peut-être par entraîner sa destruction. Il forgea une ultime épée.

Les yeux de Gabriel se plissèrent.

— *Tamarat.*

— Depuis la création de *Vellichor*, Vespian n'avait jamais investi un tel pouvoir dans une arme et je pense qu'il le paya fort cher, car il changea. Il devint plus sombre. *Tamarat* avait été forgée dans un but précis, un but mauvais. Si on s'en servait pour tuer un druine – et *seulement* un druine – elle pourrait ressusciter une certaine personne.

— Qu'on m'enfile à la file ! jura Moog. De la *nécromancie !*

— Tout à fait, dit Ombre. L'esprit troublé par la folie, Vespian décréta que sa fille était responsable de la mort d'Astra et il décida de tester l'épée sur la malheureuse. Il est cependant possible qu'il l'ait tuée pour que personne n'apprenne l'existence de son arme monstrueuse.

— Menteur ! s'écria Gabriel en portant instinctivement la main à la poignée de *Vellichor*.

— Laisse-le finir ! aboya Ganelon.

Gabriel regarda Clay d'un air suppliant. Clay – qui aurait donné cher pour oublier ce qu'il venait d'entendre à propos d'un homme qu'il avait toujours estimé – se contenta de hausser les épaules.

— Nous devons l'écouter jusqu'au bout, Gabe.

Gabriel était prêt à dégainer. Un silence tendu s'installa, puis le guerrier inspira un grand coup et lâcha la poignée de son épée. Sa main gauche glissa sur la droite et la serra avec force.

— Continue, dit-il au druine.

— Astra avait changé, elle aussi. Elle méprisait son époux qui avait sacrifié leur fille. Elle sombra dans un profond désespoir et se suicida quelques mois après sa résurrection. Mais Vespian… Vespian la ressuscita de nouveau avec la lame maudite. Et elle se redonna la mort. Et ainsi de suite jusqu'à ce que…

La voix du druine se brisa.

— Jusqu'à ce que ? répéta Sabbatha d'un ton fébrile.

— Jusqu'à ce que la personne ressuscitée ne soit plus Astra. La femme qui habitait désormais son corps était froide, insensible à la beauté, à la tristesse et à l'amour. Elle s'intéressa à la nécromancie et la pratiqua sans remords. Elle commença par ramener à la vie des créatures mineures : des fleurs, des oiseaux, des insectes. Très peu de druines sont capables de pratiquer cette magie – c'est pour cette raison que Vespian avait forgé *Tamarat* –, mais Astra se révéla très douée et elle ne tarda pas à ressusciter d'anciens domestiques ou des esclaves morts d'épuisement. Son comportement imprévisible et les crimes de l'archon finirent par provoquer des tensions dans tout Dominion. Vespian perdit toute autorité sur les exarques, qui se rebellèrent et se firent la guerre. Ainsi commença le conflit qui allait marquer la fin du peuple druine. Ce fut à ce moment qu'Astra annonça qu'elle était de nouveau enceinte.

Sabbatha l'interrompit. Bien entendu.

— Mais tu as dit…

— Un enfant au cours de leur vie, dit Ombre en agitant le doigt d'un air réprobateur. Sa mort avait sans doute ramené le compteur à zéro. Elle donna naissance à un fils.

— Par tous les putains de dieux de…

Moog se prit la tête comme s'il craignait qu'elle se fende en deux.

Le courtier en griffes opina.

— L'enfant grandit. Il était maladif et étrange. Il fut traité en paria dès sa naissance. Il aimait et craignait sa mère, méprisait son père pour tout le mal qu'il avait fait. Il vola *Tamarat* et s'enfuit dans le Cœur du Wyld pour mettre fin au calvaire de sa mère et lui permettre de reposer en paix.

Gabriel avait les yeux rivés sur l'épée que Vespian lui avait donnée. On apercevait un fragment de monde brisé sur la lame.

— Cette histoire… (Matrick frotta sa barbe veinée de gris.) Elle ne vous rappelle pas quelque chose ? J'ai l'impression de l'avoir déjà entendue, mais racontée d'une autre manière.

— Racontée, ou chantée, dit Kit, énigmatique.

Il avait déjà trouvé ce que Matrick cherchait.

Ombre esquissa un sourire de bon père, ou de gentil prêtre, ce qui rendit ses paroles d'autant plus ironiques.

— C'est sans doute le cas, dit-il. Vous connaissez déjà les noms des malheureux enfants de Vespian : Glif, sa fille, et Vail, son fils.

Glif… Vail…

Dans sa bouche, sa langue devint plus sèche qu'un vieux parchemin. Au creux de son ventre, un vide qu'il n'avait pas remarqué se transforma en abysse aussi profond que les ténèbres insondables qui séparent les étoiles. Dans son esprit en proie au vertige, des noms se mirent à tourbillonner. Les noms *druines* des soi-disant dieux de Grandual.

Vespian, le Seigneur de l'Été. Astra, la Reine de l'Hiver. Glif, la Vierge du Printemps. Vail, le Fils de l'Automne, également appelé « le Païen ».

Le Païen… Lastleaf.

— Non, s'entendit-il grogner.

Dans le feu, quelque chose craqua et un petit nuage de fumée fut emporté par la brise nocturne.

Clay n'avait jamais été très pieux. Il priait rarement, et lorsqu'il le faisait, il ne s'adressait à personne en particulier. Mais apprendre que ses dieux n'étaient qu'un mythe inspiré par la vie de sordides individus appartenant à une race qui avait jadis réduit son peuple en esclavage… Le plus pragmatique des hommes en serait resté abasourdi.

Un long silence s'abattit sur le camp tandis que tout le monde mesurait – ou s'efforçait de mesurer – les implications de l'histoire d'Ombre.

Moog renifla, se redressa et contempla les ténèbres au-delà du cercle de lumière.

— Est-ce que vous sentez cette odeur ?

Sabbatha étouffa un bâillement.

— Je crois que l'ettin a pété.

Moog secoua la tête.

— Non, c'est quelque chose d'autre. Je… je n'arrive pas à mettre le doigt dessus…

Gabriel rengaina *Vellichor* et posa les mains sur son fourreau.

— Quoi qu'il en soit, dit-il, Lastleaf est allé trop loin. Nous ne pouvons pas le laisser détruire Castia. Et s'il ouvre ce Portail, Grandual sera en danger.

Ombre hocha la tête. Le druine semblait plongé dans ses pensées, lui aussi.

— En effet, dit-il.

Un craquement monta du feu et un panache de fumée bleu-vert s'éleva sur la toile de fond de la nuit. Clay s'aperçut que Matrick s'était endormi assis, le menton contre la poitrine. Un filet de bave coulait aux coins de ses lèvres.

Moog se leva d'un bond.

— DE LA FLEUR DE PAUPIÈRE ! cria-t-il. DEBOUT ! RÉVEILLEZ-VOUS !

Il attrapa une cuillère et une gamelle en cuivre, puis se mit à courir en rond en tapant l'une contre l'autre.

Matrick se réveilla aussitôt et ses dagues surgirent dans ses mains. Sabbatha, qui s'était également assoupie, regarda autour d'elle avec des yeux écarquillés. Dane et Grégor continuèrent à dormir malgré le vacarme.

Gabriel se redressa en clignant des paupières.

— Moog, mais qu'est-ce…

— C'est lui ! s'écria le sorcier en pointant le doigt vers Ombre. Les graines qu'il a jetées dans le feu ! C'est des graines de fleur de paupière ! Je le savais. Je savais que je savais que je savais ! Il veut nous tuer !

Ombre écarta les mains.

— Ces graines ne sont pas dangereuses, dit-il. J'ai pensé qu'un bon sommeil vous ferait du bien.

Ganelon ressemblait à une tour sombre dressée vers le ciel. Il tenait *Syrinx* à la main. Le fer luisait et murmurait des mots inconnus à la nuit sylvestre. Le guerrier secoua la tête pour s'arracher au sortilège du druine.

— Et mon cul ? grogna-t-il.

Le courtier en griffes resta assis tandis que Matrick et Sabbatha s'éloignaient avec prudence. Puis il sourit et ses dents brillèrent d'un éclat rouge à la lueur du feu.

— Très bien, dit-il. Mais sachez que je n'avais nullement l'intention de vous tuer. Je voulais seulement récupérer mon bien légitime.

L'expression du druine changea brusquement, comme si l'été laissait place à l'hiver sans qu'on puisse savourer les plaisirs de l'automne. Ses yeux se posèrent sur Gabriel, qui fut le premier à comprendre ce qu'il voulait dire.

— Tu parles de *Vellichor* ?

— Elle ne devrait pas t'appartenir, humain. Elle n'a pas été forgée pour un mortel. L'archon a commis une grave erreur en te la donnant. Tu n'imagines même pas ce que tu tiens entre les mains.

— Et pourquoi tu ne me le dirais pas ? répliqua Gabriel.

Il esquissa un sourire que Clay connaissait bien, celui qu'il affichait chaque fois qu'un méchant devenait lyrique et racontait comment il avait l'intention de raser une ville, d'assassiner une reine ou de faire surgir un horrible démon des profondeurs glacées de l'enfer.

— C'est une clé, dit Ombre. (Clay vit le sourire de Gabriel vaciller pendant une fraction de seconde.) Lastleaf a dit que *Vellichor* était notre seule chance de regagner *notre monde d'origine*.

— Un monde que vous avez quitté pour de bonnes raisons, remarqua Kit d'un ton apaisant. Si vous…

Le courtier en griffes cracha dans le feu.

— *Kaksara !*

Clay ne connaissait pas beaucoup de jurons en druinin, mais il connaissait celui-là et se sentit offensé au nom de la mère de Kit. Son cœur accéléra. Son sang se transforma en lave. Un frisson traversa son bras droit et il frémit d'impatience à l'idée de sentir le poids familier de *Blackheart*. La violence s'apprêtait à déferler. Elle flottait dans l'air comme des nuages noirs avant la tempête.

Le druine était toujours assis, mais une aura menaçante l'enveloppait. La lumière du feu semblait projeter son ombre dans toutes les directions. Clay remarqua qu'il avait refermé une main sur son bâton en bois blanc.

— Renoncez à cette épée, dit-il. Ou bien je la prendrai de force et je rendrai service à Lastleaf en me débarrassant de vous. Il n'est pas impossible que sa vision du monde dépasse la nôtre. Dominion a fait son temps, les cours arrivent au terme du leur. Peut-être que celui du peuple sylvestre et des créatures cruelles va commencer.

— Au boulot, dit Matrick.

Il se leva en grognant.

Moog fouillait déjà dans son sac.

— Saletés de lapins, grommela-t-il. Il faut toujours qu'ils en rajoutent…

Les gantelets de Sabbatha se transformèrent en poings. Ganelon resta immobile, patient comme la montagne avant l'avalanche. Clay inclina l'épaule et *Blackheart* glissa sur son bras droit tandis que sa main gauche serrait le manche glacé de son marteau.

Gabriel se leva d'un air las.

— Écoute, on n'est pas obligés de…

— Si, le coupa Ombre. Nous sommes obligés.

Il se dressa d'un bond, son bâton à la main. Un tourbillon de fumée bleu-noir se dissipa et une longue lame blanche – sans doute dissimulée par un sortilège druine – apparut à son extrémité.

Ce n'était pas un bâton. C'était une faux.

39

L'esprit sous la chair

La faux, dont la lame ressemblait à l'omoplate d'une créature de la taille d'un cheval, était impressionnante, mais le druine disposait d'une autre arme, moins conventionnelle, mais tout aussi redoutable.

Ombre laissa échapper un long soupir qui dispersa la fumée du feu de camp comme une bourrasque. Le souffle frôla Gabriel et prit forme. La forme de Gabriel. Et d'une longue épée qui n'avait rien d'intangible. La lame siffla vers la tête du guerrier.

Vellichor jaillit de son fourreau dans un éclair de nuit étoilée, et le fantôme se volatilisa à l'instant où les deux armes se heurtèrent. Mais le druine agitait déjà les mains en direction d'un des charmes qu'il avait disposés autour de la place. Un souffle traversa Ganelon et se rassembla en un double indistinct du redoutable guerrier des terres du Sud.

Matrick poussa un grognement.

— Oh putain ! On va déguster !

— Laissez-le-moi ! gronda Ganelon.

Il se précipita vers son double et son double se précipita vers lui. Les lames des deux haches se heurtèrent, mais cette fois-ci, le fantôme ne disparut pas. Il plongea une main grise dans la gorge de Ganelon, qui recula en titubant.

Sabbatha se précipita vers Ombre, esquiva un premier coup de faux avec grâce et bondit en arrière pour éviter le suivant. Matrick voulut attaquer par-derrière, mais le druine pivota et lui souffla une volute de fumée au visage. Aveuglé, l'ancien roi recula en enchaînant une série de frappes défensives… qui ne le protégèrent pas du double qui apparut dans son dos. La première lame sombre lui entailla l'épaule et il grimaça de douleur. La seconde manqua la poitrine de peu.

Le druine se tourna vers Clay. Celui-ci pivota tandis qu'un nuage sombre jaillissait d'un charme et se précipitait vers lui. Il leva son bouclier et se prépara au choc. C'était une réaction un peu idiote, mais cela lui permit au moins de ne pas être aveuglé par la fumée. Il baissa *Blackheart* et se retrouva face à lui-même.

— Salut, dit-il avec un certain embarras. (Son double frappa à hauteur de hanche et Clay soupira.) Bon, tu veux te la jouer comme ça, hein ?

Pendant ce temps, Gabriel éliminait les fantômes aussi vite qu'Ombre les créait, car *Vellichor* les dissipait dès qu'elle les touchait. Ganelon affrontait son double dans un duel épique. Moog glapissait en bondissant dans tous les sens. Pour l'instant, il était parvenu à empêcher le druine de le dupliquer.

Que pourrait bien faire un Moog spectral ? se demanda Clay tandis que son sosie le toisait.

Matrick avait le plus grand mal à parer les attaques de son double et il ne restait donc que Sabbatha pour affronter le druine.

Enfin, pas tout à fait.

Kit s'approcha d'Ombre en portant la seule arme qu'il avait sous la main : son précieux batingting massacreur de phénix. Averti par son don de prescience, le druine évita l'attaque beaucoup trop lente, et dans un mouvement d'une fluidité parfaite, il fit un pas de côté et frappa. La lame de la faux coupa le cadre du dernier batingting en deux et trancha les cent quatre cordes dans un bruit de carillons en verre volant en éclats.

— Voilà *exactement* pourquoi je n'aime pas me mêler de ce genre d'affaires, grommela Kit avant que le druine lui assène un coup de pied qui l'envoya rouler par terre.

— *Umbra*, dit Ombre. (Il inclina sa faux et la lame étincela à la lumière des étoiles.) C'est une arme moins élégante que *Vellichor*, sans aucun doute. (Il donna un coup de pied dans une moitié de batingting qui glissa jusqu'aux pieds de Sabbatha.) Mais elle remplit sa tâche.

Le sosie de Clay rassembla enfin assez de courage pour charger en brandissant son bouclier devant lui. Clay frappa à la poitrine et le double l'imita. Le guerrier grimaça. Les mailles de son armure avaient absorbé la plus grande partie de l'impact, mais ses côtes lui envoyèrent un avertissement solennel : il était hors de question que cela se reproduise. Les deux adversaires frappèrent de nouveau et les deux marteaux rebondirent sur les boucliers. Clay recula et observa son double.

— Ça va prendre toute la nuit, grommela-t-il.

Moog sauta dans le dos du double de Matrick pour permettre à l'ancien roi de chasser la poussière qu'il avait dans les yeux. Lorsque ce fut chose faite, le sorcier avait reçu un coup de coude en plein visage et une vilaine estafilade sur l'avant-bras. Fou de rage, Matrick attaqua avec frénésie tandis que Moog s'éloignait en titubant. Les deux adversaires échangèrent des coups de taille et d'estoc si rapides qu'on ne distinguait plus qu'un brouillard d'acier entre eux.

Ganelon poussa un grognement de douleur lorsque son double le blessa à la joue. *Syrinx* était plus tranchante qu'un rasoir, et le guerrier pouvait s'estimer heureux d'avoir conservé sa mâchoire. Aussi incroyable que cela puisse paraître, il souriait, et son sourire s'élargit lorsque le combat redoubla de violence.

Le faux Clay repassa à l'attaque et frappa avec son marteau. La première réaction de Clay fut de lever son bouclier et de riposter, mais son double s'attendait sûrement à une telle manœuvre s'il était aussi pragmatique que lui.

Il décida donc de privilégier l'offensive, et son marteau frappa celui de son adversaire. Un son suraigu lui vrilla les oreilles et une terrible secousse remonta le long de son bras. Cette contre-attaque inhabituelle laissa les deux combattants en position de déséquilibre, mais Clay avait un avantage : il s'y attendait. Il se redressa le premier et pivota en remontant *Blackheart* d'un coup sec. Le bord supérieur du bouclier s'écrasa sous le menton du double dont la tête partit en arrière. Clay marmonna de vagues excuses, brandit *Wraith* et frappa au visage.

Le double se brisa comme une statue de pierre et disparut.

Un couinement retentit et Clay tourna la tête. Moog venait de trébucher sur un bras tendu de l'ettin. Dane se réveilla en grognant et son frère se redressa en marmonnant d'une voix ensommeillée :

— C'est déjà le matin ?

Ombre réagit sans perdre un instant. Il déchira un sac accroché à sa ceinture et jeta une poignée de grains en l'air. Moog retrouva son équilibre et s'arrêta entre l'ettin et le druine. Il se tourna, vit Ombre inspirer un grand coup et se jeta sur le côté.

— Moog, attends ! cria Clay.

Trop tard.

Ombre vida ses poumons. Le nuage de poussière enveloppa l'ettin désemparé et Clay sentit son ventre se nouer. Ses genoux flageolaient. Il avait envie de fermer les yeux et d'attendre que le monde lui explose la cervelle. Parce qu'il n'y avait aucun doute possible : le monde *rêvait* de lui exploser la cervelle. Il n'y avait pas d'autre explication aux emmerdements qui se succédaient comme des perles sur un fil.

Le fantôme qui se matérialisa derrière l'ettin était monstrueux. Il leva les bras et cogna les têtes de Dane et de Grégor l'une contre l'autre. Les deux frères perdirent connaissance et s'effondrèrent.

Ben voyons ! songea Clay avec amertume.

Il se secoua en essayant de comprendre comment *un* druine pouvait tenir tête à cinq hommes, une femme, une goule et un demi-géant.

— Clay. (Gabriel posa une main sur son épaule.) J'ai pigé.

Clay ricana.

— Tu as pigé *quoi* ?

— Va aider Griff… (Il s'interrompit.) Occupe-toi d'Ombre. Assomme-le, plaque-le au sol, mais essaie de ne pas le tuer.

— Pourquoi ?

— Parce qu'une fois que nous aurons tué Lastleaf, ce sera peut-être le dernier druine de ce monde.

Gabriel s'éloigna en courant, bondit par-dessus les restes du feu de camp et roula pour éviter un monstrueux coup de poing du géant de brume. *Vellichor* trancha une de ses jambes et la créature chancela, mais la lame magique n'était pas assez puissante pour dissiper une telle masse d'un seul coup.

Clay tourna la tête. Ganelon avait été repoussé vers une brèche dans les remparts du fort en ruine. Matrick, couvert de sueur, échangeait des coups furieux avec son double. Sabbatha était acculée contre un mur. Tandis que Clay se précipitait à son secours, la dive se baissa pour éviter la lame de la faux, et les briques volèrent en éclats au-dessus de sa tête.

Ombre pivota à l'instant où Clay le frappait par-derrière. Le druine était si léger que le guerrier crut d'abord qu'il l'avait raté. Emporté par son élan, il perdit l'équilibre et tomba à plat ventre – ce qui lui sauva la vie. Ombre fut projeté contre un pan de muraille, mais il se tourna aussitôt et sa faux fendit l'air à l'endroit où la tête de Clay se serait trouvée s'il n'avait été fort occupé à manger de la terre. Sabbatha ne laissa pas passer sa chance. Elle avança d'un pas et frappa du poing. Ombre réussit à éviter le coup, et le gantelet hérissé de pointes pulvérisa une pierre comme s'il s'agissait d'un vulgaire bloc de plâtre.

Sabbatha jura, voulut frapper de nouveau, mais le druine ne lui en laissa pas le temps. Ses mains glissèrent sur la hampe, puis il brandit *Umbra* et se précipita vers Clay.

Le guerrier se leva d'un bond et s'abrita derrière *Blackheart* tandis que la faux s'abattait. Il poussa un soupir de soulagement en constatant que le coup n'avait pas fendu le bouclier en deux, mais la pointe de la lame transperça le bois à quelques centimètres de son bras. Il inclina *Blackheart* d'un coup sec et arracha l'arme des mains du druine.

— Non ! cria Ombre en tendant les bras.

Clay posa un pied sur *Umbra* et esquissa un sourire mauvais tandis que son adversaire tirait de toutes ses forces pour récupérer son bien.

— Hé, dit-il.

Ombre leva la tête, reçut un coup de marteau à la tempe et s'effondra comme une masse. Clay se tourna vers Sabbatha.

— Tu vas bien ?

La dive était appuyée contre un mur, les yeux écarquillés par la peur et la colère.

— Merci, dit-elle entre ses dents serrées.

Clay hocha la tête et se dirigea vers le centre de la cour où Gabriel affrontait le monstrueux double de l'ettin.

La créature se déplaçait à une vitesse ahurissante et Gabe ne tiendrait pas longtemps face à un tel adversaire.

Un puissant coup de poing le fit reculer en titubant. Ses jambes heurtèrent le rebord de la vénérable fontaine et il bascula en arrière – ce qui lui permit d'éviter le coup suivant qui pulvérisa la statue dans un nuage d'éclats de pierre et de poussière.

Clay s'élança. Il passa près de Matrick au moment où Moog lançait une brique contre le double de son vieil ami. Le fantôme leva un bras et brisa le projectile en deux avec le pommeau d'une dague. Matrick en profita. *Roxy* et *Grace* sifflèrent et le double recula en chancelant. L'ancien roi rassembla ses dernières forces et lança une série d'attaques dévastatrices. L'ombre s'effondra, taillée en pièces, et Matrick l'imita. Clay songea qu'aucun des deux ne se relèverait avant un bon moment.

Gabe était debout, néanmoins il vacillait. Il para une nouvelle attaque, mais se retrouva en position de déséquilibre lorsque le double de l'ettin brandit son autre poing.

Clay se prépara à crier… et s'aperçut qu'il criait déjà. La créature de brume se tourna vers lui et il la percuta à hauteur du genou. L'ombre bascula en avant et Clay se retrouva coincé sous une de ses jambes. Il tendit le cou et vit Gabriel bondir du rebord de la fontaine.

Il tenait *Vellichor* à deux mains, et les étoiles d'un ancien monde brillaient sur la lame. L'épée s'abattit et une secousse parcourut le corps de la créature d'ombre lorsque ses deux têtes s'envolèrent de concert. L'énorme masse se désagrégea et se transforma en un minuscule tas de poussière. Clay resta allongé sur le dos sans chercher à savoir si un nouvel adversaire se préparait à l'attaquer. Puis il entendit un lointain claquement métallique, et un autre. Il se rappela alors que Ganelon et son double étaient passés par une brèche et se trouvaient de l'autre côté des remparts. Il se força à se lever et Gabriel l'imita.

Son vieux camarade lui adressa un sourire fatigué.

— Comment va ton dos ? demanda-t-il.

— Je crois qu'il est en mille morceaux, répondit Clay en s'éloignant vers l'endroit d'où provenaient les bruits.

Gabriel lui emboîta le pas. Il était épuisé et la pointe de son épée raclait les dalles brisées derrière lui.

Matrick et son double avaient ressemblé à deux chats furieux. Ganelon et le sien ressemblaient à deux tigres enragés. Ils décrivaient des cercles lents en concentrant leur énergie sur des attaques brèves et brutales qui laissaient des traînées sanglantes d'un côté et des volutes de fumée noire de l'autre.

Clay et Gabriel s'arrêtèrent, modérément enthousiastes à l'idée de prendre part à l'affrontement. Il fallait être fou pour se glisser entre la vague rugissante et la paroi d'une falaise, pour s'interposer entre deux taureaux furieux. L'homme sage se tenait à l'écart et observait. Intervenir aurait été inutile, et stupide. Clay leva son bouclier et se prépara à faire quelque chose d'inutile et de stupide.

Ganelon lui lança un regard. Clay se figea, puis tendit le bras pour arrêter Gabriel. Celui-ci lui demanda ce qui se passait.

— Ce n'est pas la peine, dit-il. Je crois que la fin est proche.

Elle avait même commencé. Ganelon bondit en avant et porta un coup de taille. Le fantôme l'imita et les deux lames se heurtèrent dans un crissement aigu et une pluie d'étincelles. Le guerrier des terres du Sud déséquilibra son adversaire d'un coup d'épaule, puis profita du retour de *Syrinx* pour pivoter et frapper de l'autre côté. Le double se dépêcha de lever son arme pour parer. Quoi de plus naturel puisqu'il était le reflet de son adversaire ?

Mais qu'est-ce qu'un reflet peut bien connaître ? Que peut-il faire en dehors de nous singer ? Oh, certes, il peut révéler certaines cicatrices, voire un fragment de notre véritable nature. Là, au fond de ses yeux. L'esprit derrière la chair. Mais nos blessures les plus profondes sont souvent cachées et si les reflets peuvent révéler nos faiblesses, ils ne montrent qu'une partie de notre force.

Ganelon était né esclave. Il avait vu sa mère être fouettée à mort et il avait tué sept hommes le lendemain de son septième anniversaire. Il avait traversé le désert à pied, sans eau ni provisions, se nourrissant seulement de la chair et du sang des vautours assez stupides pour le croire mort. Il s'était échappé du ventre d'un ver des sables à coups d'épée et était entré en force dans un château défendu par quatre cents hommes. Il avait tué deux gorgones, quatre géants, dix-sept harpies, mille neuf cent soixante-dix-huit kobolds – ce qui représentait environ un pour cent de la population de l'espèce – et quantité d'autres monstres. Ah ! il avait aussi tué une chimère presque à lui tout seul. Il avait passé dix-neuf ans pétrifié dans les ténèbres avec ses pensées pour unique compagnie, comptant les grains de poussière en suspension dans l'air comme un nomade compte les étoiles au cours d'un long voyage.

Son double n'avait rien fait de tout cela, et quand Ganelon frappa avec toute sa force et toute son énergie, *Syrinx* le pulvérisa comme elle aurait pulvérisé une toile d'araignée tissée avec des fils de verre. Le fantôme se transforma en nuage de fumée et disparut en un instant.

Clay se demanda alors pourquoi son camarade avait attendu si longtemps avant de se débarrasser de son adversaire. Il aurait peut-être été assez fou pour lui poser la question si Moog n'avait pas poussé un cri dans l'enceinte du fort.

— Griffalouette, arrête !

Gabriel devint livide.

— Est-ce qu'il a bien dit…

— Il l'a dit, confirma Clay en se dirigeant vers la muraille d'un pas traînant.

La cour était plongée dans l'obscurité. Il n'y avait pas d'autre source de lumière que les braises du feu de camp et la sinistre lune bleutée suspendue au-dessus de la forêt. Moog était assis par terre près de Matrick. Clay regarda en direction de son maigre bras tendu et s'aperçut qu'Ombre avait repris connaissance. Il crachait du sang et quelques dents pointues à quatre pattes. La dive se tenait devant lui, la faux à lame d'os dans les mains.

Griffalouette – ou Sabbatha, Clay ne savait pas trop à qui il avait affaire – se pencha, referma ses doigts gainés de métal sur les oreilles pendantes du druine et tira pour l'obliger à se lever. Une peur primale se lisait sur le visage d'Ombre, la peur d'un immortel contemplant le néant et l'oubli. Il ouvrit la bouche comme pour hurler, mais seul un hoquet étranglé jaillit de sa gorge.

— Sabbatha ! cria Clay.

Les yeux mi-clos de la dive se tournèrent vers lui pendant une fraction de seconde, puis la lame en os fendit l'air et décapita un des derniers druines de ce monde.

40

Un parfum de cannelle

Ce n'était pas la première fois que Clay partageait un repas dans une atmosphère tendue, loin de là. Cela lui était même arrivé plus souvent qu'à son tour au cours des derniers mois : le dîner en compagnie de Kallorek et de Valery ; le petit déjeuner avec Lilith et la marmaille illégitime de Matrick ; les œufs et les saucisses froids le matin où Jain les avait dépouillés pour la seconde fois ; et bien sûr, le banquet auquel il avait été convié par les cannibales. Pourtant, aucune de ces désagréables expériences n'arrivait à la cheville du repas qu'il prit le lendemain de la bataille contre Ombre et les doubles.

Ils mangèrent des biscuits et de la confiture. Clay était prêt à jurer que les premiers avaient été préparés avec du sel à la place de la farine et que la seconde était truffée de graines amères. L'une d'entre elles s'était coincée entre ses dents et semblait bien décidée à y rester jusqu'à la fin des temps.

Moog prépara du thé, puis s'installa et commença à faire l'inventaire des innombrables sacs et poches d'Ombre. Grégor et Dane étaient assis l'un à côté de l'autre – ils n'avaient pas vraiment le choix – et parlaient de l'étrange rêve qu'ils avaient fait au cours de la nuit. Matrick avala le contenu de son assiette et s'endormit aussitôt. Ganelon ne prit même pas la peine de se réveiller. Kit était assis en tailleur près du feu. Il contemplait les deux moitiés de son batingting d'un air sombre.

Clay était désolé pour lui, mais dans la mesure où il venait d'apprendre qu'ils allaient se mesurer au Païen en personne, il ne considérait pas la perte d'un instrument de musique, aussi rare fût-il, comme une tragédie insurmontable.

Gabriel avait enterré Ombre dans la cour au lever du soleil. Il avait creusé une tombe peu profonde en se servant de l'extrémité arrondie de la lame de *Vellichor* pour pelleter la terre sèche. Clay s'était demandé ce que Vespian aurait pensé en voyant l'épée de légende ravalée au rang de simple outil.

Gabe était assis au même endroit que la veille. Il mâchait un biscuit avec lenteur en regardant Sabbatha d'un air mauvais. La dive – qui était en face de lui, de l'autre côté du feu – ne semblait pas avoir remarqué son animosité. *Umbra*, la faux d'Ombre, était posée en travers de ses cuisses. La jeune femme semblait estimer qu'elle lui revenait de droit. Cela ne plaisait guère à Clay, et pour plusieurs raisons, mais il n'avait pas l'intention d'essayer de la lui prendre.

Personne ne disait rien, et Clay trouvait que c'était très bien ainsi. Il savourait son dernier biscuit au sel dans un silence pesant quand Sabbatha décida de lui gâcher ce modeste plaisir.

— Qui c'est, cette Griffalouette ? demanda-t-elle.

Après un moment de gêne que Clay n'aurait pas hésité à qualifier d'apocalyptique, Ganelon – qui ne dormait pas, en fin de compte – répondit à la question de la dive.

— C'est toi, dit-il en roulant vers elle et en frottant son menton couvert de poils durs. C'est ton nom de famille.

Clay observa le visage de la dive à l'affût d'un signe de méfiance, mais la jeune femme se contenta d'acquiescer d'un air pensif.

— Je comprends pourquoi il m'était familier. (Elle leva la tête et regarda Gabriel droit dans les yeux.) Je suis désolée d'avoir tué le druine. Je ne savais pas que tu voulais le garder en vie.

— Ce n'était pas un simple druine, marmonna Gabriel. C'était un des derniers survivants de son espèce. J'en ai tué un de mes mains, tu te rappelles ? C'est un fardeau que tu n'aurais pas eu à porter si tu m'avais écouté.

— Il était trop dangereux, insista Sabbatha. On ne pouvait pas le laisser partir comme ça. Il serait revenu à la charge tôt ou tard. Tu n'avais quand même pas l'intention de l'emmener ? De lui parler de Rose en espérant l'attendrir ? Il faut être prudent quand on décide de faire un ami d'un ennemi. Il ne faut jamais oublier qu'il a commencé par te détester.

Clay sentit le poids consternant de l'ironie entraîner sa mâchoire inférieure vers le sol, mais Gabriel sourit d'un air placide.

— Tu dis vrai, Sabbatha.

La manière dont il avait prononcé son nom suintait la provocation, et les plumes de la dive se hérissèrent sous le coup de l'agacement. Elle ouvrit la bouche pour répliquer, mais Moog se racla la gorge.

— Euh… Gabriel ? demanda-t-il. Ça te dirait de parler à ta fille ?

Clay et les autres s'assirent sur le côté comme des spectateurs. Matrick insista pour se joindre à eux alors qu'il avait le plus grand mal à garder ses paupières ouvertes. Moog tapissa le sol avec une herbe séchée et réduite en poudre qu'il avait trouvée dans un des sacs d'Ombre. Il traça deux rectangles distants de six pas et demanda à Gabriel de se placer sur la dalle qui était au centre du premier. Puis il s'installa entre les deux figures géométriques et grava des runes sur deux bâtons qu'il alla planter dans les braises du feu de camp.

— Ombre était un sorcier de fumée, expliqua-t-il. Une sorte d'illusionniste. Il était très puissant, comme le prouvent les doubles que nous avons dû affronter. Et la magie qu'il a utilisée pour dissimuler la lame de sa faux. Et puis, est-ce que vous avez vu son… euh, son visage après sa mort ?

Clay l'avait entraperçu. Ce n'était plus le même. Il était tout en angles, avec des pommettes saillantes et une peau blême parcourue par un réseau de cicatrices plus blêmes encore. Il portait un tatouage noir sous la lèvre inférieure, comme s'il avait dévoré un cœur nécrotique et avait oublié de s'essuyer le menton.

— La magie de fumée permet d'utiliser de nombreuses techniques, dit Moog. La plupart d'entre elles sont inoffensives, mais comme vous avez pu vous en rendre compte, quelques-unes sont très dangereuses. Certaines sont très utiles. J'ai connu une jeune sorcière qui pouvait traverser les murs et, malheureusement pour elle, les planchers. La pauvre s'est brisé la nuque lorsqu'elle…

— Moog ! gronda Gabriel avec impatience.

— Oui, oui. Désolé. Je crois que tout est prêt, dit le sorcier en tirant les bâtons rougeoyants des braises.

Il utilisa le premier pour enflammer le rectangle vide et le second pour enflammer le rectangle au centre duquel se trouvait Gabriel. Un rideau de feu balaya les deux surfaces et s'éteignit en laissant un tapis de braises et une épaisse fumée au parfum de…

— Cannelle, dit Matrick en reniflant.

— Cannelle, en effet, confirma Moog. Elle n'est pas indispensable à l'accomplissement du rituel, mais… je trouve que ça lui donne un petit côté sympathique.

— Ça sent bon ! s'exclama Dane avec un sourire hideux qui s'étendait d'une oreille à peu près normale à une oreille horriblement déformée.

Clay resta silencieux, mais il était d'accord. Le parfum lui rappelait les petits pains que préparait Ginny avant de les couvrir d'un glaçage sucré. Son estomac laissa échapper un grondement sourd malgré le biscuit salé qu'il lui avait jeté en pâture une demi-heure plus tôt.

Un nuage de vapeur s'éleva autour de la dalle de Gabriel. Celui-ci s'agita, mal à l'aise, et écarta une mèche sale qui lui tombait sur les yeux.

— Est-ce qu'elle me verra ? demanda-t-il.

Le sorcier hocha la tête.

— Elle te verra, oui, mais pas très bien. Ton image sera floue. Indistincte. Un peu comme les créatures que nous avons affrontées cette nuit.

Gabe hocha la tête. On le distinguait à peine à travers la fumée qui l'entourait. Une interminable minute s'écoula. Le menton de Matrick bascula contre sa poitrine et Clay lui assena un coup de coude pour le réveiller. Tout le monde tourna la tête vers le rectangle vide et attendit.

Au bout d'un moment, une forme apparut au milieu de la fumée et une voix d'homme retentit.

— … un désastre. Le plafond s'est effondré et tous ceux qui étaient en dessous ont été écrasés. Heureusement, le tunnel est bloqué et les monstres ne peuvent pas l'emprunter pour pénétrer dans la ville.

— Heureusement ? Par la putain de queue de Vail ! C'était notre meilleure chance de nous tirer de ce trou à rats, Nuage Libre.

Clay ne reconnut pas la seconde voix. Contrairement à Gabriel, qui hoqueta en voyant une silhouette fantomatique se dessiner au sein des volutes de fumée montant du rectangle voisin.

— Rosie ?

La silhouette se retourna d'un bond.

— Putain ! Qui est-ce qui…

— Rose, c'est moi ! C'est papa !

La jeune fille était floue, mais Clay vit presque l'incrédulité se peindre sur son visage.

— Papa ? Mais qu'est-ce que tu fais ici ?

Elle avança de deux pas et tendit la main vers le spectre qui venait d'apparaître devant elle.

— Ne le touche pas ! hurla Moog.

Rose baissa aussitôt le bras.

— C'est qui ? demanda-t-elle.

— C'est oncle Moog. Tu te souviens de moi ?

— Oncle Moog ? Je… Bien sûr que je me souviens de toi. Tu me refilais des gâteaux au chocolat quand maman était couchée.

Le sorcier battit des mains.

— Ah, oui ! Je l'avais oubliée, celle-là. Dieux ! Il faut bien avouer que Valery était un véritable tyran en matière de…

— Moog ! le coupa Gabriel. S'il te plaît. Tu as dit que ça ne durerait pas longtemps, non ?

— Oui, excuse-moi.

Moog fit semblant de verrouiller ses lèvres avec une clé et fit signe à Gabriel de continuer.

— Rose, est-ce que tu vas bien ? Est-ce que tu es à l'abri ?

— Papa…

La jeune fille inclina la tête. La dernière fois que Clay l'avait vue, elle lui arrivait à peine à la taille. C'était une gamine culottée, bavarde, sympathique et curieuse comme une pie. Elle ressemblait beaucoup à Tally, sauf qu'elle était nettement moins polie. À l'époque, il s'était dit que c'était parce qu'elle était fille unique. Aujourd'hui, il était convaincu que c'était parce qu'elle avait des parents minables.

— Je suis à Castia, dit Rose.

Gabe déglutit avec peine.

— Je sais.

Elle leva la tête.

— C'est terrible ici. La cité est encerclée. On ne peut pas tenter une sortie en force. On a essayé de creuser un tunnel, mais… Pour résumer, on est coincés. On n'a presque plus de nourriture et je crois qu'il y a un problème avec l'eau. La moitié de la ville est malade.

— Nous avons vu, dit Gabriel. Ils ont empoisonné l'eau.

— Comment ça, tu as… (Elle s'interrompit et se tourna vers quelqu'un qu'on ne voyait pas.) Je les avais avertis, non ? Va dire à Arik d'interdire l'accès au réservoir.

— Et qu'est-ce qu'on va boire ? demanda une voix.

— Notre propre pisse si on doit en arriver là ! rugit Rose. Du vin, de la bière… tout ce que vous voulez, sauf de l'eau. Tu te rappelles les orangers qu'on a vus hier ? Va donc nous préparer un foutu jus d'orange !

— Rose, intervint Gabriel. Qui dirige la ville et les opérations ?

— Personne, répondit la jeune fille d'un ton exaspéré. (Elle ricana.) Il n'y a que moi. Nuage Libre et moi, on commande ce qui reste des mercenaires, mais les habitants nous considèrent comme des bouches inutiles et les gardes nous mènent la vie dure. Ils ne veulent rien nous refiler et la plupart de nos blessés meurent parce qu'on ne peut pas les soigner comme il faut. J'ai l'impression que ça va mal finir. Et avant longtemps.

— Dis-moi un peu, c'est qui, ce Nuage Libre ? demanda Gabriel.

Clay se posait la même question depuis un moment. C'était curieux, les pères.

Rose tourna la tête sur le côté.

— C'est mon… c'est juste un… je l'ai rencontré en venant ici. C'est un mec bien, papa. Un bon guerrier. Je suis sûr qu'il te plairait.

Gabriel soupira dans la brume.

— Rose, je…

— Je sais. J'aurais dû t'écouter. Tu avais raison. Je n'étais pas prête pour ce genre de truc. Aucun de nous ne l'était.

Rose inspira un grand coup, leva la main et rejeta en arrière les cheveux qui lui couvraient le front. C'était un geste que Gabriel faisait souvent.

— Je suis désolée, papa, mais je ne crois pas qu'on réussira à se sortir de ce merdier. Je crois que… (Elle regarda de nouveau vers la gauche, vers Nuage Libre.) Je crois qu'on va tous mourir ici.

— Non ! dit Gabriel d'une voix plus dure que la pierre. Je viens te chercher.

Un silence incrédule s'installa.

— Tu quoi ? Tu viens ici ? À Castia ?

— Nous ne sommes plus très loin, ma chérie. Nous sommes à l'est des montagnes. Nous serons là dans deux semaines, peut-être moins. Il faut que tu tiennes jusque-là, d'accord ?

— Vraiment ? (La joie et l'excitation de Rose étaient presque palpables.) Tu as entendu ça ? Ils viennent nous aider ! Les cours ont envoyé une armée pour briser le siège !

Gabriel interrompit une vague de cris de joie intermittents.

— Rose, attends. Les cours n'ont envoyé aucune armée.

— Quoi ? Mais tu es avec qui, alors ?

— Je, euh… (Gabe se tordit les mains.) Il n'y a que moi et le groupe.

La silhouette de Rose se flétrit comme une plante sans eau.

— Tu veux parler de ta roquebande ? Les mecs de Saga ? Tu te fous de moi ?

— Eh bien… non. Mais on est tous là, Rose. Même Ganelon.

— Même *Ganelon*, répéta-t-elle. Ah bon ! Tu aurais dû commencer par là. Hé, les gars ! On est sauvés ! L'invincible Ganelon arrive pour briser le siège !

Il n'y eut pas de cris de joie cette fois-ci, mais Clay entendit Ganelon murmurer :

— C'est exactement ce qui va se passer.

Rose se tourna vers son père.

— Alors quoi ? Toi et tes quatre potes venez à Castia ? On vous a dit qu'une putain de *horde* nous encerclait ? Vous *n'approcherez* même pas de la cité. Bon sang ! C'est déjà un miracle que vous soyez arrivés là où vous êtes !

Clay envisagea de préciser que les membres de Saga n'étaient pas seuls, qu'ils étaient accompagnés par une goule grande amatrice de vin, une dive amnésique et un ettin à moitié aveugle. Il décida finalement de s'abstenir. Lorsqu'une idée était ridicule, mieux valait la garder pour soi.

Gabriel ouvrit la bouche pour protester, mais sa fille ne lui en laissa pas le temps.

— Sérieux, papa, ne viens pas ici, d'accord ? Contente-toi de… de ne pas venir. Tu ne peux rien faire. Je… (Elle bafouilla, puis reprit la parole d'une voix plus douce.) Je te suis reconnaissante d'avoir fait tout ça pour moi. Vraiment. C'était très courageux de ta part. Mais je ne veux pas que tu meures par ma faute.

Gabriel s'arracha à son hébétude.

— Rose, je…

— Papa, rentre *à la maison* !

Ces paroles frappèrent Clay comme un coup de poing et il crut qu'il allait avoir la nausée. Il n'osa même pas imaginer ce que Gabriel pouvait ressentir. Il avait parcouru un si long chemin, affronté tant d'épreuves… et celle pour qui il avait fait tout cela lui demandait de renoncer. Il entendit Sabbatha respirer un grand coup à côté de lui. Moog, qui était accroupi entre Gabriel et sa fille, affichait la même expression que dans la tente de la cheftaine des cannibales : celle d'un homme dont le cœur se brise une fois encore.

— La communication va bientôt se rompre, dit-il. Le sort touche à sa fin.

Gabriel se redressa.

— Rose, écoute-moi. Tu te souviens des histoires que je te racontais quand tu étais petite ?

Rose baissa la tête et regarda ses pieds.

— Bien sûr que je m'en souviens.

— Tu ne m'as jamais demandé si elles étaient vraies. Tu croyais tout ce que je te racontais, même les choses les plus incroyables.

La lumière qui se trouvait derrière Rose s'assombrit. L'image de la jeune fille vacilla tandis qu'elle parlait.

— J'étais une gamine.

— Et tu ne l'es plus. Je le sais. Mais j'ai besoin que tu croies à une dernière histoire, Rose.

Gabriel ne parlait plus d'une voix plus dure que la pierre, mais d'une voix plus dure que l'acier. Son visage était un masque de glace sur le flanc d'une montagne balayé par le vent.

— Je viens à Castia, dit-il. *Je viens te sauver.*

Rose leva la tête, inspira comme si elle s'apprêtait à dire quelque chose et disparut.

La lumière qui se trouvait derrière Gabriel s'éteignit à son tour. Il resta immobile. Un spectre enveloppé dans un linceul de fumée parfumé à la cannelle.

41

Hors des bois

Ils quittèrent le fort en ruine peu après midi, mais avant de partir, Gabriel plongea une main dans son sac et en tira une des pierres récurées par le sel. Clay se rappela pourquoi il les avait apportées. Il ne s'agissait pas d'un cadeau, mais d'une offrande qu'il déposerait sur la tombe de Rose si le pire devait arriver. Gabriel contempla la pierre et glissa un pouce dans une anfractuosité laissée par une coquille fossilisée. Au bout de quelques instants, il soupira et la jeta par terre. Puis il retourna son sac et le vida à ses pieds.

Il leva la tête et s'aperçut que Clay le regardait. Il esquissa un sourire qui, pour une fois, n'était pas assombri par le tourment de ses yeux.

— Elles sont plus lourdes qu'on l'imagine, dit-il avant de se diriger vers les autres.

Lorsque Clay le rejoignit, quelques minutes plus tard, les pierres d'une plage lointaine formaient une pile bien nette dans la cour déserte, juste au-dessus de la tombe du druine. Car même une vie passée dans l'erreur ne méritait pas qu'on l'oublie.

La route pavée disparut, mais Gabriel continua à conduire le petit groupe vers l'ouest. S'il rencontrait un marécage, il le traversait sans même ralentir. Si une forêt se dressait devant lui, il se frayait un chemin à coups d'épée et transformait les arbres en petit bois. Les pauses étaient réduites au strict minimum, et chaque matin, il réveillait ses camarades alors que le soleil dormait encore.

Ils n'étaient plus très loin de l'orée de la forêt et les habitants du Cœur du Wyld leur disaient au revoir à leur manière. Ils furent assaillis par une bande de gremlins dont le seul objectif était de voler les boutons brillants de la robe de Moog. Ils tombèrent dans une embuscade tendue par de vieux tréants qui s'enfuirent lorsque Ganelon abattit le plus grand d'entre eux d'un coup de hache. Par un début de matinée étouffant, ils furent attaqués par une sorte de tigre rouge sang avec des ailes qui vrombissaient comme celles d'une libellule. Personne n'avait jamais vu une telle créature, et une fois qu'ils l'eurent chassée, Matrick se tourna vers ses camarades.

— L'un d'entre vous sait ce que c'était que ce truc ?

Ils entendaient parfois les ronronnements des maré-moteurs de l'*Étoile Noire* qui passait au-dessus de leurs têtes à la recherche de sa capitaine disparue.

Puis ils émergèrent enfin de la sombre forêt. Devant eux, une ligne de contreforts arrondis et couverts de pierre se dressait au pied du majestueux Manteau de l'Empereur. Quatre cents ans plus tôt, l'héritier de l'éphémère empereur de Grandual avait traversé le terrible Cœur du Wyld avec sa cour en exil. On racontait qu'il avait gravi un de ces pics, qu'il s'était retourné et qu'il avait poussé un long soupir de désespoir en songeant à tout ce qu'il avait perdu à cause de l'orgueil démesuré de son père.

Clay tendit le cou pour observer les montagnes qui s'étendaient du nord au sud. La plupart d'entre elles portaient des noms peu rassurants, comme la Serre de l'Enfer ou le

Moissonneur d'Âmes, mais celles qui se dressaient dans cette région s'appelaient Vigilance, Patience et Confiance. Peut-être avaient-elles été baptisées par une communauté de paisibles Getalongs. C'était sans grande importance puisque de toute manière, Clay était incapable de les différencier et de retenir leurs noms.

Gabriel toisait les hautes silhouettes rocheuses avec un petit sourire en coin, comme s'il s'agissait d'une bande de brutes qui l'avaient arrêté au coin d'une rue pour lui soutirer de l'argent.

— Nous y sommes presque, dit-il.

— Bien sûr, lança Sabbatha d'un ton moqueur. Il ne nous reste qu'à franchir quelques montagnes enneigées et affronter une horde assez vaste pour rayer une cité de la carte.

La perspective de combats violents ragaillardit Ganelon.

— Comment tu veux la jouer ? demanda-t-il à Gabe. Le Courant de Nuit pourrait être marrant.

Le Courant de Nuit était une rivière peu profonde qui traversait les montagnes au fond d'une large gorge.

Kit leva la main.

— Les rives sont infestées de gobelins. Des meutes entières nous tomberont dessus à l'instant où nous approcherons du cours d'eau.

Un rictus féroce dévoila les dents de Ganelon.

— Voilà un programme qui me plaît.

Sabbatha éclata d'un rire dur. Elle était moins timide depuis qu'elle s'était approprié la faux d'Ombre. Elle s'appuyait sur *Umbra* comme s'il s'agissait d'un simple bâton de marche, mais Clay était mal à l'aise. Il ne pouvait pas s'empêcher de penser à l'instant qui avait suivi la mort du druine, lorsque la dive le tenait encore par les oreilles, une aile à demi repliée dans le dos.

— Et si on passait par la brèche de Garric ? proposa Matrick.

Clay se gratta la barbe.

— La brèche n'existe plus d'après ce que j'ai entendu dire. Un éboulement, il y a quelques années.

— De toute manière, c'est trop au sud, remarqua Ganelon. Et le Défilé ?

— *Et les géants qui y habitent ?* demandèrent Moog et Matrick à l'unisson.

Ganelon secoua la tête, et les perles de ses nattes tintèrent doucement.

— Vous étiez plus marrants il y a vingt ans, vous savez ?

Gabriel s'arracha à la contemplation des montagnes.

— Nous allons emprunter la Route froide, dit-il. (Un long silence accueillit sa décision.) C'est le chemin le plus rapide.

— C'est dangereux, l'avertit Ganelon.

— Trop dangereux, renchérit Moog. Si nous étions en hiver, ce serait peut-être – *peut-être* – envisageable, mais en cette saison, ce serait… ce serait de la folie, Gabriel. Je t'assure. De la folie, et c'est *moi* qui te le dis !

— C'est quoi, la Route froide ? demanda Sabbatha.

— C'est un pont, se dépêcha de répondre Clay. (Il n'avait aucune envie que Kit ou Moog se lancent dans d'interminables explications.) Un pont en glace. L'hiver, il est assez large pour qu'on puisse le franchir à cinq de front, mais en ce moment… (Il haussa les épaules.) Si tu tombes, tu tombes très longtemps.

Kit se racla la gorge en produisant son gargouillis habituel.

— Et puis, il y a les rasks, dit Clay. (Sabbatha le regarda d'un air confus et il précisa.) Les trolls des glaces.

— Ils ressemblent à Taino ? demanda la dive sans se faire trop d'illusions.

— Les rasks ne parlent pas, répondit Moog. Ils ne lisent pas. Ils ne jouent pas de musique. Ils tuent. Et puis ils mangent ce qu'ils ont tué. C'est à peu près tout.

Sabbatha fronça les sourcils.

— Alors ce pont, c'est une mauvaise idée ?

— C'est une très mauvaise idée, dit Moog.

— Ce serait très imprudent de passer par là, ajouta Kit. Personne n'emprunte la Route froide sans payer un droit de passage. Personne.

Matrick grogna et se frotta le visage.

— Alors, on passe par où ? Par le Défilé ? (Il jeta un coup d'œil méfiant à l'ettin.) On va avoir du mal à passer discrètement avec celui-là…

— Je vote pour le Courant de Nuit, dit Ganelon. (Kit le foudroya du regard.) Quoi ? Ce ne sont que des gobelins.

— Il n'y aura pas de vote, déclara Gabriel d'une voix calme.

Moog se tourna vers Clay et hocha la tête en direction de Gabriel comme pour dire : *« Fais lui entendre raison. »* Puis il haussa les sourcils comme pour ajouter : *« S'il te plaît. »*

Le meneur de Saga regardait Clay lui aussi, et Clay sentit ses doutes derrière sa façade tranquille. Gabe *savait* que le pont était une mauvaise idée et il savait aussi que tout le monde se rangerait à l'avis de Clay.

Le Défilé était le chemin le plus sûr. Les géants étaient dangereux, certes, mais il ne serait pas très difficile de passer discrètement. Surtout la nuit. Et puis, tous les géants n'étaient pas des monstres assoiffés de sang. Sauf les enfants. Les enfants étaient de méchants petits salopards, mais en règle générale, ils traitaient les humains comme les humains traitaient les araignées : ils pouvaient vous attraper au creux de la main et vous déposer dans un endroit tranquille… ou pousser des hurlements en vous sautant dessus à pieds joints.

Le Courant de la Nuit n'était pas une mauvaise idée non plus. Cela rallongerait le voyage de sept ou huit jours, mais le chemin était à peu près droit et les gobelins, même nombreux, étaient beaucoup moins dangereux que les rasks. Et puis, il valait mieux passer quelques jours au fond d'une gorge plutôt que de s'aventurer sur un étroit pont de glace enjambant un abîme de plusieurs centaines de mètres.

Oui, il y avait des chemins moins dangereux pour traverser les montagnes, néanmoins il n'y en avait pas de plus *courts*. À condition de réussir à franchir le pont. Clay aurait pu réfléchir, il aurait pu prendre en compte les réticences de ses compagnons… mais une seule chose importait.

« Mais tu irais si c'était moi, pas vrai, papa ? »

Il ferma les yeux dans l'espoir de soulager la douleur qui étreignait sa poitrine. Ses doigts se plièrent tandis qu'il imaginait la petite main de sa fille dans la sienne. Que n'aurait-il pas donné pour la voir à cet instant ? Pour la prendre dans ses bras et respirer son odeur ? Quel danger n'affronterait-il pas pour la protéger ? Quel défi ne relèverait-il pas si sa vie était en danger ?

Je donnerais tout. Je ne reculerais devant rien.

Il rouvrit les yeux.

— On va passer par la Route froide, dit-il.

— Non, souffla Moog d'une voix presque inaudible.

— Écoute, Moog. C'est…

— Impossible, hoqueta le sorcier.

— Allons, je n'irais pas jusque…

Clay s'interrompit. Moog ne l'écoutait plus. Il regardait quelque chose avec des yeux écarquillés.

Son expression passa de la stupéfaction à l'incrédulité, de l'incrédulité à l'émerveillement d'un enfant qui a demandé un poney pour son anniversaire et qui reçoit un troupeau tout entier. Il leva le bras et pointa le doigt au-dessus de l'épaule de Clay.

Clay se tourna. Tout d'abord, il ne vit rien, puis il distingua quelque chose sur une pente parsemée de pierres brunes et déchiquetées. Et il vit… il vit…

La voix de Matrick l'arracha à ses conjectures.

— Est-ce que c'est bien ce que je crois que c'est ?

Clay plissa les yeux et leva la main pour les protéger du soleil. La créature ressemblait à un ours, mais il n'avait jamais vu un ours de cette taille. Son corps était couvert de plumes grises. Il avait des oreilles en forme de corne, un court bec noir et de grands yeux. Des yeux ridiculement grands. Aucun doute n'était possible, il s'agissait bel et bien d'un…

— UN OURS-HIBOU ! cria Moog en dansant sur place. C'est un ours-hibou ! Je vous l'avais bien dit, hein ? Je vous l'avais bien *dit* ! Ils existent ! Je le *savais* !

Ganelon esquissa un petit sourire.

— Si tu le savais, comment ça se fait que t'as l'air si surpris ?

Le sorcier ignora sa pique.

— C'est incroyable ! Tous ceux qui ont vu un ours-hibou ont disparu avant d'avoir pu faire un compte-rendu circonstancié. Par tous les dieux de Grandual ! Quelle tristesse que ce vieux couillon de Katamus ne soit pas là !

— Qu'est-ce que tu as dit ? demanda Matrick.

— Quel dommage que ce vieux couillon de Katamus ne soit pas là ! Katamus était mon professeur d'impossibilités biologiques à Fort Curieux. Il ne voulait pas…

— Non, non, le coupa Matrick. Qu'est-ce que tu as dit à propos de ceux qui ont vu un ours-hibou ? Ils ont disparu avant d'avoir pu en parler ?

— *Évidemment !* s'exclama Moog comme si cela coulait de source. Sinon, tout le monde saurait que les ours-hiboux ne sont pas une légende, non ? Dis, tu as vu ces griffes ? Avec des trucs pareils, il doit lui suffire d'un seul coup pour réduire un arbre en petit bois.

Il continua à parler, mais sa voix fut couverte par un « WHOOUUUT ! » assourdissant qui indiquait que la créature n'était pas très heureuse de voir des inconnus sur son territoire.

Clay espéra que personne ne l'avait vu sursauter.

Ganelon saisit *Syrinx*. Les runes scintillèrent et la hache murmura comme un homme qu'on vient de réveiller.

— Il charge, remarqua-t-il.

42

Bardes et bols brisés

— Vous n'étiez pas obligés de le tuer, grogna Moog d'un ton renfrogné.

— Ah bon ? s'étonna Matrick. Tu veux qu'on demande au zombie ce qu'il en pense ?

— Zombie ? Qu'est-ce qu'il ne faut pas entendre, soupira Kit en secouant la tête d'un air dégoûté. (Il leva son bras droit dont une bonne partie avait été lacérée par l'ours-hibou fou de rage.) Cela dit, je crains que nous n'ayons pas eu le choix. Cette malheureuse créature était… eh bien, elle n'était *pas contente.*

— Elle essayait seulement de protéger ses petits, marmonna Moog.

Il portait le vieux sac de Gabriel en travers de la poitrine. À l'intérieur, il y avait les deux oursons-hiboux qu'ils avaient découverts après avoir tué leur mère. Leurs becs étaient à peine assez grands pour saisir un doigt, mais leurs yeux étaient déjà immenses. Ils étaient dorés comme la barbe du Seigneur de l'Été et semblaient demander : *« Pourquoi avez-vous tué notre maman ? »* chaque fois que Clay commettait l'erreur de les regarder. Ils geignaient sans cesse, sauf quand Moog caressait le duvet blanc et soyeux de leur crâne. Ce qu'il faisait en ce moment.

— Moi aussi j'essayais de protéger mes chers petits, dit Ganelon.

Il leva le bras et caressa la tête de Matrick. L'ancien roi s'écarta aussitôt et passa la main dans ses rares cheveux pour les lisser en arrière.

Gabriel jeta un coup d'œil par-dessus son épaule.

— Je suis désolé, Moog. C'était elle ou nous.

Le sorcier soupira et regarda les créatures gémissantes dont il avait désormais la charge.

— Je suppose que vous avez raison. Et puis, je peux au moins protéger ces deux-là.

Les protéger ? (Clay dut faire un effort pour ne pas éclater de rire.) *Nous nous rendons en enfer en empruntant la route la plus dangereuse qui soit et tu veux les protéger ? Ben voyons.*

— Vous avez décidé comment vous allez les appeler ? demanda Grégor.

Dane gloussa sans raison apparente.

— Pas encore, non. (Le sorcier grimaça et Clay comprit que les deux oursons-hiboux devaient peser leur poids.) Est-ce que nous allons bientôt faire une pause, Gabriel ? J'ai l'impression qu'ils ont faim.

— Bientôt, dit Gabriel sans se retourner.

Ils avaient grimpé des pentes toute la journée. D'abord celles des contreforts, puis celles de la montagne – qui s'appelait Délivrance, leur apprit Kit. Clay avait les jambes en feu et son genou droit craquait à chaque pas – ce qui n'aurait pas manqué de l'inquiéter s'il n'avait pas entendu ceux de Matrick et de Moog lui faire écho. Cet étrange concert avait quelque chose de sombrement amusant. Ganelon avançait avec la détermination d'un automate, sans trahir le moindre signe de fatigue. Sabbatha était tout aussi fringante malgré sa lourde armure noire. Elle n'avait pas prononcé un mot depuis des heures. Elle suivait le guerrier des terres du Sud tandis qu'*Umbra* se balançait comme une curieuse canne à pêche à son épaule.

Gabriel marchait devant tout le monde, porté par sa seule détermination. Clay l'avait pourtant vu trébucher à plusieurs reprises. Il était même tombé une fois, mais s'était relevé d'un bond, comme une marionnette esclave d'une volonté toute-puissante.

Ils grimpèrent jusqu'à ce que la forêt ne soit plus qu'une tache d'encre léchant avidement le pied de la montagne. Ils grimpèrent jusqu'à ce que la neige crisse sous leurs pas et que des volutes blanches s'échappent de leurs bouches à chaque respiration. Ils grimpèrent jusqu'à ce que l'air devienne sec et froid – si froid que Matrick suggéra qu'on transforme les deux oursons-hiboux en paires de gants. Moog proposa aussitôt qu'on éventre Matrick et qu'on s'installe dans sa bedaine pour passer la nuit.

Ils trouvèrent une caverne alors que le soleil se couchait. Elle était vide à l'exception d'une petite table et de deux paillasses humides sur lesquelles étaient allongés deux squelettes en piteux état. Un plateau de tetrea en pierre de lune et des pièces sculptées avec soin étaient disposés entre eux. Au tetrea, les joueurs incarnaient des dieux qui se livraient une bataille impitoyable. Le premier commandait les forces du Seigneur de l'Été et de sa fille, Glif; le second, celles de la Reine d'Hiver et de son fils, Vail. C'était un jeu de stratégie, de calculs et de ruse. C'était sans doute pour cette raison que Clay n'avait jamais remporté une seule partie de toute sa vie. Y compris – à sa grande honte – contre sa fille de neuf ans.

Sur le plateau, la Reine de l'Hiver avait été avancée de deux cases.

— Superbe, dit Moog.

— Ces deux personnes étaient des maîtres, approuva Kit.

Clay fronça les sourcils et regarda autour de lui avec méfiance. Le squelette d'un chat était roulé en boule sous la table, comme si l'animal s'était endormi et était mort de faim pendant qu'un des soi-disant maîtres réfléchissait à un coup qu'il ne jouerait jamais.

Ganelon grogna, gratta sa fine barbe, puis se pencha et déplaça un pion du squelette qui se trouvait de l'autre côté du plateau.

Sabbatha sourit.

— Tu en es sûr ?

Si Clay ne l'avait pas connu depuis si longtemps, il aurait juré que le guerrier des terres du Sud était intrigué par la jeune femme. Ganelon regarda la dive, puis fit un geste en direction du plateau.

— Je t'en prie.

Le sourire de la dive se fit féroce. Elle repoussa un squelette d'un coup de botte et s'installa à sa place. Ganelon attrapa l'autre par le crâne et le jeta au fond de la caverne.

Une partie de tetrea entre deux morts n'était pas banale, mais celle qui se déroulait maintenant l'était encore moins.

Une chasseuse de primes impitoyable et un tueur sans égal assis de part et d'autre d'un plateau de tetrea, songea Clay. *J'aurais vraiment tout vu.*

La conversation dévia sur les bardes et l'on commença à faire la liste des nombreuses manières dont ils passaient de vie de trépas. Après tout, c'était leur grande spécialité.

— C'était lequel Héquette ? demanda Matrick.

L'ancien roi avait réussi à trouver une flasque – Clay ne se serait pas risqué à imaginer où. Il but une gorgée et s'essuya la bouche d'un revers de main.

— C'était pas celui qui s'est fait bouffer par un gélatineux de crypte ?

—Nan, dit Clay. Lui, c'était Cuistot.

Il se pencha vers le feu qui était sur le point de s'éteindre et y jeta une des rares branches qu'ils avaient ramassées à l'entrée de la caverne.

—Ah, oui ! s'exclama Matty en se donnant une claque sur les cuisses. Je m'en souviens, de Cuistot. C'était un bon gars. Un mauvais cuistot, mais un sacré barde. Et un putain de vide-gousset.

Sauf quand le gousset appartenait à un gélatineux de crypte, songea Clay avec amusement.

Le jeune homme avait aperçu quelque chose de brillant à l'intérieur du cube translucide et y avait plongé la main pour le récupérer. Malheureusement pour lui, les gélatineux n'aimaient pas trop qu'on les tripote – comme la plupart des gens d'ailleurs. Et leur chair était très corrosive. Lorsque le reste du groupe avait tué le monstre, le barde n'était plus qu'un squelette à la mine consternée. Il tenait encore la pièce de cuivre qui lui avait coûté la vie.

—Un bon gars, oui, confirma Clay. Enfin bref, Héquette, c'était le fils d'un noble. On l'appelait sire Quéquette, tu ne te souviens pas ?

Matrick faillit s'étrangler.

—Sire Quéquette ! Par tous les dieux ! il détestait qu'on l'appelle comme ça. Un sale petit trou du cul bouffi d'arrogance, hein ? Qu'est-ce qui lui est arrivé, à celui-là ?

Gabriel nettoyait le fond de son bol avec un doigt. Le repas du soir avait été consternant : quelques saucisses trop cuites accompagnées de lentilles qui ne l'étaient pas assez. Il avait pourtant dévoré sa part comme un prisonnier à qui on aurait servi une tranche de rôti à la broche après des années de gruau.

—Il s'est fait castrer par une nymphe, dit-il.

Matrick pencha la tête sur le côté.

— Ah bon ? Comment ça se fait que j'en ai jamais entendu parler ?

Gabriel haussa les épaules.

— Parce que tu bois trop.

— Bonne explication, dit l'ancien roi. (Il porta la flasque à sa bouche et esquissa un sourire nostalgique.) Recca était sympa.

Recca avait été la première barde de Saga, et bien entendu, la plupart des membres du groupe étaient tombés amoureux d'elle – Clay y compris. Malheureusement pour eux, elle s'était éprise d'un mange-sang et celui-ci avait fini par la convertir. Gabriel n'avait pas eu d'autre choix que de planter un pieu en argent dans le cœur de la jeune femme. Ils avaient ensuite rendu visite au mange-sang et avaient veillé à ce qu'il souffre longtemps.

— En tout cas, elle était mieux que Catrina, remarqua Matrick.

Clay, qui était allongé sur sa paillasse, s'appuya sur son autre coude dans l'espoir de se soulager le bas du dos. Le stratagème fonctionna et la douleur reflua. Pour un temps.

— Catrina… ce n'était pas la tigre-lune ?

— C'était une raksha, pas une tigre-lune, corrigea Moog.

— Il y a une différence ? demanda Ganelon sans quitter le plateau de tetrea des yeux.

Sabbatha et lui jouaient depuis le début de la soirée. Ils n'avaient même pas fait de pause pour manger. Ils échangeaient quelques mots à voix basse à la fin d'une partie, puis en commençaient une nouvelle. Clay aurait été incapable de dire combien ils en avaient disputé. Ou qui les avait gagnées. Le guerrier des terres du Sud et la dive s'affrontaient avec la même intensité et la même détermination.

— Bien sûr qu'il y a une différence, dit Moog. Les tigres-lunes sont des lycanthropes.

Matrick fronça les sourcils.

— Ils voient à travers les murs ?

— Quoi ? Non ! (Le sorcier regarda Kit d'un air de dire : *« Mes camarades sont des imbéciles »,* avant de daigner fournir des explications.) Les luneux sont des gens, comme toi et moi. Sauf qu'ils se transforment en animaux à la pleine lune. C'est une maladie, en fait.

— C'est comme l'alcoolisme, dit Gabriel en regardant Matrick avec un petit sourire en coin. La plupart du temps, tu es un homme, mais dans certaines conditions, tu te transformes en monstre.

Matty ne réagit pas, mais il contempla la flasque qu'il tenait dans la main d'un air pensif.

— Oui, ça se passe un peu comme *ça*, dit Moog. Les rakshas, eux, sont capables de prendre une *apparence* humaine. Comme le faisait Catrina. Ils ne sont pas forcément mauvais, mais il faut bien reconnaître que la grande majorité d'entre eux sont des trous du cul.

Clay était tout à fait d'accord sur ce point. Catrina s'était présentée comme une barde, mais en fait, c'était une tueuse qui avait été engagée pour supprimer Gabriel. Elle l'avait séduit lors d'un voyage en mer – une tâche à la portée de la première venue –, puis elle l'avait entraîné dans sa cabine et l'avait attaqué. Gabriel lui avait échappé de justesse. Il s'était précipité sur le pont nu comme un ver, une tigresse furieuse sur les talons. Clay avait réussi à repousser Catrina jusqu'à l'arrivée de Ganelon. Le guerrier des terres du Sud l'avait attrapée à bras-le-corps et l'avait jetée par-dessus bord sans prêter attention à ses rugissements et à ses coups de griffes.

Les rakshas n'étaient pas de très bons nageurs.

— Ah, enfin ! s'exclama le sorcier qui fouillait dans son sac depuis un moment.

Il en tira un objet qui ressemblait à une conque en cuivre et en bois.

Clay se demanda s'il ne s'agissait pas d'une bombe, mais Moog la porta à ses lèvres et produisit deux ou trois notes aléatoires en soufflant dans une petite grille placée à une extrémité.

Un instrument de musique, songea-t-il.

Ce qui ne signifiait pas *forcément* que ce n'était pas une bombe. Avec Moog, il convenait d'être prudent.

— Je l'ai échangée avec un lutin de poubelle contre une vieille paire de bottes. Sans la moindre hésitation, expliqua le sorcier.

Matty le regarda d'un air dubitatif.

— Qu'est-ce qu'un lutin de poubelle pourrait bien faire d'une paire de bottes ?

— Il les a mangées, répondit Moog. (Le scepticisme de l'ancien roi se transforma en incrédulité.) Je te jure. Il les a remplies de moutarde et il les a mangées devant moi. Un lutin de poubelle mangerait ses propres enfants si on les enduisait de moutarde.

Il produisit une autre série de notes aléatoires avant d'entamer une mélodie étonnamment agréable. Matrick avala une nouvelle gorgée d'alcool et hocha la tête avec satisfaction. Gabriel ferma les yeux. Kit se mit à fredonner comme s'il connaissait l'air. Clay, qui ne le connaissait pas, s'abîma dans la contemplation du feu.

Un claquement monta du plateau de tetrea.

— Et je prends ta reine, annonça Ganelon. (Sabbatha marmonna un juron.) Une autre partie ?

— Une autre partie.

Clay se reconcentra sur le feu. Matrick but une nouvelle gorgée. Kit continua à fredonner et Moog à jouer de son instrument. L'air prit une étrange saveur iodée. Le vent froid de la montagne s'infiltrait dans la caverne et murmurait comme une vague révélant ses secrets à la plage sur laquelle elle vient s'écraser. La mélodie de la conque était triste et personne ne fut surpris quand Matrick vida sa flasque d'un trait et s'adressa à Kit sur un ton qu'il aurait employé en assistant à la crémation d'un ami cher.

— C'est quoi le plus chouette quand on n'est pas comme les autres ? demanda-t-il à Kit.

Celui-ci réfléchit un long moment.

— On n'a plus peur, répondit-il.

Un ourson-hibou s'agita et se réveilla. Moog posa la conque, le prit sur ses genoux et caressa les plumes soyeuses entre les grands yeux en soucoupe.

— Qu'est-ce que tu entends par là ? demanda-t-il.

— Tu ne peux pas imaginer le nombre de choix qui découlent de la nature même de l'instinct de survie, dit Kit. Quand la survie n'a plus d'importance, tout devient possible. Au cours de mes premières années d'immortalité, j'ai fait preuve d'une grande témérité. J'ai pris des risques qu'un être humain n'oserait jamais prendre. J'ai sauté du haut de cascades vertigineuses. Je me suis promené les mains dans les poches sur des champs de bataille où les gens se massacraient avec enthousiasme. J'ai craché au visage de la mort et la mort n'a rien pu faire, sinon bouillir de rage pendant que je me raclais la gorge pour recommencer. (Il poursuivit sur un ton plus joyeux.) Et puis, il y a les voyages. J'ai visité les entrailles de ce monde sans craindre de mourir de faim ou de servir de repas à une monstruosité tapie dans les ténèbres. Et je peux vous garantir qu'il y a de sacrées horreurs tapies dans les ténèbres. J'ai exploré le fond des océans sans avoir besoin de remonter à la surface pour respirer. J'ai erré dans des labyrinthes de corail et marché dans les rues englouties de l'ancienne Antica. J'ai exploré les rivages de contrées qu'aucun navire n'a jamais abordées. J'ai rencontré des tribus de barbares à peau bleue qui n'avaient jamais entendu parler de Dominion. Pas plus que de Grandual. Ils m'ont tué, bien sûr. C'est ce que font la plupart des barbares quand des étrangers arrivent chez eux. Ils ont offert mon corps en sacrifice à leur dieu sauvage. Et quand j'ai refusé de rester mort, ils ont décidé de me vénérer.

— Dieu, ça doit être encore mieux que roi, dit Matrick.

Kit hocha la tête.

— Ça l'a été. Jusqu'à ce qu'une épidémie décime le village et tue chaque homme, chaque femme et chaque enfant. Je suis resté seul pour faire ce que les dieux sont censés faire quand leurs fidèles ne sont plus que poussière.

— Et ça consiste en quoi ? demanda Moog.

— Eh bien, j'ai beaucoup marché. Et un peu nagé, aussi. J'ai fait de la sculpture sur bois, mais je n'ai jamais été très doué dans ce domaine.

— Et qu'est-ce qu'il y a de pire ? demanda Matrick. C'est quoi, les inconvénients d'être immortel ?

Kit gloussa.

— Je commencerais par la couleur de ma peau. J'étais un sacré beau garçon jadis, même si c'est difficile à croire quand on voit ce que je suis devenu. (Il regarda les flammes d'un air pensif et en clignant des paupières.) Et puis, on se sent un peu seul de temps en temps. Il m'arrive de rire en pensant à de bons moments, et puis je me souviens que les personnes avec qui je les ai partagés sont mortes depuis des siècles. Il n'est pas facile de se faire des camarades quand on a une tête comme la mienne. Et encore moins des amis. Les enfants se mettent à hurler dès qu'ils me voient. Les hommes dégainent leurs épées pour me tailler en pièces, ou allument des torches pour me brûler, ou tracent des symboles sacrés pour me réduire à néant. Tout cela est un peu fatigant, je dois l'avouer. Et bien entendu, en dehors de quelques âmes particulièrement perverses – que les dieux les bénissent –, rares sont les femmes qui regardent les goules exsangues avec des yeux langoureux. De toute manière, un esprit subtil et une culture œnologique approfondie ne vous servent pas à grand-chose quand votre… euh… *ustensile* est aussi réactif qu'une théière en chocolat. (Il adressa un clin d'œil à Moog.) Fort heureusement, ce problème a été réglé par un certain sorcier et sa Formidable Potion Phallique.

— Je suis bien content d'avoir été utile, dit Moog avec un sourire triste.

— Tu devrais écrire un livre, suggéra Matrick.

Kit laissa échapper un petit grognement méprisant.

— Qui aurait envie de lire les lamentations d'un vieux revenant qui pleure sur son propre sort ?

— Ça ferait un bon titre, remarqua Ganelon.

Il prit un pion et renversa une pièce de Sabbatha. La dive siffla de colère entre ses dents.

— Une autre partie ?

— Une autre partie.

— Est-ce que tu as déjà rencontré d'autres goules, quelqu'un comme toi ? demanda Moog.

Kit secoua la tête et tripota l'écharpe qui dissimulait sa blessure à la gorge d'un air absent.

— Pas comme moi, non. J'ai connu un alchimiste qui s'était fabriqué une fiancée avec de la chair et des os, mais elle avait un melon enveloppé de fil de cuivre en guise de cerveau et sa conversation laissait un peu à désirer. (Le revenant soupira.) Hélas ! Il semblerait que je sois la seule personne ayant eu la stupide idée de vouloir caresser un phénix.

— Moi, je suis content d'avoir croisé ta route, Kit, déclara Matty. (Il donna une claque sur l'épaule osseuse.) Kit l'Intuable. C'est bien comme ça qu'on t'appelle ? C'est rassurant de savoir que tu survivras à cette aventure. Enfin, que tu nous survivras ! Même si on y reste. Si on ne survit pas.

Kit sourit et Clay eut l'impression de voir le couvercle d'un cercueil s'entrouvrir.

— Je suis content que vous ayez croisé ma route, moi aussi. Ce sera un honneur de chanter vos exploits. Votre compagnie s'est révélée fort divertissante jusqu'ici. J'espère néanmoins que cette aventure se conclura sur une fin heureuse.

— Ça n'arrivera pas, marmonna Matrick.

— Ça arrivera, affirma Gabriel.

— On verra bien, dit Clay.

Quelque chose réveilla Clay. Un bruit de lutte, le raclement d'une lame sur la pierre. Quelqu'un grogna, quelqu'un hoqueta. Clay tâtonna à la recherche de son arme avant de comprendre ce qui se passait.

Apparemment, Sabbatha et Ganelon avaient terminé de jouer au tetrea.

L'idée que ces deux-là aient une relation intime lui parut d'abord ridicule. Ils s'étaient à peine adressé la parole pendant le voyage et n'avaient pas grand-chose en commun sinon leur appétence pour la violence. Ils avaient même essayé de s'entre-tuer par deux fois. Clay songea à leur première rencontre, à Contha. La dive avait posé une botte sur le bras de Ganelon et déclaré qu'elle serait la dernière femme dont il tomberait amoureux.

Mais plus il y pensait, plus il trouvait qu'ils étaient faits l'un pour l'autre. Et puis, ils étaient jeunes – enfin, en apparence en ce qui concernait Ganelon – et ils allaient au-devant d'une mort presque certaine. Clay connaissait ce sentiment qui s'emparait de vous à la veille d'une bataille, ou les jours précédant une tournée dans le Cœur du Wyld.

Un sentiment de… pas de désespoir, non. Un mélange d'impuissance, d'euphorie et de désarroi.

Les besoins de Ganelon étaient simples à comprendre : il était resté dur comme de la pierre pendant dix-neuf ans. Mais Sabbatha ? Clay était incapable de deviner les pensées d'une femme. Surtout d'une femme aussi complexe que la dive. Il ne connaissait pas son passé, mais de toute évidence, il n'avait pas été très joyeux. Une vieille maxime disait : « *Il suffit d'un coup d'œil pour savoir si un arc a été fabriqué par un gobelin.* » Elle laissait entendre que les êtres cruels étaient incapables de produire de belles choses. Et la dive était la femme la plus tordue que Clay ait jamais rencontrée.

Cela dit, il devait bien reconnaître que son propre esprit était un bol fragile et qu'il se serait brisé depuis longtemps s'il n'avait pas croisé la route de Ginny. L'absence de son épouse le brûla soudain comme une braise ardente enfouie dans sa poitrine.

Lorsqu'il parvint enfin à l'étouffer, la caverne était redevenue silencieuse. Matty ronflait en produisant un son rappelant une page qu'on tourne. Kit était assis à l'entrée. Il lisait un livre de Moog à la lumière des étoiles.

Clay était sur le point de replonger dans son rêve quand il entendit la voix rauque de Ganelon.

— Une autre partie ?

— Une autre partie.

43

La Route froide

La personne qui avait baptisé le pont de glace avait un curieux sens de l'humour. Ou avait perdu l'esprit, ce qui expliquait aussi pourquoi elle avait décidé d'emprunter ce chemin. En ce qui concernait le froid, il n'y avait pas de problème, mais la route… c'était tout *sauf* une route.

Cela commençait par une pente raide en schiste friable et glissant. Les bottes dérapaient sans cesse dessus et il ne fallait *surtout pas* poser les mains par terre. Lorsque Clay atteignit le sommet, ses doigts étaient en charpie. Matrick boitait, car il s'était foulé la cheville à mi-chemin. Il trébucha et bascula en avant, mais Ganelon l'attrapa par le col et le tint jusqu'à ce qu'il retrouve son équilibre.

L'ancien roi tira sur les pans de sa veste et se lissa les cheveux.

— Merci pour le coup de main, dit-il. Au fait, comment ça s'est passé, hier ? (Ganelon le regarda avec méfiance.) Tu as gagné quelques parties ?

Le visage de Matrick était dépourvu de malice et le guerrier des terres du Sud hocha la tête d'un air satisfait.

— Je les ai toutes gagnées, répondit-il.

L'ancien roi cligna des paupières.

— Sans déconner ?

Mais Ganelon avait déjà détourné la tête. Faisant preuve d'une magnanimité aussi rare que… eh bien aussi rare qu'un ours-hibou, il avait accepté de porter le vieux sac de Gabe à la place de Moog. Au grand soulagement général, les deux petits orphelins s'étaient tus lorsque le sorcier avait fini de les nourrir. Clay frissonna en revoyant son vieil ami mâcher le gruau avant de le recracher dans le bec ouvert des deux oursons-hiboux.

Le tronçon de route suivant était une piste qui zigzaguait à flanc de montagne. Clay aperçut un troupeau de chèvres hirsutes sur la pente. L'une d'entre elles – celle qui avait une barbe si longue qu'elle touchait terre même quand elle levait la tête – bêla pour alerter ses congénères.

Regardez-moi cette bande de trous du cul, traduisit Clay.

De nombreux éboulements les obligèrent à s'arrêter et à dégager le passage à la main, une tâche pour laquelle l'ettin se révéla fort utile. Grégor adressa un clin d'œil complice à ses compagnons avant de raconter des histoires de trésors qu'il fallait déterrer à son frère. Les fouilles demeurèrent vaines, mais l'enthousiasme de Dane ne faiblit pas.

— J'espère qu'on trouvera de l'or, dit-il. Ou de l'argent. C'est lequel le plus joli, Grégor ?

— Oh ! ils sont tous les deux jolis, répondit son frère. Mais moi, j'espère que nous trouverons du duramantium, l'empereur de tous les métaux !

— Du durmadantum. (Dane écorcha le mot, mais son sourire mutilé s'élargit jusqu'aux oreilles.) L'empereur des métaux !

Ils se remirent en chemin, et au détour d'un virage, se retrouvèrent plongés dans une terrible tempête. Gabriel décida de faire une courte halte pendant que Moog explorait les profondeurs de son sac à la recherche des capes et des fourrures qu'il avait achetées avec Kit à Contha. Les deux compères ne s'étaient pas acquittés de leur tâche à la légère. Le sorcier tendit à Ganelon un manteau taillé dans une peau de grand sanglier noir avec de longues canines recourbées cousues dans le dos ; à Matrick une cape en renard dont la capuche était ornée du museau et des oreilles.

— C'est de la fausse fourrure, avoua-t-il. Et ce n'est pas de très bon goût. Et je suis à peu près certain que ça a été taillé pour une femme.

L'ancien roi sourit sous sa capuche vulpine.

— J'adore.

Une peau de loup blanc couvrait les épaules du manteau de Gabriel. Moog enfila une épaisse cape en mouton et un ridicule chapeau assorti.

Le sorcier se tourna vers Clay et lui tendit une peau d'ours hirsute avant de regarder Sabbatha d'un air désolé.

— Excuse-moi. Je ne savais pas que nous aurions des invités.

Clay voulut donner sa peau d'ours à la jeune femme, mais elle l'arrêta d'un geste et s'enroula dans un manteau de plumes soyeuses aux reflets bleu-noir.

— Comment va ton aile ? demanda Clay.

— Mieux, répondit-elle sèchement.

Et elle s'éloigna aussitôt.

— Génial, marmonna Clay. Je suis ravi d'avoir bavardé avec toi.

En fin de compte, la dive et Ganelon étaient faits l'un pour l'autre.

Lorsqu'ils se remirent en route, Gabriel ralentit jusqu'à ce que Clay, qui fermait la marche, le rattrape.

— Tu tiens le coup ? demanda-t-il.

— Je tiens le coup, répondit Clay.

Son souffle dessinait des panaches blancs que le vent emportait.

— Écoute, je… je voulais te remercier.

— Pour quoi ?

Gabriel ouvrit la bouche, puis éclata de rire. Moog le regarda par-dessus son épaule et fronça les sourcils comme s'il leur reprochait de ne pas le faire profiter d'une bonne plaisanterie.

— Par quoi je commence ? demanda Gabriel. Tu m'as suivi quand je suis venu te voir à Coverdale. Tu m'as filé un sacré coup de main chez Kal, et à Brycliffe. Tu as affronté une chimère pour moi.

— Je me suis fait botter le cul par une chimère pour toi, le corrigea Clay.

Un panache de vapeur blanche accompagna le gloussement de Gabriel.

— Ouais, comme tout le monde.

— Sauf Ganelon.

— Sauf Ganelon, reconnut Gabriel. Ah ! tu as aussi balancé le mari de mon ex-femme par-dessus bord sur le *Cour Charnelle*…

Clay haussa les épaules sous sa lourde cape en peau d'ours.

— Les amis sont faits pour ça, non ?

— Ouais.

Gabriel gloussa de nouveau, puis se rapprocha de Clay de manière à pouvoir lui parler sans être gêné par le bruit du vent. Leurs épaules se frôlèrent.

— Je sais que tu n'avais aucune envie de te lancer dans cette aventure. Tu avais une bonne petite vie tranquille à Coverdale. Quand je t'ai demandé de m'accompagner, tu avais toutes les raisons du monde de refuser.

Je n'en avais que deux, songea Clay, mais il garda cette remarque pour lui.

Son ami esquissa un sourire crispé.

— Mais tu as accepté quand même. Et tu es ici, avec moi. Et grâce à toi, le groupe s'est reformé. Grâce à toi, j'ai une chance – même infime – de sauver ma fille. Hier… (Gabriel secoua la tête et contempla ses bottes sans s'arrêter.) … les autres auraient refusé de prendre la Route froide si tu n'avais pas été là. Et en ce moment, on serait en train d'avancer sur la pointe des pieds dans le Défilé ou on pataugerait jusqu'aux genoux dans le Courant de Nuit. À des semaines de marche de Castia.

— Ils t'auraient suivi, affirma Clay avec une sombre assurance. Ils t'ont suivi jusqu'ici.

Gabriel le regarda et plissa les yeux pour se protéger des rafales chargées de flocons de neige.

— Ils *m'ont* suivi ? Par tous les dieux, et tu crois ce que tu dis en plus.

— Ouais.

Clay surveillait le sol traître. La pente était de plus en plus raide sur la gauche, et le moindre faux pas risquait de se transformer en longue et dangereuse glissade.

— C'est toi le chef, dit-il.

— Non, je ne suis que le meneur du groupe, corrigea Gabriel.

Un souvenir traversa l'esprit de Clay. Ils étaient assis autour d'une table à Contha, quoi, une trentaine d'années plus tôt ? Gabriel, Matrick, Kallorek et lui. Ils rêvaient de gloire et se distribuaient les rôles au sein d'une roquebande qui ne portait pas encore de nom. Gabriel était le visage et Matty les mains. Clay avait été les muscles pendant une petite demi-heure, jusqu'à l'arrivée de Ganelon.

— Chef, meneur, c'est du pareil au même, dit-il.

— Tu crois ?

Clay ouvrit la bouche, puis la ferma et réfléchit un long moment pour savoir si ce qu'il allait dire avait un sens.

— Ben, ouais, répondit-il avec un laconisme affligeant.

— Imaginons qu'on sauve Rose, dit Gabriel.

À ces mots, Clay eut l'impression d'être un vieux chien aveugle se traînant à la rencontre d'une dernière caresse, d'une lame miséricordieuse et d'une tombe creusée à la hâte. Gabe avait quelque chose à dire, mais il tournait autour du pot.

— Imaginons que nous retournions en Grandual sains et saufs et qu'ensuite, je demande aux autres – à Moog, à Matty, à Ganelon – de reformer le groupe. Pour donner quelques petites représentations. Ou se produire dans une arène pour s'échauffer. Et puis partir en tournée dans le Cœur du Wyld, ou dans le désert Brumal, au nord.

— Je te souhaite bonne chance, dit Clay.

Il ne savait pas si Gabe était sérieux. Il était *à peu près* sûr qu'il n'était pas sérieux, mais Gabriel n'était pas un homme facile à cerner.

— Ils refuseraient, poursuivit son ami. Évidemment qu'ils refuseraient. Moi, ils ne me suivront même pas jusqu'au fond du jardin pour aller chier quand cette histoire sera terminée. Mais si *tu* leur demandais ? Si Clay Cooper décidait de s'aventurer dans le Cœur du Wyld, dans le désert Brumal ou au fin fond de l'enfer de la Reine de l'Hiver… ils le suivraient. Et moi aussi. Tu le sais.

Clay ne s'était jamais considéré comme le meneur de Saga, jadis et encore moins aujourd'hui. Tout au long de sa carrière de mercenaire, il était allé là où Gabriel lui disait d'aller. Il avait tué ce que Gabriel lui demandait de tuer. Il avait dépensé l'argent que Gabriel daignait lui donner. Il s'était laissé entraîner sans jamais protester par cet homme fantasque et extravagant.

Certes, il avait parfois donné son avis lorsqu'un dilemme moral tourmentait ses camarades. Il avait aussi pris des décisions difficiles quand personne ne voulait le faire – environ neuf fois sur dix. Il lui était même arrivé de tuer de sa propre initiative, sans demander la permission à Gabriel. Kallorek, par exemple.

Clay réfléchissait encore aux paroles de son ami quand le groupe s'arrêta, bloqué par un énième éboulement. Et cette fois-ci, Dane découvrit un trésor parmi les rochers.

— Du durmadantum ! s'écria-t-il en brandissant un bloc de glace contenant le crâne d'un aventurier malchanceux.

Grégor ne se laissa pas surprendre.

— Tout à fait, mon frère ! Bravo ! Nous l'examinerons un peu plus tard.

Il prit le crâne et le tendit à Gabriel, qui le tendit à Moog, qui le jeta par-dessus son épaule.

Le chemin devint encore plus raide et plus traître. Il disparaissait parfois sous la neige et la glace qui le rendaient glissant. Le vent se fit féroce. Il tirait et poussait comme un enfant brutal qui enjoint à un de ses camarades de sauter du haut d'un pont sous peine d'être traité de lâche. Le pic de Délivrance empalait un nuage sur la droite. Sur la gauche, le ravin appelé le Défilé dessinait un chemin labyrinthique et déchiqueté à travers les montagnes. Clay frissonna malgré sa peau d'ours. Il regrettait de ne pas s'être rangé à l'avis de Matrick quelques heures plus tôt. Il devait faire moins froid en bas, et l'on ne risquait pas de faire une chute et de se rompre le cou.

Tu oublies les géants, se dit-il. *Ils ne sont pas commodes.*

Cette pensée le consola un peu. Assez pour continuer à marcher, du moins.

Puis il l'entrevit à travers un rideau de neige tourbillonnante : un arc de glace cristalline qui enjambait une gorge profonde. Le dernier tronçon de la Route froide. Et le plus dangereux.

Et soudain, les géants ne lui semblèrent plus si terribles que cela.

Les rasks passèrent à l'attaque juste avant qu'ils atteignent le pont.

Clay marchait en tête en faisant de son mieux pour ne pas regarder le terrible précipice sur sa gauche. Un rask apparut sur sa droite et se laissa glisser le long de la pente en hurlant comme un damné. Clay se précipita à sa rencontre pour l'affronter aussi loin que possible de l'abîme. Il le percuta et le plaqua contre la paroi rocheuse pendant que ses camarades se dépêchaient de passer derrière lui.

Il était assez près pour examiner les traits de la créature qui lui hurlait au visage, mais cette rare opportunité ne le combla pas vraiment de joie. Le rask était à peu près aussi grand que lui. Ses cheveux bleu-vert étaient plaqués sur ses maigres épaules comme des paquets d'algue mouillée. Ses yeux étaient blancs comme du lait et son haleine sentait le sang et la menthe poivrée. Son nez était aussi long et pointu qu'une stalactite. Clay coinçait ses immenses bras contre la roche, mais le troll griffait sa cotte de mailles à hauteur de l'estomac. Sans son armure, il l'aurait déjà éventré.

Il remonta *Blackheart* et en enfonça le rebord supérieur dans la gorge du rask. Il entendit un craquement sec, mais le monstre continua à lutter. Du coin de l'œil, il aperçut Moog qui passait derrière lui d'un pas précipité.

— Hé, Moog ! Comment est-ce que je peux tuer un truc pareil ?

Le sorcier pivota vers lui et leva une main pour relever son chapeau trop grand.

— Et comment tu veux que je le sache ?

— Moog, je ne déconne pas !

—Moi non plus ! Le feu devrait le détruire, mais bon courage pour… Oh, attends !

Le sorcier s'agenouilla et fouilla dans son sac sans fond avec frénésie. Il en tira un rouleau de corde et sourit comme si c'était l'objet idéal pour régler le problème. Et puis Clay comprit : il ne s'agissait pas d'une vulgaire corde, mais d'une corde à feu.

Quelque chose bougea sur sa droite. Un autre rask se laissa tomber d'une crête et se précipita vers lui en bondissant.

—Moog, dépêche-toi !

Le sorcier coupa un bout de corde à feu, se glissa derrière Clay et fit entrer les deux extrémités en contact. On entendit un grésillement et Moog jeta le morceau dans la bouche du rask. Le cri de celui-ci passa de la rage à la douleur, puis sa tête fondit comme une chandelle allumée par un dragon.

Bon, eh bien voilà un moyen de les tuer, songea Clay.

Il recula d'un bond lorsque le bout de corde étincelant comme de l'or en fusion tomba à ses pieds, puis se tourna vers le second rask qui se jetait sur lui toutes griffes et tous crocs dehors. Il fit un pas sur sa gauche, appuya son épaule contre l'intérieur de *Blackheart* et poussa la créature jusqu'à ce qu'elle bascule dans le précipice.

Moog et lui se dépêchèrent de rejoindre leurs camarades, et le petit groupe s'engagea dans une profonde crevasse de glace. Dans les souvenirs de Clay, c'était un tunnel, mais sa précédente visite avait eu lieu en hiver. Des rasks descendirent le long des parois et surgirent d'étroites fissures. D'autres voulurent empêcher le groupe de passer. Gabriel se fraya un chemin à coups d'épée sans même ralentir. Matrick le suivait en achevant les blessés avec ses dagues. Sabbatha et Ganelon se chargeaient de ceux qui s'approchaient trop, et Clay songea qu'il ne devait pas y avoir d'endroit plus dangereux au monde que la zone mortelle couverte par *Syrinx* et *Umbra*.

Un grognement résonna sur la gauche. Clay pivota et vit un rask se jeter sur lui les pieds en avant. Il leva *Blackheart* un instant trop tard et les griffes du monstre labourèrent son visage. Une vague de douleur le submergea, puis reflua, chassée par la terreur et l'adrénaline. Le sang qui coulait sur son front se transforma en pâte collante au contact de la glace qui couvrait ses sourcils. Il cligna des yeux et entrevit le rask attaquer de nouveau. Il se baissa derrière son bouclier, mais le choc le projeta en arrière. Il perdit l'équilibre, tomba sur les fesses et se cogna le crâne contre une paroi gelée.

Il s'essuya les yeux d'un revers de manche, mais sa vue était toujours brouillée. Il leva la tête et distingua quatre silhouettes de rasks devant lui, puis douze, puis une seule. Le monstre se rua vers lui tandis que ses griffes cliquetaient comme des lames de cisaille.

Une lueur brillante le frôla, et la tête du rask roula sur ses cuisses. Le corps de la créature tomba à genoux comme un fidèle devant un autel, et le guerrier s'aperçut que le cou tranché était cautérisé. Quelques pas sur sa gauche, un anneau de corde à feu grésillait dans la neige.

— Tu as vu cette adresse ? s'écria Moog. (Le sorcier prit une pose qui évoquait celle d'un vieillard se préparant à lancer un fer à cheval dans une fête de village, puis il observa Clay et son sourire s'évanouit.) Par la miséricorde de la Vierge ! Est-ce que ça va ?

Clay se leva tant bien que mal. Ses oreilles carillonnaient et les doigts glacés du vent caressaient ses plaies au visage.

— Ben oui, pourquoi ?

Moog fronça les sourcils en évaluant la gravité des blessures.

— Une idée, comme ça. On ferait mieux de ne pas traîner.

Ils rejoignirent les autres au pas de course, émergèrent de la crevasse et découvrirent un précipice rocheux. La tempête s'était calmée, mais des flocons de neige tourbillonnaient encore comme des pétales printaniers dans le vent.

Le pont était juste devant eux, terrifiante incarnation de toutes les craintes que Clay avait pu avoir. Les extrémités étaient larges, mais le point culminant était si étroit qu'on ne pouvait le franchir qu'en marchant à un de front. De l'autre côté du gouffre se dressait une montagne – dont Clay n'avait jamais pris la peine de demander le nom – enveloppée de brume blanche.

— Dois-je te rappeler que c'était ton idée ? lui demanda Moog tandis qu'ils rejoignaient leurs camarades.

— Je préférerais que tu t'abstiennes, répondit Clay.

Kit s'engagea sur le pont. Une chute de plusieurs centaines de mètres relevait du simple désagrément pour lui, mais cela ne l'empêchait pas d'avancer d'un pas hésitant. Gabe et Ganelon se tournèrent dos à la crevasse afin de repousser les rasks qui les poursuivaient.

Gabriel fit signe à Clay de passer derrière lui.

— Tout le monde traverse. Faites vite, mais soyez prudents. (Il jeta un coup d'œil à Dane et Grégor.) Très prudents.

Grégor hocha la tête d'un air grave. Dane gloussa, sans doute parce que son frère l'avait convaincu qu'ils allaient se livrer à quelque plaisanterie.

— Je te parie que j'arrive avant toi, Grégor.

— Et moi, je parie que j'arrive avant vous deux, dit Matrick en s'élançant sur l'arche de glace.

Moog et Sabbatha le suivirent. Ils avancèrent aussi vite que possible, puis ralentirent et progressèrent avec la plus grande prudence lorsque le pont devint dangereusement étroit.

— Clay, dit Gabe. Par tous les dieux ! Ton visage !

Clay porta deux doigts à la balafre qui zébrait son nez. C'était douloureux et il écarta aussitôt sa main.

— C'est moche ?

Gabriel n'eut pas le temps de répondre.

— Ils arrivent, dit Ganelon en serrant le manche de sa hache.

Les rasks jaillirent de la crevasse en hurlant et en glapissant, consternés qu'une grande partie de leurs proies soient sur le point de leur échapper, ravis que trois d'entre elles soient toujours à portée de griffes.

Ganelon tua le premier d'un coup de taille. Gabriel avança et brandit *Vellichor*. Un parfum de lilas se répandit dans l'air, et les deux trolls suivants s'effondrèrent. Clay glissa à côté de son camarade. Il écarta une main aux doigts avides d'un revers de bouclier et explosa le crâne qui se trouvait au-dessus d'un coup de marteau. La lame bleu-vert de Gabriel décolla une tête et Ganelon repassa à l'attaque. Le guerrier des terres du Sud empala un monstre, assena un coup de pied à un deuxième et enfonça son gantelet en écailles de dragon dans le visage d'un troisième. Gabriel en coupa un autre en deux, fit un pas de côté pour esquiver une attaque et tendit la jambe. Son adversaire trébucha, perdit l'équilibre et se précipita vers Clay. Celui-ci s'accroupit sous son bouclier, et lorsque le rask atterrit dessus, il se redressa et le projeta dans le précipice qui se trouvait derrière lui. Les muscles de son dos protestèrent avec virulence, mais Ganelon lui adressa un coup d'œil empreint d'un respect réticent et il estima que l'effort en valait la peine. Pour le moment du moins.

Nous en reparlerons plus tard, lui soufflèrent ses reins douloureux. *Je te le garantis.*

Un autre groupe de rasks approcha, mais avec beaucoup moins d'ardeur que le précédent. Leur faim était tempérée par la seule chose qui la surpassait : l'instinct de survie.

Ganelon se tourna vers ses deux camarades.

— Rejoignez les autres. Je vais les retenir.

De la part d'un être humain normal, ces paroles auraient traduit une profonde abnégation. De la part de Ganelon, elles relevaient de la simple information. Il les avait prononcées sur le ton qu'il aurait employé pour annoncer qu'il avait mis de l'eau à bouillir.

Gabe hésita, partagé entre colère et raison, puis hocha la tête. Clay et lui se tournèrent et s'éloignèrent au pas de course sur le pont de glace tandis que des nuages blancs s'échappaient de leurs bouches. Matrick était déjà de l'autre côté du précipice. Il attendait Grégor et Dane qui franchissaient le tronçon le plus étroit d'un pas prudent. Clay envisagea d'adresser une prière aux dieux pour leur demander de soutenir l'arche, mais il songea que les dieux devaient sûrement les observer en pariant sur le premier qui dégringolerait. Pour sa part, il aurait tout misé sur l'ettin de quatre cents kilos.

Une ombre jaillit du brouillard et se rua sur Matrick, qui lui tournait le dos. Un rask. Beaucoup plus grand que tous ceux qu'ils avaient vus jusqu'à présent. Un chef de clan, supposa Clay en remarquant le collier de crânes brisés accroché autour de son cou. Ses cheveux raidis par le froid étaient rasés de manière à ne former qu'une bande au milieu de la tête. Il se jeta sur l'ancien roi, le renversa et le plaqua au sol. Une main puissante se referma sur la gorge de Matrick tandis que l'autre se levait pour frapper. Les griffes étincelèrent comme des lames pointées vers le ciel et les paroles de Kit résonnèrent dans la tête de Clay.

Personne n'emprunte la Route froide sans payer un droit de passage. Personne.

44

Une tombe dans les nuages

Gabriel poussa un juron. Moog hurla quelque chose, mais le vent emporta ses paroles. Sabbatha resta plantée au milieu du pont. Elle ne fit pas un geste pour empêcher le rask de tuer Matrick. Et il allait le tuer, Clay n'avait pas le moindre doute sur ce point.

L'ettin surgit de nulle part et attrapa le bras levé du rask. Celui-ci essaya de frapper Dane à la tête, mais l'ettin saisit son autre poignet et les deux monstres s'affrontèrent comme des lutteurs de foire frénétiques.

Dane se tourna et dit quelque chose à Grégor, mais Clay était trop loin pour entendre quoi. Le rask bondit et frappa du pied. Ses griffes ouvrirent une large plaie en travers de la gorge de Grégor.

L'ettin chancela, puis bascula dans le vide et disparut dans le néant.

Clay eut l'impression que son cœur plongeait avec lui, mais ce n'était pas le moment de pleurer les morts. Le rask atterrit en position accroupie, puis se redressa et se dirigea vers Matrick. La voix de Sabbatha l'arrêta net.

— Viens à moi !

Le monstre se tourna, et son regard glacial se posa sur la dive. Sabbatha reprit la parole d'une voix si basse que le vent s'interrompit pour écouter, d'une voix si envoûtante que les montagnes voulurent s'arracher au sol pour lui obéir.

— Viens à moi ! répéta-t-elle.

Vaincu par cette volonté plus forte que la sienne, le rask avança tandis que les crânes de son collier s'entrechoquaient et grimaçaient comme des idiots. Il s'agenouilla aux pieds de la dive avec une expression qui oscillait entre la peur et la vénération. Comme s'il se tenait devant la Reine de l'Hiver en personne, sombre et magnifique sous la lune pâle de sa faux.

Umbra s'abattit comme la lame d'une guillotine et trancha la tête à hauteur du nez. Le rask laissa échapper une sorte de gémissement, puis bascula dans le vide et disparut dans les nuages.

Clay s'aperçut alors qu'il était sur la partie la plus étroite du pont. Comment était-il arrivé là ? Il n'en avait pas la moindre idée. Il dut faire un effort pour s'arracher à la contemplation du vide répugnant. La dive lui tournait le dos et le vent s'était remis à souffler. Il faisait frémir les plumes de ses ailes et soulevait ses longs cheveux noirs qui flottaient comme une oriflamme.

Clay déglutit à grand-peine.

— Sabbatha…

— Sabbatha est morte, lâcha la dive.

Son aile droite se déploya d'un coup et une poignée de plumes noires s'envolèrent. Clay les regarda s'éloigner en tourbillonnant, fasciné, jusqu'à ce qu'une ombre glisse sur son visage. Il tourna la tête avec lenteur, comme un condamné qui cherche à apercevoir la hache du bourreau. L'aile gauche de la dive – celle qui était censée être blessée – se déploya à son tour.

Merde ! Merde, merde, merde !

— Griffalouette, lâcha-t-il d'une voix sombre. Content de te revoir.

— C'est gentil, dit-elle.

Clay détourna les yeux de l'aile qui semblait aller beaucoup mieux et observa la jeune femme.

— Ça fait combien de temps ? demanda-t-il.

Un sourire féroce fendit le visage de la dive en deux. Un sourire terrible et ravissant.

— Plus longtemps que tu l'imagines, dit-elle.

Ce n'était pas vraiment le genre de réponse que Clay avait espéré.

Toute cette mise en scène, tous ces mensonges que nous avons racontés…

Il fut saisi par le vertige tandis qu'il s'efforçait de mesurer les implications de ce que la dive venait de lui dire.

Elle nous a joué la comédie. Elle a attendu avec la patience du vautour. Elle a attendu qu'une occasion comme celle-ci se présente.

— Et maintenant ? demanda-t-il, bien qu'il ait une idée assez précise de la réponse.

Le regard de Griffalouette glissa au-dessus de son épaule. Ganelon ne s'était pas contenté de contenir les rasks, il les avait chassés. Il approcha, le souffle court, mais indemne.

La dive croisa son regard et son sourire s'élargit.

— Maintenant, dit-elle, je prends votre roi.

Le guerrier des terres du Sud ne dit pas un mot. Gabe était silencieux, mais Clay songea qu'il n'allait pas tarder à leur servir un : « *Je vous l'avais bien dit.* »

Et puis il aperçut quelque chose derrière la dive. Kit émergea du brouillard, les bras ballants. Quelqu'un – le chef de clan rask, probablement – lui avait tailladé la gorge. Malgré sa blessure, il était lucide et il ne lui fallut qu'un regard pour comprendre ce qui se passait. Il s'engagea sur le pont.

— Alors, qu'est-ce qu'on fait ? demanda Clay pour gagner un peu de temps. Tu attrapes Matrick et tu le ramènes à Agria en volant ? Toute seule ? C'est un long chemin. Parsemé de dangers.

— Tu as bien vu mon vaisseau passer et repasser dans le ciel, Main Lente. Mon *véritable* vaisseau. Pas ce bordel flottant que vous avez volé à Kallorek. Et d'ailleurs, où est-il, celui-là ? Sa femme m'a dit que vous l'aviez emmené. Vous ne l'avez quand même pas laissé brûler avec son rafiot tout de même ?

Clay passa quelques longues explications en revue, puis en choisit une qui n'était pas trop loin de la vérité.

— Non.

Un nouveau sourire se dessina sur les lèvres de la dive. Clay sentit quelque chose lui étreindre le cœur et comprit qu'elle avait refréné son pouvoir depuis qu'elle voyageait avec eux. Elle l'avait étouffé afin de gagner leur confiance, mais il rayonnait désormais comme un soleil et Clay avait le plus grand mal à y résister.

— Mes hommes me trouveront, dit Griffalouette. J'y veillerai. Maintenant, recule, Main Lente. Je t'aime bien, mais si tu essaies de traverser, je te tuerai.

La menace arracha un ricanement amer à Gabriel.

— T'es vraiment pas croyable, tu sais ? Tu le *tueras* ? Il a sauvé ta putain de vie, Sabbatha.

Un grognement s'échappa de la gorge de la dive.

— Sabbatha est…

— Ouais, ouais, Sabbatha est morte. J'ai entendu la première fois. C'est bien dommage, si tu veux mon avis, parce que je trouve que Griffalouette est une sacrée salope. C'est vrai, quoi. Comment on peut être pourri à ce point ? Après tout ce qu'on a traversé ensemble, tu serais prête à *tuer* Clay ? Tu serais prête à livrer Matrick à Lilith pour du *pognon* ? Alors qu'elle a l'intention de le tuer ?

Kit contourna le corps immobile de Matrick. Clay n'avait pas la moindre idée quant à ce qu'il avait l'intention de faire lorsqu'il atteindrait Griffalouette, mais il espéra que cela suffirait à la distraire. Ne serait-ce qu'un instant.

— Il est fichu quoi qu'on fasse, déclara la dive. Vous êtes tous fichus. À cause de toi, Gabriel. Parce que tu n'as pas encore compris.

— Qu'est-ce que je n'ai pas encore compris ? demanda le guerrier.

— Que nous ne sommes pas dans une histoire, répondit la dive. (Ses yeux se tournèrent vers les montagnes enveloppées de nuages qui se dressaient autour d'eux.) Que cette aventure ne se terminera pas bien. Et que tu n'es pas un héros. Tu n'es qu'un vieux mercenaire aveuglé par ses rêves qui…

Clay s'élança vers elle à l'instant où Kit la frappa dans le dos. Griffalouette avança de quelques pas en titubant et faillit tomber dans le précipice. Elle battit des ailes, parvint à retrouver son équilibre et frappa son adversaire à la poitrine avec la hampe de sa faux. Le revenant fut projeté à plusieurs mètres de distance et Griffalouette se tourna vers Clay.

Le guerrier se laissa tomber à genoux, glissa vers la dive et se pencha en arrière pour éviter la lame d'*Umbra* qui fendit l'air quelques centimètres au-dessus de son nez. Il entendit une de ses vertèbres craquer et la douleur qui irradiait son dos se volatilisa brusquement. Il se redressa d'un bond et frappa de toutes ses forces avec son poing droit. Griffalouette fut projetée à terre. Il fit un pas en avant et s'arrêta devant elle, *Wraith* à la main. Le manche était si froid qu'il lui brûlait la paume. Il leva le bras…

— Attends ! S'il te plaît, supplia la dive.

Il n'y avait aucune magie dans ses paroles, pas la moindre trace d'enchantement. Elles n'exprimaient que de la peur. C'était la prière d'une femme implorant pitié. Un homme autre que Clay Cooper n'y aurait sans doute pas prêté attention, mais…

Clay hésita. Griffalouette en profita et *Umbra* décrivit un arc de cercle. Clay baissa les yeux et regarda sa main tomber par terre sans comprendre.

Sa bouche s'ouvrit comme si sa mâchoire inférieure avait été changée en plomb. Il crut entendre une voix qui criait son nom. Il cligna des yeux et essaya de se concentrer. La neige virginale et le visage pâle de Griffalouette étaient maculés de taches rouges. Un flot de sang jaillissait du moignon chaque fois que son cœur battait avec lenteur.

Sa main avait disparu. Son marteau avait disparu. Ils avaient glissé vers le précipice et avaient été avalés par le néant.

— Clay…

Il vit les lèvres de Griffalouette articuler son nom, mais ce fut la voix de Ginny qu'il entendit. Tandis que la dive se levait, Clay recula en chancelant. Son pied gauche dérapa sur une plaque de glace et le droit se posa dans le vide.

Clay tomba dans un nuage blanc.

Personne n'empruntait la Route froide sans payer un droit de passage.

45

Une chanson pour celui qui rêve

L'enfance de Clay s'acheva brutalement. Elle fut réduite en cendres comme une forêt dévorée pendant un incendie sauvage. Et cela commença comme cela commence toujours : par une banale étincelle.

Clay tendit la main au-dessus de la table et renversa la tasse de son père par inadvertance. Il était encore tôt, mais ladite tasse était déjà remplie de vin, qui coula sur les cuisses de Leif. Clay ouvrit la bouche pour demander pardon, mais il n'en eut pas le temps. Le coup l'arracha à sa chaise et le projeta par terre. Un cri de lamentation résonna à ses oreilles tandis que le goût du sang se répandait dans sa bouche. Des larmes bouillonnèrent dans ses yeux, prêtes à lui faire honte.

— Ne t'avise pas de le frapper de nouveau, dit sa mère.

Elle ne criait pas, mais Clay ne l'avait jamais entendu parler avec tant de colère. Leif la regarda, bouche bée, puis éclata d'un rire dur.

— Ou sinon ?

— Sinon je te quitterai. Je prendrai Clay avec moi et tu ne nous reverras jamais.

Les lèvres de Leif restèrent tordues par un rictus moqueur, mais ses yeux perdirent leur éclat. Il ne dit rien. Il se leva et sortit. Il fut absent toute la journée, et le soir, Clay alla se coucher en se demandant si ce n'était pas son père qui était parti. À sa grande surprise, il songea que la vie serait plus agréable sans lui.

Le claquement de la porte le réveilla. Son père était rentré. Et il était ivre. Clay entendit sa respiration hachée et son pas rendu traînant par sa mauvaise jambe. Un bref silence s'installa et l'enfant se mit à compter les battements de son cœur.

Puis cela commença.

Des hurlements. Des poings qui frappent dans un bruit étouffé. Clay tira la couverture sur sa tête et essaya de ne pas entendre les cris qui se transformaient en sanglots, les sanglots qui se transformaient en gémissements. Il aurait voulu faire quelque chose, aider sa mère, mais il était incapable d'articuler un son et terrifié à l'idée d'affronter la colère de son père. Il se recroquevilla dans son lit en se traitant de lâche.

— Tu veux me quitter, hein ? dit son père.

— Attends, s'il te plaît, supplia sa mère.

Des mots qui le glaceraient pendant de longues années à venir.

— Tu veux me prendre mon fils ? grogna Leif.

Clay s'aperçut alors que la voix qui murmurait dans sa tête, la voix méprisante qui le traitait de lâche, n'était pas la sienne, mais celle de son père.

Un craquement humide résonna dans l'obscurité, un bruit répugnant suivi d'un terrible silence. Clay tendit l'oreille et perçut les sanglots de son père. Puis une nouvelle voix résonna dans sa tête. Une voix inconnue, basse et sinistre qui faisait songer à une forêt enfouie sous les neiges hivernales. Il comprit aussitôt que c'était la sienne. Enfin, celle d'une facette de sa personnalité.

— Lève-toi, ordonna-t-elle.

Et il se leva.

Lorsque Leif entra dans sa chambre, les mains poissées de rouge, son fils l'attendait. Il était campé sur ses jambes, les épaules de trois quarts, comme on le lui avait appris. Il tenait le manche de la hache par le bas et il frappa de toutes ses forces.

« Tape comme si tu le détestais plus que tout au monde », lui avait expliqué Leif.

Tuer son père fut un jeu d'enfant.

« Reviens-moi, Clay Cooper. »

Apparemment, il n'était pas mort. Et s'il l'était, il savait que ces mots l'auraient ramené chez lui. Il franchirait les montagnes, les marais, les plaines et les forêts. Il traverserait même les océans s'il le fallait. Parce que le foyer de Clay Cooper ne se situait pas dans un quelconque royaume. Pas plus qu'à Coverdale. Ou dans la maison qui se dressait à l'extrémité d'une longue route. Son foyer, c'était là où se trouvait Ginny. C'était l'espace couvert par le cercle de ses bras. Et le foyer de Ginny était l'âtre dans lequel brûlait le souffle inextinguible de l'âme de son mari. C'était grâce à elle qu'il était encore vivant.

Et un peu grâce à son armure impénétrable.

Clay avait renoncé à compter combien de fois il avait heurté les parois de pierre au cours de sa chute. D'un autre côté, il n'avait pas eu le choix puisqu'il avait fini par perdre connaissance. Le premier choc avait eu lieu après de longues secondes de chute. Il lui avait brisé le bras gauche, ce qui l'aurait un peu embarrassé s'il y avait eu une main à son extrémité, mais comme ce n'était plus le cas… Puis il s'était écrasé sur une surface inclinée, mais Peau-de-Guerre était indestructible et Clay était comme un œuf dans une coque de métal. Il avait glissé et roulé le long d'une interminable pente avant de plonger dans un nouveau précipice. Puis sa tête avait heurté une pierre et il avait sombré dans les ténèbres.

Cela ne changea absolument pas son *a priori* contre les casques. Comme Ganelon le lui avait dit un jour : *« Sans sa fierté, on n'est rien du tout. »*

Quand il reprit connaissance, il était enfoui dans un tombeau de neige. Il eut le plus grand mal à s'en extirper, parce que *Blackheart* était attaché à son bras droit et que son moignon n'était pas l'outil idéal pour creuser. Au moins, le froid avait limité l'hémorragie à un filet de sang qui sourdait de la plaie comme la sève d'un orme en hiver. Une fois libre, Clay fit glisser son bouclier dans le dos et déchira une bande dans sa cape en peau d'ours. Entre ses dents qui claquaient et sa main droite presque gelée, il lui fallut une éternité pour panser sa blessure.

Il contempla le moignon pendant plusieurs minutes, partagé entre écœurement et incrédulité. *Comment* avait-il pu ignorer qu'il y avait *deux* os dans son avant-bras ? Il réfléchissait encore à cette énigme lorsque les échos d'une mélodie parvinrent à ses oreilles.

C'est à cause du choc, songea-t-il. *Tu délires, Cooper.*

Mais quelqu'un toussa, se tut, puis se remit à chanter. Clay remarqua qu'il ne connaissait pas cette chanson.

Le guerrier essaya de se lever, tomba sur le côté et essaya de nouveau. Il voulut écarter une mèche qui avait glissé sur ses yeux… et se donna un coup avec son moignon. Ce fut très douloureux – et très embarrassant, mais par chance, personne n'assista à la scène.

Il se dirigea vers la source du bruit, et s'arrêta net après cinq ou six pas. Il plongea alors la main droite dans son pantalon et se soulagea dans la neige.

Pas de sang, songea-t-il en admirant le jet fumant.

C'était une bonne nouvelle.

Son regard remonta le long de la paroi du Défilé qui se dressait devant lui. La moitié supérieure était colorée en rouge par le soleil couchant. Ou levant. Clay était incapable de dire combien de temps il était resté sans connaissance, mais à en juger par le contenu de sa vessie, cela devait avoisiner les dix mille ans. Au moins. Lorsqu'il eut terminé de se soulager, il se remit en marche et suivit les échos de la chanson le long du sombre ravin.

Il découvrit l'ettin au milieu d'un tas de cailloux. Ses membres étaient de guingois et la tête de Grégor formait un angle peu ordinaire. La plaie qui zébrait sa gorge s'était élargie au cours de la chute et la poitrine du géant était couverte de sang.

Par miracle, Dane était encore vivant. Il chantonnait tout bas. Il entendit les pas traînants de Clay et leva la tête avec une expression inquiète.

— Salut, Dane.

— Clay ? Est-ce que tu as volé jusqu'ici, toi aussi ?

Clay aurait sans doute ri s'il n'avait pas eu si mal aux côtes.

— Ouais, répondit-il. Mais l'atterrissage a été un peu rude.

Dane gloussa, puis porta un doigt à ses lèvres.

— Grégor dort, dit-il. Je lui chantais une berceuse, comme faisait notre mère quand on était petits. Je ne me souviens pas d'elle, mais Grégor affirme qu'elle était très belle.

Clay n'avait jamais vu un ettin qu'on puisse qualifier de beau. Il doutait même que cela existe, mais il décida de croire Dane.

Grégor avait été un monstre et il avait vécu dans un monde monstrueux, mais il avait toujours vu de la beauté tout autour de lui. Il avait extrait de savoureux nectars en pressant des oranges pourries. Il avait peint de vieilles maisons de couleurs chatoyantes. Et il avait offert toute cette beauté à son frère.

— Il rêve, souffla Dane.

Clay jeta un coup d'œil à la gorge béante de Grégor.

Ils partagent leurs songes, se rappela-t-il.

— Est-ce que tu vois son rêve ? demanda-t-il.

Dane acquiesça.

— C'est un joli rêve. Un rêve paisible. Je le vois dans ma tête, comme si je me tenais à côté de lui.

Le contraire m'aurait étonné, songea Clay. *À moins que les ettins cessent d'être des ettins quand ils rêvent.*

Dane ferma ses yeux chassieux et se tut. Le silence s'éternisa et Clay se demanda s'il n'avait pas succombé à ses blessures. Mais il ouvrit les paupières et lorsqu'il sourit, ses dents étincelèrent comme des colonnes brisées dans la pénombre.

— C'est si beau, Clay. Je voudrais tant que tu voies cela.

Clay était gelé. Il était épuisé. Il avait faim. Il avait mal. Il avait été trahi – lui et les autres – par Griffalouette. Matrick était sans doute fichu. La dive allait l'emporter vers l'est et Gabriel se remettrait en chemin vers Castia. Il était trop près pour renoncer maintenant. Ganelon le suivrait. Moog se tordrait les mains et tirerait sur sa barbe, mais finirait par leur emboîter le pas. Que pourrait-il faire d'autre ? Il ne pouvait pas faire demi-tour et affronter les rasks tout seul.

La roquebande était morte. Leurs derniers espoirs s'étaient éteints. Rose était fichue – elle l'avait reconnu elle-même. Les jours sombres approchaient. Ils allaient mourir les uns après les autres.

Sauf moi, peut-être, songea Clay.

Car il était prisonnier des limbes, échoué entre la vie et la mort. Il se tenait aux portes du paradis, mais il n'avait plus de main pour frapper.

Il s'agenouilla et croisa les bras sur sa poitrine pour se protéger du froid.

— Est-ce que tu peux me raconter ce rêve, Dane ? demanda-t-il.

Lorsque Clay se réveilla, c'était le matin. Il s'était endormi à genoux, le menton collé contre les mailles glacées de sa cuirasse. Quelques flocons tombaient du ciel et se déposaient sur ses épaules comme une bénédiction. L'ettin était mort.

Dane était mort comme il avait vécu : avec un grand sourire effrayant aux lèvres.

Clay rassembla ses maigres forces pour se lever. Son dos protesta, ses côtes gémirent et ses genoux hurlèrent, mais il parvint à se redresser. Il se mit debout et regarda de chaque côté du Défilé. Pas de géants en vue. Il songea qu'il aurait mieux fait de choisir ce chemin plutôt que la Route froide, puis il se secoua. Il savait depuis longtemps que nourrir des regrets, c'était comme fourrer des braises dans sa poche : c'était inutile, et douloureux. C'était sans doute Ginny qui lui avait dit cela.

Quelque chose attira son attention, à l'est. Une colonne de fumée qui montait dans le ciel blanc-bleu.

Un signal, comprit-il sur-le-champ.

« Mes hommes me trouveront, lui avait dit Griffalouette sur le pont de glace. *J'y veillerai. »*

Clay se mordilla les lèvres. Combien de temps s'écoulerait-il avant que l'*Étoile Noire* passe à proximité et qu'un membre d'équipage aperçoive la fumée ?

Une journée si la chance est de mon côté, songea Clay. *Quelques heures si elle est du côté de Griffalouette.*

Hé, Cooper, souffla une petite voix. *Tu viens de perdre une main, de tomber dans un précipice et de voir un ami mourir dans le froid. Tu crois vraiment que la chance est de ton côté ?*

— Bonne remarque, marmonna-t-il sans s'adresser à personne en particulier.

Ce qui se passait à Castia ne le regardait plus. La dive y avait veillé. Il n'atteindrait pas la cité à temps pour aider Gabriel, mais il avait une petite chance de sauver Matrick avant que les moines rouges rappliquent. Il lui suffisait d'affronter une redoutable chasseuse de primes armée d'une faux légendaire. Avec plusieurs côtes brisées et une main en moins.

Il s'élança sur le sol gelé.

46

Sauvés

Clay passa de la course soutenue au petit trot, puis à une allure à peine supérieure à celle de la marche. Et tout aussi fatigante. Ce fut donc avec un profond soulagement qu'il se jeta derrière un rocher lorsque des pieds de géants firent trembler le sol. Il reprit son souffle tandis que les monstres passaient tout près de lui.

Une voix grondante retentit.

— Je pige pas. Si je dis que je me gèle les couilles au sens propre…

— C'est que tes couilles se sont transformées en boule de glace et qu'elles ne vont pas tarder à tomber par terre, tonna une autre voix. Tu te trompes. Tu veux dire que tu te gèles les couilles au sens *figuré*.

— Je me trompe depuis le début ? La vache, ça me les coupe !

— Au sens propre ou figuré ?

Les deux géants éclatèrent de rire.

Clay attendit qu'ils s'éloignent avant de se remettre en marche. Un peu après midi, il émergea de la gueule du Défilé et entreprit de gravir le flanc sud de Délivrance une fois de plus. Une sueur glacée couvrait sa peau et ses côtes protestaient chaque fois qu'il respirait, mais il se força à continuer. Pas après pas. Il devait atteindre la colonne de fumée avant l'arrivée du vaisseau céleste de Griffalouette.

L'*Étoile Noire* remporta la course d'une courte tête. Ses voiles crépitaient et ses moteurs n'étaient plus mus que par un seul anneau, juste assez pour maintenir le vaisseau au-dessus du sol. Une échelle glissa le long du flanc et plusieurs moines descendirent tandis que leurs robes claquaient au vent.

Clay était allongé derrière une crête, appuyé sur le coude de son bras valide. Griffalouette descendit une pente et alla à la rencontre de ses hommes en laissant son prisonnier ligoté et apparemment inconscient près d'un feu de camp. Si Clay parvenait à libérer Matrick, ils pourraient s'enfuir dans le Défilé. Le vaisseau céleste était trop grand pour s'y glisser, et si Griffalouette s'y aventurait en volant, elle se ferait lapider par les géants.

Un ricanement amer lui échappa.

C'est un plan pourri, Cooper, mais tu n'as pas franchement le choix. Maintenant, lève-toi.

Il prit appui sur son bras, mais celui-ci flancha. Sa mâchoire heurta un rocher et ses côtes exprimèrent leur déplaisir. Un filet de vapeur s'échappa de son nez tandis qu'il essayait de nouveau. Sans plus de succès. Ses jambes étaient en pierre et son cœur s'affola à l'idée de produire des efforts supplémentaires.

— Tu vas voir si je ne peux pas ! siffla-t-il.

Il ramena un genou sous lui et s'en servit pour se redresser. Il chancela un instant, puis se leva. Un pas le conduisit au bord de la crête derrière laquelle il se cachait, un autre lui permit de la franchir, puis il se laissa emporter par son élan le long de la pente caillouteuse. Tandis qu'il se dirigeait vers Matrick, il jeta un coup d'œil sur sa droite et aperçut les moines qui se prosternaient face contre terre devant Griffalouette. Le soleil levant projetait son ombre jusque dans le dos de la dive.

Il tomba à genoux entre Matrick et la colonne de fumée en espérant que celle-ci dissimulerait leur fuite. Le roi le regarda avec des yeux fatigués. Il avait perdu du poids au cours des dernières semaines et cela se voyait : il avait les traits tirés et ses joues pendaient le long de ses mâchoires.

— Clay ?

— Le seul et unique.

— Elle a dit que t'étais mort. Que t'étais tombé.

— Je suis tombé, confirma Clay. Mais je ne suis pas mort. Pas encore.

Il essaya de sourire, mais le résultat ne fut guère convaincant.

Matrick se renfrogna.

— Où est Gabriel ? Il est avec toi ? Et les autres ?

— Oublie-les, répondit Clay. (Il vit son camarade blêmir et il rectifia aussitôt.) Je veux dire qu'ils sont partis et qu'on ne peut pas compter sur eux. Il n'y a que nous deux pour le moment.

Matrick gémit.

— Tu n'aurais pas dû venir. Elle me veut vivant, mais toi, elle n'hésitera pas à te tuer.

— Sans blague ? marmonna Clay.

— Dieux ! Ta main !

Matrick pointa le doigt vers le moignon tandis que Clay s'efforçait de dénouer les liens sous la cape en renard miteuse.

— Quoi, ma main ?

— Elle est passée où ?

— Je l'ai perdue.

— Tu as *perdu* ta main ? Comment ça, tu as perdu ta main ? Comment est-ce…

— Matty, je n'arrive pas à… Tu es ligoté, n'est-ce pas ?

— Ligoté ? Non.

Clay chassa une mèche de ses yeux avec une certaine exaspération.

— Où sont tes dagues ?

Matrick tapota les fourreaux accrochés dans son dos.

— À leur place, pourquoi ?

— Pourquoi ? (Clay dut faire un effort surhumain pour ne pas hurler.) Tu peux m'expliquer ce que tu fous là, alors ? Tu peux m'expliquer pourquoi tu n'as pas foutu le camp ? Pourquoi tu n'as pas cherché à lui régler son compte ?

— À quoi bon ? (Matrick haussa les épaules d'un air las.) On l'a dans le cul, Clay. Je parle au sens propre, bien sûr.

— Au sens figuré.

— Pardon ?

— Rien. Laisse tomber.

— Elle est trop rapide pour qu'on puisse lui échapper, soupira Matrick. Elle est trop forte pour qu'on puisse la battre. Elle est trop futée pour qu'on puisse la blouser. Pense un peu à son numéro de Sabbatha. Tu te rends compte qu'elle nous a menés par le bout du nez depuis le début ? Qu'elle me livre à Lilith et qu'on en finisse.

Clay n'en croyait pas ses oreilles. Il avait sué sang et eau toute la journée. Il avait atteint les limites de son endurance et les avait franchies allégrement. Il avait risqué sa vie pour sauver son ami et voilà qu'il apprenait que son ami *ne voulait pas* qu'on le sauve ? C'était trop. C'était beaucoup trop. Il ferma les yeux et déglutit pour contenir la rage qui menaçait de l'étouffer.

— Lève-toi, dit-il d'une voix aussi calme que possible.

— Clay !

— Lève-toi ! répéta-t-il.

Et puis il comprit qu'il ne s'agissait pas d'une protestation, mais d'un avertissement. Il pivota juste à temps pour apercevoir un moine et un pied tendu jaillir de la colonne de fumée. Le talon lui brisa le nez – une fois de plus – et rouvrit sa plaie au visage. Une gerbe de sang décrivit un arc de cercle tandis que sa tête partait en arrière. Il s'effondra et la douleur résonna dans son crâne comme une mauvaise chanson jouée trop fort avec de mauvais instruments. Quelqu'un l'attrapa par les chevilles et le tira sur les rochers. Ses doigts raclèrent le sol sans trouver de prise. Il cligna des paupières pour chasser la brume qui avait envahi ses yeux.

Il entrevit des nuages ressemblant à des hématomes dans le ciel orangé, puis un tourbillon de robes écarlates – comme des gouttes de sang dans l'eau – lorsque les moines se précipitèrent sur lui.

Des poings et des pieds le frappèrent. Peau-de-Guerre absorba la plus grande partie des chocs, mais ses côtes se mirent à pleurer comme une mère sur la tombe de son enfant. Il reçut un coup de talon au menton, puis un coup de poing dans le ventre. Il essayait encore de décider quel endroit de son corps était le plus douloureux – le cou, le cou, bien entendu – lorsque Matrick poussa un cri.

— Sabbatha ! Dis-leur d'arrêter ! C'est moi que tu veux ! Il voulait juste m'aider. Laisse-le partir ! Laisse-le partir et je te suivrai sans faire d'histoires.

La dive ne réagit pas et la pluie de coups continua. Clay se recroquevilla en glissant son moignon contre son ventre et leva son autre bras pour protéger sa tête.

— Arrêtez ! (Un coup de pied le fit rouler en arrière et Clay vit Matrick se lever d'un bond.) Arrêtez tout de suite !

Il avait parlé d'une voix puissante et autoritaire, mais les sbires de la dive ne lui prêtèrent aucune attention. Ils continuèrent à s'acharner sur Clay. Le visage de Matrick passa de l'impuissance à la frustration, de la frustration à une rage profonde. Il glissa une main sous sa cape et…

S'il te plaît. Les dagues. S'il te plaît.

… sortit une flasque qu'il porta à ses lèvres après avoir jeté le bouchon d'un geste brutal. Clay sentit sa gorge palpiter tandis que son camarade buvait goulûment. Le flacon rejoignit le bouchon, puis Matrick haussa ses épaules couvertes par la peau de renard et s'essuya la bouche d'un revers de main.

— Bon ! Puisque vous insistez, on va régler ça à la baston, gronda-t-il.

Et il dégaina enfin ses dagues.

Gabriel tuait avec rapidité et élégance, Ganelon avec l'instinct d'un prédateur. Clay s'efforçait de rester vivant et de protéger ses camarades. Et Moog ? Le sorcier était un homme plein de surprises, mais son rôle consistait avant tout à distraire l'ennemi.

Matrick, lui, était un assassin implacable. Lorsque Gabe terminait de s'amuser avec son adversaire ou que Ganelon arrachait *Syrinx* des entrailles du sien, il y avait déjà cinq ou six cadavres dans le sillage de l'ancien roi. Matrick se battait avec une rage méticuleuse et sa violence s'exprimait par à-coups sporadiques. Clay l'avait vu remporter des victoires contre six hommes. Quand il était plus jeune, bien entendu. Et plus rapide. Et moins gros.

Il ne tua personne lorsqu'il s'approcha pour aider Clay. Il frappa de taille et ses lames effleurèrent les sept moines. Ceux-ci bondirent en arrière comme des loups devant lesquels on aurait jeté une braise. Et comme des loups, ils formèrent un cercle autour de leur proie, impatients et affamés.

Matrick bondit en avant, esquiva un coup à la tête et enfonça ses deux dagues dans la poitrine de son adversaire. Il les libéra d'un geste sec et pivota tandis que les autres moines approchaient. Il utilisa une de ses techniques préférées pour équilibrer les forces : il fit semblant de lancer une dague, et le sang qui maculait la lame fut projeté sous forme de gouttelettes qui aveuglèrent un de ses adversaires.

Il ne lui en fallait pas davantage. Il trancha la gorge d'un homme, puis coupa trois doigts à son voisin avant de lui enfoncer son autre dague sous le menton, interrompant net son cri de douleur.

Encore quatre, songea Clay qui observait l'affrontement allongé par terre. *Un contre quatre.*

Un coup de pied déséquilibra Matrick et l'envoya à terre. Le guerrier se laissa rouler sur le côté pour éviter une frappe du talon et en profita pour faucher son assaillant. Il se leva d'un bond et para une rafale d'attaques avec ses dagues tranchantes comme des rasoirs. Il jeta un coup d'œil par-dessus son épaule et grimaça un sourire à l'intention du moine qui se tenait derrière lui.

Le sbire de Griffalouette le regarda avec des yeux écarquillés. Évidemment. *Qui était assez fou pour sourire* par-dessus son épaule au beau milieu d'une bataille ?

À quelques exceptions près.

Un contre trois, songea Clay lorsque le moine interloqué s'effondra.

Matrick virevoltait comme un danseur, bondissait sur la pointe des pieds, ondulait comme un serpent émergeant d'un panier. Une joie authentique éclairait son visage. Il claqua des dents et le moine qui approchait sauta en arrière avec une expression terrifiée.

— Ha !

Matrick se redressa, fit tournoyer ses dagues avec habileté et les laissa tomber par terre.

Oui. Par terre.

Clay ne vit pas ce qui se passa ensuite, car il tourna la tête en entendant un rire de femme dur et puissant.

Griffalouette était devant lui. *Umbra* était accrochée en travers de son dos. Ses yeux en amande exprimaient un certain respect et quelque chose de profondément… aviaire.

— Tu n'es pas un homme facile à tuer, Clay Cooper.

Malgré ses jambes, son dos, ses pieds, son cou, sa tête et ses bras douloureux, malgré le terrible sentiment d'impuissance qui lui nouait le ventre, Clay fut surpris par la désinvolture avec laquelle il esquissa un petit sourire découragé.

— Possible, mais il n'est pas très difficile de me blesser.

Le visage de la dive se détendit et ses yeux glissèrent sur le moignon ensanglanté. Elle ouvrit la bouche… et la referma aussitôt, comme si elle craignait de s'excuser malgré elle. Clay vit ses mâchoires se contracter et il devina qu'elle serrait les poings de toutes ses forces sous ses gantelets hérissés de griffes. Pendant un instant, il eut l'impression de se trouver devant la camarade avec laquelle il avait affronté tant d'épreuves au cours des dernières semaines. Qui était-elle vraiment : Sabbatha, la jeune fille empathique et curieuse, ou Griffalouette, la chasseuse de primes cruelle et impitoyable ?

« Qui es-tu vraiment ? souffla la voix de Ginny dans sa tête. *L'homme ou le monstre ? »*

Il leva les yeux et vit que la dive s'efforçait de répondre à la même question, de découvrir sa véritable nature. Il aurait pu dire quelque chose. Il aurait pu lui demander de l'épargner et de sauver ainsi ce qui restait de la jeune fille qu'elle avait été. Il n'en fit rien. Il savait qu'un mot malheureux risquait de précipiter ce choix de la dive, ou de l'amener à conclure hâtivement qu'elle n'avait pas le moindre choix.

Elle glissa une main sur le manche de la faux, et Clay eut l'impression d'entendre les griffes d'un corbeau racler une pierre tombale. L'étincelle qui brillait dans ses yeux s'éteignit et il regretta de n'avoir rien dit pour retarder ce moment.

— Je…

Griffalouette n'eut pas le temps d'en dire davantage. Un carreau se planta dans sa poitrine et la projeta plusieurs mètres en arrière. Elle s'écrasa contre un tas de pierres et demeura immobile. Bouche bée, Clay contempla l'endroit où elle se trouvait un instant plus tôt. Il n'y avait plus que quelques plumes qui voletaient au gré du vent. Puis il vit un vaisseau céleste qui descendait du ciel.

L'éclat aveuglant du soleil l'obligea à porter la main à son front. Il plissa les yeux et distingua Matrick qui se battait contre le dernier moine. Celui-ci résista jusqu'à ce que l'ombre du navire les enveloppe, puis l'ancien roi se libéra d'une prise au poignet et l'assomma avec le pommeau d'une dague.

— Je peux vous déposer quelque part, les gars ? cria quelqu'un.

La voix était rugueuse et familière.

À l'image de son propriétaire, songea Clay en apercevant enfin un visage.

Barret était perché sur la rambarde du *Vieille Gloire*. Il tenait l'arbalète avec laquelle il avait tiré sur Griffalouette quelques instants plus tôt.

— Ça dépend, répondit Clay. Tu vas vers l'ouest ?

Le meneur de Vanguard le regarda d'un air las, puis tourna la tête vers Ashe et Tiamax qui étaient derrière lui. L'arachnéen agita quatre mains et Clay lui rendit son salut avec la seule qui lui restait.

— J'en ai bien peur, lâcha Barret.

47

Nouvelles mains et vieux amis

Accoudé à la rambarde du *Vieille Gloire*, Clay regardait l'ombre du vaisseau céleste onduler sur le sol couvert de neige et de rochers. Le vent soulevait ses cheveux, tirait sur les pans de sa cape en peau d'ours et lui piquait les yeux. Il faisait très froid et sa blessure au visage le démangeait comme la barbe infestée de puces du Seigneur de l'Été, mais par tous les dieux! c'était *bon* d'être vivant.

Il était vivant. Matrick était vivant. Ils avaient été sauvés par de vieux camarades fidèles, ils étaient à bord d'un vaisseau céleste et ne tarderaient pas à rattraper les autres membres de Saga – qui étaient sans doute convaincus qu'ils étaient morts.

Oh! et il avait une nouvelle main.

— Je peux t'arranger ça, lui dit Tiamax peu après le décollage.

En zone montagneuse, voler de nuit était à peu près aussi sûr que de prendre un bain en compagnie d'un alligator, mais ils étaient pressés et n'avaient pas un long chemin à faire. Et puis, le soleil couchant n'avait pas encore cédé la place aux ténèbres.

Clay tripotait le garrot de fortune qui avait bu son sang et s'était contracté en séchant.

— Tu as des bandages ?

— Sûr, mais je parlais de ta main. Tu n'en veux pas une nouvelle ?

Clay fronça les sourcils en se demandant si l'arachnéen plaisantait, mais ce n'était pas facile de distinguer une lueur d'amusement dans des yeux à multiples facettes.

— Tu peux me faire une nouvelle main ?

Tiamax éclata d'un rire gazouillant.

— Je peux te faire pousser une nouvelle main. En parfait état de marche.

Clay attendit la chute de la plaisanterie, mais Tiamax le regardait d'un air interrogateur. Il décida de tenter sa chance.

— Comment ?

— Les explications sont complexes, mais le processus n'est pas très compliqué. Ça fait un bail que tu as quitté le circuit, Main Lente. Tu n'imagines pas les progrès qu'on a faits en médecine depuis que t'as rengainé ta lame. Je peux préparer l'onguent en moins d'une demi-heure si tu veux.

Soit l'arachnéen était sérieux, soit il n'était vraiment pas doué pour raconter des blagues.

— Et qu'est-ce qu'il contient, ton… onguent ?

Tiamax haussa les épaules et six paires de bras segmentés.

— Pas mal d'herbes, un soupçon de troll, un doigt d'étoile de mer et des morceaux de personnes.

— Des morceaux de personnes ?

— Des morceaux de personnes, répéta Tiamax d'une voix plate.

— C'est de la magie ?

— C'est de la *médecine*. Il y a aussi une pincée d'orc pour aider les os à pousser plus vite. Tu sais qu'un orc peut avoir plus de deux mille dents au cours de sa vie ?

Clay l'ignorait, mais il était trop abasourdi pour dire quoi que ce soit. Il y eut un long silence, puis il hocha la tête en direction de la mandibule cassée de l'arachnéen.

— Et pourquoi tu n'utilises pas cet onguent sur toi ?

Tiamax laissa échapper un cliquetis.

— Malheureusement, il n'a aucun effet sur les résidus de coquille comme moi.

Ashe, qui affûtait une lame assis sur un canapé de l'autre côté du pont, ricana tout bas.

— Ça prendra combien de temps ? demanda Clay.

— Plusieurs heures. Je te donnerai quelque chose pour dormir. La régénération est parfois douloureuse d'après ce qu'on m'a dit. Et puis, ce n'est pas très agréable à regarder, comme tu peux l'imaginer.

Clay soupira. Après tout, il n'avait pas grand-chose à perdre et l'onguent miraculeux lui épargnerait peut-être d'expliquer à Ginny pourquoi il avait quitté la maison avec deux mains et revenait avec une seule. Oui, ça valait le coup d'essayer.

— D'un autre côté, dit Tiamax d'un ton pensif, il faut bien reconnaître qu'Une Main, c'est plutôt chouette comme surnom.

Barret, qui scrutait le sol de l'autre côté du pont, fut le premier à les voir.

— Ils sont là ! Edwick, fais-nous atterrir !

— C'est parti ! cria le barde tandis que ses mains effleuraient les orbes de direction.

Le boutre céleste piqua vers les contreforts déchiquetés, et Clay aperçut ses camarades quand il vira de bord. Gabe et Ganelon ne bougèrent pas, mais Moog souleva sa robe et se précipita vers le vaisseau lorsque celui-ci se posa.

Les oursons-hiboux s'élancèrent derrière lui en échangeant des coups de bec pour être le plus près du sorcier.

Matrick poussa un long cri de joie et bondit par-dessus la rambarde. Le guerrier et le sorcier s'enlacèrent et se mirent à danser en riant aux éclats.

Clay descendit avec prudence. Malgré les soins qu'il avait reçus – et une solide quantité de drogue destinée à calmer la douleur –, il était encore dans un triste état. Tiamax avait suturé la plaie au visage et éclissé son bras cassé avant de le glisser dans une écharpe, mais Clay n'aurait pas eu plus mal à la tête s'il avait bu un tonneau d'eau-de-vie au cours de la nuit. Cela dit, il ne fallait tout de même pas oublier qu'il était tombé dans un précipice et qu'il était reparti à l'assaut de la montagne dès le lendemain. Il n'avait donc pas trop à se plaindre.

— Clay ! s'écria Moog en se jetant sur lui avec des yeux étincelants. Par les Dieux Minuscules du Peuple Gobelin ! Je croyais ne plus jamais te revoir ! (Il se tut et examina les sutures de l'arachnéen.) Ce résidu de coquille est un véritable artiste avec une aiguille et du fil, je dois lui reconnaître ça. Quand je pense à tout ce que je pourrais accomplir si j'avais deux paires de bras supplémentaires ! Et ta main ! Je peux ?

Clay haussa les épaules, et le sorcier se pencha en avant.

— Fascinant. (Il se pencha un peu plus et renifla.) Ce n'est pas une odeur d'étoile de mer ?

Clay retira sa main alors que Kit approchait.

— On dirait que tu as du sang de phénix dans les veines, dit le revenant.

Ganelon s'arrêta près de Clay et lui assena une claque sur l'épaule.

— Tu es vraiment increvable, Main Lente, lâcha-t-il d'une voix râpeuse.

Il s'agissait sans doute d'un compliment flatteur chez les assassins froids et impitoyables.

— Malheureusement, je ne suis pas incassable, dit-il en se rappelant qu'il avait fait une réflexion semblable à Griffalouette la veille.

Il se demanda si la dive avait survécu. La dernière fois qu'il l'avait vue, elle était immobile et un long carreau d'arbalète était planté dans sa poitrine. Il était à peu près certain qu'elle l'aurait tué, mais il espéra qu'elle survivrait assez longtemps pour vaincre les démons de son passé.

Ganelon gloussa, lui serra l'épaule d'un geste amical et recula.

Gabriel s'approcha à son tour.

— J'ai cru…

— Je sais.

— Si tu…

— Je sais.

Gabriel franchit les derniers pas qui les séparaient d'un bond et le serra si fort que Clay entendit ses côtes gémir. Il passa son bras valide autour du cou de Gabriel et celui-ci inspira en hoquetant.

Clay attendit d'être certain que sa voix ne tremblerait pas pour reprendre la parole.

— Je suis de retour.

— Tu es de retour, dit Gabriel, le nez dans son épaule. (Il s'arracha à lui et contempla le reste du groupe avec des yeux déterminés et étincelants.) Et maintenant, finissons ce que nous avons commencé.

— Pour être honnête, je dois dire que je n'avais pas la moindre intention de venir, déclara Barret. Mais bon, ma femme ne supportait plus de me voir traîner à la maison.

Elle m'a pour ainsi dire fourré l'épée entre les bras et foutu dehors à coups de pied dans le train !

— Menteur, dit Ashe en exprimant ce que tout le monde pensait.

Barret ricana.

— Enfin bref ! Mes garçons sont à Kaladar pour la Route du Roque, sinon je les aurais emmenés. Ils ont leur propre groupe maintenant. Les Nuits Spectrales, qu'ils s'appellent. C'est un nom qui ne vaut pas un pet d'orc, mais ils ne m'ont pas demandé mon avis. (Il poussa un long soupir.) Ah ! ils regretteront de ne pas avoir été là quand je leur raconterai notre petite aventure. On a essuyé quelques méchantes tempêtes en venant. Et puis il a fallu qu'on atterrisse pour remplir le moteur d'eau. Et quelle eau ! Elle puait pire qu'un égout. Mais bon, on est arrivés quand même !

— Je suis bien content d'être là, déclara Porcinet en mordant dans un énorme bretzel.

— Moi aussi, déclara Ashe avec un sourire carnassier. Je dois dire que c'est assez excitant de se lancer dans une bataille qu'on ne peut pas remporter. (Elle adressa un clin d'œil à Ganelon et se glissa contre lui.) Ma culotte est toute mouillée.

— On peut gagner, protesta Porcinet.

Tiamax leva son verre.

— Aux culottes mouillées et à l'optimisme inaltérable et irrationnel de la jeunesse !

Il jeta un coup d'œil à Matrick – enfin, trois coups d'œil puisqu'il avait quatre paires d'yeux moins une cachée par des bandeaux.

— Tu veux boire quelque chose, Matty ?

L'ancien roi esquissa un sourire poli.

— Non, merci. Je… je crois que ça suffit.

Tiamax laissa échapper un son qui oscillait entre le sifflement et le cliquetis – une expression de surprise, songea Clay.

— Qu'est-ce qui suffit ? demanda l'arachnéen. Boire ? Arrêter de boire ?

— Boire, ouais.

— Eh bien ! s'exclama Moog. Le ciel ne va pas tarder à nous tomber sur la tête !

Tout le monde éclata de rire, y compris Ganelon. Clay se rappela la nuit qu'ils avaient passée dans les montagnes, quand il avait réfléchi à l'étrange euphorie qu'on éprouvait la veille d'une bataille.

C'est ça, songea-t-il en regardant les visages autour de lui.

Les sourires étaient un tout petit peu trop larges, les rires un tout petit peu trop bruyants. L'atmosphère avait quelque chose d'étrange, d'irréel. C'était comme voir une araignée à barbe se mettre à danser, ou recevoir un coup de couteau en guise de cadeau d'anniversaire.

C'est la fin. Et nous le savons tous.

— On ne savait pas trop où vous étiez passés, racontait Barret. Et puis on a aperçu de la fumée et on a trouvé ces deux-là en compagnie de la chasseuse de primes et de ses sbires.

— Heureusement pour nous, dit Matrick.

— Griffalouette est donc morte ? demanda Gabriel.

— Peut-être bien, murmura Clay.

Il vit les yeux de Ganelon se plisser pendant une fraction de seconde.

— J'avais oublié que c'était la Route du Roque, murmura Moog en caressant d'un air absent les oursons-hiboux qui dormaient sur ses genoux.

— La plus grande fête du monde, dit Barret. J'avoue que je regrette un peu de l'avoir manquée.

Ashe fit siffler sa main dans l'air.

— Pouah ! Qu'est-ce qui va bien pouvoir te manquer ? C'est rien qu'une bande d'apprentis mercenaires et de héros au bout du rouleau qui font les cons au milieu de vieilles ruines. Ce n'est rien comparé à notre petite fête ? Pas vrai, Gabe ?

— Terminé ! lança Kit.

Il était penché sur une table basse depuis plus d'une heure. Il avait dessiné une carte détaillée de Castia et de ses environs avec un bout de craie. Les membres des deux roquebandes se rapprochèrent.

— La ville est à cheval sur le fleuve, comme Cincour, sauf qu'elle est bâtie sur une éminence et pas au fond d'une vallée. Il y a deux portes. À l'est et à l'ouest. (Kit pointa un doigt grisâtre vers deux points sur la carte.) Les murailles sont épaisses et très hautes. C'est pour cette raison que la horde n'est pas encore parvenue à les franchir. On peut passer au-dessus – ou en dessous, je suppose –, mais pas question de passer à travers. Le quartier des nobles est ici, entouré par une autre muraille.

Gabriel se renfrogna et observa la carte avec une attention douloureuse, comme s'il contemplait un tableau représentant son ex-femme en tenue légère.

— Si les monstres réussissent à franchir les murailles extérieures, est-ce que les habitants pourront se réfugier dans ce quartier ? demanda-t-il.

Kit secoua la tête.

— Les murailles extérieures sont faites pour empêcher les envahisseurs d'entrer. Elles sont équipées de lance-flammes, de tourelles électriques et tours de baliste tous les cinquante mètres. Les murailles intérieures servent juste à empêcher les paysans de se promener dans les jardins des sénateurs. Si les monstres réussissent à pénétrer dans la ville, ils les balaieront comme une vulgaire palissade.

— Est-ce qu'on ne pourrait pas entrer par le fleuve ? demanda Gabe.

— Lastleaf a déjà essayé, répondit Kit. Le fleuve bifurque vers le nord à cet endroit. Il passe sous cette colline et se jette dans le réservoir de Castia, mais de nombreuses grilles empêchent toute intrusion. Il n'a jamais servi de voie navigable. C'est juste une source d'eau potable.

— Ça ne l'est plus, lâcha Matrick d'une voix lugubre.

Le barde de Vanguard accordait sa mandoline, assis en tailleur sur le tabouret de pilote. Il se racla la gorge et prit la parole.

— Rappelez-moi pourquoi on ne passerait pas au-dessus des murailles pour se poser dans la ville. La mission consiste bien à sauver Rose, non ? Pourquoi ne pas la récupérer et foutre le camp dès que ce sera chose faite ? Avec un peu de chance, on pourrait même assister aux derniers jours de la Route du Roque.

— Eh bien, à cause des faucons-peste. Ou des sylphides nécrosées. Entre autres, répondit Moog. Nous avons pu voir la ville à travers ma boule de cristal avant que Gabe… (Il se reprit au dernier moment.) … avant qu'elle tombe dans la rivière par inadvertance. Le ciel était rempli de toutes sortes d'horreurs. Et puis, n'oublions pas que Lastleaf a une matriarche vouivre avec lui. Il est fort probable que ses rejetons surveillent les environs de Castia. Ils nous réduiront en charpie bien avant que nous atteignions la ville.

— Tu as sans doute raison, dit Edwick en se reconcentrant sur son instrument.

Ganelon montra un cercle grossier que Kit avait tracé à l'ouest de Castia.

— C'est quoi, ça ?

— Teragoth. Enfin, les ruines de Teragoth. La route de Dominion traverse Castia, passe sous l'arche du Portail qui est ici, et pénètre dans l'ancienne cité.

— Le Portail ? répéta Barret. Comme celui de Kaladar ?

— Exactement, dit Kit.

Clay cessa de se mordiller les lèvres et inspira un grand coup.

— N'oublions pas Akatung, souffla-t-il. Ombre a dit qu'il s'était installé dans un temple de la ville.

Barret fronça les sourcils.

— Akatung. Pourquoi ce nom me dit-il quelque chose ?

— C'est un dragon, répondit Ganelon.

Edwick effleura une corde de sa mandoline et une note sinistre résonna sur le pont.

Les sourcils broussailleux du meneur de Vanguard remontèrent si haut que Clay crut qu'ils allaient décoller.

— Pardon ?

— Oublie cette histoire de dragon, le rassura Gabe. Nous n'avons pas l'intention d'aller à Teragoth que je sache.

— Mais si ! s'exclama Moog.

Clay recommença aussitôt à se mordiller les lèvres.

Nous y voilà ! songea-t-il.

— J'ai un plan, expliqua le sorcier en examinant la carte par-dessus ses mains jointes. (Un petit rire s'échappa de sa gorge et se transforma en gloussement inquiet.) Mais je dois vous avertir, mes amis…

— C'est un peu risqué ? demanda Gabriel.

Moog leva la tête et ses yeux étincelèrent au-dessus de son sourire dément.

— Ça frôle le suicide.

48

Dans le labyrinthe de pierre et de feu

— Ça frôle le suicide, en effet, marmonna Ashe. Je n'arrive pas à croire qu'on a envoyé Matty dans le repaire d'Akatung tout seul.

— J'aurais dû y aller à sa place, dit Kit. Je n'ai pas grand-chose à craindre d'un dragon, mais Matrick…

— Matrick était jadis un voleur, déclara Gabriel. Et un sacré bon voleur. Si quelqu'un peut réussir ce coup-là, c'est bien lui.

Ils avaient fait un large détour vers le sud, contourné Castia et pénétré dans l'ancienne cité de Teragoth avant le lever du soleil. Edwick avait navigué assez bas pour ne pas attirer l'attention de la horde et Kit s'était lancé dans une visite guidée tandis qu'ils survolaient les ruines.

— Voilà tout ce qui reste du champ de courses d'akras. Jadis, j'ai gagné une fortune ici, et j'ai tout perdu d'un coup. (Il secoua la tête et fit la moue avec ses lèvres exsangues.) Je n'aurais pas dû parier sur un oiseau appelé « *C'est Dans la Poche* ». Et regardez, là ! La maison des parchemins ! Elle avait un toit dans le temps. Et un magnifique patio d'où on pouvait admirer la cité tout entière. On y servait un brunch remarquable : des œufs de basilic avec des tranches de pain pochées dans du beurre brun. (Sa voix se fit triste.) Plus personne ne sert des œufs de basilic aujourd'hui.

Clay entendit Ganelon marmonner :

— C'est quoi, un brunch ?

Le *Vieille Gloire* s'était posé dans ce qui avait été un gigantesque forum. Le plan de Moog – un plan brillant, fou et suicidaire – exigeait que l'un d'eux se glisse dans l'ancien temple de Tamarat, la demeure du dragon Akatung. Matrick s'était porté volontaire et ses camarades attendaient son retour sur le pont du vaisseau céleste, espérant contre toute attente que Lastleaf et sa horde ne remarqueraient pas leur présence dans la cité en ruine.

Clay s'était montré prudemment optimiste lorsque le sorcier avait expliqué son plan au cours de la nuit, et puis le soleil s'était levé sur les montagnes couvertes de neige et il avait aperçu Castia pour la première fois – en dehors de la boule de cristal de Moog. La cité s'étendait à quelques kilomètres à l'est comme un banc de poissons à la surface d'un océan empoisonné.

Il avait hoqueté et son cœur s'était mis à marteler sa poitrine. Une partie de lui l'avait supplié de se détourner, de fermer les yeux, de s'arracher à la contemplation de la horde grouillante et hurlante. Il en avait été incapable.

Quelqu'un – Gabriel, sans doute – lui avait dit un jour qu'on ne pouvait pas être courageux tant qu'on n'avait pas connu la peur. Si c'était vrai, Clay allait devoir affronter une peur comme il n'avait jamais connue pour rassembler le courage nécessaire à l'accomplissement de la mission. Il laissa donc l'horreur se fondre en lui, l'imprégner, broyer son âme comme les mâchoires d'un étau.

— Ça fait un moment qu'il est parti, remarqua Tiamax.

L'arachnéen arborait ses peintures de guerre. Son corps était noir, les extrémités de ses membres grêles rouge sang et il avait dessiné un sablier écarlate sur son abdomen. Clay aurait été incapable d'expliquer pourquoi, mais cet objet anodin avait quelque chose de terrifiant.

— Je ne crois pas qu'on nous ait repérés, dit Porcinet en jetant un coup d'œil prudent par-dessus la rambarde tribord.

Jusque-là, tout se passe bien, songea Clay.

L'instant suivant, Ashe pointa le doigt en direction d'une ruelle jonchée de débris.

— Des gnolls ! siffla-t-elle.

Clay plissa les yeux et aperçut un groupe d'hyènes humanoïdes à l'ombre d'un mur en ruine.

— Barret, Tiamax, Porcinet, dit Gabriel. Foncez sur eux. Ganelosn et Ashe, contournez-les et prenez-les à revers. Les autres restent à bord pour attendre Matrick.

À la grande surprise de Clay, le meneur de Vanguard obéit sans même hausser un sourcil. Il sauta par-dessus bord et fit signe à ses camarades de le suivre.

— Au boulot, dit-il. Si ces suce-moelle foutent le camp et avertissent leurs petits copains, notre plan tombe à l'eau.

Kit accompagna Ganelon et Ashe.

— Je connais la ville comme ma poche, dit-il alors que le guerrier des terres du Sud s'apprêtait à lui ordonner de remonter à bord. Je peux vous guider et veiller à ce qu'aucun gnoll ne vous échappe.

Ganelon hocha la tête avec réticence et ils s'éloignèrent vers l'est.

Un gnoll poussa un hurlement surpris, mais Barret l'interrompit net avec un carreau d'arbalète. Le guerrier adressa un hochement de tête à Edwick, qui était assis à la barre du vaisseau, puis regarda Gabriel en plissant les yeux.

— Veille à ce que mon barde reste en vie.

Un mince sourire se dessina sur les lèvres de Gabriel.

— Pas de promesse, dit-il.

Barret gloussa, puis se tourna vers ses camarades.

— C'est parti !

Tiamax fut le premier à s'élancer. Quatre de ses six mains tenaient des armes. Il lança un javelot hérissé de pointes dans le ventre d'un gnoll et projeta son abdomen en avant. Un filet de toile blanche jaillit de ses filières et emprisonna plusieurs monstres.

Beurk ! C'est sacrément dégueulasse, songea Clay.

Il plissa le nez, et les sutures de son visage se tendirent. Il comprenait mieux pourquoi Ashe n'était pas très enthousiaste à l'idée de coucher avec l'arachnéen. Même si ses six mains ouvraient des perspectives fort intéressantes, ainsi que Tiamax aimait à le répéter.

Barret rechargea son arbalète et tira un nouveau carreau – les gnolls englués dans la toile de Tiamax étaient des cibles faciles. Puis il glissa l'arme dans son dos et saisit les deux hachettes accrochées à sa ceinture. Porcinet avançait d'un pas lourd à côté de lui. Il portait le grand bouclier carré et le fléau d'armes de son père. Clay n'avait aucun doute quant aux compétences guerrières du gamin. Il connaissait Barret. Fils de Hog ou pas, le meneur de Vanguard ne l'aurait jamais engagé s'il n'avait pas été à la hauteur.

Gabriel était nerveux et ne tenait pas en place. Clay compris que, comme lui, il se faisait violence pour ne pas sauter par-dessus la rambarde et se précipiter vers les gnolls. Cela allait bien au-delà d'une simple pulsion. Clay sentait son cœur marteler sa poitrine et ses doigts frémir d'impatience à la perspective de serrer les lanières de *Blackheart* ou le manche d'une arme lourde. Mais cela n'arriverait pas avant un certain temps. Pas tant qu'il avait un bras en écharpe, en tout cas.

Moog dut sentir la soif de sang de ses deux camarades, car il s'approcha et s'accroupit entre eux.

— Il est un peu grassouillet, vous ne trouvez pas ?

— Hein ? demandèrent Clay et Gabriel en écarquillant les yeux.

— Elavis.

Le sorcier pointa le doigt vers la statue. Elle se trouvait au centre d'une grande place en creux qui s'étendait entre le vaisseau et le temple.

— Elle est encore en bon état compte tenu de son âge. Elle a moins souffert que les bâtiments voisins.

L'ancien dieu se dressait sur un socle deux fois plus grand que Clay. Il inclinait la tête, une main posée sur la poignée d'une gigantesque épée plantée entre ses pieds, l'autre tendue vers l'est, sans doute vers le cœur de Dominion. Et comme Moog l'avait fait remarquer, il était bien en chair.

— C'était un héros de Dominion. Un de ses plus valeureux guerriers.

Clay observa la statue en fronçant les sourcils.

— Je croyais que les humains étaient cantonnés à des tâches subalternes.

— C'était le cas pour une vaste majorité, oui, confirma Moog. Mais Elavis était une des rares exceptions. Il est devenu célèbre en défiant les champions des autres exarques en duel. Il est mort sans avoir perdu un seul combat. Et bien trop jeune.

— Trop jeune ? répéta Gabriel. Qu'est-ce qui lui est arrivé ?

Moog gratta un de ses sourcils broussailleux.

— Comme vous pouvez le voir, il était bien portant. D'après ce qu'on raconte, il est allé aux toilettes et le siège s'est effondré sous son poids. Il s'est noyé dans la fosse d'aisances.

C'est ce qu'on appelle une fin merdique, songea Clay.

Il s'apprêtait à faire part de sa fine plaisanterie à ses amis quand un cri étouffé résonna au-delà des colonnes brisées de la façade du temple.

— Vous avez entendu ça, les gars ?

Edwick porta une main à son oreille.

— J'ai bien l'impression que c'était Matrick, dit-il.

De nouveaux cris incompréhensibles résonnèrent sur la place. Gabriel se laissa glisser le long de la coque et avança de quelques pas. Clay jeta un coup d'œil en direction de la ruelle. Les pavés étaient jonchés de cadavres de gnolls, mais Barret et les autres avaient disparu.

— … maré… seau ! cria une voix depuis l'intérieur du temple.

— C'est Matty, il n'y a aucun doute possible, dit Moog. Mais qu'est-ce qu'il raconte ? Gabe, tu as compris quelque chose ?

Gabriel secoua la tête.

— On aurait dit…

— Amarrez le tasseau ? proposa le sorcier. Mais qu'est-ce qu'il raconte ? Quel tasseau ?

— Démarrez le vaisseau, murmura Clay.

Matrick jaillit entre deux colonnes qui encadraient la sombre gueule du temple. Il courait à toutes jambes et serrait quelque chose contre sa poitrine. Une petite roue en pierre blanche.

— Démarrez le vaisseau ! hurla-t-il d'une voix hystérique. Démarrez le vaisseau ! Démarrez le vaisseau ! *Démarrez ce putain de vaisseau !*

Gabriel pivota.

— Edwick…

— Je démarre le vaisseau ! cria Edwick en se redressant sur le siège de pilote.

La façade du temple vola en éclats. Des blocs de pierre s'abattirent sur la place et explosèrent en fragments tranchants qui mitraillèrent les alentours. Puis le dragon émergea des ruines en rugissant. Un véritable dragon. *Un putain de véritable dragon.*

Clay remarqua qu'Akatung n'avait guère changé depuis leur dernière rencontre. Il était gigantesque, mauvais, revêtu de son armure d'écailles noires et hérissé d'assez de pointes, d'épines et de cornes pour accrocher tous les chapeaux du monde. Plus ennuyeux encore : il ne semblait pas particulièrement ravi de revoir les types qui avaient failli le tuer des années plus tôt. À dire vrai, il était même carrément fumasse.

Matrick passa près de la statue d'Elavis en courant comme un dératé.

Le dragon la pulvérisa sans même ralentir.

Matrick gravit les marches trois par trois.

Le dragon les franchit d'un pas.

Matrick avait parcouru la moitié de la distance qui le séparait du vaisseau quand un éclat de pierre lui entailla le talon, lui faisant perdre l'équilibre. Il roula par terre en serrant la relique dans ses bras pour la protéger.

— Ne bouge pas ! lui cria Gabriel avant de s'élancer vers lui.

La tête du dragon fila vers Matrick. La gueule s'ouvrit, et une double rangée de dents aiguisées comme des rasoirs apparut. Matrick porta les mains à sa ceinture, mais s'il espérait arrêter Akatung avec ses dagues…

Non, il ne cherche pas Grace et Roxy, devina Clay. *Il a pris… autre chose. Une corne ?*

Matrick porta l'instrument à ses lèvres et souffla dedans. Aucune note ne résonna, mais une nuée d'insectes jaillit de nulle part. Des abeilles, des scarabées, des guêpes, des charançons, des criquets, des papillons, des grillons, des cafards, des libellules, des phalènes et des lucioles qui brillaient comme des étoiles. Le nuage répugnant se précipita dans la gueule du dragon avant que ses mâchoires claquent à quelques centimètres de l'ancien roi. Akatung écarquilla ses yeux jaunâtres, puis laissa échapper un bruit évoquant un chat vomissant une boule de poils.

Gabe aida Matrick à se relever et les deux hommes s'éloignèrent tandis que le dragon crachait des volutes d'insectes vers le ciel. Une fois qu'ils eurent regagné le *Vieille Gloire*, Gabriel prit la petite roue blanche des mains de Matrick et la tendit à Moog.

— C'est ça que tu voulais ?

Le sorcier prit l'artefact avec un mélange de respect et d'émerveillement.

— C'est ça. La clé de Teragoth ! Tu vois cette rainure, là ? Quand tu…

— Moog !

— Oui ?

Gabriel pointa le doigt vers la place.

— *Dragon !*

— Oh, oui ! Désolé. Plan B, donc ?

— Tu crois que ça va marcher ?

Le regard de Clay passa du sorcier à Gabriel.

— Il y a un plan B ? demanda-t-il.

Moog hocha la tête avec énergie.

— Nous devons essayer, dit-il.

Puis il traversa le pont, sauta par-dessus la rambarde et s'élança vers la porte est.

— Où il va ? demanda Clay.

— Le Portail, répondit Gabriel. Edwick, il faut qu'on occupe le dragon jusqu'à ce que Moog arrive au Portail !

— Pas de problème, dit le barde. Je vais prendre de l'altitude et…

— Surtout pas, le coupa Gabriel. Pas encore. Il faut d'abord trouver les autres. Reste aussi près du sol que possible.

— Mais, le dragon…

— Le dragon sera le cadet de nos soucis si Lastleaf découvre que nous sommes ici.

Clay se tourna vers Matrick.

— Et ça consiste en quoi, ce plan B ?

— Aucune idée, répondit son ami en haletant. Mais si tu veux mon avis, ça ne peut pas être pire que le plan A.

Akatung se tourna vers eux et les regarda d'un air mauvais. Ses yeux étaient des brasiers rugissants qui suintaient la haine. Il hurla quelque chose dans la langue incompréhensible des dragons et Clay songea que ce n'était sûrement pas un salut amical.

— On ferait mieux de bouger, lança Gabriel. Tout de suite !

Edwick fit tournoyer les orbes en onyx. Le vaisseau s'inclina sur bâbord au moment où l'horrible créature chargeait. Il glissa entre les pattes du monstre, mais un coup de queue le projeta sur le côté. Le *Vieille Gloire* roula comme s'il avait été frappé par un tsunami, mais Edwick parvint à le redresser. Le moteur cracha une écume blanche, et le navire fila comme une flèche le long d'une avenue.

Le vaisseau franchit une pile de gravats et passa sous l'arche d'un gigantesque aqueduc. Edwick osa jeter un coup d'œil par-dessus son épaule.

— Il nous suit ? demanda-t-il.

— Je ne sais…

Clay se tourna juste à temps pour voir la rue exploser derrière lui. Une façade de trois étages vola en éclats comme un barrage cédant à la poussée des eaux, et Akatung jaillit d'un tourbillon de poussière.

— Oui, dit Clay. Je crois qu'il nous suit.

Le vaisseau tourna dans une voie plus étroite, et la coque racla les murs tandis que des décharges d'électricité statique crépitaient dans les voiles. Le dragon arriva à l'intersection et glissa sur plusieurs mètres avant d'amorcer son virage. Il percuta un ensemble de piliers et de façades branlantes qu'il renversa comme un château de cartes.

Edwick tourna de nouveau, et le vaisseau remonta une large rue parsemée de socles surmontés de sandales de pierre et entourés de statues brisées. Le *Vieille Gloire* se mit à slalomer entre ces obstacles et Matrick ricana en observant les oursons-hiboux de Moog glisser et tituber d'un bord à l'autre du pont.

Clay osa lever la tête et regarder au-dessus de la rambarde. Akatung gagnait du terrain. Il courait et bondissait sans se préoccuper des obstacles qui se dressaient sur son chemin. Des membranes épineuses se déployèrent soudain de chaque côté de sa gueule béante.

— Tourne ! hurla Clay.

— Pourquoi ? demanda Edwick qui regardait droit devant lui.

— *Tourne !*

Le vaisseau bifurqua, et un torrent de flammes bleutées envahit l'avenue dans laquelle il se trouvait un instant plus tôt. Le barde s'engagea dans une nouvelle rue dans l'espoir de semer leur poursuivant, et le stratagème sembla fonctionner. Gabriel aperçut Barret, Tiamax et Porcinet à un demi-pâté de maisons. Il ordonna à Edwick de se diriger vers eux, et le vaisseau s'immobilisa alors que Tiamax tranchait la tête d'un gnoll avec deux épées.

— Grimpez ! cria Gabe.

Barret armait son arbalète en tournant une petite manivelle.

— Il en reste, dit-il en pointant le doigt vers des gnolls qui détalaient dans une ruelle.

À cet instant, la tête d'Akatung apparut à un coin de rue quelques dizaines de mètres devant les fuyards. On entendit un bruit ressemblant à celui de mille allumettes grattées au même moment, et le groupe de monstres disparut dans un cône de flammes bleutées.

— Mais puisque vous insistez, on fout le camp ! hurla Barret.

Il jeta son arbalète et se dépêcha de monter à bord. Tiamax poussa Porcinet pour l'aider à escalader la rambarde et bondit derrière lui. Le souffle brûlant du dragon se précipitait vers eux. Clay entendit le grondement qui l'accompagnait et sentit une première vague de chaleur lui roussir le visage, mais Edwick faisait déjà tournoyer ses orbes et le vaisseau s'élança dans le labyrinthe de la cité en ruine.

Clay était heureux que Kit ne soit pas à bord. Il l'imaginait pérorer au fil des rues.

Ici, il y avait une galerie d'art. Et là, une délicieuse petite boulangerie. Je peux vous citer un domaine dans lequel les êtres humains n'ont pas progressé d'un pouce au cours des douze derniers siècles : la pâtisserie.

— Je vois Ashe ! lança Barret en pointant le doigt au-dessus de l'épaule d'Edwick.

Ashe et Ganelon remontaient une avenue en courant ventre à terre. Ils avaient presque rattrapé Kit qui filait devant eux, la robe en drap de lit troussée jusqu'en haut des cuisses.

— Ils sont poursuivis par quelque chose, dit Gabriel.

Sûrement pas par des gnolls, songea Clay. *Les loups gambaderont gaiement avec les agneaux avant que Ganelon s'enfuie devant des gnolls.*

Ses craintes se confirmèrent lorsque le *Vieille Gloire* franchit un amas de ruines. Akatung était là. Il tendit son long cou, et les membranes épineuses s'agitèrent comme des éventails de chaque côté de sa gueule.

— Accrochez-vous ! hurla Edwick.

Il saisit les deux orbes et donna un coup de pied dans le levier d'accélération. Le moteur frissonna et le boutre glissa de côté en s'inclinant. Ashe et Ganelon en profitèrent pour sauter à bord. Kit heurta la rambarde, mais Tiamax – qui tenait les oursons-hiboux au creux d'un bras – réussit à l'attraper par la cheville avant qu'il tombe en arrière.

Le vaisseau céleste tournoya jusqu'à ce que le barde tire sur le levier une fois de plus. Les voiles crépitèrent de plus belle et Clay eut l'impression que tous les poils de son corps se mettaient au garde-à-vous. Les anneaux du moteur rugirent et le *Vieille Gloire* se redressa tandis qu'un torrent de feu blanc-bleu frôlait le flanc bâbord.

Gabriel enjamba Kit, se dirigea vers le poste de pilotage et posa les mains sur les maigres épaules d'Edwick.

— Tu peux nous emmener jusqu'au Portail ? demanda-t-il.

— Je peux essayer, répondit le barde. Mais le navire n'est pas assez rapide pour semer cette chose !

— Pas assez rapide...

Gabriel se tourna, examina le pont et regarda Barret d'un air interrogateur.

Le meneur de Vanguard poussa un soupir résigné.

— Et merde ! Balancez les meubles par-dessus bord !

Ils jetèrent les canapés, les chaises, les coffres remplis de vêtements et d'armures. Ils jetèrent les matelas, les tabourets de bar, le bar. Matrick en personne souleva l'armoire à bouteilles et la fit passer par-dessus la rambarde. Il grimaça en l'entendant se fracasser sur les pavés.

Clay s'aperçut que Ganelon regardait Porcinet d'un drôle d'air.

— Hé ! dit-il pour attirer l'attention du guerrier. N'y pense même pas.

Ganelon eut la décence d'esquisser une moue embarrassée.

Le vaisseau filait à travers la ville en remontant la large avenue de Dominion. Le Portail – une gigantesque arche noire qui enjambait la rue – se dressait devant eux, à l'est. Clay regarda au-delà et aperçut quelque chose sur l'immense plaine dévastée. Quelque chose qui défiait l'imagination.

Castia et la horde du Cœur du Wyld.

Deux géants marchaient au milieu d'un océan de monstres hétéroclites. Il y avait là des créatures que Clay n'avait jamais vues auparavant, ou qu'il distinguait mal à cause de la distance. Le ciel n'était pas épargné. Il grouillait de faucons-peste et de vouivres qui tournaient avec lenteur hors de portée des redoutables défenses de la ville. Il pullulait de harpies, de sylves nécrosées, d'yeux-ailés injectés de sang et de mille autres monstres qui virevoltaient entre les colonnes de fumée et les nuages.

La horde ne se contentait pas de cacher l'horizon, elle *était* l'horizon. Elle occultait le monde entier, et pendant un moment, Clay et ses camarades restèrent figés, incapables de s'arracher à la contemplation de l'horrible spectacle.

Neuf cœurs se contractèrent sous le coup de la peur, et même le plus courageux ne parvint pas à se libérer de son étau. Puis Kit, qui était penché sur la rambarde, prit la parole.

— Le dragon…

— Je sais ! s'écria Gabriel.

— Il est juste derrière nous !

Clay regarda vers l'arrière et plissa les yeux. Kit avait raison : Akatung était presque au-dessus d'eux. Il était si près que le guerrier sentit l'odeur brûlante et métallique de son souffle.

Il se tourna vers la proue et vit Moog qui insérait la clé dans l'arche géante.

— Je vais où ? hurla Edwick.

— Tu continues tout droit ! répondit Gabriel.

Le vaisseau franchit le Portail, et l'espace d'un instant, Clay croisa le regard du sorcier, qui lui adressa un clin d'œil. Puis le guerrier se tourna vers la poupe et vit le dragon plonger sous l'arche dont l'ouverture scintillait désormais comme la surface d'une bulle de savon.

Akatung se volatilisa.

Le *Vieille Gloire* vira brusquement et un véritable tsunami jaillit de la façade occidentale du Portail. Moog, qui était dangereusement proche de ce raz-de-marée, tournait la clé de pierre blanche avec frénésie comme s'il s'agissait d'une valve. Il semblait d'ailleurs que c'était le cas, car le flot impétueux se tarit aussi soudainement qu'il était apparu.

Clay et quelques-uns de ses camarades poussèrent de longs soupirs tandis qu'Edwick ricanait comme s'il avait perdu la raison. Gabriel semblait partagé entre l'épuisement et un profond soulagement.

Matty rompit le silence hébété en hurlant de joie.

— Ouais ! cria-t-il. Un point pour le plan B !

49

Immortalité

Un homme-sirène se tortillait dans la boue. Il hoquetait et regardait le ciel en se demandant sans doute où il était. Il bredouilla quelque chose à l'adresse des humains qui descendirent du boutre, mais personne – pas même Kit – ne parlait la langue liquide des créatures de la mer. Le malheureux mourut donc sans savoir ce qu'il faisait là. Comme la plupart d'entre nous, d'ailleurs.

Il fallait cependant reconnaître que dans son cas, l'explication n'était pas banale.

Moog regarda ses camarades approcher avec un grand sourire.

— J'ai ouvert un passage vers Antica, dit-il.

— Pourquoi Antica ? demanda Porcinet.

Le jeune homme sortit un gâteau écrasé et plongea deux doigts dans la garniture à la cerise.

Moog et Kit ouvrirent la bouche pour expliquer ce qui s'était passé, mais Gabriel les devança.

— Il existe trois de ces trucs, dit-il en faisant un geste en direction de l'arche de pierre noire qui se dressait devant lui. Un ici, un à Kaladar et un dans la cité d'Antica, qui repose au fond de la mer.

Barret semblait un peu perdu.

— Antica ? Je croyais…

— Tu te trompais.

— Et donc, le dragon…

— … a intérêt à savoir nager, oui. (Gabriel se tourna vers Moog.) Est-ce que tout est prêt ?

— Je pense.

— Bien. Montre à Tiamax comment on s'en sert. Tu viendras avec nous. Toi aussi, Barret. (Le meneur de Vanguard hocha la tête d'un air sombre.) Les autres, vous protégerez le Portail. Quoi qu'il arrive. Lastleaf doit savoir que nous sommes là et que nous avons mis la main sur la clé du Portail de Teragoth. Il va arriver avec toutes les forces dont il dispose, et s'il réussit à nous battre…

— Il ne réussira pas, lâcha Ganelon.

Gabriel se tourna vers lui et le regarda dans les yeux. Clay crut qu'il allait dire quelque chose, mais il se contenta de hocher la tête.

Ils contournèrent le Portail et s'arrêtèrent à l'est. Clay observa la plaine qui s'étendait jusqu'à Castia. Elle était parsemée de fermes en ruine et de greniers brûlés. Les cultures des champs en pente douce avaient été écrasées par les pieds, les sabots et les griffes. Cinq ou six kilomètres plus loin, la cité était encerclée par la horde. Clay distinguait vaguement les jets de flammes et les éclairs qui empêchaient les assaillants d'approcher trop près des murailles.

Moog inséra la clé de Teragoth dans la pierre noire et lisse du Portail et montra à l'arachnéen les runes gravées qui permettraient de choisir la destination.

Tiamax glissa un doigt sous un de ses cache-œil et se gratta.

— Comment ça se fait que tu connais celles qui ouvrent le Portail d'Antica ? demanda-t-il.

Moog haussa les épaules.

— Un coup de chance, dit-il avec une sincérité inquiétante.

Gabriel se plaça devant l'arche, flanqué de Moog et de Barret. Il lissa ses cheveux et fit glisser une main sur sa mâchoire.

— J'ai l'air comment ? demanda-t-il.

— Vieux, répondit Barret en souriant.

Moog l'examina à son tour.

— Et fatigué, dit-il.

Gabriel fut secoué par un petit rire.

— Allez vous faire foutre, bande de salauds.

Tiamax tourna la clé, et entre les piliers du Portail, l'air prit des reflets irisés, comme cela s'était produit avant que le dragon disparaisse.

À un pas de distance, à l'autre bout du monde, apparurent les ruines de Kaladar où étaient rassemblés toutes les roquebandes de Grandual, tous les apprentis mercenaires et les vétérans endurcis, tous ceux qui cherchaient à graver leurs noms dans l'histoire. La Route du Roque.

C'était la deuxième partie du plan de Moog – la première consistant à récupérer la clé et à ouvrir le Portail. Maintenant, tout allait dépendre de leur talent de persuasion.

— Clay ?

Clay cligna des paupières et se tourna vers Gabriel.

— Quoi ? Tu veux que je vous accompagne ?

Gabriel hocha la tête.

— Je crois qu'on va avoir besoin de toi.

La Route du Roque était la plus grande fête de Grandual. Pendant trois jours, les collines encerclant l'ancienne capitale de Dominion accueillaient la moitié des guerriers de ce monde : des berserkers kaskars vêtus d'épaisses fourrures ; des escrimeurs méridionaux de Narmeer en robes de soie ;

des pirates phantriens bravaches couverts de bijoux et de tatouages ; des Cartéens des plaines aux jambes arquées… Tout le monde s'interpellait, riait, jouait, criait et parfois se battait. Les vétérans et les membres des roquebandes les plus célèbres se rassemblaient pour échanger des histoires. Les novices et les groupes récents s'efforçaient de se faire remarquer et de signer un contrat pour une tournée bien rémunérée.

Les ruines d'un immense théâtre avaient été transformées en arène, mais de nombreux endroits moins illustres permettaient aux guerriers de s'affronter pour tester leur courage ou de combattre des créatures capturées pour l'occasion. Il y avait un labyrinthe dans lequel les voleurs en quête d'emploi pouvaient montrer leurs talents en crochetant des serrures complexes et en évitant des pièges inoffensifs – enfin, pour la plupart. Un peu plus loin se dressait une ancienne carrière de pierre de lune où les sorcières-tempêtes et les mages alchimistes pouvaient se défouler.

Il y avait toujours quelques regrettables accidents au cours des trois jours de fête, mais bon ! ça n'aurait pas été une vraie fête sans quelques cadavres.

Un tel rassemblement de gens de guerre attirait également de louches individus. Aucun ne manquait à l'appel : courtiers en griffes, vendeurs de charmes, marchands d'armes et d'armures… Il était impossible de compter le nombre de bardes et de managers qui rôdaient en quête de héros à exploiter – qui pouvait dire si une roquebande de l'envergure de Saga ne traînait pas dans les environs comme une pépite attendant d'être ramassée sur le lit d'une rivière ?

Tandis que Clay franchissait le Portail et était accueilli par quelques gouttes de pluie, il songea que la Route du Roque ressemblait beaucoup à Contha. Avec moins d'incendies et beaucoup plus de gens qui pissaient dans les rues.

Le Portail de Kaladar était niché dans un bosquet de pins noirs et d'érables aux feuillages rougis par le toucher de braise du Fils de l'Automne. Une foule considérable était déjà rassemblée et des centaines d'autres curieux arrivaient des campements voisins. Les yeux écarquillés, les gens contemplaient la plaine de Castia à travers le Portail.

Gabriel se dirigea vers le premier rang et s'adressa à des hommes et des femmes que Clay n'avait pas vus depuis des années. Il reconnut Geralt Snakewater, May « l'Impitoyable » Drummond et Red Bob qui arborait jadis de magnifiques cheveux bouclés et qui était désormais chauve comme un œuf.

Barret adressa un signe à deux jeunes hommes et les présenta à Clay.

— Voilà mes fils, Rogan et Syd. Les garçons, voilà Clay Cooper.

— C'est un plaisir de te rencontrer, dit Rogan.

Il était plus grand que son père, mais en dehors de cela, c'était son portrait craché. Syd était moins impressionnant. Il avait hérité des yeux bleus et du sourire éblouissant d'Avery. Les deux frères étaient plus maquillés qu'un travesti narmérien et leurs cheveux étaient teints en blond platine.

— Notre mère nous a beaucoup parlé de toi, dit Syd. Chaque fois qu'on fait une connerie, elle jure qu'elle aurait mieux fait d'épouser Clay Cooper plutôt que notre vieux.

Barret gloussa.

— Pourquoi pas ? Qu'est-ce que t'en penses, Main Lente ? Ça ne te dirait pas d'échanger nos femmes ?

Clay était sur le point de refuser poliment quand une voix familière cria son nom.

— Clay Cooper ? Qu'on me fouette le cul et qu'on m'appelle princesse ! Mais qu'est-ce que tu fous de ce côté-ci du Cœur du Wyld ?

Jain se fraya un chemin à travers la foule, suivie de près par ses complices qui étaient deux fois plus nombreuses qu'à Contha. Toutes portaient une quantité astronomique de belles fourrures et de vêtements en soie, mais elles ne semblaient pas craindre que la pluie les abîme.

Clay grimaça un sourire.

« Chassez le naturel, il revient au galop. »

Jain fit un grand geste en direction de ses camarades.

— Admire ! Les Silk Arrows ! Comme tu peux le voir, j'ai vachement recruté. Au fait, t'as vraiment une sale gueule. Qu'est-ce qui t'est arrivé à la tronche ?

Clay haussa les épaules.

— Je suis né comme ça.

— Ta mère gardait une hache entre les jambes ? L'idée est intéressante. Ça tiendrait les mecs à distance.

Barret éclata de rire.

— Je l'aime bien, cette môme, dit-il.

Gabriel interrompit sa discussion houleuse avec les frères Crâne et s'éloigna d'un air agacé. Il se dirigea vers Moog qui bavardait avec May Drummond, le saisit par le col et l'entraîna sans ménagement.

— Putains de lâches, marmonna-t-il.

— Ils ne veulent pas nous aider ? demanda Clay.

— Ils veulent qu'on *ferme le Portail* ! Ils pensent que nous ferions mieux d'oublier Castia et les trente mille personnes coincées à l'intérieur ! C'est ce que m'a dit Geralt Snakewater. Le type qui a assommé un mastodonte de pierre à mains nues ! Et les frères la Maraude. Ils ont bien tué un dragon, jadis ?

— Un petit, dit Moog en écartant les doigts de quelques centimètres.

— Ouais, eh bien ils ne veulent pas venir non plus. Ils ont la trouille.

— Parle-leur, dit Clay.

Gabriel leva les mains d'un air impuissant.

— J'ai essayé ! J'ai cru que si je parvenais à en convaincre quelques-uns, les autres suivraient, mais…

— Non. (Clay leva le bras et montra les collines avoisinantes.) Parle-leur à *eux*. À tous ceux qui sont là. Laisse tomber Geralt Snakewater. On n'a pas besoin de héros d'un autre âge, Gabe. On a besoin de sang *neuf*.

— Je veux, approuva Rogan.

Syd esquissa un petit sourire pour exprimer son assentiment.

Jain se redressa et tapota l'extrémité de son arc sur le sol.

— Ça, c'est une idée qui me plaît, dit-elle.

Gabriel était dubitatif et Clay poursuivit.

— Quand May Drummond et les frères Skulk te regardent, ils voient un vieux copain. Ils voient le type qui est entré au *Repaire de l'Émeutier* à cheval. Le type qui était tellement ivre qu'il est tombé du haut des remparts pendant le siège de Castadar.

— Je m'en souviens ! s'exclama Barret. Ce qu'on a pu rigoler ce jour-là ! On est tous sortis par la porte principale pour te sauver, et du coup, on en a profité pour briser le siège.

— Ou peut-être qu'ils voient un rival, poursuivit Clay. Peut-être qu'ils pensent que tu t'attaques à un adversaire trop fort pour toi – ce en quoi ils n'ont pas tort. Peut-être qu'ils pensent que tu as toujours été une grande gueule doublée d'un parfait connard – ce en quoi ils n'ont toujours pas tort. (Gabe ouvrit la bouche pour protester, mais Clay ne lui en laissa pas le temps.) Mais quand tous ces gamins te regardent… ils voient une *légende*. Ils voient Gabe le Magnifique. L'homme qui a tué la Reine des Cryptes. L'homme qui a tenu le pont de la Dîme aux Trolls face à une légion d'hommes-lézards.

Gabriel se racla la gorge.

— Euh… c'était Ganelon.

— Et alors ? Quelle importance ? Tous ces types, ces héros d'une autre époque… (Clay s'interrompit pour chercher ses mots.) … ce ne sont que des chandelles, Gabe, alors que toi, tu es un *putain de soleil.* (Il pointa le doigt vers un escarpement rocheux qui se dressait quelques mètres plus loin.) Maintenant, grimpe là-haut et brille de tous tes feux !

Gabriel resta sidéré pendant une poignée de secondes, puis il cligna des yeux comme s'il s'arrachait à un enchantement.

— D'accord, dit-il avec un hochement de tête qui ne s'adressait qu'à lui. Je suis un putain de soleil. Moog…

— Je suis prêt, gazouilla le sorcier.

Il se dirigea vers un conifère d'un pas rapide, puis revint et pressa quelque chose de sombre et d'humide dans la main de Gabriel.

— Une pomme de pin ?

— Ben voyons. Nous sommes dans une situation désespérée et tout ce que je trouve à faire, c'est te donner une pomme de pin ? (Moog gloussa et tout le monde le regarda.) Bon, d'accord, c'est une pomme de pin, mais c'est une pomme de pin *magique*. Tiens là comme ça.

Il plia le bras de Gabriel de manière que la pomme de pin se retrouve devant sa bouche.

Gabe ne semblait pas convaincu, mais il gravit l'éminence rocheuse qui se dressait au pied du Portail et prit la parole.

— *Guerriers ! Écoutez-moi !* cria-t-il.

Sa voix tonnante fit trembler l'air tout autour de lui. Les pins frémirent et les érables perdirent la moitié de leurs feuilles d'un seul coup. Les piaillements des oiseaux effrayés réveillèrent le ciel gris.

— Je suis Gabe le Magnifique. Vous me connaissez, ou vous avez entendu mon nom dans des chansons, des poèmes ou des histoires. Vous savez peut-être que j'ai tué Nazalin, la

Reine des Cryptes, en combat singulier. Vous savez peut-être que j'ai été le premier à franchir les remparts de Castadar pour attaquer les soldats qui assiégeaient la ville. (Il adressa un clin d'œil à Barret.) Je l'ai fait. Vos pères vous ont peut-être raconté qu'ils ont un jour combattu à mes côtés. Vos mères vous ont peut-être dit qu'elles m'ont rencontré dans une taverne il y a vingt ans. Eh bien… si vous avez des yeux bleus et un cerveau de poisson rouge, c'est peut-être bien vrai.

Il fit une pause tandis que des rires montaient des collines avoisinantes, puis il jeta un coup d'œil inquiet en direction du Portail.

— Je fais partie d'une roquebande. Vous en avez sans doute entendu parler. Elle se compose de Matrick Skulldrummer, Arcandius Moog, Clay « Main Lente » Cooper. Et Ganelon.

Clay comprit que son ami n'osait pas aller à l'essentiel, qu'il cherchait à gagner du temps. À cet instant, une vouivre traversa le passage magique dans un éclair d'écailles rouges et lisses. Elle battit des ailes et hurla comme un aigle frappé de démence. La foule recula et le monstre s'arrêta après une courte glissade. Ganelon était accroché à son long cou et les muscles de ses bras se contractèrent lorsqu'il le tira violemment en arrière. Un sinistre craquement de vertèbres résonna au-dessus des arbres et la vouivre s'effondra.

Soixante mille personnes bouche bée regardèrent Ganelon se relever dans un silence de mort. Le guerrier des terres du Sud fit rouler sa tête sur ses épaules, puis se dirigea vers le Portail d'un pas tranquille.

— T'as besoin d'aide ? demanda Barret lorsqu'il passa devant lui.

Ganelon tira la hache accrochée dans son dos, et les runes gravées dans le métal noir palpitèrent comme si elles étaient vivantes.

— Nan, c'est bon.

Gabe reprit la parole.

— Certains d'entre vous – bon sang, la plupart d'entre vous – sont trop jeunes pour se rappeler nos exploits, alors je vais vous faire un résumé de ceux que nous avons accomplis au cours des dernières semaines. Nous avons sauvé le roi d'Agria d'un assassin au service de son épouse. Nous avons rasé *Le Repaire de l'Émeutier* à Cincour. Nous avons tué une chimère et envoyé le Maxithon en croisière. (Des rires éclatèrent et Gabriel attendit que le silence revienne.) Nous avons traversé le Cœur du Wyld – et je dois avouer que ça n'a pas été une partie de plaisir. Nous avons emprunté la Route froide en nous acquittant du droit de passage. (Clay sentit les doigts de sa nouvelle main le démanger tandis que la berceuse de l'ettin résonnait dans les couloirs de sa mémoire.) Nous avons trouvé une clé druine et nous avons ouvert le Portail qui est derrière moi. Ah oui ! j'oubliais. Nous avons aussi tué un dragon. Akatung est mort.

Des hoquets incrédules montèrent de la foule qui l'écoutait. Celle-ci rassemblait désormais une grande partie des festivaliers, car la voix du guerrier résonnait par-dessus les collines et au-delà. Gabriel soupira et les feuilles des arbres frissonnèrent comme si le vent glissait ses doigts glacés entre leurs branches.

— Mais je ne suis pas venu ici pour me faire mousser.

— Tu fais bien de le préciser ! lança Red Bob.

Il semblait très fier de lui, mais cela ne dura pas.

— Et si tu fermais ta putain de gueule, Bob ! cria quelqu'un.

De grands éclats de rire saluèrent la pique, mais Gabe poursuivit comme s'il n'avait rien entendu.

— D'ailleurs, permettez-moi de tout reprendre à zéro. Je suis Gabriel et j'ai besoin de votre aide. (Il pointa le doigt vers le Portail.) Et Castia est par là.

Des murmures inquiets montèrent dans la nuit. Si quelqu'un avait eu le moindre doute quant à ce qu'il apercevait, quant à ce qui se trouvait de l'autre côté de l'arche, il n'en avait plus.

— Trente mille personnes sont prisonnières dans la ville assiégée, lança Gabriel. Ils ont gardé espoir pendant un certain temps, mais aujourd'hui, ils prient pour que la mort les emporte au plus vite. Parmi elles, il y a ma fille, Rose. Vous voyez ces ombres… ces ténèbres entre la cité et nous… c'est la horde du Cœur du Wyld.

Les murmures se transformèrent en bredouillements craintifs. La foule se recroquevilla comme l'herbe sous la morsure du feu. Un marchand de lames roula le tapis détrempé qui lui servait de présentoir et s'en alla d'un pas pressé.

Gabriel se dépêcha de reprendre la parole.

— Tous les cauchemars qui ont hanté vos nuits et tous les monstres que vous avez eu peur de découvrir sous votre lit se trouvent devant vous. Et chacun d'entre eux est venu avec un bon millier de ses copains. Ils ont déjà écrasé une armée et bientôt, ils écraseront Castia. La horde a faim. La horde est cruelle et lorsqu'elle s'emparera de la cité, les survivants regretteront de ne pas avoir été tués au cours de la bataille.

Barret s'agita, mal à l'aise. Il craignait que les sombres paroles de Gabe dissipent le faible charme qu'il était parvenu à tisser un peu plus tôt, mais Clay savait qu'il se trompait. Il connaissait Gabriel depuis trente-cinq ans et celui-ci l'avait souvent convaincu de se lancer dans des entreprises aussi stupides que dangereuses. C'était un forgeron habile et charismatique pour qui chaque cœur était un feu brûlant et chaque âme une lame.

Et voilà le coup de marteau final, songea-t-il.

Enfin, il fallait espérer, parce que même les fils de Barret affichaient une mine aussi sombre que le ciel pluvieux.

— Pourquoi êtes-vous venus à Kaladar ? demanda Gabriel. Pour exhiber vos peintures faciales ? Vos nouveaux tatouages ? Vos cheveux teints ? Ou êtes-vous venus pour trouver autre chose ? Une roquebande ? Un manager ? La célébrité ? La *gloire*, peut-être ?

En entendant le mot « gloire », Clay eut l'impression qu'on soufflait sur les braises qui lui brûlaient le ventre. Quelle importance s'il était vieux ? S'il était fatigué ? S'il s'était rassasié plus souvent qu'à son tour en buvant au calice de la victoire et de la renommée ? Un guerrier entendant le mot « gloire » était comme un chien entendant le mot « promenade » : il se mettait aussitôt à remuer la queue.

— Parce que si c'est la gloire, laissez-moi vous dire que vous ne la trouverez pas dans un festival. Ce n'est pas un truc qui vous tombe tout cuit dans le bec. Il faut aller la chercher. Il faut la mériter. Il faut *prendre des risques.*

Quelque chose bougea à l'intérieur du Portail. Ashe et Porcinet se battaient contre deux harpies. Ganelon affrontait une créature qui ressemblait à un mille-pattes avec des ailes minuscules le long du corps.

— La gloire est une denrée qui n'est pas facile à récolter de nos jours, poursuivit Gabriel. Il ne suffit plus de se promener dans une forêt ou de s'aventurer dans une caverne. Il faut la faire éclore, la garder dans une cage et la répartir de manière que chacun ait sa part. J'ai entendu dire – et vous aussi, sans doute – que tous les grands groupes appartiennent au passé. (La foule s'agita.) Les gens pensent que le monde est maintenant un endroit sûr, que nous n'avons plus besoin de mercenaires. Ils pensent que nous sommes une espèce en voie de disparition !

Cette provocation fit son effet. Des ricanements, des « Il a raison ! » et des « Qu'ils aillent se faire foutre ! » fusèrent de tous côtés.

— C'est vrai, dit le benjamin de Barret à son frère.

— Alors, que pouvons-nous faire ? demanda Gabriel. Vous allez de ville en ville pour combattre les misérables créatures que les ploucs du coin ont réussi à dégotter. Vous faites les guignols devant des trous du cul remplis de bière qui espèrent qu'un gobelin parviendra à vous toucher et qu'ils auront la chance de voir un peu de sang !

Moog gloussa et de nombreux vétérans l'imitèrent. Mais les jeunes hochèrent la tête, les lèvres serrées, ou crièrent leur approbation.

— *Qui se souviendra de vous ?* demanda Gabriel. Qu'avez-vous accompli ? (Il tendit la main en direction de la cité assiégée par la horde.) Dites-moi un peu : vous avez l'impression que le monde est sûr, vous ?

Sa question ne suscita que quelques grognements embarrassés, puis quelqu'un eut le courage de crier : « Non ! » et des centaines de personnes se joignirent à lui.

— Castia a besoin de guerriers ! rugit Gabriel pour couvrir le grondement des pieds qui frappaient le sol. Castia a besoin de mercenaires courageux et en quête de gloire ! (Les gens se mirent à frapper leurs boucliers avec leurs épées.) Castia a besoin de héros !

Et la foule rugit à son tour.

Les fils de Barret souriaient comme des chacals. Les camarades de Jain hurlaient comme des louves.

— Est-ce qu'il y a des héros parmi vous ? cria Gabriel.

— OUI ! hurlèrent dix mille, vingt mille personnes.

— J'ai dit : *Est-ce qu'il y a des héros parmi vous ?*

— OUI ! hurlèrent trente mille, quarante mille personnes.

Les collines semblaient bouger, se soulever sous la poussée d'un troupeau de léviathans souterrains. Dans le ciel, les oiseaux affolés tournaient en rond.

Moog bondissait sur la pointe des pieds comme un enfant surexcité. Kit, qui avait franchi le Portail pendant la harangue de Gabriel, observait la foule comme s'il s'efforçait de graver la scène dans sa mémoire.

Lorsqu'ils avaient traversé le Manteau de l'Empereur, il leur avait parlé des horreurs et des merveilles qu'il avait vues au cours de sa vie extraordinaire. Clay se demanda s'il avait déjà assisté à un tel spectacle.

— C'est aujourd'hui, lança Gabriel. C'est *maintenant* que vous allez émerger des ombres du passé ! C'est aujourd'hui que vous allez graver votre nom dans l'histoire. Que vous allez écrire votre légende. Demain, ce sont vos exploits que les bardes chanteront, car aujourd'hui, nous allons sauver le monde !

Clay poussa un soupir de soulagement. Le dernier coup de marteau avait été donné et le métal avait pris la forme désirée.

Gabriel tira *Vellichor* de son fourreau et la pointa vers la horde qui s'étendait à perte de vue.

— Il ne s'agit pas d'un choix entre la vie et la mort, mais entre la vie et *l'immortalité* ! Restez ici et demeurez dans l'ombre ou suivez-moi et vivez à jamais !

50

La bataille des roquebandes

Les fils de Barret furent les premiers à franchir le Portail. Trois autres jeunes – le reste des Nuits Spectrales, probablement – leur emboîtèrent le pas. Tous avaient les yeux maquillés de noir et les cheveux décolorés.

Les camarades de Jain les suivirent. La voleuse devenue meneuse de roquebande effleura Clay avec une extrémité de son arc en passant près de lui.

— On a fait un sacré chemin depuis l'époque où on piquait des chaussettes, pas vrai Main Lente ?

— Un long chemin. Sois prudente, Jain.

La jeune femme éclata de rire.

— Il est un peu tard pour ça, lança-t-elle par-dessus son épaule.

Geralt Snakewater fut le suivant. Le colosse avait tellement honte qu'il n'osait pas croiser le regard de Gabriel, mais il adressa un hochement de tête respectueux à Ganelon qui se tenait sur la carcasse du mille-pattes et qui surveillait le ciel du coin de l'œil.

Les roquebandes qui se dirigeaient vers le Portail se présentaient en passant devant Gabriel. Clay entendait leurs noms pour la première fois. Les Fléaux des Géants étaient de grands guerriers blonds venus du nord et chacun brandissait une hache aussi impressionnante que *Syrinx*. Courtney et les Étincelles étaient armées de cimeterres des terres du Sud et portaient des robes de soie écarlate. Les Silent Sons avaient le visage couleur cendre et marchaient en ligne sans prononcer le moindre mot. Les Banshees se précipitèrent vers le Portail en hurlant. Les Dustgall saluèrent Gabriel dans une langue que Clay ne connaissait pas. Les Renégats avaient les yeux tuméfiés, le nez ensanglanté et le sourire édenté. Apparemment, ils s'étaient battus le matin même, mais en voulaient encore.

Les mercenaires étaient présentés par leurs bardes lorsqu'ils émergeaient du Portail, à Teragoth. Layla Sweetpenny, Jasper Creep, Frère Sandman, Hasdrubal Doomflayer. Il y avait même un certain Blind Tiger qui semblait aveugle et un Ben le Stalactien qui devait avoir du sang de géant dans les veines.

Certains noms étaient familiers – Tushino Wicked, Jorma Mulekicker, Queen-Killer Lysanthe… – et Clay découvrit avec étonnement que bon nombre de groupes qu'il croyait dissous tournaient encore : les Dreamers, les Locksmiths, les Wheat Kings, Slade et les War Dancers… Red Bob avança avec fierté, suivi par un barde tremblant qui envisageait très sérieusement de prendre une retraite anticipée. Neil le Jeune avait quitté sa bonne ville de Grunge. Il était incapable de faire un pas sans s'appuyer sur son grand bâton noueux. On le surnommait jadis le Parrain de Grunge, et Clay se demanda si maintenant, on ne l'appelait pas le Grand-père de Grunge.

Ils arrivaient les uns après les autres. Ils émergeaient du Portail comme un fleuve se jetant dans la mer. Deckart Clearwater et son marteau à double manche ; Hank Beholder dont le bouclier frappé d'un œil rouge crachait le feu grâce à une machine fixée au niveau des poignées ; Black Pudding ; les People Eaters, les Shewolves… Cinq hommes portant la livrée des gardes de Cincour passèrent en courant et saluèrent Clay comme si c'était un vieil ami.

Les Sisters in Steel arrivèrent sur leurs beaux chevaux blancs et se dirigèrent vers une aile sans prêter attention aux gens qui se trouvaient sur le chemin. Les jeunes filles pimpantes qui avaient défilé à Contha avaient laissé place à de redoutables guerrières. Les Stormriders étaient là, eux aussi. L'un d'entre eux s'arrêta pour serrer la main de Gabriel et marmonner des excuses à propos de *cette histoire de chimère* – ainsi qu'il présenta les choses avec une certaine désinvolture.

Clay sentit un picotement sur sa peau et s'aperçut qu'un jeune homme aux cheveux blonds le regardait d'un air renfrogné. Il lui fallut un petit moment pour se rappeler où il avait vu cette expression.

— Qu'est-ce que tu mates comme ça ? demanda-t-il au meneur des Screaming Eagles – celui qui avait réussi à provoquer Ganelon au *Repaire des Émeutiers*.

Le nez cassé du jeune homme témoignait encore de cette funeste confrontation.

— Une légende, apparemment, répondit-il avant de faire signe à ses camarades de se remettre en marche.

— Pareil pour moi, dit Clay.

Le meneur hocha la tête sans parvenir à contenir sa fierté et s'éloigna.

Clay ne connaissait même pas le nom du jeune homme, mais c'était toujours utile de gonfler le moral d'un guerrier avant une bataille. Et puis, Gabriel n'était pas le seul à savoir cirer les pompes et passer de la pommade. Clay regardait les Screaming Eagles rejoindre les autres roquebandes quand Gabriel le prit par l'épaule et le fit pivoter.

Barret et les membres de Vanguard étaient à la tête du rassemblement. Kit observait le flot sans fin des guerriers aux yeux écarquillés arriver des lointaines terres de Kaladar. Les membres de Saga se retrouvaient entre eux pour la première fois depuis la petite visite qu'ils avaient rendue à Kallorek quelques semaines plus tôt et tous semblaient appréhender ce moment.

Moog et Matrick se prirent par une épaule, puis le sorcier passa un bras dans le dos de Clay, et Matty glissa une main sur l'omoplate de Ganelon. Le visage du guerrier des terres du Sud esquissa une grimace gênée, mais il ne chercha pas à se dégager ou à reculer. Y Compris quand Gabriel l'attrapa par la main gauche pour fermer le cercle.

Clay aurait été incapable de dire combien de temps ils restèrent ainsi. Sans doute une éternité, songerait-il plus tard, car lorsqu'ils se séparèrent, la horde du Cœur du Wyld chargeait. Au cours des trente et quelques années qu'ils avaient passées ensemble, ils s'étaient dit à peu près tout ce qu'ils avaient à se dire et tout le monde resta silencieux. Au bout d'un moment, l'atmosphère devint un peu trop pesante et Clay se racla la gorge.

— Je vous aime, les gars, dit-il.

Par tous les dieux ! sa voix se brisa comme celle d'un gamin de douze ans.

Moog étouffa un sanglot.

— Je vous aime, moi aussi, dit-il sans chercher à cacher les larmes qui roulaient sur ses joues.

— Moi aussi, croassa Matty.

— Je vous aime aussi, dit Gabriel en regardant ses camarades les uns après les autres.

Ganelon resta silencieux, mais lorsque tout le monde tourna la tête vers lui, il baissa les yeux et laissa échapper un grognement d'approbation.

— Ouais, ouais. Vous serez les dernières personnes que je tuerai.

Un bref sourire se dessina sur les lèvres de Gabriel avant de disparaître comme un croissant de lune derrière un nuage sombre.

— Pour Rose ! dit-il.

— Pour Rose ! répétèrent ses camarades tandis que les premières notes des cornes de guerre résonnaient comme de longs coups de tonnerre au-dessus de la plaine.

La bataille de Castia était sur le point de commencer.

Pour un poète, une bataille était un événement glorieux, une succession d'actes héroïques, de charges téméraires et de nobles sacrifices. Pour le malheureux qui y était plongé, c'était tout autre chose.

« Bordel sans nom » étaient les premiers mots qui venaient à l'esprit.

Au moins, on n'a pas de mal à reconnaître les ennemis, songea Clay.

Il leva *Blackheart* et para le coup de lance d'un centaure tandis que Gabriel lui tranchait une jambe antérieure à hauteur du genou. Le monstre s'effondra en gémissant de douleur et heurta le sol la tête la première. La scène aurait sans doute prêté à sourire si une centaine de ses camarades n'avait pas accouru au triple galop.

Lastleaf et sa matriarche vouivre étaient invisibles, mais les troupes de la horde manœuvraient de manière concertée et organisée. Un détachement de centaures montés par des wargs avait contourné le champ de bataille par le nord dans l'espoir d'attaquer les mercenaires de flanc.

Gabriel utilisa le peu d'influence qu'il avait pour les intercepter. Il envoya les Sisters in Steel et un autre groupe de cavaliers à leur rencontre avec ordre de se replier aussi vite que possible. Saga et quelques centaines de guerriers leur emboîtèrent le pas. Les hommes-chevaux étaient redoutables lorsqu'ils chargeaient, mais ils ne valaient pas grand-chose en combat rapproché et dans les corps à corps anarchiques d'une bataille. Quand on blessait un cheval, il fallait encore s'occuper de son cavalier, mais les centaures étaient des cibles difficiles à manquer, et lorsqu'on leur tranchait les jarrets, il suffisait d'un coup bien placé pour les achever.

Les Sisters in Steel et les autres cavaliers se replièrent dès que Saga et les mercenaires arrivèrent au contact. Quelques minutes plus tard, les centaures étaient morts ou en fuite. Rendus fous par l'odeur du sang, les wargs attaquaient aussi bien les humains que leurs congénères.

Ça ne commence pas trop mal, songea Clay.

Mais il savait que Gabriel n'était déjà plus en mesure de donner des ordres. Les deux armées avaient couvert la distance qui les séparait et s'étaient percutées comme des taureaux furieux. Les combattants s'affrontaient désormais dans une effroyable mêlée dont les bruits évoquaient les cris de centaines de milliers de personnes se noyant en même temps.

— Par ici ! hurla Gabe.

Il entraîna Saga vers le cœur du champ de bataille en se frayant un chemin à grands coups d'épée. Le bras gauche de Clay allait mieux, mais il était toujours en écharpe et loin d'être guéri. Le guerrier suivit donc son camarade de près en le protégeant avec son bouclier. Derrière lui, Matrick louvoyait comme un voleur au milieu d'un marché, tranchant les gorges comme des cordons de bourse. Ganelon abattait *Syrinx* sans relâche, et Moog – qui portait quatre gibernes en travers de la poitrine – arrosait les rangs ennemis de fioles explosives.

Que les dieux empêchent les monstres de l'approcher, pria Clay.

Un coup malheureux et le sorcier se transformerait en feu d'artifice un soir d'été.

Gabriel ne s'était pas trompé sur un point pendant son discours à Kaladar : la horde était l'incarnation des plus sombres cauchemars. Les créatures les plus mauvaises et les plus hideuses y étaient représentées : gobelins ; mastodontes de pierre ; orcs sauvages ; hordes de kobolds glapissants ; golems aux runes brisées avec des yeux verts et brillants ; ixils à tête de cheval ; murlogs grisonnants et cornus ; squelettes dont les os s'entrechoquaient dans leurs armures rouillées ; araignées géantes comme s'il en pleuvait.

On trouvait également des scorpions aussi grands que des chevaux ; des trolls dégingandés avec des braises ardentes en guise d'yeux ; des firbolgs portant des pagnes souillés et brandissant des massues hérissées de pointes ; des ogres mages dont les totems en os crachaient des boules de feu ; de gigantesques tréants touffus qui sillonnaient le champ de bataille tandis que les spriggans installés dans leurs branches tordues tiraient de minuscules flèches à pointes barbelées sur leurs ennemis ; des vers fouisseurs qui avalaient des hommes tout entiers ; des dragons crachant à peu près tout, du cône de froid au nuage de vapeurs toxiques.

Il y avait des bataillons d'hommes-lézards aux écailles noires brandissant de terribles serpes ; des régiments de torves à la peau blanche et moite baragouinant des mots incompréhensibles tandis que leurs yeux étincelaient à travers les fentes minuscules des casques qui les protégeaient du soleil ; des loups sinistres ; des sangliers de sang et des chevaliers de la mort portant de lourdes armures et chevauchant des ours-mammouths.

Il y avait des sorcières avec de longs ongles incurvés et des dents effilées ; des sorciers qui avaient gravé des runes innommables dans leur propre chair ; de grands singes tigrés aux couleurs si vives qu'ils ne semblaient pas réels. Ils ressemblaient beaucoup à celui que Clay avait vu à Contha, mais ils étaient beaucoup plus agressifs. L'un d'eux saisit une femme par les bras et l'écartela comme s'il partageait une miche de pain chaud.

Et puis il y avait les léviathans : deux géants qui se promenaient – au sens propre – sur le champ de bataille en aplatissant une dizaine de guerriers à chaque pas ; des cyclopes qui avançaient au milieu de mercenaires qui leur arrivaient à peine aux genoux – des créatures si laides que Dane aurait ressemblé à Gabriel au temps de sa splendeur à côté d'eux. Leurs fléaux et leurs haches aux lames démesurées dessinaient des arcs sanglants et fauchaient tous ceux qui se trouvaient sur le chemin. Clay aperçut une colonie d'ankhegs et comprit qu'ils devaient entourer leur reine prête à accoucher d'une nouvelle génération de mâles idiots et dévoués.

L'ennemi avait la maîtrise du ciel, ou peu s'en fallait. Des nuées de chauves-souris géantes s'abattaient toutes griffes dehors ; des sylves nécrosées crachaient de la bile acide ; des gargouilles se laissaient tomber comme des pierres sur les crânes des imprudents.

Il y avait aussi une créature dont Clay ne connaissait même pas le nom. Une plante géante qui, quand elle ne crachait pas de l'acide autour d'elle, soulevait les mercenaires avec ses tentacules et les jetait dans ce qui semblait être… une bouche *à l'intérieur* d'une bouche.

Un nouveau béhémoth entra en scène : un chariot-caravane protégé par des plaques d'acier et propulsé par un marémoteur rudimentaire émergea du Portail. La monstrueuse créature végétale cracha un jet corrosif qui s'écrasa contre son blindage sans provoquer le moindre dommage. Le chariot riposta en tirant une gerbe de feu liquide avant de renverser la plante et de la broyer sous ses roues hérissées de pointes. Les mercenaires se rassemblèrent derrière le véhicule qui s'enfonçait dans les lignes ennemies.

Des nécromanciens au teint pâle flottaient au-dessus de leurs légions de morts-vivants tandis que leurs capes élimées ondulaient au gré des énergies mortelles. Des démons enveloppés de tourbillons de fumée ricanaient comme des déments en fauchant les apprentis-héros avec leurs lames incandescentes.

L'un d'entre eux se distinguait de ses pairs. D'abord parce qu'il était *beaucoup* plus grand, mais surtout parce qu'il était armé d'un fouet qui gelait tout ce qu'il touchait et d'une épée un peu moins longue qu'un mât de frégate avec laquelle il taillait les mercenaires pétrifiés en pièces. C'était un colosse de glace déchiquetée dont les membres étaient protégés par des fragments d'armure noirs et ternes. Une paire de cornes incurvées et gainées de métal était plantée au-dessus de ses yeux qui ressemblaient à des orifices de chair.

Clay comprit tout de suite qu'il avait affaire à un infernal, bien qu'il n'en ait jamais vu que sur des tableaux et des tapisseries.

Il songea à Ombre. Le druine avait raconté que Lastleaf avait passé des années à rallier la horde, qu'il avait voyagé aux quatre coins du Cœur du Wyld, qu'il avait réveillé la colère des tribus de créatures de Findeterre et conclu des alliances avec les habitants les plus dangereux de la forêt. À en juger par l'armée qu'il avait rassemblée, Clay était surpris qu'il reste encore des monstres dans le Cœur du Wyld.

— Secoue-toi ! cria Gabriel alors qu'un groupe d'oursepeaux se précipitait vers eux.

Clay para un coup de lance et fit exploser le visage de grenouille de son adversaire avec son bouclier. Ganelon agrippa celui qui s'accrochait dans son dos et le jeta à ses pieds. Une longue langue frappa Matrick au visage, et l'ancien roi recula en titubant comme s'il venait de recevoir un coup de poing.

La créature se préparait à porter le coup de grâce lorsque Moog lui tapota l'épaule avec un bâton.

— Kaza ! cria-t-il.

L'homme-batracien se figea, les yeux écarquillés. Matrick lui planta ses dagues dans la poitrine avant qu'il ait le temps de se reprendre.

— C'est quoi, ce sort ? demanda Clay.

— Ce sort ? Quel sort ? (Moog brandit son bâton.) Tu parles de ça ? C'est un simple bout de bois, ajouta-t-il en le jetant par-dessus son épaule.

« Le monde change », avait dit Matrick à Cincour, et Clay comprit qu'il assistait aux répercussions de ces changements. Trop de roquebandes avaient cherché une gloire artificielle dans les arènes au lieu de vivre de véritables aventures. Elles avaient laissé les habitants du Cœur du Wyld se reproduire et cultiver leur haine des êtres humains. La forêt tout entière s'était transformée en plaie suppurante parce qu'on avait négligé de la soigner.

Et il n'est pas rare qu'une infection se révèle mortelle, songea Clay.

Gabriel avait entraîné ses camarades dans le sillage jonché de corps du chariot de guerre blindé. Plus on approchait de la cité, plus les signes témoignant d'un interminable siège sautaient aux yeux : cadavres empalés sur des pieux sanguinolents, fosses crématoires, tranchées remplies d'ossements… Clay remarqua que l'ennemi avait construit un certain nombre de machines de guerre rudimentaires et bien incapables d'entamer les murailles enchantées de Castia. Mais en passant près de l'une d'elles, il aperçut un seau rempli de sang et frissonna en comprenant le genre de projectiles que ces engins lançaient.

Ils étaient sur le point d'atteindre le cœur de la horde, le centre chaotique d'un champ de bataille qui s'étendait sur des kilomètres. Clay avait participé à de nombreux conflits et savait qu'un affrontement se gagnait ou se perdait sur les flancs, mais Gabriel avait insisté pour s'enfoncer comme une lame au milieu de la monstrueuse armée. Il n'était pas difficile de comprendre pourquoi.

Si nous trouvons Lastleaf… si nous parvenons à le tuer, nous réussirons peut-être à mettre un terme à cette boucherie.

Armé de son seul bouclier, Clay faisait de son mieux pour protéger ses camarades. Il aperçut une gargouille plonger sur Matrick. Il poussa son ami sur le côté et leva *Blackheart* en contractant ses muscles pour ne pas être écrasé par le monstre. L'impénétrable Peau-de-Guerre arrêtait les innombrables coups d'épée et de lance visant Moog. La surface tachetée de *Blackheart* était hérissée de flèches brisées. Il aida Ganelon à s'extirper d'une pile de gravats qui avait été un élémentaire de la terre et trouva le temps de s'interposer entre Red Bob et les pinces grinçantes d'un ankheg.

Bob marmonna un vague remerciement, s'éloigna en courant… et se fit écraser par le pied d'un géant. Son barde tourna les talons et s'enfuit en hurlant, serrant sa harpe contre sa poitrine comme un érudit sauvant un ouvrage précieux d'une bibliothèque en feu.

Clay leva les yeux et regarda le géant. Celui-ci ne l'avait pas remarqué, mais il n'avait pas besoin de voir ses ennemis pour les tuer. Il se promenait sur le champ de bataille comme un enfant dans une clairière et semait la mort à chaque pas. Malgré lui.

Malgré lui, ça reste à prouver, songea Clay en le voyant écraser les cinq frères Skulk d'un coup de talon qui fit trembler le sol. *Mais qu'est-ce que je pourrais bien faire ?*

Il était possible de tuer un géant, bien sûr, mais pour cela, il fallait du temps, de la préparation, des armes adéquates et… une bonne dose de chance.

On ne peut pas…

À cet instant, six longs carreaux se fichèrent dans la gorge du monstre. Le géant s'arrêta, apparemment aussi surpris que Clay, puis une nouvelle volée de projectiles le frappa dans un brouillard de sang. Les yeux du léviathan devinrent vitreux et il tomba à genoux dans un fracas assourdissant.

Clay leva la tête et aperçut un vaisseau céleste qui virait de bord avec lenteur. Il était trop loin pour lire son nom, mais il reconnut sur-le-champ les grandes lettres blanches qui s'étalaient à la proue.

Griffalouette était à Castia.

51

Le Fils de l'Automne

Clay savait depuis bien longtemps que l'esprit humain ne pouvait supporter qu'une certaine dose de carnage avant de cesser de lui donner un sens. On le voyait toujours, on l'entendait toujours rugir comme une tempête, mais il perdait toute signification. Le seuil de tolérance de Clay était sur le point d'être franchi. C'était comme une tasse remplie à ras bord d'eau ou de vin. Ou pour utiliser une image plus adéquate, de sang.

Il ne voyait rien d'autre qu'un gigantesque pandémonium. Il aperçut Tushino Wicked détourner une boule d'électricité d'un revers d'épée avant de trancher le bras du sorcier qui l'avait lancée. Les Skulk coupaient le tronc d'un tréant chancelant tandis que les archers spriggans dégringolaient des branches comme des glands par grand vent. Neil Le Moins En Moins Jeune lança un projectile enflammé dans la gueule béante d'un gigantesque ver qui explosa. Le monstre était en grande partie enfoui et le sol vola en éclats en projetant une bande de kobolds dans les airs. Deckart Clearwater traversa une horde de cinquante morts-vivants à coups de poing avant de fracasser le crâne du diantrefosse qui les commandait. Les zombies aux gestes saccadés s'effondrèrent tandis que les flammes bleutées s'éteignaient dans leurs orbites vides.

D'autres avaient moins de chance. May « l'Impitoyable » Drummond fut piétinée par un sanglier et les Dreamers furent submergés par une vague de torves coiffés de casques d'acier. Blind Tiger fut tué par une flèche qu'il n'avait sans doute pas vu venir. Un cyclope se baissa, saisit le chariot-caravane blindé à hauteur des roues et le renversa. Le gigantesque véhicule roula sur le toit et quelques instants plus tard, des volutes de fumée et des flammes s'échappèrent de l'avant et de l'arrière.

Clay scruta le champ de bataille dans l'espoir d'apercevoir Lastleaf, mais comment aurait-il pu repérer le druine au milieu d'un tel chaos ? Il leva alors les yeux pour chercher la matriarche vouivre, sans plus de succès.

L'*Étoile Noire* passa au-dessus de sa tête en laissant un nuage de vapeur dans son sillage. Sa proue percutait les sylphides nécrosées, et les chauves-souris géantes se dépêchaient de s'écarter de sa route pour ne pas être réduites en cendres par les voiles crépitant d'électricité. Les bombes qui avaient détruit le *Cour Charnelle* s'abattaient désormais sur la horde. Une succession rectiligne d'explosions sourdes vaporisa des centaines de monstres d'un seul coup.

Puis la dive et ses sbires en robe rouge bondirent par-dessus bord et descendirent en planant vers le champ de bataille. Clay ne s'attendait pas à voir un si grand nombre de moines et il se demanda s'il était resté quelqu'un à bord. Il obtint la réponse à sa question lorsque son regard devança la trajectoire du vaisseau céleste.

Il semblerait que non, songea-t-il.

Enfin, il fallait l'espérer.

Une grande quantité de bombes étaient entassées à la proue, et l'*Étoile Noire* fila droit vers le visage du dernier géant. L'explosion illumina le ciel comme un second soleil, puis il y eut un éclair aveuglant suivi d'un « BOUM ! » qui fit trembler les dents de Clay dans leurs gencives.

Pendant un instant, tous les combattants levèrent la tête et contemplèrent la pluie de débris enflammés avec un terrible pressentiment. Le géant se pencha en avant, et les mercenaires prisonniers de son ombre le regardèrent en faisant leurs prières. Par chance, il bascula sur les talons, et une avalanche de chair et d'os s'abattit sur la horde. Le champ de bataille se souleva. Humains et monstres s'envolèrent comme si un dieu furieux avait frappé le sol du poing.

Clay fut projeté à terre. Pendant un instant, il resta allongé et contempla le ciel en songeant qu'il était plus clair maintenant que les deux géants étaient morts. Et puis des plumes noires voletèrent autour de lui. Il roula sur les genoux, se leva d'un bond et se prépara – sans se faire beaucoup d'illusions – à affronter la vengeance de Griffalouette.

Les moines touchèrent le sol les premiers et leurs robes écarlates virevoltèrent tandis qu'ils se précipitaient vers un clan d'orcs sauvages. Leurs mains et leurs pieds se transformèrent en armes indistinctes et ils sécurisèrent rapidement un espace assez vaste pour que leur maîtresse puisse atterrir en toute tranquillité.

La dive descendait en brassant l'air de ses ailes, et ses solerets griffus étaient pointés vers le sol. Elle ne semblait pas avoir gardé la moindre séquelle du carreau d'arbalète qui l'avait transpercée de part en part. Sa faux luisait d'un reflet aussi terne et blanc qu'un ciel d'hiver et Clay sentit sa nouvelle main le démanger lorsqu'il l'aperçut. La chasseuse de primes se posa, replia ses ailes et se dirigea droit vers Ganelon.

— Il t'en a fallu du temps, lâcha le guerrier.

— Va te faire mettre ! répliqua-t-elle.

Et elle planta la hampe de sa faux dans le sol comme un conquérant plante un drapeau en terre païenne.

Le baiser qui s'ensuivit fut aussi bref qu'un éclair et aussi sauvage qu'une tempête en mer. La jeune femme leva ses griffes d'acier, saisit le guerrier à la gorge et lui mordit les lèvres tandis qu'il l'attrapait par les cheveux avec un gantelet noir.

Lorsqu'ils s'arrachèrent enfin l'un à l'autre, Gabriel laissa échapper un long soupir.

— Par la miséricorde de la Vierge du Printemps ! Et dire que je pensais que j'en faisais trop. Vous en avez terminé ?

— Pour le moment, répondit Griffalouette.

Elle regarda Ganelon comme un bourreau regarde l'instrument de torture ensanglanté qu'il vient de poser sur une table.

Le guerrier des terres du Sud esquissa un sourire constellé de taches écarlates.

— Pour le moment, acquiesça-t-il.

Gabriel leva son épée.

— Bien. Maintenant, il faut qu'on trouve…

Il n'eut pas le temps de prononcer le nom de Lastleaf, car Lastleaf les trouva le premier.

La matriarche vouivre atterrit comme une ancre tombant dans une eau peu profonde, projetant des gerbes de sang et des cadavres dans toutes les directions. Ses ailes noires battirent avec énergie et leurs épines lacérèrent les mercenaires qui se trouvaient à proximité, comme des poupées de paille. Sa queue décrivit un arc de cercle et s'enfonça dans la poitrine d'un moine de Griffalouette. Le malheureux fut soulevé dans les airs et hurla de douleur jusqu'à ce qu'une écume empoisonnée sorte de sa bouche en bouillonnant. La vouivre libéra sa queue d'un mouvement sec et plaqua un autre moine au sol avec son museau. Elle l'éventra à coups de crocs et leva la tête en arrachant les entrailles de la plaie béante.

Il fallait bien reconnaître que les moines rouges ne manquaient pas de courage, ou que le charme surnaturel de leur maîtresse était particulièrement efficace, car ils s'interposèrent entre la vouivre et Griffalouette sans un instant d'hésitation. L'espace qu'ils avaient sécurisé pour la dive était toujours dégagé. Les mercenaires s'étaient prudemment éloignés et les monstres de la horde éprouvaient une crainte instinctive envers la vouivre et le druine qui la montait.

Lastleaf, le Fils de l'Automne.

Il avait abandonné le manteau déchiré du duc de Findeterre pour une armure et une jupe d'écailles vert argenté. Son bras gauche était protégé par des plaques de métal rouges qui se chevauchaient et étaient fixées à la spalière sans liens apparents. Et puis il y avait le casque. Lisse et vert comme le reste de l'armure, avec deux pointes évasées destinées à accueillir les oreilles du druine. Un cimier de longues feuilles rouge orangé s'étendait du front à la nuque.

Clay en avait vu de plus laids, et à dire vrai, il donnait au druine des airs de prince sylvestre.

— Gabriel ! cria Lastleaf à cheval sur la matriarche vouivre. (Sa main pâle engloba la bataille qui faisait rage autour de lui.) Je suppose que tout cela est ton œuvre ?

Gabe secoua la tête.

— Ce n'est pas moi qui ai rassemblé une armée en premier, dit-il. Ce n'est pas moi qui ai assiégé Castia et menacé les cours d'annihilation. C'est toi, Lastleaf. Ou peut-être préfères-tu que je t'appelle Païen ?

L'expression méprisante du druine se volatilisa comme celle d'un roi couvert de dettes à l'approche de ses créanciers. Il ouvrit la bouche, mais ses yeux se posèrent sur la faux que Griffalouette avait plantée comme un drapeau dans le sol imbibé de sang. Différentes émotions s'affrontèrent sur le visage imperturbable du druine, mais aucune ne parvint à s'imposer et elles continuèrent à rôder à la surface comme des requins dans une eau peu profonde.

—Ashatan, dit-il.

La vouivre se coucha aussitôt et il sauta à terre. Il passa sous une aile parcheminée et glissa une main dans son dos pour dégainer l'épée qui était accrochée en haut. Clay l'avait vue à Landelind. Ombre avait dit qu'elle s'appelait « *Scorn* ». Sa lame d'un noir d'obsidienne était parsemée de craquelures incandescentes dégageant un brouillard de chaleur qui enveloppait l'arme tout entière. Au même moment, la matriarche vouivre poussa un rugissement strident et Clay fut secoué par un frisson de terreur primitive en sentant son haleine qui empestait le sang rance.

Tandis que les moines rouges se précipitaient vers Lastleaf comme un seul homme, Griffalouette leva les yeux vers le ciel. Ce fut le premier indice qui amena Clay à penser que quelque chose n'allait pas tarder à leur tomber dessus.

Un vol de vouivres noires jaillit des nuages gris et piqua en formant un tourbillon infernal d'ailes, de griffes et de mâchoires avides qui s'abattit sur le petit groupe avec la grâce d'un boulet de canon. Griffalouette sauta sur le côté alors que l'une d'elles s'écrasait sur Ganelon comme le toit d'une maison en ruine. Le guerrier des terres du Sud lâcha sa hache et poussa un hurlement tandis que les griffes du monstre s'efforçaient de le broyer. La dive effectua une roulade, récupéra sa faux plantée dans le sol et se précipita à son secours.

Par chance, le spectacle avait attiré l'attention de plusieurs roquebandes qui approchèrent. Vanguard faisait partie du lot, ainsi que les Nuits Spectrales des deux fils de Barret. Aric Slake – que Clay avait vu perdre une partie de cartes au *Repaire des Émeutiers* – planta sa lance, *Hawkwind*, dans la poitrine d'une vouivre. Jorma Mulekicker – dont l'œil droit n'était plus qu'un trou sanguinolent – chargea, et May Drummond – qui avait survécu aux piétinements du sanglier – la suivit en boitillant.

Clay se tourna vers Lastleaf tandis que celui-ci plantait *Scorn* devant lui. Les craquelures incandescentes de la lame s'assombrirent et le sol explosa sous les pieds des moines. Des éclats de pierre et des fragments de corps enveloppés de tissu rouge furent projetés dans les airs comme des geysers de lave. Ceux qui échappèrent à la détonation titubèrent pour conserver leur équilibre et plusieurs tombèrent dans des flaques de roche fondue. Un moine essaya vainement de se débarrasser de sa robe en feu. Un autre pataugea dans la lave qui lui montait aux genoux avant de se consumer et de disparaître. Clay contint une remontée de bile à grand-peine.

Lastleaf lâcha l'épée plantée dans le sol et glissa une main dans son dos pour dégainer *Madrigal*, mais un moine rouge particulièrement dextre arriva assez près pour frapper et son poing fila vers l'endroit où la gorge du druine aurait dû se trouver. L'épée jaillit de son fourreau en produisant un étrange gazouillis et trancha le bras du moine. Clay songea que le malheureux était bien mal récompensé de ses efforts.

Le moine recula en titubant et le Païen le poussa dans une mare de lave.

Matrick était allongé sur le dos, un rejeton de la matriarche vouivre au-dessus de lui. Il se tortillait pour éviter les coups de griffes, puis roulait sur le côté et plantait ses dagues dans le ventre du monstre dès qu'il en avait l'occasion.

Moog reculait pour échapper à trois orcs aux yeux jaunes. Clay se prépara à voler à son secours, mais le sorcier plongea la main dans son sac magique. Il en tira un bâton bleu et un bâton blanc qui semblaient avoir été attachés l'un à l'autre par un aveugle enfermé dans un placard sans lumière. Clay reconnut aussitôt les *Bâtons Jumeaux*. C'était un des rares artefacts que Moog avait fabriqués de ses mains et il plaignit presque les orcs en songeant à ce qui allait leur arriver. Moog prononça une formule incompréhensible et serra les bâtons à deux mains tandis qu'ils s'animaient et infligeaient une terrible raclée à ses trois malheureux adversaires.

Pendant ce temps, Griffalouette avait eu la délicatesse de soulager la vouivre qui attaquait Ganelon de sa tête. D'un seul coup de faux. Le guerrier était sonné, mais indemne. Il s'extirpa de sous le cadavre et alla récupérer sa hache d'un pas mal assuré.

Il ne s'était écoulé que quelques secondes depuis l'attaque en piqué des vouivres, mais Clay songea qu'à sa grande honte, il n'avait encore rien fait pour les repousser. Il fut donc soulagé en entendant la voix de Lastleaf.

— Qu'est-ce qu'Ombre vous a raconté ?

Il avança d'un pas lent et contourna une mare de lave sans quitter Gabriel des yeux, même lorsque Deckart Clearwater surgit de nulle part et le frappa à la tête avec son marteau à double manche.

Il va réussir, songea Clay.

La surprise était le seul moyen de neutraliser le don de prescience d'un druine, mais Lastleaf fit un pas de côté et pivota avec grâce. Sa longue épée siffla dans les airs et coupa Deckart en deux.

Pendant un instant, Clay crut que Gabriel allait se précipiter vers son vieil ennemi dans l'espoir – probablement vain – de le prendre au dépourvu. Mais Lastleaf était trop loin et Gabriel aimait bien lancer quelques piques avant de se battre. Il était convaincu que cela déstabilisait ses adversaires. Clay doutait qu'il réussisse à déstabiliser Lastleaf, mais après tout, cela ne coûtait rien d'essayer.

— Il m'a parlé de ta mère, répondit Gabriel. Et de l'épée que ton père a forgée pour la ramener d'entre les morts. Il a dit que tu la lui avais volée.

Les yeux de Clay se posèrent sur le fourreau blanc comme un os accroché dans le dos du druine.

Tamarat.

— J'ai presque réussi à le tuer avec, dit Lastleaf. On était en droit de penser qu'il serait ravi de donner sa vie pour la femme qu'il affirmait aimer, mais non. Il s'est enfui et vous a rencontrés.

Un souffle puissant poussa Clay à se retourner. Un minotaure s'était éloigné des combats pour gagner l'espace dégagé par les moines rouges. Les peintres représentaient les minotaures comme des créatures immenses et puissantes, mais la plupart d'entre elles mesuraient une tête de moins que les êtres humains – ce qui expliquait sans doute leur caractère soupe au lait. Pour une raison que même les érudits aussi savants que Moog n'étaient pas parvenus à éclaircir, elles éprouvaient une profonde aversion pour la couleur rouge. La couleur de l'armure de Clay.

Le monstre avait perdu une corne et sa blessure au ventre le tuerait sans doute en moins d'une heure, mais il jaugea Clay en réfléchissant à la meilleure manière de l'attaquer. Le guerrier n'avait que son bouclier et il ne pouvait pas faire grand-chose en dehors de protéger Gabriel. Il se dirigea vers son ami en surveillant le minotaure du coin de l'œil.

— En vérité, poursuivit Lastleaf, qui se rapprochait dangereusement, Vespian n'a pas forgé cette épée pour sauver ma mère. Il l'a forgée pour *lui*. Pour ne pas rester seul. Pour ne pas…

— Tu ne peux pas fermer ta gueule cinq secondes ? lâcha Gabriel pour provoquer le druine.

Il glissa le pied gauche devant lui et tourna le droit vers l'extérieur. Les jointures de ses doigts blêmirent sur la poignée de *Vellichor*.

Le Païen, qui n'était plus qu'à quelques pas, grimaça d'un air agacé.

— Ce n'était pas *Tamarat* que cherchait mon père. C'était moi. S'il me l'avait prise…

— Et tu causes, et tu causes, le coupa Gabriel avec un petit sourire.

— … il s'en serait servi pour me tuer, se dépêcha de finir le druine. Pour la ressusciter.

— T'as pas encore compris que tout le monde s'en branle, ricana Gabriel.

C'était un maître dans l'art de foutre les gens en rogne, et l'expression froide et distante de Lastleaf vola en éclats.

Clay essaya – une fois encore – de se faire à l'idée que la Reine de l'Hiver avait bel et bien existé. Et qu'elle serait revenue à la vie si Vespian était parvenu à tuer son fils avec *Tamarat*. Et puis le druine bondit en avant et le combat commença. Un combat qui allait peut-être décider du sort de la bataille, voire du destin de l'humanité tout entière.

Et bien entendu, ce fut à cet instant que l'abruti de minotaure baissa la tête et chargea.

52

Une sacrée veine

Vellichor fendit une touffe de hautes herbes balayées par le vent alors qu'elle filait à la rencontre de *Madrigal,* et les deux lames se heurtèrent avec un bruit de verre brisé. Clay se plaça dans le dos de Gabriel et se décala légèrement tandis que les deux adversaires échangeaient des volées de coups. Lorsque le minotaure ne fut plus qu'à quelques mètres, il avança d'un pas et inclina *Blackheart* afin de dévier la course du monstre vers Lastleaf.

Le Païen bondit sur le côté et marmonna une malédiction en druinin tandis que son épée résonnait tout bas. Entraîné par son élan, le minotaure se précipita vers une mare de lave. Il réussit à s'arrêter en y plongeant une main, puis il poussa un beuglement terrible tandis que son bras se transformait en charbon et que sa crinière s'enflammait.

Gabriel cligna des paupières et regarda Clay.

— Merci, dit-il.

Clay haussa les épaules.

— Ça valait le coup d'essayer.

— Un jour, mon père m'a affirmé que mourir de la lame de *Vellichor* était la seule manière pour un druine de regagner notre monde originel.

Lastleaf parlait comme s'ils prenaient un verre assis sur une terrasse baignée de soleil.

Clay se rappela qu'Ombre avait raconté quelque chose de ce genre dans le fort en ruine. *Vellichor* était une clé, avait-il dit, sans comprendre que la seule porte qu'elle ouvrait était celle de la mort.

— On en aura bientôt le cœur net, grogna Gabriel.

Le Païen éclata d'un rire dur qui résonna au-dessus du champ de bataille.

— Je ne crois pas, dit-il d'une voix chantante.

Gabriel feinta aux jambes et *Madrigal* s'inclina en fredonnant. *Vellichor* se redressa et frappa d'estoc, mais le druine se tourna de côté et la lame ne fit que frôler son visage. Le Païen contre-attaqua aussitôt et Clay bloqua le coup avec *Blackheart*. Le guerrier hoqueta de rage en voyant *Madrigal* trancher le bord supérieur droit de son bouclier.

— Fils de *pute* ! gronda-t-il.

Gabriel le poussa sans ménagement sur le côté.

Madrigal vrombit à l'endroit où se serait trouvée la gorge de Clay si celui-ci n'avait pas été fort occupé à basculer en arrière et à tomber sur les fesses.

Une pensée lui traversa soudain l'esprit, sans raison précise, sans autre utilité que de comprendre pourquoi l'objet qu'il chérissait le plus au monde avait été amputé d'un coin.

Le bruit de la lame… C'est le bruit de la lame qui tranche l'air.

Et puis il songea que Gabriel venait de lui sauver la vie.

Gabriel essayait désormais de sauver la sienne. Maintenant qu'il n'avait plus à s'inquiéter de l'intervention d'un tiers, Lastleaf attaquait sans relâche et utilisait son don de prescience pour anticiper les mouvements de son adversaire. Son épée n'était plus qu'une silhouette indistincte et hurlante qui frappait *Vellichor* sur un rythme effréné, et Gabriel ne pouvait compter que sur son instinct pour parer ces volées de coups.

Il était impossible de dire lequel des deux camps avait l'avantage. Plus de la moitié des rejetons de la matriarche avaient été tués, mais la tête d'Aric Slake admirait le reste de son corps qui gisait quelques mètres plus loin et May Drummond mourut – une fois de plus – empalée sur la queue d'une vouivre.

Les *Bâtons Jumeaux* de Moog avaient un petit inconvénient : lorsqu'ils n'avaient plus d'ennemis à matraquer, ils avaient tendance à se retourner contre leur propriétaire jusqu'à ce que l'enchantement arrive à son terme. Et c'était exactement ce qui se passait en ce moment : le sorcier affrontait son arme dans un combat sans merci, chacun s'efforçant de soumettre son adversaire.

Matrick était parvenu à se hisser sur le dos d'Ashatan. À cheval sur la jointure d'une aile, il essayait de glisser ses dagues entre les écailles noires. De son côté, la vouivre faisait de son mieux pour repousser les attaques de Griffalouette. La dive lui infligea une profonde blessure à la tête avant de prendre son envol. Le monstre rugit et s'élança à sa poursuite, obligeant Matrick à s'accrocher pour ne pas tomber.

Clay se demandait où était passé Ganelon lorsqu'il aperçut *Syrinx* filer vers le ventre de Lastleaf. Averti par son don de prescience, le druine se tourna *in extremis* et para avec tant de force que la hache fut déviée sur le côté.

Pas suffisamment.

Le coup lui arracha un grognement sourd. Il lâcha *Madrigal* et la violence du choc le projeta plusieurs mètres en arrière. Il réussit cependant à atterrir sur les pieds et à conserver son équilibre au terme d'une longue glissade. Son casque était de travers et il l'arracha avant de le jeter par-dessus son épaule.

Alors que Clay regardait la pièce d'armure rebondir par terre, il eut la surprise de voir le minotaure se redresser tant bien que mal. Il ne lui restait plus que quelques touffes de fourrure roussie, et à hauteur du coude gauche, son moignon grésillait encore. Mais il était déterminé à poursuivre le combat.

Il y avait plus inquiétant : Lastleaf fit passer ses trois fourreaux au-dessus de sa tête et laissa tomber les deux qui étaient vides. Ses longs doigts enveloppèrent la poignée de sa troisième et dernière épée.

— La gorgone m'a expliqué pourquoi tu es venu ici, dit-il à Gabriel qui profitait de ce moment de répit pour reprendre son souffle. Si je parviens à te tuer, je trouverai ta fille et je veillerai à ce qu'elle souffre longtemps.

— Si, grogna Ganelon.

Ses yeux verts étincelaient au-dessus de sa hache.

Le sourire méprisant du Païen vacilla, mais Clay comprit que ce n'était pas la remarque de son camarade qui l'inquiétait, c'était la perspective de dégainer *Tamarat*. Les mains du druine tremblaient et ses longues oreilles touffues étaient plaquées sur son crâne. De toute évidence, il avait peur de tirer l'arme de son fourreau. Clay se demanda s'il lui était arrivé de le faire depuis le jour où il l'avait utilisée pour repousser un père encore plus monstrueux que lui.

Ganelon fit un pas en avant et Lastleaf n'eut plus le choix. La lame de *Tamarat* glissa hors du fourreau et apparut aux yeux de tous.

Et Clay vit qu'il n'y avait… rien du tout. Enfin, pas grand-chose.

Il eut la vague impression que la lame était sombre comme un éclat de ciel sans étoiles, mais… il plissa les paupières et constata qu'il n'y avait rien. *Vellichor* était une fenêtre sur un autre monde, *Tamarat* était un fragment de néant absolu.

Clay espéra que Ganelon était capable de la distinguer, car le Païen fit deux pas en avant et bondit vers le guerrier des terres du Sud. Il poussa un grognement et sa lame traça une ligne sombre sur la toile du ciel. Gabriel se plaça à gauche de Ganelon et brandit *Vellichor*, obligeant le druine à combattre sur deux fronts.

Pourquoi ne pas en ouvrir un troisième ? pensa Clay en se levant, bien décidé à faire de son mieux pour aider ses camarades. Il redressa son bouclier et…

Le minotaure le percuta comme un chariot chargé de rochers dévalant une colline. Le champ de bataille sombra dans un brouillard épais et l'instant suivant, Clay heurta le sol et glissa sur le flanc. Ses oreilles tintaient et sa mâchoire était douloureuse. Il se demanda s'il ne s'était pas cogné la tête en atterrissant. Il ne s'en souvenait pas, alors sans doute que oui.

— Espèce de sale…, éructa-t-il avant que le minotaure se jette sur lui.

Clay s'aperçut que le monstre était étonnamment lourd pour une créature qui lui arrivait à la poitrine et qui avait une moitié de bras en moins. Son museau ensanglanté et humide se pressa contre sa bouche tandis que des relents de poils brûlés et de chou trop cuit envahissaient ses narines.

Le guerrier rassembla ses forces en grognant, repoussa son assaillant sur le côté et frappa avec son bouclier jusqu'à ce que les mouvements du monstre se limitent à quelques spasmes agitant ses sabots.

Clay se redressa et s'assit, désorienté.

Il regarda ses deux camarades et le druine armé d'une épée presque invisible échanger des coups si rapides qu'il était impossible de les distinguer. Il vit Moog qui s'accrochait désespérément à ses bâtons tandis que ceux-ci transformaient un groupe de squelettes en poussière. Il vit Barret écraser la tête d'un orc d'un coup de talon et Tiamax briser la mâchoire d'une vouivre à la seule force de ses six mains.

Sa plaie au visage s'était rouverte et sa joue gauche était éraflée. Il se releva tant bien que mal et imagina comment il raconterait ses exploits à sa fille s'il parvenait à rentrer chez lui.

Pardon, ma chérie ? Qu'est-ce que je faisais pendant qu'oncle Gabe se battait contre un dieu et que le sort de notre monde dépendait de l'issue de ce duel ? J'affrontais une vache têtue comme une mule en me roulant dans la boue.

Il leva son bouclier et boitilla aussi vite que possible en direction du seul combat qui avait de l'importance. Comment se faisait-il que Lastleaf soit encore en vie ? Gabriel était un des épéistes les plus rapides et les plus rusés qu'il ait rencontrés. Et Ganelon était le plus puissant et le plus redoutable guerrier de… de tous les temps, sans doute.

Mais le druine avait plus de mille ans et avait consacré une grande partie de sa vie à sillonner le Cœur du Wyld, à échapper à son père et à imposer sa volonté à des créatures qui donneraient des cauchemars aux mercenaires les plus endurcis. Il ne se laisserait pas battre si facilement.

Et peut-être même pas du tout, songea Clay.

Il entendit un grognement et jeta un coup d'œil par-dessus son épaule. Le minotaure le plus entêté du monde se levait tant bien que mal.

— Oh non ! soyons sérieux, gémit Clay. Reste où tu es, quoi. S'il te plaît.

Il fit un pas vers le monstre sans même s'en rendre compte. Le minotaure se tourna aussitôt vers lui. Ses gros yeux globuleux et injectés de sang le toisèrent avec colère et il poussa un nouveau grognement, plus fort et plus menaçant. En d'autres circonstances, Clay lui aurait proposé d'en rester là et de lui payer une bière, mais le monstre frappa le sol du sabot et balança sa tête horriblement brûlée de gauche à droite. Le guerrier poussa un soupir résigné et se prépara à l'affrontement.

Il songea un instant à Ganelon et à ce qu'il avait fait à ses adversaires à Mazala ; à Griffalouette et à sa vengeance contre les petits villageois qui l'avait martyrisée pendant son enfance ; à Lastleaf et à sa guerre contre une République bâtie sur le sang des soi-disant monstres ; à lui-même qui serait sans doute devenu un monstre et qui serait mort sans l'amour d'une femme.

De deux femmes, en fait.

— Tu sais quoi ? dit-il au minotaure. Fais comme tu veux. Après tout, tu es ce que tu es. Allez, viens.

Il ne sut jamais si le minotaure avait compris ses paroles, mais le monstre chargea. Avec sa corne brisée et son visage mutilé. Avec un avant-bras en moins et sans arme. Ses sabots labourèrent la terre ensanglantée tandis qu'il baissait la tête.

Clay songea que les combats les plus importants n'étaient pas toujours ceux qui semblaient l'être, et que le sort d'un univers pouvait dépendre d'un simple coup de chance.

Clay bascula en arrière à l'instant où la tête du minotaure allait frapper *Blackheart*. Emporté par son élan, le monstre monta sur le bouclier comme s'il s'agissait d'une rampe et s'envola dans les airs. Par un extraordinaire hasard, il percuta Lastleaf et ils tombèrent tous les deux dans une mare de lave. La tête la première.

Clay roula sur le ventre au moment où le druine commença à hurler. Un instant plus tard, la matriarche vouivre s'écrasa dans un terrible fracas. Un grand nuage de poussière se souleva et Clay plissa les paupières. Il se releva tant bien que mal et se dirigea vers Gabe et Ganelon d'un pas traînant.

Le guerrier des terres du Sud regarda en l'air et sourit lorsque Griffalouette passa dans le ciel en tenant une faux ensanglantée d'une main et un Matrick mal à l'aise de l'autre. Elle déploya ses ailes et se laissa glisser vers le sol.

Moog rejoignit ses camarades alors qu'elle atterrissait. L'enchantement des *Bâtons Jumeaux* avait pris fin et il les rangea dans son sac sans fond avant de se tourner vers l'ancien roi au bord de la nausée.

— Ça a l'air chouette de voler ! s'exclama-t-il, rayonnant.

Matrick esquissa un faible sourire et Clay devina qu'il faisait des efforts considérables pour ne pas vomir.

— Bon boulot, dit Ganelon à la dive alors que Gabriel se dirigeait vers la mare de lave dans laquelle Lastleaf était tombé.

— Toi aussi, lança la dive en jetant un coup d'œil aux cadavres qui jonchaient les environs.

Clay souleva son bras en écharpe.

— Si tu cherches Lastleaf…

— Il n'est plus là ! s'exclama Gabriel.

Évidemment, souffla une petite voix dans la tête de Clay. Comment aurait-il pu mourir si facilement ?

Il rejoignit Gabriel près de la mare et se pencha. Le seul corps qu'il distingua fut celui du minotaure le plus têtu et le plus fougueux qu'il avait jamais rencontré.

Moog leva une main et effleura un hématome violacé sous son œil.

— À propos de Lastleaf, dit-il. Tu n'aurais pas pensé à lui demander ce que c'était qu'un cathiil, par hasard ? Cette histoire me tarabuste depuis qu'il nous en a parlé chez la gorgone.

— Il n'a pas pu aller bien loin, souffla Gabriel en ignorant la question de son ami. Bon ! commençons par libérer la cité, d'accord ?

Ganelon pointa sa hache par-dessus l'épaule de Gabriel.

— Je crois que c'est chose faite.

Clay se tourna vers Castia et regarda au-delà de la masse grouillante de la horde. Les portes de la ville s'ouvraient avec lenteur. Deux vaisseaux druines émergèrent de derrière les remparts et s'élevèrent comme des abeilles gorgées de nectar.

Le siège était brisé, et ceux qui avaient vécu si longtemps dans le désespoir sortaient, enfin, pour le faire savoir.

53

Une dernière fois

— C'est Rose. Ça ne peut être qu'elle, dit Gabriel en contemplant la cité lointaine.

Un flot de mercenaires jaillissaient des portes ouvertes, vestiges d'une armée défaite par la horde. Ils avaient été plus de quatre mille au début de la guerre, mais Clay estima qu'il en restait à peine la moitié. Certains étaient malades ou blessés, mais ils chargeaient comme des fous furieux. Ou des héros.

Clay n'avait aucun doute quant à l'identité de leur commandant. Gabriel non plus. Celui-ci inspira un grand coup, mais Griffalouette ne lui laissa pas le temps de prendre la parole.

— Va la retrouver, dit-elle. On est avec toi.

Les mâchoires serrées, les yeux rougis et débordants d'amour, poussé par la fierté et l'insondable gratitude d'un père, il hocha la tête.

— Oui, dit-il. Merci. (Il se tourna vers Castia.) Alors avec moi, les gars. Une dernière fois.

Le Païen disparu et la matriarche vouivre morte, la horde ne tarda pas à se disloquer.

Les cyclopes furent les premiers à tomber. Layla Sweetpenny planta sa lance dans l'œil du premier. Les Fléaux des Géants grimpèrent sur un autre comme des fourmis sur un panier de pique-nique. Un troisième fouillait la carcasse du chariot de guerre renversé. Il en tira un ingénieur et le dévora. Quelques secondes plus tard, une explosion lui déchira le ventre et ses entrailles jaillirent comme des fragments de citrouille écrasée.

Gabe et Ganelon se précipitèrent entre les jambes du dernier. *Vellichor* et *Syrinx* laissèrent deux entailles profondes à hauteur des chevilles, et la créature s'effondra en gémissant de terreur. Moog lança une grenade alchimique qui atterrit dans sa bouche béante.

— Oups ! Désolé ! cria le sorcier.

Une sourde détonation résonna, et des flots de sang jaillirent des yeux déchirés.

Gabriel avançait d'un pas pressé. Ses camarades marchaient derrière lui, suivis de jeunes mercenaires qui étaient de moins en moins nombreux. Courtney et les Étincelles protégeaient le flanc gauche, Jain et ses filles, le droit. Clay aperçut les Stormriders et Ben le Stalactien qui brandissait deux haches maculées de sang. May « l'Impitoyable » Drummond – que Clay avait vu mourir à deux reprises – tenait ses tripes d'une main et faisait tournoyer un fléau hérissé de pointes de l'autre.

Une créature ressemblant à un épouvantail se dressa devant eux, les yeux rougeoyant comme des braises. Barret surgit de nulle part et la transforma en meule de paille d'un solide coup de marteau. Ses fils le suivaient de près. Leurs visages blancs étaient couverts de sang et de sueur. Tiamax se tourna vers les membres de Saga et les salua en agitant quelques bras de manière désordonnée. Porcinet leur adressa un sourire peu convaincant. Clay remarqua qu'il avait pleuré.

Il regarda autour de lui tandis que les membres de Vanguard et des Nuits Spectrales les rejoignaient.

— Ashe ? demanda-t-il.

— Morte, lâcha Barret.

Morte. Clay eut l'impression de recevoir un coup de poing au creux du ventre.

— Barret, je suis…

— Ne le sois pas, Main Lente.

Il n'en dit pas davantage et Clay n'insista pas.

Le ciel leur tomba sur la tête une fois de plus. Des harpies s'abattirent dans des nuages de plumes. Des faucons-peste piquèrent sur eux en poussant des cris stridents. Un vaisseau céleste incliné sur le côté laboura le champ de bataille en écrasant des centaines de monstres.

Les réfugiés de Castia attaquèrent la horde à revers, et un souvenir vieux de plusieurs vies se fraya un chemin jusqu'à la surface de la mémoire de Clay. C'était un matin d'automne et son père l'avait emmené dans la forêt pour abattre un arbre. Leif lui avait expliqué qu'il fallait pratiquer une encoche du côté opposé où l'on allait travailler. Avec un peu de chance, Rose et les survivants de Castia seraient cette entaille. Et s'ils abattaient leurs haches encore et encore, encore et encore…

Il avisa l'infernal qui avançait d'un pas lourd. Dès qu'ils l'apercevaient, les monstres reprenaient courage et repartaient à l'attaque avec une frénésie meurtrière. Si Lastleaf avait cherché un endroit sûr, un endroit où il pourrait se ressaisir et reprendre le contrôle de ses troupes, il se serait réfugié près de l'infernal.

Gabriel avait dû arriver à la même conclusion, ou bien il avait estimé que ce chemin était le plus rapide pour rejoindre Rose. Quoi qu'il en soit, il entraîna ses camarades vers le démon. Leurs effectifs se réduisaient comme une peau de chagrin. Ils ne formaient plus qu'une petite tache brillante au milieu d'une horrible tapisserie.

Les Nuits Spectrales furent ralentis par une attaque d'araignées géantes. Courtney et les Étincelles s'arrêtèrent pour affronter un ours de la taille d'un éléphant narmérien. Ben le Stalactien prit la mauvaise extrémité d'une lance de centaure dans la gorge. Les Stormriders furent submergés par une horde de gobelins.

Une meute de kobolds approcha par la gauche en jappant comme des roquets. Jain poussa Clay du bout de son arc.

— Passe devant, Main Lente. On va s'occuper d'eux.

Clay s'attarda assez longtemps pour voir une dizaine de petites créatures hargneuses recevoir une volée de flèches en pleine figure, puis il rattrapa Gabriel. En chemin, il passa près de Barret. Le meneur et les deux derniers membres de Vanguard affrontaient un warg au museau écrasé qui grognait de manière fort peu amicale.

Clay crut entrevoir l'éclat scintillant des écailles de l'armure de Lastleaf au milieu du chaos, mais quand il regarda de nouveau, il n'y avait plus rien.

— Rose ! cria Gabriel.

Mais sa fille était encore trop loin pour l'entendre. Sa compagnie de mercenaires était attaquée par une armée de lutins blancs et hurlants. Clay songea qu'ils ressemblaient beaucoup aux rasks qu'ils avaient rencontrés sur la Route froide, en plus petits.

Il aperçut la jeune fille. Rose se distinguait des autres combattants par ses cheveux teints couleur rouge sang et par le fait qu'elle se battait avec la férocité d'une berserker kaskare venant de surprendre son mari au lit avec sa sœur. Elle tenait un cimeterre étincelant dans chaque main et tourbillonnait en éviscérant tous ceux qui commettaient l'erreur d'approcher.

À une exception près. Clay cligna des paupières en se demandant s'il n'était pas le jouet d'une hallucination. Un *druine* se tenait à côté de Rose. Il était armé d'une épée longue qu'il employait seulement pour protéger la jeune fille. Ses cheveux – du même vert pastel qu'un rivage marin pendant l'été – étaient ramenés entre ses oreilles couvertes de poils argentés. Il était grand, svelte et plus musclé que Lastleaf. Il bougeait de manière curieuse, en limitant ses gestes et ses mouvements au strict minimum. On avait l'impression que le champ de bataille était un immense plateau de tetrea et qu'il anticipait les déplacements de chaque pièce.

La jeune fille et le druine – Clay songea qu'il s'agissait sans doute du fameux Nuage Libre – semblaient invincibles. Les lutins venaient mourir contre eux comme les vagues viennent mourir contre une falaise

L'infernal toisa les créatures qui se réfugiaient à l'ombre de sa masse imposante d'un air furieux, puis ses yeux noirs et insondables se posèrent sur les mercenaires de Castia et les deux guerriers qui étaient à leur tête.

— Bordel ! cracha Gabriel.

— Je m'en occupe, dit Griffalouette.

Elle s'élança vers le ciel en abandonnant Ganelon qui fronça les sourcils au milieu d'un nuage de plumes noires.

Clay se tourna vers lui.

— Elle va s'en tirer, lui dit-il.

À sa grande surprise, il découvrit qu'il en était convaincu.

— Je sais, dit le guerrier des terres du Sud.

Mais ses sourcils se froncèrent un peu plus.

Gabriel leur demanda d'accélérer. Clay se plaça sur sa droite, Ganelon sur sa gauche et Moog dans son dos. Matrick fermait la marche. Il ne restait plus qu'eux maintenant. Cinq hommes au milieu d'un maelstrom de griffes et de crocs. Les flèches sifflaient dans les airs comme des moustiques dans un marais. Clay devint la cible d'innombrables rugissements, cris de rage, crachats, bousculades, coups de pied et coups de poing tandis qu'il s'efforçait de protéger le flanc de Gabriel qui pourfendait les diverses créatures le séparant de sa fille.

Moog tenait un bâton dans chaque main. Ils projetaient des boules de lumière violette qui zigzaguaient de manière erratique, mais qui ne manquaient jamais leurs cibles. Matrick faisait tournoyer des dagues comme un joueur de tambour pendant un défilé. Il était si rapide que c'était seulement en entendant leurs dieux leur demander s'ils prenaient un nuage de lait avec leur thé que ses ennemis comprenaient qu'ils étaient morts. Ganelon tuait avec une efficacité brutale et sans égale. Même Gabriel laissait quelques blessés dans son sillage. Ganelon, lui, ne laissait que des cadavres en pièces.

Clay était étonné que son dos, son bras et ses côtes brisées ne soient pas plus douloureux. Sa plaie au visage était moins lancinante, elle aussi. Il était fatigué, bien sûr. Il respirait par à-coups et son cœur battait plus vite et plus fort que le marteau d'un forgeron pressé de rentrer dîner, mais il se sentait… bien.

Vachement bien même, compte tenu de la situation.

Plus curieux encore : il n'éprouvait aucune peur. L'angoisse l'avait pourtant saisi dès son réveil. Et si le plan de Moog ne marchait pas ? Et si le dragon les tuait ? Et s'ils franchissaient le Portail et revenaient les mains vides ? La horde du Cœur du Wyld était pourtant ce qu'il avait vu de plus effrayant au cours de sa vie – en dehors de l'expression de Ginny quand elle se cognait la tête contre une porte de placard qu'il avait oublié de fermer.

Mais maintenant… la situation n'était pas brillante ; néanmoins, il avait la certitude que chaque chose était là où elle devait être. Il était avec ses camarades, les membres de son groupe et les quatre meilleurs amis qu'il avait eu le privilège de connaître.

Séparés, ils étaient faillibles et très différents. Mais réunis, ils étaient bien davantage. Ils formaient un ensemble parfait.

Alors, non. Clay n'avait pas peur. Il affichait même un large sourire en savourant la musique des hommes qui l'entouraient, en écoutant le triste sanglot annonçant que la fin était proche.

Griffalouette se rapprocha de l'infernal et vira pour éviter un coup de fouet qui projeta une rafale de fragments de glace dans les airs. Sa faux s'abattit, mais la lame entama à peine l'armure translucide du démon.

Les serviteurs du titan s'égayèrent dans toutes les directions. Un torrent de lutins se précipita à la rencontre de Saga, et Moog fut submergé par leur flot. Matrick ralentit et appela le sorcier avant de s'enfoncer au milieu des petites créatures blêmes comme un homme qui s'aventure dans un ruisseau pour sauver son chien accroché à un rocher.

Clay se plaça devant Gabriel, ancra ses pieds dans le sol et se prépara à recevoir le déferlement de lutins. Ceux-ci ressemblaient à des enfants voûtés et malingres. Ils avaient des visages crispés au-dessus desquels poussaient des paires de cornes recourbées. Ils n'étaient pas armés, mais ils avaient des dents pointues et des griffes acérées. La plupart d'entre eux n'osèrent pas s'approcher de Clay et de ses camarades, mais quelques téméraires se ruèrent vers eux comme des bêtes fauves.

Clay jeta un coup d'œil au-dessus de son bouclier et vit Griffalouette amorcer un nouveau plongeon. La bouche de l'infernal s'ouvrit comme une porte menant aux enfers de Mère de l'Hiver et une bourrasque glacée repoussa la dive. Elle tourbillonna comme une feuille morte et battit des ailes avec frénésie pour se redresser. Clay vit que son armure et ses plumes étaient couvertes d'une épaisse couche de givre. Malgré son vol maladroit, elle parvint à se débarrasser de la glace qui alourdissait ses ailes et…

Le fouet la frappa.

Elle poussa un cri qui s'interrompit net lorsqu'elle se changea en statue translucide. Elle tomba comme une stalactite qui se décroche d'un toit.

Clay se tourna aussitôt vers Ganelon. Celui-ci grimaça et serra les dents.

— Va la chercher, lui dit Gabriel.

Ganelon le regarda d'un air surpris.

— Tu ne réussiras pas…

— Je réussirai, le coupa Gabriel avec un grand sourire. Comment pourrait-il en être autrement ?

Ganelon sembla sur le point de protester, puis il hocha la tête et entreprit de se frayer un chemin vers la dive.

L'infernal se tourna vers les mercenaires de Castia et se remit en marche. Son fouet claqua de nouveau et les guerriers les plus proches se retrouvèrent prisonniers d'un cercueil de glace.

— Rose ! hurla Gabriel.

Cette fois-ci, sa fille l'entendit et leva les yeux.

— Papa ?

— *Rose !*

Gabriel voulut passer devant Clay et faillit être emporté par le torrent de gobelins. Il grommela un juron et battit en retraite.

Clay tenta d'avancer, mais l'ennemi était trop nombreux et trop compact. Il avait le plus grand mal à résister à leur poussée.

— Papa ! dirent deux voix au même moment.

La première, celle de Rose, exprimait un mélange de désespoir et d'incrédulité. La seconde n'était qu'un murmure qu'il fut le seul à entendre.

Tally.

Sa fille parlait d'une voix ensommeillée.

« Tu irais si c'était moi, pas vrai, papa ? »

« Si c'était toi… »

Ses doigts serrèrent la lanière de *Blackheart*. Ses mâchoires se contractèrent pour étouffer un cri, mais le cri les écarta et sortit sous la forme d'un rugissement. Il glissa son bras blessé contre son bouclier et poussa avec l'entêtement du bœuf ayant décidé de tirer la lune.

« Si c'était toi, avait-il dit alors que les constellations des chandelles dansaient sur le visage de sa fille, *rien ne pourrait m'arrêter.* »

Sa détermination lui permit de faire un pas, puis un autre. Il poussa en hurlant jusqu'à ce que sa gorge soit en feu, et *Blackheart* fendit la mer de gobelins comme la proue d'un navire brise la glace qui recouvre un fleuve. Et puis toute résistance céda. Il regarda par-dessus son bouclier et vit l'infernal qui se dressait devant lui.

Un souffle plus froid que le plus froid des blizzards l'enveloppa et il ferma les paupières de crainte que ses yeux gèlent grands ouverts. Des flocons de neige et des fragments de glace fouettèrent son visage. Une épaisse couche de givre recouvrit sa barbe et ses cils. *Blackheart* devint si lourd qu'il n'eut plus la force de le tenir d'une main. Le grand bouclier bascula sur le côté et Clay vit le terrible fouet se dresser sur le ciel gris…

Gabriel l'écarta d'un puissant coup d'épaule et il roula par terre tandis que la lanière de cuir claquait au-dessus de sa tête. Gabriel la trancha avant qu'elle se replie et regarda son camarade en plissant les yeux.

— Ça va ?

— Ça… ça va, répondit Clay en claquant des dents.

Le démon se redressa et un bruit terrible jaillit de sa gorge, le grondement d'un énorme rocher broyant la glace recouvrant un lac. Ses yeux enfoncés dans leurs orbites et plus sombres qu'une nuit d'hiver se posèrent sur Gabriel. Le guerrier avança d'un pas nonchalant. Il traînait *Vellichor* derrière lui, et la pointe de la lame creusait un profond sillon dans la terre noire.

L'épée du monstre s'abattit si vite que Clay la distingua à peine, mais Gabe fut plus rapide encore. Il fit un pas de côté comme s'il évitait un homme au milieu d'une foule. L'infernal esquissa un sourire amusé et des flocons de neige jaillirent entre ses dents qui ressemblaient à des tombes brisées.

Gabriel s'élança et le monstre cessa de sourire.

Surpris, il recula en poussant un grognement sourd qui n'était pas sans rappeler le grondement d'une lointaine avalanche. Il ajusta sa prise afin de frapper d'estoc avec le plat de la lame vers le ciel – un coup que Gabriel aurait le plus grand mal à esquiver.

Le guerrier sauta en l'air. Le mouvement n'avait rien de gracieux, mais si Gabriel avait attendu un instant de plus, il aurait été coupé en deux. La gigantesque épée s'enfonça dans le sol et le guerrier atterrit à quatre pattes sur le plat de la lame. L'infernal tira sur son arme pour la dégager, mais lorsqu'il y parvint, Gabriel avait presque atteint la garde. Il profita du mouvement de la lame pour bondir en avant.

Clay eut l'impression que le temps cessait de s'écouler. Gabriel était suspendu dans les airs. Il tenait *Vellichor* à deux mains et sur la lame qui étincelait au-dessus de sa tête, on distinguait le soleil rouge sang d'un autre monde.

Il frappa de toutes ses forces et *Vellichor* fendit la carapace de glace avant de trancher la gorge du démon. Un flot de neige plus ou moins fondue jaillit de la blessure comme une tempête qui s'engouffre par une porte ouverte. L'infernal tituba, oscilla et s'effondra.

Gabriel se remit à courir dès qu'il toucha le sol. Il avait laissé son épée plantée dans le corps du démon, mais cela n'avait plus d'importance maintenant.

Rose se précipita à sa rencontre, et une fois de plus, Clay eut l'impression que le temps se figeait. Il n'y avait plus que le père et la fille qui bougeaient. On aurait dit un plongeur et son reflet emportés vers une surface commune par l'air contenu dans leurs poumons.

Rose tituba, à bout de souffle. Gabe tomba à genoux dans la boue et glissa vers sa fille, qui se jeta dans ses bras.

Ils s'étreignirent, isolés au sein d'un instant unique et singulier, tandis qu'autour d'eux, le monde tournoyait.

Tournoyait.

Tournoyait.

Clay découvrit Lastleaf sur la bande de terre jonchée de cadavres qui séparait les mercenaires venus de Kaladar de ceux de Castia. D'horribles brûlures couvraient son corps. Son armure avait fondu et s'était mêlée à sa chair carbonisée. Une partie de sa mâchoire avait disparu et ses yeux – le premier couleur or, le second traversé par une cicatrice – contemplaient le ciel déchiré par les nuages.

Il avait été piétiné par ses propres soldats lorsque ceux-ci s'étaient enfuis après la mort de l'infernal. Il l'avait bien mérité, mais Clay ne put s'empêcher d'éprouver un bref élan de compassion pour le druine.

« Nous sommes tous le produit de notre passé », avait-il dit sur l'île des Spectres, à Landelind.

Son passé avait transformé Lastleaf en être brisé, amer et mauvais.

Il gisait sur son épée et Clay songea qu'il ferait bien de la récupérer avant que quelqu'un d'autre s'en empare. Il accrocha *Blackheart* dans son dos, s'agenouilla et retourna le corps avec prudence pour ne pas…

Non.

Le cœur de Clay cessa de battre.

Par pitié, non…

Sa bouche devint plus sèche que le désert et un vague bruit de tambour résonna à ses oreilles. Ses doigts se refermèrent sur la poignée poissée de sang de *Tamarat* et ses mains se mirent à trembler comme les branches d'un arbre un jour de tempête.

— Oh, Lastleaf ! Qu'est-ce que tu as fait ? souffla-t-il en arrachant la lame de néant du cœur du druine.

Épilogue

Retour au bercail

Le passage suivant est un extrait de *Cette vieille rengaine*, un document écrit par Kitagra le Jamais Mort, barde à la cour de Son Auguste Majesté, l'empereur Matrick de Castia, premier du nom.

Si vous souhaitez savoir ce qui est arrivé aux survivants de la bataille de Castia, je vous suggère de vous rendre dans une bibliothèque ou une taverne. Ce que vous apprendrez dans la première sera sans doute plus proche de la vérité, mais ce que vous entendrez dans la taverne sera beaucoup plus distrayant.

Si vous préférez lire, Né du Feu : l'avènement de la garde *est un de mes ouvrages favoris.* Moi, Jain *narre les exploits de cette voleuse qui devint une mercenaire de renommée internationale après avoir quitté les Silk Arrows et entamé une carrière solo.* Le Bruit de l'aigle *offre un bon résumé des combats, mais malgré la sobriété de son titre,* Castia, *écrit par Syd, fils de Barret, est considéré comme l'ouvrage le plus exhaustif sur le sujet.*

Les membres de Saga endurèrent les pires souffrances pendant leur voyage vers Castia, et par miracle, ils sortirent à peu près indemnes de la terrible bataille au cours de laquelle la horde fut mise en déroute. Je me permets de signaler en passant que ce fut la dernière fois qu'ils se battirent tous ensemble.

Matrick Skulldrummer resta à Castia. Il dirigea les travaux de reconstruction de la ville, et lorsqu'il fallut choisir un nouveau gouvernement – les membres du précédent avaient presque tous succombé aux épidémies –, les habitants de la cité décidèrent qu'il était grand temps de se doter d'un empereur. Ils votèrent et Matrick remporta les élections haut la main. Il cessa définitivement de boire et conclut un divorce à l'amiable avec son ex-femme, la reine Lilith d'Agria. Il invita ses enfants à visiter Castia et ceux-ci décidèrent de rester vivre avec leur père – un choix qui ne surprit guère que leur mère.

Est-il besoin de préciser qu'Arcandius Moog devint un des plus célèbres érudits de ce siècle ? Voire de tous les temps ? Après la libération de Castia, il retourna voir Taino le troll. Au bout de quelques mois, il regagna Contha, reconstruisit sa tour à l'est de la ville et développa une solution buvable pour guérir la nécrose.

Le modeste revenant que je suis est intimement persuadé qu'à l'exception de Clay Cooper, bien peu de gens auraient eu la générosité et la compassion de faire ce qu'il fit ensuite.

Il offrit son remède à tout le monde. Gratuitement.

Moog ne se remaria jamais, et bien que je le soupçonne d'avoir eu une ou deux liaisons secrètes, je suis convaincu qu'il ne cessa à aucun moment d'aimer Fredrick. Ce fut d'ailleurs pour lui rendre hommage qu'il baptisa sa potion : « le Savoureux Cordial Médicinal de Freddie ».

Ganelon fit ses adieux aux autres membres du groupe et décida de rentrer en Grandual, mais il semblerait qu'au cours de ce triste et dangereux chemin, il arriva à la conclusion que ce monde n'était pas fait pour lui. Lorsqu'il émergea de la forêt, il prit la route de la sombre prison dans laquelle il avait passé presque vingt ans changé en statue de pierre. Les gardiens lui déconseillèrent de s'aventurer dans les profondeurs, mais ceux qui s'occupent de la Carrière sont des êtres pâles, frêles et aveugles… comment auraient-ils pu l'arrêter ? Il leur dit : « Réveillez-moi quand elle sera là » – sans préciser de qui il parlait – et s'enfonça, seul, dans la tanière de la matriarche basilic dont le regard change la chair en pierre.

Il ignorait alors que sa relation avec Griffalouette avait produit un fils. Ce fils est encore jeune, mais on m'a affirmé qu'il avait déjà fort mauvais caractère.

L'histoire de Gabriel est indissociable de celle de sa fille, Rose. Leurs exploits, et ceux du compagnon de la jeune femme, Nuage Libre, ont été narrés par d'innombrables bardes et je ne m'attarderai donc pas sur ce sujet.

Quant à Clay Cooper… deux jours après la libération de Castia, il franchit le Portail de Teragoth et rentra chez lui. Il fit une grande partie du chemin en compagnie de Jain et des Silk Arrows, mais aussi de Gabriel avec qui il avait quitté Coverdale quelques mois plus tôt.

Je n'étais pas présent lorsque les deux guerriers se séparèrent. Jain affirme que cela se passa en fin de journée, alors que le soleil se couchait sur l'horizon. Elle les vit échanger quelques rires et quelques larmes avant de s'étreindre. Puis elle raconte que Gabriel prit la tête de son ami dans ses mains et murmura quelque chose à son oreille. Elle était trop loin pour l'entendre, mais on peut penser qu'il le remercia, qu'il lui avoua qu'il lui devrait désormais chacun de ses moments de joie.

D'après Jain, Clay se contenta de hausser les épaules.

Au cours du long périple qui le ramenait chez lui, Clay repéra plusieurs endroits où les voyageurs seraient ravis de faire halte dans une modeste auberge. Il songea qu'il faudrait une étable derrière, et peut-être une forge pour effectuer de petites réparations. À l'intérieur, il y aurait de solides tables rondes, des sièges en cuir confortables et un âtre à l'écart de la scène pour que les gens puissent savourer la chaleur d'un bon feu dans un calme relatif. *Blackheart* serait accroché au-dessus du manteau de la cheminée, et si quelqu'un demandait ce que ce bout de bois hideux, brûlé et entaillé de toutes parts faisait sur le mur… peut-être qu'il ferait le tour du comptoir, qu'il se laisserait tomber dans un fauteuil et qu'il raconterait une ou deux histoires.

Lorsqu'il arriva à Coverdale, le soleil était presque couché. Son ombre s'étendait derrière lui, aussi lasse et voûtée que l'homme qu'elle suivait sur le mauvais chemin qui faisait office de rue principale.

— Clay ? demanda une voix incrédule et familière. Clay Cooper ?

Clay leva les yeux et vit Pip qui sortait de *La Tête du Roi* d'un pas mal assuré, son casque sous le bras.

— En matière d'insultes, j'ai entendu pire, dit le guerrier.

— Ha ! s'exclama Pip. (Il essaya de se donner une claque sur la cuisse et réussit presque.) En matière d'insultes ! Classique ! Hé ! depuis quand t'es rentré ?

Je ne suis pas encore rentré, songea Clay.

— J'arrive à peine. Tout va bien, je suppose ?

— Mieux que bien, si tu veux mon avis. T'as entendu à propos de Castia ?

Clay ne put s'empêcher de sourire.

— J'ai entendu, ouais.

— Ç'a été sauvage, hein ? Sainte Tetrea, j'aurais bien voulu être là !

Pip était jeune et il ne s'était sans doute jamais aventuré au-delà de Fort Curieux, voire de Contha, et Clay lui pardonna cette remarque incroyablement idiote.

— Ils ont chopé le centaure qui rôdait du côté de la ferme de Tassel ? demanda-t-il pour changer de sujet.

Pip ricana.

— S'ils l'ont chopé ? Tu ne sais donc pas ? (Clay secoua la tête.) Ta fille l'a rectifié !

—Ma… (Clay se tut et attendit d'être sûr que son cerveau avait bien analysé les paroles du jeune homme.) Tu veux dire Ginny ?

—Non, non, pas Ginny. Ginny était aussi furibarde que Glif !

Clay saisit le jeune homme par les épaules et les serra – sans doute un peu plus fort que prévu.

—Raconte-moi ce qui s'est passé, Pip. Tout de suite.

Pip poussa un soupir qui empestait la bière éventée.

—Cet enfoiré – je parle du centaure – a poursuivi Karl – le fils aîné de Ryk Yarsson – hors du bois et jusqu'au marais près de chez toi. Je suppose que ta fille les a vus arriver. Elle a pris une branche ou je ne sais quoi et elle l'a tendue en travers du chemin. Le centaure a trébuché dessus et il s'est cassé le cou. Crac !

L'onomatopée était sans doute destinée à rappeler le bruit que faisait une nuque en se brisant.

—Tu es en train de me dire que Tally… *ma Tally*… a tué un centaure ?

—Un peu qu'elle l'a tué ! C'est de la graine de mercenaire, Cooper.

Cette fois-ci, la bouche et l'esprit de Clay réagirent à l'unisson.

—*Jamais de la vie !*

Pip éclata de rire.

—Et ce n'est pas tout. Depuis qu'elle l'a sauvé, le petit Karl lui tourne autour comme une abeille autour d'un gâteau à la crème. On dirait qu'il peut plus se passer d'elle, et ça n'a pas l'air de la déranger. J'ai l'impression qu'il a sacrément le béguin.

Le malheureux, il n'imagine pas ce qui l'attend, songea Clay.

Il s'obligea à lâcher le jeune homme et à sourire.

— Je suis content de t'avoir croisé, Pip.

— Moi aussi, dit Pip d'une voix pâteuse. Je suis bien content que tu sois rentré.

Clay se dirigea vers la porte ouest.

Je ne suis pas encore rentré. Pas encore.

Il sortit de la ville et s'arrêta en chemin pour soulager sa vessie. Il faisait noir maintenant et le ciel était parsemé d'étoiles. Clay avait oublié combien elles brillaient. Il leva la tête pour les observer. Malgré tout ce qu'il avait accompli depuis son départ, il se sentait insignifiant comparé à elles. Il songea qu'il en serait toujours ainsi et que c'était très bien comme ça.

Il se remit en marche en écoutant les grillons qui stridulaient dans l'herbe et le vent qui soufflait entre les branches, en inspirant l'air de la nuit à pleins poumons.

Et puis il l'aperçut, une ombre noire se détachant dans l'encadrement chaud et lumineux de la porte. Il eut l'impression qu'elle était à l'autre bout du monde, qu'une immensité sidérale le séparait de la femme qui l'attendait assise devant la maison. Elle ne remarqua pas sa présence avant qu'il soit tout près, avant que Griff jaillisse comme une flèche et se mette à japper et à bondir avec frénésie autour des jambes de son maître. Clay s'agenouilla pour le caresser. Ginny se leva, croisa les bras et haussa le menton avec défi.

— Tu es donc en vie, dit-elle.

— Je suis en vie.

— Et Rose ?

— En parfaite santé.

— Bien.

— Et Tally ?

— Elle va bien. Elle dort. Tu es au courant à propos du centaure ?

Clay hocha la tête.

— J'ai appris.

Ginny se raidit et haussa le menton un peu plus haut.

— Je ne veux pas que cette enfant touche à une épée, Clay. Jamais. Est-ce que je me fais bien comprendre ?

— Pas d'épées, dit-il. Ni de haches, ou de dagues, ou d'arcs. Pas même un bâton taillé en pointe, je te le jure.

Cette réponse lui valut le petit éclat de rire qu'il attendait. Il fit un pas en avant, entra dans la lumière et entendit Ginny hoqueter.

— Ton visage…

Il s'arrêta et passa un doigt sur sa cicatrice la plus récente.

— Ah, oui. Je suppose que c'est toi la plus jolie maintenant.

Elle rit de nouveau et Clay crut qu'il allait pleurer de joie.

Elle tendit les bras et il s'y glissa comme un pèlerin entre dans un lieu sacré au terme d'un long voyage. Son odeur l'enveloppa. Une mèche le chatouilla, mais par tous les dieux, il aurait préféré mourir plutôt que de briser la magie de cet instant en se grattant le nez. Son souffle, aussi tiède et doux qu'une brise d'été, lui caressa le cou quand elle murmura :

— Tu es rentré.

Oui, il était enfin rentré.

Remerciements

Quand vous aspirez à devenir auteur, vous n'écrivez pas avec la certitude absolue d'être publié – et si vous le faites, sachez que c'est une très mauvaise idée. Il est cependant utile de s'entourer d'un certain nombre de gens qui sont convaincus que cela finira par arriver. En ce qui me concerne, j'étais le dernier à croire que mon rêve le plus fou se réaliserait un jour.
Le livre que vous tenez entre les mains a bénéficié de l'aide, de la patience et de l'enthousiasme de nombreux bêta-lecteurs. Je commencerai par citer Devon Pipars, qui l'a lu par lots de trois chapitres pendant un an et qui en réclamait toujours davantage ; puis Eugene Vassilev, qui l'a lu et relu chaque fois que je le lui demandais et qui s'est révélé l'ami critique et enthousiaste dont tous les auteurs rêvent.
Je voudrais également remercier ceux avec qui j'ai partagé une première tentative – avortée – d'écriture d'un roman de Fantasy : Hollis Steele, Deyna Dodds et Kaili Grant furent les héros d'un livre qui ne verra sans doute jamais le jour, mais je leur suis profondément reconnaissant.
Je remercie Bryan Cheyne qui est un ami, un confident littéraire et – tout comme moi – un fan inconditionnel de Vous-Savez-Qui depuis une époque que nous avons tous deux oubliée depuis longtemps. J'espère vraiment qu'un jour, je trouverai quelques livres avec son nom dessus dans les librairies.
Je remercie Richard Anderson pour sa superbe couverture de l'édition originale ; Kristine Cofsky pour sa magnifique photo ; Shannon Boyd pour avoir lu le livre à haute voix pendant que je prenais des notes et riais de mes propres

plaisanteries ; Natasha McLeod qui a écouté patiemment toutes les idées qui ont fait leur chemin pour ce roman et des milliers d'autres qui ont été abandonnées en cours de route. Grâce à elle, j'ai pu aller jusqu'au bout de cette expérience en conservant (la plus grande partie de) ma santé mentale et en évitant de régresser au stade de troglodyte hagard.

Je suis redevable à Sebastien DeCastell qui, un soir, fut accosté dans un restaurant par un fan et écrivain en herbe qui se trouvait également être le serveur. Sebastien eut la gentillesse de répondre à mes questions sur les rouages de l'édition avant de me recommander auprès de son agent. Je lui dois un exemplaire de ce livre, et bien davantage.

Trouver un agent est une quête qui peut se révéler ardue, voire désespérante. Vous bondissez au-dessus d'un précipice, et généralement, vous vous écrasez tout en bas. Je remercie donc Heather Adams qui m'a rattrapé, soutenu et qui continue à me guider vers des sommets toujours plus élevés.

Ce qui m'amène donc à remercier mon éditrice chez Orbit, Lindsey Hall : Grande Prêtresse de l'Édition et implacable défenseuse de ce roman depuis le premier jour. Son soutien et sa sagesse m'ont été d'une aide inestimable et son enthousiasme a rivalisé avec celui de ma mère. J'ai beaucoup de chance de pouvoir poursuivre mes rêves en marchant à ses côtés et j'espère que la route sera longue.

Enfin, je tiens à remercier Tyler, mon petit frère qui se trouve être plus grand et plus costaud que moi. Tu as joué bien des rôles pour moi, Ty. Tu as été le Robin de mon Batman, le Maître d'Armes de mon Musclor, le Luigi de mon Mario et – si tu me permets une dernière comparaison – le Clay Cooper de mon Gabriel. Tu es un type bien, Tyler Eames, et de nous deux, il est clair que c'est toi le vrai héros.

Achevé d'imprimer en août 2020
Par CPI Brodard & Taupin à La Flèche
N° d'impression : 3037580
Dépôt légal : septembre 2020
Imprimé en France
2811059-1